Collection dirigée par Glenn Tavennec

L'AUTEUR

Dès son premier roman, Adam Silvera intègre la prestigieuse liste du New York Times Best Seller. Depuis, tous ses romans ont obtenu cette distinction et de multiples critiques élogieuses. Il a longtemps travaillé au rayon jeunesse d'une librairie, avant de travailler comme community manager et critique de livres pour la jeunesse et les jeunes adultes. Il est né et a grandi dans le Bronx et vit désormais à Los Angeles. Enfin, il est mystérieusement et inexplicablement grand.

ADAM SILVERA

FILS DU NÉANT

LIVRE II

traduit de l'anglais (États-Unis) par Cécile Ardilly

roman

Loi n° 49-956 du 16 juillet 1949 sur les publications destinées à la jeunesse et aux jeunes adultes.

Titre original : *Infinity Reaper*
First published in the United States by HarperTeen, an imprint of HarperCollins Publishers.
Typography by Erin Fitzsimmons

ISBN 978-2-221-24754-9
ISSN 2258-2932
Dépôt légal : juin 2022
Éditions Robert Laffont – 92, avenue de France, 75013 Paris

À ceux qui ne veulent plus lutter. Battez-vous.

Un grand merci à Becky Albertalli et Elliot Knight, qui m'ont toujours soutenu même quand ils ne pouvaient pas être présents.

L'UNIVERS DE LA LUMIMAGIE

Lumimagiciens – praticiens dotés de pouvoirs. S'applique à la fois aux célestes et aux spectres.

Célestes – véritables origines inconnues, ces gens sont en possession de pouvoirs connectés aux étoiles et au ciel. Certains pouvoirs se révèlent dès la naissance, d'autres apparaissent plus tard dans l'existence. L'éventail des dons est très large. Les célestes se distinguent par leur regard, où se reflètent les différentes galaxies quand ils emploient la magie. Groupe notable : les Marcheurs du Ciel.

Spectres – soixante ans plus tôt fut développée l'alchimie, qui consiste à transmettre les pouvoirs de certaines créatures aux humains via leur sang. Ceux qui reçoivent leurs pouvoirs de cette manière sont dénommés les spectres, et l'éventail de leurs pouvoirs se limite au sang de la créature ingérée. Les spectres se distinguent par leur regard, où flamboient des éclipses lorsqu'ils emploient leurs pouvoirs. Groupe notable : les Verseurs de sang.

PERSONNAGES PRINCIPAUX MARCHEURS DU CIEL ET ALLIÉS

Emil Rey – spectre réincarné au sang de phénix possédant le feu gris et doré, le pouvoir d'autoguérison, ressent les émotions des autres phénix, vole et ressuscite. Surnommé Aile-de-feu et Fils de l'infini.

Brighton Rey – créateur de la websérie *Les Célestes de New York.* A bu le sang de la Faucheuse pour acquérir les pouvoirs combinés du phénix, de l'hydre et du fantôme.

Maribelle Lucero – céleste capable de léviter et de voler.

Iris Simone-Chambers – céleste pourvue d'une force exceptionnelle ; peau imperméable à la plupart des sortilèges. Nouvelle cheffe des Marcheurs du Ciel.

Atlas Haas (décédé) – céleste invoquant les vents.

Wesley Young – céleste qui court à la vitesse de l'éclair.

Eva Nafisi – céleste qui guérit les blessures en absorbant la douleur de ceux qu'elle soigne.

Prudencia Mendez – céleste au pouvoir de télékinésie.

Carolina Rey – mère d'Emil et de Brighton. Aucun pouvoir propre.

Ruth Rodriguez – céleste au pouvoir de clonage.

Bautista de Leon (décédé) – spectre réincarné possédant du sang de phénix, les flammes dorées, le pouvoir d'autoguérison et de résurrection, et qui se souvient de détails de sa vie antérieure. Fondateur des Marcheurs du Ciel.

Sera Cordova (décédée) – céleste alchimiste et voyante. Membre fondateur.

VERSEURS DE SANG ET ALLIÉS

Ness Arroyo – spectre métamorphe, capable de changer d'apparence à volonté.

Luna Marnette – alchimiste suprême qui a créé les Verseurs de sang. Aucun pouvoir propre.

Dione Henri – spectre possédant du sang d'hydre, elle fait pousser/repousser des parties de son corps.

Stanton – spectre avec du sang de basilic doté des sens du serpent ainsi que de ses pouvoirs venimeux, acides, pétrifiants et paralysants.

June – spectre avec du sang de fantôme, elle traverse les parois et peut posséder les gens.

POLITICIENS

Sénateur Edward Iron – candidat à l'élection présidentielle, fermement opposé à la lumimagie. Aucun pouvoir propre.

Barrett Bishop – candidat à la vice-présidence et architecte en chef des Limites. Aucun pouvoir propre.

Nicolette Sunstar, représentante du Congrès – céleste candidate à la présidentielle, capable de faire jaillir des lumières aveuglantes.

Sénatrice Shine Lu – céleste candidate à la vice-présidence qui peut se rendre invisible.

CHEVALIERS AURÉOLÉS ET PHÉNIX

Tala Castillo – Chevalier auréolé sans pouvoir propre.

Wyatt Warwick – chevalier auréolé sans pouvoir propre.

Nox – phénix *obsidienne* expert du pistage.

Roxana – phénix *cracheur d'éclair* qui invoque la foudre et les éclairs.

PERSONNAGES SECONDAIRES

Keon Maximo (décédé) – alchimiste et spectre au sang de phénix possédant le feu gris, le pouvoir d'autoguérison et de résurrection. Il a développé l'alchimie pour donner des pouvoirs aux gens ordinaires, et il est devenu le premier spectre.

Kirk Bennett – conservateur au musée des Créatures naturelles dans l'aile réservée aux phénix.

Dr Billie Bowes – céleste illusionniste.

Tueur d'Étoile Argent – vlogger conservateur.

On ne naît pas chef. On le devient.

Marie Lu, *La Confrérie de la Rose*

UN

NUIT ÉCLATANTE

Brighton

Je bois le sang de la Faucheuse jusqu'à la dernière goutte, le regard levé vers le Rêveur couronné.

L'élixir sent la chair calcinée; il a un goût de fer et de charbon. Le sang du phénix séculaire, de l'hydre à pelage doré et des fantômes défunts pèse sur ma langue comme de la boue. Ma gorge brûle et je suis sur le point de recracher le reste, mais je me force à tout avaler; le sang de la Faucheuse va changer toute la donne. Je n'ai pas eu la chance de naître avec des pouvoirs, de naître céleste. Mais maintenant que j'ai absorbé les dons de ces créatures, le monde va m'accueillir comme son nouveau champion – un spectre unique, invincible.

Je lâche le flacon vide; il roule par terre en direction de mon frère, qui a été poignardé. Emil m'observe comme un étranger, tandis que je me lèche les lèvres et m'essuie la bouche du revers de la main. Je m'apprête à l'aider à se relever lorsque, soudain, je trébuche et m'écroule à genoux. Ma vision se trouble. Dans le jardin, le décor se met à tourner lentement d'abord, puis de plus en plus vite. J'ai l'impression que des milliers d'ongles m'éraflent la peau. J'ai toutes les peines du monde à inspirer, comme si on m'étranglait. Mais avant que la panique m'envahisse totalement, un halo de lumière se forme autour de moi.

J'irradie. Je ne brille pas autant que le Rêveur couronné dans le ciel, mais j'ai quand même le sentiment d'être une constellation à moi tout seul : Brighton le Brillant, ou bien le Roi étincelant… quel que soit le surnom qu'on préfère me donner. J'ignore si tous les spectres font l'expérience de cette même aura blanche et chaude au moment de l'acquisition de leurs pouvoirs. Les seuls spectres que je pourrais interroger sont des cas à part qui ne se rappellent rien – Emil, phénix ressuscité, et Maribelle Lucero, qui vient à peine de découvrir qu'elle n'est pas une céleste comme les autres. Son père biologique était un spectre – le fondateur des Marcheurs du Ciel – ce qui fait d'elle la première hybride connue mi-céleste, mi-spectre. Moi aussi je suis un cas particulier. Je le sens ; j'éprouve ce changement en moi, même après que le halo s'est estompé.

Emil est stupéfait ; mais la douleur s'empreint de nouveau sur ses traits.

— À… l'aide, siffle-t-il.

Le sang bleu d'Aurora, le phénix sacrifié, lui colle au torse. Cependant, ce sont ses blessures qui requièrent notre attention ; un filet de sang rouge s'en écoule. Luna Marnette, l'alchimiste suprême à l'origine du sang de la Faucheuse que je viens de boire, l'a poignardé avec le terminateur d'infini. La lame a dû s'enfoncer trop loin ; ses pouvoirs de phénix ne lui permettent pas de cicatriser.

Je lui berce la tête.

— Je te lâche plus, frangin.

Un sortilège explose à travers le jardin de l'église Alpha de la Nouvelle-Vie. Ce n'est pas parce que mon frère se meurt que le combat a cessé. Les Verseurs de sang et leurs acolytes sont résolus à faire disparaître tous les Marcheurs du Ciel de la surface de la terre. Ils iront jusqu'au bout. J'aperçois mes amis, Prudencia Mendez, Wesley Young et Iris Simone-Chambers, la cheffe des Marcheurs. Malgré leurs pouvoirs innés, ils peinent à contenir Stanton, un spectre avec du sang de basilic, et Dione, un spectre aux multiples bras, rapide comme l'hydre.

Soudain, je repère Maribelle, notre plus puissant atout; agenouillée auprès de Luna, elle la couve d'un regard meurtrier.

— Tu as fait assassiner mes parents et mon petit copain pour avoir la vie éternelle. À mon tour de te regarder te vider de ton sang et de savourer le spectacle.

Luna s'affaiblit. Elle contemple les étoiles dans l'espoir qu'elles lui redonnent de la force. Dans ses rêves ! Ses cheveux argentés sont collés à son front moite et elle presse les mains sur son ventre, où j'ai percé un trou à l'aide de ma baguette.

— Non, tu ne… tu ne…

Luna tente de parler mais s'étrangle sur ses mots. Ça me rappelle papa s'étouffant avec son sang. C'est trop cruel. Je détourne le regard, même si Luna mérite de souffrir.

Contrairement à elle, je n'aurai plus jamais à redouter la mort, grâce au sang de la Faucheuse.

Mais mon frère, lui, n'est pas immortel.

— Maribelle ! Maribelle, il faut qu'on emmène Emil à l'hôpital.

June surgit brutalement de nulle part – une peau pâle comme la lune, une chevelure anthracite, de grands yeux vides. C'est un spectre avec du sang de fantôme, la seule parmi les Verseurs de sang, a priori. Elle a possédé Maribelle et l'a poussée à tuer Atlas Haas, l'amour de sa vie, et un de mes Marcheurs du Ciel préférés. J'appelle Maribelle, encore et encore, mais elle est tellement focalisée sur son désir de vengeance qu'elle ne m'entend pas. Impossible de l'arrêter. Elle ramasse le terminateur d'infini en ivoire pur, seule arme capable de détruire les fantômes, et pourchasse June à travers le jardin.

Quand j'ai fait part à Maribelle de mon intention de voler le sang de la Faucheuse à Luna, elle était partante. Elle veut que Luna crève. Quant à moi, je ne veux pas mourir du tout. On en sort tous les deux victorieux. Sauf que tout ça n'a aucun sens si Emil n'en réchappe pas. Il faut que je le tire de là. Je tente de le soulever, sans succès ; c'est comme si son gilet pare-pouvoirs était lesté de plomb. Dommage que mes nouveaux pouvoirs n'incluent pas une force surhumaine. Je rassemble toutes mes forces et le mets debout. Il passe son bras autour de mes épaules.

Un acolyte armé d'une hache nous fonce alors dessus. Il bondit par-dessus l'hydre décapitée et patauge dans son sang jaune visqueux. Je prie pour qu'il dérape sur l'herbe, mais non, il continue à courir dans notre direction. Emil ne peut pas nous protéger. Tant pis, à mon tour, je vais être son héros, comme il a été le mien pendant un mois. J'inspire à fond et tends la main en visualisant le feu du phénix au creux de ma paume. L'acolyte poursuit sur sa lancée. Je me prépare, focalisé sur mon désir de le neutraliser. Il est brutalement tiré en arrière, comme saisi par une main invisible.

Comment ai-je fait ça ? Est-ce le pouvoir lié au sang de fantôme ?

Je me rends compte que ce n'est pas de mon fait : Prudencia surgit près de nous, les yeux luisant comme des étoiles scintillantes. Des yeux où se reflètent des galaxies. C'est grâce à ça qu'on distingue les célestes, mais seulement si ces derniers activent leurs pouvoirs. Depuis le lycée, Prudencia arbore de magnifiques yeux marron, et c'est tout ce qu'on a toujours connu d'elle. Et maintenant, c'est elle qui nous sauve la mise en combattant à nos côtés. Son front est fendu, et un filet de sang s'écoule le long de son visage.

— Qu'est-ce qui s'est passé ?

Prudencia élude la question ; elle observe la blessure d'Emil.

— Il faut qu'il se fasse soigner de toute urgence.

La dernière fois qu'on s'est vus, quelques heures plus tôt, c'était à Nova, l'ancienne école élémentaire réservée aux réfugiés célestes. Iris m'a interdit de participer à d'autres missions ; et Prudencia m'a supplié d'arrêter de me mettre en danger et de rester avec ma famille, avec elle. Pourtant, je n'en ai fait qu'à ma tête, et j'ai suivi Maribelle, comme un vrai héros.

Par terre, Luna pousse un grognement.

— Ouah ! s'exclame Prudencia. Qui l'a neutralisée ?

Trop occupée à se défendre, elle a dû manquer toute l'action. Mon entrée fracassante, lorsque j'ai terrassé Luna à l'aide du dernier sortilège de ma baguette, volé au secours d'Emil, et bu le sang de la Faucheuse. Et elle ne m'a pas vu entouré d'un halo lumineux. Ces instants étaient historiques, et elle les a ratés ! J'aurais dû placer une caméra sur un trépied et filmer la scène. J'aurais tout publié en ligne plus tard, et le monde entier aurait été témoin de mes exploits !

— C'est moi, dis-je en désignant la baguette au sol.

Elle ne me félicite pas ; elle ne me qualifie pas de héros.

Iris se rue sur les acolytes en hurlant comme un quarterback ; elle en étale six sur sa lancée avant de nous rejoindre. Sa boule à zéro verte est maculée de sang, ses poings aussi. Elle a terrassé tous ces crétins qui se croyaient de taille à affronter la céleste la plus forte de toute la ville.

— Les exécuteurs sont là, nous prévient-elle, essoufflée. J'en ai compté une dizaine, mais les renforts sont en route. Il est temps de mettre les voiles.

Les mercenaires surgissent dans le jardin de l'église, protégés de leur armure turquoise. Ils brandissent leurs baguettes dans notre direction à tous – célestes, spectres, acolytes humains qui aspirent à plus – et nous bombardent de sortilèges de toutes les couleurs. Ce serait le moment parfait pour que mes pouvoirs s'enclenchent ; je pourrais traverser le mur derrière nous, voire nous téléporter par-dessus. Mais seuls se font sentir une nausée et un vertige douloureux. Je lâche Emil, qui s'affale par terre, sous une pluie de sortilèges. Iris bondit devant nous et fait bouclier de son corps, les bras croisés devant la poitrine ; sa peau foncée résiste aux attaques. Entre-temps, Prudencia repousse les sortilèges à l'aide de son pouvoir, tout en veillant à ne pas les retourner contre les exécuteurs.

En janvier dernier, il y a eu une attaque terroriste surnommée le Blackout. On l'a imputée aux quatre derniers membres fondateurs des Marcheurs du Ciel. Aujourd'hui, il est de notoriété publique que c'était un coup monté des Verseurs de sang. Sauf que les exécuteurs n'ont jamais reçu l'info ; on leur a donné pour mission d'éliminer la nouvelle vague de Marcheurs du Ciel, même s'ils n'y sont pour rien. Contrairement à eux, les Verseurs de sang n'épargnent pas les innocents. C'est à se demander pourquoi les exécuteurs ne s'acharnent pas plus contre eux et ne cherchent pas davantage à les mettre au trou.

Wesley se précipite vers nous à une vitesse étourdissante, s'arrêtant à notre hauteur dans un dérapage contrôlé. Avec sa carrure de mastodonte, il me rappelle un de mes catcheurs préférés, le chignon châtain en plus. Comme l'athlète, Wes arbore un œil au beurre noir et une lèvre fendue.

— Attention les amis ! On est complètement cernés ! s'écrie-t-il.

— Sans blague ? ironise Iris en projetant un éclair. On n'avait pas remarqué.

Le jardin est jonché de mares de sang de toutes les couleurs. Je n'étais pas présent au début du carnage, mais le tableau est vraiment troublant : la tête de l'hydre gît face au ciel, la langue pendue à son énorme bouche et le phénix bleu est étendu inerte sur le flanc.

Une succession de mouvements furtifs capte mon attention. Dione fond sur l'escadron d'exécuteurs. À l'aide de ses six bras, elle en égorge un, brise le cou d'un deuxième, en frappe un troisième entre les yeux, arrache les baguettes des deux derniers et les abat d'un sortilège.

Ce jardin se transforme rapidement en cimetière.

— Prudencia, couvre-moi ! s'écrie Iris.

Elle s'élance vers le portail, écartèle les piques en fer comme si elles étaient en argile, et torpille de coups de poing le mur en brique qui se dresse derrière.

— Wes ! Va chercher Maribelle ! ordonne-t-elle.

Je me retourne. Armée de la dague de l'Oubli, Maribelle lacère l'air sans atteindre June, qui l'esquive en se téléportant. Wesley fonce vers elle et esquisse un pas en arrière pour ne pas se faire poignarder. Il tente d'entraîner Maribelle à sa suite, mais elle lui résiste. Il l'attrape finalement par les jambes, la hisse sur son épaule et nous rejoint en courant.

— Repose-moi ! hurle Maribelle en se débattant comme un phénix en cage.

— On ne t'abandonne pas sur le terrain, rétorque Wesley.

Maribelle lui laboure le dos de coups jusqu'à ce qu'il la lâche. Elle balaie la scène du regard et repère June, qui bondit au chevet de Luna et place ses mains sur elle, protégeant sa cheffe. Maribelle lance la dague dans sa direction, et la lame a beau fendre l'air à la vitesse de l'éclair, June et Luna se sont évaporées dans la nuit.

— Elle s'est échappée ! Elles se sont échappées toutes les deux ! s'exclame Maribelle.

Un sortilège la manque de peu et elle se retourne pour évaluer le danger. Des exécuteurs, de plus en plus nombreux, l'ont prise pour cible. Elle est visiblement furax, un œil rougeoyant comme une comète, l'autre flamboyant comme une éclipse. Des flammes jaunes jaillissent de ses poings et s'étendent jusqu'à ses coudes. Elle les projette sur les exécuteurs. Apercevant Stanton, le spectre basilic, qui se dirige vers le chaudron pour y récupérer le reste d'élixir, elle vise la marmite ; et le sang de la Faucheuse s'enflamme.

— Dépêche-toi ! crie Prudencia à Iris.

Son pouvoir ne résistera pas longtemps à l'assaut répété des sortilèges, et le flot de mercenaires armés de baguettes chargées n'en finit pas d'enfler.

D'un puissant coup de poing, Iris pratique une ouverture dans le mur, un trou assez grand pour permettre à tout le monde de s'y faufiler.

— Aurora, dit faiblement Emil.

— Aurora est morte, je réponds.

— Ne la laisse pas là.

Évidemment, il n'y a qu'Emil pour se soucier du cadavre d'un phénix ! Comme si on en avait quelque chose à faire que quelqu'un emporte la dépouille de cet oiseau de malheur et s'en fasse une écharpe à plumes. Les sortilèges pleuvent, de plus en plus nombreux. Emil dans les bras, j'ouvre la marche et me glisse dans le trou. Iris, me voyant en difficulté, recueille mon frère dans ses bras et le transporte comme une plume dans le coffre de sa Jeep.

— Où est Eva ? je demande.

Eva est la petite amie d'Iris. C'est une céleste puissante. Emil a besoin de ses pouvoir de guérison, et vite.

— Eva est à Philadelphie avec ta mère, réplique Iris.

— J'ai un contact à l'établissement du Lynx, lance Wesley depuis l'extérieur. On devrait accéder à des soins en toute discrétion.

Prudencia saute sur le siège passager.

— C'est trop loin. Il perd beaucoup de sang.

Wesley se triture les méninges.

— L'institut Aldebaran ! Je connais des gens de confiance là-bas.

— Passe devant, dit Iris.

Wes s'élance dans la rue en courant et Iris démarre en trombe pour le suivre. Je jette un coup d'œil à travers la lunette arrière : Maribelle fend les airs dans notre sillage. Je ne sais pas si elle prévoit de revenir récupérer la voiture d'Atlas, avec laquelle on est venus ce soir, et je m'en fous. Les yeux d'Emil se ferment; je lui flanque une gifle pour le réveiller.

— Emil ! Allez, frangin, reste avec moi !

J'étais tellement focalisé sur l'emploi de ma baguette que je n'ai pas vu Luna poignarder mon frère avec le terminateur d'infini. Ça me rend dingue de voir mon frère dans cet état. Le sang me monte à la tête. Il ne va pas mourir ! Pas question. Ce n'est pas comme ça que c'est censé se finir.

— J'aurais dû arriver plus tôt.

Prudencia se tourne vers moi.

— Tu n'aurais jamais dû quitter Nova. On ne savait même pas si tu étais encore en vie.

— J'étais avec Maribelle. On l'a bannie elle aussi.

— Personne ne t'a mis à la porte, Brighton.

Je pose les yeux sur Emil.

Prudencia secoue la tête.

— Tu vas quand même pas faire porter le chapeau à ton frère, alors qu'il se vide de son sang. Tu vaux mieux que ça.

— Mais c'est vrai ! Il n'a pas voulu que je participe à la mission. Toi non plus, Iris.

Iris se concentre sur la route, zigzaguant entre les voitures pour ne pas perdre de vue Wesley.

— Putain ! Ne me cherche pas, alors que je me démène pour sauver la vie de ton frère !

— Tu aurais dû prendre le temps de me former !

— Trop occupée à sauver le reste de la ville, rétorque Iris.

La vie défile par la vitre. Les gens se tiennent sur les perrons et les issues de secours; ils observent le Rêveur couronné bien que les autorités aient demandé à la population de rester à l'intérieur jusqu'à ce qu'il ait disparu. Contrairement aux constellations de base telles que la Grande Ourse et Orion, qui ne renforcent que certains pouvoirs, le Rêveur couronné magnifie tous les lumimagiciens, célestes et spectres confondus. Les médias font passer les célestes pour l'élément problématique, ce soir. Ce sont les alchimistes comme Luna qui ont besoin de constellations premières comme celle-ci pour transformer les gens ordinaires en spectres.

— Je te garantis que tu n'es plus supérieure à moi, dis-je.

— Et moi je te garantis que je cherche pas à remporter le concours de celui qui a la plus grosse, réplique Iris en donnant un coup de volant à gauche.

Une question se forme sur les lèvres de Prudencia qui scrute mon visage à la lumière des lampadaires.

— Tu n'as pas… Brighton, tu n'as pas…

— Il fallait bien que quelqu'un ait du cran, je rétorque.

Prudencia me contemple comme si elle allait me gifler.

— Ne confonds pas imprudence et courage ! Cet élixir peut te tuer !

Pas question de laisser quiconque me parler sur ce ton. Même Prue. Je ne suis pas le dernier des crétins ! On a testé des élixirs similaires sur des gens, je le sais. Depuis l'apparition du Rêveur couronné, le 1er septembre, jour de mes dix-huit ans, les Marcheurs du Ciel pourchassent les spectres exhibant les pouvoirs de multiples créatures – une première. Les pouvoirs d'Emil se sont manifestés, alors qu'il combattait un spectre.

— Ça a marché pour les autres spectres, dis-je.

Le regard de Prudencia me met mal à l'aise.

— Tu veux parler de spectres comme Orton, qui s'est brûlé vif avec son propre feu ? Brighton, ton père est mort parce que son sang n'a pas supporté l'essence d'hydre qu'on lui a administrée…

— Inutile de me le rappeler !

— Pourquoi tu joues avec le feu, alors ? C'est justement à cause de ce genre d'attitude qu'Iris ne voulait pas de toi sur le terrain ! Tu te prends pour un gros dur, mais Emil est l'un des plus puissants lumimagiciens de notre camp et regarde-le !

— Imagine ce que je serai capable de faire quand mes pouvoirs s'animeront ! Projeter du feu, traverser les murs, faire repousser mes membres, courir à la vitesse de l'éclair. Voler ! Peut-être même que je pourrai posséder les gens aussi et...

— Maudites soient les étoiles, posséder les gens, ça ne va pas jouer en ta faveur. Ces pouvoirs ne t'appartiennent pas. Cet élixir a été créé pour Luna à partir du sang de ses parents. Il pourrait y avoir des effets secondaires très néfastes. Tu es tellement irresponsable...

— Je ne me rappelle pas t'avoir entendue servir le même sermon à Emil !

— Emil n'a pas choisi de devenir un spectre, et il fait tout pour trouver comment neutraliser ses pouvoirs. Tandis que toi, avec ce dangereux mélange de facultés, tu t'es fourré dans une histoire qui pourrait bien te coûter la vie.

Je m'en tiens à ce que j'ai dit à mon frère.

Plutôt crever que vivre sans pouvoir et le voir faire toutes ces choses qui me seraient inaccessibles.

On pénètre dans un parking et Iris freine brutalement. Je soutiens le cou d'Emil.

L'institut Aldebaran, une clinique pour lumimagiciens, est un bâtiment rouge vif en forme d'anneau. Par la vitre, j'aperçois Wesley devant l'entrée. En nage et à bout de souffle, il s'entretient avec trois praticiens en blouse bleu nuit. Ces derniers se précipitent vers notre véhicule. Doucement, ils soulèvent Emil et le déposent sur une civière. Deux d'entre eux lui portent un regard admiratif, j'en mettrais ma main à couper, comme s'ils avaient affaire à une sorte de vedette. Le truc, c'est qu'Emil est devenu une célébrité, surtout aux yeux des célestes, depuis que certaines vidéos ont fait le buzz en ligne. Il a de la chance qu'on ne soit pas dans un hôpital normal, où les employés lui passeraient les menottes en attendant l'arrivée des exécuteurs, qui le transféreraient direct dans les Limites.

Derrière moi, des bruits de pas retentissent soudain ; c'est Maribelle qui atterrit. La praticienne lui lance un regard noir, ce qui n'est pas inhabituel. C'est Aurora, la mère de Maribelle, qui a été filmée par les caméras de sécurité lors de l'attentat du conservatoire de Nightlocke ; depuis, les célestes ont beaucoup de mal à vivre en paix. Quand même, vu la manière dont elle la dévisage, on croirait que c'est Maribelle en personne qui a fait exploser le conservatoire. La praticienne détourne les yeux et nous examine les uns après les autres. Iris, Wesley et Prudencia sont dans un sale état – couverts de sang, de bleus et de boue. Je m'en tire pas trop mal pour ma part. Personne ne m'a touché. Comme si j'avais déjà le pouvoir de passer à travers les coups et les objets. Il faut avouer que j'ai fait gaffe ; ça m'a suffi d'être pris en otage une fois par les Verseurs de sang.

Je rattrape le brancard juste à l'instant où les portes de l'ascenseur se referment.

— C'est réservé à la famille, m'avertit un praticien.

— C'est mon frère.

Le médecin se tait. S'ils savent qui il est, ils devraient savoir qui je suis. Emil n'est apparu que sur ma chaîne YouTube, à de multiples reprises.

Bientôt, tous sauront qui je suis.

L'ascenseur nous conduit au dernier étage, le quatorzième. Les éclairages du couloir diffusent une lumière chaude et éclatante. Ça me rappelle la fois où j'étais sur scène à réciter mon discours, à la remise des diplômes. Pris de tournis, je chancelle. Les médecins emmènent Emil dans une pièce privée.

Des murs blancs percés de grandes fenêtres et surtout, un plafond ouvert, ce qui est commun dans la plupart des cliniques pour lumimagiciens. Le ciel nocturne guérit et renforce les célestes – et les spectres aussi, mais à un moindre degré.

La praticienne découpe le gilet pare-pouvoirs d'Emil en prenant bien son temps. Je perds patience. Je lui enjoins de se dépêcher et l'informe qu'on a poignardé Emil avec un terminateur d'infini. Le visage de mon frère est livide, et je reste proche de lui, je lui tiens la main, même quand on me demande de m'écarter. Il faut qu'il sache que je suis à ses côtés. Eva Nafisi, notre guérisseuse, pourrait lui sauver la vie en un rien de temps, mais les Marcheurs du Ciel ne l'amènent jamais sur le terrain de peur qu'on la kidnappe. Ce serait une grande perte pour nous et un énorme avantage pour nos nombreux ennemis. La praticienne révèle alors un pouvoir de guérison relativement modéré, et une onde de soulagement me balaie. Son pouvoir n'est pas aussi coloré que celui d'Eva, qui luit comme un arc-en-ciel, mais les douces lumières rouges qui émanent de ses mains permettent au sang d'Emil de se renouveler. Lentement mais sûrement. Le seul truc, c'est qu'elle ne semble pas assez forte pour refermer complètement la plaie. On va peut-être devoir le suturer à l'ancienne.

Si seulement Emil et moi, on pouvait se guérir l'un l'autre avec nos pouvoirs respectifs.

La vue de tout ce sang me file le tournis. Je devrais m'asseoir, boire un peu d'eau, mais ça me rappelle trop la mort de papa. Emil ne voulait pas se battre, c'est moi qui l'y ai poussé. J'imagine qu'il meurt à son tour, et la pièce se met à tourner. Il mérite de vivre, bordel ! Il ne voulait pas qu'on abandonne le cadavre du phénix ! C'est dire à quel point il est sensible. Les lumières aux murs baissent. Je ne sens pas l'influence du Rêveur couronné censé me rendre plus puissant, me garder alerte. Ma main se détache peu à peu de celle d'Emil, et je bascule en arrière.

J'ai demandé une fois à papa ce que ça faisait de vivre avec du poison dans le sang. Il m'a répondu qu'il avait tous les symptômes : frissons, réactions cutanées, vertiges, palpitations. Par moments, son souffle s'accélérait, comme le mien maintenant. Ça me fait vaguement penser aux crises de panique qui me prenaient au moment des examens ou, pire encore, à celles que j'avais quand papa rentrait d'un rendez-vous à l'hôpital où on lui annonçait une mort de plus en plus imminente.

Je m'écroule. Étendu par terre, je contemple le Rêveur couronné qui s'estompe. Et tandis que mes paupières se ferment, j'ai le sentiment intime que le sang de la Faucheuse ne me rendra pas immortel. Il va m'empoisonner jusqu'à ce que j'en crève.

DEUX
PRISONNIER

Ness

Que choisir ? Être le prisonnier du sénateur ? Ou finir au cachot, dans les Limites ?

Nous sommes dans la cabine lorsque le sénateur m'invite à aller prendre l'air à l'avant du bateau pour réfléchir à la grande décision qui m'attend. Entre le coup de poing dans le nez qu'il m'a asséné, le sortilège avec lequel les exécuteurs m'ont frappé, et le navire qui fend les eaux en direction de l'île, je n'ai plus tout mon équilibre. Je gravis d'un pas chancelant l'étroit escalier en colimaçon qui donne sur la poupe.

Deux hommes en costume noir sont postés devant l'escalier ; ni l'un ni l'autre ne me prêtent la moindre attention, quoiqu'on se connaisse très bien. Avec son torse étiré et ses longs membres, Jax Jann, le chargé de sécurité du sénateur, m'a toujours fait penser à un nageur olympique. Il arbore d'épais sourcils et une tignasse rousse nouée en queue-de-cheval. C'est le télékinésiste le plus impressionnant que j'aie jamais vu ; tant qu'il sera dans les parages, jamais un sniper ne pourra atteindre le sénateur. Quant à l'autre, Zenon Ramsey, il présente une crinière blonde qui cache totalement ses yeux, ce qui donne l'impression (à tort) qu'il ne prête pas attention à ce qui se déroule autour de lui, alors qu'en réalité, c'est le plus vigilant de tous. Il possède le rare pouvoir de voir à travers le regard des autres – apparemment, ça ne marche qu'avec les personnes situées dans un périmètre proche, mais c'est largement suffisant pour monter la garde dans un rayon de trois kilomètres.

Le sénateur a toujours employé des célestes pour protéger sa famille ; le fait qu'il s'entoure de gardes du corps célestes durant ses campagnes électorales contre la communauté m'a toujours semblé étrange. Jusqu'à ce que j'apprenne la fortune que ces employés touchent pour le garder en vie. Je ne pourrais pas en dire autant, moi qui travaillais au service de Luna pour la rendre immortelle. Ce qui m'a le plus choqué, c'est la manière dont m'ont jaugé Jax et Zenon. Apparemment, ils savaient que je n'avais pas été déchiqueté dans l'explosion du conservatoire de Nightlocke.

Combien d'autres savaient que le sénateur a tenté de faire assassiner son propre fils pour dépeindre les Marcheurs du Ciel comme un danger pour la société ?

Même si je parvenais à me débarrasser de Jax et Zenon et à m'enfuir sur un canot de sauvetage, je n'irais pas bien loin, comme me le rappelle un cri strident dans le ciel. Un phénix qui fait quatre fois la taille d'un aigle plonge en direction du fleuve ; son ventre bleu cristallin effleure la surface de l'eau à la recherche d'un quelconque intrus ou d'un évadé. Ce phénix aux plumes indigo est un *nageur céleste* ; si je suis en mesure de l'identifier aujourd'hui, c'est parce que le sénateur est un jour rentré d'une partie de chasse avec la tête de cet oiseau ; elle est sûrement encore accrochée dans son bureau, au manoir.

— Un sacré spectacle, constate le sénateur en me suivant vers la proue du navire.

Je crois tout d'abord qu'il parle du nageur céleste, mais son regard est rivé droit devant, sur notre destination. Les Limites de New York. Une série de tours agglutinées les unes aux autres, comme les pièces réunies d'un échiquier. Les bâtiments sont dépourvus de fenêtres pour couper les détenus des astres et étouffer leurs pouvoirs. L'isolement est le plus cruel des châtiments. Enterrés dans les profondeurs, les célestes sont privés des étoiles; celles-ci disparaissent alors de leur univers.

Ce lieu, je l'ai découvert en avant-première.

Le sénateur m'a amené ici après le meurtre de ma mère.

Ce jour-là, on m'a fait faire le tour des Limites, histoire de me montrer les mesures imaginées par les architectes pénitentiaires pour brider les détenus. Des mesures exemplaires. Au sous-sol, deux hommes immergés jusqu'au cou dans des cuves. Ils pouvaient à peine respirer et manger. Quant à leurs excrétions, c'était leur problème. Impossible d'invoquer le feu dans ces conditions. Et les éclairs, n'en parlons pas. À moins de vouloir finir grillé comme un toast. Au deuxième sous-sol, une cellule quadrillée de pièges électriques. Le but : empêcher une céleste de se liquéfier pour s'échapper. Dans le box voisin, un homme caméléon. Au plafond, les ingénieurs avaient installé des arroseurs projetant des peintures de couleur, pour le garder à l'œil en permanence.

Pour finir, on avait rendu visite à un prisonnier placé en isolement, au tout dernier sous-sol. Un homme enfermé pour avoir fait bouillir le sang de tous les membres de sa famille. Ses cris, qui résonnaient dans les couloirs, m'avaient tellement angoissé que je m'étais caché derrière Logan Hesse, mon garde du corps de l'époque. Mais quand le gardien avait ouvert la porte du cachot, je m'étais ressaisi. En réalité, je ne craignais rien. Le prisonnier avait les poignets, les chevilles et la taille enchaînés. On avait observé cet homme brisé comme un animal au zoo; il avait perdu toute envie de se battre. Le jour suivant, on l'avait retrouvé mort dans sa cellule. Sur son visage, des brûlures rouges qui portaient l'empreinte de ses mains. Quand le sénateur m'avait annoncé la nouvelle, il s'était moqué du mort en mimant son suicide. J'avais ri aux éclats avant de me remettre à faire mes devoirs.

Je déteste celui que j'étais alors.

Le navire accoste la jetée.

L'île est réputée pour ses pièges hors du commun. Elle grouille de basilics du désert, ces serpents prêts à gober des personnes entières. Pourtant, le sénateur avance d'un pas assuré sur la plage ; j'imagine qu'il sait ce qu'il fait. J'hésite. Je ne sais pas si je suis prêt à gravir la colline abrupte et ses rochers escarpés jusqu'à la prison. C'est alors qu'un homme plus âgé jaillit d'un bosquet. La lampe torche qui guide ses pas illumine ses traits et je le reconnais.

Barrett Bishop. C'est lui qui supervise cette île.

Il est très pâle, à croire qu'il ne sort de sa tanière que la nuit. La dernière fois que je l'ai vu, c'était le matin du Blackout. Ses rides sont plus marquées au coin des yeux et ses cheveux grisonnants dégringolent sur ses épaules. Il est un peu débraillé. Contrairement au sénateur, Bishop se soucie peu de son apparence. Le contraste a marché en leur faveur au cours de ces dernières élections. Le sénateur est le candidat bien comme il faut, le plus qualifié pour le rôle de président. Quant à Bishop, son côté monsieur Tout-le-monde combiné à son expérience d'architecte en chef des Limites fait de lui le candidat idéal à la vice-présidence. Il est très populaire auprès des partisans, qui l'acclament à chaque meeting, même quand il sort des propos complètement outranciers.

— Edward, lance Bishop, saluant le sénateur d'une voix rauque avant de poser sur moi un regard glacial. Tu as apporté ton fantôme.

— En effet, répond le sénateur.

Bishop me braque le faisceau de la lampe dans les yeux, faisant joujou avec moi comme si j'étais un chaton qui s'ennuie, avant d'éteindre la torche.

— Qu'est-ce qu'on va en faire ? L'enterrer dans les Limites ?

— C'est à lui de décider, réplique le sénateur.

Les flashs dans mes yeux s'estompent et le sourire de Bishop m'indique qu'il aimerait faire de moi son prisonnier personnel. Ce serait déjà amplement suffisant de me laisser moisir dans une cellule à ressasser mes torts. Mais les architectes de la prison haïssent la lumimagie ; ils mettent un point d'honneur à prouver leur supériorité sur les prisonniers. Aussi, partout dans l'enceinte de la prison, nos pouvoirs peuvent être neutralisés par des moyens ordinaires. Il faut dire que les architectes ne manquent pas d'imagination, une imagination alimentée par la haine. Ce qui ne les empêche pas de rentrer chez eux le soir sans éprouver le moindre scrupule.

À l'époque, la même haine m'habitait.

À la suite de notre première visite des Limites, le sénateur m'a demandé comment je punirais l'homme qui a tué ma mère si je mettais la main dessus. Le céleste avait piégé ma mère en créant une illusion, lui faisant croire qu'il était son ami avant de l'égorger. J'ai passé la journée à tourner la question dans ma tête. Le soir venu, au moment du dîner, j'ai répondu au sénateur que j'enchaînerais le céleste à une chaise, convoquerais les membres de sa famille et les tuerais tous devant lui. Pas d'illusion. Rien que la réalité.

— On ne peut pas assassiner les gens comme ça, avait rétorqué le sénateur.

Quelle blague ! Lui qui a manigancé ma mort et fait porter le chapeau à des célestes innocents ! En vérité, le sénateur ne veut pas se salir les mains et risquer de se faire prendre.

Quel sort choisir ?

Déjà que je ne supportais pas que le sénateur se serve de moi pour diffuser des messages mensongers auprès des jeunes et pour faire passer les célestes pour des menaces ! Ce qu'il me réserve aujourd'hui est encore pire. Sur le navire, il m'a annoncé ses intentions dans les grandes lignes. En gros, il voudrait que j'emploie mon pouvoir de métamorphe pour incarner la représentante au Congrès Sunstar et son staff. L'objectif est de discréditer sa campagne. Je ne connais pas le plan dans les détails, mais si je réussis à me faire passer pour elle en public, je serai peut-être en mesure de m'échapper.

Pour le moment, je n'ai aucune chance de m'évader de ce labyrinthe : quatre tours de plusieurs niveaux, truffées de pièges et gardées par des hommes armés jusqu'aux dents.

Je me tourne vers le sénateur pour lui donner une réponse ; le Rêveur couronné, estompé, se reflète dans ses lunettes. J'ignore comment s'est déroulé le rituel d'immortalité ce soir. Pourvu qu'Emil ait pu retrouver son frère et s'échapper avec le phénix ; pourvu qu'il ne soit pas mort pour protéger cet oiseau. Si je veux avoir une chance de le revoir un jour, il faut que je sois patient et calculateur comme Luna l'a été toute sa vie.

Pour faire tomber le roi, je dois devenir un pion. Me montrer plus rusé que l'homme qui dupe le monde entier sans posséder une once de sang de métamorphe dans tout son corps.

— Je vais travailler pour toi, dis-je.

— Sage décision, Eduardo, répond le sénateur avec un petit applaudissement concluant.

— Et moi qui me faisais une joie de jouer avec mon nouveau prisonnier, se lamente Bishop. Tant pis, on fera avec.

— Rentrons à la maison ! déclare le sénateur.

La maison. Ce manoir sans âme a cessé d'être mon foyer bien avant le Blackout. C'est une cage d'une autre sorte. Il va falloir attendre le moment propice, un instant de négligence de la part du sénateur. Alors je m'enfuirai sans jamais me retourner.

Il ne me reste plus qu'à espérer m'échapper avant que le sénateur ne fasse de moi son complice dans la course à la présidentielle.

TROIS

L'EMPRISE DE LA MORT

Maribelle

Il y a des mois de ça – je ne me rappelle plus exactement quand, quatre ou cinq peut-être – j'ai croisé une céleste diseuse de bonne aventure à l'angle d'une rue. Elle se targuait de lire à la fois le passé et l'avenir. D'habitude, je ne suis pas désespérée à ce point, mais ce jour-là, j'étais prête à tout pour découvrir la vérité sur la mort de mes parents. Atlas m'avait dit de ne pas me faire de faux espoirs. J'aurais dû l'écouter. Maman m'a toujours mise en garde contre cette tendance que j'ai à me noyer dans la confusion de mes pensées. Et avec son esprit clair, Atlas me faisait beaucoup de bien. La céleste s'avéra inutile avec sa boule de cristal à la noix. Mais aujourd'hui, j'ai enfin une réponse : June, le spectre au sang de fantôme, a possédé ma mère ; elle lui a fait porter le chapeau du Blackout pour que le pays se retourne contre les Marcheurs du Ciel.

Ensuite, June m'a possédée et forcée à tuer Atlas.

J'avais besoin de prendre l'air. Du coup, je suis montée sur le rooftop de l'institut Aldebaran. Au quatorzième étage, mes jambes pendent dans le vide et la lumière du Rêveur couronné me picote la peau une dernière fois, avant qu'il ne s'estompe complètement dans la nuit. C'est fini. Luna a loupé le coche, l'ultime occasion pour elle de devenir immortelle.

Si on tient à nous remercier, Brighton et moi, pour la prouesse de ce soir, je ne serai pas contre quelques caisses de vin astral et quelques boîtes de biscuits auréolés.

Je ne suis quand même pas partie les mains vides. La dague de l'Oubli que je fais tournoyer entre mes doits est magnifique. Pas en raison de son aspect. Elle ressemble à un os pourri ; elle porte les marques gris foncé de tous les fantômes qu'elle a poignardés – récemment, les parents de Luna. Elle est d'un poids surprenant aussi, lourde comme la boule de cristal de la céleste, cette boule que j'avais lancée à travers la pièce tendue de rideaux de velours quand j'ai compris que la voyante se payait ma tête. Non, la dague de l'Oubli est belle car c'est une arme qui va me servir à anéantir June.

Je suis épuisée – abattue, fourbue, courbatue. La dernière fois que je me suis reposée, c'est quand je me suis écroulée sur le cadavre d'Atlas, il y a quelques heures, dans le musée, juste après que mes pouvoirs se sont révélés, formant un anneau de feu tout autour de moi. Mais je ne pourrai pas dormir sans Atlas à mes côtés cette nuit. Un sentiment de désespoir m'envahit. Ça me rappelle mes longues nuits solitaires à la suite du Blackout. J'avais alors fait le vide autour de moi ; j'avais même repoussé Iris, ma meilleure amie à cette époque-là, qui pleurait ses propres parents. Atlas était alors devenu ma lumière. Certains après-midi, il était le seul à pouvoir me tirer de mon lit. À d'autre moments, j'avais assez de force pour me passer de son aide. Ce soir, l'idée de me glisser sous une couette sans lui me terrifie.

Le vent froid rabat ma chevelure noire en arrière. Si seulement papa était là pour me faire une natte comme quand j'étais gamine. Mais il n'est plus là.

La mort me cerne de toutes parts. Elle m'enlève tous ceux que j'aime.

Maman et papa. Atlas. Simone. Konrad.

Tout aurait pu être différent. Si j'avais su que les fondateurs des Marcheurs du Ciel étaient mes parents biologiques, j'aurais compris que mon pouvoir de lévitation n'était que l'ébauche de ce dont je suis capable, ayant hérité des pouvoirs du phénix de Bautista de Leon. J'aurais su que l'instinct qui me permet de rester en vie durant les combats se rapproche davantage d'un sixième sens, une extension des visions de Sera Cordova. J'aurais pu prévoir la tragédie et convaincre papa et maman de rester à la maison, le jour du Blackout. Un drame qui a grandement nui à la cause des célestes.

Mon pouvoir aurait pu me servir à sauver Atlas aussi.

En attendant de voir si Emil s'en sort, et si Brighton vient traquer les Verseurs de sang avec moi, je devrais aller récupérer la voiture d'Atlas. Je l'ai garée à quelques pâtés de maisons de l'église Alpha de la Nouvelle-Vie. Je n'ai pas encore de fourreau pour la dague de l'Oubli, trop épaisse pour que je la glisse dans ma botte. Du coup, je la dissimule dans la doublure de mon gilet pare-pouvoirs.

Je retourne à l'intérieur du bâtiment, franchissant une porte pyramidale, et je croise un couple de praticiens qui me toisent d'un air méfiant. Comme si je risquais de faire péter l'immeuble comme ma mère aurait soi-disant fait exploser le conservatoire. Ces praticiens font partie de la dernière génération. Ils ont à peine quelques années de plus que moi. Aussi, ils ne se souviennent peut-être pas qu'il y a huit ans, les Marcheurs du Ciel ont aidé une dizaine de centres de soins réservés aux lumimagiciens, collectant des millions de dollars pour leur fournir des équipements à la pointe de la technologie. Les gens payaient pour se faire prendre en photo avec mes parents et ceux d'Iris. Et Iris et moi, on avait l'impression d'appartenir à la royauté quand les donateurs demandaient à nous saluer et nous souhaitaient notre anniversaire. Mais les plus gros dons venaient de ceux qui voulaient savoir ce que ça faisait de voler – et pas seulement voler, mais voler avec des Marcheurs du Ciel alors adulés. Pourquoi sauter en parachute quand les Lucero pouvaient vous faire survoler le quartier pendant quelques minutes ?!

Les choses n'étaient pas parfaites à cette époque, et elles ne le seront jamais, mais je tuerais pour revivre ces moments.

Je *tuerais* pour revivre ces moments.

À l'angle du couloir, je perçois des sanglots. Prudencia est assise par terre, le visage enfoui dans ses mains. Emil a dû mourir. Je sais qu'il a bon cœur, mais c'était mérité. Si Emil n'avait pas relâché June, alors qu'on la tenait enfin au stade Apollo, Atlas serait encore en vie.

— Emil est mort ? je demande.

Prudencia parvient à peine à articuler ; elle ne prend même pas la peine de sécher ses larmes.

— Je sais pas. Les praticiens s'occupent de lui, mais Brighton… il a perdu connaissance aussi. Il est entre la vie et la mort. Une équipe s'occupe de lui.

D'après ce que j'ai cru comprendre, Brighton et Emil sont les personnes les plus importantes de son existence. Les parents de Prudencia ont été assassinés eux aussi. Elle est sur le point de perdre tous ceux qu'elle aime. Si elle s'est engagée dans ce combat, c'est seulement pour suivre ses meilleurs amis. Restera-t-elle avec les Marcheurs du Ciel s'ils succombent ? Ou retournera-t-elle auprès de sa tante, qui hait les célestes ? Je m'interroge.

— Il y a encore de l'espoir, je dis. (Ce ne sont pas des paroles en l'air, je ne perds pas mon temps à tenir des propos vides de sens.) C'est connu, les spectres s'évanouissent très vite après avoir consommé l'élixir, quand leurs pouvoirs se révèlent. Leur corps doit s'ajuster. Et le sang de la Faucheuse est d'un tout autre niveau. Je suis certaine que Brighton s'en sortira.

— Brighton n'est pas censé être un spectre, réplique Prudencia.

Bon… OK. Personne n'est censé l'être. Y compris moi. Mais la potion neutralisante que veut créer Emil, et sur laquelle planchaient Bautista et Sera, ça me semble être une mission impossible. Déjà que ce n'est pas facile pour un alchimiste aguerri de transformer un individu en spectre, c'est encore une autre paire de manches d'inverser le charme pour faire d'un spectre une personne ordinaire. C'est un combat perdu d'avance.

— Brighton a choisi, dis-je.

— Et toi tu as décidé de l'aider, et ça me donne envie de te projeter contre un mur… Mais je connais Brighton. Même sans ton soutien, il n'en aurait fait qu'à sa tête. Au moins, tu as empêché qu'il meure.

Prudencia fixe le poster sur le mur d'en face où figurent des célestes courant sur l'eau. Je ne vois pas en quoi ça peut la rasséréner en ce moment.

— C'était quoi son argument pour boire le sang de la Faucheuse ? demande-t-elle.

Lorsque Brighton m'avait présenté son plan, j'avais vu au-delà de ce que les gens, même Prudencia, prennent pour du bagout.

— Il a dit qu'il fallait que ce soit lui qui le boive. Que ce serait trop risqué pour moi, vu qu'on ne sait pas grand-chose au sujet de mon groupe sanguin, qui contient des propriétés de spectre et de céleste.

— Comme si ce n'était pas dangereux pour lui ! Et son père qui a succombé à l'essence d'hydre qu'on lui a administrée, il y a pensé ? Il a songé un seul instant que Luna avait concocté l'élixir à partir du sang de ses propres parents ? Et que la potion n'avait jamais été testée sur quiconque ? Il savait tout ça, et ça ne l'a pas empêché d'aller jusqu'au bout !

Elle manque d'air. Ça me rappelle les jours qui ont suivi la mort de mes parents, quand je hurlais et sanglotais si fort qu'Atlas, Iris et les autres ne comprenaient pas ce que je tentais de dire.

— Il va mourir, déclare Prudencia.

— Peut-être. Les lumimagiciens n'ont pas le luxe du temps. Tu devrais le savoir, toi qui as perdu tes parents.

Elle se lève.

— De quoi tu parles ?

— Je n'ai jamais caché quoi que ce soit à Atlas. Tu avais tes raisons de ne pas avouer à Brighton que tu es une céleste. Je comprends. Pourtant tu crois qu'il s'est senti comment en apprenant que tu avais confié ton énorme secret à Iris, une totale étrangère, avant de lui en parler à lui ?

— Je ne voulais pas qu'il m'exploite. Regarde comment il s'est servi d'Emil pour booster son statut et se faire connaître du public. Et puis, Brighton et moi, on est très différents d'Atlas et toi.

— J'étais transparente avec celui que j'aimais. Pas toi.

Prudencia lève les yeux au ciel.

— Tu ne me connais pas.

— Tu t'es lancée dans des missions dangereuses, sachant que tu devrais peut-être employer ta télékinésie, pour protéger Brighton.

— Et Emil !

Elle tremble. Sa colère s'avérerait utile contre les Verseurs de sang, si jamais elle désirait s'engager à nos côtés.

— Tu veux me faire croire que tu serais quand même allée sur le terrain, sachant que les Marcheurs du Ciel veillaient sur Emil, si Brighton était resté sagement à l'abri ?

Prudencia inspire à fond. Elle s'apprête à dire quelque chose mais se ravise et s'éloigne. Apparemment, se voiler la face, c'est sa spécialité.

Si Wesley ne m'avait pas empêchée de trucider June, je lui aurais probablement proposé de venir récupérer la voiture d'Atlas avec moi. Mais je suis furax contre lui et j'emprunte les escaliers pour éviter de le croiser. Une fois dehors, je bondis dans les airs et vole à travers la nuit, le vent dans les oreilles.

J'arrive bientôt à l'église. Je suis prudente car un char d'assaut est encore garé devant le bâtiment. Tous les exécuteurs ne sont pas partis. Non loin de là, je repère également une ambulance et des voitures de police. On ne devrait pas tarder à voir apparaître les housses mortuaires contenant le corps des acolytes. Les officiers recueillent les témoignages ; je me demande si les témoins exagèrent la scène, comme tant d'autres par le passé.

Je déverrouille la voiture d'Atlas. Mais avant de retourner à Aldebaran pour y prendre des nouvelles de Brighton, j'ouvre le coffre et en sors la bouteille de vin qui contient les cendres d'Atlas. Je l'ai moi-même incinéré à l'aide des pouvoirs qui se sont manifestés à sa mort. Je mourrais plutôt que de laisser un poète s'emparer de cette histoire.

Je ne suis pas experte en fantômes. Ce n'est pas une force ennemie qu'on a combattue par le passé. Je n'en connais que les éléments de base : les fantômes n'apparaissent qu'à la faveur de la nuit ; ils ne hantent notre monde que s'ils ont été brutalement assassinés. Grâce au rituel de Luna, j'ai appris néanmoins un détail important. Un alchimiste nécromancien peut invoquer les fantômes errants ; il leur faut juste un objet ayant appartenu à la personne de son vivant et la présence de son meurtrier. June m'ayant possédée quand elle a frappé Atlas en plein cœur, cela fait de moi sa meurtrière. On peut y voir du positif.

Chaque chose en son temps. D'abord, je vais tuer June. Ensuite, je le vengerai.

Je presse les cendres d'Atlas contre mon cœur, rêvant de la nuit où j'invoquerai son fantôme et l'enverrai reposer en paix parmi les étoiles.

QUATRE
CAUCHEMAR

Emil

Mon frère est un monstre.

Les rues sont peuplées d'exécuteurs jetant des sortilèges à tout-va dans la nuit, tandis que leurs chars flamboient. Brighton s'est élevé au-dessus des immeubles qui l'entourent. Il se fige dans les airs pour contempler le chaos qu'il a semé. Il possède trois têtes serties d'yeux noirs comme le néant; des flammes de phénix s'écoulent des paumes de ses six mains. Je m'envole à mon tour pour le combattre, le forcer à cesser. Mais il est intouchable. Je le traverse comme s'il était constitué d'air. Je flotte devant son visage, le suppliant d'arrêter. Un rire cruel jaillit de ses trois visages. La ville lui appartient, libre à lui de la détruire. Lorsque je trouve enfin le courage d'affronter mon frère et de faire appel à mon propre feu, Brighton projette un brasier dans ma direction et…

Je me réveille en sursaut, essoufflé. Des gémissements m'échappent.

Ce n'était qu'un cauchemar. Rien de plus. Tout ça n'était qu'un cauchemar. Jamais Brighton ne sombrerait dans une pareille noirceur. Tout ça, c'est dans ma tête.

Des bribes de conversation me reviennent, une dispute entre Brighton et Prudencia. Mais ni l'un ni l'autre n'est présent à mes côtés à l'heure présente. Je suis seul dans une pièce aux murs d'un blanc éclatant et aux lumières crues aveuglantes. Pour reposer mes yeux, je les porte au plafond transparent et contemple le ciel nocturne. J'ignore quelle heure il est, quel jour on est. En tout cas, le Rêveur couronné et son halo sont invisibles dans l'obscurité. Pas une seule étoile en vue. Cette constellation est rare et ne réapparaîtra dans le ciel que quand je serai un vieillard, à supposer que je vive assez longtemps. Peut-être que je le reverrai dans une vie prochaine, quel que soit le nombre d'existences qui m'attendent avant qu'on m'achève pour de bon avec le terminateur d'infini.

Le matelas est trop ferme et je crève de chaud. Je rabats le drap et m'aperçois que je suis torse nu. Sur mon ventre, là où Luna m'a poignardé, le sang a séché. La plaie s'est refermée, et la cicatrice est étrange. La peau décolorée, étirée. On m'a guéri. Mais ce n'est pas Eva. Ses pouvoirs sont si prodigieux qu'il ne reste en général aucune trace après son intervention. En plus, elle absorbe la douleur. Or, j'éprouve encore des élancements et des douleurs vives à l'endroit de ma blessure. Attention, je suis reconnaissant qu'on m'ait sauvé la vie. Je ne fais que constater les talents remarquables d'Eva, notre puissante guérisseuse.

Autour de l'entaille, les marques des coups infligés par Ness pour tromper Luna et la convaincre de sa loyauté. Ces plaies-là ne guériront jamais complètement. Mais Ness a fait ça pour me sauver la vie. Et quand il a eu l'occasion de disparaître, il est revenu à Nova pour me sauver à nouveau, alors qu'on était la cible d'une attaque. Les exécuteurs l'ont ensuite capturé, et je doute qu'il leur ait échappé. À l'heure qu'il est, il est probablement mort quelque part, même si je ne vaux pas la peine qu'on se sacrifie.

On frappe doucement à ma porte. Entre une petite praticienne vêtue d'une blouse bleu nuit, le visage constellé de taches de rousseur et auréolé de boucles rousses. Ses yeux d'un vert pétant s'agrandissent en me voyant la scruter.

— Emil Rey, dit-elle avec un soupçon de fierté maternelle. Je suis le Dr Bowes. C'est un honneur d'avoir fait partie de l'équipe qui… qui… qui, euh, qui a œuvré pour votre guérison.

Les joues rouges, elle secoue la tête comme si elle voulait sortir et recommencer son entrée.

— Bonjour. Merci…

Ces premiers mots ne sont pas grand-chose, mais ils me brûlent la gorge.

— Détendez-vous, me conseille le Dr Bowes en me tendant un verre d'eau.

J'aspire le liquide par une paille en métal.

Elle me pose une série de questions auxquelles je réponds le plus succinctement possible : sur une échelle de un à dix, j'estime ma douleur à sept ; j'aimerais qu'on baisse la lumière ; je meurs de faim et je suis végétarien ; je suis épuisé. Elle tamise l'éclairage et demande à une aide-soignante qu'on me prépare un repas. Je remonte la couverture sur mon torse. La dernière fois que j'ai exposé mon corps maigrichon, c'est quand Ness a nettoyé mes plaies. Il a fermé les yeux tout du long, sachant que je suis gêné par mon apparence, même si c'est le cadet de mes soucis. Je vois bien que le Dr Bowes ressent mon malaise. Elle m'aide à enfiler une blouse moutarde ornée d'étoiles – un problème de réglé.

— Emil, les autorités vont vouloir établir un rapport, m'annonce-t-elle en approchant une chaise. Que s'est-il passé ce soir ?

— Les Verseurs de sang.

Elle hoche la tête.

— Iris les a évoqués pendant qu'on la soignait. Elle a contacté votre mère et lui a conseillé de rester à distance pour le moment. (C'est logique, mais je sais que ça ne doit pas être facile pour maman.) J'admire votre bravoure, Emil. Il faut être courageux pour mener ce combat. Je n'en serais probablement pas capable, même avec vos pouvoirs. Dans mon enfance, j'admirais Bautista et les Marcheurs du Ciel. À cette époque, on les considérait comme des héros – c'étaient même des vedettes. (Le Dr Bowes esquisse un sourire mélancolique avant de poser la main sur son cœur.) J'ai pleuré pendant des semaines à sa mort. Et j'ai mis des années avant de décrocher ses posters de mon mur.

Au regard qu'elle me porte, je me demande si elle sait que je suis la réincarnation de Bautista. Mais c'est impossible. Le public ignore que ce phénomène existe réellement, puisque même les spectres possédant du sang de phénix comme moi ne ressuscitent pas sous la même identité. Vu l'admiration qu'elle porte à Bautista, elle réagirait bien si je lui confiais mon secret. En revanche, c'est mon existence antérieure sous les traits de Keon Maximo, l'alchimiste devenu le premier spectre de l'histoire, que je ne souhaite pas divulguer. Je n'en ai parlé qu'à une seule personne, qui n'est pas directement impliquée dans la guerre opposant les Marcheurs aux Verseurs de sang : Kirk Bennett, mon ancien patron, le conservateur du musée. Par la suite, Kirk m'a trahi.

— Bautista était un héros, dis-je d'un air détaché.

— Tout comme vous. Mon fils est super fier que je soigne un Marcheur du Ciel. C'est votre plus grand fan ! Pour Halloween, il a voulu que je lui confectionne un costume à votre image.

Le peu de sang qu'il me reste encore me monte direct aux joues. Pendant plusieurs années, Brighton et moi, on s'est déguisés en Marcheurs du Ciel pour Halloween. Il tenait coûte que coûte à incarner Bautista, évidemment. C'est son côté grand frère et mâle dominant. Quant à moi, je choisissais le personnage de Lestor Lucero, que je trouvais mignon.

Il faut voir où ça nous a menés : obsédé, Brighton a fini par boire le sang de la Faucheuse pour enfin trouver sa place parmi les Marcheurs. Et moi je suis la réincarnation de Bautista. Ce ne sont pas des costumes que nous portons. Pourtant le fils du Dr Bowes va se déguiser en moi, même s'il se pourrait bien que je ne survive pas jusqu'à Halloween. Et ensuite ? Son fils déplorera-t-il ma mort comme sa mère a déploré celle de Bautista ? Il ne me connaît pas ; et elle ne le connaissait pas. Il faut que cesse ce cycle de vénération et de deuil.

Je lui adresse un bref merci – c'est le mieux que je puisse faire.

— Où est mon frère ?

Si jamais il est dans le couloir à se filmer pour se vanter de cette histoire de sang de la Faucheuse, ça va barder.

Le Dr Bowes affiche un air surpris avant de se ressaisir.

— Ne vous en faites pas.

— Trop tard. Qu'est-ce qu'il y a ?

— Apparemment, Brighton a avalé une potion ce soir. Durant l'apparition d'une constellation, l'affluence augmente dans l'ensemble de nos établissements ; c'est la période où les gens cherchent à se convertir en spectre. Croyez-moi, nous appréhendons déjà l'avènement du Fantôme voilé, le week-end prochain. Les cours d'alchimie que j'ai suivis pendant mon doctorat ne m'ont pas préparée à ces nouvelles tendances dangereuses, ces gens qui testent sur eux de multiples essences de créatures. Les résultats sont catastrophiques. On nous a rapporté un grand nombre d'auto-combustions, d'empoisonnements, de pertes de membres…

Je n'avais pas besoin de ces détails. J'imagine à présent le pire. Brighton perdant ses jambes et ses bras, Brighton en proie aux flammes, hurlant de douleur. Impossible de m'ôter ces images de la tête.

— C'est très délicat, reprend-elle. Mais je vous assure que mon équipe et moi-même faisons notre maximum pour le stabiliser.

— Vous ne pouvez pas me le garantir. (Je tremble. Ça me rappelle quand les médecins et les alchimistes nous ont promis de sauver papa.) C'est Luna Marnette en personne qui a créé cet élixir. Il est très puissant. C'est elle qui est à l'origine des Verseurs de sang et de tous les spectres hybrides. Elle allait boire cette potion pour accéder à la vie éternelle.

— L'immortalité, c'est impossible, réplique le Dr Bowes.

— Je parie que vous pensez aussi qu'il est impossible de voler du sang aux fantômes. Pourtant, c'est arrivé.

Le Dr Bowes absorbe ces informations sans ciller.

— Le combat que vous menez dépasse notre entendement, n'est-ce pas ?

Je ne lui réponds pas.

— Est-ce que je peux voir Brighton ? S'il vous plaît ?

Elle m'aide à me mettre debout ; j'ai la tête qui tourne. Comme elle insiste, je m'installe dans un fauteuil roulant. Bien vu. Elle me conduit jusqu'à une autre chambre, quatre portes plus loin dans le couloir.

À l'intérieur, Brighton est étendu dans un lit, les paupières closes. Mais il ne dort pas d'un sommeil paisible. Il est pâle comme la mort ; on lui administre des liquides bleu clair et rouge foncé en perfusion. Il est branché à un respirateur artificiel ; l'appareil est plus sophistiqué que celui qu'on avait à la maison pour papa. Ça devrait me rassurer, mais en vérité, ça me fait flipper que Brighton soit dans un état qui nécessite un équipement de pointe.

Je me lève et lui serre fort la main en réprimant mes larmes.

— Pour le moment, il est stable, précise le Dr Bowes.

— Notre père est mort d'une septicémie.

— Je sais.

Les détails de ma vie sont donc devenus de notoriété publique… que sait-on d'autre à mon sujet ? Je me sens mal à l'aise ; j'ai l'impression d'être sous surveillance continuelle.

— L'essence d'hydre s'est retournée contre lui. Est-ce que ça risque de tuer Brighton aussi ?

— Nous faisons notre possible pour purifier son sang avant qu'une infection s'étende, mais trois essences étrangères s'attaquent à son système. Les risques sont plus élevés. Son corps peut lâcher. Heureusement, vous avez frappé à la bonne porte. J'ai soigné beaucoup d'aspirants spectres. Vous n'imaginez pas combien de personnes cherchent à obtenir des pouvoirs sans employer les services d'un alchimiste. C'est comme quand mon mari s'est tatoué lui-même, adolescent, pour économiser quelques dollars. Ça s'est mal fini. (Prenant conscience qu'elle a rapporté le sujet à elle-même, le Dr Bowes a l'air soudain gênée.) Je vous promets de faire tout ce qui est en mon pouvoir pour que votre frère rentre à la maison avec vous.

Elle est trop sûre d'elle. Si maman était là, elle lui reprocherait de ne pas être franche avec nous.

Pourvu que Brighton s'en sorte, même si ça nous oblige à revivre l'enfer qu'on a vécu durant la lente déchéance de papa.

— Vous croyez qu'il lui reste combien de temps ?

— Il est encore trop tôt pour le dire, mais je ne lui donnerais pas plus de quelques mois, si on ne parvient pas à purger son sang.

Quelques mois… avec beaucoup de chance.

— Et si on arrivait à éliminer les essences de son système ? Ça pourrait stopper sa maladie ?

— C'est une théorie populaire, mais personne n'a jamais réussi à éradiquer les pouvoirs d'un spectre. Une fois que le sang de la créature se mêle à celui de l'individu, ses pouvoirs deviennent aussi permanents que ceux d'un céleste. Les exécuteurs possèdent le moyen de tempérer les pouvoirs de manière passagère, mais ça demande des ressources considérables. Je crains qu'à l'heure actuelle, il n'existe aucun remède connu pour les spectres.

Brighton dit toujours que ce n'est pas parce que c'est improbable que c'est impossible. Pourvu qu'il vive assez longtemps pour me le rabâcher.

Je presse sa main. À cette heure-ci, le ciel est dépourvu d'étoiles. Aucun astre vers lequel je puisse me tourner et prier. Mais dès qu'ils réapparaîtront, je compte sur chacun d'entre eux pour veiller sur mon frère et le guérir.

— Docteur Bowes, j'apprécierais que votre fils ne parle pas de notre présence ici. Je tiens à ce que Brighton bénéficie de toute l'aide que vous pourrez lui prodiguer. Je serais ravi de, je ne sais pas, de vous laisser un autographe pour votre fils en échange de votre discrétion.

Le Dr Bowes secoue la tête.

— Ce n'est pas nécessaire… mais si ça ne vous dérange pas, oui, ça lui fera très plaisir. Il rêve de devenir Marcheur du Ciel quand il sera grand.

Au lieu d'en être fière, elle ferait mieux de s'en inquiéter. Je ne sais pas quels sont les pouvoirs du Dr Bowes ou de son fils, mais j'espère que son obsession lui passera avant qu'il ne se retrouve au cœur d'un combat qui pourrait lui coûter la vie. Tout peut changer en un éclair. Il n'y a qu'à regarder Brighton. En un battement d'ailes, il a commis l'irréparable pour ne pas rester sur la ligne de touche.

Les cauchemars sont peut-être terrifiants, mais les rêves sont dangereux.

CINQ
MANOIR IRON

Ness

Ça fait un bail que je ne suis pas monté dans une berline. Luna n'aimait pas que les Verseurs de sang se déplacent en meute, sauf pour la protéger ou en cas d'urgence. De cette manière, si jamais l'un d'entre nous se faisait capturer, les autres pouvaient achever la mission. Stanton circule à travers les égouts. Dione saute de toit en toit. June se téléporte à courtes distances, et ses apparitions sont si brèves qu'on se demande si on n'a pas halluciné. Quant à moi, je me suis toujours fondu dans la foule, dans les transports en commun, une expérience qui m'était interdite quand j'étais môme, en raison de la célébrité de mon père. Mais le sénateur préfère réunir ses troupes. Jax est au volant, et Zenon projette sa vision de conducteur en conducteur pour déterminer la route la plus sûre, et pour s'assurer qu'on ne nous suit pas. La vitre de séparation est abaissée, tandis que le sénateur et Bishop discutent d'une info de dernière minute, une bagarre survenue dans une église entre les Marcheurs du Ciel et les Verseurs de sang.

— Quelle église? demande le sénateur à Bishop qui consulte sa tablette.

— L'église Alpha de la Nouvelle-Vie, dis-je avec un sourire en coin, bien que ce ne soit pas une bonne nouvelle.

Bishop confirme d'un hochement de tête.

— Qu'est-ce que tu sais? s'enquiert le sénateur.

— Pendant que vous vous occupiez de moi, Luna est devenue l'individu le plus puissant de la planète.

Le sénateur tapote sur la cloison qui nous sépare, un signe de nervosité chez lui, même si son expression reste de marbre. Ce sont des détails que je relève quand je dois me faire passer pour quelqu'un. Je songe déjà au scénario de mon évasion; pour ce faire, je devrai me faire passer pour lui.

— Des victimes? demande-t-il.

— Une hydre et quelques crétins d'acolytes, répond Bishop.

Aucune allusion au phénix ou à Emil. Peut-être qu'ils se sont enfuis. Luna a toujours misé sur le mélange des trois essences pour obtenir l'immortalité; mais si ça se trouve, elle s'est contentée du sang des fantômes et de l'hydre. Autrement dit, si jamais nos chemins se croisent à nouveau, je serai en mesure de la tuer.

— Très bien, réplique le sénateur à Bishop. Tu feras une déclaration dans la matinée, pendant que je rencontrerai des donateurs.

Le business, comme toujours. Comme si mon retour ne changeait rien à ses projets. Je me demande s'il me séquestrera dans la chambre forte. On traverse mon ancien quartier. Whitestone se situe tout en haut du Queens; il me semble encore plus résidentiel que dans mes souvenirs. J'ai vu tant de vie et de couleurs en rejoignant les rangs des Verseurs de sang que la vue de ces maisons me donne l'impression de revenir en arrière. Je me suis habitué à voir des gamins traîner dans la rue au creux de la nuit, sans se préoccuper des parents et du couvre-feu. J'ai croisé des groupes d'ados qui fumaient des joints dans des parcs, comme si l'odeur n'allait pas imprégner leurs habits et les trahir. Quand j'ai été en âge de goûter à ce genre de libertés, ma mère était déjà morte et la carrière du sénateur décollait. À cette époque, il a insisté pour que j'aie un garde du corps. Peut-être qu'il m'a gardé en vie pour mieux me martyriser par la suite.

En apercevant la haie de lauriers familière qui dissimule la propriété, je suis pris de nausées. Le portail s'ouvre et on contourne la petite fontaine de mon grand-père, Burgundy Iron, qui a tiré profit de la peur des célestes en créant et brevetant le premier gilet pare-pouvoirs qu'il a ensuite fabriqué pour le gouvernement, empochant des fortunes. Le manoir en pierre grise se dresse sur deux étages. Je déteste vraiment cet endroit.

— Je dors où ? je demande en poussant la porte d'entrée.

— Quelle question ? Dans ta chambre, répond le sénateur.

À l'intérieur, le temps s'est figé. Je retrouve le même tapis sur le même plancher. Le même salon réservé aux amis du sénateur, jamais aux miens. La même serre, où maman avait l'habitude de manger des pitayas en bouquinant un essai. La même salle à manger, transformée au fil du temps en salle de conférences, avec la présence quasi permanente de l'équipe de campagne du sénateur. Le même grincement sur la septième marche de l'escalier. Les mêmes portraits de politiciens accrochés le long du couloir, tandis que je passe devant le bureau du sénateur pour gagner ma chambre.

Dans l'ensemble, la pièce n'a pas beaucoup changé. Tous les murs sont blancs à l'exception de celui que j'ai tapissé d'un papier peint orné de diamants noirs. Les rideaux verts sont ouverts, et je constate que le Rêveur couronné a disparu du ciel. Mes bougies colorées sont alignées sur les étagères de ma bibliothèque bourrée de biographies de politiciens qui ont réécrit l'histoire pour me duper moi et des millions d'autres ; afin de nous faire croire que les célestes sont une menace pour la société. Je m'arrête devant mon bureau et contemple des photos qui n'ont rien à y faire.

À la mi-février, un mois après ma prétendue mort, je suis tombé sur un article dans un journal. Il évoquait des parents en deuil. Il y avait une mère en panique, de nouveau enceinte, qui craignait de ne pas être capable de garder son enfant en vie. De jeunes parents qui collectaient des fonds pour lutter contre le cancer qui avait tué leur enfant. Le récit qui m'avait le plus frappé, c'était celui de ce père qui refusait de toucher au moindre objet dans la chambre de sa fille pour préserver sa mémoire. Je m'étais demandé si le sénateur laisserait ma chambre intacte. Eh bien non.

Courant avril, le sénateur a fait visiter ma chambre à l'occasion d'un reportage pour Wolf News. Il y avait placé toutes ces photos encadrées de nous ensemble : le soir de son élection au poste de sénateur ; notre croisière de luxe aux Caraïbes au cours de notre voyage en République dominicaine, un voyage prévu pour que maman puisse passer du temps avec ses parents éloignés ; et mon premier jour de quatrième, un coup de pub médiatique que je n'ai pas compris sur le moment. C'était ma première rentrée sans maman. Pour les besoins du reportage, le sénateur s'était attardé sur une photo de nous deux en costume sur mesure agitant la main devant un palais de justice du Bronx, peu après l'annonce de sa candidature à la présentielle.

— C'est Eduardo qui me donne ma force. Grâce à lui, je pense pouvoir diriger notre grande nation, avait-il annoncé au journaliste. Surtout après avoir perdu Esmeralda…

Il avait ponctué sa phrase d'un long silence ridicule que les éditeurs avaient jugé bon de garder au montage final.

Je glisse la photo dans la corbeille vide, écœuré à l'idée de tenir mes talents d'acteur du sénateur. À cette pensée, je songe à celle qui m'a réellement manqué et qui a disparu de ma table de chevet. Je parcours la pièce du regard à sa recherche, mais elle n'est pas là. La photo de maman et moi, le soir de ma première représentation, dans la pièce de l'école. Le sénateur n'était pas venu – un gala de bienfaisance de dernière minute. À cette époque, son absence m'avait contrarié. Aujourd'hui, je suis furieux qu'il ait fait disparaître mon seul souvenir de cette nuit-là.

Je sors dans le couloir pile à l'instant où le sénateur et Jax passent devant ma porte. Jax me repousse dans ma chambre, et je manque de trébucher en arrière.

— Maîtrise ton laquais, dis-je.

— Inutile, répond le sénateur. Jax est très docile. Tu ferais mieux de suivre son exemple.

— Et tu ferais mieux de me rendre la photo de maman et moi.

Le sénateur s'arrête et lâche un ricanement.

— Celle de la pièce du lycée ? Je n'étais pas dessus, on l'a jetée.

— Tu n'avais pas le droit.

— Les morts ne possèdent pas de biens, et tu étais censé l'être. Si tu tenais tant à cette photo, tu aurais pu ressusciter pour l'occasion. (Le sénateur frappe dans ses mains.) Allons, il faut que je m'entretienne en privé avec Bishop, et je dois ensuite prévenir certaines personnes de ton retour. Si tu as faim, Jax s'arrangera pour qu'on t'apporte à manger dans ta chambre, et si besoin, il t'escortera à la salle de bains.

— Pour assurer ma protection ? j'ironise.

— Pour assurer celle de ma campagne, rétorque le sénateur. Bienvenue à la maison, Eduardo. Bonne nuit.

Jax me claque la porte au nez sans bouger le petit doigt. Pouvoir télékinétique.

J'ai eu beau envisager les pires scénarios, je n'aurais jamais cru revenir ici. J'ai toujours imaginé que s'il me retrouvait un jour, le sénateur me ferait liquider dans la foulée. Remarque, c'est toujours possible, si je ne me montre pas assez docile.

Épuisé, je me laisse tomber sur le lit. J'avais oublié à quel point il est confortable. Ça me change des matelas raides, des canapés, des bancs de métro, et même du plancher du placard où on m'a enfermé quand j'ai convaincu Emil et les Marcheurs du Ciel de me prendre en otage. Ce serait un peu plus facile si Emil était avec moi. Si on pouvait parler de nous au lieu de vouloir sauver le monde.

Ma vie ici ne va pas être une partie de plaisir. Le sénateur va me tenir à l'écart de tout. Déconnecté. Je n'ai jamais eu de télé dans ma chambre, et ce n'est pas aujourd'hui qu'il m'en accordera une. C'est sa façon à lui de continuer à contrôler l'histoire. Pourtant, il y a une chose qu'il ne pourra plus me faire gober. Il ne me fera plus jamais croire que cette cage dorée n'est pas une prison. Sauf que dans les prisons traditionnelles, on attend des prisonniers qu'ils fassent profil bas et aient un comportement exemplaire. Ici, le sénateur ne va que me corrompre davantage.

SIX

TEL PÈRE, TEL FILS

Brighton

Je me réveille avec un tube dans la gorge et des perfusions dans les bras, et je cède à la panique.

Emil appelle du renfort et les infirmières accourent dans la chambre ; elles me demandent de me détendre et de laisser les machines m'aider à respirer un peu plus longtemps. Mais Emil est en larmes et ça me fait encore plus flipper. Je détourne le regard vers la fenêtre. Le noir du ciel a laissé place à un arc-en-ciel de couleurs chaudes. Le soleil se lève. Il s'est écoulé quoi… quelques heures depuis que je me suis évanoui ? Sûrement. Si ça faisait plus longtemps, maman serait à mon chevet.

Quand la panique retombe, je songe à la fois où papa s'est réveillé tout seul dans sa chambre d'hôpital. Il avait eu peur, et moi j'avais tenté de le rassurer, ce qui n'est pas dans l'ordre naturel des choses. Ce ne sont pas aux enfants de border leurs parents quand ils font un cauchemar, ou de vérifier qu'il n'y a pas de basilic caché dans leur placard. Papa nous a expliqué qu'il craignait de mourir seul, et ça nous a tous frappés. À partir de là, on s'est relayés à son chevet, quitte à rater les cours, le boulot, les fêtes d'anniversaire, et les activités extrascolaires.

J'ai de la veine qu'Emil soit là pour me tenir compagnie. De la veine surtout qu'il soit en vie. En revanche, je regrette l'absence de Prudencia.

Une heure plus tard, une infirmière vient m'extuber. J'ai la gorge sèche et enflée, mais je réussis à respirer normalement. Le Dr Bowes, une praticienne, me prend la température et le pouls; elle examine mon état général. Je suis brûlant; Emil me tamponne le front d'un linge froid. À l'époque, c'est moi qui tenais son rôle auprès de mon père. Il tâchait de faire bonne figure devant les infirmières. Aujourd'hui, c'est Emil qui me regarde souffrir. Je suis de plus en plus chaud. Emil a connu la même poussée de fièvre quand ses pouvoirs se sont manifestés pour la première fois. C'est peut-être bon signe... Sauf que papa a eu les mêmes symptômes, par intermittence, avant de mourir. Emil m'aide à ôter ma chemise, mais ça ne change pas grand-chose.

Le cœur au bord des lèvres, je demande :

— Je suis en train de mourir ?

Le Dr Bowes affiche un air solennel, ce qui répond en partie à ma question.

— Il semble que votre corps rejette l'élixir ingurgité. Nous pensons qu'il vous reste quelques mois à vivre.

Je ne comprends pas... un halo de lumière m'a enveloppé après que j'ai bu le sang de la Faucheuse. Ça signifie forcément quelque chose.

— L'élixir a été préparé et consommé quand le Rêveur couronné était à son zénith.

— L'alchimie du sang pour les spectres a beau se pratiquer depuis des décennies, il n'existe pas de méthode infaillible, réplique-t-elle.

Malgré tous ses calculs, Luna a échoué. L'élixir aurait pu se retourner contre elle aussi. En buvant la potion à sa place, je lui ai épargné ce supplice. J'espère au moins qu'elle est morte dans d'atroces souffrances, après que je l'ai frappée d'un sortilège.

— Nous allons vous faire subir des examens supplémentaires, puis nous tenterons de vous purger le sang, reprend le médecin. Si vous désirez quoi que ce soit, en attendant, Brighton… ?

— J'ai besoin d'une minute.

Elle articule quelques mots avant de prendre congé, mais je ne l'entends pas, je suis trop occupé à songer à l'élixir et à la manière dont il s'est retourné contre moi.

Une fois seuls, Emil et moi restons silencieux. Il me donne de la glace pilée à mâcher, et il a l'air tellement triste que je culpabilise. Je me concentre à nouveau sur le ciel. Je me demande combien de levers et de couchers de soleil je vais pouvoir contempler avant de mourir. Je me demande si je reverrai maman. Si je me rabibocherai avec Prudencia. Si Emil et moi…

— Tu pensais ce que tu as dit à l'église ? s'enquiert Emil, brisant le silence.

J'ai tenu pas mal de propos à ce moment-là… mais je comprends sa question. Il me parle de ce que j'ai dit juste avant de boire le sang de la Faucheuse. Que je préférais mourir comme papa plutôt que vivre sans pouvoirs.

— Tu meurs d'envie de me débiter ton sermon. Vas-y, qu'on en finisse.

— Non. Tu n'écoutes jamais ton grand frère.

— C'est moi l'aîné. Je suis né en premier… enfin, je pensais être né en premier. On ne sait pas, en fait.

— J'ai plusieurs vies d'avance sur toi. Je gagne.

Même s'il se force à faire de l'humour, c'est la conversation la plus fluide qu'on ait eue depuis des semaines. On a passé notre temps à se disputer sur la meilleure façon d'aborder cette guerre. Curieusement, la dernière fois qu'on a pu avoir une conversation posée, c'est quand on a appris qu'il avait été adopté. On s'était juré qu'on serait toujours frères, quoi qu'il advienne.

— Tu te souviens du mec qui me harcelait en cinquième ? je demande. Celui qui détestait les vidéos que je postais au début, sur ma chaîne YouTube ?

— C'est la première fois que je frappais quelqu'un d'autre que toi, réplique Emil.

On s'est beaucoup battus en grandissant, toujours pour des conneries. Comme le jour où il a dessiné un super-héros en utilisant une de mes BD comme sous-main ; ça avait laissé des traces de crayon sur toute la couverture. Ou encore la fois où je monopolisais la télé pour jouer à un jeu vidéo où on peut créer son propre personnage céleste. Mais c'étaient des chamailleries de rien du tout. Rien à voir avec les bagarres qui nous opposaient à nos camarades de classe ou aux gamins du quartier. J'aurais bien aimé filmer Emil quand il a cassé la gueule à ce mec. Ensuite, j'aurais passé la vidéo en boucle.

— C'était incroyable, dis-je.

— Jusqu'à ce qu'il me frappe à son tour et te fiche un coup de poing.

— Hé ! On s'est fait tabasser ensemble. Déjà au collège.

— C'était plus simple à cette époque, dit Emil.

C'est vrai. Attention, je n'échangerais pas cette guerre contre des querelles de cour de récré. J'aurais juste aimé que ça se finisse autrement. Qu'Emil et moi soyons les puissants Reys de Lumière comme on en rêvait quand on était jeunes.

— J'aimerais ne pas être ton frère, lâche Emil.

Ses paroles m'affectent plus que l'annonce de ma mort imminente.

— Non, se reprend-il en piquant un fard. C'est pas ce que je voulais dire. Désolé. J'aimerais que tu sois fils unique. J'adore être ton frère, Brighton, mais c'est à cause de nos liens de parenté que tu t'es retrouvé mêlé à tout ce merdier. Si papa ne m'avait pas trouvé dans une rue, tu serais en sécurité à la maison, tu couvrirais la guerre des gangs pour ta série *Les Célestes de New York.* Tu ne serais pas…

— Quoi, en train de mourir ? Non, mais je ne serais pas plus heureux pour autant.

— Je sais, mais tu as eu l'impression de vivre dans mon ombre. Tu t'es senti en compétition avec moi. Il aurait fallu qu'une autre famille me recueille.

— Non, tu préférerais surtout être la seule vedette. Devine quoi, Fils de l'infini : c'est moi qui ai arrêté Luna, pas toi ! Sans moi, tu serais mort et Luna serait immortelle. Tu crois que le monde s'en porterait mieux ?

Emil bondit de son siège et le renverse d'un coup de pied.

— Je me fiche de tout ça ! C'est pour toi que je me fais du souci !

— C'est justement pour ça que c'est moi qui devrais avoir des pouvoirs ! Je pourrais prouver que les spectres ne sont pas tous mauvais, qu'on peut se fier aux personnes ordinaires avec des pouvoirs. Qu'on peut tous être comme Bautista. Être un peu plus comme toi.

Ça me fait mal de me servir d'Emil comme exemple, mais c'est vrai. Le pouvoir ne l'a pas corrompu, et la corruption, c'est souvent ce qu'on reproche aux spectres. Ce pays ne se rend vraiment pas service en partant du principe que tous les individus sont susceptibles d'abuser de leurs pouvoirs. Pour le moment, les exécuteurs sont la seule unité spéciale autorisée à neutraliser les lumimagiciens. Ils ont intégré certains célestes au sein de leur groupe, mais, pour la plupart, les exécuteurs sont des humains qui ripostent à l'aide de baguettes, de grenades-gemmes, et autres armes boostées par la lumimagie. Et si on accordait des pouvoirs à davantage de personnes ? Et si on employait le sang des créatures pour renforcer les militaires, les gardes du corps, et les protecteurs en tout genre ? Ce n'est pas parce qu'une poignée d'individus déconnent qu'on doit tous en pâtir.

— Pour la énième fois, reprend Emil, fébrile, ces satanés pouvoirs, je n'en veux pas ! Ils ne sont pas la solution à mes problèmes.

— Tu verrais peut-être les choses autrement si papa était mort sous tes yeux.

On se dévisage en chiens de faïence, le souffle rauque. Mes joues sont ravagées par les larmes et la sueur. Mon poing tremble si fort que je pourrais cogner dans un mur sans rien sentir.

Je reprends :

— J'ai toujours prié pour que papa s'endorme paisiblement dans son sommeil entouré de nous tous. Quand ça s'est produit, j'étais seul avec lui. Je n'étais pas prêt. Ça a été très brutal. Il était en train de m'expliquer pourquoi il n'aimait plus son livre favori… et ça l'a pris d'un coup ! Il s'est agrippé à son bouquin si fort qu'il en a arraché la couverture. Je me suis agenouillé devant lui et il m'a attrapé la main, et ses yeux se sont écarquillés et…

— Brighton, arrête, arrête…

— … Il a craché du sang, j'en ai eu plein la figure. Et il pleurait, et ça sentait le fer, et je l'ai supplié de se ressaisir, et alors sa main est devenue toute molle. Sa tête a percuté la mienne et, par réflexe, je l'ai repoussé ; ses yeux me contemplaient ; ils restaient ouverts. Je lui ai hurlé de se réveiller, même si je savais qu'il était parti.

Je suis à bout de souffle.

C'est la première fois que je me soulage de ce poids. C'est comme si j'avais posé un sac à dos plein de livres. Quand je me repasse la mort de papa mentalement, les détails sont encore plus nets, plus nombreux. Cependant, Emil n'a pas besoin d'en savoir davantage. Il pleure déjà à chaudes larmes, comme à l'enterrement.

— Je n'ai pas bu le sang de la Faucheuse par avidité. Je ne veux pas mourir en sachant que tu penses ça. (Emil me toise comme si j'avais commis un crime impardonnable.) Nous vivons dans un monde terrifiant où la mort nous frappe d'un seul coup. Je pensais que les pouvoirs me protégeraient. C'est pour ça que j'ai bu la potion. (Ma gorge est en feu ; ma voix devient un murmure.) Quand je mourrai, j'espère que tu ne seras pas là. Ça te traumatiserait tellement que tu t'en souviendrais dans tes vies futures.

SEPT
LE JOURNAL

Emil

Il faut me croire, j'ai souvent encouragé Brighton à se confier à moi au sujet de la mort de papa. Et je comprends qu'il ait cherché à me protéger, mais jamais au grand jamais, je n'aurais pensé qu'il se servirait de ces détails très graphiques pour me blesser.

Je longe le couloir et regagne ma propre chambre ; le visage enfoui dans l'oreiller, je tâche de me calmer, tandis que Prudencia me masse les épaules pour me consoler. Je pleure toutes les larmes de mon corps, même si je n'aurais pas cru qu'il m'en restait une seule à verser. Mes yeux me brûlent. Je n'arrive pas à me sortir cette image de la tête : papa en sanglots qui s'effondre sur Brighton. Je ne comprends pas que mon frère n'ait pas suivi de psychothérapie de soutien à la suite d'un tel traumatisme. Même moi, je me faisais suivre et je suis loin d'avoir connu le même choc.

— Il a eu tort de te raconter ça, commente Prudencia.

Je ne lui ai pas tout répété. Elle était très attachée à mon père ; inutile de lui planter ces images dans le cerveau.

— Ça fait des mois que Brighton prend sur lui et qu'il porte ce fardeau, dis-je en roulant sur le flanc. (Mes récentes blessures me lancent douloureusement.) Je comprends qu'il ait craqué.

— Il n'aurait pas dû le faire sous le coup de la colère. Il t'a pris par surprise.

Ça, c'est sûr.

J'essaie de me concentrer sur des souvenirs agréables de papa. Lorsqu'il a loué une voiture et nous a emmenés dans les Poconos pour une virée impromptue en famille. Ou lorsqu'on a regardé une série de documentaires sur les phénix sauvages, rien que tous les deux. Mais une pensée me hante. Je me demande ce qui s'est passé dans sa tête à la fin, juste avant de mourir. A-t-il tenté de parler à Brighton ? Voulait-il s'excuser de lui avoir craché en pleine figure ? Était-il heureux, rien qu'un peu, de s'en aller en présence de son seul fils biologique ?

Je reste factuel. Mes parents ne s'attendaient à ramener qu'un seul fils à la maison quand Brighton est né. Ce soir-là, papa est sorti de l'hôpital pour aller acheter des ballons à maman, et il m'a trouvé à l'angle d'une rue. Me croyant abandonné, il m'a recueilli. Je n'étais pas un nouveau-né, mais ça, il l'ignorait. Je venais de renaître dans les flammes. Personne n'en a jamais rien su. Jusqu'à ce qu'on assemble les différentes pièces du puzzle avec les Marcheurs du Ciel, il y a quelques semaines, et que la vérité éclate. Je sais que papa m'aimait. Mais si on lui avait demandé sous la menace de choisir un seul de ses deux fils à son chevet, le jour de sa mort, il aurait choisi Brighton. Plus que jamais, ça me semble évident.

— Salut ! s'exclame Iris qui entre en brandissant un téléphone. (Ses deux mains sont bandées.) Ça va mieux ?

— Lentement mais sûrement.

Le terminateur d'infini a été conçu pour tuer les phénix et les empêcher de ressusciter. La première fois que j'ai été blessé, j'ai conservé mes pouvoirs, même s'ils étaient affaiblis. Je verrai ce qu'il en reste quand l'heure sera venue de les employer à nouveau.

— Et toi, comment ça va ? je demande.

— Je me suis bien abîmé les mains. Ça m'apprendra à boxer contre un mur en brique. Mais avec le baume qu'on m'a appliqué, je devrais pouvoir démolir d'autres façades d'ici très peu de temps.

— Merci de nous avoir tirés de là, intervient Prudencia. On a eu chaud.

Iris acquiesce.

— Comment va Brighton ?

— Je ne sais pas, dis-je, incapable de répondre à cette question.

— En tout cas, il faut que tu parles à ta mère. Carolina nous menace de sauter dans le premier bus pour New York si vous ne la rappelez pas.

— Pas question de lui parler du sang de la Faucheuse, dis-je.

— C'est ta famille, tes affaires, réplique Iris. On n'a pas dit à ta mère qu'on était dans une clinique réservée aux lumimagiciens. Mais on doit la récupérer demain après-midi avec Eva. Avec un peu de chance, Wesley nous aura trouvé un autre refuge d'ici là.

— Chouette, une nouvelle planque, dis-je avec ironie.

— Libre à toi de retourner dans ton appartement. Préviens-moi si les Verseurs de sang viennent encore frapper à ta porte.

J'ai rejoint les Marcheurs du Ciel après que Ness, se faisant passer pour Atlas, m'a surpris chez moi pour me conduire auprès de Luna. Heureusement, le vrai Atlas s'est pointé au même moment et nous a sauvés, Brighton et moi. Impossible d'y retourner. On serait sans cesse sur le qui-vive, à craindre que les Verseurs de sang ne débarquent et nous tuent dans notre sommeil. Direction un nouveau refuge !

Iris compose un numéro.

— Eva, chérie. Carolina est dans les parages ? Je passe le téléphone à Emil… Super. Moi aussi je t'aime.

Je trouve ça beau qu'Iris et Eva, ainsi que tous les Marcheurs du Ciel, aient réussi à rencontrer l'amour en pleine guerre. Moi je ne sais pas comment gérer une romance tout en cherchant à survivre. La mort d'Atlas m'a conforté dans cette direction. En même temps, je regrette de ne pas avoir exploré ce chemin avec Ness quand j'en avais encore l'occasion. Peut-être qu'il aurait mieux valu avoir aimé, perdu l'être cher, et tout ça.

Je prends le téléphone que me tend Iris.

— Maman ?

— Mon Emilio ! Qu'est-ce qui se passe ? Pourquoi tu ne m'as pas donné de nouvelles plus tôt ?

Je sors dans le couloir et me dirige vers la chambre de Brighton.

— Désolé, maman, il s'est produit plein de trucs. Mais Brighton et moi, on est à nouveau réunis.

— C'est la seule chose qui m'a permis de ne pas devenir folle. Eva m'a dit que vous aviez tous gagné. Que vous avez arrêté Luna. Maintenant tout est fini !

— Oui, on a gagné. (La vérité qui se cache derrière cette victoire va lui briser le cœur.) Mais ce n'est pas encore fini. Il nous reste des choses à régler.

— Comment ça ?

— Ne t'en fais pas. Je vais gérer.

— Où est Brighton ? Je veux lui parler.

Je m'arrête devant sa porte. Par le hublot triangulaire, je le vois qui fixe le ciel.

— Il se repose pour le moment. Tu as pu dormir un peu ?

— Non, mais Ruth, l'adorable petite copine de Wesley, m'a préparé un lit. Je vais essayer de fermer l'œil maintenant que j'ai entendu ta voix.

Ça me réconforte beaucoup de savoir que tout va bien pour elle à Philadelphie.

— Repose-toi maman, je t'en prie. Appelle-nous dans la matinée quand tu seras en chemin.

— Promis. Je vous aime, mes garçons.

— Nous aussi, on t'aime.

Je raccroche.

Je vais offrir à maman l'existence la plus normale possible, et Brighton a plutôt intérêt à en faire partie parce que j'en ai ras le bol de ce chaos et des répercussions sur ma famille. Il faut que je sauve mon frère à n'importe quel prix. Que maman sache que j'ai fait mon possible pour garder en vie son seul fils biologique. Je lui dois bien ça. J'ai chamboulé sa vie.

Je regagne ma chambre. Prudencia se repose sur mon lit, et Iris tripote ses pansements.

— Merci, dis-je en rendant son téléphone à Iris.

— Carolina s'est calmée ? demande-t-elle.

— Oui, mais quand elle apprendra pour le sang de la Faucheuse, elle va péter un câble. Il faut que je me concentre sur la potion qui neutralise les pouvoirs.

— Ce qui est déjà le cas, non ?

— Non, je me suis éparpillé à cause du Rêveur couronné. Mais maintenant que j'ai rempli ma part du marché et arrêté Luna, je vais me mettre à fond sur la potion. Pour sauver Brighton.

Iris ne me contredit pas.

— Le monde te remercie. Bon, en vrai, personne ne nous remercie pour tout ce qu'on fait, mais tu me comprends.

— Quel est le plan ? s'enquiert Prudencia.

— On n'a pas pu décrypter les ingrédients qui figurent dans le journal de Bautista. Je parie que Sera et lui étaient proches ; il faut qu'on termine ce qu'il a commencé. Il est temps de demander à un alchimiste de décoder tout ça pour nous, et vite, pour sauver Brighton aussi.

— Désolée, mais au cas où tu l'aurais pas remarqué, la majorité des alchimistes de New York ont prêté allégeance à Luna, rétorque Iris. Même ceux qui ne partageaient pas sa vision respectent son œuvre. Il est peu probable que Luna ait survécu à l'attaque. Une fois qu'on saura que tu as contribué à son meurtre, ils vont tous vouloir se faire un nom.

— Et pour ça, ils vont avoir besoin de nous, souligne Prudencia.

Même si je déposais les armes aujourd'hui, on continuerait à me pourchasser. Jamais on ne me fichera la paix.

— Alors, on ne demande pas l'aide d'un alchimiste, dis-je. Le Dr Bowes a étudié l'alchimie. Elle est peut-être en mesure de reconnaître les ingrédients.

Prudencia envisage la question.

— Vu ce qui s'est produit avec Kirk, il faut qu'on soit prudents. Tu crois qu'on peut lui faire confiance ?

— Elle ne nous a pas dénoncés, observe Iris. Du moins pas encore.

— Le Dr Bowes ne ferait pas ça. Elle admire les Marcheurs du Ciel depuis toujours.

— C'est un début, dit Prudencia en se dirigeant vers la porte. Le journal est dans la voiture.

Je la suis jusqu'en bas et quand on arrive près de la voiture d'Iris, elle déverrouille le coffre avec son pouvoir. Le journal est rangé dans son sac à dos. Heureusement qu'elle ne l'a pas laissé à Nova, pendant que j'étais occupé à défendre Aurora. Prudencia me tend le journal. En l'apercevant, une lueur d'espoir renaît en moi. C'est un carnet relié de cuir bleu nuit avec un globe de feu doré sur la couverture. Doré comme les flammes de Bautista. Dans l'ascenseur qui nous ramène à l'étage, je le feuillette et tombe sur les pages où sont listés les ingrédients qu'on n'a pas su traduire.

On repère le bureau du Dr Bowes ; la porte est ouverte. Elle lève les yeux de son écran d'ordinateur.

— Emil, Prudencia. Entrez, je vous en prie. (On s'assied sur le petit canapé jaune et je hume le parfum des roses dans un vase près de moi.) Quinzième anniversaire de mariage, la semaine dernière, dit-elle en me voyant contempler le bouquet. (À côté, une photo du Dr Bowes avec sa famille en Égypte et une autre avec son fils dans une piscine à balles. Elle devrait être chez elle avec son fils et son mari au lieu de faire des heures supplémentaires pour nous sauver la vie.) Que puis-je pour vous ?

— Ça m'ennuie de vous demander ça, mais nous avons besoin de votre aide, dis-je.

— Et de votre discrétion, ajoute Prudencia.

Le Dr Bowes se redresse.

— Je ferai mon possible.

— Je sais qu'on ne peut pas totalement éliminer l'essence des créatures une fois celles-ci introduites dans le corps humain. Mais on espère qu'en annihilant les pouvoirs engendrés ils cesseront de ronger Brighton. (Je tapote la couverture du journal.) Ceci appartenait à Bautista et Sera Cordova.

Le médecin observe le carnet comme un trésor qu'on vient de déterrer.

— D'après les rumeurs, Sera était une grande alchimiste, dit-elle. On racontait aussi que Bautista était son amant.

Je ne vais pas entrer dans les détails de l'arbre généalogique de Bautista, d'autant que Maribelle et moi y figurons en dernier.

— Je ne sais rien à ce propos. En tout cas, leurs notes sont difficiles à décrypter.

— Il y a toute une liste d'ingrédients qu'on ne parvient pas à traduire, intervient Prudencia. On a épluché les manuels, les sites web… Sans succès.

— Quels ingrédients ? demande le docteur.

Je les lis à voix haute.

— Membrane de fantôme, poudre de cumulus, pierre-plume, larme-sèche, baie-brûlée, racine pourpre, cendre-sombre, eau de la Mer de l'Ombre. Ça vous évoque quelque chose ?

Le médecin secoue la tête.

— Aucun ne m'est familier.

— Ce sont peut-être des noms archaïques ? suggère Prudencia.

— Peut-être. Mais je crois surtout que ces noms ont été inventés de toutes pièces. Au fil des ans, les alchimistes ont voulu laisser leur empreinte en se livrant à des travaux novateurs. Keon Maximo, par exemple, qui est tristement entré dans l'histoire en créant les spectres, explique le Dr Bowes. (Je reste de marbre, n'assumant pas ma vie antérieure.) Depuis, les alchimistes se sont livrés bataille, cherchant à marquer le monde. Certains ont volé les formules de leurs rivaux pour se les réapproprier. En employant des noms codés, les alchimistes protègent leurs travaux.

Ça craint qu'on ne puisse pas invoquer le fantôme de Sera pour lui demander de nous confier ses secrets. Mais on sait pertinemment que les fantômes ne s'expriment qu'au travers de hurlements affreux et désespérants. Franchement, je n'ai pas besoin de ça en ce moment.

Je referme le carnet.

— Donc on est foutus.

— Il y a forcément un autre moyen, dit Prudencia.

— Comme quoi ? Tu veux qu'on jette une poignée d'ingrédients au hasard dans une marmite en priant pour que ce soit le bon mélange ?

— Les planètes ne se sont pas formées en un jour, fait remarquer le docteur.

Contrairement aux planètes, malheureusement, cette potion ne va pas se créer toute seule.

— Des tas de gens plus intelligents que moi ont cherché à neutraliser les pouvoirs des spectres sans jamais y parvenir. On pourrait passer le reste de notre vie à tester cette formule pour se rendre compte au final que Sera était totalement à côté de la plaque. C'est… (J'essaie de prendre de longues inspirations, mais le stress me submerge.) C'est pour ça que je ne voulais pas m'impliquer au départ. Ça me dépasse complètement. (Je me lève et tends le journal à Prudencia.) J'arrête. Je n'ai pas la carrure d'un Bautista. Désolé.

Peut-être que Brighton avait raison. Peut-être que c'est le mauvais frère qui a reçu les pouvoirs.

HUIT
ARROGANT

Brighton

Bordel ! Il y a trop de monde dans cette chambre ! Emil passe en revue les résultats d'examen avec le Dr Bowes. À en juger par son expression, ça ne sent pas bon. Appuyé contre la fenêtre, Wesley envoie des messages à sa liste de contacts pour nous dénicher une nouvelle planque. Par chance, Iris est sortie dans le couloir pour téléphoner à Eva. Des tas de praticiens sont passés aussi, mais malgré tout ce va-et-vient, ni Prudencia ni Maribelle ne sont venues me voir depuis mon arrivée, deux nuits plus tôt. L'une pleure son petit copain, l'autre non. Prudencia regrettera un jour de m'avoir esquivé comme ça, mais ce sera trop tard, je ne serai plus là. Ce sera le problème de son psychothérapeute.

Un autre praticien entre. C'est le Dr Oshiro. Iel ne me déplaît pas. Ses méthodes de soulagement sont plus simples que celles des autres. Quand j'étais môme, je pensais que tous les praticiens des centres de soins de lumimagie possédaient des pouvoirs de guérison. Or, papa m'a expliqué que s'il existait sur la planète autant de guérisseurs disposés à aider leur prochain, il y aurait bien moins de patients dans les hôpitaux. Malheureusement, ce n'est pas le cas. En revanche, le don de refroidissement du Dr Oshiro est très efficace. Il permet de calmer ma fièvre. Iel me demande d'inspirer à fond et je me prépare au contact glacé de sa peau, tandis qu'iel pose sa main tatouée sur mon front. C'est comme quand je sors dans une tempête de neige sans masque de ski pour me protéger le visage, et que le froid me saisit brutalement pendant quelques secondes. Son toucher me rafraîchit le corps en un rien de temps, et j'ai l'impression d'avoir passé la journée à me détendre dans une piscine pour échapper à la canicule estivale. Ce n'est pas le genre de pouvoir pour lequel j'aurais risqué ma vie, mais ça peut s'avérer utile.

La nuit dernière, je n'ai pas fermé l'œil. Par moments, les effets secondaires de la septicémie sont une torture. En vrai, je suis surtout tourmenté par le mal que j'ai fait à Emil hier. À mon avis, ça ne servirait à rien de m'excuser. On s'est déjà disputés, mais là, ça n'a rien à voir. Des colères, j'en ai piqué pas mal au fil des ans, sans jamais me soucier de la peine que je lui causais. Comme la fois où il ne voulait pas éteindre le podcast qu'il écoutait, alors que j'étais en train d'étudier, et que je lui ai balancé que moi j'essayais de réussir dans la vie contrairement à lui qui se faisait rejeter de partout à cause de ses notes lamentables. Je savais qu'Emil se donnait beaucoup de mal à l'école, mais sur le coup, je m'en fichais. Après ça, il nous a fallu des semaines pour nous rabibocher. Cette fois, il faudrait que je sois immortel, parce que je n'aurai pas assez d'une seule vie pour me racheter.

Le Dr Oshiro et le Dr Bowes quittent la chambre en même temps, et Iris en profite pour se faufiler de nouveau à l'intérieur.

— Ta mère veut te parler, dit-elle en me tendant le téléphone.

Je ne suis pas encore disposé à tout avouer à maman. Ça me rappelle la période où je révisais pour mon examen de fin d'année. J'avais beau étudier, je ne me sentais pas prêt. Seulement, une fois le sujet sous les yeux, ça n'avait plus d'importance. Il fallait s'y coller, prêt ou pas.

De nombreuses personnes dans ma situation demanderaient un peu d'intimité. Mais j'ai passé tellement de temps à poster ma vie en ligne que je m'en fous. D'autant plus que toutes les personnes présentes savent ce que j'ai fait.

Je prends une grande inspiration et adopte un ton ferme.

— Allô ?

— Mon étoile, répond maman d'une voix qui se brise. Je suis tellement heureuse que tu sois revenu, et je t'interdis de t'enfuir à nouveau. J'ai dit la même chose à ton frère, tu te souviens ? Nous sommes responsables les uns des autres.

Les larmes me montent aux yeux et menacent de déborder ; chaque seconde qui s'écoule me rapproche de ma fin. Déjà que je culpabilise de l'avoir blessée… Tout ça parce que j'en voulais à mort à Emil et aux Marcheurs du Ciel, qui ne souhaitaient pas que je les accompagne sur le terrain. Mais lui annoncer cette terrible nouvelle, maintenant ? Et lui briser le cœur ? Je préférerais parler de tout sauf de ça. Lui demander de me raconter son souvenir favori d'Abuelita. Le premier repas qu'elle a cuisiné toute seule. Si elle ne regrette pas de ne pas avoir eu de frères et sœurs après nous avoir vus grandir ensemble, Emil et moi. Ce qui lui manque le plus depuis le décès de papa.

Je ne veux pas mourir dans le mensonge.

— Je suis désolé. Je ne m'enfuirai plus. Promis.

— Bien. J'ai hâte de vous rejoindre, ton frère et toi, dans quelques heures. Tu vas bien ?

— J'ai connu mieux. Maman, si je suis revenu, c'était pour aider à vaincre les Verseurs de sang. J'ai survécu et je me suis battu, pourtant il faut que tu saches : je suis hospitalisé moi aussi.

Je repense à Emil qui se trouvait dans une clinique de lumimagiciens quand il a dû annoncer à maman qu'il avait du sang de spectre. Le parallèle me saute aux yeux. Sauf que là, tout est ma faute.

— Que s'est-il passé ? Tu as été brûlé ? Tu t'es cassé quelque chose ?

— Non, personne ne m'a fait de mal. En fait… ça a été difficile pour moi de vivre dans l'ombre d'Emil, et j'ai décidé d'entrer en action. Je me suis laissé dépasser par mes rêves.

Le silence qui s'ensuit est si long que je vérifie sur l'écran qu'elle n'a pas raccroché.

— Tu t'es laissé dépasser ?

— J'ai bu le sang de la Faucheuse, et maintenant je suis très malade. Je désirais ces pouvoirs plus que tout et…

— Brighton Miguel Rey ! Comment… Tu… Tu as plus de jugeote que ça ! Le sang d'hydre a tué ton père ! Qu'est-ce qui t'a fait croire que tu serais une exception ?

— Tant de raisons, maman ! D'abord, ta mère était une céleste, alors j'ai cru que mon système serait mieux préparé à accueillir les pouvoirs. (Tous les regards se posent sur moi ; Emil s'approche. Il cherche à récupérer le téléphone, mais je chasse sa main d'une tape.) J'aurais pu sauver des vies si ça avait marché. J'aurais pu échapper à la mort pour toujours.

Maman sanglote, et ça me remémore aussitôt le moment où je l'ai appelée pour lui apprendre le décès de papa. Jamais je n'aurais cru que des mots puissent faire autant de mal.

— Je ne peux pas te perdre aussi. Comment tu as pu être si égoïste…

— Égoïste ?!

— Oui, égoïste ! Tu passes toujours avant les autres, Brighton. Tu es arrogant ! Ton père et moi, on ne t'a pas élevé comme ça. Tu…

Je bouillonne ; j'ai l'impression d'avoir avalé une étoile et d'être à quelques millisecondes d'exploser.

— Justement ! Papa était un meilleur parent que toi ! Si je lui avais dit que j'étais mourant, il ne m'aurait pas déprécié, lui !

Je jette le téléphone contre le mur, et l'écran vole en éclats.

Emil me dévisage comme si j'étais une hydre qui avait mastiqué un phénix et en avait recraché les os. Wesley est figé, mâchoire décrochée. Iris contemple son portable en miettes ; elle rêve sans doute de m'arracher un bras pour m'apprendre à ne plus jamais détruire ses biens.

— Qu'est-ce que vous avez à me regarder comme ça ? Vous ne savez pas ce qu'elle m'a dit !

Emil me fixe droit dans les yeux.

— Brighton, si tu as besoin de te défouler sur quelqu'un, sers-toi de moi comme punching-ball. Mais si tu t'en prends à maman, ne t'attends pas à ce que je prenne ton parti. Elle t'a pas forcé à boire le sang de la Faucheuse. Tu as vraiment dépassé les bornes, cette fois.

Il sort en trombe.

Iris ramasse le portable et l'examine avant de le jeter dans la poubelle.

— C'était mon dernier téléphone. Wesley, ça te dérange d'en dégoter d'autres ?

— La caisse est presque vide.

— Alors demande à ceux qui te doivent une faveur. Y a bien quelqu'un qui connaît un vendeur en gros, dit Iris en sortant à son tour.

— Je suis sur le coup.

Wesley s'approche du pied de mon lit comme s'il s'apprêtait à me dire quelque chose ; mais il se contente de m'adresser un regard compatissant avant de s'en aller. Il a vraiment de la veine d'être né avec des pouvoirs. Quand il vivait sous les ponts, il utilisait sa vitesse éclair à ses propres fins, et on ne lui en tient pas rigueur aujourd'hui. En revanche, moi, je suis devenu la bête noire. Personne ne me croit capable d'être à la fois bon et puissant, voire meilleur que n'importe quel Marcheur du Ciel.

Je me retrouve seul avec moi-même. Je ferme les yeux et m'efforce de me reposer pour ne plus songer à la piètre image que ma mère et mon frère ont de moi.

NEUF
LAME DE L'OUBLI

Maribelle

Je me réveille lentement, étonnée de ne pas sentir son menton entre mes épaules, son souffle sur ma joue, ou ses mains entrelacées aux miennes. En réalité, je ne suis pas au lit avec Atlas. Je suis seule dans sa voiture. Quand je m'aperçois que ce n'était qu'un rêve, je tremble comme une feuille. Je hurle et frappe le volant de toutes mes forces ; le klaxon retentit une dizaine de fois. J'ignore combien de temps j'ai dormi. Quelques minutes peut-être. Lorsque j'ai garé la voiture devant l'institut Aldebaran, abaissé le siège et placé mon gilet pare-pouvoirs sous ma tête en guise d'oreiller, je ne pensais pas réussir à me reposer. Mais on dirait que mon corps ne tient plus le coup, malgré ma soif de vengeance.

Je sèche mes yeux et retourne à l'intérieur de l'hôpital. J'aperçois alors Prudencia, Wesley et Iris qui se font escorter à la cafétéria. Tant mieux. Je ne les croiserai pas à l'étage, dans la chambre de Brighton. Je prends l'ascenseur et rejoins la pièce où tout le monde était agglutiné la nuit dernière avant que j'aille prendre l'air sur le toit. J'entre.

Brighton regarde la télé.

— Salut, dit-il. On est passés aux infos.

Je me campe près de lui et regarde à mon tour l'écran.

Le général Bishop, candidat choisi par le sénateur pour le rôle de vice-président, se trouve sur le site de l'église Alpha de la Nouvelle-Vie. Sa cravate est desserrée et ses manches retroussées, révélant son tatouage : une flèche vert foncé qui jure avec la pâleur de sa peau. Il assure aux habitants qu'il est l'un d'eux, qu'il s'est sali les mains. Les gens oublient que le général Bishop n'a jamais appartenu à la classe ouvrière. Sa famille a hérité de la fortune amassée par son grand-père, inventeur des Limites.

— Suis-je surpris que nous en soyons de nouveau là? déclame le général à l'intention des journalistes. Bien sûr que non. Ces gangs de lumimagiciens ne se soucient que d'une chose, remporter leur guerre, sans se préoccuper du bien-être de vos voisins, de vos foyers. De jeunes acolytes, aspirant tous à devenir des spectres, se sont fait massacrer dans cette église la nuit dernière. Je vous laisse y réfléchir… aucune vie, aucun lieu n'est-il donc sacré pour les Marcheurs du Ciel? (Il affiche une expression furieuse, adoptant le masque du dur à cuire que ses partisans acclament.) Ce n'est peut-être pas votre enfant qui s'est fait tuer hier, mais comment être sûr qu'il ne se laissera pas à son tour séduire par l'appât du pouvoir et qu'il ne finira pas bientôt dans un cercueil, comme les victimes de cette nouvelle tragédie?

Brighton baisse les yeux.

J'éteins la télé.

— Le point positif, c'est que je ne serai probablement plus de ce monde pour assister à la victoire électorale d'Iron et de Bishop.

Il a raison. Le sénateur Iron et le général Bishop vont sans doute remporter la Maison-Blanche. Ils sont prêts à tout pour nous retirer nos pouvoirs. Et si je dois tomber, je veillerai à entraîner certaines personnes dans ma chute.

June me suivra jusque dans ma tombe.

Je plante mon pouce au creux de ma paume pour la première fois depuis des mois. C'est une astuce qu'Atlas m'a transmise, une technique qu'il a mise au point après la condamnation de ses parents, qui s'étaient servis de leurs pouvoirs pour cambrioler une banque. À cause de ce faux pas, ils ont fini au trou, dans les Limites de San Diego. Si j'enfonce mon pouce dans ma paume, je prends conscience que je suis réelle. Ça a marché même à la mort de mes parents, quand j'étais malade de chagrin.

— Tu aurais été un super partenaire, dis-je en m'asseyant. Les Verseurs n'étaient pas préparés à la déculottée qu'on était sur le point de leur administrer.

— Ça fait du bien de savoir que quelqu'un croyait en moi, répond-il.

— Ça n'a pas joué en ta faveur.

— Tu m'as donné une chance. Emil, Prudencia, maman et les autres, non.

— Peut-être pas, mais c'est une preuve d'amour.

— Je me demande s'ils m'aiment vraiment. J'ai dit des choses horribles à Emil et maman ; quant à Prudencia, elle ne m'a pas rendu visite une seule fois.

— Prudencia tient beaucoup à toi. Je vois clair dans son jeu.

Ce n'est pas mes oignons. Elle se protège, refoule ses sentiments, de crainte qu'on utilise Brighton pour l'atteindre. Comme Atlas, qui est mort par ma faute. Mais c'est inutile. Brighton est déjà en train de mourir.

Il essaie de redresser le buste.

— Qu'est-ce que tu sous-entends ? Je…

Des sortilèges retentissent à l'extérieur, et je me précipite vers la fenêtre pour voir ce qui se passe. Deux camionnettes et quatre motos bloquent l'entrée. Ce sont des acolytes. Je les reconnais à leur combinaison grise. Ils se battent contre les agents de sécurité de l'hôpital; des sortilèges fusent des deux côtés. Difficile de distinguer les visages depuis le quatorzième, mais impossible de rater la fille aux six bras munis de baguettes – Dione. Si elle est là, ça signifie que l'autre n'est pas loin.

— Qu'est-ce qu'il y a? s'inquiète Brighton.

— Les Verseurs de sang. Va te planquer.

J'appuie sur le bouton gris qui ouvre le dôme, un système conçu pour accélérer le processus de guérison des célestes en les exposant au ciel nocturne pendant leur sommeil. Il faut que je fasse vite; une fois le plafond dégagé, je lévite jusqu'au rebord, glisse le long du dôme, et plonge du bâtiment. Le vent gronde dans mes oreilles. Les bras le long des flancs, je dois ressembler à un missile lancé à pleine vitesse. Quand j'approche du sol, j'active mes pouvoirs, ralentis brusquement, et descends en tournoyant. J'atterris dans le parking; mon instinct me signale un danger et je saute derrière une voiture, freinant mon impulsion dans les airs, pour ne pas m'écraser sur le bitume. On projette des sortilèges en direction de la voiture, et je m'éloigne avant qu'elle n'explose et moi avec.

La porte d'entrée de l'hôpital s'ouvre et Iris et Wesley en jaillissent avec trois autres agents de sécurité. Même s'il est évident que les acolytes leur font face, ils balaient l'ensemble de la scène du regard. Iris repère quelque chose et le pointe du doigt: Eva et Ruth sont là; elles aident Carolina à descendre d'une camionnette verte. Aucune d'entre elles n'est armée pour affronter les acolytes. Iris leur hurle de rester dans le véhicule, mais elles ne semblent pas l'entendre. Sous les rafales de sortilèges, elle traverse l'allée. Les coups la touchent sans la blesser; ils ne font que la ralentir. Jusqu'à ce que Dione lui fonde dessus et la plaque au sol.

Les acolytes projettent des sortilèges sur la camionnette verte qui se dirige dans ma direction, conduite par Ruth, tandis qu'une autre Ruth est encore occupée à aider Eva et Carolina. Compliqué de dire avec certitude laquelle des deux est le clone jusqu'à ce que celle qui était à l'extérieur du véhicule se volatilise dans une lueur pourpre. Quatre acolytes sautent sur leur moto et se lancent à la poursuite de la camionnette. D'une flèche enflammée, j'en neutralise un avant qu'il ne s'éloigne, mais les autres s'évanouissent bientôt dans la rue. Un courant d'air me balaie le visage ; c'est Wesley qui les pourchasse pour protéger sa petite copine, peut-être même leur fille si Ruth a amené Esther.

Je m'élance vers la voiture d'Atlas. Contrairement à Iris, je n'ai pas la peau imperméable aux sortilèges. Je saisis mon gilet pare-pouvoirs sur le siège passager, l'enfile rapidement, comme mes parents me l'ont appris, et je m'empare de la dague de l'Oubli.

D'un bond, je rejoins la bataille, projetant des fléchettes enflammées sur les acolytes. J'atterris derrière Dione, et avant qu'elle n'abatte ses multiples mains sur Iris, je lui enfonce la lame dans le dos. Dione pousse un hurlement, pivote sur elle-même et m'assène quatre coups de poing. Un jet de salive s'échappe de ma bouche, et elle m'arrache la dague des mains. Elle enroule un bras autour de mon cou, me balance par-dessus son épaule, et me plaque par terre. Penchée sur moi, elle me maintient les bras au sol et fait tournoyer l'arme d'une troisième main. J'essaie de lui donner un coup de pied dans la tête ; mais un quatrième bras m'attrape le mollet. Elle approche la lame de ma gorge ; au même instant, Iris glisse sa main entre nous et la lame s'enfonce dans sa paume. Son sang me gicle dessus. De l'autre main, elle abat son poing sur le visage de Dione, qui bascule en arrière dans un craquement d'os.

Iris se mord la lèvre en retirant lentement de sa main la dague de l'Oubli, qu'elle laisse tomber ; le manche en ivoire produit un bruit sec en percutant le sol. On va se planquer derrière un pilier. Iris examine le sang qui jaillit à profusion de sa plaie à la main. Ça me rappelle quand on était mômes, au parc, et qu'elle avait grimpé sur mon dos pour tester la sensation de lévitation. On s'était élancées dans les escaliers et je nous avais transportées dans les airs, mais je m'étais vite fatiguée. On était tombées et elle avait atterri sur une pile de bris de verre. Ça lui avait transpercé la peau. Au moins, aujourd'hui, Iris ne pleure pas.

— Vole ! Rejoins vite Eva ! Elle est avec Carolina, Ruth et Esther !

— Ruth s'est enfuie au volant de la camionnette, dis-je.

On jette un coup d'œil par-delà le pilier. Eva et Carolina sont pourchassées par des acolytes.

— Faut qu'on les aide ! s'écrie Iris en piquant un sprint.

C'est alors que j'aperçois June, qui se tient devant le panneau de la clinique, à l'entrée de l'allée. Elle me fixe du regard.

Je m'empare de la dague et je fonds sur elle, sourde aux appels d'Iris. Je n'ai pas d'ordres à recevoir d'elle. Ce n'est pas parce qu'elle s'est fait transpercer la main pour me sauver que je lui suis redevable. Si elle ne m'avait pas caché mes origines, j'aurais mieux appréhendé mes pouvoirs, et j'aurais pu sauver nos parents et Atlas. Iris va voler au secours d'Eva et sa main cicatrisera. Il faut que je tue June tant qu'elle est assez stupide pour se montrer au grand jour.

June s'engouffre dans un massif de buissons en courant. Je m'élance dans son sillage. Elle surgit dans une rue et passe à travers une voiture qui lui arrive dessus, mais il est trop tard pour le conducteur, qui fait une brusque embardée pour l'éviter et emboutit un autre véhicule. June se tient immobile au centre du chaos qu'elle a créé, au milieu de la cacophonie de klaxons qui masquent les déflagrations produites par les sortilèges à l'hôpital. J'atterris sur le macadam et brandis la dague en la faisant tournoyer. June se volatilise et reparaît aussitôt derrière moi, m'assénant par surprise un violent coup dans le dos, et je m'écrase contre le capot d'une voiture. Elle ne cesse de disparaître et de réapparaître à différents angles pour m'attaquer, et mon intuition se brouille. Coup de poing dans le dos, coup de coude dans le cou, coups de pied dans les côtes. Elle me frappe si fort à l'épaule que mon os se déboîte, or Atlas n'est plus là pour le remettre en place. Je suis prise de vertige et mes yeux clignent aveuglément, tandis qu'elle me frappe le visage contre le capot.

Elle tente de m'arracher la dague des mains et mon bras me fait trop mal pour que je résiste. Des flammes jaune foncé jaillissent de mon poing et lui brûlent la main. C'est pour cette raison que les Verseurs de sang sont revenus ? Pour récupérer la dague ? À moins que ce ne soit pour venger Luna ? Je ne suis pas sûre que June ait suffisamment d'humanité pour tenir à Luna, mais j'espère qu'elle a assisté à sa mort, qu'elle l'a vue s'étouffer dans son propre sang.

Je crée un écran de flammes pour me protéger de June, le temps de prendre mon envol. Je lévite maintenant à trois mètres du sol. Lorsqu'elle traverse mon rideau de feu, s'attendant à me trouver de l'autre côté, je lance la dague dans sa direction. June m'aperçoit juste à temps et se dématérialise. La lame passe au travers de son corps, atterrissant par terre dans un bruit de métal. Décidément, elle est intouchable...

June pose lentement les yeux sur son épaule, qu'elle contemple d'un air curieux. Un filet de sang gris et rouge dégouline le long de son corps solide.

La dague de l'Oubli peut la blesser même lorsqu'elle se dématérialise !

Et elle vient de l'apprendre, elle aussi.

Je me rue à terre, m'empare de la dague et la lance à nouveau, mais cette fois June disparaît dans le sol. J'attends qu'elle resurgisse, en vain. Le sang gris et rouge sur la dague en ivoire est la vision la plus prometteuse qui soit.

L'armure de June a une faille, et je vais la briser.

DIX

POISON

Brighton

Il est rare que ça me manque d'être le Brighton d'avant. Ce mec ordinaire qui aurait dû intégrer la fac il y a un mois.

Mais en ce moment, je donnerais cher pour être sain et sauf, dans une résidence universitaire, à regarder une émission de télé avec un coloc que je déteste en secret. Au lieu de quoi, je me retrouve coincé à l'hôpital, à observer un combat qui se déroule à l'extérieur. Si ça se trouve, on va venir me faire la peau avant que j'aie l'occasion de mourir de causes non naturelles.

Une alarme retentit. Bravant les consignes de tous mes praticiens, je me lève et m'élance vers la porte. Au même instant, Emil entre dans ma chambre. On se percute si violemment qu'on se casse la figure l'un sur l'autre. Il pousse un grognement et je me frotte le front.

— Faut se tailler, dit Emil en m'aidant à me mettre debout.

— Tu crois ?

Je n'ai qu'une blouse d'hôpital sur le dos. Je n'ai même pas le temps d'enfiler les chaussettes qu'Emil m'a ôtées quand j'avais trop chaud, ni même d'attraper mes baskets au cas où on arriverait à sortir de l'établissement. Mon corps est perclus de douleurs, mais Emil m'entraîne le long du couloir.

Les plafonniers clignotent; c'est un signal d'urgence. Je l'ai vu dans un film de zombies qui se déroulait dans un hôpital pour lumimagiciens abandonné.

— Où est Prudencia? je demande.

— Aucune idée.

Parvenus au bout du couloir, on entend nos prénoms et on se retourne. Derrière nous, le Dr Bowes nous appelle. Elle déchausse ses talons et nous rattrape.

— On va vous trouver un abri le temps que la sécurité neutralise la menace.

— Ce sont les Verseurs de sang. Vos gardes vont se faire dépecer! je m'écrie.

Un sortilège retentit et le Dr Bowes nous pousse brutalement, écartant le danger. La pancarte derrière nous a pris feu. Je pivote sur moi-même et découvre trois acolytes armés de baguettes. Je déteste les célestes qui ont fait don de leur sang pour activer les propriétés magiques de ces soi-disant armes de défense. C'est un jeu d'enfant pour les criminels de s'en procurer. Les acolytes se fichent d'employer des pouvoirs qui ne leur reviennent pas de droit, du moment que ça leur permet de devenir des spectres et d'obtenir un jour leurs propres pouvoirs. Mais si Luna est morte, qu'est-ce qu'ils font encore là? Sont-ils au service d'un nouveau chef?

Le Dr Bowes ouvre une porte et on s'engouffre dans la cage d'escalier. On dévale les marches à toute allure malgré nos blessures.

— Onzième étage, indique le médecin qui nous emboîte le pas.

Les acolytes nous rattrapent et nous arrosent de sortilèges. Emil ouvre la porte du palier, et le Dr Bowes marque une pause avant de la refermer. Dans ses yeux brillent deux croissants de lune; elle tend les mains et les agite dans les airs comme un pendule. Des hologrammes apparaissent alors dans les escaliers. Ce sont nos sosies qui continuent de descendre les marches.

— L'illusion s'estompera d'ici un étage ou deux, mais ça devrait suffire à protéger deux héros, déclare-t-elle, toute fière.

Apparemment, le Dr Bowes n'est pas assez forte pour créer un périmètre d'illusion comme celui qui nous cachait du reste du monde, à Nova, mais ce petit numéro de passe-passe nous a sans doute sauvé la vie.

Elle nous conduit dans un laboratoire qu'elle déverrouille à l'aide d'un passe, puis éteint la lumière pour dissimuler notre présence. Il fait noir comme dans un four jusqu'à ce qu'Emil génère une petite ampoule de feu dans une grimace de douleur. On va se réfugier derrière un comptoir couvert de fioles, de microscopes et de documents. Il appuie sa paume contre son flanc. Le terminateur d'infini a affecté ses pouvoirs quand Ness l'a blessé la première fois, et c'est encore pire depuis que Luna l'a poignardé à son tour. Une fois qu'on est planqués, Emil ferme son poing et la flamme disparaît. Le labo est à nouveau plongé dans le noir. Nos souffles résonnent, saccadés.

— Peut-être que je devrais aller aider, chuchote Emil. C'est à cause de nous qu'ils sont là.

— À cause de moi. C'est moi qui ai tué Luna.

Je devrais prendre mon courage à deux mains et me rendre. Ça éviterait à d'autres patients d'être pris pour cibles. Mais j'ai beau savoir que je suis mourant, je n'en ai pas le cran. Le temps m'est compté et je veux en profiter le plus longtemps possible. Les étoiles ne m'ont pas donné les pouvoirs que je désirais pour protéger mon prochain. Que chacun se démerde et soit son propre héros.

Des coups résonnent à la porte. Deux, trois, quatre coups. Les acolytes nous ont-ils trouvés ? Un fracas retentit à l'extérieur. La porte s'ouvre et la lumière du couloir se déverse à l'entrée de la salle un court instant avant qu'elle ne se referme. Des bruits de pas légers se déplacent à travers le labo.

— Tss, tss, siffle un homme.

Stanton. J'articule son prénom à l'intention d'Emil, mais c'est inutile car il ne me voit pas. De toute façon, il a sans doute reconnu la voix du spectre au sang de basilic. Une bouffée de terreur resurgit en moi; je me rappelle la cruauté de Stanton pendant ma captivité. Ce type est tordu. S'il m'a laissé la vie sauve, c'est seulement pour que j'envoie un message à Emil, qui a rappliqué avec l'urne contenant les fantômes des parents de Luna. Ça ne veut pas dire qu'il m'a épargné. Il m'a étranglé et m'a battu jusqu'à ce que je perde connaissance. Je n'ai pas hésité à lui confier mon mot de passe pour qu'il puisse télécharger cette vidéo sur ma chaîne YouTube pour qu'Emil la regarde. Je ne voulais pas prendre le risque qu'il me torture davantage. Aujourd'hui, il m'a retrouvé, et je ne pense pas qu'il me laissera la vie sauve cette fois.

Si j'avais une baguette, je le frapperais d'un sortilège en plein cœur.

Si j'avais des pouvoirs, je le brûlerais vif.

Je me concentre à fond sur ma paume dans l'espoir que la peur déclenche mes pouvoirs comme ceux d'Emil. Mais l'obscurité nous enveloppe et je ne vois pas une seule étincelle naître.

— Peut-être bien qu'ils se cachent derrière ce meuble, taquine Stanton.

Emil me plaque contre le comptoir.

— Il sait qu'on est là, je susurre. Je me demande même pourquoi je chuchote, dis-je à voix haute en me levant. Tu nous as retrouvés. (Dans la pénombre, je ne le distingue pas.) Vas-y, tu peux allumer la lampe.

— Qu'est-ce qui ne va pas? Tu ne vois pas dans le noir? Tu ne perçois pas le pouls de ta proie? Son odeur? Je parie que tu aurais aimé que Luna ait besoin de sang de basilic pour les pouvoirs que tu lui as volés, siffle Stanton dans le coin droit de la salle.

— Je n'ai aucun pouvoir. Ça a été un fiasco.

— Luna sera ravie de l'apprendre, rétorque Stanton.

— Elle est en vie ?!

— Elle s'accroche… blessée par une ordure qui lui a fait un coup bas.

— Elle m'a dit que je n'aurais pas dû la rater dans le cimetière. Je n'ai fait qu'honorer son souhait.

J'essaie de paraître plus courageux que je ne le suis en réalité, mais je suis stressé. Le Dr Bowes tremble comme une feuille contre le comptoir, ce qui n'aide pas. Notre meilleure défense, c'est Emil, et il est loin d'être au max de ses capacités. Mais Stanton se déplace à pas de velours, et on ne peut pas vaincre un adversaire qu'on ne voit pas.

— Un peu de lumière, Emil, dis-je.

Emil convoque un feu et juste devant nous s'illumine le visage de Stanton.

— Coucou, dit-il.

Il saisit Emil à la gorge et le projette contre une vitrine qui vole en éclats.

Sans la lumière émise par Emil, on est de nouveau plongés dans le noir. Je ne l'entends même pas gémir. Il faut que je le rejoigne. À tâtons, je cherche un objet lourd qui puisse me servir d'arme. J'entends le Dr Bowes qui se précipite auprès d'Emil. Elle pousse un cri, et je m'aperçois qu'elle a dû marcher sur un morceau de verre. Soudain, Stanton enfonce ses griffes dans mon épaule et me projette à travers le labo. Je percute un mur et m'affaisse sur un chariot rempli de fioles. Le souffle coupé, je siffle bruyamment. Des éclats de verre sont plantés dans mes bras, et des liquides visqueux s'écoulent sur mes cheveux comme du shampoing collant. Des douleurs aiguës me parcourent le dos et les coudes. Pris de vertige, je roule sur le ventre.

Stanton écrase le talon de sa botte sur mon cou.

— Il existe plein de manières de te tuer avant de rapporter ta tête à Luna. Te pétrifier. T'empoisonner. J'ai toujours rêvé de plonger mes mains dans la poitrine d'une personne tétanisée et de lui arracher le cœur pour voir à quel point elle souffre…

C'est un basilic qui joue avec sa nourriture. Sa seule motivation est le sang.

— Je peux te paralyser et te forcer à regarder pendant que je torture ton frère… (Il appuie un peu plus sur mon cou.) Ou alors je te tue maintenant.

La porte s'ouvre, révélant une silhouette au regard rougeoyant. Les plafonniers s'allument; Stanton lève le pied pour m'écrabouiller d'un coup sec. Mais avant qu'il n'en ait le temps, Prudencia s'empare de sa jambe à l'aide de son pouvoir de télékinésie. Elle lutte pour l'immobiliser dans les airs. En l'absence du Rêveur couronné, son pouvoir est moins fort. Je roule de quelques centimètres sur le côté, ce qui permet à Prudencia de relâcher son emprise. Le pied de Stanton s'abat brutalement contre le sol.

Il ricane.

— Vous ne faites pas le poids contre moi.

Avec son pouvoir de télékinésie, Prudencia catapulte divers ustensiles et morceaux de verre dans sa direction, lui entaillant la peau. Pourtant, il continue à afficher son sourire terrifiant, exposant ses dents pointues.

Le Dr Bowes se lève, et huit illusions apparaissent – deux Brighton, deux Emil, deux Prudence, et deux Bowes. Ils tournoient en courant autour de Stanton qui essaie de les frapper sans jamais les atteindre. Il ferme les yeux un instant, pivote sur lui-même et se jette sur la véritable Dr Bowes. Il lui brise le cou. Les illusions disparaissent avant même que son corps sans vie touche le sol.

Sa mort n'est pas si surprenante. Nous étions quatre dans le labo. C'est la première à y passer.

Avant que mon tour vienne, je rassemble mes forces, saisis un morceau de verre, me rue sur Stanton et le poignarde en pleine poitrine. Il se débat, essaie de me chasser, mais je répète les coups, quoique le verre me lacère la peau. Il tente de m'attraper, malheureusement Prudencia lui immobilise les bras. Stanton me mord la main et ses dents s'aiguisent. Il me transperce la paume. C'est la douleur la plus vive que je ressens depuis que le sang de la Faucheuse s'est retourné contre moi. J'ai l'impression qu'un jet de feu se diffuse dans mes veines, si chaud qu'il risque de faire fondre mes os. Je le lâche.

Ma main saigne.

Prudencia paralyse toujours Stanton, l'empêchant de l'attaquer.

Un feu gris et or s'anime dans un coin; Emil, étendu au sol, exhibe un globe rougeoyant. Mais il est trop faible pour le lancer sur sa cible. Prudencia relâche son étreinte, et Stanton lui fonce dessus. Au même instant, elle s'empare de la boule de feu par la télékinésie et la projette contre le dos de Stanton. Elle plonge de côté et Stanton percute le mur la tête la première et s'effondre, immobile.

— Ça va? me demande-t-elle en se levant.

Je n'arrive pas à parler. Ma main en sang est prise de tremblements incontrôlables, et le feu qui me parcourt palpite sous ma peau. Ça tombe bien qu'on soit dans un hôpital, mais le fait de voir la dépouille inerte du Dr Bowes me rappelle à quel point on est mortels. À quel point j'aurais été immortel avec les pouvoirs de la Faucheuse.

Prudencia aide Emil à se relever. Il gémit, tandis que son pouvoir cicatrise les entailles sur son visage et ses bras.

— Ouah !

Maribelle surgit ; elle enjambe Stanton.

— Vous n'y êtes pas allés avec le dos de la cuillère à ce que je vois.

Elle non plus. Son visage est en sang et la lame de la dague de l'Oubli est maculée d'un liquide visqueux. June est sans doute morte.

— Stanton a tué le Dr Bowes, explique Prudencia sans oser regarder le cadavre.

Je grogne de douleur, et Maribelle s'accroupit à côté de moi ; son regard se porte aussitôt sur la morsure à ma main. Ma vision se trouble et une sensation de froid m'envahit soudain.

— C'est le venin de basilic, dit Maribelle. Il nous faut un antidote.

— Qu'est-ce qui va m'arriver ? je demande.

— Tu peux mourir en quelques jours.

Mon espérance de vie n'en finit pas de s'amenuiser.

— Trouvez un antidote !

Prudencia fouille fiévreusement les placards ; Emil veut l'aider mais il est trop lent et trop faible. Bon sang ! On est dans un hôpital ; ça ne doit pas être bien sorcier de dégoter un antidote !

Iris déboule et paraît tout d'abord surprise de voir Stanton gisant par terre. Elle l'enjambe vite et rejoint Maribelle. Elle tient sa main ensanglantée à sa poitrine.

— T'étais où ?

— Je pouvais pas laisser filer June, réplique Maribelle, tout en continuant à fouiller.

— J'espère que tu l'as tuée, parce que Dione m'a échappé !

— T'as perdu une bataille ; c'est pas la fin du monde, rétorque Maribelle.

— J'ai perdu plus que ça ! Les acolytes ont capturé Eva et Carolina et se sont enfuis.

À cette nouvelle, mon frère et moi, on se dévisage, fous d'inquiétude pour notre mère.

Ma main se crispe ; elle devient si rigide que je ne réussis plus à remuer un seul doigt. Comme si une épaisse couche d'argile enveloppait mon corps avant de sécher. Mes veines virent au vert foncé, tandis que le venin me remonte le long du bras pour filer droit jusqu'à mon cœur.

ONZE
RÉUNION

Ness

À mon réveil, tout est confus. Je découvre des cicatrices récentes sur mon flanc et une au-dessus de ma cheville. J'examine mon corps de plus près et tout s'explique soudain. Je n'ai pas le teint si pâle. En fait, je viens de faire un cauchemar où je torturais Emil avec le terminateur d'infini. La scène était plus gore que dans mes souvenirs, mais elle représente peut-être ce qu'Emil a ressenti. Et c'est pour cette raison que j'ai pris son apparence pendant mon sommeil.

À en juger par la position du soleil, j'ai dormi toute la journée. Je ne parviens pas à croire que le sénateur ne m'ait pas encore mis au boulot.

Je conserve le visage d'Emil et je scrute les plaies que ses pouvoirs de phénix n'ont pas cicatrisées. Il y a un truc qui est passé entre nous dans le cagibi, à Nova, pendant que je nettoyais ses blessures en fermant les yeux car il ne voulait pas que je le voie torse nu. Le corps que je contemple aujourd'hui est né de mon imagination – Emil s'est toujours caché sous des tee-shirts trop grands. Je donnerais beaucoup pour le toucher encore. Pour explorer nos sensations. Peut-être même pour qu'on se retrouve nus tous les deux et qu'on se découvre l'un l'autre.

— Ce Marcheur du Ciel, c'est ton petit copain ? demande Jax depuis le seuil de ma chambre.

Sa présence me prend de court.

Le sang me monte au visage – au visage d'Emil – et un halo gris me balaie. Je redeviens moi-même.

— Non, dis-je en enfilant un vieux tee-shirt. (J'ignore depuis combien de temps Jax m'observe. Il ne faut pas que le sénateur sache que j'ai des sentiments pour Emil ; il s'en servirait contre nous.) C'est juste un mec sympa qui a souffert par ma faute. Et grâce à vous, il y en aura d'autres.

Jax n'est pas dupe.

— Dis-moi. Ça t'arrive souvent de prendre l'apparence d'une personne pour voir de quoi elle a l'air à poil ?

Je me redresse comme un ressort dans mon lit.

— Ça marche pas comme ça.

— C'est bien dommage.

On ne peut pas franchement dire que j'étais copain comme cochon avec Logan, mon ex-garde du corps. Mais, au moins, il y avait du respect entre nous.

— Il y a des chances pour que Logan reprenne ton poste ?

— Il a donné sa démission après ta « mort ». Il l'a pris très personnellement. Mais ne t'en fais pas. Je vais nulle part.

C'est bien, laisse-le croire qu'il te tient à la gorge. En réalité, chaque fois qu'il esquisse son petit sourire narquois et qu'il croise les bras ou agite le pied gauche, je le note dans un coin de ma tête. Et peu à peu, j'étoffe mon portrait du personnage ; à la première occasion, je prendrai son apparence et je m'en servirai pour me faire la malle.

Ça fait des années que je peaufine ma technique. J'observe les comportements. Je relève les détails significatifs. Et ce depuis la fameuse photo de famille où j'arborais un sourire très convaincant, alors que j'étais furax contre mes parents. J'avais seulement onze ans, je m'étais dit que c'était bizarre de faire semblant de sourire. À compter de ce jour, j'ai étudié les gens autour de moi, à la recherche d'indices évocateurs. Maman faisait-elle souvent semblant de sourire ? Le sourire de papa était-il sincère quand il m'avait vu sur scène lors de la pièce de l'école ? Et celui qu'il affichait quand je l'ai fait venir en classe, en CE2, à l'occasion de la Journée des héros ?

Tout ça s'est avéré très utile début février quand, à la lueur du Fantôme voilé, la constellation qui apparaît deux fois par an et qui augmente le don des métamorphes, j'ai bu la potion de Luna et obtenu mes pouvoirs. Elle appréciait ma faculté d'observation, et même si j'en ai bavé avant de vraiment maîtriser l'art de la métamorphose, c'est l'une des raisons pour lesquelles je suis si doué dans mon domaine.

Il faut que j'en tire profit, mais conspirer contre le sénateur et son équipe n'est pas une mince affaire. Impossible de savoir à quels moments Zenon s'empare de ma vision pour voir ce que je mijote. Je ne peux pas prendre de notes de mon plan. Je ne peux pas bricoler ma fenêtre, qui a été soudée. Je ne peux pas mettre de côté d'ustensile susceptible de me servir d'arme. Je dois partir du principe que je suis sous surveillance vingt-quatre heures sur vingt-quatre ; d'ailleurs, rien ne me dit que ce n'est pas le cas. Je passe beaucoup de temps au lit, les yeux fermés, pour empêcher Zenon de voir quoi que ce soit. Heureusement qu'il ne peut pas lire dans mes pensées.

La lumière s'éteint dans ma chambre. Je me retourne, croyant que c'est Jax qui me cherche des noises, mais le couloir est également plongé dans le noir et il sonde l'obscurité d'un air méfiant.

— Il y a une coupure de courant? s'enquiert-il dans sa montre connectée.

— Je fais un tour de reconnaissance, répond la voix de Zenon. (Quelques secondes plus tard :) Intrusion. On est cernés.

— Tu les as identifiés ? demande Jax.

— Je ne réussis pas à établir de contact visuel, rétorque Zenon.

Autrement dit, les intrus se sont déployés tout autour du manoir ou ne se regardent pas les uns les autres. Quand une personne est seule, Zenon peut l'identifier à ses habits ou à son corps, à moins que l'individu ne se regarde dans une surface réfléchissante telle qu'une flaque ou un miroir.

— J'emmène Eduardo dans la chambre forte, annonce Jax.

La chambre forte existe au manoir depuis que le sénateur est gamin, mais il l'a améliorée au fil des ans, à mesure qu'il s'est fait des ennemis. Elle est équipée de tout le nécessaire – connexion Internet indépendante haut débit, frigos remplis contenant deux semaines de nourriture, le nec plus ultra des baguettes magiques, salle de bains avec douche en état de marche, canapés convertibles et, surtout, le bouclier magique le plus puissant qui soit. Je ne veux pas y descendre. Déjà que je suis prisonnier de cette maison, je ne peux pas prendre le risque de me faire enfermer à double tour.

Je me raconte sans doute des films, mais si c'était Emil qui était venu me secourir ? S'il soupçonnait les exécuteurs de m'avoir capturé, il a pu songer à venir faire un tour dans la maison familiale. En même temps, ce serait débile d'entrer par effraction chez le candidat présidentiel qui axe sa campagne sur le danger que représentent les célestes. Ce serait apporter de l'eau à son moulin. Si les Marcheurs du Ciel risquent leur peau pour moi, ce sera seulement grâce à Emil. Il aura plaidé ma cause ; il leur aura dit que je suis venu leur prêter main-forte à Nova, quand ils se sont fait cerner.

Une pensée horrible me traverse. Et si Emil pense que je me suis enfui une fois de plus et ne cherche jamais à me retrouver ?

Jax m'ordonne de le suivre, et j'obtempère, le temps de réfléchir à mon prochain coup. Nerveux, je longe le couloir dans son sillage. Un fracas de verre éclate dans le hall d'entrée, en bas, et on marque une pause en haut de l'escalier. L'alarme de secours retentit pendant quelques secondes à peine avant de se couper. Même moi, je n'aurais pas pu la neutraliser si vite ; peut-être que Wesley s'est introduit dans la maison en un éclair pour s'en charger.

Profitant d'un moment d'inattention de Jax, je m'élance vers le bureau du sénateur dans l'espoir de m'échapper par la fenêtre et le balcon. Or, avant même d'atteindre la porte, une force télékinétique me rattrape et m'attire brutalement en arrière. Suspendu dans les airs, les membres crispés, j'ai l'impression que ma colonne vertébrale va craquer. Jax me fait lentement tourner dans sa direction.

— Tu pensais aller où ? gronde-t-il en me fusillant du regard.

La voix de Zenon jaillit de sa montre.

— Au-dessus de toi !

Synchrones, on lève les yeux. Mon cœur s'arrête de battre un bref instant. Ce n'est pas un Marcheur du Ciel qui nous tombe dessus mais un Verseur de sang. Dione est rapide, intrépide, comme la fois où elle a plongé d'un immeuble pour échapper aux exécuteurs. De ses six bras, elle plaque Jax au sol devant le bureau sans lui laisser le temps de se défendre ; puis elle lui laboure le torse et le visage de coups de poing.

Son emprise sur moi se relâche, et je peux à nouveau remuer.

Il faut que je coure. Si je m'attarde, les Verseurs me tortureront pour me punir de les avoir trahis ; ils me briseront les os, les uns après les autres. Il faut que je déguerpisse ; je ne préfère pas savoir si le rituel de Luna a fonctionné.

C'est trop risqué de passer par le bureau ; Dione pourrait m'attraper au passage ; elle a tellement de bras ! Je me précipite au rez-de-chaussée, m'engage dans la salle à manger et traverse la cuisine à fond. Le sénateur et Zenon se tiennent dans l'encadrement de la porte et je ralentis dans un dérapage. Mais Zenon m'attend de pied ferme. Il m'attrape et il me balance contre le mur sans me laisser le temps de rebrousser chemin.

— Pourquoi les Verseurs de sang nous attaquent-ils ? m'interroge le sénateur.

— À toi de me l'expliquer.

— Je t'amène à la maison, et moins de vingt-quatre heures plus tard, le gang débarque ! Si tu leur as envoyé un message…

— Je les ai abandonnés, tu te souviens ? Je me suis enfui. C'est toi qui as parlé à Luna en dernier. Peut-être qu'elle cherche à se débarrasser de toi pour de bon.

Il me regarde comme s'il allait m'étrangler.

— Acolytes à l'approche, annonce Zenon, les yeux étincelant comme des astres. Ils sont tous armés.

Il me lâche et brandit sa baguette en direction de la porte.

À moins que Zenon ne soit tireur d'élite, je suis notre dernière chance. J'inspire à fond et un halo gris familier m'enveloppe, tandis que je prends l'apparence de Dione. C'est la première fois que le sénateur me voit employer mes pouvoirs. Pour m'en sortir, je vais devoir le sauver aussi. Ça me rend dingue. J'avance dans la salle à manger, les épaules voûtées, faisant mon maximum pour incarner Dione, adopter l'expression déterminée qu'elle affiche quand elle chasse. En m'apercevant, les acolytes se figent net.

— Qu'est-ce que vous fichez là ? j'aboie avec la voix de Dione. (Elle ne fait preuve d'aucune patience envers les acolytes.) Allez vous déployer à l'étage.

Ils s'exécutent. Ce subterfuge va nous faire gagner une minute max – jusqu'à ce qu'ils tombent sur la vraie Dione, qui règle son compte à Jax. Il faut que je décampe avant que Stanton ne débarque. S'il se lance à mes trousses, mon pouvoir de métamorphe ne me sera plus d'aucune utilité. Il me retrouvera à l'odeur.

— Tous à la chambre forte ! s'écrie le sénateur en jaillissant de la cuisine.

Si jamais je me retrouve enfermé dans cette pièce avec le sénateur, seul l'un de nous deux en ressortira vivant.

— Quelqu'un arrive, annonce Zenon, pointant du doigt un mur sans porte.

On demeure tous les trois perplexes. C'est alors que mon cauchemar se concrétise : Luna et June surgissent de la cloison, main dans la main. La chevelure argentée de Luna est sale, et la longue cape de cérémonie qu'elle portait la nuit où j'ai obtenu mes pouvoirs est maculée de sang. Son chemisier blanc est taché lui aussi au niveau du ventre. Si elle a été blessée et qu'elle parvient encore à se tenir droite, ça signifie qu'elle a gagné.

Elle est devenue invincible.

Zenon brandit sa baguette et projette de multiples sortilèges qui traversent Luna et June comme si elles n'étaient que des hologrammes.

Luna me scrute de son regard vert.

— Dione, chérie, pourquoi n'as-tu pas brisé le cou à cet imbécile ?

Elle a raison. Dione sera toujours loyale envers celle qui a fait d'elle un spectre.

— Bas les masques, mon cher Ness.

Je croise les bras et reprends mon apparence.

— Les réunions de famille, c'est si touchant, poursuit Luna. Surtout quand on ressuscite. (Elle s'égare un instant dans ses pensées avant de se reprendre.) Sénateur, je dois avouer que votre accueil n'est pas très courtois. D'abord on nous reçoit à grand renfort de sortilèges et, maintenant, personne ne nous propose de nous asseoir. Ressaisissez-vous !

— Vous auriez dû nous prévenir un peu à l'avance, répond le sénateur. Si vous êtes venue réclamer votre ami spectre détenu dans les Limites, c'est peine perdue. Je ne peux pas ordonner à Bishop de le relâcher. Ça ne plairait pas à nos partisans.

Luna chasse ses paroles d'un geste.

— Stanton ne fait pas partie de mes préoccupations actuelles. C'est un soldat; il a conscience des grands sacrifices auxquels nous devons consentir.

Stanton est au cachot? Je me fiche des détails. C'est une excellente nouvelle.

— Quelle est donc la raison de votre présence? s'enquiert le sénateur.

— Je suis venue parler avec vous de l'avenir. La salle de séjour est par là? demande-t-elle en passant devant nous accompagnée d'une June aux yeux éteints. Très belle salle à manger, d'ailleurs, lance-t-elle par-dessus son épaule, se déplaçant à travers le manoir comme s'il lui appartenait.

Des bruits de pas dans l'escalier attirent mon attention. Dione me foudroie du regard; quatre de ses bras se rétractent dans ses flancs. Mais avant qu'ils ne disparaissent, je note un détail : ses poings sont couverts de sang. Jax est peut-être mort.

— Tu n'as pas intérêt à te faire à nouveau passer pour moi, me menace-t-elle en rattrapant Luna.

Super. Je me la suis mise à dos, elle aussi.

On se rassemble tous dans le salon; Dione ordonne aux acolytes d'aller dans la cuisine. Je m'adosse au manteau de la cheminée. Si seulement je pouvais me changer en oiseau et m'envoler par le conduit. Luna prend place dans le fauteuil du sénateur, le contraignant à s'asseoir sur le canapé. Zenon observe Dione et June d'un air agité.

— J'ai respecté ma part du marché, Luna, entonne le sénateur. Vous voulez bien m'expliquer pourquoi Eduardo est encore en vie?

— Si vous souhaitiez la mort de votre fils, vous n'aviez qu'à vous salir les mains. Vous le pouvez encore. (Luna s'installe confortablement dans le fauteuil, les mains croisées sur les genoux.) À mon avis, s'il est encore vivant, c'est parce que vous envisagez de vous servir de son pouvoir pour vous assurer la victoire aux élections.

J'agite une main en l'air.

— Je suis là. Peut-être que vous pourriez aller décider de mon sort dans une autre pièce ?

— Tu seras bientôt congédié, rétorque Luna. Je t'ai sauvé la vie quand ton père a voulu faire de toi un martyr. Je t'ai offert le pouvoir et la sécurité. Et surtout, je t'ai accordé ma confiance. Tu m'as trahie en dévoilant mon projet le plus important aux Marcheurs du Ciel, saccageant des décennies de travail. (Elle crache du sang, et se sèche les lèvres sur la manche de son chemisier. Une vision qui me ravit. Elle n'est donc pas invincible.) Je n'ai pas l'intention de mourir seule, Ness. Tous les Marcheurs sombreront avec moi, et ton rôle sera de t'en assurer. Ce sera ton châtiment. (Elle s'adresse ensuite au sénateur.) Il me semble que, à l'approche des élections, ce plan peut vous intéresser.

— On me donne déjà vainqueur, réplique le sénateur. Qu'est-ce qui vous fait croire que j'ai besoin de votre aide ?

— J'ai toujours admiré votre engagement aveugle, sénateur, mais n'oubliez pas qui est à l'origine de ce plan. (Il rougit.) Je sais comme personne comment fonctionnent les pouvoirs de votre fils, et cette connaissance nous permettra à tous deux d'accomplir de grandes choses dans nos projets respectifs.

Je m'apprête à lui hurler dessus lorsque Dione se précipite sur moi et me retient en m'enserrant de ses bras musculeux et tatoués.

— Je ne travaillerai plus jamais pour toi, Luna ! je ne travaillerai plus jamais pour aucun de vous deux !

— Alors des innocents le paieront de leur vie, rétorque Luna.

Elle adresse un signe de tête à June, qui disparaît.

Luna continue à sourire. Le suspense est insoutenable.

Zenon se penche vers le sénateur.

— La fille ramène deux autres personnes, monsieur. Ils ont les yeux bandés.

Je m'attends à voir Emil parmi eux. Mais lorsque June réapparaît, elle agrippe une femme d'un certain âge, que j'identifie aussitôt comme étant la mère d'Emil, et une femme plus jeune à la peau mate et aux cheveux bruns. June ôte le bandeau de la dernière. C'est Eva Nafisi, la guérisseuse des Marcheurs du Ciel. Elle a un œil au beurre noir et les poignets contusionnés. On a dû la contraindre à soigner les blessures de Luna. Bon sang, j'espère que c'est Emil qui l'a attaquée ! June retire le bandeau de Carolina. Elle est pétrifiée ; normal quand on est pris en otage. Puis vient la surprise en apercevant Luna et le sénateur, le satané candidat aux élections présidentielles, qui sont assis l'un en face de l'autre comme des voisins prenant l'apéro.

Luna plonge son regard dans le mien et désigne Carolina.

— Tu vas coopérer, ou on lui envoie un sortilège en pleine tête. Eva a beau être douée, elle ne sera pas en mesure de la guérir.

Carolina tremble comme une feuille. Je refuse d'être responsable de sa mort.

Le sénateur est tout sourire – un sourire cruel.

— Quel est le plan ?

— Enfermez-les, commande Luna en indiquant Carolina et Eva. Renvoyez Ness. On ne peut pas lui faire confiance, c'est évident. Il ne faut pas qu'il sache la mission qu'on lui réserve.

— Zenon, escorte nos invités dans la chambre forte. Modifie le mode protection en mode prison, commande le sénateur.

(Un autre sourire, amusé cette fois.) File dans ta chambre, Eduardo.

Si c'est un jeu, je ne peux pas le gagner. On ne m'en explique même pas les règles. Mais je ne vais pas déjà baisser les bras. L'occasion de tricher se présentera bientôt, et je remporterai la partie.

Carolina et Eva se débattent, tandis que Zenon et June les forcent à descendre au sous-sol. Dione se met en devoir de m'accompagner à l'étage, vu qu'elle a neutralisé Jax.

Je jette un dernier coup d'œil par-dessus mon épaule ; Luna et le sénateur demeurent en tête à tête. Comme lorsqu'ils ont échafaudé le Blackout ? Et mon exécution ? Ont-ils prévu de recommencer ?

Si seulement j'étais mort la première fois.

DOUZE
UNION LUMINEUSE

Maribelle

Il est peu probable que Brighton passe la nuit.

À l'institut Aldebaran, on lui a injecté un antidote, qui ne fera que retarder l'action du venin. C'était trop dangereux de rester dans les parages, aussi sommes-nous allés nous réfugier à la clinique Clayton, sur Long Island, un établissement de convalescence haut de gamme dirigé par des célestes. Il n'y a pas mieux en termes de prestations. La facture va être salée, mais entre l'infection et la septicémie qui le rongent à petit feu, Brighton va être placé sous surveillance constante, à moins d'un miracle. En revanche, il n'a pas besoin de moi à son chevet.

Il faut que j'aille chasser.

Je traîne dans les couloirs. Les murs sont blanc aseptisé, à croire que la clinique a ouvert ses portes le matin même ; ils sont ornés d'appliques en bronze en forme de mains, pour représenter les guérisseurs. C'est flippant. J'ai hâte de ne plus les voir. Je finis par dénicher une réserve, où je vide le sac d'un employé et le remplis de matos. Mes nouveaux pouvoirs de phénix n'ont cicatrisé ni les bleus ni l'entaille sur le front que m'a valus ma confrontation avec June. Aussi, par mesure de précaution, je réunis des kits de premiers secours. J'y ajoute des bouteilles d'eau et une couverture, puis je cache la dague de l'Oubli dans des compresses de gaze avant de quitter la pièce.

Je découvre un jardin d'intérieur où les alchimistes font pousser leurs herbes. C'est un lieu serein et accueillant, mais l'heure n'est pas à la paix. Tant que June et Luna seront en vie, aucun répit n'est envisageable. Sans oublier qu'elles ont enlevé Eva et Carolina.

Peut-être que Luna les a déjà exécutées. Après tout, Brighton a ruiné l'œuvre de toute sa vie.

Je ne souhaite aucun mal à Carolina, évidemment. Mais Eva ne mérite vraiment pas d'être la victime collatérale de cette bataille.

Il y a deux ans de ça, les parents d'Iris accueillaient des réfugiés célestes dans un club-house. Papa et maman s'étaient envolés en Colombie dans le cadre d'un voyage humanitaire et j'étais restée chez les Simone-Chambers pour ne pas prendre de retard sur mon programme scolaire. Trois jours après mon arrivée, Eva nous fut confiée, sa famille d'accueil de l'époque doutant de sa capacité à la protéger des trafiquants. Malgré leur coup de foudre immédiat, Eva et Iris cumulèrent les malentendus. Eva pensait qu'Iris la complimentait sur son écharpe parce qu'elle voulait la même ; et Iris était persuadée que jamais une pacifiste comme Eva ne pourrait tomber amoureuse d'elle, une combattante à la force surhumaine. Le soir où j'ai enfin réussi à convaincre Iris d'aller droit au but et de tenter sa chance, Eva lui a proposé une leçon de natation surprise à la piscine du club-house. Iris lui a alors avoué ses sentiments, et elles ont échangé leur premier baiser au bord du bassin. Je me rappelle ce jour où on scrollait sur Pinterest ; on était tombées sur la photo d'un top model aux cheveux verts. Iris avait flashé dessus et on s'était enfermées à double tour dans la salle de bains pour teindre sa tignasse de la même couleur. On avait eu un mal de chien à nettoyer les taches sur le carrelage et ça nous avait fait rire si fort qu'on avait failli se pisser dessus.

Eva était – non, est – une super amie. Elle est fidèle à Iris, évidemment. Pourtant ça ne l'a pas empêchée de prendre régulièrement des nouvelles de moi après le Blackout, alors qu'Iris et moi on n'était plus en bons termes. Et lorsqu'on a tous découvert qu'Iris m'avait menti sur mes véritables origines, Eva n'a pas forcément pris son parti. Je ne l'oublierai jamais. J'ai apprécié son soutien.

La situation est vraiment tordue. Eva s'est fait kidnapper par Dione, son ancienne meilleure amie. Si jamais elle touche à un seul de ses cheveux, Iris lui arrachera les bras, un à un, jusqu'à ce qu'ils cessent de pousser.

Je passe le sac en bandoulière et traverse la salle d'attente voisine de la chambre où gît Brighton, toujours inconscient. Iris s'est endormie sur un siège et Emil repose sa tête sur l'épaule de Prudencia. Même si ça ne m'empêchera pas de dormir cette nuit, la mine dévastée d'Emil me stoppe dans ma lancée. Mes parents et Atlas ont été assassinés. Emil, lui, va devoir assister au lent déclin de son frère, après avoir vu son père mourir dans d'atroces souffrances ; et qui sait quel sort les Verseurs ont réservé à sa mère… Se préparer au deuil, c'est une épreuve d'une autre nature.

Je me dirige vers la sortie dans l'idée de rejoindre le centre-ville en voiture pour y traquer les dealers de potion. Je les menacerai de les brûler vifs, un châtiment qu'on réserve aux célestes depuis des générations. Ça devrait les encourager à me révéler l'identité de leur fournisseur.

Je suis encore à quelques mètres des portes automatiques lorsqu'elles s'ouvrent. Personne n'entre… Je m'arrête, et même si mon intuition ne m'annonce aucun danger imminent, j'ai un mauvais pressentiment. De légers bruits de pas me parviennent ; heureusement que papa m'a appris à tendre l'oreille. Je fais comme si de rien n'était, et à l'instant où la personne parvient à ma hauteur, je frappe. Mon poing entre en contact avec un avant-bras. La dernière fois que je me suis battue contre un homme invisible, Atlas était à mes côtés. Il l'avait exposé en créant une tornade, soulevant tout un tas de détritus qui avaient épousé le visage du céleste. Aujourd'hui, je suis seule.

— Stop ! s'écrie l'intruse invisible.

Une femme d'âge mûr, à en juger par sa voix.

On nous a retrouvés ! On ne peut vraisemblablement se fier à personne, pas même à une clinique tenue par des célestes qui se sont positionnés clairement contre le sénateur Iron. Cette céleste invisible a dû être embauchée pour assassiner Brighton. Ça me conforte dans ma décision de quitter les Marcheurs ; j'en ai marre de m'échiner à sauver des gens qui retournent leur veste en un éclair en échange d'un service, d'un peu de fric. Ou par soif de vengeance.

— Prudencia ! À l'aide ! je crie.

Je recule contre le mur pour empêcher l'intruse de se glisser derrière moi et je propulse ma jambe en ciseau sans l'atteindre. Elle me répète d'arrêter, employant cette fois mon prénom. Mais sourde à sa demande, je suis le son de sa voix et lui assène un direct du poing dans ce qui me semble être l'épaule. Prudencia, Emil et Iris, groggy, surgissent de la salle d'attente, perplexes face à la scène qui se déroule sous leurs yeux. Je dessine un kick en croissant externe, visant l'endroit qui d'après mes calculs correspond à la tête, mais mon adversaire me saisit le pied et me renverse à terre. Je tends mes mains, d'où jaillissent des flammes jaune foncé.

— ATTENDS !

Une femme pâle, la trentaine, apparaît comme une image subliminale ; cheveux noir de jais à longueur d'épaule striés d'une mèche dorée caractéristique, chemisier blanc impeccable sous un blazer bleu, bracelets en argent à un poignet et montre en émeraude à l'autre, des yeux noisette effrayés par mon feu. C'est la sénatrice Shine Lu, la colistière de la représentante Sunstar, membre du Congrès.

— Qu'est-ce que vous faites là ? je demande.

— Nous voulons vous aider, répond Shine.

— Qui ça « nous » ?

Shine me lâche le pied et parle dans sa montre.

— J'ai établi le contact. Entrez.

La porte s'ouvre et deux femmes vêtues d'un gilet pare-pouvoirs surmonté d'une veste noire pénètrent dans le hall. L'une nous dépasse, l'autre se poste devant la porte après l'apparition de Nicolette Sunstar. La représentante porte un tailleur-pantalon blanc qui ressort contre sa peau noire et ses cheveux foncés. Le clic-clac de ses talons aiguilles jaunes me met hors de moi. On est tous là, claqués et couverts de sang, et Sunstar et Lu débarquent comme des fleurs, stylées comme si elles se rendaient à un défilé de mode. On est tous des cibles mais, alors que certains d'entre nous doivent se planquer dans des écoles abandonnées et des club-houses du troisième âge, d'autres retournent tranquillement dans leur loft luxueux sous la protection de leurs gardes du corps.

— Bonjour les Marcheurs du Ciel, lance Sunstar à la cantonade.

— Comment vous nous avez retrouvés ? s'enquiert Iris.

— Vous n'êtes pas très bien cachés. Nous allons demander à une équipe d'illusionnistes de vous dissimuler durant votre séjour ici.

— Génial, dis-je sèchement. Qu'est-ce que vous fichez là ?

Sunstar interroge son garde du corps, qui lui décoche un signal du poing.

— Allons parler dans un endroit plus calme.

Ça a intérêt à en valoir le coup. J'étais sur le point de quitter enfin les Marcheurs du Ciel, et voilà que je me retrouve à suivre tout le monde dans la salle de repos du personnel. La garde du corps referme la porte derrière elle. Sunstar et Lu s'asseyent à une table ronde, et Emil et Prudencia n'osent visiblement pas se joindre à elles. Je me fiche qu'elles soient candidates aux élections présidentielles ; pour moi, ce sont deux femmes qui nous ont lâchement abandonnés à notre sort. Elles ne méritent pas mon respect. Elles ne méritent pas celui d'Iris non plus, pourtant cette dernière s'attable avec elles.

— Tu viens, Maribelle ? demande Sunstar.

Le dernier siège vacant est voisin de celui d'Iris. Je croise les bras et m'adosse au mur.

— Je préfère rester debout. Qu'est-ce que vous faites là, Lu et vous ?

— Appelle-moi Shine, réplique Lu. Nous sommes heureuses de tous vous rencontrer.

Shine. « Brille ». C'est un nom très répandu parmi les célestes, le plus populaire étant Star, l'étoile. J'ai failli me coltiner le prénom Skye, heureusement maman s'est ressaisie à temps. Il ne manquerait plus que ça ! Une céleste qui vole prénommée Skye… ! Cela dit, je comprends l'étiquette que Shine essaie de mettre en avant. Leur slogan de campagne : *Shine like a Star* – Brille comme une Étoile – est accrocheur et adorable. Et je m'en cogne.

Prudencia tapote la main d'Emil.

— On vient d'avoir dix-huit ans. Comptez sur notre voix. On a assisté au festival des Rêveurs du vendredi le mois dernier et on a adoré votre discours.

Emil hoche la tête.

— Oui, je suis à fond pour vous.

— Merci à tous les deux, répond Sunstar. On ne prétend pas être parfaites, mais on sait que cette victoire est d'une importance cruciale pour les célestes du monde entier. Et même pour les spectres bienveillants comme toi, Emil. Je ne sais pas si tu es un de ces spectres qui cherchent à faire ce qui est juste, comme Bautista de Leon, mais notre administration veut bannir cette pratique.

Emil est rouge comme une pivoine.

— C'est aussi ce que je souhaite, vous avez ma parole. Je n'ai pas choisi d'être un spectre.

— On t'a drogué ? s'enquiert Shine.

Il secoue la tête.

— C'est compliqué.

— Et c'est pas vos oignons, dis-je à Sunstar et Shine. De quel droit vous vous introduisez ici et imposez une réunion comme si vous faisiez partie de la bande ?! D'accord, vous n'avez pas condamné ouvertement les Marcheurs. Vous ne soutenez pas notre cause pour autant. Je perds patience, alors tâchez de faire bien gaffe à ce que vous allez dire dans la minute qui vient, et veillez à expliquer pourquoi vous nous honorez de votre présence. Autrement, je m'en vais de ce pas pourchasser les Verseurs de sang.

Sunstar croise les mains.

— Ce qui nous amène à la raison de notre venue. Nous sommes réellement navrées de ne pas vous avoir soutenus publiquement, mais il nous faut faire preuve d'une extrême prudence dans le cadre de cette campagne, sans quoi les conditions empireront encore pour l'ensemble des célestes – et des spectres innocents. (Elle dévisage Emil, qui pique un fard.) Nous ignorons les causes du Blackout, en revanche nous savons qu'il s'est passé un truc en coulisses. Je vous assure que vous bénéficiez de tout notre soutien et que nous l'annoncerons bientôt officiellement. Je ne souhaite pas fourvoyer le peuple américain. Si nous remportons la Maison-Blanche, nous serons en mesure de créer un précédent pour les lumimagiciens et le traitement mondial qu'ils méritent.

J'en ai marre de devoir défendre mon humanité. Ma vie ne devrait pas être un sujet de débat.

— Comment comptez-vous vous y prendre ? s'enquiert Iris.

— Nous voulons abolir le Programme des exécuteurs, répond Sunstar. Chaque fois que les exécuteurs corrompus s'en prennent à un céleste innocent, c'est l'ensemble de notre communauté qui en pâtit. Sans oublier qu'ils nous neutralisent à l'aide de baguettes animées de pouvoirs issus de notre propre sang. Il nous faut des protecteurs honnêtes prêts à lutter contre les Verseurs de sang et autres canailles.

— Et vous pensez à qui ? je demande.

— À vous tous, répond Sunstar.

— Et à toutes les factions de justiciers aux intentions louables, ajoute Shine.

Sunstar rayonne.

— Nous allons baptiser cela l'Union Lumineuse, ainsi nommée parce que ce département sera une lumière qui guidera le monde entier sur le chemin de l'héroïsme, illuminant des pratiques sécuritaires qui devraient être instaurées depuis toujours. Chaque Lumière sera approuvée par un conseil de célestes dénués de haine. Toutes les factions ne seront pas classées en tant que milices. Votre mission sera autorisée et soutenue par le gouvernement.

— Chaque faction appartenant à l'Union Lumineuse sera rémunérée, évidemment, précise Shine. Nous vous avons versé des fonds en toute discrétion cette année. Si nous montons ce département, notre discrétion ne sera plus nécessaire.

C'est ce dont mes parents ont toujours rêvé – ceux d'Iris aussi. Ils voulaient que leur œuvre soit reconnue, et qu'elle devienne un service à part entière dédié à améliorer notre monde. Un monde qui ne les méritait pas.

— Primo, allez-y mollo sur les métaphores de la lumière, dis-je. Secundo, pourquoi est-ce qu'on se soumettrait au gouvernement ? Pour que vous nous dictiez notre manière d'agir ?

Iris se tourne vers moi.

— Je crois me rappeler que tu as quitté le groupe. Tu n'as plus voix au chapitre.

— Tu veux dire le groupe que mes parents biologiques ont fondé ? Je suis l'héritière légitime des Marcheurs du Ciel. C'est moi qui devrais en être la cheffe.

— Peut-être que tu devrais te comporter comme telle, alors, remarque Iris. (Sunstar veut me poser des questions sur ma famille, mais Iris lui coupe la parole.) Nous sommes des protecteurs qui ont eux aussi besoin d'une protection. Mes parents ? Ils sont morts. Tes parents ? Morts aussi. Atlas ? Mort. Eva ? Probablement morte. Et je ne te parle que des décès qui nous touchent toutes les deux. De toute évidence, notre méthode ne fonctionne pas, et toutes ces pertes m'affectent ! Je suis ouverte au changement. Et tu devrais prendre exemple sur moi.

Si c'était le cas, elle patrouillerait dans les rues avec moi et serait prête à tout pour anéantir l'origine de notre souffrance.

— Le sort d'Eva n'est pas clair, Iris. Alors que celui d'Atlas est réglé. Évidemment que tu es ouverte au changement ! Toi tu as encore l'espoir d'en récolter les bénéfices. Moi je n'ai plus personne, et je compte bien éradiquer de la surface terrestre tous les responsables !

Sunstar se lève et s'approche de moi. Je me raidis et elle pose son regard sur mes poings qui se crispent.

— Maribelle, je t'en prie. Que tu fasses partie ou pas des Marcheurs du Ciel, le public s'en moque. Si nous voulons que le pays croie en notre vision, il nous faut la coopération de tous.

— Votre vision. Je ne vais pas faire profil bas pour vous permettre de remporter votre élection. Pourquoi vous ne garderiez pas votre grand projet en sourdine pendant quelques semaines encore ?

— Les secrets ne contribuent pas à créer la confiance. L'Union Lumineuse mettra des années à se construire, et pour ce faire, il faudra que je sois réélue pour un second mandat. Mais le programme tout entier ne tiendra pas la route si tu te rebiffes et si tu la joues solo. Honore la mémoire de tes parents en aidant à réformer ce pays.

Je crève d'envie de brûler Sunstar vive. Non seulement elle ne m'a pas présenté ses condoléances, mais elle essaie maintenant de faire jouer la corde sensible pour me mettre dans sa poche. Je la bouscule d'un coup d'épaule pour la chasser de mon chemin, et Shine se dresse d'un bond, prête à se battre.

— Ne me cherche pas ! je l'avertis. Je n'ai jamais vu une femme invisible prendre feu, et ça me démange !

Prudencia se précipite entre nous, les yeux rougeoyants et la main tendue. La porte s'ouvre à la volée.

— Nous ne sommes pas ennemies. Mais je sais qu'on ne peut pas t'empêcher de faire ce que tu as à faire, Maribelle. Sois prudente.

Je jette un dernier regard aux deux femmes qui prétendent à la Maison-Blanche, au garçon qui n'est pas taillé pour cette guerre, à sa meilleure amie, que je respecte, et à la fille qui était autrefois comme ma sœur. Puis je m'en vais, telle une armée constituée de moi seule. Je ne mourrai pas au combat. Je vivrai en faisant ce qui ne sera accepté par aucune ligne de conduite de l'Union Lumineuse. En tuant mes ennemis.

TREIZE
LE CRIME HÉROÏQUE

Emil

Il aurait mieux valu que je ne vienne jamais au monde.

Ç'aurait été mieux pour tout le monde.

Papa ne m'aurait jamais trouvé dans la rue et intégré à la famille. Brighton ne se serait pas impliqué dans cette guerre, il n'aurait pas bu le sang de la Faucheuse pensant que c'était le seul moyen de l'emporter sur l'ennemi. Maman serait en sécurité à la maison, et peut-être que Brighton, qui serait à la fac de Los Angeles, lui manquerait. Ness se serait enfui à l'étranger. Il aurait changé si souvent d'apparence qu'on n'aurait plus jamais retrouvé sa trace. Eva serait avec Iris, elle emploierait ses pouvoirs à bon escient au lieu d'être exploitée par les Verseurs de sang. Le Dr Bowes serait chez elle auprès de son fils et de son mari.

Mais tout ça, ce n'est pas la réalité. Toutes ces personnes sont soit mourantes, comme Brighton, soit déjà mortes, comme papa.

Ça me travaille. Prudencia me répète que je n'ai pas eu le choix de renaître ou pas. D'accord, mais qu'en est-il des décisions que j'ai prises depuis que je suis devenu un « élu » ? Naïvement, j'ai cru pouvoir prendre part à cette guerre en coup de vent, juste le temps d'avoir une idée de génie comme celle de la potion qui neutralise les pouvoirs. Il fallait être stupide pour penser que je pourrais m'en sortir indemne après m'être mis Luna à dos. Évidemment qu'elle a lancé ses Verseurs de sang à nos trousses, avec pour consigne de nous capturer et de nous tuer. Je ne me pardonnerai jamais d'avoir impliqué Brighton, maman et Prudencia dans cette histoire.

Je songe à Maribelle et Iris qui, après le Blackout, ont continué à aller de l'avant. D'accord, mais elles n'étaient pas seules. Atlas et Eva étaient présents à leurs côtés, ils leur apportaient du réconfort, des distractions, de l'amour. Je me demande comment elles vont avoir le cœur de continuer sans eux. Pour ma part, il y a une décision que je regrette. Et je m'en mords les doigts, aujourd'hui. J'aurais dû m'échapper avec Ness, emmener Aurora avec nous, m'enfuir au bout du monde avec eux. On aurait pu élever le phénix dans un environnement paisible. Ness et moi, on aurait eu le temps d'explorer notre relation. Peut-être qu'on serait devenus les meilleurs amis, voire plus. Malheureusement, je ne le saurai jamais.

Je suis las de vivre, mais je ne peux pas l'exprimer à voix haute. Pas devant des personnes qui ont perdu leurs proches. Et surtout pas quand c'est ma faute.

Depuis la visite de Sunstar et Shine, hier, je me sens un peu plus serein. Les illusionnistes nous dissimulent. Mais malgré toutes les précautions prises par l'équipe de Sunstar au moment du recrutement de ces célestes, qui ont pour mission de la protéger elle (et nous aujourd'hui) grâce à leur pouvoir d'illusion, j'ai un mauvais pressentiment. Je crains qu'il n'y ait parmi eux un traître qui nous balancera... Après tout, depuis le Blackout, il est courant de blâmer les Marcheurs du Ciel dès qu'un malheur frappe un lumimagicien. Peut-être que le sénateur Iron et le général Bishop auront moins la cote si l'ensemble des Marcheurs meurt avant les élections... Les votes se reporteront alors sur Sunstar.

Je campe devant la chambre de Brighton en attendant qu'un praticien vienne m'informer de l'évolution de son état. C'est un véritable travail d'équipe. Le Dr Swensen use de ses pouvoirs d'hypnose pour maintenir Brighton endormi et l'empêcher de souffrir. Pendant ce temps, le Dr Salinas traite le venin de basilic à l'aide d'antidotes concoctés par ses soins et spécialement conçus pour combattre la septicémie causée par le sang de la Faucheuse.

Lorsque le Dr Swensen quitte la chambre, elle m'apprend que Brighton a besoin de plus de repos et me fait remarquer que je ferais bien de me reposer aussi, à en juger par ma mine. Je la remercie pour tout et, sourd à ses conseils, je me dirige vers la cafétéria. J'ai besoin d'engloutir une bonne salade. Je n'ai rien avalé de conséquent depuis hier matin. Et encore, c'est parce que Prudencia m'avait apporté une soupe au tofu grillé et qu'elle avait insisté pour rester jusqu'à ce que je la finisse.

Je me fige net en apercevant une gardienne illusionniste, près de l'entrée de service. Elle parle dans son casque, les yeux rougeoyants. Mon cœur s'emballe aussitôt, et je suis prêt à projeter une flèche de feu dans sa direction, malgré la douleur. Mais je me ravise. Après avoir agité les mains dans tous les sens, créant une ouverture au-delà de la porte déjà ouverte, elle laisse entrer Wesley, Ruth et leur fillette.

J'avais oublié qu'ils arrivaient aujourd'hui.

Wesley se dirige vers moi avec la poussette. Il a l'air soucieux.

— Emil, mon pote, ça va ?

Je ne comprendrai jamais pourquoi on demande si ça va quand on sait pertinemment que tout va mal. Franchement, non, ça ne va pas. Je n'ai pas dormi plus de deux heures d'affilée depuis des jours. J'ai à peine mangé. À l'heure qu'il est, ma mère est soit morte, soit torturée par le gang le plus dangereux de la ville. Mon frère est dans un état critique. Dans ma situation, difficile de voir la vie du bon côté.

— Ça va, dis-je parce que je n'ai pas la force de l'envoyer bouler, alors que sa question part d'un bon sentiment.

Je pose mon attention sur Ruth, qui m'adresse un sourire prudent, consciente de ma souffrance. C'est notre première rencontre officielle. Elle porte un de ses tee-shirts Mighty Wear, une ligne de vêtements qu'elle a créée quand elle s'est aperçue qu'il n'existait pas assez d'habits pour les célestes enrobés comme Wesley et elle. Brighton m'a souvent montré les photos qu'elle publiait sur son compte, surtout quand Wesley y figurait. Avant, elle avait les cheveux noirs, mais, depuis, elle les a teints en châtain clair. Sa peau brune a l'air bien hydratée aussi ; Brighton me l'a toujours décrite comme une influenceuse qui croit aux produits qu'elle promeut.

— Tu as l'air d'avoir besoin d'un câlin. Je peux ? demande Ruth sans s'approcher. Tu peux me dire non, ça ne me vexera pas. Je sais que tout le monde n'est pas tactile.

— Tu peux me prendre dans tes bras, je marmonne.

Ruth m'enlace et je pose mon front sur son épaule. Je comprends ce que Brighton voulait dire concernant les dons d'influence de Ruth. Elle a immédiatement su me vendre son câlin, et contrairement à la roue abdominale qu'un mec super bien gaulé m'a un jour convaincu d'acheter sur Instagram, j'avais vraiment besoin de cette étreinte. Sa chevelure sent la vanille ; ça me fait penser à Ness qui avait demandé des bougies à la vanille au cours de son interrogatoire. Je la serre plus fort. Si seulement je pouvais revenir en arrière, à une époque moins compliquée, et rendre visite à Ness dans le cagibi, à Nova, pour papoter longuement avec lui à cœur ouvert.

Wesley et Ruth me présentent leur bébé de quatre mois, Esther, qui a hérité de la carnation de Ruth et de ses yeux marron. En revanche, le petit nez rond et les oreilles d'elfe légèrement pointues, elle les tient de Wesley.

Je les escorte jusqu'à leur chambre, voisine de celle que je partage avec Prudencia, qui roupille toujours quand je jette un coup d'œil à l'intérieur.

— Iris est dans les parages ? s'enquiert Ruth en soulevant Esther de sa poussette.

— Sa chambre est au bout du couloir, mais je ne l'ai pas vue aujourd'hui.

— Elle est partie à la recherche d'Eva ? demande Wesley.

Je hoche la tête. Je lui ai proposé de l'accompagner, pourtant, elle m'a bien fait comprendre que mes pouvoirs fonctionnent à peine et que je serais plus un boulet qu'autre chose. Il y a sûrement une autre raison.

— Au moins, on est plus à l'abri ici, réplique Wesley. De l'extérieur, les illusions donnent l'impression que l'établissement est animé. C'est un peu mort dans le coin. (Il rougit en agitant les mains, comme pour remonter le temps et rembobiner ses paroles.) Je ne veux pas dire « mort », genre Brighton va mourir, ou qu'on risque tous de mourir, visiblement, on a choisi de venir se réfugier ici aussi, et on n'amènerait pas Esther si on estimait que c'est trop dangereux.

Ruth pose une main sur son épaule.

— Calme-toi.

J'ignore où ils ont passé les deux derniers jours, et je ne pose pas la question.

— J'ai trouvé comment on s'est fait repérer, annonce Wesley. Le Dr Bowes a un fils, Darren. Il a envoyé un message à quelques copains pour dire que sa mère nous soignait, et l'info a fuité sur le web.

J'ai demandé de la discrétion, mais Darren a quatorze ans, et son euphorie était trop forte. Je ne peux pas lui en vouloir. J'aurais probablement pu me contenir si maman nous avait dit qu'elle traitait un Marcheur du Ciel à l'hôpital, mais Brighton s'en serait vanté à coup sûr.

— Il est fan de moi, je déclare, un peu embarrassé. Le Dr Bowes me l'a dit. Je devais lui signer un autographe.

— Ce n'est pas ta faute, me rassure Wesley. J'ai dit la même chose à Darren.

— Tu l'as vu ?

Wesley acquiesce d'un hochement de tête.

— J'ai contacté son père et je les ai emmenés en lieu sûr. Ils seront transférés dans un refuge cette nuit.

Je ne suis peut-être pas capable de ressusciter les morts, mais je peux assumer mes erreurs et demander pardon en personne.

— Je veux le voir.

Ruth a les larmes aux yeux, tandis qu'elle berce Esther d'avant en arrière.

— Tu es un ange de vouloir parler avec Darren.

— Je ne cherche pas à faire une bonne action ; je lui dois des excuses. À cause de moi, il va grandir sans sa mère. Tu peux me conduire auprès de lui, ou bien me dire où le trouver ?

— Je vais t'y accompagner en voiture, propose Ruth.

— Tu as déjà fait tout le trajet jusqu'ici, intervient Wesley.

— Eh bien, toi, tu as veillé toute la nuit auprès d'Esther.

— Ce que tu as fait toutes les nuits jusque-là.

— Tu étais occupé ! Tu devais stopper un rituel, rétorque fièrement Ruth, comme si elle avait eu le dernier mot.

— Tu t'occupais de notre fille, réplique Wesley avec un sourire, sachant qu'il a remporté le débat, leur fille comptant plus que tout au monde. Sans oublier les dizaines de célestes du refuge. Et puis, bébé, tu oublies un élément crucial : les bouchons de l'heure de pointe.

Ruth lâche un profond soupir et se tourne vers moi.

— Je suis vraiment désolée Emil ; je perds les pédales dans les bouchons. Un jour, j'ai dû confier le volant à un clone, ce qui a failli donner lieu à un accident au moment où il s'est évaporé et…

Elle secoue la tête et m'adresse son regard le plus contrit.

— C'est pas grave, je t'assure.

— Je serai donc ton chauffeur, déclare Wesley. Je vais joindre mon contact au refuge et arranger une visite.

En attendant, je me rends à la cafétéria. J'engloutis ma salade au tofu grillé assaisonnée d'une sauce au gingembre, mais je perds l'appétit avant de finir mes frites de patate douce. En temps normal, Brighton terminerait mon assiette. Mais je suis tout seul et je surprends régulièrement sur moi des coups d'œil furtifs du personnel. Je me demande combien ont visionné ma première apparition en ligne sous le pseudo Aile-de-feu, une vidéo qui avait fait le buzz. Aujourd'hui, je suis un Marcheur du Ciel placé sous la protection de Sunstar et de Shine. J'aimerais les saluer et les remercier pour leur boulot, mais je n'en ai pas le cœur.

Je sors mon téléphone et scrolle sur Instagram. Je laisse de côté le flot de commentaires et de messages et j'entre le nom du Dr Bowes dans la barre de recherche. Billie Bowes. La photo la plus récente remonte au festival des Rêveurs du vendredi à Central Park, le jour où mes pouvoirs se sont révélés. C'est dingue, dire que le Dr Bowes y était avec son mari et son fils pour soutenir Sunstar en même temps que Brighton, Prudencia et moi. Le monde semble riquiqui parfois. Darren est identifié sur la photo, et je consulte son profil. Il n'a rien posté depuis le décès de sa mère. Dans une publication, il dispose un tee-shirt blanc et un jean slim sur son lit, précisant que c'est le début de son costume Aile-de-feu, et que sa mère va l'aider à confectionner un gilet pare-pouvoirs orné de l'emblème des Marcheurs du Ciel pour qu'il remporte le concours du meilleur déguisement d'Halloween. J'éclate en sanglots et j'enfouis mon visage dans mes bras. Pourvu que cette vie soit ma dernière.

Wesley me tapote l'épaule, ce qui me fait sursauter.

— Ça va ?

Je sèche mes larmes.

— C'est bon, on peut y aller ? je réponds.

— Oui, allons-y.

On quitte la clinique Clayton, et lorsque je me retourne, le garde qui nous laissés sortir n'est plus là. Wesley a vu juste : de l'extérieur, l'illusion est parfaite. On a l'impression que la vie normale suit son cours. Une personne criant au téléphone, un médecin entrant dans l'hôpital. Impossible de deviner que des illusionnistes sont postés à chaque issue de l'aile est de l'institut. J'ignore quel est le plan, mais je suis sûr que l'équipe de Sunstar se tient prête.

Ce n'est qu'en sortant que je m'aperçois à quel point j'avais besoin de prendre l'air. Une fois dans la voiture, je garde la vitre baissée. Il faudra que je la relève quand nous croiserons d'autres véhicules, mais en attendant, je profite de la brise.

Je dis à Wesley que j'apprécie vraiment Ruth, et j'ajoute que ma mère a été très touchée par la bonté qu'elle lui a témoignée au refuge. Sans me laisser le temps de ruminer sur le sort de maman, Wesley me distrait en me racontant des anecdotes qui soulignent la générosité de Ruth. Dons de vêtements aux célestes et aux alliés les plus démunis ; tendance à se cloner pour aider les autres parents débordés… Ruth est constamment dans le partage.

— Elle n'ira pas s'en vanter, mais elle est assez forte pour créer six clones à la fois, m'apprend Wesley, les yeux rivés à la route. Pour la Saint-Valentin, je lui ai écrit une très mauvaise carte de vœux. Très ringarde. Un truc du genre : « Ton amour es si grand que tu dois avoir sept cœurs dans la poitrine. »

En réponse, elle s'est clonée et a fait en sorte que toutes ses répliques lèvent les yeux au ciel en même temps.

Cette histoire m'arrache un éclat de rire. Ça fait du bien, c'est une vraie bouffée d'air.

— Ouah ! Tu t'es donné du mal.

— Toujours, réplique Wesley. Et tant pis si je me ridiculise, ça nous fait des souvenirs amusants.

Comme on approche du centre-ville, je remonte ma vitre et enfile un bonnet qui aplatit mes boucles de crainte qu'on me repère.

— Vous avez de la chance de pouvoir compter l'un sur l'autre.

— J'ai de la veine de l'avoir rencontrée. Ruth m'a transformé. Elle a tourné le dos à sa famille, riche et respectée, et à tous les sponsors qu'elle aurait pu avoir sur Instagram et qui l'auraient couverte de cadeaux. Tout ce qu'elle fait, c'est donner, donner, donner. Son temps, son énergie, les chaussures qu'elle a aux pieds.

— On pourrait lui organiser une Tournée de la Bonté ? Il nous faudrait plus de Ruth sur terre.

— Oh ! « Plus de Ruth sur terre. » Je le mettrai dans ma prochaine carte, ricane Wesley. J'ai un secret. Il y a plusieurs mois, j'ai acheté un cottage pour ma famille. Et Atlas m'a accompagné. On s'est bien marrés ce jour-là… (Il laisse sa phrase en suspens. Ils ne se sont pas connus longtemps, mais ils sont très vite devenus comme des frères.) J'ai racheté la maison à un céleste qu'on avait sauvé. C'est dans cet endroit paisible, à l'abri de tout, que Ruth et moi pourrons élever Esther. C'est là qu'on était planqués, et elle aimerait tous vous y inviter quand on quittera la clinique.

Je secoue la tête.

— Pas question de vous mettre en danger.

J'ai déjà du mal à me supporter. Combien de personnes devront encore souffrir avant que j'aille me réfugier seul dans la montagne, à l'autre bout du monde ?

— Crois-moi, ça ne m'enchante pas des masses non plus, mais on forme une famille. On va prendre soin de vous.

— C'est pas notre fort de prendre soin les uns des autres. Y a qu'à voir combien de vies on a perdu en une seule semaine.

Atlas, Aurora, le Dr Bowes. Peut-être Brighton, maman et Eva.

— C'est le crime héroïque, rétorque Wesley en s'engageant dans un garage.

— Le quoi ?

— C'est une expression que j'ai inventée. Le crime héroïque, c'est ce qui se produit quand des innocents se retrouvent mêlés à un combat et en sont les victimes collatérales. On aura beau prendre un maximum de précautions, c'est inévitable. Les pertes sont brutales. On voudrait tous revenir en arrière pour agir différemment, épargner nos proches, protéger les innocents.

Peut-être que Luna avait vu juste avec le sang de la Faucheuse. Il y aurait moins de chagrin sur terre si nous pouvions tous vivre pour toujours. À l'heure actuelle, le Dr Bowes serait chez elle à confectionner le costume d'Halloween de son fils.

— Darren va me détester, hein ?

Wesley me presse l'épaule, ce qui ne vaut pas le câlin de Ruth, mais j'apprécie son geste.

— Je sais ce que tu ressens. J'ai eu l'occasion de présenter mes excuses à des gamins pour ne pas avoir pu sauver la vie de leurs tuteurs. Certains ont besoin de quelques minutes, puis ils partagent des histoires personnelles, et même si ça ne ramène pas les morts, ça fait du bien d'en parler tous ensemble. Darren t'admire, et il était visiblement fier de sa mère. Vas-y, rappelle-lui que ce n'est pas sa faute, et que sa mère était une héroïne qui se battait pour un monde meilleur.

Contrairement au Dr Bowes, j'ignore si ma mère est morte en se battant ou non. Si ce fut rapide, indolore, ou si on l'a torturée pendant des heures avant de l'achever.

Je baisse mes yeux embués de larmes, ce qui tombe bien, puisqu'on s'efforce de passer incognito dans la rue.

Wesley remonte sa capuche. Il m'explique qu'il aurait vraiment aimé porter des lunettes de soleil, plus tôt dans la journée, quand il a conduit Darren et son père jusqu'à ce refuge. Malheureusement, depuis le Blackout, les gens se méfient des lunettes ; ils sont persuadés que les célestes en portent pour dissimuler leur regard et employer leurs pouvoirs ni vu ni connu. Je songe encore à Ness. C'était si facile pour lui de se fondre dans la foule. Au moins, quand il croisait des gens dans la rue, il n'était pas sur la défensive, il ne faisait pas soudain semblant de s'intéresser à la vitrine d'un fleuriste ou au marchand de bagels à l'angle de la rue.

On s'arrête devant un salon de tatouage. *Orb Ink*, indique la devanture. La pancarte sur la porte signale que la boutique est fermée et les stores sont baissés. Je m'aperçois qu'on piétine un graffiti au sol et je fais un pas en arrière pour l'examiner de plus près : VOTRE LUMIÈRE S'ÉTEINDRA BIENTÔT. Ce genre de propos haineux à l'encontre des célestes pullulent depuis le Blackout, sans que jamais le sénateur Iron n'en condamne les auteurs.

— La boutique appartient à un céleste ? je demande.

— Ouais.

Wesley frappe à la porte selon un rythme codé.

À l'intérieur, une femme approche. Elle arbore une myriade de petits tatouages argentés représentant des horloges, des briques et des fleurs qui scintillent sur sa peau brune. Elle me jauge de ses yeux sombres avant de déverrouiller la porte.

— Rebonjour Xyla. Je te présente…

— Enchantée, interrompt-elle Wesley en reportant les yeux sur lui. (Au moins, je suis sûr qu'elle ne portera pas mon déguisement pour Halloween.) Vous avez dix minutes avant que Flex ne vienne escorter le gamin et son père. Je serai dans l'arrière-boutique, j'ai des papiers à faire. Ne traînez pas, entendu ?

— Pigé, acquiesce Wesley. (Elle nous invite à entrer et s'éloigne.) Ne fais pas attention à elle, Emil. Elle n'est peut-être pas en première ligne, mais elle prend des risques aussi. Je vais chercher Darren et Daniel.

Je parcours la salle du regard, tandis que Wesley se dirige dans une pièce probablement utilisée pour les séances de tatouage privées. Le nom du salon est illustré au plafond sous forme de constellation. Des photos de clients tatoués sont affichées aux murs : une étoile sur le front d'une femme, un étalon galopant le long d'une ceinture, deux mains englobant l'univers sur l'avant-bras d'un homme, une hydre polygonale à sept têtes phosphorescente tatouée sur un dos, et, mon préféré, un *doyen couronné* – un magnifique phénix né âgé – avec un plumage gris tempête et des yeux ambre parfaitement dessinés, sur l'épaule d'une femme.

Si jamais je me fais tatouer, ce sera un portrait d'Aurora. Je pourrai alors la revoir telle qu'elle était à sa naissance, magnifique, plutôt que morte et ensanglantée, une image qui me hante.

Wesley revient accompagné de Darren et de M. Bowes, un chauve avec une grosse barbe. Darren a une tignasse noire et hirsute et une moustache naissante. Il porte un tee-shirt blanc, comme moi, et un pantalon camouflage. Un casque audio pend à son cou. Il va s'asseoir directement sur un tabouret et se met à feuilleter un catalogue d'échantillons de tatouages. M. Bowes vient me saluer.

— Toutes mes condoléances, dis-je en secouant la tête. (Je déteste cette formule. À la mort de mon père, elle ne me consolait pas.) Non, ça ne suffit pas. Mon frère et moi, on est en vie grâce à votre femme. Elle ne méritait pas ça.

— Billie était très dévouée à ses patients, réplique M. Bowes.

J'aimerais répondre qu'elle l'était encore plus à sa famille, mais ça n'est pas ma place. Ils le savent déjà.

— Elle n'aurait pas dû mourir par notre faute. Je suis navré qu'on l'ait exposée à un tel danger.

M. Bowes hoche la tête. Il ne me contredit pas.

Je m'approche prudemment de Darren et m'assieds face à lui.

— Salut Darren.

Il continue à parcourir le catalogue. Wesley m'a mis en garde. C'est souvent plus difficile d'établir le contact avec des enfants qui ont perdu un parent, mais je n'ai que quatre ans de plus que Darren. Je ne vais pas jouer à l'adulte. Je l'aborde de la seule manière que je connaisse.

— J'ai perdu mon père il y a quelques mois. Je ne vais pas partager ce secret sur les réseaux, mais ça ne me dérange pas de te le confier à toi : j'ai été adopté. Je l'ai appris il y a quelques semaines à peine. C'était la surprise totale : mon père m'a toujours traité comme un Rey, et je peux m'en estimer heureux. Il n'y a pas un jour où sa présence ne me manque pas, ses questions, ses anecdotes sans fin…

Darren referme le dossier. Il se tourne à demi vers moi.

— J'ai beaucoup pleuré avec ma mère à la mort de mon père. Mon frère, Brighton – c'est lui qui a créé la série *Les Célestes de New York* –, il gardait tout pour lui. Je ne cherche pas à te dire comment faire ton deuil. Au contraire, il n'existe pas de bonne ou de mauvaise manière.

Darren me regarde droit dans les yeux.

— Pourquoi tu n'es pas mort aussi ?

Mon souffle s'étrangle dans ma gorge.

— Darren, intervient M. Bowes.

— Non, tout va bien, dis-je.

— C'est faux ! hurle Darren en jetant le catalogue par terre. Je m'en fous de ton père, c'est pas à cause de moi qu'il est mort ! (Alertée par les cris, Xyla surgit de l'arrière-boutique.) Pourquoi t'es pas mort, toi aussi ? Tu vaux mieux que ma mère ?

— Non, bien sûr que non…

— Pourquoi on t'a pas brisé le cou ?

Je ne savais pas qu'on lui avait détaillé les circonstances du décès de sa mère. Le père le met en garde (ça suffit !), mais il ne lâche pas l'affaire.

— Je croyais que tu voulais faire partie des mecs bien !

— J'ai essayé, j'essaie…

— Va le dire à ma mère !

Je vais proposer à Wesley qu'on s'en aille, mais non, je me ravise. Je mérite sa colère. Quand je me retourne, Darren a disparu et le Dr Bowes est assis face à moi, la nuque rompue.

— Mon fils va grandir sans sa mère à cause de toi, dit-elle d'une voix râpeuse d'outre-tombe. (Elle crache du sang.) Tu devrais être mort !

— Je suis désolé !

Je sais que ce n'est pas réel, je sais que les morts ne ressuscitent pas, je sais qu'on ne peut pas comprendre les fantômes, mais je sais également que le Dr Bowes a raison. C'est moi qui aurais dû mourir.

— Rappelle-toi ce visage ! hurle le Dr Bowes.

Ses paupières se ferment et sa chair se décompose lentement. Elle répète les mêmes paroles, et cette scène horrible se grave dans mon esprit, s'ajoutant au spectacle réel de sa mort dans le labo, lorsque Stanton lui a tordu le cou. Lentement, sa voix redevient celle de Darren et l'illusion prend fin.

— Rappelle-toi ce visage, rappelle-toi ce visage, crie le garçon, les yeux encore clos comme dans l'illusion qu'il a revêtue comme un déguisement.

M. Bowes saisit Darren par le bras et s'excuse pour le comportement de son fils, ce qui est grotesque. Je mérite de me retrouver piégé dans ce cauchemar, hanté par les illusions de ceux qui sont morts par ma faute.

Ils quittent la boutique et je les suis des yeux. Darren se tourne une dernière fois avant de monter en voiture. Il me décoche un regard menaçant.

Je peux vous assurer que je me rappellerai son visage. Le visage d'une personne qui me perçoit comme un monstre. Et quand il sera plus âgé et plus fort, si je suis encore en vie, il me retrouvera, me prendra tout ce qui m'est cher, et me tuera.

QUATORZE
PROBABILITÉS

Brighton

Ces derniers jours m'ont coûté cher. J'ai perdu un temps précieux. Le Dr Swensen et le Dr Salinas, les deux praticiennes qui s'occupent de moi, m'expliquent que j'ai comaté pendant quatre jours. Je n'ai jamais dormi autant, et pourtant je me sens vaseux, fébrile, sur le point de m'évanouir à tout instant. Elles me rabâchent le même discours encore et encore : il est très difficile de purger mon sang.

Mon bras est encore plus rigide qu'avant. Ils n'ont probablement pas pu me sauver. En l'examinant de plus près, je constate qu'il est enveloppé d'un linge doux et apaisant. Le Dr Salinas m'apprend que le pansement est constitué de cocons de basilic. Elle me dresse la liste de sérums antivenin qu'elle m'a administrés, comme si j'allais retenir le nom des composants. Ce qui est sûr, c'est que la note d'hôpital va être salée. En même temps, il est peu probable que ma famille survive assez longtemps pour avoir à se soucier de verser un seul dollar ; avec un peu de chance, la facture ne poursuivra pas Emil dans sa prochaine vie.

— Je vais bientôt mourir ? je demande, las de les voir tourner autour du pot.

— Le venin continue de se répandre, mais on a pu en ralentir la progression, répond le Dr Salinas.

— La septicémie qui s'est déclarée avant est un autre problème, enchérit le Dr Swensen.

Deux hôpitaux, un seul et même verdict. Je suis comme mort.

— Où est Emil ?

— Tu pourras bientôt le voir, me rassure Salinas. Avant, je voudrais changer ton bandage pour éviter une infection.

— Je veux voir mon frère maintenant !

Ils s'écartent et s'en vont chercher Emil.

Ça me renvoie aux funérailles de papa. Emil et maman avaient consciencieusement préparé leur éloge funèbre. Mais moi j'étais encore sous le choc de sa mort et je ne réussissais pas à invoquer des souvenirs agréables. C'était impossible. Et puis, la cérémonie est arrivée, j'étais au premier rang, le patron de papa a prononcé quelques mots, et je me suis soudain retrouvé sur l'estrade, Emil à mes côtés. Les paroles sont sorties toutes seules ; j'ai parlé de ce qui me manquait déjà : papa qui chantait des chansons en espagnol que seule maman comprenait ; papa qui, à ma demande, m'interrogeait sur mes leçons et souriait face à mon sans-faute ; papa qui nous emmenait faire les courses, Emil et moi ; papa qui ne se satisfaisait jamais d'une réponse laconique quand il nous demandait comment s'était passée notre journée.

J'ai réussi à garder mon calme, tandis que les gens lui rendaient hommage, tour à tour, mais lorsque son médecin s'est levé pour exprimer ses regrets, j'ai pété les plombs. Quand papa a été hospitalisé, le Dr Queen n'a cessé de louer la douceur et la patience d'Emil. Pendant ce temps, j'en faisais baver à tout le monde, surtout à Queen, qui s'interposait chaque fois que je voulais aller au chevet de mon père. À l'enterrement, je lui ai fait sa fête une dernière fois, même si Emil et Prudencia m'ont supplié de prendre sur moi, pour ma mère. Mais c'était plus fort que moi, je me suis défoulé sur lui, l'accusant d'avoir soumis papa à un essai clinique qui avait précipité sa mort. J'ai braillé jusqu'à ce qu'il quitte la maison funéraire, chassé par mes cris.

C'est à moi de choisir comment occuper le temps qu'il me reste. À moi et à personne d'autre.

Quelques instants plus tard, on frappe à la porte et Emil entre. Il ne dit pas un mot; il se contente de me serrer dans ses bras, ce qui m'étonne vu la manière dont je l'ai traité. Quand il éclate en sanglots, je lâche la question qui me terrifie depuis mon réveil.

— Maman est morte, c'est ça?

Emil s'écarte, sèche ses larmes, et s'assied au bord de mon lit.

— Non. Enfin je ne sais pas.

— Comment ça, tu ne sais pas? Qu'est-ce que vous avez foutu pendant que j'étais dans le coaltar?

Apparemment, il s'est passé pas mal de choses, y compris une visite de la représentante Sunstar et de la sénatrice Lu. En revanche je n'entends pas parler d'action.

— Quoi? Les Verseurs de sang n'ont pas communiqué avec vous? Ils n'ont pas demandé de rançon?

— La dernière fois, ils ont fait un marché parce que j'avais pris l'urne et que Luna devait tuer les fantômes avant que le Rêveur couronné ne disparaisse. Elle était pressée par le temps. Mais cette fois…

— Cette fois quoi? Je lui ai volé sa potion? D'accord, je vais publier une vidéo et proposer de me rendre.

— Non! (Emil me dévisage, mais il ne peut pas m'arrêter.) On ne sait même pas si maman est encore en vie!

— Mais si elle l'est encore, c'est peut-être la seule façon de la récupérer. De toute façon, je vais mourir, Emil.

Il secoue la tête.

— Tu as déjà bu le sang de la Faucheuse, Brighton. C'est fini. Tu ne lui es plus d'aucune utilité. Elle a bien chargé Stanton de t'assassiner.

— Alors elle prendra peut-être son pied à me voir mourir.

Emil a l'air au bout du rouleau, comme s'il avait veillé pour nous deux tout du long. Ses boucles ont poussé, ses ongles sont noirs de crasse, et il sent les aisselles sales. Je m'apprête à lui dire qu'il aurait pu trouver le temps de prendre une douche pendant qu'il se tournait les pouces à mon chevet, mais il examine mon bras bandé.

— Tu te sens comment ?

— Au top.

— Brighton, ne me mens pas. J'aimerais vraiment qu'on puisse consulter un thérapeute, parce que moi aussi j'ai du mal et…

— On est tous dans le mal. On est en train de perdre le combat.

— Oui, je sais. Je ne cherchais pas à me faire plaindre. Je pense qu'on aurait tous besoin du soutien psychologique d'un professionnel. Plus que des services d'Eva. On lui en demandait beaucoup trop.

— J'ai subi pas mal d'injustices moi aussi, dis-je.

Il se lève.

— Je vais chercher le Dr Salinas pour qu'elle change ton pansement. Fais-moi plaisir, traite-la mieux que maman et moi.

Il s'en va sans que je le retienne. Je ne cherche à me fâcher avec personne, mais la situation empire d'heure en heure et j'ignore comment étouffer ma frustration. Il y a des tas de pouvoirs que je rêverais d'avoir. Par-dessus tout, j'aimerais être capable de lire dans les pensées de manière à savoir si Emil broie lui aussi du noir. Je ne veux pas être le seul.

Il revient accompagné du Dr Salinas, qui me demande de me détendre pendant qu'il défait mon bandage. Ça pique, comme quand on arrache un pansement adhésif sur une croûte. En découvrant mon bras, je reste sans voix. Il est très différent, monstrueux. Des écailles jaune foncé me couvrent la main et l'ensemble de l'avant-bras, et ma peau a viré au vert. Comme si je me transformais en basilic.

— Ça va guérir ? s'enquiert Emil.

— Il y a une pommade qui soigne la mue, répond le Dr Salinas. Ça peut mettre quelques mois à se résorber.

— Mais…, hésite Emil.

Nous savons tous qu'il ne me reste pas autant à vivre.

— Peut-être qu'il est temps de placer les paris, dis-je avec ironie. De quoi vais-je mourir ? Plusieurs options s'offrent à nous. Arrêt cardiaque dû au venin. Septicémie. Pour ma part, je miserais davantage sur les Verseurs de sang, qui vont revenir m'achever.

— C'est pas drôle, grogne Emil. On va te sortir de là.

Je n'arrive pas à songer à l'avenir. C'est un fardeau trop lourd pour moi. Les coups s'enchaînent. La septicémie, le venin, la mort qui m'est annoncée. J'ai l'impression de franchir les étapes du deuil en accéléré. Depuis la dernière nuit du Rêveur couronné, j'ai ressenti déni et colère. La dépression me gagne aussi du fait que je n'ai aucun pouvoir, au moment où j'en aurais le plus besoin pour retrouver maman et la venger. Mais je n'ai plus aucune marge de négociation ; il n'y a plus rien que je puisse faire pour devenir spectre, et tout autre essai clinique risquerait d'accélérer ma fin. Et à force de songer à quel point j'aimerais passer le peu de temps qu'il me reste ailleurs que dans cet hôpital, j'ai finalement atteint le stade de l'acceptation.

— Je ne veux pas mourir ici. Je voudrais rentrer à la maison, ou ailleurs.

Papa ne souhaitait pas décéder à l'hôpital non plus. Il préférait partir paisiblement entouré de nous trois. Au moins je ne suis pas seul, mais je suis coincé là.

— Brighton, on bénéficie d'une sécurité renforcée, me rappelle Emil.

— Super, on va me protéger pour que je puisse mourir dans cette clinique en paix ? Je n'ai aucune chance de m'en sortir.

— Il se peut qu'ils te sauvent la vie ! Allons, toi qui répètes sans cesse que ce n'est pas parce qu'une chose est improbable qu'elle est imposs…

— FERME-LA !

Je me crispe, songeant à tous les rêves que j'ai nourris au fil des ans. Finir la fac major de promo. Devenir présentateur d'une émission de télé. Faire péter les records de followers sur les réseaux. Trouver le bon moment avec Prudencia. Sauver le monde avec Emil – lui et moi, les Reys de Lumière.

Improbable, mais pas impossible, c'est bon pour les rêveurs. Et j'en ai fini de rêver.

QUINZE

VOL ET FLAMMES

Maribelle

Toujours aucune piste.

Une journée s'est écoulée depuis la visite de Sunstar. Quelle mascarade ! J'ai perdu un temps précieux à dormir dans la voiture d'Atlas, mais je me rattrape. Ça fait des heures que je sillonne le quartier de Greenpoint. C'est le lieu de prédilection des hipsters qui désirent ingurgiter le Breuvage, la potion hallucinatoire qui permet aux consommateurs d'expérimenter ce que ça fait d'avoir des pouvoirs. Luna a commis une terrible erreur en avouant à Brighton qu'elle était à l'origine du Breuvage. Si je débusque un dealer, je pourrai le forcer à me fournir les infos qui me mèneront à Luna et June.

Perchée au sommet d'un immeuble résidentiel de six étages, j'attends qu'un couple ait tourné à l'angle de la rue pour plonger dans le vide. À quelques mètres du sol, j'amortis ma chute avec grâce, comme si je descendais des marches invisibles. Je rajuste sur ma tête la casquette de base-ball d'Atlas, trouvée dans son coffre, et je tâche de passer incognito.

Je passe devant la vitrine d'une salle de sport tenue par des célestes ; à travers la vitre, j'aperçois une femme qui se sert de ses bras élastiques comme d'une corde à sauter. Ça me rappelle l'époque où Konrad, le père d'Iris, se prenait pour notre coach sportif et nous faisait pratiquer nos pouvoirs de manière ludique. Maman et papa ont toujours nourri l'espoir que je vole un jour de mon propre chef – et ils ont toujours su qu'il y avait de grandes chances pour que mon pouvoir de lévitation m'amène à voler. En revanche, ils ne m'ont jamais dit qu'il pourrait se manifester sous la forme d'ailes de feu. Ce n'est pas comme si c'était déjà arrivé, en même temps.

Pour un jeudi soir, le bar Night Elk est plutôt animé. Un videur contrôle l'identité des clients sous l'enseigne ringarde où figure un caribou aux yeux en croissants de lune. Je jette un coup d'œil à l'intérieur ; un céleste danse avec son clone pour impressionner une bande de filles. La musique est rapide, les basses puissantes. Atlas n'aurait pas su comment gérer sur la piste.

Peu après qu'Atlas et Wesley ont commencé à bosser avec nous, on avait organisé une fête de bienvenue dans notre planque. On se partageait les casques et on dansait tous ensemble sur les hits que passait Iris, dans le rôle du DJ. Je me rappelle très bien cette soirée. À un moment donné, elle a mis un de nos tubes préférés, un titre en espagnol qui débute lentement avant d'exploser. Pour tenir jusqu'au bout, faut s'accrocher. On finit généralement en nage à la fin de la chanson. J'ai entraîné Atlas sur la piste ; le pauvre, il ne faisait pas le poids face au morceau et il a dû invoquer ses vents pour se rafraîchir. Ce soir-là, je suis réellement tombée sous son charme.

Atlas ne pourra plus jamais danser comme un pied.

— Hé ! je te reconnais, toi. Tu es Maribelle Lucero, lance le videur.

Sans le calculer, j'enfonce ma casquette sur ma tête et je passe mon chemin. Je marche comme un zombie pendant plus d'une heure. Jusqu'à ce que finalement se dresse devant moi le pont de Brooklyn. C'est là que j'ai rencontré Atlas. Je veux me sentir plus proche de lui. Ça ne me suffit plus de me réfugier dans sa voiture (que j'ai garée sur le parking d'une école) et de me blottir contre ses cendres.

C'est tout en haut de ce pont que je lui ai dit pour la première fois que je l'aimais.

C'était en avril, trois mois après le Blackout. Atlas avait pris soin de moi, et ce jour-là, ce fut à mon tour de le réconforter. Il venait d'apprendre que la peine de prison de ses parents, qui avaient braqué une banque, était prolongée de cinq ans.

— On était à *ça* d'être réunis, s'était exclamé Atlas en claquant des doigts.

On était au sommet d'une des tours du pont, et il faisait les cent pas d'une extrémité à l'autre. Il adorait venir là ; les hurlements du vent le détendaient. Ses cheveux blonds étaient balayés dans toutes les directions par la brise. Soudain, il avait pété les plombs.

— Je parie qu'ils ont rien fait de mal en plus ! Ils sont punis à cause de moi ! Parce que je suis en liberté et que j'essaie de faire quelque chose de bien !

Il ne pouvait même pas leur rendre visite. Pas sans se rendre dans les Limites, où les exécuteurs lui seraient tombés dessus. Sa tête était mise à prix.

À bout de souffle, Atlas avait voulu sécher ses larmes.

— Désolé, Maribelle, je sais que j'ai de la chance – mes parents sont toujours en vie, j'en parlerai avec Wes…

— Tes parents ont le droit de te manquer à toi aussi.

Je le pense toujours aujourd'hui. Au moins, mes parents sont morts rapidement, sans souffrir, plutôt que de finir dans les Limites à se faire torturer pendant des années.

J'ai entrelacé mes doigts aux siens.

— Tu peux tout me dire. Plus on est vulnérables ensemble, plus on est forts. (Les mots m'apeuraient, mais je me devais de les honorer. J'ai plongé mes yeux dans son regard affligé.) Je t'aime, Atlas. Tu pourras toujours compter sur moi.

Le chagrin s'était estompé de ses traits, tandis qu'il prenait la mesure de mes paroles.

— Moi aussi je t'aime, Maribelle.

On s'était embrassés, pressés davantage l'un contre l'autre par les vents déchaînés.

J'examine avec appréhension cet endroit du pont, effrayée à l'idée de m'y rendre à présent, sachant qu'il ne sera pas là pour me serrer dans ses bras et me dire qu'il m'aime. J'espère quand même m'y sentir plus proche de lui.

Je lévite de quelques mètres et des flammes jaune foncé jaillissent de mes poings et courent le long de mes avant-bras. Il a fallu des semaines à Emil pour s'apercevoir qu'il pouvait voler. Et c'est la panique qui a déclenché son pouvoir, comme quand il a découvert qu'il était un spectre. Je suis bien plus compétente que lui – je suis la fille de puissants Marcheurs du Ciel, un être hybride, mi-céleste, mi-spectre.

Quand j'étais gamine, ce sont mes proches qui m'ont poussée à puiser dans mes pouvoirs pour la première fois. Je suis toute seule aujourd'hui. Je dois être mon propre moteur.

Je vole en direction du pont. Mes flammes dorées luisent dans l'obscurité de l'East River, tandis que je prends de l'altitude, dépassant le seuil qui m'a toujours séparée de tous ceux qui pouvaient voler. Les bras frémissants et le corps tremblant, je chute à travers les airs. À cet instant, Atlas me semble plus inatteignable que jamais ; je ne peux même pas accéder à son souvenir, et les flammes rugissent encore et encore jusqu'à ce qu'elles s'étendent au-delà de mes mains et se transforment en ailes enflammées qui m'élèvent dans la nuit. Je fends les airs, imaginant Atlas et mes parents à mes côtés. Puis j'atterris au sommet du pont de Brooklyn. Je contemple mes ailes qui brûlent et bravent le vent, avant de songer qu'il est temps pour elles de disparaître.

J'ai attiré l'attention des badauds en contrebas qui se prenaient en photo devant le paysage urbain. Pour la plupart, ça m'étonnerait qu'ils sachent que si ce pont existe toujours, c'est grâce à Atlas, Wesley, Iris et moi. Nous qui combattons les terroristes.

Je m'assieds au milieu et m'imagine une rencontre avec Atlas dans de tout autres circonstances. Il aurait pu être en bas, à s'amuser avec Wesley pendant que je me baladais avec Iris sur la promenade. Atlas et moi, on aurait pu se remarquer l'un l'autre, et Iris m'aurait encouragée à aller lui parler. Mais réécrire l'histoire ne fait que remuer le couteau dans la plaie. En réalité, c'est le combat qui nous a rapprochés, et c'est lui qui nous a séparés pour toujours.

À cette altitude, il gèle, et je forme un globe de feu pour me tenir chaud. Je sonde le ciel nocturne dans l'espoir d'y voir apparaître le visage étincelant d'Atlas, parmi les étoiles. Il y a toutes ces constellations de pacotille auxquelles je suis censée m'intéresser en tant que céleste. Mais à moins qu'on puisse ressusciter mon amoureux, je m'en fiche totalement. Je fonds en larmes et hurle à pleins poumons. Je suis à deux doigts d'arroser d'une pluie de feu les gens en contrebas, mais le rugissement du vent augmente tant qu'il couvre brusquement ma voix. Je m'imagine qu'Atlas est là, et que c'est lui qui anime cette bourrasque.

Puis une pluie soudaine s'abat sur moi et mon globe de feu s'éteint. Je ne savais pas qu'il pleuvrait ce soir ; cela dit, la météo me prend toujours par surprise. C'était Atlas qui prêtait attention aux prévisions pour éviter de s'engouffrer dans les tempêtes.

Des éclairs déchirent le ciel ténébreux et illuminent un phénix gigantesque qui me survole en direction de la ville. Son plumage est jaune et marron, et son ventre et sa calotte noirs. C'est le plus grand phénix que j'aie vu de mes yeux, une créature de la taille d'un cheval de course, et tandis qu'il s'éloigne, je distingue la silhouette d'une jeune femme sur son dos. Mon intuition vrombit, m'avertissant d'un terrible danger. La pluie cesse de s'abattre sur ma tête et sur le fleuve, mais elle se poursuit dans le sillage du phénix. Comme si l'oiseau était un nuage d'orage. Cette espèce, je ne la connais pas ; je n'ai pas eu de raison d'étudier les phénix, puisque je n'en ai jamais affronté. Or là, immobile sur le pont, trempée et grelottante, en proie aux vents froids, je sens que la situation ne va pas tarder à changer.

La jeune femme qui chevauchait l'oiseau représente une menace. C'est évident. Qui pourchasse-t-elle ?

SEIZE
ADAPTATION

Brighton

Les Marcheurs du Ciel respectent mon souhait et se préparent à partir.

Iris a chassé les illusionnistes. Tant mieux pour Sunstar ; elle doit faire sa grande annonce aujourd'hui et elle va avoir besoin d'une protection renforcée. Depuis leur départ, les médecins semblent stressés, comme si les Verseurs de sang risquaient de nous tomber dessus d'un instant à l'autre. Les Dr Swensen et Salinas m'ont énoncé tout un tas de raisons pour lesquelles je ferais mieux de rester. Le fait que je ne parvienne quasiment pas à tenir ma tête droite quand je suis éveillé, ou que je vomisse tous mes repas, par exemple ; ou encore, ma température, qui augmente d'un coup et chute dans la foulée. Cependant, je n'en fais qu'à ma tête, et ils montrent à Emil et Prudencia comment préparer un gel refroidissant et leur fournissent les ingrédients nécessaires à la concoction d'une tisane qui me calmera l'estomac.

Lorsqu'on se réunit dehors, je fais brièvement la connaissance de Ruth et de son bébé ; elle me propose très généreusement de me préparer le repas de mon choix quand on sera chez eux. On se divise ensuite en deux voitures ; Ruth, Esther et Iris dans l'une, Wesley au volant de la seconde avec Prudencia, Emil et moi. Mon frère s'installe sur la banquette arrière avec moi, et je ne me sens pas contraint de faire la conversation.

J'ai dû pas mal m'adapter ces derniers temps. Il y a ces gestes pour lesquels j'utiliserais en temps normal ma main droite et qui m'obligent maintenant à user de ma main gauche, comme me brosser les dents et scroller sur mon portable. Et puis, il y a les grosses adaptations, comme ne plus programmer de vidéos pour ma chaîne YouTube, ne plus envisager la présence de maman à mes côtés. Ne plus envisager d'être moi-même de ce monde.

D'ici là, je me demande combien de temps je vais mettre à m'habituer à l'usage de ma main gauche. Je dois réenregistrer l'empreinte de mon doigt sur mon téléphone qui ne reconnaît plus mon index écailleux. Je me connecte à mon compte Instagram : j'ai reçu une tonne de messages, dont certains venant de bloggeurs, comme moi. Lore, l'icône non binaire, me demande par exemple si je vais bien. Mais la plupart proviennent d'inconnus qui veulent savoir si j'étais impliqué dans la bataille de l'église Alpha. Je n'ai révélé à personne que j'avais bu une potion dans le but de tuer Luna sans savoir que c'était le Breuvage ; pas question de raconter l'histoire du sang de la Faucheuse, vu qu'il n'y a pas de happy end. Je ne suis pas un de ces mecs désespérés qui ont tellement besoin d'attention sur les réseaux qu'ils vont prendre les messages de compassion basiques pour de vraies marques d'affection de la part de followers qui commentent leurs publications depuis leurs toilettes. Dans un sens, j'aimerais poster un message d'adieu pour avoir le dernier mot, mais qu'est-ce que les gens en ont à foutre ?

Je fais défiler mon fil d'actualité. Mon artiste favorite, Himalia Lim, a peint des ailes or et gris sur plein d'immeubles dans le Bronx pour célébrer Emil, et elle partage des photos de fans posant devant les bâtiments ; je ne montre pas les posts à mon frère. Le céleste Reed Tyler a reposté son challenge de danse du clone depuis TikTok, se servant de ses clones à lui ; c'est ce genre d'anecdotes qui fait monter la tête aux gens ordinaires et leur donne envie de devenir des spectres. Apparemment, Lore lance un club de lecture, et iel a choisi comme premier livre un roman fantasy sur un céleste non binaire qui ouvre un portail qui l'envoie dans un New York alternatif où les pouvoirs n'existent pas. Si je vivais dans un monde dépourvu de magie, ça ne m'aurait pas dérangé de ne pas avoir de pouvoirs. Mais nous vivons bel et bien dans un monde de fantasy, où ma réalité s'est avérée mortelle.

Durant le trajet en voiture, personne ne parle. Prudencia allume la radio et fredonne sur une chanson de son groupe mexicain préféré. La route déserte est flanquée d'arbres feuillus, et après nous être enfoncés dans la banlieue de New Suffolk, on s'engage dans l'allée pavée d'un cottage de plain-pied en brique vert foncé et à la porte d'entrée bordeaux. La boîte aux lettres indique le numéro 149. Le grondement des vagues s'élève depuis Peconic Bay, non loin de la bâtisse. Pour ceux qui désirent raccrocher leur gilet pare-pouvoirs, c'est l'endroit rêvé.

Wesley se gare et Emil descend à toute blinde pour venir me donner un coup de main.

— Je peux ouvrir ma portière moi-même, dis-je sèchement.

— Je voulais juste t'aider, répond calmement Emil.

Prudencia semble sur le point d'intervenir, au lieu de quoi elle crochète le bras d'Emil et, ensemble, ils gagnent le seuil.

Ils n'ont qu'à se dire que je me comporte mal, si ça leur chante. Je m'en fous. Bon sang, j'ai quand même le droit d'être contrarié !

Je porte mon sac à l'intérieur. Partout sur les murs, des photos de Wesley, Ruth et Esther. Même l'horloge contient une photo d'Esther à sa naissance. Près de la baie vitrée, un piano, et au-dessus de la cheminée, un écran télé. Emil, Prudencia et Iris se sont rassemblés maladroitement dans le salon cosy sans trop savoir où se mettre.

— Comment on s'organise ? demande Iris.

— On a trois chambres, répond Wesley à mi-voix, le bébé endormi dans ses bras. Je vais déménager toutes les affaires d'Esther dans la nôtre. Donc, Iris et Prudence dans une chambre, Emil et Brighton dans l'autre ? On a des matelas gonflables.

— Je prends le canapé, déclare Emil.

— Je prends l'autre, enchérit Prudencia en se tournant vers Iris. Je préfère te laisser respirer, si ça te va.

Iris acquiesce d'un léger hochement de tête. Elle consulte sa montre.

— L'annonce de Sunstar va bientôt débuter. Rendez-vous ici dans trente minutes.

La chambre d'invités est spartiate. Des lits jumeaux, une salle de bains privative, et un bureau avec vue sur la baie. Emil aurait dormi dans un sac de couchage par terre s'il n'était pas fâché contre moi. Je charge mon ordinateur portable car je voudrais effectuer des recherches sur les hydres à pelage doré. Mais je passe les vingt minutes suivantes la tête dans les toilettes à vomir cette bile écœurante qui me brûle la gorge. Même si je suis tenté de rester me reposer, je me lave ; j'ai envie de regarder l'annonce de Sunstar en compagnie des autres. J'ai déjà manqué assez de choses en étant plongé dans le coma pendant des jours. D'accord, je ne fais plus partie de l'équipe, mais tant que je serai là, je compte bien avoir mon mot à dire. Quand je rejoins le salon, tout le monde est déjà installé, et Prudencia me fait une place sur le canapé, mais je vais chercher une chaise en bois et m'assieds à côté de Ruth.

À l'écran, Sunstar monte sur l'estrade de l'hôtel de ville face à des centaines de spectateurs. Elle commence par reconnaître que le pays rencontre des problèmes avec les lumimagiciens qui abusent de leurs pouvoirs, d'autant plus avec la montée des spectres, mais elle n'approuve pas la manière dont les exécuteurs opèrent. Les exécuteurs sont censés défendre les citoyens contre ceux qui abusent de la magie ; au lieu de cela, ils abusent eux-mêmes de leur autorité à l'encontre d'innocents lumimagiciens. Heureusement, elle propose une solution : l'Union Lumineuse, une unité gouvernementale spéciale constituée de certains des plus grands protecteurs présents dans chaque ville. Les Francs Éclaireurs à Chicago. Les Éperviers Primitifs à Omaha. Les Esprits Vifs à Dallas. Les Rayons Solaires à Phoenix. La Force Éclair à Lexington. Les Sombres Belles à La Nouvelle-Orléans. Elle marque une pause avant d'annoncer les Marcheurs du Ciel à New York, proposition accueillie aussitôt par une salve d'applaudissements et de cris. Elle achève son discours en déclarant que pour créer un avenir radieux, il faut reconstruire les programmes en place afin de protéger ce pays, et en affirmant que ce n'est qu'en unissant ces milices sous la surveillance scrupuleuse du gouvernement, que nous pourrons vaincre les ténèbres.

— Vous croyez que ça peut marcher? demande Ruth en éteignant la télé.

— C'est un rêve auquel certains auraient pu être ouverts avant le Blackout, répond Wesley. Luna a détruit tout espoir qu'on nous traite un jour avec compassion.

— Si on ne peut pas faire en sorte que ce rêve devienne réalité, je vous souhaite bien du courage dans cette maison où vous souhaitez fonder votre foyer, dit Iris en se levant et en arpentant la pièce. Nous ne serions pas dans cette situation si nous avions un gouvernement qui se souciait réellement de nous. On m'aiderait à retrouver Eva et Carolina. Je n'aurais pas à chercher des infos en ligne, à tenter de recruter des traqueurs ou à sillonner les rues moi-même. Mais non, ils nous ont répudiés à cause d'un crime dont on n'est même pas responsables !

Elle abat son poing sur la table, qu'elle fend en deux. C'est la plus petite de la pièce et, par ce coup, elle prouve également qu'elle est la plus forte. Esther se met à pleurer à l'autre bout du salon.

— Désolée, lâche-t-elle en sortant dans le jardin.

— Elle s'excuse pour avoir pété la table ou réveillé la petite ? demande Wesley.

— Bébé ou amie ? s'enquiert Ruth, ignorant sa blague.

— J'emmène Esther faire un tour, déclare-t-il. (Ruth fait les gros yeux et il s'empresse d'ajouter :) Un petit jogging tout doux.

Je reste seul avec Emil et Prudencia. Emil allume manuellement la cheminée et s'absorbe dans la contemplation des flammes qui lèchent les bûches. Prudencia s'étire sur le canapé qu'elle s'est approprié. Je retourne dans ma chambre, quoique je n'aie pas très envie d'être isolé en ce moment. Je prends mon ordinateur dans le lit et tâche de me distraire en regardant des vidéos sur YouTube. Mais je n'ai qu'une pensée en tête : élaborer un plan pour forcer les Verseurs de sang à nous dire si maman est en vie ou pas, histoire de faire cesser le supplice.

Contrairement à d'habitude, je n'éprouve pas vraiment cette sensation qui me parcourt la chair et le sang, pourtant je redoute de devoir à nouveau adapter ma vie de manière drastique. À supposer que mes deux parents soient morts.

DIX-SEPT

PROPAGANDE

Ness

Depuis quelques jours, je lis des scripts qui ne m'emballent pas. Roslyn Fox, la directrice de campagne, a opté pour une stratégie de riposte. Contrer la série des Marcheurs du Ciel de New York en postant nos propres vidéos. Le sénateur et Bishop ont validé des scénarios qui dépeindront les célestes comme des armes qu'il faut maîtriser – et tout devient possible grâce au pouvoir de métamorphose qui était censé me permettre de recommencer à zéro.

J'ai posé devant la caméra pendant plus de douze heures, à filmer des vidéos anti-célestes. Je suis enfermé dans le grenier converti en studio, avec Roslyn pour seule compagnie. Elle examine notre dernière prise d'un air assassin.

Ses cheveux sont toujours noués en un chignon strict noir, une coiffure qui n'a pas changé depuis qu'elle a intégré l'équipe du sénateur, un an après le meurtre de maman. L'eyeliner dont elle a souligné ses yeux bleu polaire pour plaire au sénateur a coulé. Elle peste à mi-voix.

Pas besoin d'être télépathe pour comprendre qu'elle me hait.

Ça fait un bail qu'on se connaît. À l'époque, j'étais plus docile. C'était elle qui rédigeait les discours que je prononçais lors des conférences pour la jeunesse. Un soir, je l'avais remerciée de me permettre d'exprimer ma colère et mon chagrin en public. Par la suite, elle a pris trop de liberté, m'encourageant à me confier à elle, comme à maman. J'ai immédiatement demandé au sénateur de la remettre à sa place. Personne ne pourrait jamais remplacer ma mère. À compter de ce jour, mes échanges avec Roslyn sont restés d'ordre strictement professionnel.

Je suis sûr qu'elle a jubilé quand on a annoncé mon décès, le soir du Blackout. Ma résurrection a dû lui fiche un coup. J'aurais tellement aimé être une petite souris quand le sénateur lui a annoncé la nouvelle.

La différence entre notre « collaboration » présente et passée, c'est que maintenant je sais que tous les speechs dont elle m'abreuve sont un tissu de mensonges. Ça ne m'étonnerait pas qu'elle me fasse bosser jusque tard dans la nuit. On m'a apporté deux repas, sans m'autoriser de pause pour autant. Il a fallu que je visionne des vidéos où figurent les employés de Sunstar, et que j'étudie leurs attitudes, pour les incarner plus tard. Surtout, on m'a forcé à incarner des individus imaginaires. Dans ce but, on m'a présenté une série de visages anonymes à partir desquels on me demande ensuite de construire des personnages inventés de toutes pièces. Les dents jaunes d'untel avec les lèvres d'un autre et le nez en bouton d'un troisième, les yeux marron d'un quatrième et la boule à zéro d'un dernier.

Et puis je mens. Je raconte comment les célestes ont détruit mon existence.

Je me fais passer pour un ado qui s'est fait épier dans les vestiaires par son coach de sport invisible. Une secrétaire menacée d'être brûlée vive par son patron si elle refusait ses avances. Une femme qui a cédé ses clés de voiture à un voyou qui contrôle les esprits. Pff! Ce pouvoir n'existe même pas! C'est une légende urbaine, tirée des films de science-fiction. Un gamin qui a perdu la vue après avoir harcelé le fils d'une céleste, à l'école – la mère s'est vengée, l'aveuglant avec une lumière puissante –, un pouvoir qui n'est pas sans rappeler celui de Sunstar.

Personne n'emploie le terme, mais il s'agit bel et bien de propagande.

— Recommence, m'ordonne Roslyn, derrière la caméra.

— Le jeune céleste m'a forcé à lui remettre le contenu du coffre, dis-je, incarnant un vieux banquier. (Les larmes me montent aux yeux, facilitées par ma fatigue extrême.) Il m'a dit que tout l'argent serait donné aux Marcheurs du Ciel afin de financer leur combat contre les exécuteurs. Ses yeux brillaient aussi fort que l'éclair au creux de ses paumes…

Le truc, c'est que si on cherche à vérifier la véracité de ces histoires, on ne découvrira aucune preuve tangible. Le problème, c'est que plus personne ne se donne la peine de creuser aujourd'hui. On lit les gros titres, on survole les articles, et on raconte à son voisin qui nous croit sur parole. L'anecdote est ensuite répétée et le mensonge se diffuse comme une traînée de poudre. Le temps que quelqu'un ait un doute et fasse des recherches, c'est trop tard, le mal est fait.

Ce n'est qu'une histoire parmi d'autres. Jusque-là, on en a filmé vingt-quatre. Toutes dépeignent les Marcheurs du Ciel sous un jour extrêmement désavantageux. On les fait passer pour des monstres afin que Sunstar fasse un mauvais score aux élections. Afin de limiter les droits des célestes et d'augmenter la cote des exécuteurs.

À cause de moi, de mon infinité de visages, le monde court davantage à sa perte.

DIX-HUIT
DÉSAVOUÉ

Brighton

J'ai le corps en feu.

Ça m'a pris en pleine nuit. Du coup, j'ai appliqué le gel refroidissant sur mon front, ma poitrine, mes bras et même mes pieds. Le matin venu, à la douleur s'est ajoutée l'humiliation de ne pas réussir à décapsuler mon tube d'antalgiques de ma main gauche à cause de la sécurité enfant. Sans compter que ces cachets sont loin de faire effet. En nage, j'étouffe mes cris quand on vient frapper à ma porte. Je m'apprête à envoyer chier Emil, mais c'est la voix de Ruth qui résonne dans le couloir.

— Oui ? dis-je, à bout de force.

Ruth entre et porte aussitôt sa main à son cœur. Elle balaie la pièce du regard, constate le bordel, et ses yeux s'éclairent soudain d'une infinité d'étoiles. Un halo mauve l'enveloppe et son clone apparaît, en tout point semblable à son modèle, jusqu'à la mèche de cheveux calée derrière l'oreille et le faux pli sur son chemisier. Après avoir ramassé l'assiette de mon déjeuner à peine entamé et mon verre vide, la réplique sort. Avec douceur, Ruth m'aide à me lever afin de changer mes draps, imbibés de sueur. Elle ouvre les rideaux pour laisser entrer l'air. Dehors, il fait nuit. J'ai passé ma journée à dormir.

— Tu veux de la compagnie ? me demande-t-elle. Moi, ça me ferait du bien.

— C'est pas à ça que servent les clones ?

— C'est compliqué de parler avec quelqu'un qui sait tout de toi. Crois-moi, j'organiserais mon propre club de lecture si mes clones avaient leur propre opinion, répond Ruth avec un sourire. Tu devrais prendre tes médicaments au cours du repas.

— Je vais manger ici.

— Si tu y tiens vraiment. Mais ça me ferait très plaisir que tu te joignes à moi dans le salon. Tout le monde est sorti, c'est tranquille.

Vu tout ce que j'ai vomi, je devrais essayer de manger un bout.

Le clone de Ruth revient avec de l'eau glacée. Elles échangent un sourire las, puis la réplique s'estompe dans une faible lumière mauve. Il y a quelques semaines encore, ç'aurait été chouette de voir le pouvoir de Ruth en action, surtout après que Wesley en a parlé dans une interview pour les Marcheurs du Ciel de New York, un entretien qui a valu à Ruth de se faire tailler par Tueur d'Étoile Argent, le vlogger conservateur. Aujourd'hui, ça me rend juste hyper jaloux.

On se dirige dans le salon, où le piano résonne. Le morceau est un peu agité, mais c'est agréable. Je m'attends à voir Wesley ou un autre clone devant le clavier, mais c'est Prudencia qui déplace ses mains sur les touches, les frappant avec vigueur. À mon apparition, elle se déconcentre et Esther se met à gigoter dans le berceau à ses pieds. Les yeux de Prudencia s'illuminent et quand elle se remet à jouer, Esther se calme.

— Où sont les autres ? je demande en m'asseyant sur un canapé face à une table pliante – Iris ayant détruit la table de la salle à manger.

— Iris s'est enfin endormie, et Wesley et Emil installent des caméras de surveillance le long de la route, par mesure de précaution, répond Ruth d'une voix où perce la crainte.

Ruth a mis son foyer en danger pour nous.

Elle me prépare une assiette de purée de pommes de terre au jus de viande accompagnée de brocolis vapeur, carottes rôties, maïs grillé et petite salade. Rien qui soit trop compliqué à manger d'une seule main.

— Merci.

— Je t'en prie, réplique Ruth en s'asseyant à côté de moi sur le canapé. J'aurais dû te le demander avant, ça ne te dérange pas que mes clones soient dans les parages ? C'est une seconde nature pour moi, mais j'essaie de me mettre à votre place.

— Non, ne fais pas attention à moi. En vrai, je serais curieux d'en apprendre plus sur tes pouvoirs… (Je m'interromps, m'apercevant que c'est l'une des choses que me reproche le plus Prudencia.) Oublie ça. Tu n'es pas obligée d'en parler.

— Au contraire, ça me fait plaisir. C'est une longue histoire, entonne-t-elle.

Ruth descend d'une longue lignée de célestes au pouvoir de clonage. Leur matriarche, Ruth la Première, est née sous la constellation de la Reine jumelée, qui n'apparaît que deux nuits par siècle. Sa puissance était telle qu'elle pouvait aussi cloner les objets. La célébrité a fait de Ruth la Première une puriste, comme tous ses descendants par la suite. Il y a dix-huit ans, les parents de Ruth ont calculé la date de sa conception en fonction de la réapparition de la Reine jumelée, faisant en sorte que Ruth naisse sous la constellation.

— Ils étaient fous de joie quand ils ont appris qu'ils allaient avoir une fille qu'il pourrait baptiser Ruth en hommage à leur aïeule. Mais ma mère a perdu les eaux trois jours avant l'avènement de la constellation. Le travail était douloureux et elle a fait son max pour retarder l'accouchement, faisant appel à des guérisseurs pour absorber sa douleur et s'engourdissant à l'aide de tout un tas de potions. Cependant, c'était intenable et elle m'a mise au monde trop tôt.

Les années ont passé, et Ruth ne manifestait aucun don particulier. Elle ne pouvait ni se cloner ou répliquer des objets comme sa mère, ni projeter son esprit dans son sommeil, comme son père. Ses parents la firent examiner par des savants, honteux d'avouer que leur fille était l'héritière de Ruth la Première et qu'elle ne présentait aucun signe de lumimagie.

— J'ai grandi dans l'embarras. Je culpabilisais d'être ordinaire.

— Je sais ce que c'est. Ma grand-mère était voyante. Son pouvoir n'était pas très impressionnant; elle avait seulement des visions à court terme de l'avenir; par exemple, elle pouvait dire si une personne allait trébucher. Mais j'avais quand même bon espoir pour moi-même. Et non... (J'indique mon corps d'un geste.) Me voilà aujourd'hui. Le désavoué.

— C'est un mal pour un bien, non? Mes pouvoirs ne se sont pas manifestés pour les bonnes raisons. Un jour, un savant a conseillé à mes parents de m'enfermer de force. Il pensait ainsi stimuler l'apparition de mes pouvoirs. À cette époque-là, j'avais plein de copains et on passait tout notre temps ensemble. Du jour au lendemain, mes parents m'ont privée de tout. Je n'avais plus le droit de sortir. Je me suis sentie terriblement seule. Je pleurais tout le temps. Dix jours plus tard, mon clone est apparu pour la première fois : j'avais besoin d'un camarade de jeu.

Voilà, j'ai perdu l'appétit.

Ruth jette un coup d'œil à sa fille, derrière elle. Je sais d'emblée qu'elle n'imposera jamais ce genre de torture mentale à Esther.

— Ma mère me surnommait sa Princesse jumelée... Elle a essayé de me faire répliquer des objets, mais à ce moment-là un autre clone est apparu pour l'occuper pendant que je jouais avec mon premier clone.

— C'est horrible. Pourquoi tu n'en as jamais parlé ?

— À quoi bon dépeindre les célestes sous un jour négatif? Ça ne plaiderait pas en notre faveur, surtout après le Blackout. Certains célestes commettent de graves erreurs, comme mes parents. Mais nous n'obtiendrons jamais l'égalité si nous ne démontrons pas au monde que dans la grande majorité, nous sommes des citoyens modèles.

Ça ne m'avait jamais traversé l'esprit que des célestes puissent être aussi cruels que les pires des spectres. Que les Verseurs de sang ne sont pas les seuls monstres.

— Tu parles toujours à tes parents ?

Ruth secoue la tête.

— Pas vraiment. Plus j'ai mûri, moins j'ai apprécié leur attitude à l'égard des autres célestes. Ils sont aisés et suffisants. Ils m'avaient envoyée dans une école privée élitiste réservée aux célestes ; ils voulaient que je renforce mes pouvoirs pour que les investisseurs s'intéressent à moi. Je me disputais souvent avec eux au sujet de l'argent. J'aurais aimé qu'ils s'en servent pour faire le bien. Mais ce ne sont pas des philanthropes. Tout ce qui les intéressait, c'était de les investir dans notre lignée. Du coup, j'ai réuni la somme que j'avais gagnée via mes partenariats avec les réseaux sociaux, fait don de mes vêtements de luxe, et j'ai abandonné tous mes privilèges. Ensuite, j'ai commencé à travailler dans un hôtel de célestes et à confectionner des habits pour les célestes défavorisés. J'étais bonne – OK, je fais la modeste –, j'étais super douée.

La musique cesse. Prudencia berce doucement le couffin avec sa télékinésie ; elle est si belle quand elle emploie son pouvoir pour des raisons triviales.

— Tes parents sont au courant de l'existence d'Esther ?

— Oui. Ils admiraient le fait que Wesley soit un Marcheur du Ciel, mais ils m'ont dit que son pouvoir anéantirait notre lignée – comme si je m'en souciais. Je me fiche qu'Esther ait des pouvoirs. Je l'aimerai tout autant. Wesley, lui, voudrait qu'elle hérite d'un mélange de nos dons pour aller cambrioler la maison de mes parents avec ses clones à la vitesse de l'éclair.

Elle lève les yeux au ciel et sourit.

Son histoire est sensass ! Elle aurait eu un succès fou dans *Les Célestes de New York.* Mais il faudrait la sortir au format mini-série en huit épisodes.

— Tu n'aimerais pas te rabibocher avec eux ? je demande, songeant que je n'en aurai jamais l'occasion avec maman.

— Ils m'ont donné la vie mais ce n'est plus ma famille. J'ai Wesley et Esther. Les autres Marcheurs du Ciel. Mes amis et mes refuges. Regarde, Emil et toi, vous ne partagez pas le même sang, mais c'est ton frère.

— Évidemment.

Il le sera toujours.

— La famille, ce n'est pas le sang. (Ruth désigne ostensiblement Prudencia.) Ne laisse pas filer ceux qui comptent vraiment.

DIX-NEUF
LE FANTÔME VOILÉ

Ness

Le sénateur a passé l'après-midi à visionner le montage final de mes vidéos de propagande.

Nous sommes dans le grenier avec Roslyn qui expose son plan de déploiement de campagne. La majorité des vidéos seront diffusées sur les réseaux via de faux comptes. Les vidéos les plus nuisibles à la réputation des célestes – les favorites du sénateur – seront cordialement transmises aux chaînes partisanes telles que Wolf News, qui assureront un max de diffusion.

Roslyn sort un script de son dossier.

— Celui-ci, je l'ai écrit cette nuit. C'est le scénario d'une victime imaginaire d'Iris Simone-Chambers. Elle affirme que la céleste lui a cassé le bras et l'a menacée de lui percer un trou dans le ventre si elle ne lui passait pas l'enregistrement d'une caméra de surveillance où on l'identifiait, lors d'un cambriolage.

Le sénateur repousse le papier.

— On ne peut pas lâcher des noms comme ça. Pas pour les Marcheurs du Ciel, Sunstar ou n'importe lequel de mes opposants. S'ils sentent qu'il y a anguille sous roche, ils ouvriront une enquête. Je ne veux que des vidéos intraçables. Il ne faut pas qu'ils puissent remonter jusqu'à nous. (Il se tourne vers moi, qui suis assis dans un coin près de la fenêtre.) Il ne faudrait pas ruiner le merveilleux travail accompli par Eduardo. N'est-ce pas, fiston ?

Je n'affiche aucune réaction. Ça lui ferait trop plaisir.

Le tournage de ces deux derniers jours m'a rincé. Ça faisait un bail que je n'avais pas autant employé mes pouvoirs. Et l'épuisement physique n'est rien en comparaison de la fatigue mentale. Celui qui se cache derrière tous ces profils mensongers, c'est moi. Une fois les vidéos en ligne, toutes les personnes impactées – privées de leurs droits, emprisonnées, tuées – le seront par ma faute. À cause de mes performances de métamorphe. Ça me remue tellement que j'aimerais être un môme et pleurer dans les bras de ma mère.

Le sénateur se lève.

— C'est du bon boulot, Roslyn. Je dois finir de me préparer, mais on discutera de ta proposition pour la phase deux sur le trajet pour la Floride. Rendez-vous en bas dans trois minutes. (En quittant la pièce, il me jette un regard par-dessus son épaule.) Sois sage en mon absence, Eduardo. Ne te couche pas trop tard.

Après son départ, son ricanement continue de résonner dans le grenier.

Roslyn pousse un soupir d'aise.

— Comment vous pouvez dormir la nuit, espèce d'hypocrite ?!

— Beaucoup mieux depuis que je partage le lit de ton père, réplique-t-elle avec un sourire.

Donc maintenant, ils sont ensemble – du moins, ils se fréquentent. J'ai l'impression que seule une poignée de personnes est au courant que je suis en vie. Je n'ai vu aucun garde du corps à l'exception de Jax et Zenon, et franchement, Jax aurait mérité de se faire renvoyer après avoir manqué à son devoir, quand les Verseurs de sang se sont introduits dans le manoir, cette semaine. Mon choix est donc restreint. Il se limite à ces deux sous-fifres, ainsi que Bishop et Roslyn. Je vais devoir les manipuler. M'immiscer dans leur esprit.

— Vous ne serez jamais sa Première Dame. Je sais comment il est quand il s'adresse à une femme qu'il aime. C'est pas le cas ici.

— Mon amour pour lui et son travail nous suffisent à tous les deux, rétorque Roslyn en finissant de remballer son ordinateur et ses dossiers. Ça me tiendra chaud dans la chambre principale de la Maison-Blanche.

Elle s'en va.

Je meurs d'envie de la traiter de monstre, mais ça ne lui ferait ni chaud ni froid. Pour la déstabiliser, il va falloir du temps. Pourvu que j'aie planté la graine du doute dans sa tête… Je n'ai même pas eu à mentir. Ma mère était loin d'être parfaite. Elle n'aurait sans doute pas partagé mon point de vue actuel sur son mari, et elle ne lui tenait pas toujours tête comme elle m'encourageait à le faire avec d'autres. En revanche, cette mascarade, elle ne l'aurait jamais encouragée, encore moins orchestrée. Elle n'avait pas besoin de prouver sa loyauté au sénateur pour obtenir son amour en retour. J'ai vu à quel point il a souffert à sa mort.

J'espère que toutes les pourritures qui entourent le sénateur finiront en prison. Ce sont des criminels, ils ne méritent pas mieux. À propos de crapules… Jax entre, le visage complètement cicatrisé grâce à Eva. La séance de torture dans le grenier est terminée ; il vient me raccompagner jusqu'à ma cage. En fait, non. Jax ne me conduit pas dans ma chambre. On descend dans le hall d'entrée où le sénateur, Roslyn et Zenon attendent avec leurs bagages.

— On s'est déjà dit au revoir, je fais remarquer.

— Tu n'as pas salué Jax et Zenon. Ils m'accompagnent. Ne t'inquiète pas, tu ne seras pas tout seul.

Dione surgit du salon ; elle s'adosse à la pendule.

— Trêve de bla-bla. Vous pouvez filer maintenant, dit-elle au sénateur.

Il ne s'offusque pas de sa grossièreté. Il a compris qu'elle ne lui témoignerait jamais aucun respect. C'est l'une des raisons pour lesquelles je me suis fiée à elle d'emblée, après avoir rallié le gang.

Maintenant que je sais pour le sénateur et Roslyn, je ne les considère plus du même œil, et je suis plutôt soulagé qu'ils s'en aillent avec Jax et Zenon. Je me retrouve en tête à tête avec Dione. On n'est pas amis, même si j'ai cru un jour qu'on aurait pu l'être. Dans le trio qu'elle forme avec Stanton le sanguinaire et June la revenante, ça a toujours été la plus humaine. Mais elle est colérique, sans scrupules, et fidèle à Luna. Je vais devoir ruser avec elle, et tirer profit de l'absence du sénateur et de son équipe.

— On organise une fête ? je demande.

— Tout ce qui pourra pourrir cet endroit, rétorque Dione en toisant d'un mauvais œil l'horloge ancestrale. Mais j'ai rendez-vous avec Luna.

— Elle est où ?

Dione part d'un ricanement.

— À ton avis ? Le Fantôme voilé apparaît cette nuit.

— Déjà ?!

La constellation qui a fait de moi un métamorphe. Elle revient deux fois par an. Ça fait déjà huit mois que j'ai acquis ces pouvoirs ? Je n'en reviens pas. Jamais je n'aurais pensé être de retour au manoir, contraint de bosser pour mon ennemi juré.

— Tu ne m'as pas l'air très au courant de ce qui se passe.

— C'est pas comme si on m'avait fourni un calendrier des constellations. Vois ça avec ton nouveau patron.

Dione me foudroie du regard.

— Je ne travaille pas pour ton père. Et si Luna réussit l'opération de ce soir, tu n'auras plus à bosser pour lui non plus.

C'est donc de ça que parlaient Luna et le sénateur le soir de son intrusion… ils vont me remplacer. Elle a dû trouver quelqu'un qui sera plus enclin à servir leurs objectifs communs.

— Sur quelle proie Luna a jeté son dévolu cette fois ?

Dione m'empoigne le bras et me traîne dans la cave.

— Ce ne sont pas tes oignons.

Je me débats, mais elle est beaucoup plus forte que moi.

— Ouvre les yeux, Dione ! C'est son *modus operandi* ! Elle a fait pareil avec toi ! Luna est une opportuniste ; elle promet des pouvoirs aux gens pour s'assurer de leur loyauté. Tu en as conscience, je le sais !

La chambre forte consiste en une gigantesque boîte noire équipée d'une vitre teintée à sens unique, ce qui permet à ceux qui sont à l'intérieur de surveiller les mouvements des intrus. Elle est protégée par un bouclier magique, un dôme énergétique jaune. Dans une vidéo de démonstration fournie par le vendeur, on voit un céleste projeter un feu contre le champ magnétique ; le projectile rebondit et se retourne contre l'envoyeur sans qu'il ait le temps de réagir. Le sénateur songe d'ailleurs à améliorer l'héritage de son grand-père en dotant les gilets pare-pouvoirs d'un système de protection similaire, qui prémunisse davantage les exécuteurs contre les attaques de lumimagie. Dione prend connaissance du code à vingt chiffres posté sur le mur et le rentre dans le clavier digital ; à l'époque, j'avais accès à ces chiffres (qui ont dû changer depuis), et je les avais mémorisés au cas où il aurait fallu que je me réfugie dans la chambre forte. Le bouclier s'évanouit et Dione ouvre la porte.

— Tu entres de ton plein gré ou bien je t'y jette.

— Tu commets une grave erreur, dis-je en me relevant. Si tu la déçois, elle ne t'accordera pas de seconde chance. Regarde Stanton ! Elle ne cherche même pas à le sortir de son trou ! Elle te remplacera comme elle m'a remplacé moi !

Dione m'empoigne et me pousse dans la pièce ; je roule par terre et atterris contre un canapé. Un petit cri s'élève ; Dione jette un dernier coup d'œil à l'intérieur, scrute Eva, puis claque la porte. Quelques secondes plus tard, le bouclier magique enveloppe de nouveau la chambre forte.

Je masse mon épaule, qui a souffert de la chute, puis j'examine le visage de mes nouvelles camarades de cellule, assises ensemble sur l'un des deux lits. Carolina, la mère d'Emil semble crevée ; ses yeux sont bouffis par les larmes. Mais dans l'ensemble, ça a l'air d'aller. Contrairement à Eva. Le teint livide, les cheveux quasi arrachés d'un côté du crâne, elle arbore un œil au beurre noir de la taille de mon poing, et son bras est couvert de pansements. On dirait qu'on l'a prise pour un punching-ball, comme l'ancien chef des exécuteurs qui n'avait pas bien pigé qu'il ne fallait pas chercher des poux aux Verseurs de sang. Pourvu qu'Eva s'échappe avant de finir avec un sortilège en pleine tête.

— Ça va ? je demande.

Eva se redresse.

— Tu trouves que ça a l'air d'aller ?

Je réponds par un silence. Inutile de répondre bêtement après avoir posé une question stupide.

— Pourquoi on t'a enfermé avec nous ? s'enquiert Eva.

— Tout le monde est occupé, donc j'ai besoin d'une baby-sitter. Dione était aussi méchante à l'époque ?

Eva secoue la tête.

— C'était ma meilleure amie.

Carolina s'approche et s'agenouille devant moi ; elle prend mes mains dans les siennes.

— Pitié, dis-moi que mes garçons sont sains et saufs.

— J'espérais que vous me donneriez de leurs nouvelles, dis-je. Je suis coupé du monde depuis l'invasion de Nova.

— Tout le monde a pu s'échapper, m'apprend Carolina.

Elles me fournissent un résumé détaillé de tout ce qui s'est produit pendant que j'étais occupé à fêter mes retrouvailles avec le sénateur. Les Marcheurs du Ciel ont eu le dessus sur les Verseurs. Luna a poignardé Emil avec le terminateur d'infini, puis Brighton s'est pointé, l'a frappée d'un sortilège en plein ventre avant de boire le sang de la Faucheuse. Apparemment, l'élixir ne l'a pas rendu immortel, et il va probablement mourir. À leur connaissance, Emil est encore en vie lui aussi. C'est déjà ça de pris. Et c'est énorme pour moi.

— On n'en sait pas plus, conclut Carolina.

— Si Emil ou Brighton ou n'importe quel autre Marcheur du Ciel était mort, le sénateur aurait sûrement organisé un banquet.

Ça ne la réjouit pas des masses de savoir que le décès de ses fils serait un bon prétexte pour faire la fête. Elle me lâche les mains et s'assied sur le canapé. Je la rejoins. Son calme m'apaise.

— Je regrette les derniers mots que j'ai échangés avec Brighton, confie Carolina. Je lui ai reproché son arrogance, je lui en voulais d'avoir succombé à l'appât du pouvoir. Et maintenant, il se peut que je n'aie plus jamais l'occasion de lui dire à quel point je l'aime.

— Il n'a pas été tendre avec vous, la console Eva. Il doit s'en vouloir beaucoup, lui aussi.

— Qu'est-ce qu'il a dit ? je demande.

Carolina évite mon regard.

— Que son père était le meilleur de nous deux. Je me dis souvent pareil, pourtant j'ai fait de mon mieux.

— Je suis sûr que vous êtes une super maman, dis-je.

Brighton n'a pas conscience de sa chance. Je donnerais n'importe quoi pour que ma mère soit encore en vie, à la place de cet homme qui me sert de père et qui m'utilise pour détruire ce pays.

C'est la première fois depuis ma capture que je ne me sens pas sous surveillance. Que ce soit par Jax, posté devant ma chambre, ou par Zenon, où qu'il soit dans le manoir. Ces dernières années, mon existence a consisté à porter des masques, de manière figurative, puis véritablement, depuis quelques mois. La dernière fois que j'ai baissé la garde, c'était avec Emil, et il m'avait surpris à un moment où j'étais vulnérable ; j'avais pris l'apparence d'une de mes victimes. Les paupières closes, j'inspire à fond, j'embrasse le calme, et je songe à lui.

Eva claque dans ses doigts. Fini le répit.

— De quoi tu parlais avec Dione ? On va te remplacer ?

— Apparemment. Le Fantôme voilé réapparaît cette nuit dans le ciel, dis-je.

— Quelle est cette constellation déjà ? s'enquiert Carolina.

— Elle n'est pas aussi géniale que le Rêveur couronné, répond Eva. C'était une constellation que ma mère admirait car elle invite le changement. C'est un peu comme le début d'une nouvelle année. C'est également important pour les célestes métamorphes… et ceux qui veulent devenir des spectres métamorphes, apparemment.

Elle peut bien me juger autant qu'elle veut ; elle ne me connaît pas.

— Si seulement je pouvais revenir en arrière, je le ferais, dis-je. Surtout si j'avais su que je serais de retour ici. Toute la campagne de propagande à laquelle j'ai participé pour permettre à Iron de pourrir les lumimagiciens… ce ne sera bientôt plus mon problème, mais celui d'un autre.

— Ils comptent te laisser enfermé ici avec nous ? demande Carolina.

Je hausse les épaules.

— Probablement pas. Il serait bien plus judicieux de me jeter d'un hélicoptère dans des eaux infestées de basilics.

C'est une bonne manière de se débarrasser de quelqu'un qui est censé être déjà mort.

Carolina me frotte l'épaule pour me réconforter.

— Il ne fera jamais ça. Tu es son fils.

Je comprends de qui Emil tient sa douceur. Inutile de lui expliquer que le Blackout avait pour but de me faire assassiner.

— Je suis désolé qu'on n'ait pas eu l'occasion de faire vraiment connaissance avant aujourd'hui, dis-je.

— Moi aussi. Tu dois beaucoup compter pour Emil. Il était prêt à tout pour te défendre.

— Je pense qu'Emil aurait agi de la même façon pour n'importe qui. Vous l'avez bien éduqué. Je vous jure de faire tout ce qui est en mon pouvoir pour vous ramener auprès de votre fils en un seul morceau. Personne ne vous a fait de mal, hein ?

Elle articule d'une voix tremblante :

— Le sénateur Iron a ordonné à Eva de guérir son garde du corps, et comme j'ai voulu la défendre, Dione m'a frappée. Eva l'a soigné et s'est occupée de moi après leur départ.

J'ignore encore comment je vais m'y prendre, mais je veillerai personnellement à ce que Dion et Jax endurent le double de ce qu'ils ont fait subir à Eva et Carolina.

Eva masse un de ses pansements.

— Ça devient difficile pour moi de guérir. Je n'ai pas vu la lumière des étoiles depuis longtemps ; on est coincées ici depuis des nuits et Luna continue à me tirer du sang, même si elle est rétablie.

Luna est malade. Elle tente probablement de concocter une potion pour gagner du temps.

— C'est la première fois qu'on est séparées si longtemps, Iris et moi, fait remarquer Eva. Je ne la rejoindrai pas.

Je la comprends, à ma façon.

— Comment vous vous êtes connues ? je demande.

Eva hésite avant de se lancer.

— J'étais poursuivie par des alchimistes, pour des raisons évidentes, dit-elle en désignant son corps d'un geste global. Ma famille d'accueil ne pouvait pas me protéger. J'ai toujours évité la violence, mais j'avais besoin des Marcheurs du Ciel. Finola, la mère d'Iris, a répondu à notre appel à l'aide. Elle m'a accueillie dans leur refuge et m'a présenté Iris.

— Ça a été le coup de foudre ? dis-je.

— Non, pas du tout. C'était encore mieux que ça. Iris m'a apporté des vêtements de rechange et on a bavardé jusqu'au lever du jour, même si j'étais crevée – je n'avais pas vraiment fermé l'œil depuis des semaines. (Eva pleure ; je m'apprête à aller lui chercher un mouchoir, mais elle reprend.) Iris m'a raconté que ses parents l'avaient emmenée voir la constellation de la Belle Lune quand elle avait dix ans. Finola lui avait acheté un tee-shirt chez un vendeur ambulant. Et bien qu'Iris n'ait pas pu l'essayer, c'était la taille parfaite. Je n'ai pas pu m'empêcher de penser qu'elle faisait allusion à nous deux. On est parfaites, ensemble. Et sans elle, je me sens toute nue.

Carolina se lève et drape les épaules d'Eva d'une couverture avant de la prendre dans ses bras pour faire cesser ses tremblements. Maman me manque plus que jamais.

Elle se tourne ensuite vers moi.

— Tu ressens la même chose pour mon fils ?

La question me prend de court ; puis je comprends qu'elle m'est posée par une femme qui sait qu'elle ne verra peut-être jamais ses enfants grandir et devenir adultes, choisir un partenaire, fonder une famille. J'ignore tout de la vie sentimentale d'Emil, même si je parie qu'il a attiré des tonnes de mecs.

— Je ne dirais pas que je me sens nu sans lui, j'avoue. Mais sans lui, j'ai froid. Si vous voyez ce que je veux dire. C'est comme si on m'avait enfin laissé sortir au soleil et que je me sentais bien sous la chaleur de ses rayons. Et que soudain, on me forçait à rentrer et que je regrettais de ne pas en avoir plus profité au lieu de me tourner les pouces.

Si j'en avais l'occasion, je referais tout différemment avec Emil. Je ne l'ai pas embrassé quand j'ai quitté Nova, ou quand je suis revenu le sauver. Quand la guerre éclate, on ne pense pas à partager un baiser langoureux. Si jamais nos chemins se croisent à nouveau, je tenterai le tout pour le tout.

— C'est la meilleure personne que je connaisse, et je ne le connais que depuis peu, dis-je.

— Je reconnais bien là mon fils, réplique fièrement Carolina. Depuis son plus jeune âge, Emil a toujours voulu réconforter les autres. En sixième, une prof m'a raconté qu'il refusait de jouer avec Brighton et leurs amis durant la récré parce qu'il était en train de consoler une fille qui avait perdu sa sœur. Les garçons ont toujours été proches, mais ce qui les a rapprochés davantage, c'est cette peur qu'avait Emil de perdre son frère. (Elle fond en larmes. On ignore si Emil et Brighton sont morts, ou si l'un des deux est encore en vie et que l'autre lui manque. Ces pensées sont bouleversantes.) Quand nous avons perdu Leo, Emil s'est raccroché à cette chaleur. Il a fait son maximum pour ne pas s'effondrer, pour nous. Mon héros. Chaque fois que le chagrin l'envahissait, la chaleur reprenait le dessus.

Je lâche un petit rire, songeant à Emil, à sa nature, si proche de la luciole.

— C'est marrant, je lui ai trouvé un surnom et…

Le bourdonnement du bouclier magique cesse et la porte s'ouvre. Dione entre suivie de Zenon. Mais il était parti !

— Fini de papoter, déclare Dione. (Elle s'adresse à Zenon.) On en a suffisamment ?

— Ça devrait le faire.

Je me mets debout.

— T'es même pas censé être là !

Dione se place derrière Eva et Carolina. Elle affiche une expression menaçante, pour le show, mais au-delà, j'ai toujours perçu chez elle un soupçon de conscience, comme la fois où elle s'était arrêtée au cours d'une mission pour donner de l'argent à un céleste qui s'était fait crever les yeux par un chasseur de lumimagiciens.

— On avait besoin que tu te rapproches et que tu noues des liens personnels, Ness. Comment pourras-tu jouer leurs rôles si tu ne comprends pas tes sujets ?

Jouer leurs rôles ? Soudain, tout s'éclaire.

— Non, je ferai tout ce que vous voudrez, je continuerai à inventer des personnages, mais vous ne pouvez pas me faire prendre leur apparence…

— La ferme ! s'écrie Dione, tandis que deux paires de bras lui poussent des flancs. (Elle étrangle Eva et Carolina et leur saisit les poignets.) Tu vas les incarner ou alors je les dépèce sous tes yeux.

Je brandis les mains en l'air en signe de trêve.

— Lâche-les.

Dione les libère et bien qu'elle ait six mains, elle m'attrape le bras d'une seule poigne et me traîne à l'extérieur. Je n'ai même pas l'occasion de m'excuser auprès d'Eva et de Carolina.

Je me suis fait avoir ce soir – le manipulateur manipulé. Si l'équipe du sénateur a toujours besoin de moi pour incarner d'autres personnes, alors que comptent-ils faire du nouveau spectre au sang de métamorphe ? Un autre Verseur de sang ? Non, c'est impossible. Luna, qui a échafaudé ce plan avec le sénateur, ne se contenterait pas de chercher une nouvelle recrue. Elle mijote autre chose.

Pour l'heure, je m'apprête malgré moi à causer davantage de dégâts en arborant le visage de deux femmes qui m'ont ouvert leur cœur.

VINGT
CŒURS SOMBRES

Emil

À minuit, je sors en douce du cottage pour regarder les étoiles. Le Fantôme voilé brille très haut dans le ciel nocturne et se reflète à la surface de la mer. La constellation épouse la forme d'un masque de théâtre à l'ancienne, avec ses yeux espiègles qui étincellent de mille feux. Si je contemple les astres, ce soir, c'est pour Ness, sachant que cet alignement d'étoiles est à l'origine de ses pouvoirs. Des pouvoirs qui n'ont pas pu le protéger.

Je descends sur la plage ; il fait frisquet et j'aurais mieux fait de prendre un blouson. Je garde mes baskets aux pieds car le sable est frais, ce qui aurait été agréable les quelques fois où je suis venu ici avec Prudencia durant le jour. Mais cette nuit, il fait trop froid. Je plie les doigts, tâchant de puiser dans ma magie pour me réchauffer. Mais comme à Aldebaran, où j'étais à peine capable de créer un globe de feu pour attaquer Stanton, toutes mes blessures – infligées par Ness et Luna – me brûlent si fort que j'en ai les larmes aux yeux.

J'ai l'impression de ne pas être taillé pour le job de soldat. Franchement, y a qu'à me regarder, je n'ai pas été l'arme la plus efficace qui soit au cours des combats. Prudencia et moi, on a eu cette discussion épuisante pendant qu'on se baladait sur la plage. Je m'en veux vraiment de l'avoir entraînée dans cette guerre, mais je suis content qu'elle soit là, surtout avec Brighton qui se renferme sur lui-même. Même si Prudencia n'est pas connue du public, les Verseurs de sang ont dû deviner son identité. Bien qu'elle n'en parle pas ouvertement, je pense qu'elle redoute que sa tante Maïa connaisse le même sort que maman. Maïa hait les lumimagiciens, et même si cela a lourdement pesé sur leur relation, Prudencia tient toujours à elle.

Des pas foulent le sable derrière moi, et je pivote sur moi-même de peur qu'un exécuteur ou un Verseur ne nous ait retrouvés. Je me tiens prêt à projeter mon feu comme si ma vie en dépendait, mais ce n'est que Brighton. Je ne suis pas certain qu'il ne soit pas venu me casser la gueule, cela dit. Il s'assied à côté de moi et lève le regard vers le Fantôme voilé. Il y a quelques jours à peine, il brillait sous le Rêveur couronné, prêt à devenir un spectre invincible.

— Putain de constellations, souffle-t-il.

Il est furax contre un phénomène qui n'aurait jamais dû le concerner. Ces constellations existent pour les célestes. Chaque catégorie de pouvoir est reliée à une constellation en particulier. Je suis loin d'être expert en la matière, mais quand j'étais petit, la constellation de la Silhouette à plumes s'est emparée du ciel et a amplifié tous les pouvoirs liés à la faculté de voler.

— Ce sont des forces qui peuvent s'avérer positives pour les célestes, dis-je, me rappelant le spectacle incroyable de cette nuit-là, où des milliers de célestes volaient à travers les airs.

— Mais pas pour des spectres comme nous, rétorque Brighton en frottant sa main gauche contre sa jambe pour se réchauffer, tandis que son bras empoisonné est à nouveau enrubanné dans un plâtre douillet. Des spectres comme toi. (Je pense qu'il mourra avant de comprendre à quel point il a de la chance de ne pas être un spectre.) Je n'aurais pas bu le sang de la Faucheuse si le gène de la lumimagie s'était activé en moi. C'est dommage que maman ne nous ait pas transmis les dons de voyance d'Abuelita ; j'en aurais fait bon usage.

Ce monde imaginaire a du potentiel.

— Tu aurais pu être cet inspecteur qui a des visions prémonitoires des crimes et qui les empêche de se réaliser, dis-je.

— On dirait le pitch d'une émission de télé. Tu serais probablement le héros qui se plaint d'être le héros pendant toute la série. Mais à la fin, tu serais reconnaissant d'avoir mené le combat et tu admettrais que ça a amélioré ta vie. Tu remportes la guerre et tu te tapes le mec.

Le Fantôme étoilé m'attire à lui, tandis que les vagues lèchent doucement le sable. En temps normal, leur roulement m'apaiserait, mais ce soir j'y suis insensible.

— Sauf que je peux pas me taper le mec s'il est mort, je réponds.

Clairement, il n'est plus question du show télé imaginé par Brighton. Notre vie n'est pas destinée à divertir le public. Enfin, ce n'est pas censé être le cas.

— C'est pas comme si tu l'aimais, rétorque Brighton.

Je frissonne.

— Ça m'empêche pas d'être attristé par sa mort. Ness comptait beaucoup pour moi et on avait confiance l'un en l'autre. Lors de l'attaque de Nova, je te cherchais partout, je ne savais pas que tu avais déjà filé avec Maribelle. Et Ness s'est fait passer pour moi, pour me permettre de gagner un peu de temps, au péril de sa vie. C'est là qu'on l'a capturé et…

Je m'arrête car j'ignore la suite de l'histoire. Je ne sais pas grand-chose de ce qui s'est passé avant non plus. Sa relation avec sa mère avant qu'elle ne soit assassinée ou avec son père jusqu'à ce que la soif du pouvoir le pousse à se servir de son fils pour répandre la haine. Je me demande s'il a déjà eu un petit copain ou s'il a toujours été célibataire, comme moi.

J'aimerais même connaître les détails de sa transformation en spectre.

— Il y a tellement de choses que je ne saurai jamais à propos de Ness.

Son histoire demeurera une énigme à mes yeux. Et je me questionnerai toujours sur ce qui aurait pu se produire entre nous si on s'était enfuis ensemble.

— J'éprouve la même chose à propos de Prudencia, avoue Brighton.

— On la connaît depuis quatre ans.

— Mais pas si bien que ça. Elle nous a caché qu'elle était une céleste. Qu'est-ce qu'on ignore d'autre ? Ça doit être beaucoup plus compliqué qu'on ne l'imagine. Pourquoi ses parents se sont-ils fait tuer par des exécuteurs ? Comment se déroulait sa vie chez Maïa ? Et est-ce qu'elle est sortie avec Dominic trucmuche parce que c'était aussi un céleste ? Était-il au courant pour elle ?

Le jour où Prudencia m'a révélé ses pouvoirs, elle m'a appris que son père était le seul céleste parmi ses deux parents ; en revanche, je n'ai aucune réponse aux questions que se pose Brighton.

— À quoi bon ? s'exclame Brighton. Je vais mourir et ce n'est pas comme si j'allais ressusciter.

— Peut-être que ce n'est pas toi le problème. Prudencia se confiera probablement à toi si ce n'est pas pour *Les Célestes de New York* mais si c'est plus personnel.

— C'est elle qui t'a dit ça ?

Je secoue la tête. Je n'ai jamais interrogé Prudencia sur ses sentiments pour Brighton. Elle était très discrète quand elle sortait avec Dominic aussi. J'ai toujours cru que c'était pour épargner Brighton, pourtant, quand je repense à tout ce qui s'est passé ce mois-ci, je me dis qu'elle est sans doute plus pudique qu'on ne le pensait.

— Brighton, parle-lui. Contrairement à Ness, Prudencia est en vie. S'il ne te reste que quelques mois à vivre, tu tiens vraiment à faire des cachotteries ?

— Tu as raison. (Je l'ai rarement entendu prononcer ces mots. Il porte le regard au ciel, contemple les étoiles.) Si cette constellation est censée représenter le changement, je devrais songer à en opérer quelques-uns.

Il brandit le poing gauche, et je crois d'abord qu'il a besoin d'aide pour se relever. En fait, il veut faire un check. Ça fait un bail qu'on n'a pas topé. Nos mains entrent en contact et on siffle. Enfin une vraie conversation qui ne s'achève pas dans les cris !

— Qu'est-ce que tu vas faire ? je demande en me levant.

— Je vais faire en sorte de ne pas avoir de regrets sur mon lit de mort, répond Brighton en se dirigeant vers le cottage.

Il me laisse seul avec le Fantôme voilé, et je reste encore un petit moment dehors. Si seulement j'avais moi aussi l'occasion de rectifier le tir avec Ness…

VINGT ET UN

FINALEMENT

Brighton

Je commence vraiment à prendre conscience du fait que la vie est courte.

En rentrant au cottage, les pensées défilent. Je ne posséderai jamais une maison que je serais fier de montrer à ma famille. Tout ce que j'ai toujours désiré – la célébrité, le pouvoir, la réussite, la famille – n'adviendra pas. J'ai fait des choix stupides et vaniteux et j'en paie maintenant le prix. Cependant, les conversations que j'ai eues dernièrement avec Ruth et Emil m'encouragent à prendre de meilleures décisions durant le peu de temps qu'il me reste à vivre.

Quand je suis sorti rejoindre Emil pour enterrer la hache de guerre, Prudencia était sous la douche. À présent, elle est introuvable. Je ressors et je finis par la découvrir dans le jardin, près de la cabane à outils, les jambes croisées, en lévitation. Les yeux fermés, elle tangue légèrement sans perdre l'équilibre. Elle m'a toujours paru super craquante quand elle se concentre. Du coup, quand on faisait nos devoirs, quand on fabriquait des écriteaux pour les manifs ou les quelques fois où elle m'a aidé à éditer mes vidéos, je lui glissais des coups d'œil en douce. Aujourd'hui, elle est épatante. Comme un poisson dans l'eau. Les cheveux humides et noués, elle est vêtue d'un tee-shirt de Ruth « Tous les corps sont beaux » qu'elle a rentré dans un pantalon de jogging. Et elle flotte dans les airs par la force d'un pouvoir qu'elle nous a caché pendant trop d'années.

Ça me met mal à l'aise de l'observer en silence, alors je murmure son prénom pour l'avertir de ma présence. De plus en plus fort, jusqu'à ce que, surprise, elle tombe par terre. Je me précipite auprès d'elle et, de ma main gauche, je l'aide à se relever.

— Désolé, je voulais pas te faire peur.

Prudencia reprend son souffle en se massant le coude.

— C'est pas grave.

— Tu veux de la glace ?

Je me retourne pour aller en chercher.

— Non, ça va aller. C'est pas une petite chute de rien du tout qui va me tuer. On a connu pire ces derniers temps. (Elle essuie ses mains pleines de terre sur son bas de jogging.) Qu'est-ce que tu fais là ?

— Je te cherchais. (Les secondes de silence qui suivent me pèsent trop ; je m'empresse de le briser.) Et toi ?

Prudencia désigne le Fantôme voilé.

— On n'a pas eu l'occasion d'apprécier le Rêveur couronné à son zénith ; du coup, j'en profite ce soir pour sentir les étoiles sur ma peau.

Je m'écarte et commence à m'éloigner.

— OK, je te fiche la paix.

Il faut que j'apprenne à respecter son espace vital.

Prudencia s'assied sur l'herbe et contemple la baie, devant elle.

— Je ferais bien une pause, dit-elle. (Je m'arrête sur ma lancée.) Rester en équilibre dans les airs, c'est plutôt éprouvant. Alors comme ça, tu me cherchais ?

— Je voulais juste discuter.

— De quoi ?

— De tout. De rien. De ce qui vient.

Elle tapote l'herbe à côté d'elle.

— Viens t'asseoir.

La dernière fois qu'on s'est installés ainsi en pleine nature, c'était pour mon anniversaire. J'avais organisé une réunion hyper décevante où ne s'était pointée qu'une dizaine de Brightsiders, les abonnés de ma chaîne, et j'étais rentré à la maison avec trop de produits. J'ai beaucoup plus de poids aujourd'hui sur les réseaux et je suis sûr que je pourrais rameuter des centaines de personnes. Mais cette obsession pour les étrangers a toujours été mon problème. Alors que j'ai une amie juste là, à mes côtés. Une amie qui aurait pu être plus si j'avais fait d'elle ma priorité.

— Je suis vraiment désolé. (J'ai tellement d'excuses à lui présenter que ça me submerge.) J'ai fait passer mon ego avant Emil et avant toi, mais c'était particulièrement injuste envers toi. Emil et moi, on s'est toujours tournés vers nos parents quand on s'engueulait, alors que tu étais toute seule avec ta tante, qui s'est mal comportée avec toi. Elle t'a empêchée d'être toi-même. J'ai pas toujours été à la hauteur. Résultat, tu n'as pas osé te confier à moi.

Prudencia enroule ses bras autour de ses genoux et hoche la tête.

— J'apprécie vraiment, Brighton. J'ai jamais eu l'intention d'emporter mon secret dans ma tombe, mais je n'assumais pas mes pouvoirs. Je me suis sentie très seule.

Je n'ose pas poser la question par peur de ce que la réponse déclenchera en moi, pourtant, c'est un passage obligé si je veux me rattraper et faire enfin passer ses besoins avant les miens.

— Tu avais Dominic, non? Un petit ami céleste qui te comprenait?

— Peut-être. Il aurait déjà fallu que je lui en parle.

— Pourquoi tu ne l'as pas fait?

— Je ne le sentais pas. C'était pas écrit dans les étoiles. Sa famille est très fière de ses pouvoirs. C'étaient presque des puristes. J'aimais beaucoup Dominic, mais il n'était pas question que j'abatte toutes mes cartes pour que les parents de mon petit copain m'apprécient.

— Tu méritais bien mieux que lui de toute façon.

— Tu lui en veux toujours de ne pas avoir voulu se faire interviewer pour *Les Célestes de New York*? demande Prudencia avec un sourire.

J'éclate de rire.

— Je dis seulement que s'il était si fier que ça d'être un céleste, il m'aurait laissé faire son portrait.

— Il était trop dans la compétition. Tu as toujours eu de meilleures notes et plus d'abonnés que lui. Je lui ai expliqué un tas de fois que c'était important pour toi de développer ta chaîne, que tu rêvais d'animer ta propre émission télé un jour, et que ça ne changeait rien pour lui, qui voulait devenir pilote. Pourtant il se méfiait de toi.

Bizarre de penser qu'un mec capable de se déplacer à travers les ombres ait pu être jaloux de moi.

— En tout cas, il a eu la chance de sortir avec toi. C'est un sacré veinard.

Sous le clair de lune, les joues de Prudencia rosissent. Mon cœur se serre. La constellation porte sur le changement, et j'espère qu'elle y est aussi encline que moi. Ses yeux étincellent comme des étoiles et, telle une cheffe d'orchestre, elle fait danser cailloux et branches tout autour de nous. Les mouvements sont très subtils. Certaines branches se brisent, et elle les rattrape avant qu'elles ne touchent le sol pour les ajouter à son courant télékinétique.

— Mamie n'était pas une céleste, mais papi, oui. Le premier dans notre famille en sept générations. C'est pour ça que notre télékinésie n'est pas très puissante à la base. Personne n'a pu lui apprendre comment développer ses pouvoirs, mais moi j'ai eu la chance de l'avoir. L'essentiel, c'est la concentration. (Prudencia agite les doigts avec plus de vigueur, comme si elle massait l'air en profondeur.) Pour suspendre un objet dans les airs, il faut rester concentrée. Il ne faut pas oublier une seule pierre ni une seule brindille. Il faut décider quelle impulsion donner à chacun. C'est encore plus compliqué quand tu te maintiens dans les airs aussi… (elle s'élève, moins haut qu'à mon arrivée, puis, peu à peu, je me sens décoller aussi en direction du ciel) et que tu soulèves d'autres personnes avec toi.

On est assis face à face dans les airs, cernés par la nature. Elle commence à transpirer et nous repose lentement à terre.

— Meilleur atterrissage cette fois, plaisante-t-elle.

— Merci de m'avoir confié tout ça. J'ai l'impression de te redécouvrir.

— Je te dirai tout ce que tu voudras savoir à condition que ça ne finisse pas dans *Les Célestes de New York*, réplique-t-elle avec un sourire espiègle même si je sais qu'elle est sérieuse.

Elle s'étend dans l'herbe et contemple le ciel.

Le temps m'est compté et bientôt, je ne la verrai plus ni sourire ni flotter. Je ne suis qu'un crétin. Un crétin qui se sera retrouvé deuxième même en trichant aux examens. J'ai consacré des heures de ma vie aux *Célestes de New York*, tout ça pour devenir la chaîne de référence à propos d'une communauté à laquelle je n'appartiens même pas – une communauté dont j'aurais pu faire partie si les pouvoirs de médium d'Abuelita s'étaient manifestés en moi. J'ai toujours rêvé de faire mon propre portrait : Brighton de New York. Mais ça ne se produira jamais.

Je m'approche d'elle et m'allonge à ses côtés. Le Fantôme voilé est un rappel gigantesque, étincelant. Sois le changement que tu vois.

— Tu sais que j'ai toujours désiré davantage que des likes et des vues, hein ? je demande, le cœur au bord des lèvres, posant ma main sur celle de Prudencia et la serrant. J'ai toujours eu des sentiments pour toi, Prue. J'ai même cassé avec Nina parce que tu étais plus qu'une amie à mes yeux. Mais, ensuite, tu t'es mise à fréquenter Dominic, et j'ai attendu, et ça m'a fait du mal. Et à présent qu'on est célibataires tous les deux, c'est le bordel. J'ai toujours eu l'impression qu'il y avait un truc entre nous et que le timing n'a jamais été au rendez-vous. Maintenant, vu que je risque de mourir, je me dis qu'il faut profiter de l'instant présent. Je suis désolé de t'avoir repoussée à Nova quand tu m'as demandé de te choisir. J'aurais dû rester et t'avouer que je t'aimais.

Prudencia demeure immobile. Si elle ne retire pas sa main, elle ne serre pas la mienne en retour non plus. Bêtement, j'ai tendance à penser que si elle a eu des sentiments pour moi, ils existeront toujours malgré toutes les atrocités que j'ai commises.

J'écarte ma main.

— Désolé. Tu as toujours été trop extraordinaire pour un mec comme moi. Je ne parle même pas de pouvoirs. (Je me relève.) Je te laisse tranquille. Profite de la constellation.

À chaque pas qui m'éloigne d'elle, je m'attends à ce qu'elle me rappelle. Elle ne le fait pas. Je jette un dernier coup d'œil par-dessus mon épaule : Prudencia est toujours étendue sur l'herbe, les yeux rivés au Fantôme voilé. Visiblement, elle ne veut pas que les choses changent entre nous et c'est comme ça.

Je rentre. Wesley est dans la cuisine. Il donne le biberon à Esther. Son catogan de hipster est dénoué et sa tignasse châtain dégringole sur sa nuque ; il a l'air épuisé. Il commente le fait que la constellation est sublime ce soir, mais je file direct dans ma chambre, éteins la lumière, et ferme la porte à double tour. Saloperies de constellations !

Saloperie de Fantôme voilé, qui m'a poussé à me ridiculiser.

Saloperie de Rêveur couronné, qui a signé mon arrêt de mort au lieu de me rendre immortel.

Dans mon lit, je me sens fébrile et nauséeux. Ma peau me démange. Je serais tellement plus fort si je n'avais pas déconné à tant de reprises dans ma vie : je me serais senti plus intelligent si j'avais été major de ma promo au lieu de deuxième, je me serais senti plus apprécié si mes soi-disant fans daignaient se pointer aux réunions que j'organise ; je me serais senti plus puissant si j'avais pu empêcher papa de mourir ou si j'étais en mesure de venger maman ou si le sang de la Faucheuse pouvait me protéger pour l'éternité ; j'aurais pu construire une histoire avec Prudencia si je ne m'étais pas focalisé sur *Les Célestes de New York* ; j'aurais pu vivre ma propre vie si je n'avais pas suivi Emil pour le sauver.

Finalement, je suis toujours le second rôle, jamais le héros.

Heureusement, mon désarroi ne sera que de courte durée.

Je saisis mon téléphone ; la luminosité de l'écran m'éblouit ; je vais dans les paramètres et la diminue. Sur Instagram, mon fil d'actualité est chargé de photos du Fantôme voilé. En légende, les gens postent des commentaires sur les changements qu'ils espèrent amorcer dans leur vie. On dirait les bonnes résolutions du Nouvel An. Ces images me filent la haine une fois de plus.

On frappe à ma porte et je hurle :

— Quoi ?!

— Je peux entrer ? demande Prudencia depuis le couloir.

— Ouais, dis-je avec réticence.

Les voilà, les excuses de circonstance. Genre : « Dommage que tu aies mis si longtemps à ouvrir les yeux. »

Elle essaie d'entrer, mais la porte est verrouillée. Une seconde plus tard, elle tourne la serrure depuis l'extérieur avec sa télékinésie. Elle pénètre dans la chambre plongée dans le noir ; la lumière de la constellation filtre à travers la fenêtre ; Prudencia grimpe sur le lit, se glisse contre moi et m'embrasse. Ça fait des années que j'attends ça, et ses lèvres sur les miennes sont plus savoureuses que tous les bisous sur les joues qu'elle a pu me faire en tant qu'amie. Ce n'est pas un baiser rapide non plus ; c'est un moment qui s'éternise. Ses mains me caressent partout et, à mon tour, j'explore son corps.

Dans son baiser, je sens sa tristesse de me voir partir.

Quand elle m'ôte mon tee-shirt et referme la porte à l'aide de son pouvoir, je perçois un autre message.

VINGT-DEUX
CHEVALIÈRE AURÉOLÉE

Maribelle

Grâce au Fantôme voilé, la traque porte enfin ses fruits. Les hôpitaux et les pharmacies ne m'ont apporté aucune piste. Certains alchimistes préféreraient brûler vifs plutôt que de trahir Luna. Heureusement, rien de tel qu'une constellation pour dénicher des infos. Car c'est dans ces moments-là que les gens ordinaires sont tentés d'acquérir des pouvoirs. Ce soir, ils se diviseront en deux catégories : ceux qui s'associeront avec les alchimistes pour devenir spectres, et ceux qui ne souhaitent pas réellement avoir des pouvoirs, et qui recherchent plutôt la sensation éphémère et imaginaire que cela procure.

J'ai repéré une jeune dealeuse de Breuvage à Alphabet City. Je la coince dans un parking et la plaque contre une camionnette noire. Mon globe de feu illumine son visage terrifié. Son client potentiel prend la poudre d'escampette. Je suis plus que ravie d'avoir gâché sa soirée – et empêché cette nana d'empocher son billet.

La dealeuse lâche le Breuvage. La fiole se brise par terre et le liquide doré qu'elle contenait ruisselle sous ma bottine.

— Pitié, ne me faites pas de mal.

La boule de feu tournoie autour de ma paume comme une planète en fusion.

— Où est Luna ?

— Qui ça ?

— Mes sources m'ont déjà rapporté que c'est Luna Marnette qui te fournit. (Je rapproche les flammes de son visage et la dealeuse se met à suer à grosses gouttes.) Dis-moi où elle est à moins que tu veuilles finir en tas de cendres.

Elle détourne ses yeux embués de larmes.

— Je vous dis la vérité ! Je sais même pas qui c'est, cette Luna ! Je me suis fait virer, et j'avais besoin d'un job, et mon cousin connaît quelqu'un qui connaît quelqu'un. Ça fait qu'une semaine que je fais ça, je vous jure !

— Qui est ton patron alors ?

— J'en sais rien. Je reçois un appel d'un numéro inconnu et on me dit à quelle heure récupérer mes fioles à la Tour Light Sky. C'est tout !

La Tour Light Sky. Luna étudiait à fond les astres pour élaborer sa prochaine stratégie. Résider dans l'immeuble le plus haut de la ville prend tout son sens.

Mes parents rêvaient de travailler avec des architectes pour construire des appartements et des écoles réservés aux célestes, des bâtiments plus élevés que la moyenne. Or le projet fut mal reçu. Les personnes ordinaires craignaient que les célestes, plus proches des étoiles, se gorgent de pouvoir et deviennent invincibles. C'est dire à quel point la phobie des lumimagiciens est forte ; on ne peut même pas vivre en hauteur sans être considérés comme une menace.

Je referme le poing et ma boule de feu s'éteint.

— Dégage.

Si je fais preuve de compassion à son égard, c'est en hommage à Atlas. Je me rappelle le soir où Ness s'était fait passer pour une acolyte dénommée Hope afin de nous convaincre de le ramener à Nova avec nous. Il nous avait livré un récit déchirant et Atlas avait voulu le consoler. Moi, j'étais prête à tourner les talons. Parfois, je me demande ce qu'il me trouvait. Surtout que, quand on a commencé à se fréquenter, j'étais une boule de haine assoiffée de vengeance. C'est encore pire aujourd'hui.

Je m'élance à pleine vitesse; mes ailes de feu s'animent et me transportent hors du parking et à travers Alphabet City. Les rues fourmillent de célestes qui célèbrent la nouvelle constellation. La Tour Light Sky se situe au cœur de Manhattan aussi, et sa façade étincelante se dresse au loin, un diamant au milieu des autres bâtiments. Je prends un risque considérable en m'y rendant seule, mais il ne faudrait pas laisser filer l'occasion. Luna pourrait déménager (si ce n'est pas déjà fait), et je serais de retour à la case départ. S'il y a une chance de venger Atlas et de sauver Eva et Carolina, je dois frapper vite.

Je parviens à la tour et me dirige droit sur le penthouse. S'ils n'y sont pas, je vérifierai les étages un à un en partant du toit, même si ça me prend toute la nuit. Je contourne l'immeuble pour échapper au radar des gardes qui patrouillent la terrasse sud. Ils ne reconnaîtront pas en moi la fille des soi-disant terroristes du Blackout, toutefois pas besoin de jumelles pour repérer une créature pourvue d'ailes jaunes. Je ne suis pas encore rodée au vol et ça me demande beaucoup d'énergie, mais je donne tout ce que j'ai en mémoire de papa, maman et Atlas. Les flammes autour de mes bras diminuent jusqu'à ce que je fournisse un dernier effort qui m'arrache un cri. Mes ailes reprennent de l'ampleur et j'atterris lourdement en roulant sur le toit, près d'un immense télescope.

Je balaie du regard les parages en reprenant mon souffle. Derrière les portes en verre, les lumières sont éteintes. Aucun signe de vie. À première vue, le penthouse est déserté – ni sécurité, ni acolytes, ni Verseurs. Je sors la dague de l'oubli du fourreau de fortune que j'ai improvisé dans mon gilet pare-pouvoirs, je brûle la poignée de la porte et je m'introduis dans le bâtiment. Les lumières se déclenchent aussitôt. Évidemment, cet endroit est équipé de capteurs de mouvements. Personne ne surgit pour me stopper.

Mon intuition ne me signale aucun danger. Cependant, je reste sur mes gardes ; je ne maîtrise pas encore très bien ce pouvoir. Si j'étais mieux informée sur les visions de Sera, je pourrais deviner comment contrôler les miennes.

Je n'ai pas encore eu le temps de réaliser pleinement ce que ça représente d'être la fille de Sera et Bautista. Tout ce que je sais, c'est que je suis devenue encore plus haïssable aux yeux du monde : non seulement papa et maman passent pour les auteurs du Blackout, mais mes parents biologiques ont fondé les Marcheurs du Ciel, qui ont très mauvaise presse. J'en ai bel et bien fini de vouloir sauver un monde qui salit la mémoire de mes proches. Je m'inclus désormais dans l'équation.

Ceux qui me laisseraient mourir ne méritent pas mon aide.

Ceux qui seraient à mes côtés méritent qu'on les venge.

J'avance dans le penthouse. La lumière des étoiles filtre à travers les baies vitrées. Dans la salle à manger, une longue table prévue pour une dizaine de personnes, mais aucune trace de vie récente. Des pots noirs en céramique reposent sur des étagères blanches. Au-dessus de la cheminée, le portrait d'une femme jaillissant de la gueule centrale d'une hydre à neuf têtes. Le lustre est la cerise sur le gâteau, un gâteau très coûteux.

Au bout d'un couloir, les chambres. L'une empeste la sueur et les égouts ; je découvre des morceaux de peau séchée sur la taie d'oreiller. Stanton était là. Je me précipite dans l'autre chambre dans l'espoir d'y trouver davantage de preuves du passage des Verseurs de sang dans cet appartement. Sur un bureau, je repère des coupures de journaux à propos du sénateur Iron.

C'est peut-être Ness qui surveille son père. Rien d'extraordinaire dans cette seconde pièce, à l'exception des gouttes de sang sur le carrelage de la salle de bains. Du sang rouge, et non pas gris comme celui de June. C'était peut-être la chambre de Dione.

Je pénètre dans la suite, la main sur la dague, prête à dégainer. Elle est immense. Le dressing est vide. Le lit est fait, mais un mouchoir taché de sang dépasse des draps. C'était forcément les appartements de Luna – un goût prononcé pour le luxe, alors même qu'elle meurt à petit feu, au milieu de son combat pour obtenir l'immortalité. Je frémis en l'imaginant qui force Eva à guérir ses blessures et à ralentir la progression de sa maladie, quoique Eva ne puisse soigner un rhume ordinaire. Or, s'il est une personne capable de trouver comment manipuler le sang d'une guérisseuse pour sauver sa peau, c'est bien l'alchimiste qui a inventé des potions en combinant l'essence de multiples créatures.

Je sors de la suite et longe le couloir quand un éclair déchire le ciel, à l'extérieur. Depuis que j'ai aperçu le phénix géant, il y a deux jours de ça, j'ai pris soin de consulter la météo chaque matin, et l'orage n'était pas au programme. L'oiseau a disparu du radar depuis l'autre soir, mais il a été aperçu par de nombreuses personnes, survolant la ville la nuit où j'étais sur le pont. Des tas de vidéos ont saturé les réseaux, toutefois personne ne sait où l'oiseau et sa cavalière se sont posés. Après avoir identifié le phénix, j'ai fait mes petites recherches. C'est un *cracheur d'éclair*, un oiseau aussi rapide que la lumière.

La foudre gronde, et un second éclair fend le ciel, révélant le phénix et sa cavalière.

Un sentiment de danger me parcourt le corps crescendo, à mesure qu'ils approchent.

La cavalière porte un masque avec un bec doré en métal, ce qui confirme mes doutes : elle appartient à l'ordre des Chevaliers auréolés, les protecteurs des phénix. Le *cracheur d'éclair* survole la terrasse, alors que sa cavalière presse son arbalète contre sa poitrine, bondit périlleusement sur le télescope et me vise. D'une roulade, j'esquive la flèche, qui traverse la fenêtre. La baie vitrée se brise dans une pluie de verre.

On est deux à pouvoir jouer à ce jeu.

Je projette une fléchette de feu dans sa direction, la forçant à lâcher son arbalète. Elle virevolte sur le télescope et atterrit dans une posture de défense. Elle porte une veste en cuir aux manches couvertes de plumes jaunes et des mitaines, le costume d'usage.

— Tu n'as pas le droit de posséder le feu sacré ! s'écrie la Chevalière auréolée d'une voix bouleversée.

À croire que je viens de tuer son précieux phénix sous ses yeux.

— J'ai hérité de mes pouvoirs…

Danger.

Une dague s'éjecte de sa manche et elle me la lance dessus. Je bouge juste à temps pour qu'elle évite de peu ma tête. La cavalière m'accule dans le penthouse et me coince les épaules avec ses genoux. Tandis qu'elle farfouille dans une petite poche dissimulée dans sa ceinture en cuir noir, j'en profite pour m'élever dans les airs, l'empoigner, et la faire tournoyer à lui en donner le tournis. Je la plaque brutalement par terre.

Je frappe dans le bec doré et je lui arrache son masque.

La Chevalière auréolée a le regard ardent, accentué par un fard à paupières sombre, un long nez qui se finit en bouton, les joues hâlées, rougies par la bagarre, des lèvres pleines et craquelées comme si elle les avait mordues, et une chevelure noire tressée en une couronne qui se défait.

Soudain, son pied s'abat sur mon dos et je roule de côté. On se relève et on fond l'une sur l'autre, dans une lutte qui s'apparente à une danse. D'une roulade, elle passe de l'autre côté de la table et projette une chaise dans ma direction. Je l'esquive. En un éclair, elle m'a rejointe. Quand j'esquisse un coup de pied en demi-lune, elle glisse sous ma jambe et m'adresse un uppercut que je bloque. Je lévite et la survole, mais à l'instant où j'atterris, elle me fauche d'une balayette et je tombe à la renverse.

Les Chevaliers auréolés sont des gardiens autoproclamés ; entraînés par leurs prédécesseurs, ils protègent les phénix contre les dangers humains – trafiquants, chasseurs, alchimistes. C'est la première fois que j'en affronte un.

Je me demande s'ils sont tous aussi surnaturels que celle-ci.

— Qu'est-ce que tu veux ? je demande, étendue sur le sol.

— Ton sang, Marcheuse du Ciel.

— J'ai déjà entendu cette phrase. Ça commence à devenir lassant.

Mes ailes jaune sombre me soulèvent du sol et je prépare un globe de feu, tandis que je plane au-dessus de la Chevalière.

Elle s'enfuit en courant et siffle son phénix.

— Crache !

L'oiseau éructe un éclair et je m'écarte vivement pour ne pas me faire perforer. L'éclair termine sa course dans la cheminée qu'il fend en deux, faisant trembler la pièce. Je valdingue à travers la salle et m'écrase contre le portrait de la femme à l'hydre. Ma vision se brouille, alors que la Chevalière auréolée s'accroupit devant moi et plante une aiguille dans mon bras.

— Fini le feu pour toi, dit-elle en agitant une petite fléchette devant mon visage. Tranquillisant anti-vol. On utilise le même pour endormir les phénix. Dans environ trois minutes, tu perdras connaissance.

Ça m'étonnerait que je ne sombre pas avant. J'aimerais la frapper, cependant mon cerveau ne parvient pas à établir la connexion avec mon poing.

— Mes parents ont été assassinés au musée des Créatures naturelles en protégeant un phénix séculaire nouveau-né, dit la Chevalière.

Le soir où Atlas a perdu la vie.

— Ce n'était pas moi. Les Chevaliers auréolés étaient déjà morts quand je suis arrivée avec les autres Marcheurs du Ciel. On a sauvé le phénix séculaire.

— Où est-elle ?

— Elle est morte entre-temps. Les Verseurs de sang l'ont tuée.

L'ascenseur sonne. Les chiffres indiquent qu'une personne monte depuis le seizième étage.

La Chevalière se lève.

— Ce sont eux ?

— Je ne sais pas, je ne suis pas voyante – enfin, c'est une longue histoire. (Je commence à délirer.) C'est soit les Verseurs, soit la sécurité, vu que ton animal de compagnie a pété un mur.

— Roxana n'est pas mon animal de compagnie.

Mon corps et mon esprit s'engourdissent peu à peu. Ce n'est pas le moment de s'enliser dans une discussion sur sa relation à son phénix.

— Emmène-moi loin d'ici. À mon réveil, je te dirai tout sur mes pouvoirs et je te ferai entrer en contact avec Emil Rey, qui était présent au moment de l'assassinat de tes parents.

— Pourquoi je te ferais confiance ?

— Moi aussi, je désire la mort des Verseurs de sang…

La Chevalière auréolée pose son regard sur l'ascenseur, puis sur Roxana. Elle me traîne alors sur la terrasse par les jambes. Le phénix se met à plat ventre et la Chevalière me pose sur sa tête qui sent l'eau de pluie. Des sortilèges retentissent à travers le penthouse, bientôt couverts par le bruit des battements d'ailes, de la foudre et de la pluie, tandis que le phénix nous entraîne loin du danger, à travers la ville. Et le néant m'engloutit.

VINGT-TROIS
ARGENT ET SAPHIR

Brighton

Je crève de chaud. La fièvre me tire d'un rêve où Prudencia me porte dans le ciel grâce à sa télékinésie et m'embrasse, avec la lune en toile de fond.

La tête de Prudencia est nichée contre mon épaule gauche, alors que mon bras écailleux brûle comme s'il était coincé dans un four. La chaleur se diffuse à travers mon corps, et j'ai beau vouloir garder Prudencia tout contre moi, je m'écarte doucement d'elle. J'évite le préservatif usagé qui traîne par terre et j'enfile mon boxer pour aller me chercher un verre d'eau glacée qui m'aidera à avaler le médicament qui fera redescendre ma température. Je m'écroule à genoux en hurlant et Prudencia se lève d'un bond, vêtue du soutif et de la culotte qu'elle a remis après qu'on a fait l'amour.

— Brighton, qu'est-ce qui ne va pas ? s'inquiète-t-elle en me caressant.

Le contact de sa peau m'embrase davantage encore.

Je tressaille.

— Il fait chaud, j'ai tellement chaud… AHHHH !

C'est la fournaise autour de mon cœur. Le poison me ronge.

Emil jaillit dans la chambre, les yeux encore ensommeillés.

Je brandis mon bras tremblant et je respire avec tant de peine que j'ai presque envie de faire de l'apnée.

— On y est, frangin… je meurs.

Un nouveau cri m'échappe et j'écrase mon poing gauche contre le plancher pour combattre la douleur. C'est une bataille perdue d'avance. Je serre les mâchoires à m'en péter les dents. Il ne manquerait plus qu'elles glissent dans mon œsophage et m'étouffent avant que le poison ait eu le temps de m'achever.

— Ça va aller, ment Prudencia, les joues ruisselant de larmes.

Wesley, Ruth et Iris se massent sur le pas de la porte, tandis qu'Esther pleure à l'autre bout du couloir.

Emil me serre contre lui.

— Je t'aime, Brighton.

La chaleur augmente d'un coup et je repousse Emil, sentant un truc sur le point d'exploser en moi. Mon bras écailleux rougeoie comme des braises ardentes ; je prie pour qu'on abrège mes souffrances. Ma vision s'embrume quelques instants ; quand elle redevient nette, je n'en crois pas mes yeux.

Mon bras scintille de flammes argent et saphir.

Pendant un dixième de seconde, je me convaincs presque que le sang de la Faucheuse opère enfin sa magie. Mais le feu me calcine alors la chair et les os. Une flaque de sang se forme autour de mes genoux. Je dois avoir l'air d'un personnage dans un film d'horreur grotesque. Les flammes surgissent, me cernent et me consument tout entier. D'ici quelques instants, je ne serai plus qu'une pile de cendres. Mon épaule se crispe, mon poing s'extirpe du brasier et le reste de mon bras s'étire.

Les flammes argent et saphir se dispersent soudain, sauf autour de mon bras flambant neuf.

— Ça a marché ! Le sang de la Faucheuse a marché !

Je pars d'un éclat de rire, le visage ravagé par la sueur et les larmes. Le feu du phénix s'éteint peu à peu, révélant ma main reconstituée. Mais personne ne rit ni n'exprime sa joie autour de moi. Tous sont stupéfaits ; or, ce qui me frappe le plus, c'est l'horreur que je lis dans l'expression de Prudencia et la terreur sur le visage d'Emil.

— Quoi ? je demande.

J'inspecte mon corps pour voir si j'ai raté un truc important. Mais le spectacle que je constate est épatant.

— Comment tu te sens ? me questionne Emil.

Ma température baisse. J'ai le bras endolori et raidi, j'y remédie vite, pliant les doigts et étirant les muscles.

— Heureux, dis-je avec un sourire.

Un sourire aussi large que celui que j'ai affiché quand Prudencia et moi on s'est arrêtés pour reprendre notre souffle pendant qu'on faisait l'amour – un sourire qui était comme enfoui dans mon visage pendant des années et qu'on vient de libérer.

Je rêve de posséder des pouvoirs depuis ma plus tendre enfance ; contrairement à Emil, je n'ai jamais abandonné ce rêve. J'ai cru que le sang de la Faucheuse allait m'ôter la vie. En fin de compte, il l'a infiniment améliorée.

— Je repars de zéro avec des pouvoirs. C'est tout ce que j'ai toujours désiré – presque tout. Seules deux des trois essences se sont manifestées jusque-là, mais faut pas que je sois trop gourmand. C'est un bon début !

Excité comme une puce, je fais des petits sauts sur place en crispant et décrispant mon nouveau poing, quasi identique à l'ancien, moins les coupures que j'ai récoltées depuis un mois à force de me battre contre les spectres et les acolytes. Je remarque une cicatrice blanche le long de mon bras, où le feu s'est propagé, et je la trace du bout des doigts. L'essence d'hydre a tué mon père mais elle m'a sauvé.

Avec ces nouveaux pouvoirs, je suis assez fort pour sauver le monde.

— Je veux commencer l'entraînement, dis-je en me dirigeant vers la porte.

— Tu devrais d'abord enfiler des vêtements, fait remarquer Wesley.

Je suis toujours en boxer. Je m'en fous. Ils viennent tous d'assister à un miracle.

— Calme-toi, me conseille Prudencia. Il est trois heures du matin et il y a quelques minutes à peine, tu étais en feu.

— Mais ça ne fait plus mal. Emil, ça a été aussi douloureux pour toi ?

Mon frère secoue la tête.

— Non. Mon feu ne m'a jamais fait aussi mal. Prue a raison ; allons-y mollo. Les phénix *séculaires* sont différents des *astres gris.* J'ai entendu les cris de guerre d'Aurora ; elle était belliqueuse. On ignore ce que ça va donner chez toi.

Super, dorénavant, on mettra toutes mes réactions sur le compte du caractère du phénix. Je songe à maman. Le temps presse. S'il y a une chance qu'elle soit encore en vie, il n'y a pas une seconde à perdre. Nous devons la sauver.

Je suis pris de tournis. La sensation est nouvelle. Rien à voir avec les effets secondaires du sang de la Faucheuse qui ont jusque-là affecté mon système. Puis je me rappelle ce qui est arrivé à Emil et Maribelle peu après avoir employé le feu du phénix pour la première fois.

— Je vais m'évanouir.

Je tente d'atteindre le lit pour ne pas tomber par terre et me propulse soudain en avant à une telle vitesse que je roule par-dessus le matelas et m'écrase dans le bureau près de la fenêtre. Prudencia me masse l'arrière du crâne et m'aide à m'allonger sur le lit.

— J'ai piqué un sprint ? Je l'ai même pas fait exprès !

Ça y est, les pouvoirs s'animent tous. Ça se passe vraiment. La fatigue s'empare de moi et je me sens partir. Je pose la tête sur l'oreiller, déjà excité à l'idée de ce qui m'attendra à mon réveil. Visiblement, personne dans la chambre ne partage mon enthousiasme.

On dirait qu'ils préféreraient tous que je sois mort plutôt que vivant avec des pouvoirs.

VINGT-QUATRE
SAUVEUR DE L'INFINI

Brighton

Ce n'était pas un rêve.

Je me redresse dans mon lit; la mince cicatrice blanche qui court sur mon biceps prouve que je n'ai rien inventé. Mes pouvoirs se sont manifestés. L'épreuve cruelle de cette nuit n'était pas un cauchemar. Je ne sais pas ce qui les a déclenchés au final – l'apparition du Fantôme voilé? l'expérience de la mort imminente? le fait de faire l'amour avec quelqu'un qui me donne envie de vivre? le temps? –, mais je ne remets pas cette victoire en question. Pour immortaliser cette matinée historique, je prends un selfie avec mon téléphone. Je ne le mets pas tout de suite en ligne. Le timing est essentiel dans la gestion des réseaux sociaux, et je me vois déjà tourner un film, *Le Brighton de New York*, qui exposera au monde entier les modestes débuts de ma quête : devenir le spectre le plus puissant au monde.

Prudencia s'est déjà levée; je m'habille pour aller la rejoindre.

Aujourd'hui, l'odeur du petit déjeuner ne m'écœure pas. Dans la cuisine, Wesley étale du beurre de cacahuète et de la confiture sur des bagels pour accompagner une galette de pommes de terre toute chaude. Sur la table, un pichet de jus d'oranges fraîchement pressées et une salade à base de melon et de kiwi.

— Salut, Super Spectre, me lance-t-il avant de reporter son attention sur les biberons vides qui bouillent dans la casserole. Tu as bien dormi ?

— Mon corps était en surchauffe à cause du feu du phénix, et je me suis évanoui. Je ne sais pas si ça compte comme pour du sommeil.

— Sommeil ou pas, tu en as eu plus que nous. Esther n'a pas arrêté de pleurer. J'ai dû l'emmener faire un tour.

— Excellente transition ! Je sais que la vitesse éclair ne fonctionne pas pareil chez les spectres et chez les célestes. Mais ça te dérangerait pas de me donner quelques tuyaux un peu plus tard ? Il faut que j'apprenne à contrôler mes nouvelles facultés.

Wesley finit de dresser une assiette, puis attrape un des biberons stérilisés.

— Si j'accepte, c'est seulement pour que tu puisses emmener Esther faire un tour la prochaine fois que tu la réveilles. Emil se promène sur la plage, si tu veux lui apporter son petit-déj. Et tu ferais bien d'avaler quelque chose. Tu vas avoir besoin d'énergie avec toutes les courses effrénées qui t'attendent.

Il retourne dans sa chambre et je perçois un mouvement sur le canapé. Prudencia dort, vêtue de son tee-shirt « Tous les corps sont beaux », sa chevelure déployée sur le coussin. Pourquoi n'est-elle pas restée au lit avec moi ? Est-ce qu'elle a veillé toute la nuit avec Emil, pour parler de moi ? Je ne vais pas l'embêter maintenant, mais il faudra que je lui pose la question, entre autres. Elle ne m'a pas expliqué pourquoi elle m'a rejoint dans ma chambre hier soir. On aurait pu en discuter après avoir couché ensemble, mais elle s'est empressée de remettre ses sous-vêtements, puis je l'ai prise dans mes bras et on s'est endormis.

Je prépare deux assiettes, les dispose sur un plateau et me dirige sur la plage. En temps normal, je me serais plaint de la chaleur du soleil, mais ce n'est rien en comparaison du feu du phénix qui m'a consumé il y a quelques heures à peine. Emil se tient debout dans l'eau, et les vagues s'écrasent contre son jean slim. Le grondement de l'océan et du vent couvre ma voix et je l'appelle trois fois avant qu'il se retourne.

Ruisselant, il s'approche de moi.

— Comment ça va ?

Je pose le plateau sur le sable et lui tends son assiette contenant un bagel et un fruit.

— Je me sens prêt à faire bon usage de ma nouvelle vie ! Il faut que j'apprenne à maîtriser mes pouvoirs, et le plus tôt sera le mieux. Comme ça on pourra s'attaquer aux Verseurs de sang. (J'ai un regain de foi envers les astres et je prie les étoiles pour que maman n'ait pas été tuée par ma faute. D'autant que j'ai été horrible avec elle au téléphone, la dernière fois.) Peut-être qu'on pourra sauver notre mère.

Emil, qui s'apprêtait à piocher dans son assiette, s'arrête net, comme s'il avait perdu l'appétit. C'est terrible de ne pas connaître le sort de maman, et je m'attends au pire, mais on ne peut pas baisser les bras avant d'en avoir le cœur net. Je refuse de m'apitoyer ; ça ferait de moi une chiffe molle, comme à la mort de papa. Et surtout pas maintenant, alors que je suis plus fort et plus puissant que jamais – et que quiconque !

— Ça me rend fou de ne pas savoir ce qu'elle est devenue, répond Emil. Mais il ne faut pas se précipiter. Mes pouvoirs ne marchent pas et les tiens sont tout nouveaux. S'il est arrivé malheur à maman, alors…

— Alors on se venge.

Emil lâche un profond soupir.

— En les envoyant dans les Limites, hein ? Tu as besoin de moi pour te guider avec tes pouvoirs de phénix, mais je refuse de t'aider si c'est pour que tu deviennes un assassin.

Il est à côté de la plaque, toutefois je me mords la langue. Emil a l'air d'oublier que l'apprentissage et l'assimilation de nouvelles connaissances, ça a toujours était plus facile pour moi que pour lui. Et puis je le filmais pendant ses séances d'entraînement avec Atlas, qui lui a appris comment invoquer son feu. Si je le veux, je peux me débrouiller tout seul. Néanmoins je n'en ai pas envie.

— Mon rêve, ça a toujours été de sauver le monde avec toi – les Reys de Lumière ! Les Verseurs de sang ne feront pas le poids contre nous. On sera… Comment je t'ai baptisé quand on te cherchait un surnom de héros ? Euh… Les Rois Invincibles ! Quoique… pour l'image de marque, Rois de l'infini, ce serait mieux. Tu es le Fils de l'infini et moi je serai… (Étant donné la nature de la potion que j'ai ingurgitée, il n'y a qu'un nom qui me paraisse adapté : Faucheur de l'infini. Mais je ne possède pas le pouvoir de fantôme, et Emil ne veut pas que je tue. J'oublie donc ce surnom.) Je suis le Sauveur de l'infini !

On se fait un check en sifflant, mais il montre si peu d'enthousiasme que j'ai du mal à contenir ma frustration.

— Je sais que ma deuxième chance n'est pas aussi impressionnante que ta renaissance dans le feu du phénix, mais je suis en vie, frangin ! Et je croyais que mon frère serait heureux pour moi.

— Détends-toi, Brighton. Tu sais bien que c'est le cas. Mais ça veut pas dire que je suis hyper content de la voie que tu empruntes. Y a plus important que notre image de marque pour le moment. Trouver la potion qui neutralise les pouvoirs, par exemple. (Il me scrute comme si c'était la première fois de sa vie qu'il me voyait.) Si par quelque miracle, on arrive à la concocter, j'ai peur que tu ne la boives pas. J'ai peur de la personne que tu vas devenir.

Même si techniquement, ce n'est plus mon jumeau, on a grandi ensemble. Je peux tout lui dire, mais les mots qui font le plus mal, c'est ceux qu'on n'a jamais échangés : il a peur de moi.

— Je ne vais pas te mentir, frangin. J'ai pas du tout envie de me débarrasser de ces pouvoirs. J'ai attendu ce moment toute ma vie. Ça ne veut pas dire que je comprendrai les inconvénients de la lumimagie avant d'en avoir fait l'expérience. Ce qui ne risque pas d'arriver si tu me traites comme un accro à la magie.

— Tu as risqué ta peau pour obtenir une combinaison de pouvoirs extrêmement dangereux, argumente Emil.

— Pour survivre et combattre les terroristes qui sèment le chaos dans notre ville. C'est pas un choix que tu aurais fait, je le sais, mais je te jure de tout faire pour mériter ta confiance. Toi et moi, on forme une équipe. Alors, on peut arrêter de se disputer et se prendre dans les bras à la place ?

Je me mets debout et lui tends la main pour qu'il se lève à son tour. Notre étreinte me rappelle le *Pride Month*, en juin dernier. Papa manquait beaucoup à Emil. L'année d'avant, nos parents nous avaient proposé de nous accompagner à la parade, mais c'était encore tout récent pour Emil, et il n'avait pas très envie d'être au centre de l'attention. Du coup, Prudencia et moi, on y est allés avec lui. Il avait dit à papa et maman qu'ils pourraient se joindre à nous la fois suivante ; et cette année, à la Gay Pride, papa n'était plus là et Emil s'en est voulu de l'avoir repoussé de son vivant. Je l'ai serré dans mes bas comme papa l'aurait fait. Les câlins réconfortants, c'était un peu son superpouvoir à lui.

Pourvu qu'Emil se détende un peu avec moi. Ça fait un bout de temps que je lui mène la vie dure, et il va falloir plus qu'une discussion sur la plage pour rafistoler notre relation. Il y a peu de temps encore, j'étais quand même prêt à filer à l'autre bout du pays pour échapper à mon frère. Mais je suis sûr qu'à compter de maintenant, notre lien sera plus fort.

Je lui file une tape affectueuse dans le dos.

— On fait la paix ?

— Donne-nous un peu de temps, répond Emil. Ça va aller. (Il indique le cottage d'un signe de tête. Prudencia se dirige vers nous.) Vous vous êtes rabibochés ?

— Je l'espère. Elle t'a parlé de cette nuit ?

— Disons que j'avais compris, mais on n'a pas abordé le sujet.

Ça ne me dérangerait pas que Prudencia se confie à Emil. Ce qui m'importe surtout, c'est de savoir où on en est, elle et moi.

— Bonjour, lance-t-elle à la cantonade.

J'aimerais me pencher pour l'embrasser, mais ça ferait bizarre.

Le trio qu'on forme et l'énergie qui s'en dégage me perturbe. Tout a changé, et tout change encore. Je suis un spectre. Prudencia et moi, on s'est embrassés et on a couché ensemble, après plusieurs années sans que rien ne se passe. Emil a peut-être le sentiment de tenir la chandelle ?… Comme Prudencia a pu avoir l'impression d'être la cinquième roue du carrosse, et moi aussi. Reste à savoir ce qu'on représente l'un pour l'autre aujourd'hui.

— Tu as bien dormi ? je demande.

— Par intermittence, répond-elle en jetant un coup d'œil à Emil, qui relève le sous-entendu.

— Je vais entamer des recherches sur tes pouvoirs, déclare Emil.

— Et si on commençait l'entraînement cet après-midi ? je propose.

On se fait un check en sifflant, et même si ça sonne un peu faux, c'est déjà mieux qu'avant. On progresse.

— Vous avez dû bien parler tous les deux, commente Prudencia. Je ne sais pas ce qui me surprend le plus : votre câlin ou le fait qu'Emil accepte de t'entraîner.

— On doit réapprendre à se faire confiance, et on y travaille. J'aimerais faire pareil avec toi, Prue. Je ne vais pas tourner autour du pot. Est-ce que tu as des sentiments pour moi ? Ou est-ce que tu as couché avec moi parce que j'étais mourant ?

La brise s'engouffre dans sa chevelure et la rejette en arrière ; elle baisse les yeux sur le sable.

— J'avais envie d'être avec toi, c'est tout. J'ai baissé ma garde parce que tu m'as montré une facette de toi qui m'a rassurée. Mais je me demande si je vais compter autant à tes yeux, maintenant que tu es un spectre.

— Prue, je ne choisis pas mes pouvoirs à ton détriment. On peut se battre pour avoir les deux, comme Iris et Eva, Maribelle et Atlas, Wesley et Ruth.

— Je n'ai pas envie d'être un de ces couples avec des pouvoirs, Brighton, rétorque Prudencia. Je veux être une personne à part entière, et je ne veux pas qu'on me haïsse pour ce que je suis.

— Et moi, je veux améliorer le monde pour toi ! (Je repense aux paroles d'Emil et je remarque la même inquiétude sur le visage de Prudencia.) Ne me crains pas. Fais-moi confiance.

Je lui prends la main et à mon grand soulagement, elle la serre fort. Elle se penche vers moi et je me tiens prêt à l'embrasser à pleine bouche, mais elle pose un baiser sur ma joue.

— Tu es à l'essai, Brighton Miguel Rey. Je te catapulterai à l'autre bout du monde avec ma télékinésie si tu romps tes promesses.

— Pas la peine, Prudencia Yolanda Mendez. (Je plonge mon regard dans ses yeux chocolat et elle repart vers le cottage, un grand sourire aux lèvres.) Hé Prue ! Tu veux m'aider à devenir le spectre le plus puissant de l'univers et le compte le plus populaire d'Instagram ?

Les bras le long des flancs, Prudencia agite les doigts, et l'équivalent d'un seau de sable s'abat bientôt sur moi. Dans un éclat de rire, elle s'enfuit en courant et je la pourchasse, impatient d'apprendre à me déplacer à une vitesse vertigineuse pour pouvoir partager avec elle plus de moments ordinaires, rendus extraordinaires du fait de notre nature.

Je suis finalement en voie d'obtenir tout ce que j'ai toujours désiré.

VINGT-CINQ
ENTRAÎNEMENT : ÉDITION BRIGHTON

Brighton

Si notre vie avait été une émission de télé, Emil aurait été le héros de la saison un et moi celui de la saison deux. Les téléspectateurs se seraient rappelé que j'avais soutenu mon frère pendant son entraînement et que j'avais assuré ses arrières durant toutes les batailles. Mais ils auraient été plus enthousiastes pour moi, sachant que j'ai toujours désiré avoir des pouvoirs, contrairement à Emil. Notre show – *Les Rois de l'infini* ou *Le Cycle de l'infini* – aurait mis du temps à démarrer parce que, il faut l'avouer, Emil n'est pas le plus exaltant des héros. Heureusement, juste au moment où l'audience, effondrée, s'apprête à me dire adieu, j'en ressors plus fort que jamais. Eh oui ! Je suis le grand favori qui va faire avancer la série.

J'embrasse mon nouveau statut de vedette.

Je soulève mon téléphone et l'oriente de manière à trouver l'angle parfait pour un selfie. Je veille à ne rien laisser apparaître du décor, pour ne pas révéler notre localisation, toutefois les rayons qui filtrent à travers la fenêtre m'éclairent trop crûment le visage. Juste quand je pense avoir trouvé le bon angle, on m'arrache mon portable des mains. L'espace d'un instant, je flippe que ma main régénérée échappe à mon contrôle et agisse de son propre chef; mais mon téléphone s'envole derrière moi et atterrit dans la paume de Prudencia.

Ses yeux cessent de briller et elle pose l'appareil par terre, à l'endroit où elle s'est installée avec un bloc-notes.

— La prochaine fois, il finit direct dans la cheminée.

— Il en est encore temps, renchérit Emil qui rédige un truc sur l'ordinateur de Ruth.

Je m'affale sur le canapé.

— Je suis surexcité ! C'est énorme, ce qui m'arrive; j'ai envie d'immortaliser ce moment !

Au fil des ans, j'ai pris en photo tous les événements importants : Emil et moi, le jour de notre seizième anniversaire, qu'on a passé à jouer à nos nouveaux jeux vidéo pendant que nos parents nous chouchoutaient; les minutes qui ont précédé mon premier rencard avec Nina et le baiser qu'elle a planté sur ma joue en partant de la pizzeria; l'instant où j'ai atteint les dix mille followers sur YouTube; les secondes juste avant mon entrée en scène lors de la remise de diplôme où je devais prononcer un discours. La photo qui me hante le plus, c'est celle que j'ai prise le matin des funérailles de papa, quand je ne voulais pas me lever. Mais c'est aussi la plus importante. Avant d'être spectre, le plus grand tournant dans ma vie s'est produit au retour de l'enterrement, lorsque je suis devenu l'homme de la maison.

— Brighton, il faut qu'on avance dans nos recherches pour comprendre la complexité de tes pouvoirs.

— Raison de plus pour tout archiver.

— Donc ce n'est pas pour ta série ?

À son ton, je sens qu'il me reproche de dissimuler mes véritables intentions. Je ne suis pas sournois.

— Certaines de ces photos, si. J'ai bien publié des photos de toi sur mes comptes; alors on va faire pareil pour moi. Il faut que le monde sache qu'un nouveau héros se bat à ses côtés.

(Je vois dans son regard qu'il pense que je fais ça uniquement dans un but égoïste.) On devrait faire un tchat en direct, histoire de présenter officiellement les Reys de Lumière et montrer de quel bois on se chauffe. (Il semble sur le point de me contredire, aussi je m'empresse d'ajouter :) La confiance, ça marche à double sens, frangin.

Emil hoche la tête.

— Tu as raison. Mais on ferait mieux de se renseigner sur tes pouvoirs avant de programmer une grande révélation en live.

— Je partage son avis, intervient Prudencia.

— Moi aussi, dis-je. On est tous d'accord.

On se répartit les tâches pour être plus efficaces. Emil se charge d'effectuer les recherches sur les phénix, Prudencia gère les fantômes, et moi les hydres. Ça me démange de récupérer mon téléphone et de prendre un selfie pour balancer un teaser sur les réseaux. Mais je réussis à me concentrer pendant une heure d'affilée. Ça me rappelle mon groupe d'études avant les examens de fin d'année. Sauf que, cette fois, on sera notés sur notre capacité à sauver le monde sans causer plus de dégâts.

Emil finit sa salade de tofu et partage les infos qu'il a réunies sur les phénix *séculaires*, à commencer par leur rareté (ils ne se reproduisent qu'une seule fois par siècle). OK, ce n'est pas un scoop. Il n'a trouvé aucune trace écrite attestant l'existence d'un spectre qui posséderait le pouvoir de cette espèce, ce qui ferait de moi un cas unique. Mais, au final, le problème avec les spectres phénix, c'est que personne n'a jamais ressuscité sous sa propre identité. Emil, pour sa part, n'a aucun souvenir de sa vie antérieure. D'après Luna, le sang de la Faucheuse corrigerait ces pouvoirs, grâce à la pureté des créatures utilisées pour la potion et à la présence du Rêveur couronné qui amplifierait la lumimagie ; mais ça reste encore à prouver.

— J'ai trouvé ça sur le site web des Chevaliers auréolés : « Les phénix séculaires sont des combattants agités et belliqueux à l'instinct de survie féroce ; ils tueront tous ceux qui menacent leur existence, car ils ne veulent pas disparaître du monde pendant cent ans. » C'est… (Emil passe sa main dans sa tignasse et son regard s'embue.) Je me rappelle les cris d'Aurora à son éclosion. Elle était prête à se battre, je l'ai senti, mais j'ai du mal à croire qu'elle serait devenue une tueuse.

— Ils sont différents dans la nature, dis-je.

Prudencia écrit dans le journal de Bautista.

— Ce qui m'inquiète, c'est de savoir si tes pouvoirs affecteront ton caractère. On va surveiller ton comportement, mais il faudra nous dire si tu te sens…

— D'humeur tueuse ? (Je mime un égorgement. Emil secoue la tête et Prudencia détourne le regard.) C'est bon, je rigole !

Ils me répondent par un silence. Ils me traitent déjà comme si j'avais zigouillé une ville tout entière. Je vais leur prouver à tous qu'ils se trompent. Je suis le héros qu'il faut pour mener ce combat !

Prudencia manque de balancer son téléphone par terre, frustrée par l'absence d'informations sur les spectres au sang de fantôme ; ses recherches ne donnent rien même dans les recoins les plus tabous d'Internet. Jusqu'au mois dernier, on ignorait l'existence de ces spectres ; et le reste du monde n'est pas plus au courant que nous. Les seuls indices que Prudencia déniche, ce sont les récits de gens se disant hantés, ce qui ne nous avance pas à grand-chose. Dommage que je ne puisse pas invoquer Orton, qui est mort, consumé par ses propres flammes de phénix, ou proposer à June une interview exclusive « Spectre fantôme de New York » pour ma chaîne.

L'Association mondiale des hydres possède une mine d'infos sur ces créatures ; j'aurais dû consulter direct leur site au lieu de lire des articles au hasard. Je tombe sur la vidéo d'une hydre à pelage doré qui court sur une plage en piquant des sprints étourdissants (que Wesley est censé m'apprendre à maîtriser plus tard). Elle traverse ensuite une palmeraie et se fond parfaitement dans le décor. L'expert explique ce qui s'est produit, et ça me rend dingue.

— Les pelages dorés vivent sur les plages tropicales ! je m'exclame, interrompant Emil qui essaie de nous décrire le régime des phénix séculaires. Elles peuvent se camoufler en prenant l'apparence du sable, des arbres ou de l'océan. C'est un pouvoir auquel je m'attendais pas !

— Ce camouflage ne fonctionne qu'en milieu naturel ? demande Prudencia.

— J'en sais rien. De toute façon, les pouvoirs fonctionnent différemment pour les créatures et les humains. J'ai rien lu qui parle de pelages dorés capables de faire repousser leurs membres, seulement leur tête. Et pourtant, j'ai récupéré mon bras, dis-je en admirant le travail. Puisque je ne peux pas traverser les murs sans le pouvoir des fantômes, peut-être que je pourrai épier les Verseurs de sang grâce à ce nouveau pouvoir.

— Peut-être, réplique Emil.

Eh oui ! Emil n'est plus le seul héros sur la place et il va devoir s'y faire.

Sachant ce que je sais désormais sur le camouflage, je me félicite encore une fois d'avoir empêché Luna de boire le sang de la Faucheuse. C'était héroïque de ma part. Elle serait devenue plus qu'invincible. Ç'aurait été une véritable machine à tuer. Je l'imagine s'introduisant ni vu ni connu dans les foyers de ses ennemis, se camouflant pour réunir des infos, puis les brûlant vifs avant de s'en aller. Une combinaison de pouvoirs qui l'aurait rendue encore plus dangereuse.

Une fois que j'ai fini de me renseigner sur les pelages dorés, je farfouille sur le site et trouve des liens sur les spectres hydres recensés. Dione figure sur la liste avec une photo d'elle prise par une caméra de surveillance. Le sang qu'elle a bu vient d'un *tueur des collines*, une espèce qui vit dans les bois et multiplie ses têtes en quelques minutes. Je passe ensuite au profil d'un homme, Lucas Samford, qui possède le sang d'une hydre pierre. Celles-ci sont très dures à décapiter en raison de leur carapace en granit. Mais une fois vaincues, il leur faut plusieurs semaines pour faire pousser une nouvelle tête. Les exécuteurs ont mis des heures à décapiter Lucas et à brûler son corps avec du feu de phénix.

Je feuillette quelques pages avant de tomber sur l'histoire d'un spectre qui se faisait surnommer la Bête de sang. Il appartenait à la première vague de Verseurs de sang, à l'époque où Bautista passait pour un héros parce qu'il combattait les spectres. La Bête de sang possédait de l'essence d'hydre étrangleuse, l'espèce la plus cruelle qui soit, et durant les trois mois où il a exercé ses pouvoirs, le spectre laissa un nombre incalculable de cadavres dans son sillage. Un acolyte anonyme qui avait mis la main sur le journal de Luna, tenta d'accaparer les pouvoirs de l'hydre étrangleuse. Mais la Bête de sang suivait un régime très exigeant, comme manger de la viande crue avariée à chaque repas, et l'acolyte finit par renoncer à son rêve de devenir spectre ; il publia ses conclusions en ligne pour encourager d'autres à faire de même.

La Bête de sang ne vécut pas longtemps. Il existe une vidéo de sa mort, accompagnée d'un avertissement pour les personnes sensibles. J'enfile mes écouteurs et j'appuie sur *Play*. C'est gore. La Bête de sang court dans tous les sens ; elle arbore six jambes, six bras, et trois têtes. Elle annihile les exécuteurs mal entraînés et en infériorité numérique. Mais, à l'instar d'Orton qui a fini calciné, la Bête de sang a dû trop en demander à son corps. Ses membres tombent les uns après les autres jusqu'à ce qu'il ne reste plus que son tronc. On dirait une poupée désarticulée grandeur nature.

Est-ce que je risque de mourir moi aussi, si je pousse trop ?

Un courant d'air me frôle et Wesley me tapote l'épaule. Je sursaute.

— Tu regardes quoi ?

Je rabats le clapet de l'ordinateur.

— Euh…

— Tu mates un porno pendant que ta petite copine et ton frère bossent ? demande Wesley.

— Je suis pas sa petite copine, fredonne Prudencia en me décochant un sourire.

— Et c'est pas un porno, j'ajoute. C'est la vidéo dégueu d'un spectre qui est allé au-delà de ses limites. (Ils n'ont pas l'air convaincus, mais je connais Emil et Prudencia, ils ne supporteraient pas de visionner ça.) Wesley, on va s'entraîner ?

Il esquisse un sourire en coin et s'élance hors de la maison en direction de la plage.

— Je crois que la réponse est oui. C'est l'heure de la pause !

— Ce n'est pas une pause, rectifie Emil. Tu vas travailler davantage.

— Pour toi, c'est du travail, pour moi, c'est du fun.

Je saisis mon téléphone et pourchasse Wesley. Allongé dans le sable, il fait mine de dormir, comme si j'avais mis des heures à le rejoindre. D'ici peu, je maîtriserai ma vitesse éclair et lui mettrai la pâtée.

Wesley me fait découvrir des étirements qui ne sont pas tendres avec moi. J'ai toujours critiqué la posture d'Emil, mais tout le temps passé à éditer des vidéos sur mon ordinateur ne m'a pas rendu service non plus. Emil nous filme avec mon téléphone pendant que Prudencia pratique son pouvoir en se soulevant en position de traction.

— La règle numéro un quand tu sprintes, c'est de toujours anticiper tes déplacements, déclare Wesley. Si tu pars sans savoir où tu vas, tu rateras ton lit et tu finiras dans le mur, ou pire, sous les roues d'un camion. Je ne fais aucunement référence à un ado de treize ans qui avait tellement hâte de jouer à un nouveau jeu vidéo qu'il a failli se faire écraser sur l'autoroute.

Après avoir fini de mentir sur son passé, Wesley m'explique qu'il est crucial que je prenne conscience de mon environnement. Car, à la différence d'une personne courant à une vitesse standard, je peux fuir le danger plus vite, mais je peux également me retrouver plus vite dans une situation périlleuse. Mon pouvoir est délicat : les hydres, contrairement aux célestes comme Wesley, ne peuvent pas conserver leur impulsion sur de longues distances. Il se peut que je perde mon carburant en pleine bataille et que je me retrouve dans l'incapacité de m'échapper.

— Passons à la partie pratique, dis-je.

Je m'accroupis en position de départ et me concentre sur mon objectif : le rivage. Je m'attends à éprouver une secousse vers l'avant, comme sur les montagnes russes où papa m'accompagnait – toujours à l'avant parce qu'il adorait la poussée d'adrénaline –, mais mon allure s'avère très ordinaire. Wesley me recommande de respirer à fond, ce que je fais. De ne pas y penser tout en me focalisant, ce qu'il me semble faire. Ma vitesse fulgurante s'est manifestée de manière si naturelle, la nuit dernière, quand je me suis cru sur le point de m'évanouir… Mon pouvoir s'est animé d'un coup, trop puissant, et j'ai fini par terre. Mais même ça, ça n'arrive pas.

Je crie : « Stop ! » à Wesley et « Coupe ! » à Emil.

Le soleil m'accable. Je pensais que ce serait un jeu d'enfant. En fait, je me suis ridiculisé devant Prudencia, qui, d'une main, jongle avec des poires et des pommes à l'aide de sa télékinésie, et de l'autre construit un petit monticule de sable. Elle va devenir très forte, tandis que moi je serai un spectre qui a connu un succès sans lendemain et dont les pouvoirs ne referont jamais surface.

— Un peu lent au démarrage, plaisante Wesley.

J'essuie mon front en sueur et me rembrunis en comprenant la blague.

— C'est pas drôle.

— On fait une pause éclair, ajoute-t-il. (Avant que je puisse lui demander d'arrêter les mauvais jeux de mots, il disparaît et revient en un rien de temps avec des bouteilles d'eau.) Sans rancune, dit-il en s'asseyant près de moi dans le sable. C'est un pouvoir marrant, mais ce n'est pas toujours facile, Brighton. J'ai grandi avec le mien, et j'en ai d'ailleurs abusé, comme tu le sais.

— Après que tes parents t'ont fichu à la porte, dis-je, me remémorant notre interview pour les Marcheurs du Ciel de New York.

— Avant aussi. À cette époque, je ne volais pas encore pour survivre, mais mes parents me menaient la vie dure. Ils n'avaient pas prévu de m'avoir, et ils ont voulu se donner une chance. Ils l'ont amèrement regretté par la suite. Non seulement ils ne parvenaient pas à suivre mon rythme, mais ils ne pouvaient pas non plus me ralentir. Au lieu de rentrer à la maison après l'école, j'explorais la ville. Un jour, mon père m'a menacé de changer les serrures si je ne respectais pas le couvre-feu. J'aurais jamais cru qu'ils me jetteraient à la rue ; j'avais douze ans. Mais ils ont tenu parole.

Entre Ruth dont les parents l'ont conçue pour en faire une céleste toute-puissante et Wesley fichu à la porte de chez lui parce qu'il était trop autonome, c'est un miracle qu'ils soient si aimants avec leur fille. Je me rends compte à quel point j'ai eu de la veine d'avoir papa et maman – d'avoir maman, toujours…

— Ce que je veux dire, c'est que la vitesse, c'est un pouvoir de survie. Tu peux en user pour secourir ton prochain ou te sauver toi-même. (Il me tapote l'épaule.) Je ne regarde pas souvent en arrière. Je pose mon regard devant moi. Et ma prochaine destination, c'est cette mer alléchante, parce que je fonds sous cette chaleur.

Il fonce vers l'océan et s'élance à la surface de l'eau, ce que j'ignorais qu'il pouvait faire. J'ai suivi ses exploits à travers les médias au fil des ans, et je rêve déjà de gravir les murs en courant comme lui. Mais c'est une compétence avancée. Les courants marins l'entraînent comme s'il était un jet-ski jusqu'à ce que, soudain, il disparaisse sous l'eau.

J'éclate de rire et me tourne vers Emil.

— Tu as filmé ça ?

— Tu m'as dit de couper !

— T'avais une mission, frangin. (Mon rire s'estompe lorsque je constate que Wesley ne remonte pas à la surface.) Où il est ?

Prudencia se précipite vers la mer et tente d'écarter les eaux, mais ça va lui demander beaucoup plus d'effort et de maîtrise que de jongler avec des fruits.

— Là-bas ! s'écrie Emil.

Wesley n'est pas trop loin du rivage, mais il lutte pour garder la tête hors de l'eau. Je m'élance dans sa direction et mon corps se propulse si brutalement vers l'avant que je manque de me faire le coup du lapin. Je dépasse Prudencia dans un nuage de sable et j'atteins la mer. Je file comme une flèche à travers l'eau ! Je suis à un battement d'ailes de Wesley, mais je ne sais pas comment freiner mes pouvoirs sans me blesser, alors je me contente de piler et sombrer sous la surface. Je me débats quelques instants jusqu'à ce que Wesley m'attrape et me sorte la tête de la mer. Tandis qu'il éclate de rire, je crache l'eau que j'ai ingurgitée en buvant la tasse.

— J'arrive pas à croire que ça ait marché ! s'exclame Wesley en nageant tranquillement la brasse. Jouer la damoiselle en détresse, c'est une ruse vieille comme le monde ! Même quand j'étais gosse, je ne tombais pas dans le panneau !

Je suis à deux doigts de l'engueuler, mais je m'esclaffe à mon tour. C'est énorme! Je me suis précipité avec un objectif en tête, boosté par la bouffée d'adrénaline qu'il me manquait. En plus, ma première tentative fructueuse, c'était sur l'eau! C'est ce que je pensais : je suis un niveau au-dessus des autres.

On regagne à la nage la plage où Emil est sous le choc. Évidemment, il n'a pas eu la présence d'esprit de filmer la scène, mais cette fois, je vais laisser passer parce qu'on pensait vraiment que Wesley était en danger. Et puis, sans ses pouvoirs, Emil n'aurait pas pu faire grand-chose.

Wesley me file une tape affectueuse dans le dos.

— Tu as seulement besoin de motivation. On va réessayer maintenant que tu es plus familier avec le processus.

Cette fois, je m'assure qu'Emil enregistre mes prouesses. J'ai vraiment pris le coup de main! C'est comme le vélo. Je localise un feu de jardin, chez un voisin lointain, sprinte jusqu'à ce point de repère et reviens à la vitesse de l'éclair; l'aller-retour me prend moins de quatre minutes. Je n'imaginais pas que ce serait aussi épuisant, même si j'ai entendu Emil se plaindre à plusieurs reprises du *poids* de son feu. Manier la magie n'est pas une chose facile. Ceux d'entre nous qui peuvent le supporter sont de vrais champions du monde. Après plusieurs tentatives couronnées de succès, Wesley me pose un challenge. Il me propose de jouer à chat avec lui pour tester ma capacité à suivre une cible mouvante au cas où je devrais un jour pourchasser un autre sprinter, comme ça lui est déjà arrivé. Le temps s'écoule différemment quand on se déplace plus vite que la moyenne. J'ai l'impression d'avoir couru pendant une heure, et quand je m'arrête pour reprendre mon souffle, Prudencia m'apprend que ça fait à peine dix minutes. Je jette l'éponge avant d'avoir rattrapé Wesley.

Il me rejoint dans un nuage de sable.

— C'était mieux, Brighton. Un jour, tu me rattraperas.

— Un jour, je te dépasserai, dis-je avec un sourire.

C'est une promesse.

*

Au cours d'un déjeuner copieux où je dévore jusqu'à la dernière bouchée mes pommes de terre vapeur, mon riz brun et un burger aux haricots noirs, Emil découvre que la ville abrite une invitée surprise. Une Chevalière auréolée et son phénix, aperçus dans New York, disséminent des orages partout sur leur passage. On les a vus pour la dernière fois la nuit précédente à la Tour Light Sky, où la Chevalière se serait introduite par effraction, mais on ignore encore pourquoi. Après tout, ça ne nous concerne pas.

Emil est fasciné par les extraits vidéo qui circulent en ligne. Pendant ce temps, je reporte mon attention sur mon téléphone pour visionner les films de mes propres exploits. Je me rends compte que Wesley aurait dû me suivre avec la caméra quand j'ai fait l'aller-retour éclair dans le voisinage, parce que sur la vidéo, on me voit juste partir à fond et revenir quelques minutes plus tard. Ce ne sera pas compliqué d'éditer le temps mort, mais je pourrai peut-être en profiter pour ajouter une voix off qui traduise ce qui se passe dans ma tête à ce moment-là ; à ma connaissance, ça n'a pas encore été fait. Les autres vidéos où on me voit pourchasser Wesley sont une bonne démonstration de ma vitesse. Je vais pouvoir les partager sans problème.

Dès que j'ai fini d'aider Emil et Prudencia à débarrasser la table, je vais me poser dans le jardin avec mon ordinateur afin de me repasser toutes les vieilles vidéos où Atlas enseigne à Emil comment invoquer son pouvoir. Atlas nous manque pour bien des raisons ; mais en ce moment, j'aimerais que mon héros favori soit là pour m'entraîner comme Emil avant moi. Ce serait sensass de partager une vidéo à sa mémoire.

Je tente de me recentrer mentalement quand Emil et Prudencia me rejoignent à l'extérieur.

— Tu as révisé ? me demande Prudencia.

— Je vais déchirer ! dis-je.

Je suis très sûr de moi, comme si je m'apprêtais à passer un examen.

Je bloque mon téléphone contre la clôture, appuie sur *Enregistrer*, et vérifie le cadrage avant de commencer. Dans la vidéo, Atlas conseille à Emil de visualiser son pouvoir pour l'animer, mais c'est plus facile à dire qu'à faire. J'imagine les flammes argent et saphir en ma possession, la chaleur qui m'a consumé, pourtant ça ne suffit pas à les faire apparaître. C'était plus évident pour Atlas. Il est né avec ses pouvoirs ; il a appris à les dompter en même temps qu'il apprenait à parler et à former des phrases. C'est beaucoup plus dur pour ceux qui, comme moi, s'y collent plus tard dans leur vie.

Je ne réussis même pas à obtenir une étincelle.

— Allez, je marmonne dans ma barbe.

— Qu'est-ce que tu ressens ? me demande Prudencia.

— De la frustration. Je me concentre, pourtant, et je visualise. Je suis les consignes d'Atlas à la lettre.

Prudencia me prend la main pour me calmer.

— C'est plus que ça. Papi disait toujours que les pouvoirs, ça s'alimente. La frustration te freine. Quand j'emploie ma télékinésie, je m'accorde du contrôle dans un monde où je n'ai pas toujours l'impression d'en avoir. Qu'est-ce que tu ressens, Emil ?

— Chez moi, c'est toujours déclenché par la peur, réplique-t-il. Comme quand Orton essayait de te tuer, Brighton. Lorsque j'ai voulu te protéger coûte que coûte, le feu s'est animé.

Prudencia me lâche la main.

— Creuse plus en profondeur, Brighton.

— Ne te contente pas de vouloir faire jaillir du feu, ajoute Emil.

Je ferme les yeux.

J'ai mes propres craintes. Les pouvoirs d'Emil se sont activés parce qu'il voulait me protéger ; mais si j'ai bu le sang de la Faucheuse, c'est pour ne plus jamais avoir à redouter de mourir. Je ne veux pas connaître le même sort que papa, je veux mener une longue existence, et le feu du phénix m'a procuré la seconde chance dont j'avais tant besoin. Une vague de chaleur me submerge, et je n'ose pas rouvrir les paupières pour voir s'il se passe un truc ; je continue à attiser les flammes. Emil et Prudencia ont raison ; il ne faut pas que je cherche simplement à invoquer le feu, voire voler. Je ne serai peut-être jamais intouchable, à l'instar des fantômes, mais grâce à mes pouvoirs d'hydre et de phénix, je n'aurai plus à craindre une mort facile, et je serai en mesure de sauver des tas de vies. Plus je songe à la célébrité qui m'attend, plus la chaleur monte – couvertures de magazine, documentaires sur ma vie, séances de dédicaces pour les mémoires que j'écrirai, statues érigées en mon honneur, équipes de célestes et de spectres à ma botte...

Je baignerai dans une gloire infinie.

Au tréfonds de mon être, je perçois un hurlement de douleur, semblable à celui d'un phénix qu'on tue, identique à celui qu'a poussé Aurora quand on l'a poignardée. J'ouvre les yeux et des flammes argent et saphir tournoient autour de mes poings comme des serpents en feu.

Emil et Prudencia me fixent d'un regard méfiant, comme s'ils craignaient que je sois encore en proie à une atroce souffrance, mais je vais bien. Les flammes sont moins lourdes que ce qu'a décrit Emil – à moins que je ne sois tout simplement plus fort que lui.

Je scrute les flammes et demande en ricanant :

— Qu'est-ce que je fais maintenant ?

— Tu peux les éteindre, répond Emil. Songe à t'ancrer et…

M'ancrer ? C'est la dernière chose que j'ai envie de faire.

Je brandis les poings en direction du ciel et des boules de feu argent et saphir fusent dans les airs dans un cri strident de phénix avant d'éclater comme un feu d'artifice.

Ce pouvoir qui palpite en moi n'est que le début.

Le monde vénérera bientôt le Sauveur de l'infini.

VINGT-SIX

BRIGHTON DE NEW YORK

Brighton

Quelques heures plus tard, je finis le montage de la vidéo de mes rêves. Je relie mon ordinateur à l'écran de la télé, puis je réunis tout le monde dans le salon – Emil, Prudencia, Iris, Wesley et Ruth ; Esther dort dans les bras de sa mère.

— Vous n'allez pas en croire vos yeux, je vous jure. Vous êtes prêts ?

Wesley brandit le poing avec enthousiasme et Ruth m'adresse quelques paroles d'encouragement. Emil, Prudencia et Iris s'avèrent un public plus difficile. Je respecte. En tant que créateur, je préfère qu'on apprécie mon travail pour de vrai plutôt qu'on fasse semblant parce que c'est moi.

J'appuie sur *Play*.

La vidéo débute par une image noire. Puis ma voix retentit : « L'heure est venue… » J'apparais sur la plage et brièvement dans le jardin. Ça doit faire amateur, mais c'est justement le but. C'est le souvenir de mes derniers moments ordinaires avant que mes pouvoirs extraordinaires s'animent. Alors, l'écran se divise en deux. À gauche, je cours, à droite, j'agite la main sans que rien ne se produise. « Pour qu'émerge un nouveau Marcheur du Ciel… » La caméra se focalise à nouveau sur moi, sur la plage, quelques minutes après que j'ai foncé dans la mer pour secourir Wesley. On me voit partir à fond ; là, j'ai coupé au montage pour donner l'impression que je reviens plus vite qu'en réalité, après avoir chassé l'idée de la voix off. On passe ensuite à mon heure de gloire, dans le jardin. Ça me donne des frissons de me voir à l'écran : les yeux fermés, je me concentre et des volutes de fumée s'enroulent autour de mes poignets et se transforment en flammes argent et saphir. Mes paupières se rouvrent, et bien que j'aie rêvé du jour où y brilleraient des galaxies, je trouve quand même les éclipses qui y flamboient absolument sublimes. On s'attarde sur mon sourire avant de passer à de brefs passages où j'exhibe ma vitesse en pourchassant l'un des célestes les plus rapides du pays, et où je projette des boules de feu dans le ciel (ce don nous a tous pris par surprise). Le plan final me montre, le feu au creux des paumes, disparaître à l'horizon à une vitesse étourdissante ; il a fallu s'y reprendre à plusieurs fois avant de réussir cette prise, mais le résultat est canon.

— Incroyable, hein ? je demande.

— C'est un trailer qui me donne envie de regarder le film, déclare Wesley.

— Très inspirant. Tu as monté ça en un temps record en plus ! s'exclame Ruth.

— Dommage que tu n'aies pas filmé le moment où je te jette du sable dans les yeux, fait remarquer Prudencia.

— C'est vraiment sensass, Brighton, ajoute Emil.

Une onde de joie me submerge, comme avant, quand je voyais augmenter en temps réel mon nombre de followers.

— Ce sera juste un teaser pour ce qui va suivre. Une sorte de prologue, si vous voulez.

Iris lâche un petit cri moqueur.

— Dans ce cas, tu ne devrais pas commencer ton histoire par un mensonge. Je n'ai jamais dit que je t'acceptais parmi les Marcheurs du Ciel.

Au cours des dernières vingt-quatre heures, j'ai été intime avec Prudencia pour la première fois, j'ai bénéficié d'une seconde chance, puisé dans mes nouveaux pouvoirs, et monté cette vidéo pour enfin obtenir la reconnaissance dont je rêve depuis des années. Évidemment, il faut qu'Iris vienne tout gâcher.

— Mais l'équipe a perdu trois de ses membres, j'argumente.

— Je sais encore compter, je te remercie.

— J'ai participé au combat avec ma caméra pour seule arme. Maintenant j'ai non seulement les pouvoirs d'Emil mais aussi ceux de Wesley – le tout dans un seul corps ! On cherche à sauver maman et Eva et, à toi seule, tu n'as pas réussi à les localiser. Tu as besoin de moi.

Iris me fixe, mais j'ai l'impression qu'elle regarde au travers de moi, comme si j'étais invisible. Je suis sûr qu'Eva occupe toutes ses pensées.

— Peut-être bien, mais ce n'est pas à toi de prendre cette décision à ma place. Rien ne nous garantit que nos proches soient toujours en vie. Alors, si tout ce qu'il me reste, c'est l'héritage des Marcheurs du Ciel, je vais veiller à ne pas mettre davantage en danger les célestes, et éviter de perdre plus de membres, histoire de ne plus avoir à supporter tes leçons de maths. Pour être tout à fait honnête avec toi, Brighton, je ne te fais pas confiance.

Elle se lève pour regagner sa chambre. Je brûle d'envie de la devancer et lui barrer le passage, mais je prends sur moi parce que ce serait dépasser les bornes.

Travailler aux côtés des Marcheurs n'a pas été toujours facile, mais c'est avant tout un rêve devenu réalité. Ce serait génial de rejoindre leurs rangs comme mon frère et de devenir encore plus célèbre que Bautista. Mais je ne vais pas laisser Iris me dicter sa loi. Déjà que j'ai l'impression d'être à l'essai avec Emil et Prudencia… pas question d'accorder cette importance à Iris aussi.

— Tant pis pour elle, dis-je.

— Elle ne t'a pas fermé la porte, réplique Prudencia. Elle a seulement dit que ce n'était pas le bon moment.

Je ne vais pas me prendre la tête avec ça. J'ai de quoi être fier, même si je ne deviens jamais officiellement Marcheur du Ciel et que je n'obtiens pas les trois séries de pouvoirs promis par le sang de la Faucheuse. Ce serait si facile de me vexer, comme quand je n'ai pas été major de ma promo. Sauf que je suis incontestablement devenu un être unique. D'accord, on peut obtenir de meilleures notes que moi – et encore, c'est parce que j'étais en deuil à cette époque, qu'on ne l'oublie pas –, mais aucun spectre ne m'arrivera à la cheville une fois que j'aurai appris à maîtriser mes pouvoirs.

Je joue dans une autre cour.

Je saisis mon ordinateur et édite la vidéo vite fait, remplaçant le terme « Marcheur du Ciel » par celui de « héros ». Puis je prends un selfie pour immortaliser le Brighton aux pouvoirs extraordinaires inconnus du public. J'ajoute en légende de la photo : *Brighton Rey est devenu un peu plus Brillant. #BrightonDeNewYork.* Et je la poste sur l'Instagram des *Célestes de New York.* Je publie ensuite la vidéo sur ma chaîne YouTube et sur mon compte Twitter avant de céder aussi à TikTok, ce qui me permet d'apparaître sur l'ensemble des réseaux sociaux les plus visités. Les détails du direct que je vais lancer sur Instagram avec Emil dans quelques heures figurent sur chaque vidéo. Je m'assieds contre un mur, et pendant que je charge mon téléphone, je jongle entre les différentes applications et absorbe les commentaires. Le nombre de vues et de followers explose, et je suis bientôt au même niveau que Monsieur Fils de l'infini.

Beaucoup me demandent comment je suis devenu spectre, et je fais savoir dans les commentaires que toutes les questions trouveront une réponse durant le live. Partout dans le monde, les abonnés m'assurent qu'ils regarderont le direct, quitte à se coucher tard, à sortir le portable en plein cours, ou à partir du boulot plus tôt.

Je reçois un message de Lore qui se réjouit de mon rétablissement et qui adorerait faire une séquence question-réponse avec moi dans un avenir proche. Bien que j'aie plus de followers qu'iel, Lore a accès à d'importants influenceurs qu'il serait bon de compter dans mon carnet d'adresses. Le Sauveur de l'infini va faire un carton, mais mon réseau va vite plafonner, aussi, puiser dans le public des autres influenceurs me donnera un coup de boost. Je promets une interview à Lore le moment venu ; j'ai certaines missions prioritaires à accomplir d'abord, après tout.

— Quelqu'un me propose de m'aider avec la com, dis-je à Prudencia, tandis que je consulte mon fil d'actualité. Ce serait utile d'avoir une personne en charge de l'administratif pendant que je représente la marque. Il a l'air cool.

— Tu ferais mieux de lui répondre plus tard. Va te préparer, ton direct est dans trente minutes, superstar.

— Si c'est mon nouveau surnom, ça me plaît, dis-je.

— Tu peux toujours rêver, rétorque Prudencia avec un sourire.

J'ai du mal à choisir ma tenue, surtout que je n'ai pas l'intégralité de ma garde-robe à portée de main. Je songe alors à tous ces influenceurs qui mettent un temps fou pour avoir l'air détendu même si tout est étudié au millimètre, jusqu'à l'unique manche retroussée. Je n'ai pas besoin d'un costard ou d'une veste en cuir trop cool pour moi. Ruth m'autorise à piocher des vêtements dans son armoire, et bien que sa ligne de vêtements « Tous les corps sont beaux » ne soit pas en vente, je note mentalement de placer son nom dans la vidéo. Je sélectionne un tee-shirt bleu avec une inscription en blanc – c'est ce qui se rapproche le plus de mes flammes.

Je sors, accompagné d'Emil et de Prudencia. L'air du soir est frais. On s'enfonce dans les arbres jusqu'à ce qu'on déniche un lieu quelconque suffisamment éclairé par la lune, avec des rochers qui nous tiendront lieu de sièges. Avec Emil, je passe en revue les sujets à aborder ; je lui demande de me les répéter parce que j'aimerais que cette conversation fasse naturelle, ce qui est impossible s'il garde son carnet de notes à la main. Prudencia nous propose de filmer la scène d'un peu plus loin pour bénéficier d'un cadre plus large, mais je crois que ça fera plus intime si on est pris de près, côte à côte. En plus, ça me permettra de vérifier le nombre de vues et de lire certains commentaires en temps réel.

— On n'évoque toujours pas mes vies antérieures, hein ? demande Emil.

Nous avons déjà eu cette discussion au moment où j'ai tourné les Marcheurs du Ciel de New York.

— C'est pas ma décision. C'est Prue et toi qui avez choisi de ne pas en parler.

— Parce que les gens risquent de haïr Emil d'avoir été Keon dans une autre vie, réplique Prudencia.

— Ou ils l'adoreront pour avoir été Bautista, j'argumente.

— Quoi qu'il en soit, ils s'en prendront aux phénix quand ils comprendront que les spectres peuvent ressusciter grâce à leur essence, rétorque Emil. Il faut surtout pas que les Verseurs de sang nous coupent l'herbe sous le pied, qu'ils révèlent cette info pour monter l'opinion publique contre nous. Va savoir pourquoi, ils ne l'ont pas encore fait. Ils ont sans doute de bonnes raisons de se taire.

— Bien vu. Motus et bouche cousue.

Je pense quand même que si on savait qu'Emil n'a pas seulement été adopté, mais qu'il est la réincarnation des deux spectres les plus populaires de l'histoire, ça ferait l'effet d'une bombe. Cela dit, le jeu n'en vaut pas la chandelle. Les risques sont trop élevés.

— On ferait mieux de ne pas mentionner les spectres fantômes non plus, dit Prudencia. Inutile que les alchimistes et les nécromanciens se prennent davantage pour des dieux.

Plus il y a d'enjeux politiques, plus mon enthousiasme retombe à la perspective de ce direct. Mais je me remotive. Ce n'est pas comme si je devais dissimuler mes pouvoirs. Je vais pouvoir faire mon show.

À vingt et une heures pétantes, on se connecte.

— Hello les Brightsiders, ici Brighton, qui vous parle depuis un lieu anonyme – je ne peux pas vous révéler ma localisation exacte parce que j'ai des Verseurs de sang sans pitié à mes trousses – et je suis en direct avec mon incroyable frère Emil, pour un chat vidéo mémorable. (Je passe mon bras autour de ses épaules.) Dis bonjour, frangin.

Emil adresse un signe timide de la main.

— Salut.

Je ne comprendrai jamais comment il peut rester aussi imperméable à toute cette attention. Moi, je suis en ébullition, et les commentaires qui défilent ne font que m'exciter davantage. Mon préféré, c'est celui d'un fan qui dit me suivre depuis ma première vidéo YouTube et qui admire mon parcours. Je lâche son pseudo en live et le remercie pour sa fidélité. Il réagit par des cœurs, touché par l'attention que je lui porte. Incroyable, le pouvoir d'un simple bonjour.

Le direct a débuté avec près de dix mille vues. En deux minutes, on passe la barre des cent mille.

— Vous êtes déjà très nombreux, mais on va attendre encore un peu pour donner l'occasion à tout le monde de nous rejoindre, dis-je. J'ai quand même une petite surprise pour les premiers connectés.

À l'écran, mes yeux flamboient comme des éclipses et des flammes argent et saphir s'enroulent autour de mes doigts. Les émojis fusent. On approche des cinq cent mille vues quand je déclare qu'on va commencer, ce qui est plutôt fou étant donné qu'on a annoncé ce direct il y a peu, mais j'espère dépasser le million de vues.

— Bon, tu as partagé la grande nouvelle, reprend Emil. Moi je suis évidemment dans le secret, mais peut-être que tu veux raconter à tous tes Brightsiders épiques ce qui s'est passé ?

Je suis content qu'il se soit souvenu de l'adjectif « épique ». Lore qualifie ses fans de « beaux », à tel point qu'on croirait qu'iel s'est approprié le terme. Je veux faire de l'héroïsme épique ma marque de fabrique, et cette association me garantira un lien plus fort avec mes followers.

— Mon parcours est un vrai périple, dis-je. Tout a changé pour nous le jour où ce spectre a tenté de me tuer. Tu m'as sauvé la vie, frangin. Et à de nombreuses reprises depuis. Mais mes actions étaient plutôt limitées derrière la caméra, surtout quand la bagarre a éclaté.

— Cette nuit-là, c'était le bordel, acquiesce Emil.

— Tu as failli mourir. Luna Marnette t'a poignardé avec un terminateur d'infini – une arme conçue pour tuer les phénix pour de bon ! Montre-leur ta cicatrice. (J'empoigne son tee-shirt mais il me saisit la main et la repousse.) Allez, montre à notre public ce que tu as enduré !

— Je ne soulèverai pas mon tee-shirt, rétorque Emil, et je me rappelle alors à quel point il est complexé par son image corporelle.

— Pas de souci. Ce n'est pas un spectacle pour les âmes sensibles. (Super improvisation. J'ai bien rebondi. J'ai toujours su que je ferais un excellent animateur télé.) Mais oui, il y a une semaine ce soir, quand le Rêveur couronné était au zénith, on se battait contre les Verseurs de sang. On était en infériorité numérique après avoir perdu un de nos hommes, Atlas – qu'il repose en paix parmi les étoiles. Et Luna était sur le point de se changer en spectre grâce à un nouvel élixir. Heureusement, j'ai réussi à la neutraliser avant qu'elle ne le boive. Alors une occasion s'est présentée et je l'ai saisie. J'ai tout bu !

— Et ça t'a empoisonné, intervient Emil. Tu as failli mourir comme papa.

J'ai publié sur ma chaîne YouTube une vidéo que j'ai filmée un mois après le décès de papa pour expliquer pourquoi j'avais moins posté à cette époque-là, mais je partage à nouveau les détails avec mon audience, pour tous les nouveaux abonnés qui ne l'auraient pas encore vue.

— Non seulement j'étais en soins intensifs à la clinique, mais Stanton s'est pointé pour m'assassiner. J'ai vraiment cru que j'étais fichu. En réalité, j'ai survécu et je suis fort, assez pour devenir un soldat, comme toi.

Des tas de commentaires s'affichent alors, écrits par des gens qui espèrent devenir des spectres eux aussi.

— Et comme Bautista de Leon, poursuit Emil. Tu l'admires depuis qu'on est mômes.

— C'est vrai ! On ne va pas nier que la majorité des spectres abusent de leurs pouvoirs. Mais à côté de ça, il y a des héros comme Bautista et comme toi qui avez agi pour le bien de la communauté.

— À l'aide de pouvoirs qui ne nous appartiennent pas, répond Emil. J'espère vraiment mettre au point la potion qui neutralisera les pouvoirs des spectres. Alors, fini les Verseurs de sang. Fini les gens comme nous.

Je hoche la tête même si on n'était pas censés aborder ce sujet.

— D'ici là, on a pas mal de pain sur la planche si on veut éradiquer les terroristes qui mettent notre pays à feu et à sang, les Verseurs de sang. Emil et moi, on en a été victimes tous les deux. Ils nous ont kidnappés et torturés. On a de la veine d'être encore en vie. Mais on ignore le sort qu'a subi notre mère, qu'ils ont capturée.

— Ils ont enlevé Eva Nafisi aussi. Certains d'entre vous se souviennent peut-être d'elle ? C'est la guérisseuse qu'avait interviewée Brighton dans sa série sur les Marcheurs du Ciel, ajoute Emil, comme si j'avais oublié son existence.

— Eva m'a remis sur pied. C'est une guérisseuse incroyable et une personne encore plus admirable. Eva et ma mère sont des femmes fortes, mais elles n'ont aucune chance de s'en sortir face aux Verseurs de sang. Nous avons besoin de vous tous. Ouvrez l'œil dans la ville pour qu'on puisse les retrouver et les ramener à la maison, saines et sauves, dis-je.

Pendant qu'Emil décrit la bataille qui a eu lieu à l'Institut Aldebaran, je prends connaissance des questions des internautes. Elles défilent si vite que j'ai du mal à suivre. Certains souhaitent savoir comment on devient spectre. D'autres partagent leurs combats personnels. Je relève quelques remarques qui méritent une réponse en direct.

— Je pense qu'il est temps de répondre à quelques questions. (C'est une démarche plus prudente, d'autant qu'Emil a dévié du scénario de base.) Je vois que certains d'entre vous se demandent si j'ai prévu de rebaptiser la série, vu qu'Emil et moi ne sommes pas des célestes. Peut-être que je pourrais la renommer *Les Lumimagiciens de New York*, pour que ça inclue plus de monde. Mais honnêtement, j'ai créé *Les Célestes de New York* parce que c'était ma manière à moi de me sentir plus proche de ceux qui ont des pouvoirs. Étant donné tout ce qui se passe en ce moment, ça me semble délicat de continuer à interviewer des inconnus. Je vais donc me réapproprier la série, le temps que les choses se tassent. Si elles se tassent un jour.

Je reçois aussitôt des encouragements ; on me suggère même de suivre l'exemple d'Atlas, qui dédiait tous ses posts aux vies sauvées et perdues. Ce serait une chouette manière de lui rendre hommage.

— Voyons voir… (Il y a une question qui revient sans cesse ; il est temps de s'en débarrasser.) OK, OK, OK. Suis-je un Marcheur du Ciel ? La réponse est… NON. (Je suis tenté de révéler les dissensions qui affectent le groupe, mais je vaux mieux que ça.) Je fais partie d'une unité bien plus importante – les Rois de l'infini. Quand vous avez baptisé Emil Aile-de-feu, je l'ai surnommé pour rire le Fils de l'infini, vu qu'il tient ses pouvoirs d'un oiseau qui renaît indéfiniment de ses cendres.

Une fois encore, mon petit tour de passe-passe sauve la donne. Je n'ai pas besoin d'avouer les véritables raisons qui lui ont valu ce surnom.

— Ça ne me dérange pas qu'on m'appelle par mon prénom, intervient Emil.

— Et je serai toujours Brighton, surtout pour vous, mes épiques Brightsiders ! Mais lorsque j'ai eu mes pouvoirs, je me suis dit que ce serait cool d'ajouter un peu de mordant à mon identité aussi. J'ai songé au Sauveur de l'infini. Vous en pensez quoi ?

L'interaction est cruciale pour augmenter le nombre d'abonnés et fidéliser ceux qui le sont déjà. J'ai beau être l'influenceur, il est essentiel de faire croire à mes followers qu'ils ont également de l'influence sur moi. Les Brightsiders se familiarisent déjà avec le surnom. Un commentateur suggère Frère de l'infini ! Comme je rêverais de bloquer ce mec qui me donne le sentiment d'être de nouveau dans l'ombre d'Emil ! Bordel ! Je suis un individu à part entière. Par chance, son commentaire se noie dans le flot d'amour que je reçois ; et c'est là que je m'aperçois qu'on a dépassé les 1,3 million de vues.

— Je suis super content que le nom fasse un buzz ! dis-je en plaçant ma main sur mon cœur. Pour être franc, c'est terrifiant pour moi d'être un spectre pris pour cible par les Verseurs. Heureusement, je suis vachement soutenu. (Je jette un coup d'œil à Prudencia. Si seulement je pouvais la citer !) J'ai toujours pu m'appuyer sur Emil et j'ai la chance de vous avoir vous aussi, tous autant que vous êtes, pour m'encourager. (J'aimerais rester et bavarder toute la nuit, mais si je réponds à toutes les questions maintenant, alors mes followers, anciens et nouveaux, n'auront plus aucune raison de rester.) Emil et moi, on a besoin de se reposer ; la journée n'a pas été de tout repos. Je vous promets un autre live très bientôt.

Je donne un coup de coude à Emil pour qu'il initie la phase de clôture du streaming.

— Oh... Euh. Avant d'être les Rois de l'infini, on était les Reys de Lumière, bafouille Emil.

— Et aujourd'hui, on brille plus que jamais, je conclus avec un salut.

Je termine le direct avant de perdre mon sang-froid. Dire que la nuit dernière, j'étais en train de mourir ! Ce soir, je suis sur un petit nuage ! Je m'excuse auprès d'Emil pour l'épisode du tee-shirt et j'arrive même à le faire checker en sifflant. Mon bonheur redouble encore quand Prudencia nous annonce qu'on a été géniaux et dépose un baiser sur mes lèvres. Je suis l'homme le plus chanceux au monde.

Je passe le reste de la nuit au lit à scroller sur les réseaux, Prudencia assoupie contre mon torse. Il y a déjà plein de fan art, des images de moi combattant tous les Verseurs connus avec mes flammes ; ces spectres criminels ne perdent rien pour attendre. Je découvre un certain nombre de haters aussi, qui me reprochent de ne pas être totalement sincère. Je vais sur leurs profils ; pas question de me faire pourrir par des gens jaloux qui ont à peine cinq cents abonnés à leur actif et qui voudraient être à ma place.

La pilule est amère, mais même les super-héros ont besoin de dormir. Toutefois, je ne cède pas au sommeil si facilement. Jusqu'à la dernière minute, je m'abreuve de l'amour qui submerge le Sauveur de l'infini.

Ce n'est que le début.

VINGT-SEPT
ÉTOILE ÉTINCELANTE

Maribelle

Le parfum du romarin frais me réveille, et la Chevalière auréolée est penchée au-dessus de moi. Par réflexe, je voudrais la frapper, mais heureusement pour elle, j'ai encore la tête dans le coton. Inutile de nous battre, puisque nous avons un ennemi commun.

Elle a retiré son masque et je lis dans son regard qu'elle n'est pas non plus sur le mode de la confrontation. Sa veste en cuir est accrochée au dossier d'un fauteuil, et elle ne porte qu'un débardeur noir, ce qui signifie qu'elle ne pourra pas m'attaquer par surprise avec un des poignards qu'elle dissimule dans ses manches à plumes. Elle m'a ôté mon gilet pare-pouvoirs, que je ne vois nulle part. On est sur son territoire et elle a donc l'avantage, pourtant, en sa présence mon instinct ne m'alerte d'aucun danger.

La Chevalière s'assied dans le fauteuil et pose le romarin sur un guéridon.

— Tu as fait un bon somme ?

Je recouvre lentement le contrôle de mes muscles et redresse le buste dans le canapé rembourré. Nous sommes dans un loft minimaliste avec de hauts plafonds de béton ; des guirlandes lumineuses encadrent les fenêtres rondes.

— J'ai dormi longtemps ?

— Trente et une heures.

— Quoi ?!

— Le tranquillisant est dosé pour des phénix de la taille de Roxana. Estime-toi heureuse d'être encore en vie, rétorque-t-elle en croisant les jambes.

— Alors tu me dois des excuses. Tu as bien failli me tuer.

Ses yeux ambre se plissent.

— Ça ne devrait pas te poser de problème vu les pouvoirs de phénix que tu as volés.

Elle ne sait rien de moi.

— Je suis née avec ces pouvoirs, mais je viens de les découvrir.

La Chevalière pousse un petit cri narquois.

— Intéressant. J'ignorais que j'avais affaire à un phénix qui mimait super bien un spectre, ironise-t-elle en applaudissant, ce qui me rend dingue. Bravo !

— Je ne sais pas si je peux ressusciter. C'est une possibilité étant donné que mon père biologique en était capable. Bautista de Leon.

Un million de questions lui brûlent soudain les lèvres. Celle qu'elle me pose me prend de court.

— Qui es-tu ?

À vrai dire, je n'en ai plus aucune idée.

Je suis la fille de quatre parents puissants, tous morts aujourd'hui. Aux yeux de certains, je suis une terroriste ; d'autres me considèrent comme une héroïne, même si je ne fais plus partie des Marcheurs du Ciel. Je ne suis plus la petite amie d'Atlas parce qu'il a cessé d'exister. J'ignore qui je serai si je survis à cette bataille.

— Une personne née dans le chaos.

— Donc, Maribelle de Leon, tu es une princesse, à l'échelle royale des spectres.

— Lucero, je la corrige. (Ce nom, j'y tiens.) Je te renvoie la question. Qui es-tu ?

Elle hésite, consciente de l'avantage qu'elle possède sur moi tant qu'on est sur son territoire. Pourtant elle se confie :

— Tala Castillo. Toute ma vie, on m'a rabâché qu'il n'y avait rien de plus atroce qu'un individu qui tue un phénix pour s'emparer de ses pouvoirs. Mes parents m'ont longuement parlé de ton père, qui passait pour un champion. Mais on sait que dans le fond, ce n'était qu'un voleur en costume de héros.

Dans un sens, Tala a peut-être une vision plus juste de Bautista que moi. Quand maman et papa l'évoquaient, ils le dépeignaient toujours comme un homme qui n'était pas avide de pouvoir, contrairement aux autres spectres. Mais, de toute façon, celui qui passe pour un héros aux yeux de certains sera toujours le grand méchant aux yeux d'un autre. Et pour les Chevaliers auréolés, Bautista était un scélérat qui avait usurpé ses pouvoirs en sacrifiant un phénix.

— Je ne le défends pas. Je ne le connais pas. Il y a eu tellement de révélations au cours des dernières semaines… entre autres le fait que je suis la fille de Bautista et de Sera Cordova. On a découvert le véritable pouvoir des spectres phénix aussi. Emil Rey est dans ton collimateur, j'imagine.

— Aile-de-feu.

Ce surnom que lui ont donné les médias n'est pas vraiment resté.

— Eh bien, Emil est la réincarnation de Bautista, et ce dernier est le descendant direct de Keon Maximo.

Tala paraît sous le choc.

— Mais…

Les Chevaliers auréolés ont placé leur foi dans le concept de résurrection dont Emil est aujourd'hui la preuve vivante.

Je lui confie tout ce que j'ai découvert depuis qu'Emil a surgi dans ma vie, il y a un mois de cela : les secrets de famille que mes propres parents m'ont dissimulés, mais dont Iris était au courant par ses parents ; les spectres fantômes, en particulier June ; et les vraies raisons pour lesquelles les Verseurs de sang ont jeté leur dévolu sur Aurora et non sur un phénix séculaire ordinaire.

Tala se mord la lèvre.

— Luna est donc devenue immortelle ?

— Non. Personne ne l'est. Brighton, le frère d'Emil, a bu le sang de la Faucheuse et il en meurt aujourd'hui.

— Ces pouvoirs ne lui étaient pas destinés.

— Il aurait pu en faire bon usage.

Tala se lève brusquement et enfile sa veste.

— Si on m'avait donné un dollar chaque fois que j'ai entendu cet argument de vente en faveur des spectres, je serais riche à l'heure qu'il est. J'aurais pu m'acheter ce loft au lieu de le louer à une activiste pro-phénix. Suis-moi à l'étage.

À l'étage ?

Les jambes flageolantes, je traverse avec elle le loft aux murs couverts de miroirs et de photos en noir et blanc d'une femme interagissant avec des phénix sauvages. Sûrement l'activiste en question. Dans un coin, un escalier en colimaçon qui nous conduit à un jardin sur le toit avec des bancs en pierre et un grand jacuzzi où Roxana est lovée. À notre approche, elle sort la tête de l'eau, sentant peut-être notre présence, et secoue ses plumes. Je me fais éclabousser, et l'eau est brûlante. Ce n'est évidemment pas un problème pour les phénix.

Tala dépose un baiser entre ses yeux bleus, gros comme des poings.

— Les phénix existaient sur terre bien avant les hommes et pourtant une grande majorité d'entre nous ne respecte pas leur splendeur. C'est rare, mais il y a encore aujourd'hui quelques phénix qui ont traversé des milliers de vies. Si tu songes vraiment à les honorer, trouve une autre manière de les célébrer qu'en les sacrifiant pour en tirer profit. (Elle caresse sa manche.) Ces plumes appartiennent à Roxana. La plupart sont tombées lors de ses morts, au fil des ans.

— Elle est morte comment?

— Le cycle normal d'un *cracheur d'éclair* est d'un an. Puis ils meurent et renaissent un mois plus tard. (Elle cueille deux pommes vertes sur des arbustes, et le phénix en saisit une avec son bec et va la mâcher à l'écart.) J'ai grandi à Cebu et vécu un peu au Caire, ce qui m'a permis de protéger Roxana des alchimistes et des chasseurs. (Elle gratte le cou de l'oiseau, qui ne montre d'intérêt que pour sa pomme.) J'ai juré de faire passer ses vies avant la mienne.

— Tes parents ont fait de même avec leur phénix?

— Tous les Chevaliers auréolés le font. C'est notre serment. En échange de nos services, nous serons réincarnés en phénix. (Elle lève les yeux vers les étoiles.) Je retrouverai un jour mes parents et nous serons réunis. Peut-être pas dans cette vie, mais dans la suivante.

La réincarnation. J'avais oublié que ça faisait partie de leurs croyances. J'ai beau être en partie spectre et pouvoir me réincarner, j'ai encore du mal à me faire à l'idée.

— Si un couple de phénix se posait près de nous maintenant, comment saurais-tu si ce sont tes parents ou pas?

— Je le sentirais dans mon cœur. Tout comme mon ex-petite amie, Zahra, a su que le papillon qui s'est posé sur son épaule le jour de sa remise de diplôme était la réincarnation de sa grand-mère.

Je croise les bras.

— La foi n'est pas une preuve. J'aimerais croire que chaque fois que le vent souffle, c'est mon petit ami qui le pousse dans ma direction, mais sa mort m'a dévastée et je ne peux pas faire comme si je n'étais pas en deuil.

Tala se lève et Roxana lève la tête. Le moindre signe de danger me hérisse.

— La mort fait partie du cycle et la seule mort à redouter est celle qui brise le cycle.

— Pourquoi pourchasser les meurtriers de tes parents, si c'est naturel ?

— Le meurtre n'est pas naturel.

Tala me tourne le dos et saute sur le rebord du toit. Pendant une seconde, je crois qu'elle va sauter. Il faudrait que Roxana soit sacrément rapide (aussi rapide que le sont, d'après mes recherches, les *cracheurs d'éclair*) pour la rattraper avant qu'elle ne s'écrase en contrebas. Je sais de quoi je parle, moi qui ai sauté depuis un nombre incalculable d'immeubles. Tala se balance sur ses talons et ses orteils sans craindre le vide. Je me place à côté d'elle.

— Mes parents étaient tout pour moi. Des cœurs aimants, ma boussole. Si je suis qui je suis aujourd'hui, c'est grâce à eux ; je pensais qu'ils vivraient assez longtemps pour nourrir mes bons côtés et éradiquer les mauvais, dit-elle.

Quoiqu'elle soit à un poil de chuter, elle affiche un calme redoutable. Sa sérénité me contamine et je détends les poings.

— Mon prénom signifie « étoile étincelante », m'apprend-elle en scrutant le ciel nocturne. Mes parents ont tenté à maintes reprises de faire des enfants, mais ma mère enchaînait les fausses couches. Ils ont prié une dernière fois leurs compagnons phénix, un *aîné couronné* et un *avaleur de soleil*, de les aider à mettre au monde un enfant, et neuf mois plus tard, je suis née. J'étais l'étoile éclatante qui a illuminé une vie qui, sans moi, leur avait semblé sombre. Aujourd'hui, leur amour n'est plus.

— L'amour n'a pas disparu.

D'un bond, elle descend du rebord.

— C'est justement pour ça que ça fait si mal ! Je porte en moi leurs enseignements, j'existe parce que leurs prières ont été entendues par leurs compagnons, mais la cérémonie de commémoration ne m'a apporté aucune consolation. J'ai hurlé sur notre nouveau commandant pendant l'heure de silence ; je voulais qu'on mette en place une stratégie pour les venger. Cette nuit-là, tous les Chevaliers auréolés se sont réunis dans un champ pour assister au départ de ceux qui nous ont quittés, embrasés par les phénix qu'ils ont protégés, jusqu'à ce qu'il ne reste plus que des cendres. Pendant ce temps-là, je pleurais à l'abri des regards.

Son récit ravive ma colère. À cause du Blackout, je n'ai pas eu l'occasion de rendre hommage à mes parents.

— J'ai incinéré Atlas avec mon feu de phénix, dis-je. Je conserve ses cendres dans une bouteille qu'il m'a donnée. (Je lui touche l'épaule pour la réconforter puis je m'écarte.) Je comprends que tu te sentes paumée sans tes parents. Je sais de quoi je parle. Des proches, j'en ai perdu. Prie pour ne jamais éprouver ce feu, ce chagrin qui consume, parce qu'il est réel et incontrôlable. (Quelque part dans cette ville se trouvent les personnes responsables de ces meurtres.) La mort ne me quitte plus depuis que j'ai perdu les miens. Il est temps que d'autres ressentent la même chose. Si tu es venue ici pour venger tes parents, laisse-toi guider par ta rancœur.

— Je t'ai épargnée pour que tu m'orientes dans la bonne direction. Conduis-moi à Emil Rey, ensuite tu seras libre de t'en aller.

— Et si on formait une équipe ? Je ne fais plus partie des Marcheurs du Ciel, et toi tu n'appartiens plus aux Chevaliers auréolés, mais on a toutes les deux le même objectif : tuer les Verseurs de sang.

Tala réfléchit à ma proposition et tend la main comme si elle s'apprêtait à me proposer un bras de fer.

— Tu jures de tuer au nom de ceux qui sont morts ?

Je lui serre la main.

— Absolument.

Tala me presse trois fois la main et dans le doute, je l'imite.

— Que leur mort soit pour toujours et à jamais, dit-elle en me lâchant. Maintenant, dis-moi où trouver Emil.

— Il est peut-être encore à l'hôpital au chevet de son frère. Mais il est possible qu'ils aient changé de lieu.

— Tu m'as dit que tu savais. J'aurais dû convaincre Wyatt de m'accompagner, son compagnon, Nox, est un brillant traqueur et…

— Je connais un autre moyen de le savoir. Il me faut juste mon téléphone.

On redescend dans le loft et Tala récupère mon gilet pare-pouvoirs, mes clés de voiture, et mon portable dans une boîte qu'elle avait rangée dans un placard. Par mesure de précaution sans doute, au cas où je me serais réveillée en son absence. Elle est très jeune. Je déverrouille mon téléphone et quand je cherche le profil de Brighton sur Instagram pour lui envoyer un message, je vois qu'il a publié un nouveau post. Il est vivant et en forme – un peu trop en forme même.

Les yeux de Brighton flamboient comme une éclipse et il porte le feu saphir issu du phénix que les parents de Tala ont défendu jusqu'à leur mort.

VINGT-HUIT

UN AUTRE CHEVALIER

Emil

J'espère vraiment que dans cette vie, j'agis enfin comme il le faut.

Je dois me fier à Brighton et le laisser faire ses preuves, mais je ne suis pas stupide ; son ego laisse parfois ressortir le pire chez lui, je le sais. L'arrogance, c'est une chose. L'arrogance combinée à des superpouvoirs, c'en est une autre. Il est sous ma responsabilité et, plus que jamais, je vais devoir le tenir à l'œil.

Ce matin, il fait la une de l'actualité. Certains extraits de notre *live* d'hier soir tournent sur toutes les chaînes, or il n'y a qu'une poignée de sources qui rapporte fidèlement nos paroles. Les autres oublient de mentionner le fait qu'on a empêché une tragédie en combattant les Verseurs de sang. Tout ce que les gens voient à présent, c'est un nouvel ennemi à craindre, à une époque où les accusations à l'égard des célestes fusent de toutes parts. Voilà qui ne va pas jouer en faveur de Sunstar et Shine, ou de la communauté dans son ensemble, alors que les élections approchent.

Les nouvelles sont bouleversantes : un coach sportif invisible qui épie ses élèves dans les vestiaires du lycée ; un patron qui menace sa secrétaire de la brûler vive si elle persiste à repousser ses avances ; une mère qui aveugle des gamins qui tyrannisaient son fils à l'école ; et tant d'autres anecdotes qui dépeignent la lumimagie sous un jour menaçant. L'espoir s'amenuise. Il y a peu de chances que je voie un jour ce pays aussi puissant que je l'imagine.

J'éteins la télé au moment où Prudencia sort de la salle de bains entièrement vêtue, une serviette en turban sur la tête. Cette nuit, elle a dormi avec Brighton, et j'ai eu toutes les peines du monde à m'endormir. Mais je comprends. Ils se donnent enfin une chance et c'est le moment ou jamais. La vie est trop courte, surtout en temps de guerre.

— Comment est-ce que Brighton gère la célébrité ? je demande.

Prudencia lâche un profond soupir en s'asseyant sur le canapé qui lui avait tenu lieu de lit pendant une nuit.

— À mon réveil, je l'ai trouvé en train de baver sur son téléphone. Littéralement.

— C'est une première ! On a partagé la même chambre pendant dix-huit ans et ça lui est jamais arrivé.

— Il a dû passer des heures à lire les commentaires à son propos sur Internet. (Ses yeux rougeoient et avec sa télékinésie, elle ouvre une fenêtre pour aérer le salon.) Je n'ai pas prévu d'employer mon pouvoir pour les choses du quotidien, promis, juré.

— Tu rattrapes le temps perdu.

— Je n'ai jamais voulu participer à cette guerre. Mais entre la mort d'Atlas, la désertion de Maribelle, et tes pouvoirs qui déconnent, on va avoir besoin de renfort.

Je ne veux pas qu'elle prenne le relais, et je m'apprête à le lui annoncer, quand un courant d'air nous balaie. Brighton nous a rejoints en un éclair, son téléphone à la main.

— Ouah ! s'exclame-t-il en chancelant. Je déconseille de faire ça au réveil. (Il s'assied à côté de Prudencia.) Maribelle m'a envoyé un message cette nuit. Juste après que je me suis endormi.

— Qu'est-ce qu'elle veut? s'enquiert Prudencia.

Brighton lit le message à voix haute : « Finalement, les étoiles ont veillé sur toi, Brighton. Ta seconde chance tombe à pic. Je me suis associée avec une Chevalière auréolée pour combattre les Verseurs de sang. Mais Tala désire des réponses concernant la mort de ses parents. Amène Emil au dix-septième étage de l'immeuble First Nebula. Si nous unissons nos forces, nous pourrons peut-être sauver Eva et ta mère. Pas de Marcheurs du Ciel. »

— Attends une seconde. Pourquoi la Chevalière souhaiterait me rencontrer? je demande. Elle croit que j'ai tué ses parents?

La panique m'envahit.

— Ça m'étonnerait, frangin. Maribelle est la première à te reprocher d'être inoffensif. Tala veut sûrement savoir ce qui est arrivé à ses parents.

— Et elle nous tuera pour nous punir d'avoir du sang de phénix.

Brighton lève la tête.

— Maribelle aussi possède du sang de phénix. Donc, à moins qu'elle soit morte et que ce soit son fantôme qui m'ait envoyé un message, on ne devrait pas avoir grand-chose à craindre.

— Petite leçon d'histoire, Brighton : les Chevaliers auréolés ont tué Keon. Qu'est-ce qui va se passer à ton avis si elle apprend pour mes vies antérieures?

— On va te protéger. Regarde, Iris tourne en rond depuis plusieurs jours; elle n'a aucune piste. Si ça se trouve, cette chevalière a des infos qui pourront nous conduire à maman. Tu ne te le pardonneras jamais s'il lui arrive malheur et que tu n'as pas tout essayé. Je vais me préparer.

Brighton fonce dans le couloir.

Il est tellement impatient de sortir d'ici qu'il ne tient pas compte des divergences qu'il existe entre Maribelle et nous. Maribelle est née avec ses pouvoirs alors que je me suis réincarné avec les miens. Vu tout ce qu'ont perpétré mes prédécesseurs, je suis loin d'être innocent; quant à Brighton, il a bu le sang d'un phénix sacrifié. Ça ne va pas jouer en sa faveur.

— Ne le laisse pas te forcer la main, commente Prudencia. Je vais aller lui dire le fond de ma pensée.

— Non, il a raison. S'il existe une chance de sauver maman, je dois la saisir.

Prudencia hoche la tête.

— Maribelle a dit « pas de Marcheurs du Ciel », mais elle ne m'a pas mentionnée moi. Je vous accompagne.

On se prépare en un temps record. Ça craint vraiment de s'éclipser après tout ce que Ruth et Wesley ont fait pour nous. Mais Maribelle m'en veut déjà à mort, et puis je me dis qu'on sera de retour avant ce soir. Mes scrupules redoublent quand Prudencia pique les clés de Wesley et qu'on s'en va au volant de sa voiture.

— J'ai prévenu Maribelle qu'on était en route, dit Brighton en posant son téléphone.

— Tu lui as précisé qu'on était ensemble? demande Prudencia.

— Tu as dit qu'il était trop tôt pour mettre une étiquette sur notre relation.

— Je ne te parle pas de nous deux! Tu lui as dit que je venais avec vous?

— Oh! (Brighton reprend son téléphone.) Une seconde.

Je passe le trajet à me faire un sang d'encre, flippant qu'il s'agisse d'un traquenard. Brighton me rabroue, m'enjoignant d'être plus confiant. Je suis encore plus stressé depuis que j'ai des pouvoirs, et la dernière fois que j'ai fait confiance à quelqu'un de nouveau, il est mort par ma faute. Je me répète que maman est probablement en vie, que Luna la tient peut-être en otage dans la perspective de se servir d'elle plus tard. Mais c'est quasi impossible pour moi de garder espoir pour Ness. Sa simple existence risquerait de bouleverser la campagne électorale de son père.

Il nous faut deux heures pour rejoindre Carroll Gardens, à Brooklyn. On se gare à quelques pâtés d'immeubles du First Nebula. Prudencia nous éclaire le chemin. Une fois que la voie est libre, elle nous fait signe de la suivre. Même si son personnage est associé aux nôtres, elle a la chance de ne pas être aussi célèbre que nous, les Rois de l'infini. Deux hommes surgissent d'un bâtiment avec une poussette, nous forçant à faire un virage à cent quatre-vingts degrés. À cet instant, un groupe de femmes en tenue de sport se dirige sur nous en faisant dribbler un ballon de basket. En attendant qu'elles passent, Brighton et moi, on se met à compter les marques de chewing-gum sur le trottoir, comme quand on était mômes. Une époque où la vie était tellement plus légère.

On s'approche de l'entrée de l'immeuble à l'instant où Prudencia en sort.

— Le concierge papote avec une nounou, nous informe-t-elle. (Elle nous fait faire le tour du bâtiment jusqu'à l'entrée de service. Elle l'ouvre à l'aide de sa télékinésie.) Allez hop, on monte !

— Il fallait que Tala réside dans le penthouse ! je me plains.

— Ce n'est que dix-sept étages. Rendez-vous en haut, déclare Brighton.

Ses yeux flamboient comme une éclipse. Son image se floute un instant avant de se figer.

Prudencia l'a stoppé avec son pouvoir.

— On va grimper les marches tous ensemble. Si c'est un piège, je préfère que tu ne l'affrontes pas seul.

— C'est toi la patronne, réplique Brighton avec un sourire.

Pour lui, c'est un jeu.

Une fois qu'elle a relâché son emprise sur lui, on gravit l'escalier tous les trois sans croiser personne, heureusement.

Parvenu au dernier étage, Brighton nous tient la porte.

— Ce sera beaucoup plus amusant quand on pourra tous voler jusqu'au toit, la prochaine fois.

Si je peux un jour voler à nouveau.

Prudencia frappe à la porte et Maribelle nous ouvre quelques instants plus tard.

Ça fait précisément une semaine qu'elle nous a vus pour la dernière fois, à l'occasion de la visite de Sunstar et Shine, toutefois elle n'a d'yeux que pour Brighton, qu'elle contemple d'un air émerveillé.

— Comment tu te sens ?

— Plus fort. (C'est un peu gênant de le voir savourer ce moment sachant qu'il avait un poster de Maribelle dans notre chambre et que Prudencia est au courant.) Prêt à me mettre au boulot !

— Allons-y.

Maribelle nous escorte à travers le loft et le long d'un escalier qui nous conduit sur le toit. Dans le jardin, une jeune femme caresse le plus grand phénix que j'aie jamais vu. Un oiseau qui pourrait écraser une personne d'un coup de patte. À en juger par son plumage jaune, ce doit être un *créateur de souffle* ou un *cracheur d'éclair*. Le premier peut exploser comme une bombe, nous emportant tous au passage ; le second peut nous foudroyer sur place. En temps normal, je ne dresserais pas un catalogue des diverses morts envisageables face à un phénix, mais je doute que la Chevalière auréolée accueille des spectres à bras ouverts. D'un regard noir, Tala confirme mon appréhension. Le phénix incline la tête de côté comme s'il m'étudiait. Je me demande s'il ressent le pouvoir que Brighton et moi recelons et qui ne nous revient pas de droit.

— Tala, je te présente…, balbutie Maribelle.

— Qui a assassiné mes parents ? l'interrompt Tala.

— Les Verseurs de sang, dis-je du tac au tac.

— Lesquels ?

Pétrifié, je fais appel à mes souvenirs. Ce soir-là, tous les Chevaliers auréolés portaient un masque. Je lui raconte la bataille telle qu'elle me revient. En tout, il y avait cinq Chevaliers armés de haches, d'épées et d'arbalètes. Le premier, un homme, fut tué sur le coup par Dione, avant qu'une femme de petite taille ne coupe la tête à cette dernière.

— C'est alors que June, le spectre fantôme – je ne sais pas si Maribelle t'a expliqué tout ça – a pris possession d'un homme. Nimuel, je crois. (Les yeux de Tala s'embuent à l'évocation de ce prénom.) June l'a contraint à tuer deux Chevaliers. J'ai prévenu la femme qu'il était possédé et elle a répondu qu'elle était son épouse. Comme June ne quittait pas le corps de Nimuel, la Chevalière lui a dit qu'elle le retrouverait dans une autre vie avant de le poignarder. Mais June s'est échappée juste à temps, et Stanton a assassiné la femme.

Tala bouillonne de colère.

— Toutes mes condoléances, dis-je. Ils se sont battus avec bravoure.

Elle ne tient pas compte de mes paroles.

— Nous serons toujours prêts à nous sacrifier pour sauver les oiseaux aux vies infinies.

— Aurora était censée être à l'abri dans une chambre forte scellée par un bouclier de protection, mais mon ancien patron m'a échangé contre elle, grisé par la promesse de célébrité.

Je ne précise pas à Tala que j'avais envisagé de tuer moi-même le phénix pour empêcher le rituel de se réaliser. Je me crispe en me remémorant l'instant où Luna a poignardé Aurora avec le terminateur d'infini, avant de s'en prendre à moi. J'aurais dû mourir dans cette église, moi aussi.

— Mes parents se sont sacrifiés pour ce phénix séculaire, pour qu'il vive et ne soit jamais exploité par l'homme, reprend Tala, qui se tourne vers Brighton. Et puis tu as volé son essence pour servir ton ambition.

Brighton ferait mieux de fuir le plus vite possible, très loin.

— Il valait mieux que ce soit moi plutôt que Luna. Je vengerai Aurora avec ses pouvoirs.

— Aurora était censée vivre une infinité de vies ! Elle avait tout un avenir devant elle !

Tala s'accroupit derrière un buisson de lys et se relève, une arbalète à la main. Elle la pointe sur nous. Maribelle lui hurle d'arrêter, mais c'est trop tard. Une flèche file en direction de Brighton, qui l'esquive à la vitesse de l'éclair et manque de dégringoler du toit. Prudencia arrache l'arbalète des mains de Tala avec sa télékinésie, s'en empare et la plaque contre sa poitrine.

— Roxana, crache ! s'écrie la Chevalière.

Le phénix se dresse sur ses serres noires et ouvre grand le bec. Un éclair s'en échappe prenant Prudencia pour cible. Je doute qu'elle soit assez forte pour le dévier ; par chance, Brighton se précipite vers elle et la plaque au sol en une microseconde. L'éclair frappe le sol, qui se met à trembler. Les secousses me projettent à l'autre bout du toit et je roule jusque dans un petit bassin. Mes oreilles sifflent ; je crois entendre Maribelle intimer à Tala de cesser ses attaques. Peut-être que celle-ci ne l'a pas entendue ; elle bondit sur Brighton qui se met à tournoyer tout autour d'elle. D'un croche-pied, elle le fait tomber.

Même si j'étais en possession de mes pouvoirs, je n'oserais pas les employer contre Tala, une Chevalière auréolée qui a consacré sa vie à la protection des phénix. Ça ne signifie pas pour autant que je vais rester les bras croisés pendant qu'elle massacre mon frère. Je fonds sur elle malgré mes vertiges, mais elle me saisit par le bras et me fait basculer par-dessus son épaule. Le regard assassin, elle nous frappe à tour de rôle.

— C'est à cause de toi que tout a commencé, m'accuse-t-elle. Tu es le premier spectre. Si les Verseurs de sang existent, c'est par ta faute !

J'essaie de la raisonner, cependant ses coups pleuvent et m'affaiblissent peu à peu. Mon corps tente de cicatriser, mais de nouvelles blessures s'ajoutent sans cesse aux précédentes et je me vide lentement de mon sang. Il est possible que Tala me tue avant que mon pouvoir de guérison ne me sauve.

Je me demande sous quelle identité je vais renaître.

Avant qu'elle ne m'assène un autre coup, Maribelle enroule ses bras autour d'elle et la soulève dans les airs, exigeant qu'elle mette un terme à tout ça.

Je veux reprendre mon souffle et m'assurer que Brighton va bien, toutefois mon pouvoir cherche à cicatriser mes plaies sans que je puisse l'en empêcher. La douleur m'irradie, et je l'endure en silence. Prudencia m'attrape la main et je presse la sienne, encore et encore. Pour la première fois de ma vie, j'ai l'impression d'être si fort que je pourrais briser des os. Une fois que la sensation de brûlure s'est atténuée, Prudencia reporte son attention sur Brighton, qui ne cicatrise pas. Un hématome mauve s'épanouit autour de son œil droit. En proie à la douleur, il fait moins le malin.

Mon regard se pose sur Tala et Maribelle, qui s'agitent dans les airs. La Chevalière s'extirpe de l'étreinte de Maribelle et atterrit sur le toit. D'une roulade de côté, elle atteint son arbalète et la pointe sur mon torse. Je n'ai plus la force de bouger. Je ferme les paupières et attends la sentence.

— Tala ! Arrête ! s'exclame un homme.

Des ailes gigantesques me surplombent et dans mon délire, je me demande si c'est un phénix qui parle avec l'accent britannique, comme dans mon dessin animé préféré. Je lève les yeux pour voir à qui je dois la vie, et je distingue un type pâle aux cheveux châtains chevauchant un phénix noir de jais. Une *obsidienne*! Le cavalier porte une veste en cuir avec des manches couvertes de plumes noires, à l'instar de son oiseau. C'est un autre Chevalier auréolé.

L'*obsidienne*, qui dépasse le *cracheur d'éclair* d'une bonne tête, atterrit doucement sur le toit et me scrute de ses yeux noirs et creux. Je me crispe sous la menace. Le Chevalier auréolé descend de sa monture, un sac crasseux en bandoulière. Sa veste est déboutonnée, laissant apparaître un torse musculeux moulé dans un tee-shirt blanc. Prudent, il tend la main vers Tala et s'approche de moi.

— Pourquoi tu me suis, Wyatt? s'emporte Tala.

— Parce que tu es mon amie. Et parce que Crest m'a promis d'augmenter mon budget livres si Nox et moi on te retrouve. (Wyatt décoche un sourire espiègle à Tala, qui y reste insensible.) Tu connais Nox, il adore la traque.

— Je n'ai pas besoin de ton aide.

— Visiblement.

Wyatt nous désigne d'un geste, Brighton et moi. Il m'aide à me relever de ses mains moites et je constate qu'on fait la même taille, ce qui me permet de plonger mon regard dans ses yeux bleu saphir. À en juger par sa barbe et l'odeur de cèdre qu'il dégage, on dirait qu'il crapahute en pleine nature depuis des jours. Sur son cou apparaissent trois cicatrices, probablement causées par un phénix, mais trop petites pour que Nox en soit responsable. Il fait passer mon bras autour de ses épaules musclées et me conduit jusqu'à un banc en pierre.

— Tu as la moindre idée de qui sont ces types? s'impatiente Tala.

— Emil et Brighton Rey – les Rois de l'infini, comme ils se sont eux-mêmes surnommés. (Wyatt connaît notre identité. J'ignore si c'est une bonne ou une mauvaise nouvelle. Le temps nous le dira.) Pardonne-moi, darling, mais j'ignore qui tu es, ajoute-t-il à l'adresse de Prudencia.

— Une amie, répond-elle.

— Eh bien, enchanté, chère amie. (Wyatt se tourne vers Maribelle, la main sur le cœur.) Et toi, tu es Maribelle Lucero. Toutes mes condoléances. Que le vent d'Atlas souffle de nouveau dans une autre vie.

Tala patiente quelques instants avant de me pointer du doigt.

— Wyatt, ce n'est pas seulement Emil Rey – c'était aussi Bautista de Leon et Keon Maximo. Tout ce qu'on redoutait au sujet des spectres phénix est vrai. Ils peuvent renaître et le cerveau derrière tout ça, c'est lui !

Je me prépare à ce que la douceur de Wyatt laisse place à un accès de colère, mais il demeure de marbre.

— Je me suis réincarné sous cette identité, mais je n'ai gardé aucun souvenir de mes vies antérieures. Je vous jure que j'ai ma propre personnalité et que je n'ai jamais voulu être un spectre. Je suis en possession du journal qui appartenait aux parents de Maribelle, Bautista et Sera, et je tente de mener à bien leurs recherches. Ils tentaient de mettre au point une potion qui neutralise les pouvoirs. Je veux que ce cycle se termine avec moi.

— Une petite seconde. (Le regard de Wyatt navigue de Maribelle à moi.) Maribelle, je croyais que tes parents étaient les deux Marcheurs du Ciel qui avaient péri durant le Blackout. Quant à toi, Emil, tu ne ressembles en rien à Bautista et Keon, mais tu serais en quelque sorte le père de Maribelle ?

— Bautista et Sera sont mes parents biologiques, mais ce sont Aurora et Lestor Lucero qui m'ont élevée. Emil n'est pas mon père, explique Maribelle.

— Techniquement, si, réplique Wyatt. Sa vie antérieure t'a engendrée. Qu'est-ce que ça fait de toi ? Je croyais que tu étais une céleste.

Les yeux de Maribelle s'animent alors. L'œil gauche flamboie comme une éclipse, tandis que le droit brille comme des comètes. Des flammes jaune foncé encerclent ses poings.

— Je suis une hybride.

— Ce petit numéro était inutile. Je t'aurais crue sur parole, dit Wyatt en fouillant dans son sac pour en sortir un journal de bord. Cela dit, ça fait beaucoup d'informations à digérer. (Il marmonne en prenant des notes.) Emil est le père de Maribelle, mais pas vraiment… Les spectres avec du sang de phénix peuvent ressusciter mais sous une identité différente apparemment… Les célestes et les spectres peuvent procréer… mince alors !…

Je surveille Tala tout du long, au cas où elle serait tentée de remettre le couvert. Pendant ce temps, Wyatt griffonne dans son carnet comme si de rien n'était.

— J'ai oublié quelque chose ? s'enquiert Wyatt.

— La potion qui neutralise les pouvoirs, dis-je.

— Ah ! Tu feras un excellent assistant lorsque nous serons de retour au Sanctuaire !

Tala le foudroie du regard.

— Tu as perdu la tête ? Tu crois vraiment qu'on va amener des spectres dans un de nos bastions sacrés ?

Wyatt range son journal.

— Je t'en prie, Tala. Nous avons beaucoup à apprendre d'eux ; venger nos compagnons serait vain. Songe au répit que cela apportera aux phénix si les autorités obtiennent une potion qui neutralise les pouvoirs. Si jamais la rumeur se répand que les spectres peuvent ressusciter grâce au sang de phénix, ce sera une tragédie pour nous. Il faut absolument qu'on prévienne Crest.

J'ignore qui est ce fameux Crest, mais Tala cesse d'argumenter.

— Mieux vaut partir le plus vite possible. Roxana et toi avez attiré l'attention de la ville tout entière, fait remarquer Wyatt en haussant un sourcil. (Mon petit doigt me dit que ce n'est pas la première fois que Tala la joue solo.) Le Sanctuaire de la Nouvelle Braise se situe dans le parc national de Storm King. Le paysage est magnifique, je vous préviens. (Wyatt saute sur Nox.) Une chevauchée, ça te dit, Emil ? J'aimerais encore faire appel à tes lumières.

C'est tentant de monter sur un phénix, toutefois je refuse de m'envoler en compagnie d'un inconnu.

— Je vais rester avec mes amis.

— Comme tu préfères. Bon voyage à tous !

Wyatt caresse le cou de Nox et l'oiseau déploie ses ailes splendides. Ils fendent le ciel bleu comme une étoile filante.

Je suis du regard le Chevalier auréolé, jaloux de l'intimité qu'il partage avec le phénix.

J'aurais aimé mener une existence pareille, dans une de mes vies antérieures.

VINGT-NEUF
IMPOSTEUR

Ness

Depuis qu'on m'a enfermé dans la chambre forte, il y a deux jours, on m'oblige à mémoriser de nouveaux scénarios dans la perspective d'une interview où je vais devoir me faire passer pour Carolina et Eva. Roslyn me remet son dernier script en date et j'y découvre un scoop hallucinant : Brighton a révélé hier soir en ligne qu'il avait des pouvoirs. Lesquels, ce n'est pas précisé, mais ce qui m'intéresse surtout, c'est qu'Emil apparaît aussi sur la vidéo et qu'il est en vie et bien portant. Si j'arrive à me faufiler dans la cave, je pourrai transmettre la bonne nouvelle à leur mère. Je suis tellement soulagé qu'Emil soit sain et sauf que je réussis à peine à me concentrer, et franchement, je suis content aussi que son frère ait récupéré des pouvoirs et puisse le protéger, parce que je ne peux pas vraiment compter sur Emil pour prendre soin de lui-même.

Allongé sur mon lit, j'ai presque fini d'apprendre les pages par cœur, quand de lents coups résonnent à ma porte. Le sénateur est de retour, et il fait peur à voir. Ses verres épais ne dissimulent pas les cernes profonds qui soulignent ses yeux rougis. Ses joues se sont creusées ; et le public se fera un plaisir de commenter cette perte de poids et ce qu'elle signifie dans son cas.

— Tu as une mine affreuse.

— Faire campagne pour diriger un monde libre n'est pas sans sacrifices, rétorque le sénateur.

Je m'attends à ce qu'il me fasse remarquer qu'il a bien essayé de se débarrasser de moi pour atteindre ses objectifs, mais il ne semble pas avoir la force de me prendre de haut.

— On dirait que tu as de nouveaux concurrents.

— Les Rois de l'infini ? Ce n'est qu'une menace de plus. Nous la neutraliserons.

Je suis sûr que c'est Brighton qui a inventé ce surnom. Pourvu qu'il soit porteur de vérité.

— J'espère que tu es fin prêt pour tes interviews, reprend le sénateur.

— Je viens de mémoriser les derniers mensonges que vous avez pondus.

— Si tu ne te montres pas convaincant face à la caméra, nous tuerons ces femmes sous tes yeux.

— Et tu perdras ton moyen de pression sur moi.

Le sénateur esquisse un sourire narquois.

— Tu ne crois tout de même pas qu'on se repose uniquement sur ces deux otages pour te contraindre à collaborer.

Je ne sais pas s'il joue au plus fin avec moi, mais ses menaces commencent vraiment à me gonfler.

— Je t'ai dit que je gérais ! À moins que tu sois venu me faire répéter mon scénario, fous-moi la paix !

Jax apparaît sur le seuil de ma chambre, les mains levées, comme s'il allait devoir me maîtriser avec sa télékinésie. Je reste assis sur le lit.

Le sénateur ne semble pas intimidé le moins du monde.

— Je suis venu te dire que nous avons invité Tueur d'Étoile Argent à participer à l'interview ; nous avons passé en revue les questions qu'il te posera. C'est un de mes plus fervents partisans, et en le mettant ainsi en vedette, nous allons donner un coup de pouce à un réseau qui s'est montré très généreux envers notre cause.

Tueur d'Étoile Argent est un vlogger taré. Il part toujours dans des délires conspirationnistes, le visage rouge comme une tomate. Comme la fois où il a soutenu qu'un avion porté disparu avait été avalé par une constellation. La première de ses vidéos que j'ai regardée en entier traitait du Blackout. Il affirmait que la bagarre entre les Marcheurs du Ciel s'était produite après qu'Aurora Lucero eut découvert une liaison entre son mari Lestor et Finola Chambers-Simone. Pour étayer sa théorie, il avait alors partagé tout un tas de photos de Lestor et Finola semblant proches au cours du combat.

— Tu ferais mieux de l'envoyer chez un psychiatre. Ce serait lui rendre service.

— Mais ça ne me servirait à rien, rétorque le sénateur.

En effet. Tueur d'Étoile Argent s'oppose systématiquement aux lumimagiciens. Comme la fois où un céleste s'était téléporté dans un cockpit pour porter secours au commandant de bord qui faisait une crise d'épilepsie ; au lieu de l'applaudir, le vlogger avait posté une vidéo alertant le public sur le danger que représente dans un avion la présence d'un céleste, capable de prendre les commandes de l'appareil en un éclair. Il hait les Marcheurs du Ciel de tout son être, leur reprochant de détruire le domaine public lors des combats qu'ils mènent pour sauver des vies.

— Sois prêt dans trente minutes.

— Je sais que Luna était très occupée pendant l'apparition du Fantôme voilé, dis-je avant qu'il ne s'en aille. Qu'est-ce que tu comptes faire de moi quand le moment sera venu pour mon remplaçant de prendre le relais ?

Le sénateur s'arrête sur le seuil.

— Tout dépendra de tes performances à venir, Eduardo. Nous pouvons soit te redonner un rôle dans le spectacle, soit t'en éliminer pour de bon.

*

Le grenier a été redécoré pour les besoins de l'interview. Les murs et les fenêtres ont été drapés pour éviter qu'on fasse le rapprochement avec les photos du manoir qui sont disponibles sur Internet. Grâce au script, je sais que lorsque je me ferai passer pour Eva et Carolina, je ne révélerai rien de notre localisation, et Tueur d'Étoile Argent va devoir signer un putain d'accord de non-divulgation. Ce qui ne semble pas vraiment nécessaire, vu sa manière de lécher les bottes au sénateur dans le couloir.

— C'est l'heure de mettre son costume, annonce Roslyn après avoir réglé la caméra et l'éclairage.

Je me métamorphose en Eva : ma peau caramel s'illumine, mes cheveux poussent, des grains de beauté apparaissent sur mes joues, mes cils se rallongent, et je rétrécis un peu dans le fauteuil.

— Oublie l'œil au beurre noir, dit Roslyn, tandis que je m'attache à imiter tous les bleus qui criblent le corps d'Eva.

Elle brandit une tablette, via laquelle elle échange une conversation vidéo avec Dione, qui se trouve en bas dans la chambre forte avec Eva et Carolina. Roslyn compare mes traits à ceux d'Eva, qui a l'air terrifiée aux côtés de son ancienne meilleure amie à quatre bras.

— Un peu moins de cheveux, m'indique Roslyn.

— C'est très bien comme ça, dis-je.

J'ai donné un air plus pimpant à ma réplique d'Eva. Elle n'est pas censée avoir passé une semaine dans un cachot.

— Un peu de théâtralité jouera en notre faveur. Si tu préfères, je peux demander à Dione de venir t'arracher quelques mèches, pour que ça fasse plus crédible.

Je m'exécute. Son heure viendra. Elle ne perd rien pour attendre.

— Tu t'en tiens strictement au script, conclut-elle. Nous sommes prêts !

Je garde les mains croisées sur mes genoux. Je ne connais pas la posture d'Eva quand elle est détendue. Le peu de temps que j'ai passé avec elle, elle était stressée et elle pleurait. En réalité, j'espère être crédible aux yeux de l'équipe du sénateur tout en éveillant le doute chez Iris. Qu'elle se dise que quelque chose cloche chez sa petite amie.

Le sénateur escorte Tueur d'Étoile Argent dans le grenier. C'est un homme blanc, la trentaine, cravate bleu marine et chemise vert citron. Hideuse. Je suis sûr qu'il brille dans le noir. Il a les cheveux auburn et des yeux marron. Lorsqu'il aperçoit la céleste que j'incarne, son regard s'emplit de haine. Il m'approche avec méfiance comme s'il craignait que les pouvoirs de guérison d'Eva lui fassent du mal.

— Russell, je vous présente Eva, dit le sénateur.

Je me lève pour lui serrer la main et il recule d'un pas. Je masque mon amusement. Le sénateur lui assure qu'il ne craint rien et lui rappelle que Jax se tient juste derrière la porte, si nécessaire. C'est pathétique de voir ce pauvre mec jouer les durs pour impressionner le sénateur. Quand je pense que pendant des années, je me suis rendu coupable du même crime.

J'ai envie de croire que les gens ne tombent pas si facilement dans le panneau, mais en vérité certains d'entre eux ne sont même pas dupes.

— Bonjour, me salue maladroitement Russell en s'asseyant face à moi.

La première fois que j'ai rencontré un céleste, j'étais môme, et comme Russell, j'étais nerveux. J'avais peur qu'il me fasse fondre les organes d'un simple regard ou qu'il manipule mon cerveau et me pousse à commettre des crimes. Je pensais réellement que toutes les personnes avec des pouvoirs étaient dangereuses et que les lois qu'on instaurait servaient à protéger les gens comme moi. J'ai mis un sacré bout de temps à comprendre que ce n'était pas une affaire de sécurité mais de domination.

— Merci de prendre le temps, dis-je comme un automate.

Russell hoche la tête et donne le feu vert à Roslyn, qui lance la caméra. Je suis sûr qu'il a hâte de passer à Carolina, qui ne représente aucun danger pour lui. Il se tourne face à l'objectif, le torse fièrement bombé, son langage corporel aussi faux que lui.

— Les interviews d'aujourd'hui se déroulent dans un lieu secret, et ce dans l'intérêt de mes invités. Nous recevons tout d'abord Eva Nafisi, découverte le mois dernier dans la série de Brighton Rey sur les Marcheurs du Ciel. Elle a récemment quitté le groupe. Qu'est-ce qui a inspiré ce revirement, Eva ?

— Le groupe des Marcheurs du Ciel se morcelle, dis-je. Il existe des dissidences en son sein. (C'est sans doute les seules paroles sincères qui franchiront mes lèvres – les lèvres d'Eva – noyées dans un tissu de mensonges.) Il y a eu des luttes de pouvoir, et des cachotteries entre nous. Parmi lesquelles un très gros secret que ma petite amie m'avait caché. Quand la confiance est brisée, elle ne guérit pas toujours. (Je marque la pause exigée par Roslyn, même si on conseille souvent de ne pas prendre en compte les descriptions dans les cours de théâtre ; or, si je veux m'en sortir vivant, je vais devoir suivre ses règles à la lettre.) Les Marcheurs du Ciel sont ma famille. Ils m'ont accueillie, alors que je n'avais nulle part où aller et que j'étais pourchassée. Mais j'en ai assez d'être une cible.

— Une cible pour qui ?

— Les chefs de gang, les alchimistes ont toujours voulu tirer profit de mes pouvoirs de guérison. Mais j'ai récemment été prise en otage par les Verseurs de sang. Une ancienne amie à moi, Dione, m'a brutalisée et forcée à employer mon pouvoir pour sauver des monstres. (Je respire à fond, sachant d'avance les mensonges qui vont suivre.) Puis j'ai été secourue par les exécuteurs. Ils n'ont pas pu capturer Dione, mais ils ont arrêté certains acolytes et me gardent en lieu sûr depuis trois jours.

Ce témoignage reste assez vague. Rien de trop précis sur l'incident et aucun détail sur l'identité des acolytes ou les prisons où on les aurait envoyés si ç'avait été vrai. Je compte sur Iris et les Marcheurs du Ciel pour creuser ces pistes et ne pas accepter le récit tel qu'il est présenté.

— Vous avez contacté des proches ? demande Russell.

Je secoue la tête.

— J'ai essayé de contacter Iris, mais elle a déjà quitté l'hôpital. C'est sans doute préférable, le temps que ça se calme. J'aime Iris de tout mon cœur, toutefois je commence à me demander si on est vraiment faites l'une pour l'autre, comme ce tee-shirt que sa mère lui avait acheté et qui lui allait comme un gant. C'est une machine de guerre, elle pousse les gens à se battre, alors que moi je suis cette pacifiste qui soigne tous les blessés après coup. Je crois que j'ai besoin de tracer ma propre voie.

— Que comptez-vous faire ?

— J'ai l'intention de faire don de mon sang à un centre médical que je ne peux nommer. Si je peux contribuer à l'élaboration d'un remède grâce à mon sang, je serai une héroïne et cela d'une manière qui me correspond davantage.

— C'est sans doute plus louable que de guérir des terroristes, commente Russell avec une pointe d'agressivité dans la voix. (Cette remarque ne faisait pas partie du script. Je brûle de répliquer, mais je me retiens. Il affiche un grand sourire.) Merci de nous avoir accordé du temps, Eva.

— Coupez ! s'exclame Roslyn. Vous avez été parfaits, tous les deux. Russell, il va nous falloir quelques instants pour raccompagner Mme Nafisi et faire entrer Mme Rey, mais il me semble que le sénateur souhaiterait vous faire visiter son bureau privé.

Russell réfrène un sourire et la joue détendu. Il prend sur lui, je le sens. Le sénateur est un héros aux yeux de beaucoup, et cette idée me dégoûte. Tous les Russell de notre pays n'attendent qu'une chose, voter pour lui et le faire entrer à la Maison-Blanche. Ça me rend malade.

Après son départ, un halo gris m'enveloppe et je redeviens moi-même.

— Sa dernière remarque n'avait pas été approuvée par avance, dis-je.

— Pas par toi, rétorque Roslyn. J'ai demandé personnellement à Russell de glisser ce commentaire. Une petite impro, ça ne peut pas faire de mal !

Si cette femme était mon amie ou si elle avait un tant soit peu d'intérêt à mes yeux, je lui confierais que l'improvisation, c'était ce que j'aimais le moins dans le théâtre, même si c'est un outil qui peut s'avérer utile pour s'adapter à tout type de situation en tant que spectre à multiples visages. Comme Roslyn l'avait espéré, je me suis retenu de réagir à la provocation de Russell. Ils vont maintenant pouvoir diffuser l'expression coupable d'Eva, qui ne prend pas la défense des Marcheurs du Ciel au moment où on les traite de terroristes.

— Enfile ton costume, m'ordonne Roslyn.

Une lueur grise me balaie à nouveau. Une chevelure brune striée de mèches grises, un regard bienveillant, des bras qui ont réconforté Eva, des mains qui ont un jour nourri la meilleure personne que je connaisse. D'un coup d'œil dans la caméra, je constate ma ressemblance frappante avec Carolina Rey ; si elle me voyait, elle me prendrait sans doute pour son propre reflet.

Je hais les paroles qu'ils vont me forcer à prononcer.

Quelques minutes plus tard, le sénateur et Russell sont de retour. Tueur d'Étoile Argent joue cette fois les grands garçons et me prend de haut, croyant avoir affaire à une mère vulnérable. Il me serre la main, le regard fuyant, et je suis tenté de lui casser le poignet. Au lieu de quoi je me radoucis et lui exprime ma gratitude, tout en me disant qu'il ne perd rien pour attendre. Brighton emploiera ses nouveaux pouvoirs pour punir Tueur d'Étoile Argent, c'est obligé. Et ça ne me dérangera pas de regarder la vidéo qu'il postera ensuite.

Les caméras tournent.

— Ma prochaine invitée ne possède aucun pouvoir, contrairement à ses enfants. Hier soir, vos fils ont mis en ligne une vidéo dans laquelle ils menacent ceux qui se mettront en travers de leur chemin, déclare Russell. (Personne ne m'a montré les vidéos, mais ça m'étonnerait qu'ils aient proféré des menaces.) Brighton s'est servi de son compte pour répandre de fausses informations concernant les Marcheurs du Ciel, les faisant passer pour des gens bien. J'ai toujours su que ce garçon était très tourmenté. C'est surtout Emil qui m'a surpris. Qu'est-ce qui lui a pris de devenir un spectre ?

— C'est compliqué, dis-je. (Ce qui est vrai d'une manière qui échappe totalement au sénateur et à son équipe.) Ce qu'il faut savoir, c'est que mes garçons ont traversé beaucoup d'épreuves cette année, après la mort de leur père.

Si Emil et Brighton regardent l'émission, je me demande s'ils penseront que leur mère a laissé de côté les détails les plus importants pour les protéger. J'ignore si le sénateur est au courant de cette histoire de résurrection, et ça me rendrait dingue que Luna s'en serve pour nuire à Emil.

— Le chagrin ne justifie pas tout, réplique Russell. Vous ne faites donc pas confiance à notre gouvernement ?

Je connais la réponse que je suis censé produire, mais je marque une pause. Non, on ne peut pas faire confiance au sénateur pour diriger ce pays. Je suis à deux doigts de le balancer et de reprendre ma véritable apparence, quitte à ce qu'ils tuent Russell pour garder le secret. De toute façon, ce mec est une crapule de la pire espèce. Roslyn brandit soudain sa tablette et, à l'écran, je vois Dione qui étrangle Carolina. Si Russell a la vie sauve aujourd'hui, c'est seulement parce que je veux que Carolina vive aussi.

— Le gouvernement mérite notre confiance, je mens.

Je joue mon rôle sans dévier jusqu'à la fin de l'interview, déblatérant un tissu de mensonges. Sous les traits de Carolina, je raconte comment le gouvernement m'a secourue, je partage l'histoire d'Emil pour illustrer le fait que c'était un bon garçon avant de se détourner du droit chemin. J'ajoute que je me fais présentement traiter dans une clinique privée pour des problèmes de cœur, et j'explique les accusations auxquelles je devrai faire face si je ne coopère pas avec les autorités.

— Une dernière question, annonce Russell. Si vous pouviez transmettre un message à vos fils, quel serait-il ?

— Ne soyez pas si arrogants et n'allez pas vous faire tuer en employant des pouvoirs que vous ne devriez pas avoir. Je n'ai plus que vous.

Puis, sur commande, je fonds en larmes. Les acteurs ont toujours l'air de faire ça les doigts dans le nez, mais j'ai appris que ce n'était pas le cas pour tout le monde. S'ils pleurent, c'est parce qu'ils puisent dans leur histoire personnelle. En ce qui me concerne, il me suffit de penser à la mort de maman et à la spirale infernale qu'est ma vie depuis.

La caméra est éteinte et Russell ne me témoigne aucune empathie. Il rejoint le sénateur sans attendre.

— Merci infiniment de m'avoir confié ces interviews, monsieur.

— Je vous en prie, ce n'est rien. J'ai de la chance d'avoir des partisans aussi géniaux que vous.

— Je reçois des amis le soir du débat télévisé. Nous avons hâte de vous voir démonter Sunstar. (Il y a tant de haine dans le cœur de Russell. Je parie qu'il rêve qu'elle crève pour de vrai.) Si jamais je peux vous être utile davantage, contactez-moi.

— Sans hésiter, mon ami.

— Et bon rétablissement !

Roslyn raccompagne Russell.

Je reprends mon apparence et le sénateur s'assied face à moi.

— Tu es fier de toi ? je demande. Remporter les élections en trichant et en mentant.

— Je combats le feu par le feu, Eduardo. Les célestes ont toujours eu l'avantage sur nous. Et je suis prêt à tout pour équilibrer la balance dans ce pays. Jusque-là, tu as accompli un travail formidable, mon fils. Les gens s'arment de baguettes à sortilèges pour se protéger, et une dizaine de célestes ont été tués depuis que nous avons publié tes vidéos. Les Américains ont compris que j'étais la solution au problème qui gangrène notre nation, me rabâche le sénateur une énième fois comme pour me convaincre.

Un halo gris m'enveloppe à nouveau et je prends l'apparence de l'homme assis face à moi.

— Voilà le visage de la plus grande menace qui pèse sur notre nation. Quoi que tu en penses.

Le sénateur affiche un grand sourire.

— Ce visage est très présidentiel. Quoi que tu en penses.

TRENTE
LE SANCTUAIRE DE LA NOUVELLE BRAISE

Emil

Enfant, je croyais que le parc national de Storm King était fictif, à cause de son nom, qui semble tout droit sorti d'un roman fantasy. Pourtant, il est bel et bien réel. Il y a quelques mois encore, papa projetait de nous y emmener lorsqu'il serait rétabli. Il avait tellement de projets pour nous, des projets qui incluaient maman aussi, et elle n'est plus avec nous, elle non plus. Durant le trajet d'une heure en voiture en compagnie de Brighton et Prudencia, j'ai émis une idée : Wyatt et Nox ne pourraient-ils pas pister maman de la même manière qu'ils ont traqué Tala ? C'est une maigre lueur d'espoir, mais c'est toujours ça de pris.

On roule en pleine forêt ; les arbres défilent avec leur feuillage mordoré d'automne. À mesure qu'on s'enfonce dans le parc, les rochers se multiplient le long de la route. Gigantesques, ils arborent tous des peintures de phénix. Des peintures si éclatantes qu'on les distingue probablement depuis le ciel. Tandis que Prudencia conduit, suivant le tracé du chemin, je réponds à Wesley, qui essaie de m'appeler pour la septième fois, et je lui présente aussitôt mes plus plates excuses et le mets au courant des dernières avancées.

— Vous êtes en route vers leur palais de phénix super cool ? demande-t-il.

D'après les images que j'ai eu l'occasion de voir, les sanctuaires auréolés sont des lieux somptueux : un manoir gothique à La Nouvelle-Orléans érigé en hommage aux *obsidiennes* telles que Nox; une maison bourgeoise non loin du Grand Canyon où les *astres gris* aiment plonger; un château sur une colline à Paris où on prend soin des *aînés couronnés.* Je me demande à quoi ressemble le Sanctuaire de la Nouvelle Braise. Ce sera peut-être la seule fois qu'on m'accueillera dans un endroit pareil.

— On devrait bientôt arriver, dis-je à Wesley, tandis qu'on traverse une clairière.

Un phénix marron aux ailes émeraude et au ventre roussi atterrit dans un arbre. Ces *flambeurs persistants* sont de véritables champions de la nature, connus pour leur capacité à avaler n'importe quelle flamme durant les feux de forêt comme si c'était juste un plat un peu épicé. Si je n'étais pas au téléphone, je filmerais ce spectacle.

— Je ne sais pas pour combien de temps on en a…

— Vous avez un sacré toupet, intervient Iris dont la voix nous surprend tous, l'appel étant sur haut-parleur. Non seulement vous vous mettez en péril, alors que tu ne peux pas compter sur tes pouvoirs et que Brighton ne sait pas encore gérer les siens, mais en plus, vous faites courir un danger à Wesley, Ruth et Esther qui vous croyaient à la maison. Imaginez qu'on les ait attaqués en votre absence et qu'ils aient eu besoin de votre aide pendant que j'étais partie à la recherche d'Eva et de Carolina?

Mes joues me brûlent; je dois être rouge comme une tomate.

— Je suis désolé, tout s'est passé si vite. Le phénix de ce Chevalier auréolé pourra peut-être retrouver la trace de maman et d'Eva; on pourra alors faire équipe…

— Non ! Les équipes se fondent sur la confiance et la communication, deux valeurs que vous avez bafouées en volant la voiture de Wesley sans rien dire à personne.

— Tu as raison, Iris, on n'avait pas l'intention de…

Sur le siège passager, Brighton se retourne et m'arrache le téléphone des mains.

— Tu es mal placée pour nous faire la morale ! Nous reprocher à nous d'avoir mis la vie de la famille de Wesley en péril, alors qu'Atlas serait peut-être encore en vie si tu avais été honnête avec Maribelle dès le départ !

Iris répond par un silence entrecoupé d'une respiration saccadée. Quelques instants s'écoulent.

— J'espère que Maribelle se montrera aussi hospitalière que nous l'avons été. Vous avez choisi votre camp. Ne nous contactez plus.

L'appel se coupe.

— Qu'est-ce qui t'a pris de lui parler comme ça, Brighton ?!

— Elle était sur ses grands chevaux ! Comme si c'étaient nous, les méchants !

— Iris est en deuil elle aussi, lui rappelle Prudencia. C'est peut-être moins dur pour elle que pour Maribelle, mais je suis certaine qu'elle culpabilise beaucoup. Tu vaux mieux que ça, Brighton !

Brighton a toujours été soupe au lait, mais s'il veut vraiment que ça marche avec Prudencia, il va falloir qu'il apprenne à ne plus se défouler sur nos amis et alliés. J'hésite à rappeler Iris, puis je me ravise. Mieux vaut la laisser souffler.

On contourne une montagne et on parvient devant un pont-levis qui ouvre l'accès à un bâtiment digne des Chevaliers auréolés – un palace flanqué de tours d'observation qui se dressent haut dans le ciel. Si Iris nous ferme la porte du cottage à jamais, nous pourrons sans doute tous nous entasser ici dans un placard ou bien dans la cabane de jardin qui surplombe l'Hudson. Wyatt, Tala et Maribelle nous attendent à l'entrée du Sanctuaire, tandis que Nox et Roxana pêchent dans un cours d'eau à proximité.

— Je ne prends pas ce vieux pont en voiture, déclare Prudencia en se garant sur le côté du chemin.

On traverse à pied le pont qui enjambe le fleuve. Roxana nous toise un instant avant d'engloutir un poisson. Si tous les Chevaliers auréolés sont végétariens, ils ne l'imposent pas aux phénix dont ils sont en charge. Quoique les oiseaux se montrent généreux envers leurs compagnons, ce sont les Chevaliers qui servent les phénix et non l'inverse.

— Vous avez trouvé, dit Wyatt en consultant sa montre. En peu de temps en plus.

— Comment tu as pu être si rapide ? demande Brighton à Maribelle. (Il balaie les lieux du regard.) Tu as pris la voiture d'Atlas ?

— Je l'ai garée en bas du loft, hier soir après t'avoir envoyé un message. Tala m'a prise en stop.

— Mais elle t'a frappée ! s'insurge Brighton.

— Pas aussi fort que toi, rétorque Maribelle.

L'œil au beurre noir de Brighton s'est accentué au cours de l'heure passée. Cela dit, c'est surtout son ego qui en a pris un coup vu qu'il a été incapable de vaincre une personne dénuée de pouvoirs. Il a l'air à deux doigts de proposer un deuxième round à Tala. Et on dirait qu'elle n'attend que ça.

Wyatt saisit le marteau en cuivre de la porte, en forme d'œuf.

— Avant de vous faire entrer, je tiens à vous rappeler que nous sommes tous des invités sur ces terres sacrées.

— On fait une grande exception pour vous, les spectres. (Tala nous dévisage ; son regard s'attarde surtout sur Brighton.) S'il est fait le moindre mal aux phénix, vous le paierez de votre vie.

Wyatt se gratte la tête.

— Euh… faites juste attention avec les phénix, s'il vous plaît.

Il pousse la porte et je ne me sens pas digne de pénétrer dans cette demeure ou de me tenir sous ce ciel majestueux. Un arc-en-ciel de phénix vole à travers le jardin. Il ne m'a jamais été donné de voir pareil spectacle, si ce n'est au musée, dans la Véranda, où étaient suspendus des mannequins de phénix. Un *nageur céleste* plonge dans un lac, éclaboussant une femme qui pourchasse un *engloutisseur de soleil*.

— C'est un sacré spectacle, hein ? me lance Wyatt.

— Oui. Une musique incroyable aussi. (Si seulement je pouvais comprendre tous ces braillements et ces gazouillis et participer aux conversations.) Je préférerais entendre ça plutôt que les gens qui s'insultent à tous les coins de rue.

— On n'est peut-être pas en mesure de les décrypter, mais je mettrais ma main au feu que les phénix se balancent des orages aussi.

L'unité qui existe entre les oiseaux et les hommes semble utopique, surtout quand on voit ce qui se passe en ville. Ici, je ne risque pas de trouver un *engloutisseur de soleil* aux pattes enchaînées et au bec cerclé d'un anneau de fer, comme au stade Apollo où on avait forcé ce pauvre phénix à se battre contre une hydre à pelage doré. Contempler cet *engloutisseur de soleil* qui s'envole me rappelle que je n'ai pas commis que des erreurs durant mon court laps de temps au sein des Marcheurs du Ciel. Cependant, les vies que j'ai sauvées ne contrebalancent pas celles que j'ai perdues.

— C'est quoi exactement cet endroit ? je demande à Wyatt pour me distraire. Le Sanctuaire de la Nouvelle Braise a une spécialité ?

— C'est dans le nom, il me semble, non ? Les Chevaliers s'occupent des phénix au moment de leur résurrection. Chaque espèce a ses propres besoins, qui dépendent surtout de leur âge véritable, prenant en compte le nombre de vies qu'ils ont vécues.

Un *flambeur persistant* de la taille d'une poule vient se poser sur le gant de fauconnerie d'un homme qui regarde dans ma direction. Qui me toise, plutôt. Gêné, je reporte mon attention ailleurs et m'aperçois que tous les humains présents ici, en dehors de mes camarades, nous foudroient du regard.

— Ces gens nous détestent, dis-je.

Wyatt lâche un sifflement.

— Ils ne sont certainement pas fans des spectres au sang de phénix. Mais le commandant Crest a passé un coup de fil et leur a ordonné à tous de coopérer à vos recherches. Qu'on vous autorise l'accès au sanctuaire, c'est une chose. Qu'on accepte votre présence, c'en est une autre.

— On ferait mieux de se tailler alors.

— Se tailler ? répète Wyatt.

— Partir.

— Oh, non. Ces dresseurs sont inoffensifs. Ils ont tous vu les vidéos de tes pouvoirs ; ils n'auront pas envie de se mettre à dos le Fils de l'infini.

Si seulement les Chevaliers auréolés savaient tout le respect que je porte aux phénix, s'ils savaient comment je suis devenu un spectre, ils ne me considéreraient sûrement pas comme une menace.

— Tu pourras leur dire qu'ils n'ont rien à craindre. Luna Marnette m'a poignardé avec un terminateur d'infini et, depuis, mes pouvoirs sont gelés.

— Dieu du ciel ! Elle t'a poignardé ?

Je suis étonné que ça le surprenne. Il a peut-être quelques cicatrices sur le cou, mais mon corps à moi en est criblé, et ça ne fait que peu de temps que j'ai rejoint le combat.

— Je voulais protéger Aurora.

Le regard saphir de Wyatt se pose sur Brighton, qui cherche à caresser le *nageur céleste* dans le lac, et qui se fait asperger en retour.

— Et d'après Tala, l'essence d'Aurora coule maintenant dans les veines de Brighton avec celui d'une hydre et d'un couple de fantômes. Entre ce scoop et le drame familial de Maribelle, on dirait que je suis tombé à pic pour vous aider.

— Je m'attends à ce que tu te retournes contre nous à tout instant.

— Ce serait sans doute dans mon intérêt d'alimenter cette crainte, mais je manie très mal les armes. J'ai transpercé d'une flèche l'épaule de ma propre mère.

— Quand ça ? Au début de ton apprentissage ?

Wyatt pique un fard.

— L'été dernier, ricane-t-il comme ces personnes qui sont prises d'un fou rire pendant un enterrement. Quoi qu'il en soit, Tala a le sens du combat, ce qui convient parfaitement à son rôle sur le terrain. Quant à moi, je travaille surtout avec les phénix.

— Tu devrais être d'autant plus furax contre moi et ce que je représente.

On a quasiment rattrapé le reste du groupe, à la grille opposée. Il pose alors sa main sur mon épaule et me stoppe.

— J'ai parcouru le monde et rencontré un nombre incalculable d'alchimistes, d'individus se livrant au massacre, à la mise en cage, et à la chasse des phénix. Ma mission est de les convaincre de cesser leur activité. J'ai connu des spectres pour qui la vie des créatures n'avait aucune valeur, ou qui se croyaient mieux placés qu'elles pour faire bon usage de leurs pouvoirs. Tu es le seul spectre à me dire qu'il désire mettre un terme à cette hérésie. Ta première vie est peut-être responsable de tout ce micmac, mais au moins, tu ne relances pas la machine, Emil.

Savoir qu'un Chevalier auréolé croit en moi me permet presque d'oublier le regard haineux du reste d'entre eux.

— Cela dit, afin d'expier les crimes de Keon à l'encontre des phénix, tu vas devoir ramasser leurs fientes.

Son visage se fend d'un sourire, que je lui rends timidement, tandis qu'on rejoint le groupe. La situation est vraiment tendue entre Brighton et Tala ; je crains qu'une autre bagarre éclate. Même si c'est Tala qui met le feu aux poudres, on nous reprochera d'avoir introduit le chaos dans le Sanctuaire. Ça m'étonnerait que Wyatt puisse plaider notre cause si ça dégénère. Je m'approche de Brighton et veille à ne pas le quitter d'une semelle, prêt à le retenir si jamais il s'emporte.

— Un petit tour du propriétaire, ça tente quelqu'un ? lance Wyatt à la cantonade. Ça fait des années que je ne suis pas venu ici, mais c'est un endroit vraiment merveilleux et...

— Ce n'est pas un voyage scolaire, l'interrompt Tala. Peut-être que tes parents se la coulent douce à Londres, mais je ne peux pas en dire autant des miens. Si tu ne peux pas aider ces spectres à mettre au point la potion, fais en sorte qu'ils remballent leurs affaires et fichent le camp pour qu'on puisse se concentrer sur les Verseurs de sang.

— Tout à fait, répond Wyatt. (Tala s'éloigne sans un mot et Maribelle s'apprête à la suivre.) Je la laisserais tranquille quelques instants, si j'étais toi, Maribelle. En fait, je lui accorderais plusieurs heures parce que j'ai appris à mes dépens ce qui se passe quand on veut se montrer serviable.

Wyatt imite quelqu'un qui se prend un coup de poing en pleine figure.

— Je vais tenter ma chance, réplique Maribelle, qui traverse le jardin en courant pour rattraper Tala.

— Vous ne restez pas ensemble ? s'étonne Wyatt. Je croyais que vous formiez une équipe soudée.

— Pas tout à fait.

— Vous êtes amis ?

Je lâche un petit ricanement.

— Bien noté.

Wyatt nous escorte à l'intérieur du château. La grande salle est plus petite que prévu, en revanche elle claque. Je flâne parmi les statues de bronze, des phénix admirablement sculptés, et m'écarte en apercevant un Chevalier en pleine prière, agenouillé devant l'un d'entre eux. Des bannières colorées aux broderies fines sont suspendues au plafond ; l'*astre gris* avec son plumage doré est tellement beau que j'aimerais le prendre en photo et en faire mon fond d'écran. Brighton confond le *nageur céleste* et le *séculaire* qui sont tous les deux bleus, mais une fois que je l'ai corrigé, il prend un selfie sous le drapeau qui lui correspond. Dire qu'il n'est même pas capable de distinguer l'espèce d'Aurora d'un phénix qui vole sous l'eau ! Une énième raison pour laquelle Brighton ne devrait pas posséder ces pouvoirs. Mais je me tais pour ne pas gâcher l'instant.

On pénètre ensuite dans une pièce circulaire dont les murs sont couverts d'armes – arbalètes, poignards, gourdins –, et où deux femmes aux yeux bandés se livrent un duel à l'épée. Les lames s'entrechoquent dans un bruit métallique à une vitesse impressionnante sans jamais blesser ni l'une ni l'autre des Chevalières. Wyatt nous explique que ces méthodes d'entraînement extrêmes sont une des raisons pour lesquelles il a évité d'endosser un rôle plus actif sur le terrain, comme Tala. Brighton se vante d'être fait pour le combat, mais il pense aussi qu'il n'a pas besoin de savoir manier toutes ces armes, puisqu'il a des pouvoirs de malade. C'est en partie vrai, et c'est flippant.

On traverse alors une passerelle qui mène à la deuxième tour, et une seconde cour apparaît en contrebas. Un jeune Chevalier chevauche un *ouragan flamboyant*, un phénix avec le corps de la taille d'un petit chien de chasse. L'*ouragan flamboyant* vole, ses immenses ailes déployées, et je me crispe, redoutant de voir le garçon tomber. Heureusement, il est supervisé par un chevalier aguerri qui plane autour de lui sur son propre phénix.

Wyatt nous indique un coin où un *engloutisseur de soleil* crache du feu sur une armure étincelante.

— Vous voyez ça ? C'est mon arrière-arrière-arrière-grand-mère qui a fabriqué la toute première armure de phénix.

— Elle a inventé les Plumes herculéennes ?

Il y a des années de ça, alors que je me promenais dans un marché aux puces, je suis tombé sur le cliché d'un phénix vêtu d'une armure qui épousait à la perfection sa tête et son corps. J'ai cru que c'était une sorte d'habit de servitude, jusqu'à ce que j'effectue des recherches et découvre que les Chevaliers auréolés utilisent ces armures constituées de diamant et de poussière de soleil pour fournir aux phénix une couche de protection supplémentaire durant le combat.

— Pas mal, hein ? Malheureusement, je ne suis pas à la hauteur de la réputation de ma famille. À l'âge de quatorze ans, je n'ai pas réussi à fabriquer les Plumes herculéennes pour Nox. En même temps, c'était surtout pour l'entraînement, puisque Nox n'est pas un phénix de combat.

Brighton contemple d'un œil admiratif l'*engloutisseur de soleil* qui souffle un feu orange, repoussant tous ceux qui cherchent à l'approcher.

— C'est incroyable ! J'aimerais bien en avoir un en guise d'animal de compagnie. Comment est-ce qu'on peut mettre la main dessus ?

Mon frère est le garçon le plus futé et le plus nul que je connaisse.

— Les phénix ne sont pas des animaux de compagnie, dis-je.

— Certainement pas ! s'exclame Wyatt. La semaine dernière encore, j'ai délivré un *aîné couronné*, retenu prisonnier par une femme, à Tampa, qui se faisait surnommer la Reine des Phénix. C'est à l'oiseau de choisir son foyer.

Je donnerais n'importe quoi pour ne plus être un soldat et pour devenir à la place un gardien qui vole au secours des phénix, les empêche d'être emprisonnés, mangés, et surtout massacrés pour leurs pouvoirs.

— Je ne parlais pas d'un animal de compagnie au sens propre, se justifie Brighton. Mais avoir un phénix à nos côtés, ça pourrait nous donner l'avantage. Surtout à Emil dont les pouvoirs buggent.

— Brighton, tu ferais mieux de te taire.

Je fais mon max pour ne pas péter les plombs. Non seulement on est des spectres et on porte en nous le sang de créatures qui sont vénérées sous ce toit, mais en plus, mon frère suggère que je compense mon absence de pouvoirs (des pouvoirs volés) en asservissant un phénix qui n'a rien demandé à personne.

— J'aimerais beaucoup vous emprunter Emil quelques moments, dit Wyatt. Seriez-vous tentés par un déjeuner ? propose-t-il à Prudencia et Brighton.

— Avec plaisir, répond Prudencia.

— Je dois lire mes messages de toute façon, rétorque Brighton en foudroyant Wyatt du regard.

Il nous conduit dans la cuisine où flotte une bonne odeur de pain chaud, de soupe et de pommes de terre. Prudencia saisit la main de Brighton pour le calmer, mais il nous jette quand même un coup d'œil rancunier avant de pénétrer dans une sorte de réfectoire garni de trois longues tables. Ça me rappelle la cantine du lycée.

J'inspire à fond.

— Navré de m'être interposé, s'excuse Wyatt. C'était peut-être inapproprié.

— Inapproprié de m'empêcher de faire la peau à Brighton ?

— Exactement. Sauver les phénix est une mission qui me tient à cœur, mais il est également crucial d'empêcher des frères de s'entretuer.

Wyatt me décoche un sourire canaille qui me prend par surprise. Chaque fois que j'éprouve un bref éclair de joie, je culpabilise en raison de la guerre qui fait rage. Wyatt a beau accomplir un travail noble, il ne semble pas porter le poids du monde sur ses épaules.

— Ton stress est vraiment palpable, tu sais ? Je connais un endroit qui devrait te soulager.

Le roulement des vagues me manque ; ça me ferait le plus grand bien de passer un peu de temps au milieu de la nature. On croise un Chevalier et Wyatt en profite pour lui demander le chemin ; je n'ai pas saisi le nom de l'endroit où il m'amène, en tout cas il peine à cacher son enthousiasme. Je parie qu'il ne sait pas garder un secret. Il gravit d'un pas léger les marches en pierre de la tour orientée sud. Mes blessures encore à vif ralentissent mon ascension, mais parvenu au sommet, je suis largement récompensé de mes efforts.

La pièce consiste en un nid géant abritant trois bébés phénix qui nous scrutent à notre entrée. L'*engloutisseur de soleil* possède un plumage orange et pourpre ; ses grands yeux noirs se détournent de nous à l'instant où deux *flambeurs persistants* nous chargent. L'oiseau de feu le plus populaire au monde crache de minuscules flammes en direction des deux phénix marron et vert qui déguerpissent. L'*engloutisseur de soleil* bombe fièrement le torse.

— C'est une sorte de nurserie, m'annonce Wyatt.

— Je peux rester caché ici pour toujours ?

— Je t'en prie. Ça ne me dérangerait pas qu'on répande mes cendres ici.

Pour ma part, ce qui adviendra de mes cendres est le cadet de mes soucis. Je me demande surtout ce qui m'attend dans ma prochaine vie, si je ne parviens pas à briser la spirale infernale.

Wyatt recueille doucement l'*engloutisseur de soleil*.

— Tu veux la prendre ?

— Il vaut mieux pas.

— Allez. Elle ne mord pas. En revanche, elle risque de te brûler les sourcils si elle est ballonnée.

Le souvenir de Luna poignardant Aurora se rejoue dans ma tête et je me crispe. Son dernier cri. Son sang bleu foncé dégoulinant le long de mon torse avant que Luna ne la vide dans son chaudron.

— Le dernier phénix que j'ai tenu dans mes bras s'est fait assassiner.

— Mais ce n'est pas toi qui l'as tué. Tu le protégeais.

Je songe au regard d'Aurora avant qu'elle ne rende son dernier soupir.

— J'ai manqué à mon devoir.

— Tu penses qu'on n'échoue jamais ? (Wyatt gratte le cou du phénix blotti contre sa poitrine.) Les *engloutisseurs de soleil* comme cette jeune demoiselle sont un mets délicat dans beaucoup de grands restaurants. Un plat qui peut coûter plus de mille livres. Le traitement qu'on inflige aux animaux dans ces cuisines est cruel. Les phénix sont enfermés dans des cages, tués, découpés, puis servis aux clients. Malheureusement pour cette espèce, elle renaît de ses cendres un jour plus tard, destinée à mourir encore et encore pour finir dans l'assiette de quelqu'un. (Les yeux remplis de larmes, il baise le crâne de l'oiseau.) Je n'ai pas toujours pu les sauver. J'ai perdu plus de batailles que je n'en ai gagné.

Je ne sais pas ce qui est pire : Aurora qui n'aura connu qu'une seule existence, ou ces phénix en cage qui renaissent pour connaître le même destin funeste, encore et encore.

Je fais un pas vers Wyatt et ma main s'approche de la femelle. Elle tressaille, méfiante, puis se calme une fois que je l'ai caressée. J'ai peur de la faire tomber, aussi je m'assieds par terre. Les *flambeurs persistants* grimpent sur mes chevilles et se faufilent jusqu'à mes genoux. L'*engloutisseur de soleil* enfouit son bec entre mes bras et son contact me réconforte, alors qu'Aurora dégageait un appétit pour le combat.

— Ils t'aiment bien, fait remarquer Wyatt en séchant ses larmes.

Ces phénix qui se collent à moi me rappellent l'interview BuzzFeed où Wesley jouait avec des chiots. Brighton a dû regarder cette vidéo une dizaine de fois. Bon sang, à l'heure qu'il est, il doit chercher à faire poster une vidéo de lui-même sur le site. Je n'ai pas besoin de ce genre d'attention.

— Si seulement j'avais un appareil photo, regrette Wyatt.

— C'est pas grave.

C'est le genre d'instant qui restera gravé en moi, même dans ma prochaine vie.

Un *flambeur* me picore le ventre ; je peux m'estimer heureux qu'ils soient encore jeunes parce qu'une fois adultes, leur bec devient tranchant comme une lame. Il leur permet même de transpercer les troncs d'arbre.

— Je sens parfois ce que ressent un phénix, dis-je.

— Ah bon ?

— La première fois que ça s'est produit, j'étais à côté de l'œuf d'Aurora. Son chant magnifique me racontait son désir de combat. (D'un côté, je préférerais ne pas parler de mes pouvoirs devant Wyatt pour éviter qu'il me considère comme un spectre. Mais c'est la raison de ma présence ici. Je dois partager mes idées pour que nous mettions fin à ce cauchemar.) Et puis, je l'ai sentie qui me prévenait d'un danger juste après son éclosion. C'est là qu'on me l'a prise et…

Wyatt s'assied à côté de moi.

— C'est bizarre que Luna ait jeté son dévolu sur un phénix *séculaire*. Si jamais elle était morte par la suite, il lui aurait fallu attendre un siècle pour ressusciter. Elle n'aurait pas préféré renaître plus tôt ?

— J'ai appris par… (Je me rappelle ma conversation avec Ness dans le cagibi où il avait joué cartes sur table avec moi. L'*engloutisseur de soleil* se love contre mon torse ; peut-être qu'elle ressent mes émotions.) Je sais de source sûre que Luna n'a rien laissé au hasard. Elle avait tout prévu. Peut-être que l'essence régénérative de l'hydre influe sur la renaissance du *séculaire* ?

— La plupart des alchimistes cherchant à concocter un élixir similaire n'ont pas tenu compte des *séculaires*, à cause de ces cent années d'intervalle entre chaque vie. À quoi bon se réincarner si tous nos proches sont morts à notre résurrection ? Quoi qu'il en soit, cette femme est un génie. Le diable incarné, mais un génie quand même.

Si seulement nous avions une alchimiste aussi brillante dans nos rangs pour mettre au point la potion qui neutralise les pouvoirs !

— Tu ne te rappelles rien de tes vies antérieures.

— Non. Luna pense qu'elle a brisé ma capacité à me rappeler mes existences passées en poignardant Bautista avec le terminateur d'infini. Si je suis en vie aujourd'hui, c'est parce qu'elle n'a pas porté un coup fatal à Bautista à ce moment-là.

— Mais ça voudrait dire que Bautista savait qu'il était Keon. Peut-être qu'on pourrait faire en sorte que tu te rappelles… (Ses yeux s'animent ; ses pensées l'emportent loin comme s'il s'envolait sur le dos de Nox.) Et si… mais non… enfin, pas impossible, tout bien réfléchi… (Wyatt cesse de marmonner dans sa barbe et se lève.) Emil, prends soin de ces petites pépites. Il faut que je touche un mot à Tala. (Il s'arrête sur le pas de la porte.) Quand je dis « pépites », je parle de ces petits trésors qu'ils sont, pas des pépites de chocolat à manger, hein ? Merveilleux, merveilleux.

Wyatt s'en va pour de bon cette fois.

L'*engloutisseur de lumière* et les *flambeurs persistants* continuent à me ramper dessus et même si je doute de le mériter, je décide de croire Wyatt sur parole : je ne suis pas comme les tueurs que j'essaie de stopper. Je vaux mieux que ces gens-là. Jouer avec les phénix, c'est un bref moment de joie que je m'accorde. Je garde à l'esprit qu'il y en aura d'autres.

TRENTE ET UN

COCOTTE EN PAPIER

Maribelle

C'est peut-être le paradis pour certains, mais regarder Tala frotter le ventre de Roxana avec une éponge me fait regretter la ville, où ma tête est mise à prix.

— Wyatt te tape sur les nerfs, je commente.

— Il est très agaçant.

— On dirait deux ex qui se tolèrent.

— On n'est jamais sortis ensemble parce que je ne suis pas son reflet, ironise Tala. (Elle jette l'éponge dans un seau et s'assied à côté de moi sur le banc.) Et aussi parce que je suis lesbienne. Wyatt est un Chevalier exceptionnel qui accomplira de grandes choses. Je le pense depuis notre rencontre, qui remonte à deux ans. Mais parfois, c'est difficile d'être en sa présence. C'est comme si… on dirait un rayon de soleil dans un monde gris. Je sais que la mort fait partie du cycle de la vie, mais mon deuil est encore récent et je ne parviens pas à envisager un avenir où je propose une visite ludique du Sanctuaire et où je flirte avec une personne que je connais à peine.

Ses paroles résonnent totalement en moi. J'ai perdu mes parents depuis plus longtemps qu'elle, mais j'ai encore pas mal de travail à faire sur moi-même.

— Atlas apaisait ma colère.

— On ne m'aurait jamais qualifiée de personne caractérielle avant la mort de mes parents.

— C'est comme si tu te perdais un peu toi-même.

— Toutes les bonnes facettes de ma personnalité, acquiesce Tala en sortant de sa poche un morceau de papier qu'elle se met à plier. D'une certaine manière, l'ancienne Tala a brûlé et j'essaie encore de m'habituer à la nouvelle Tala, qui a ressuscité à sa place. (Elle se concentre sur son origami. Je devine les ailes avant qu'elle me présente le résultat final.) Cocotte en papier.

— Les origamis, c'est ton truc ?

Je ne m'attendais pas à cette particularité de la part d'une femme qui fabrique des armes.

— On n'était pas riches. Mes parents m'ont toujours encouragée à créer de belles choses à partir de rien. Ma mère m'a appris à faire une cocotte en papier pour mes dix ans. On s'en servait de cotillons pour les fêtes…

Tala sonde le ciel comme si elle s'attendait à y voir apparaître ses parents.

Un accent britannique brise le silence.

— Te voilà ! Tala, il faut qu'on parle. J'ai une nouvelle sidérante.

Tala se ressaisit. Je me retrouve tellement en elle. En un éclair, elle passe de son monde au présent.

— De quoi il s'agit ?

— Ce n'est pas officiel, mais ça pourrait l'être. C'est une affaire qui concerne les Chevaliers auréolés.

— Tes secrets m'intéressent encore moins que le tour du propriétaire que tu nous as proposé, dis-je.

— Dans ce cas, tu ne verras pas d'inconvénient à ce que je t'emprunte cette jeune demoiselle quelques instants, réplique Wyatt avec un sourire radieux, comme s'il avait remporté un combat auquel je ne participais pas.

— Rayon de soleil, marmonne Tala en s'éloignant avec lui.

Elle se retourne pour lancer la cocotte en papier dans ma direction ; l'origami plane dans les airs à la perfection avant d'atterrir au creux de ma paume.

TRENTE-DEUX
PISTE

Brighton

Je n'aime pas qu'on me traite comme si j'étais insignifiant. J'ai des millions de followers. Je suis un putain de génie. J'ai passé des heures à bâtir mon réseau social. Alors pourquoi me tient-on à l'écart des discussions importantes ? J'espère qu'Emil fait la leçon à Wyatt, qu'il lui explique que lorsque les Marcheurs du Ciel m'ont fait le coup, j'ai tourné les talons, et que je n'aurais aucun mal à tourner le dos aux Chevaliers auréolés aussi.

Je dissimule difficilement mon agacement à Prudencia. Ce traitement déplorable va me mettre de mauvais poil et menacer mes chances d'avoir une vraie relation avec elle. Si c'était un streaming en direct, je pourrais masquer mes émotions. Je suis un pro en la matière : donner l'impression à mes Brightsiders que je ne doute de rien. Mais Prue lit en moi à livre ouvert.

On est dans le réfectoire et je finis ma soupe en silence, m'efforçant d'ignorer le Chevalier qui me toise comme si j'avais égorgé son phénix.

— Ne prête pas attention à lui, me conseille Prudencia.

Si ça continue, il va se manger une boule de feu en pleine figure.

Une fois nos bols vides, on va prendre l'air. J'ai envie de faire le tour des pièces à toute vitesse pour trouver Emil, mais comme Prudencia désire observer les oiseaux, on descend dans la cour. Bien que je n'arrive à identifier aucun de ces phénix, je respire à fond pour me calmer et oublier la réaction de Wyatt et Emil lorsque j'ai émis l'idée d'en adopter un. Emil assure ne pas vouloir de phénix comme animal de compagnie, mais il ment. Et c'est un idiot s'il ne voit pas l'avantage qu'il y aurait à en avoir un à ses côtés pour le protéger en mon absence.

Cette guerre n'est pas près de s'achever. Même quand on aura écrasé Luna et ses Verseurs de sang à New York, ce ne sera pas fini. Il y en a plein d'autres qui causent des ravages à travers le pays. Ils nous retrouveront. Sans oublier tous les alchimistes qui ont prêté allégeance à Luna. Si les pouvoirs d'Emil ne se réveillent pas d'ici là, et que je dois me charger de tous ces ennemis, je ne pourrai pas jouer les baby-sitters pour mon frère.

Un phénix bleu descend du ciel et atterrit à quelques mètres de nous. Je suis quasi sûr que c'est un *séculaire*; on dirait Aurora en un peu plus âgé. Une queue plus longue, un ventre plus duveteux, un bec couleur bronze plus large. Prudencia s'agenouille près de lui comme pour lui faire la révérence, et elle tend la paume dans sa direction. Le *séculaire* l'ignore, portant son attention sur moi.

— Pas moi, mon pote. Va la voir elle.

Le phénix incline la tête de côté comme si c'était une devinette. Alors, je m'aperçois que j'en suis une. Il a dû sentir le sang d'Aurora couler en moi, pourtant je ne suis visiblement pas un oiseau de feu. Le séculaire se rapproche et m'étudie d'un œil curieux. Peut-être que je peux créer un lien avec cet oiseau. Je ne sais pas trop comment les Chevaliers auréolés choisissent leur phénix, mais ça pourrait être ma porte d'entrée, surtout si je ne suis pas capable de voler de mes propres ailes.

Je tends la main avec prudence.

— Si tu me mords, je t'arrose d'une pluie de feu.

Prudencia lâche un petit rire.

— La menace était de trop, mais c'est plutôt drôle de voir le garçon qui a fait repousser son bras redouter de perdre sa main.

Le *séculaire* piaille en battant des ailes. Il me saute dessus avant que j'aie le temps de m'écarter, et il me picore le torse. Je le saisis par le corps et le serre entre mes mains. Le phénix me donne un coup de bec dans la joue, puis recule soudain d'un battement d'ailes – c'est Prudencia qui l'a chassé. La scène a attiré l'attention d'un couple de Chevaliers auréolés qui s'esclaffe. Putain ! J'ai la joue en sang et ça les fait marrer !

— C'est eux qui ont lâché le phénix sur moi ?

Je m'apprête à leur demander des comptes, mais Prudencia m'attrape la main.

— Viens, on va aller nettoyer ta plaie.

J'en ai ras le bol de tourner en rond, d'autant que les gens nous ignorent quand on leur demande de nous indiquer une salle de bains. À mon avis, la seule façon de se faire respecter, c'est d'enfiler un costume de phénix d'Halloween et de leur ordonner de nous obéir. Il faudrait enseigner à ces Chevaliers à montrer un tant soit peu d'égards aux êtres humains aussi – surtout à ceux qui saignent.

— Brighton ! Prue !

On se retourne. Emil descend l'escalier d'une tour. Papa aimait nous faire remarquer quand on avait le pas joyeux, et c'est certainement le cas d'Emil en ce moment. Je ne sais pas où est Wyatt ; peut-être qu'il a fricoté avec Emil. En d'autres circonstances, je serais fier de lui, mais pas là. Il observe ma joue en sang.

— Qu'est-ce qui s'est passé ?

— Un bâtard de phénix m'a attaqué.

— Qu'est-ce que tu as fait ?

— T'es sérieux ? Tu penses vraiment que je m'en suis pris à un de ces oiseaux ?

— Je ne sais pas ce que tu as manigancé en mon absence.

— Et toi, alors ? Qu'est-ce que Wyatt te voulait ?

— Il voulait me parler de mes vies antérieures, et il m'a conduit dans la tour où il y a de jeunes phénix et…

Je lâche un ricanement qui lui cloue le bec.

— Je suis super content que tu fasses joujou avec des phénix pendant que moi je me fais attaquer par l'un d'entre eux. Est-ce que tu as évoqué l'idée que Nox puisse pister maman au moins ?

Emil rougit comme une pivoine, ce qui veut tout dire.

— Ouah, Emil !

— Je n'en ai pas eu l'occasion. Wyatt a eu une idée soudaine, et il a filé en quatrième vitesse pour en parler à Tala.

Je fulmine. J'en ai marre que le sort de maman passe en dernier.

— C'est ça. Je vais aller faire un jogging et me laver. Va donc raconter ta petite histoire de bébés phénix à Prudencia.

Je m'élance à travers les couloirs, un peu étourdi par le sang que j'ai perdu. Wesley m'aurait déconseillé de sprinter par à-coups dans mon état, mais il fallait que je déguerpisse avant de m'en prendre à Emil. Je finis par trouver une salle de bains et j'applique immédiatement un linge humide sur ma plaie pour bloquer le saignement. C'est à la fois frustrant et grotesque que je ne cicatrise pas encore par moi-même, d'autant plus que les phénix et les hydres ont tous les deux ce pouvoir. Cela dit, ça ne s'est pas manifesté tout de suite pour Emil, donc je dois prendre mon mal en patience.

Je ne suis pas pressé et je prends tout mon temps avant de rejoindre les autres. J'en profite pour lire mes derniers messages. J'ai reçu un texto de Nina qui m'a un peu ghosté depuis notre rupture. Elle avait laissé un message vocal à la mort de papa, ça se résume à peu près à ça. Et bien que ma famille se soit retrouvée sous le feu des projecteurs le mois passé, c'est la première fois que j'ai de ses nouvelles. Apparemment, son petit frère aimerait avoir un autographe. Ce môme nous a balancés quand Nina et moi on avait prévu de coucher ensemble. En temps normal, je ne lui aurais pas fait ce plaisir, mais en fin de compte, il m'a rendu service. Ça m'a permis d'avoir ma première fois avec Prudencia. Je réponds à Nina que je lui en enverrai un dès que j'en aurai l'occasion. Il faut vraiment que je lance ma propre marque.

— Brighton, Brighton, Brighton, m'appelle Wyatt. Tu sais, ma mère vient de Brighton. Elle a rencontré mon père dans le train pour Londres. Tu as un prénom fantastique !

J'étais censé m'appeler Miguel, mais papa a voulu rendre hommage à son meilleur ami en me baptisant comme lui. Tout ça, je ne le raconte pas à Wyatt, évidemment.

Il examine ma balafre.

— Tu vas bien ?

Je vais droit au but.

— Tu dis que ton phénix adore la traque. Aide-nous à trouver notre mère et tu débusqueras aussi les Verseurs de sang. Histoire de faire d'une pierre deux coups. Ma mère est prisonnière ; elle souffre d'un problème cardiaque et elle se trouve dans une situation très stressante.

Wyatt paraît gêné.

— Navré, mon vieux. Nox est un brillant traqueur, en effet. Tu as des affaires qui appartiennent à ta mère ?

— Pas sur moi, mais à la maison, oui. Tu ne peux pas utiliser mon sang ?

Wyatt secoue la tête.

— Je crains que non. Le sang de la Faucheuse risque de brouiller les pistes. Il faut qu'il soit pur. Et non, on ne peut pas prendre le sang d'Emil non plus vu que…

— Vu qu'il n'est pas son fils biologique.

Le sang de la Faucheuse joue cette fois en ma défaveur, mais le jeu en valait quand même la chandelle. Si je ne suis pas en mesure d'utiliser mon sang pour retrouver maman, je me servirai des pouvoirs que ce sang m'a donnés pour devenir son Sauveur de l'infini.

— Qu'est-ce qu'on fait alors ? je demande.

— J'ai une idée. On va envoyer quelqu'un récupérer des habits de ta mère chez vous et on verra si Nox flaire une piste. Pour l'heure, il faudrait réunir le groupe. Rendez-vous dans la bibliothèque avec Tala et Maribelle. Il se peut que j'aie découvert une manière sidérante de canaliser tes pouvoirs de phénix.

— Quoi ? Je déteste le suspense. En plus vous avez fait bande à part avec mon frère, comme si je comptais pour du beurre.

— Je pense que tu peux voyager dans le passé.

TRENTE-TROIS
VOYAGE DANS LE TEMPS

Emil

La bibliothèque du château est plutôt intime et cosy, et j'y passerais volontiers quelques heures à me détendre. Des gravures de divers phénix surmontent des étagères basses pour indiquer à quelle espèce se réfèrent les livres. Je m'arrête devant la catégorie des *séculaires*, songeant avec tristesse à Aurora qui ne grandira pas et qui ne déploiera jamais ses gigantesques ailes comme sur l'illustration. Tala ouvre la porte qui donne sur le balcon et un courant d'air s'engouffre à l'intérieur. La terrasse est équipée de quelques sièges, toutefois Nox et Roxana, qui se reposent par terre, occupent quasiment tout l'espace.

Tout le monde est réuni autour d'une table en bois, mais je m'attarde un peu pour admirer le dos coloré des livres dédiés aux soins et au traitement des phénix. Je pourrais passer le reste de ma vie à feuilleter des bouquins sur ces oiseaux. Mais ce n'est pas la raison de notre présence ici et je m'installe sur une chaise avant que Brighton me tombe encore dessus en me reprochant de bayer aux corneilles. Le lustre aux ampoules en forme de bec illumine une anthologie en plusieurs volumes : *Compendium de l'oiseau de feu*. Wyatt parcourt le huitième volume de la série.

— Partage ta théorie, lance Tala qui s'est assise sur le dossier du fauteuil de Maribelle.

— Je cherche d'abord un passage de ce livre qui me permettra de vous exposer plus clairement mes idées. Ah ! (Il marmonne le texte dans sa barbe tout en hochant la tête.) Fantastique ! Emil, mon doux Emil, notre conversation sur l'étendue de tes pouvoirs m'a fait réfléchir. Le don le plus merveilleux du phénix est la renaissance. Or, jusqu'à ce qu'on te rencontre, on ignorait que les spectres bénéficiaient aussi de ce privilège.

Je n'ai jamais considéré la résurrection comme un privilège. Il y a tant de personnes qui sont mortes avant l'heure – papa et Atlas entre autres –, et pourtant, c'est mon âme qui s'est réincarnée deux fois déjà. Si ça se trouve, je suis le premier et le seul spectre à connaître ce phénomène. Est-ce que Maribelle, qui est à moitié céleste, bénéficiera de ce pouvoir aussi ? Et Brighton dont l'éventail de pouvoirs est techniquement incomplet ? Et mes ennemis ? Orton a-t-il ressuscité ? Si oui, est-ce que c'est un nouveau-né qui, en grandissant, conservera le souvenir de notre querelle ?

Qu'est-ce que j'aimerais briser ce cycle !

— C'est quoi le deal ? dis-je.

Brighton se penche en avant.

— Wyatt pense qu'on peut voyager dans le…

— Ohé ! m'interrompt Wyatt. Tu n'as pas aimé mon « scénario de film de science-fiction à petit budget » ; ça ne te donne pas le droit de me piquer mon effet d'annonce ! (Il reporte son attention sur moi.) Je me demandais si on pouvait restaurer tes souvenirs ; et j'ai failli oublier le fait qu'à leur résurrection les phénix ne conservent pas toujours la mémoire de leur vie antérieure. Ça ne veut pas dire que ces souvenirs sont perdus à jamais. Ça requiert seulement plus d'efforts.

— Un voyage à travers le temps, intervient Brighton. Il pense qu'on peut retourner en arrière dans le temps.

Wyatt le dévisage bouche bée.

— Espèce de traître.

Brighton esquisse un sourire en coin.

Je ne comprends pas tout.

— Désolé. Quoi? On peut retourner dans le passé? Comment?

— Ne le prends pas dans un sens trop littéral. Contrairement à ce que ton frère a cru, ça n'a rien à voir avec les films habituels de voyage temporel où on doit suivre certaines règles à la lettre, telles que ne pas rencontrer ton ancien toi ou ne pas bouger le moindre caillou sous peine de modifier le cours de l'histoire. (Wyatt s'assied sur la table à côté de moi, le livre sur ses genoux.) Tu vois, les phénix ont besoin d'histoire. Lorsqu'ils ressuscitent, ils transportent avec eux le bagage de leurs vies antérieures. Or ils peuvent revenir en arrière dans le temps, s'ils le désirent – ça s'appelle le «rétrocycle». C'est une fonction nécessaire aux phénix dont les souvenirs sont fracturés, comme les tiens. Une fonction qui leur permet de retourner dans leurs existences passées pour y puiser les connaissances nécessaires. Histoire de ne pas répéter les mêmes erreurs. Si les phénix peuvent rétrocycler, je ne vois pas ce qui t'empêche de remonter le fil de ta propre lignée.

Je m'étais résigné à l'idée que les souvenirs de mes vies antérieures étaient perdus à jamais. J'ai lu quelques articles sur le rétrocycle, mais je ne pensais pas y avoir accès moi-même. Après le meurtre des Chevaliers auréolés au musée, Kirk a voulu troquer Aurora contre moi, pour faire de moi un rat de laboratoire. Il a demandé à Luna si j'étais capable de me glisser dans mes vies passées. Elle n'a pas répondu à sa question. À mon avis, elle ignore si les spectres phénix le peuvent.

— Tu penses que je peux me faufiler dans la vie de Bautista ?

— Peut-être. Alors tu verrais par toi-même ce que Bautista et Sera avaient prévu de faire avec leur potion qui neutralise les pouvoirs.

On nage en pleine fiction ! Il me serait possible de me transporter dans le passé, dans le corps de Bautista ? J'ai du mal à y croire. Je me tourne vers Brighton, qui a l'air de prendre cette histoire très au sérieux. La jalousie se peint sur ses traits.

— Et moi ? s'enquiert Brighton. Et Maribelle. Tu as dit que cette nouvelle nous affecterait tous. Mais contrairement à Emil, on n'a pas de vies antérieures !

— Évidemment, tu doutes de la réincarnation, intervient Tala avant que Wyatt puisse répondre. Et tu ignores toujours tout du sang de la créature qui vit en toi.

— Un phénix possède deux lignées, explique calmement Wyatt. La première établit un lien avec sa famille. La seconde remonte à l'infini, liée à son cycle de vie propre. Si ma théorie tient la route, Brighton et Maribelle auront l'occasion de rétrocycler à travers leur lignée familiale.

Le visage de Maribelle s'éclaire pour la première fois depuis un bail, mais il s'assombrit presque aussitôt.

— Je... je ne pourrai pas voir papa et maman. Seulement Bautista et Sera.

— Tu pourras voir Aurora et Lestor, répond Brighton. Mais je suppose qu'ils devront être auprès de Bautista et Sera. Ça ne devrait pas être trop compliqué, puisqu'ils faisaient tous partie des premiers Marcheurs du Ciel. (Un sourire étire ses lèvres.) Je vais pouvoir voir papa grâce à mon pouvoir.

Comme Maribelle, je reste bouche bée. J'étais sur le point d'imaginer quel moment j'aimerais revivre avec papa ; mais alors je songe que même si c'est mon père, on n'est pas liés par le sang. Si jamais cette guerre se calme un jour et que j'ai l'occasion de digérer tous mes traumatismes, j'aimerais avant tout réussir à accepter mon adoption. Et le plus tôt sera le mieux. J'ai quand même vécu dans le mensonge pendant les dix-huit premières années de ma vie.

Je parie que j'affiche la même expression envieuse que celle de Brighton, quelques instants plus tôt.

Soudain, une idée me frappe.

— Brighton ne peut remonter la lignée d'une personne qu'à condition qu'elle soit morte ? je demande.

— Il me semble, répond Wyatt. L'idée, c'est de te connecter à d'autres vies pour aider la tienne.

Je me tourne vers mon frère.

— Tu pourrais essayer de te connecter à maman. Ça nous dira si elle est…

— Morte ou vivante, achève Brighton à ma place, comme si c'était son idée.

Je prie de tout mon cœur pour que Brighton ne puisse pas remonter le passé de maman.

— Je suis vraiment paumé, avoue Prudencia. (Je me rends compte qu'elle est la seule céleste présente dans une salle remplie de Chevaliers auréolés et de spectres phénix.) Comment les Chevaliers connaissent-ils ce processus ? Ce n'est pas un phénix qui vous a raconté ses vacances, à son retour d'un petit voyage dans le passé, j'imagine ?

Wyatt agite le livre dans les airs.

— Le moment est venu pour moi de vous raconter une histoire !

Il ouvre le bouquin à la page qu'il a marquée tout à l'heure.

Il y a deux siècles de ça, quand les Chevaliers auréolés se formaient à défendre les phénix, ils échangèrent leurs connaissances et créèrent un codex pour servir au mieux les oiseaux de feu. À cette époque, il y eut beaucoup de récits de phénix hibernant au sein de leur propre feu. Pour certains, l'hibernation durait une journée ; pour d'autres, elle s'étendait sur plusieurs semaines. À chaque fois, les Chevaliers croyaient que les oiseaux se préparaient à leur mort; en réalité, ils revenaient plus forts et plus avisés. Elodie Badeaux, une historienne, a parcouru le monde pour étudier ce phénomène comportemental.

Je perds un instant le fil du récit, songeant à l'existence de rêve que cette historienne a dû mener, m'imaginant à sa place, même si je n'aurais jamais été capable de déchiffrer cette énigme. Heureusement, elle était hyper douée. Elle interrogea tous les Chevaliers sur les différences qu'ils avaient relevées chez leur phénix avant et après hibernation. Dans un cas, une *nageuse céleste* dans sa sixième vie ne savait plus nager ; à son réveil, au bout de trois jours, elle a fondu sur l'océan et a plongé allègrement dans l'eau pour pourchasser les dauphins. Ailleurs dans le monde, un *freux chanteur* connu pour sa faculté à régénérer ses membres avait été victime d'un piège de chasseur et avait perdu une patte. En le voyant s'envelopper de ses flammes violettes, son compagnon auréolé lui a fait ses adieux. Quelques heures plus tard, le *freux chanteur* est sorti de son hibernation et son pied a aussitôt repoussé.

— ... tous ces exemples suggèrent que les phénix puisent leur savoir dans leurs vies antérieures afin de renforcer leur existence présente, conclut Wyatt en refermant le livre. C'est un pouvoir qui réside en eux. C'est aussi instinctif que de voler ou de respirer. Si d'aventure un phénix sent que le muscle de la mémoire ne fonctionne pas bien, il lui suffit de retourner dans le passé pour se souvenir. Fascinant, n'est-ce pas ?

— J'ai vu ce phénomène de mes yeux avec Roxana, dit Tala. J'avais sept ans, et un garçon de mon groupe d'entraînement a fait remarquer que Roxana était abîmée parce qu'elle ne projetait aucun éclair depuis sa dernière résurrection. Je lui ai fichu un coup de poing dans le nez.

— Ça ne m'étonne pas, commente Brighton.

— Tu aimerais qu'on rejoue la scène ? réplique Tala.

Sa réaction est naturelle. On ne peut pas la lui reprocher. Brighton ne se sent vraiment plus pisser. D'abord il s'en prend à Iris qui pourrait lui arracher les bras en un tournemain – et le ferait volontiers une seconde fois s'ils repoussaient – et maintenant il fait le malin avec Tala, qui lui en veut déjà de posséder du sang de phénix.

Tala détourne son attention de lui.

— Un soir, Roxana a mis le feu à son nid et est allée s'y coucher. Le lendemain matin, elle ne s'est pas réveillée, et j'ai pleuré des nuits entières, persuadée d'avoir failli à mon devoir et de m'en être mal occupée. Ça a été le mois le plus pénible de ma vie. Puis, elle s'est réveillée. Le ciel a grondé, et j'ai dansé sous le déluge qu'elle a provoqué.

C'est la première fois que je vois Tala irradier d'amour en contemplant Roxana. Elle a dû souffrir un max quand elle a cru que son phénix était mort.

— Situation similaire avec Nox, dit Wyatt. Il y a deux vies de ça, il pistait un phénix blessé dans la forêt et ses sens étaient détraqués. Aujourd'hui encore, je mettrais ma main à couper qu'il avançait au pif. Alors, il s'est arrêté et il a hiberné. Je connaissais le phénomène du rétrocycle, mais c'était étonnant de le voir à l'œuvre. J'aurais pu me passer de ces trois nuits en solitaire dans la forêt ; mais quand Nox s'est réveillé, il lui a fallu à peine quelques minutes pour retrouver l'*ivoire commun* dans une grotte.

Wyatt est très fier de Nox. Son sourire réchaufferait le soleil.

— Comment ça marche pour les hommes ? je demande. On essaie de rétrocycler pendant notre sommeil ?

— C'est là que la spéculation débute. Malheureusement, nous n'avons aucune lumière pour éclairer votre chemin.

Peut-être que ça se produit durant votre sommeil ou qu'il faut méditer ou vous consumer ou encore danser nu sous le soleil. Pour ma part, je serais plutôt en faveur de la danse dénudée, dit Wyatt en plongeant son regard dans le mien.

Je détourne les yeux, rouge d'embarras. Je me demande s'il flirte comme ça avec tout le monde ou si c'est avec moi en particulier. En tout cas, il est beaucoup plus cash que Ness. Je ne saurai jamais ce que Ness ressentait pour moi, mais je me sens ridicule de croire qu'un mec aussi beau et courageux que lui puisse s'être intéressé à moi. Je me fais sûrement des idées avec Wyatt aussi.

— À quoi bon rétrocycler ? réplique Maribelle.

— Ça pourrait te servir, intervient Tala. Tu ne maîtrises pas ton intuition. Or ce pouvoir pourrait faire de toi une adversaire redoutable face aux Verseurs de sang.

Maribelle réfléchit. Je ne sais pas si ça suffira à la convaincre.

— On commence quand ? s'impatiente Brighton.

— Calme tes ardeurs, répond Wyatt.

— Non, la vie de ma mère est en jeu.

— Certes, certes. Écoute, j'ai besoin d'un peu plus de temps pour approfondir mes recherches et choisir la meilleure approche. Je promets de partager mes résultats avec vous au plus tard demain matin.

— À quelle heure on revient ? je demande.

Je ne sais même pas où on va aller. Iris nous a fermé la porte du cottage. Peut-être qu'on dormira dans la voiture.

— Vous pouvez dormir ici, si vous le désirez. Vous êtes les bienvenus. Il reste encore deux chambres d'invités. Je dormirai ici, dans la bibliothèque. Tala, ça te dérange de les accompagner ?

— Oui.

— Merci.

— Tu as mal compris. Oui, ça me dérange. Je suis prête à m'associer avec eux dans l'intérêt des phénix, mais il n'est pas question que je mette des chocolats sur leurs oreillers ou que je change leurs draps.

Sur ces mots, elle sort sur le balcon et s'allonge à côté de Roxana.

Wyatt nous escorte lui-même, grommelant à quel point il apprécie le fait qu'on s'entende tous si bien. Il y a deux lits dans chaque chambre et même si j'aimerais accorder un peu d'intimité à Brighton et Prudencia, Maribelle me laisse clairement comprendre qu'elle ne veut pas de moi dans sa chambre en me claquant la porte au nez. Ce serait cool de flâner dans la bibliothèque toute la nuit, pourtant je me contenterai de cette petite chambre avec vue sur le jardin, où est suspendu un portrait de phénix en noir et blanc.

— À demain, me salue Wyatt en inclinant son chapeau imaginaire. Ou à tout à l'heure, si tu n'arrives pas à dormir.

Je commets l'erreur de me tourner vers lui ; il me couve du regard. Et me décoche un clin d'œil avant de prendre congé de nous.

Brighton éclate de rire.

— Frangin ! Ce Chevalier auréolé a le béguin pour le Fils de l'infini.

— Je ne crois pas que ce soit à cause de son titre, rétorque Prudencia. Désolée, Emil, je refuse de t'appeler comme ça. Privilège d'amie. Mais je suis d'accord avec ton frère. Tu as un ticket avec Wyatt.

— Tu aurais dû accepter sa proposition tout à l'heure et monter sur le phénix avec lui, commente Brighton en remuant les sourcils.

Prudencia lui donne un petit coup de coude dans les côtes.

— Brighton ! On a d'autres priorités.

— Je dis ça pour toi, frangin ! Tu n'as jamais embrassé un mec et il y a ce Chevalier auréolé avec ton accent préféré qui te fait du rentre-dedans !

Sur le papier, Wyatt a tout pour plaire et je devrais me pencher sur la question, c'est évident. Cependant, ce n'est pas parce qu'un bel Anglais amateur de phénix s'intéresse à moi que Ness disparaît de ma tête et de mon cœur. Ness a gagné ma confiance au fil du temps, et il a pourtant eu maintes occasions de me tuer ! Il a procédé au sacrifice ultime pour me sauver la vie. Le monde pleurait sa disparition après le Blackout, mais je suis l'un des rares à savoir qu'il était encore en vie ; et maintenant il est mort pour de bon à cause de moi. Je dois lui rendre hommage en m'assurant que son père ne devienne pas président. Et dans ce but, il faut que j'affaiblisse les Verseurs de sang, qui donnent raison au sénateur Iron et à sa campagne contre les lumimagiciens, qu'il qualifie de menaces.

Je ne peux pas défaire leurs torts, mais je peux essayer de rectifier le tir.

Il faut que je retourne dans ma vie passée afin de mener à bien ma vie présente.

TRENTE-QUATRE
DE PION À REINE

Ness

Je suis dans ma chambre. J'imagine différentes manières d'anéantir le sénateur.

Il faut commencer par neutraliser Zenon pour l'empêcher de donner l'alerte si j'arrive à filer entre les pattes de Jax et prendre l'apparence d'un autre. Les derniers sondages annoncent le sénateur en tête; je parie que ce sont les vidéos de propagande qui lui ont donné l'avantage. Mais si je parviens à passer en direct sur une chaîne nationale en me faisant passer pour lui, je lui ferai payer tous ses crimes, jusqu'au dernier.

Adieu la Maison-Blanche. Bonjour la prison.

On frappe doucement à ma porte et Luna pénètre dans ma chambre à pas lents, vêtue d'un manteau carmin qui contraste avec la pâleur de sa peau. C'est la première fois que je la vois depuis qu'elle s'est introduite dans le manoir pour conclure un marché avec le sénateur. Elle est toute seule; même June ne l'accompagne pas.

Je pourrais en profiter pour l'attaquer.

Luna attrape une bougie éteinte sur mon étagère et la renifle.

— Eucalyptus. L'une des nombreuses tromperies de la nature. Il t'attire avec son parfum mais son essence renforce n'importe quel poison.

Je l'interromps.

— Tu m'as menti, dis-je de but en blanc.

— Quand ?

Sa question est sincère. Elle m'a confié sa vie, sa quête d'immortalité. Or qui sait à combien de reprises elle m'a trompé.

— À propos du sénateur, je réponds.

— Ce n'est pas ma faute si tu ne poses pas les bonnes questions.

— Tu m'aurais dit la vérité ?

— Mieux vaut cacher son jeu. Tu étais déjà résolu à travailler pour moi – contre ton père. (Luna s'assied à côté de moi sur le lit, ce qui me replonge à l'époque où elle m'a pris sous son aile.) D'ailleurs, ta trahison prouve que j'ai eu raison de ne pas te dévoiler tous mes secrets. Les Verseurs de sang sont présents en très grand nombre sur l'ensemble du territoire, mais ceux que je garde à mes côtés sont ceux en qui j'ai le plus confiance. Les services que je t'ai demandés pourraient me valoir un long séjour en prison, faire de moi une cible. C'est vers toi que je m'étais tournée. Je croyais en toi.

Elle s'exprime d'une voix douce, comme une mère tâchant d'expliquer sans s'emporter une chose essentielle à son enfant.

Le lendemain du Blackout, après que June m'a sauvé et ramené dans une des planques de Luna, celle-ci m'avait servi un discours rassurant sur les deuxièmes chances. À ce moment-là, elle me manipulait sans que j'en aie conscience, cherchant à me tirer les vers du nez. Elle m'avait fait parler des tensions qui régnaient entre le sénateur et moi. Ce jour-là, elle s'était positionnée comme mon alliée, celle qui me protégerait si j'entrais à son service. Même si ça impliquait que je devienne un spectre au péril de ma vie. Ce n'était pas une décision facile, et le Fantôme voilé approchait à grande vitesse. Lorsque Luna a récupéré un métamorphe blessé par un chasseur, ça s'est présenté comme un signe. Luna m'a assuré que l'esprit de la pauvre créature continuerait à vivre si je mêlais son sang au mien. J'ai accepté et j'ai bu la potion, croyant que ma nouvelle vie serait meilleure, pensant que je pouvais avoir confiance en cette femme qui m'a soigné avec ses breuvages quand mon corps s'est métamorphosé, contre mon gré.

Jamais dans ma vie je ne me suis senti aussi exceptionnel que lorsque Luna m'a appris à changer d'apparence. J'étais aveuglé par ses éloges.

Je me lève et vais m'asseoir à mon bureau.

— Avec un peu de chance, votre prochain Verseur de sang sera plus docile. Eh oui ! Dione m'a raconté ce que vous maniganciez avec le sénateur la nuit de la constellation. Je ne suis pas le seul à avoir une grande gueule.

Luna se tourne vers la porte.

— Je veillerai à lui en toucher un mot, déclare-t-elle avant de reporter ses yeux verts sur moi. J'ignore combien de temps il me reste sur cette planète, mais je n'en ai pas à perdre à former de nouveaux spectres. J'utilisais le Fantôme voilé pour rendre un service. Ton père et moi, nous ne pourrions pas te remplacer, même en rêve ; je n'ai jamais rencontré personne – céleste ou spectre – capable de prendre l'apparence de quelqu'un avec autant de subtilité que toi. Nous pourrions en recruter un autre pour les missions de bas étage, mais pas pour changer le monde, comme on l'attend de toi.

Je préférerais qu'ils me renvoient plutôt que de continuer à être leur employé !

— Maintenant que j'ai imité Eva et Carolina pour le compte du sénateur, tu vas vouloir que je me fasse passer pour les Marcheurs du Ciel ?

— L'idée m'a effleurée, mais les Marcheurs du Ciel devineraient que tu es en vie et ils finiraient par trouver des preuves et des manières de discréditer la campagne de ton père. Tu te rappelles quand tu effectuais des missions sous couverture pour moi ? Eh bien, les mêmes précautions sont d'usage : ne jamais incarner une personne susceptible d'avoir un alibi solide. Ce qui n'est pas le cas d'Eva et de Carolina tant qu'elles restent sous notre coupe. (Luna est prise d'une violente quinte de toux, et je réprime mes vieux réflexes, qui me pousseraient à l'aider.) En revanche, quand le moment sera venu, nous te demanderons peut-être de porter le visage de ton amant.

Un frisson me balaie la colonne vertébrale.

— Je ne vois pas de quoi tu parles.

— J'ai concocté la formule chimique la plus révolutionnaire qui soit depuis que Keon Maximo a découvert comment transmettre le pouvoir des créatures aux humains. Tu crois que je ne sais pas reconnaître de jeunes amoureux ? Ne me prends pas pour une imbécile ! (Si elle ne fait pas gaffe, elle va récolter une gifle qui effacera ce sourire hautain de son visage.) Ça a dû te coûter de le trancher comme un rôti… Tu penses qu'il risque gros si le secret de son identité est dévoilé au grand jour ? Le secret de ses vies antérieures ?

Je crois savoir que beaucoup ont pleuré la mort de Bautista de Leon. De nombreuses cérémonies en son honneur se sont tenues aux quatre coins du pays à son décès ; des fans du monde entier furent affectés par la nouvelle. D'un autre côté, beaucoup ont fêté sa disparition aussi. Et puis, il y a tous ceux qui haïssent les spectres de tout leur être et qui n'hésiteraient pas à descendre dans la rue pour décharger toute leur colère sur Emil sans se poser de questions. Qu'Emil ne conserve pas un seul souvenir de ses vies précédentes, qu'il ait sa propre personnalité, qu'il n'ait rien en commun avec Keon Maximo, les gens s'en ficheraient. Emil deviendrait la personne la plus traquée d'Amérique. Tout le monde voudrait le trucider.

J'ai fait suffisamment de mal à Emil pour une vie tout entière. Il ne faut absolument pas que son secret fuite.

— Pourquoi le sénateur ne s'est pas servi de cette info pour salir Emil aux yeux du public ?

Luna affiche un grand sourire.

— Comme je viens de te l'expliquer, je ne révèle mes secrets que si ça me rapporte quelque chose en retour. J'ai donné à Iron les clés du succès de sa campagne sans lui dévoiler que la résurrection est possible.

— À quoi bon garder des secrets ? Tu es mourante ! Mets le feu aux poudres ! Fais tout péter !

— Ah là là ! Tu as passé la plus grande partie de l'année sous ma protection, et tu ne me considères toujours pas à ma juste valeur. J'ai semé pas mal de morts sur mon parcours, je ne vais pas le nier. Mais ce que j'ai toujours recherché, c'est la clé de la résurrection et de l'immortalité, autrement dit, la vie sous toutes ses formes. Parmi les centaines d'alchimistes qui existent dans le monde, il n'y en a qu'une poignée qui tienne la route. Et encore, la plupart ont failli à l'humanité. Personne n'a découvert comment soigner les rhumes, les cancers, les infections mortelles, les maladies du sang telles que la mienne. (Ses joues sont colorées, pourtant elle ne m'a jamais paru plus faible.) Certains alchimistes ont gagné du temps, mais pas assez, malheureusement, ajoute-t-elle avec tristesse.

Il n'existe pas de remède à sa maladie, bien qu'elle ait toujours espéré que le sang de la Faucheuse régénère ses artères et les rende comme neuves.

— Si tu te soucies autant de l'état du monde, Luna, tu aurais peut-être dû consacrer davantage d'énergie à protéger ceux qui y vivent.

— Je me fiche de ceux qui ne vont pas me regretter.

— Ça ne te ferait pas de mal d'être un peu plus altruiste, dis-je.

Elle aurait pu apprendre beaucoup d'Emil si elle avait passé moins de temps à le torturer.

— Il n'y a aucun mal à être égoïste. On a le droit de se laisser guider par ses désirs : la célébrité, l'amour, la stabilité, le pouvoir, la vengeance. Pour certains, c'est un mélange de tout ça et plus encore.

C'est sans doute très avide de ma part, mais toutes ces choses, je les ai voulues, moi aussi. En tant que fils de politicien, j'ai connu beaucoup de privilèges. J'avais mon propre garde du corps, je vivais dans un manoir équipé d'une chambre forte… Sans oublier toute la sécurité financière dont on a joui. Je rêvais de troquer les congrès politiques contre une scène à Broadway ou ailleurs. Apparaître sur les tapis rouges, faire des tournées de promotion, donner des conférences dans des écoles d'art dramatique pour partager mon savoir. J'avais hâte de grandir et de faire mes propres choix. Et voilà le résultat ! Je me retrouve aujourd'hui à imaginer comment me venger du sénateur et de Luna, qui m'ont dépossédé de mon libre arbitre à grand renfort de manipulation et de menaces. Sans oublier l'amour, qui m'a poussé à foncer dans un bâtiment cerné de toutes parts pour sauver une personne à laquelle je tiens… Tout ça au moment où j'étais enfin libre d'être moi-même.

— Je lis dans tes yeux que tu partages mon avis, dit Luna.

J'ai beau camoufler mes émotions, elle voit clair en moi.

— Où tu veux en venir ? je demande.

— Il y a des années de ça, j'ai compris qu'il me faudrait plus d'une vie de labeur pour réussir à dompter la mort. Il faut des décennies à un alchimiste pour maîtriser son art. Et encore, les meilleurs d'entre nous (Keon et moi par exemple) ont bénéficié du travail effectué par nos prédécesseurs. J'ai perdu des proches, et c'est ce qui m'a mise sur cette voie. Mais ne serait-ce pas triste de reconstruire un monde sans en faire partie ? Ce serait injuste.

— Et tu n'en tirerais aucun profit, j'ironise.

Elle reste de marbre.

— En effet. Ce que je désirerais le plus au monde, c'est que ma sœur tant aimée, Raine, ne soit pas réduite à une poignée de cendres dans une urne. J'ai déployé des efforts incommensurables pour la ramener à la vie. Et malgré mes avancées et mes découvertes, j'avais besoin de plus de temps pour assembler les pièces du puzzle, et trouver la clé de la résurrection. Ce que le sang de la Faucheuse m'aurait accordé.

Elle peut toujours attendre des excuses de ma part. Elle mourra avant.

— Pendant trop longtemps, j'ai eu des regrets. J'ai eu l'occasion de m'approprier des pouvoirs, surtout quand j'étais encore jeune et que les risques étaient moins élevés, mais les spectres étaient une invention trop récente. Les spectres ont beau avoir des pouvoirs extraordinaires, ils restent de simples mortels. Même June, mon miracle, ne vivra pas éternellement. Par chance, je n'ai pas pris de décisions précipitées. Rien ne nous garantit que le sang de phénix puisse me ressusciter sous la même identité. Au contraire, comme en témoignent Keon et sa lignée. L'invention de l'immortalité implique un jeu sur le long terme. Et j'ai suivi les règles à la lettre, travaillant aux côtés de Keon, prenant soin de mon mariage, transmettant des pouvoirs à tous les Verseurs de sang.

— Je ne savais pas que tu avais été mariée. (Sans lui laisser le temps de répondre, j'ajoute :) OK, ce n'était pas mes oignons.

Le sourire de Luna est interrompu par une nouvelle quinte de toux. Ses paumes se teintent de sang. Elle s'essuie sur son manteau carmin sans se donner la peine de prendre un mouchoir.

— Quand les Chevaliers auréolés ont tué Keon, et qu'il n'a pas ressuscité, j'ai cru qu'il était décédé pour de bon. Alors, j'ai cherché d'autres moyens de me rapprocher de la mort.

C'est à cette époque que j'ai découvert l'existence de quintuplés en Colombie, tous hantés par leurs pouvoirs de mort.

Je m'accoude à mon bureau, soudain captivé par cette histoire qui débute comme un conte de fées. Le frère aîné, Fabian, entendait et comprenait les fantômes, mais il était tellement sollicité par eux qu'il finit par se suicider. Le deuxième, Mattias, poussait des hurlements si stridents qu'il finit par griller le cerveau de toute une population, dans la ville où il résidait. Quant au troisième, Santiago, il s'était isolé pour éviter les visions de morts imminentes. Le quatrième, Alvaro, sentait la chair et les os des gens et prédisait combien de temps il leur restait à vivre. Davian, le plus jeune, possédait un toucher létal. Sa propre mère était morte en le mettant au monde.

— Santiago était le dernier de la fratrie encore en vie à mon arrivée en Colombie. J'aurais adoré travailler avec Fabian, qui était en contact direct avec les fantômes. Toujours est-il que lorsque j'ai débarqué chez Santiago, je lui ai promis de l'aider à maîtriser ses pouvoirs pour le sortir de son isolement, m'explique fièrement Luna. (Ça ne m'étonne pas qu'il soit tombé dans le panneau. J'ai commis la même erreur un jour.) J'ai gagné sa confiance et il m'a ouvert son foyer et son cœur. À la suite de notre mariage, j'ai tout obtenu : le domaine familial, leurs secrets les plus sombres, et même un enfant au grand potentiel qui n'est plus. Je ne me considère pas comme une personne superstitieuse, mais même moi, je dirais aujourd'hui que cette famille était maudite.

Je n'arrive pas à croire qu'elle ait un jour été une épouse et une mère. Je pourrais prendre son apparence, saisir la nuance exacte de vert dans ses yeux, les plis de ses lèvres, les rides sur son cou et le rouge de sa langue, intensifié par l'absorption de breuvages quotidiens. Mais tout ça, c'est superficiel. Je ne saurai jamais imiter le cœur sombre qui l'habite.

— Santiago s'est donné la mort, comme son frère ?

— Non. J'ai mis un point d'honneur à le tuer. J'ai pris grand plaisir à voir cette lueur dans ses yeux quand il a compris le sort que je lui réservais, et qu'il s'est avéré incapable de m'arrêter.

Ça ne me surprend même pas. Cette même femme a assassiné ses propres parents quand elle était gamine. Logique.

— Apparemment, il ne t'apportait pas grand-chose.

— Il m'a donné un enfant, et grâce à ça, j'ai appris à prendre soin de ceux qui possèdent des pouvoirs. Les Verseurs de sang sont nés des années plus tard.

— Merci pour la leçon d'histoire. C'est super de savoir que tu as toujours été une personne atroce.

Luna lâche un petit ricanement.

— Tu n'as pas toujours pensé ça. À une époque pas si lointaine, j'étais une gentille comparée à ton père, que tu considérais comme un dangereux criminel. Tu te demandais quelle serait ta prochaine mission ? Tu prendras l'apparence de Nicolette Sunstar dans le débat à venir. Le plan est tout à fait diabolique ; c'est ton humble servante qui l'a mis au point, annonce-t-elle fièrement. Mais je ne fais que gagner du temps en attendant de passer à l'étape suivante. Le moment venu, j'espère que ces aveux concernant mon passé me vaudront de nouveau ta confiance. Je n'ai plus aucune famille, et je te considère un peu comme la mienne.

La colère bouillonne en moi, et aucun masque ne pourrait la dissimuler.

— Tu aurais encore une famille si tu ne tuais pas tous tes proches.

Elle inspire à fond, se met debout et se dirige vers la porte.

— Tu ne…

— La ferme ! Tu te prends pour une grande manipulatrice, tu te vantes de te servir des gens ! Comme si le sénateur ne se servait pas de toi en retour !

Je m'attends à ce qu'elle appelle Stanton pour me punir ; alors, je me rappelle qu'il ne fait plus partie du tableau, qu'elle se trouve dans ma maison, et qu'elle n'a plus les pleins pouvoirs sur moi. Luna esquisse un sourire en coin, comme si elle était fière que je lui aie tenu tête.

— C'est vrai. On a beau calculer chaque coup lors d'une partie d'échecs, la reine peut toujours être prise par une pièce dont on ne se méfie pas. Mais tant que le roi est encore debout, la partie se poursuit, et un pion peut atteindre l'autre extrémité de l'échiquier, et devenir plus fort que jamais. Ma question est la suivante, Ness : seras-tu dans mon camp quand je reprendrai le pouvoir, ou seras-tu un ennemi à abattre ?

TRENTE-CINQ
BONJOUR NOX

Emil

Se réveiller au chant des phénix, c'est le paradis.

Alors que les cris d'agonie d'Aurora résonnent encore en moi, je découvre ce matin de nouvelles sonorités, tandis que les phénix communiquent avant de prendre leur envol. Le cycle du phénix se compose à la fois de la vie et de la mort ; or je n'en avais jamais vu autant en vie que ces dernières vingt-quatre heures. Merci du fond du cœur à Prudencia et Brighton de m'avoir laissé le lit près de la fenêtre, qui me permet d'assister à ce spectacle étonnant. La lumière du soleil se faufile jusqu'à moi ; au même instant, un *ivoire commun* passe en volant devant la vitre, si proche que j'aurais presque pu effleurer sa queue argentée.

Si seulement chaque jour pouvait débuter comme ça ! Mais, aujourd'hui, on va peut-être s'apercevoir que la théorie de Wyatt ne tient pas la route. Alors, les Chevaliers auréolés nous mettront à la porte.

Je compte bien en profiter à fond tant que c'est possible. Je sors discrètement de la chambre pendant que Brighton et Prue dorment encore enlacés. Je croise une Chevalière occupée à moucher les chandeliers ; je la salue mais elle fait comme si j'étais invisible. J'essaie de ne pas le prendre personnellement. D'un côté, j'aimerais dire à tous ces gens que je n'ai pas choisi cette vie, mais c'est peut-être mieux comme ça. À quoi bon leur révéler que je suis la réincarnation de leur pire ennemi, le type dont les travaux scientifiques sont à l'origine du massacre qui affecte toutes les créatures, y compris les phénix dont les Chevaliers sont les protecteurs ?

Je rive les yeux au sol jusqu'à ce que je parvienne dans le jardin et je vais me réfugier à l'ombre d'un pommier parce que le soleil tape dur dans ces montagnes. Les phénix emplissent le ciel et j'aurais adoré partager cette expérience avec papa et maman. Pour nos dix ans, ils m'avaient offert un cerf-volant bleu en forme de phénix, et Brighton m'avait pris en photo en train de le faire voler avec son nouvel appareil. Si seulement je pouvais rétrocycler et revivre ce moment. Ce jour-là, on était tous les quatre réunis dans le parc pour un pique-nique. Étendus sur le plaid qu'Abuelita nous avait cousu, on avait mangé du *arroz con gandules*, cette recette de riz aux pois cajans, avec des patacones à l'ail, et on avait joué au Uno jusqu'à ce qu'on en ait trop marre des moustiques.

Le vent se lève dans mon dos, suivi d'un bruit étouffé. Je me retourne, m'attendant à trouver une pomme par terre, tombée de l'arbre, mais c'est un phénix que je découvre. Une *obsidienne* qui me scrute de ses yeux noir goudron. Son haleine de chou me caresse et je reste pétrifié sur place jusqu'à ce que Wyatt mette pied à terre. Alors, je me fige pour d'autres raisons. Les cuisses musclées de Wyatt tendent le tissu de son short. Son haut en résille gris laisse apparaître ses abdos ; son ventre, qui prend moins le soleil, est plus blanc que ses bras toniques. Il est en nage et le bandeau blanc qui retient sa tignasse châtain est imbibé de sueur.

— Je t'ai surpris, s'amuse Wyatt.

— Oui. Nox est très discret.

— C'est essentiel pour un traqueur.

— Tu me traquais ?

Wyatt s'assied sur l'herbe.

— Nox et moi débutons toujours notre journée par un vol. Le soleil est parfois très chaud, mais cet oiseau a la tête dure et quand il n'a pas ce qu'il veut, c'est une teigne. Je t'ai repéré en revenant, mais je me ferai une joie de te chercher personnellement la prochaine fois.

Sa manière de soutenir mon regard me rend super nerveux.

— C'est à cause de la chaleur que t'es habillé comme ça ?

— Ça ne t'a pas échappé, hein ?! (Son petit sourire canaille me donne chaud au corps, je dois l'avouer.) Je vais t'expliquer un truc, chéri. La veste en cuir garnie de plumes de phénix qui constitue notre uniforme est belle, une véritable œuvre d'art, c'est indéniable. Mais c'est complètement absurde de porter ça quand le soleil est au zénith. Les hauts en résille, c'est le must : ils sont à la fois stylés, élastiques et aérés. Je songe à me procurer un short dans le même tissu pour que les valseuses puissent respirer.

Il pose fièrement le regard sur son entrejambe.

— Je ne vois rien du tout, dis-je.

Wyatt prend un air offusqué et place une main sur son cœur.

— Ah ! Le gentil Emil est mort et un enfoiré a jailli de ses cendres. Intéressant, intéressant. Peut-être que je devrais me déshabiller pour que tu voies par toi-même.

Je suis tombé dans le piège qu'il me tendait.

— Non, ça va aller.

— Tu en es sûr ? J'adore être nu. Et ça ne me dérangerait pas de te prêter mes habits. Je parie que tu serais à tomber par terre dans cette tenue.

Un haut court en résille ? Ça fait partie du top trois des habits qu'on ne me verra jamais porter. Pas question d'exhiber encore plus mon corps de gringalet et mes cicatrices. Mais la façon qu'a Wyatt de flirter avec moi me renvoie à nouveau dans le cagibi, en compagnie de Ness. L'odeur de la peinture et du papier me revient, et je me rappelle la bouffée de chaleur qui m'a saisi quand Ness m'a complimenté sur mon corps, le sentiment de sécurité qui m'a balayé quand ses mains sont passées sur ma peau pour nettoyer mes blessures. J'avais failli lui dire de rouvrir les yeux pour me voir. Et maintenant, il n'en aura plus jamais l'occasion.

— Ça va ? s'inquiète Wyatt.

— Quoi ? Oui, oui.

— Tu étais ailleurs. Tu avais l'air triste. Navré si j'ai été trop loin.

— Non, tu n'as rien fait de mal. (Je n'ai pas envie d'aborder le sujet maintenant. Inutile d'ajouter Ness à la longue liste de personnes décédées par ma faute.) Je profite du Sanctuaire tant que c'est encore possible. À mon avis, on devra dégager une fois que l'expérience de rétrocycle aura échoué. (Il ne conteste pas. J'ai encore plus la pression. Il faut que ça marche pour qu'on puisse rester un peu plus longtemps.) Ce serait sans doute mon pouvoir préféré si ça marchait pour cette existence-là. Je m'en servirais pour revoir mes parents, rien qu'une seule fois.

C'est Brighton qui s'en tire bien si ses pouvoirs peuvent le ramener dans l'existence de papa. Hier soir, il se réjouissait de vivre ça, il disait combien ce serait chouette d'assister à la première rencontre de nos parents et de connaître les hauts et les bas qu'ils ont traversés. Il a juré qu'il éviterait tous les moments intimes, pour ne pas être traumatisé à vie. Prudencia a dû lui filer un coup de coude en douce pendant que j'avais le dos tourné parce qu'il s'est repris et s'est rappelé que moi, je ne pourrai pas retrouver nos parents.

— Personne ne sait avec certitude si on peut voyager à travers son existence actuelle, explique Wyatt. Mais je pense que c'est peu probable, le but de cette faculté étant de se téléporter dans une vie antérieure.

— D'après Brighton, ce qui est improbable n'est pas impossible. C'est son credo.

— C'est la chose la plus intelligente qui soit sortie de sa bouche. Enfin, de sa bouche à travers ta bouche. C'est très maladroitement dit.

— Oui, rembobine et efface-moi ça, par pitié ! dis-je en rigolant. Au fait, si tu pouvais revenir en arrière, tu choisirais quel moment ?

— Ah ! J'adore cette question.

Wyatt lance quelques idées au pif, rien de très arrêté. J'aimerais savoir quel est son livre favori, le livre pour lequel il serait prêt à voyager dans le temps pour revivre la lecture de la dernière page.

— C'est un peu de la triche, mais je préférerais revivre un de mes souvenirs avec Nox. Je ne dis pas ça parce qu'il est là, ajoute-t-il avec un sourire. (Indifférent à notre présence, Nox picore une pomme sur l'arbre.) Je me rappelle le moment où on a volé ensemble pour la première fois. J'ai plané pendant des jours. C'était meilleur que le sexe, honnêtement ! Et sache que j'ai connu des tas de super expériences sexuelles !

Ce n'est pas vraiment un scoop. Je me demande s'il recherche une relation sérieuse ou de simples aventures sans lendemain. Peut-être un mélange des deux. Il a quoi ? Dix-huit ans lui aussi ? Dix-neuf ? Vingt ? Il profite plus de la vie que moi en tout cas. Si j'avais ne serait-ce qu'un dixième de sa confiance en soi, je n'en serais certainement pas là.

— C'est un excellent choix, dis-je en éludant son commentaire sur le sexe.

— Mais si je devais vraiment choisir un moment en particulier, je retournerais au jour où Nox m'a choisi.

— Comment ça ?

— Quoi, tu crois que ce sont les Chevaliers qui réservent leur phénix, genre « prems ! je veux celui-là ! » ? Il faut qu'on démontre qu'on est dignes de les protéger. On pense que Nox avait autour de quatre-vingt-dix ans quand son ancien compagnon est décédé. Apparemment, ce connard le maltraitait, et s'il était encore en vie aujourd'hui, je lui plongerais la tête dans le feu pour le punir de ce qu'il a fait subir à Nox.

En quelques secondes, j'oublie les questions qui m'agitent sur la vie sexuelle de Wyatt. Je me rappelle que c'est un Chevalier auréolé qui a sans doute déjà tué des gens.

— Nox était méfiant. Il ne réussissait à créer de liens avec personne d'autre. À l'âge de huit ans, il était particulièrement en colère contre moi. Tu me croiras si je te dis que j'étais plutôt agaçant ? J'avais commencé la formation de Chevalier auréolé à peu près à cette époque, et j'employais toutes les techniques apprises pour prouver à Nox que je ne lui voulais aucun mal. Mais cet oiseau était difficile à charmer. Au fil des ans, Nox s'est radouci un peu. Pourtant, quand j'ai eu treize ans, il ne m'avait toujours pas embrassé comme protecteur. J'étais le seul des apprentis à ne pas avoir de compagnon. Tous me prenaient de haut.

Cinq années, c'est une longue attente.

— Il n'y avait pas d'autre phénix qui t'ait tapé dans l'œil ?

— Bien sûr que si. Un *tueur de reine* récemment ressuscité. En plus, l'idée me plaisait : mon père avait eu le même oiseau sous sa protection. Mais je savais au fond de moi que c'était Nox et pas un autre. Notre amitié était vacillante ; il fallait que j'entretienne la flamme. Et puis Nox est revenu après des mois d'absence. Il était squelettique. Mourant. (Wyatt se lève, attiré comme un aimant vers son compagnon ; il dépose un baiser entre ses yeux.) C'est étrange de pleurer un phénix qui va renaître. Mais en général, les *obsidiennes* doivent attendre trois ans avant d'éclore à nouveau. Nox m'a laissé le prendre dans mes bras à sa mort, et j'ai conservé précieusement ses cendres dans une boîte en fer. Lorsqu'il a ressuscité, j'ai fondu en larmes. Il m'avait tellement manqué ! Il est venu se poser sur mon épaule et m'a mâchouillé l'oreille. À cet instant, j'ai su qu'on s'était adoptés l'un l'autre.

— À ton avis, qu'est-ce qui l'a décidé à te choisir ?

— Je crois qu'il sentait que je ne lui ferais jamais aucun mal, et que je lui témoignerais l'amour qu'il mérite. Franchement, je l'aurais attendu toute ma vie s'il avait fallu. (Il se tourne vers l'oiseau.) Ne va pas t'imaginer des choses, ma beauté. Sept ans, c'était déjà beaucoup !

C'est un beau souvenir que Wyatt vient de partager avec moi. Un souvenir digne d'être vécu à nouveau. Je suis résolu à créer un monde où Wyatt et les autres Chevaliers auréolés n'auront plus à redouter qu'on tue leurs compagnons phénix pour subtiliser leurs pouvoirs. Ce problème a débuté avec Keon, et ce sera moi qui le résoudrai, quitte à ce que ce soit ma dernière action sur terre.

TRENTE-SIX
SENTIMENT D'INFINI

Emil

On s'installe dans le dojo du Sanctuaire. C'est une salle au style très épuré remplie de bougies et d'encens. Sur une bannière accrochée au mur, un *engloutisseur de soleil.* Le plafond est voûté et les immenses fenêtres permettent le passage des phénix, qui sont les bienvenus ici au même titre que n'importe qui d'autre. Qui le sont même *davantage*, en fait. C'est difficile pour nous de nous sentir à l'aise ici. Ce matin encore, un homme s'est dépêché de finir sa prière de bonne heure pour ne pas s'attarder dans la même pièce que nous. Tala nous prête des tapis qu'elle a empruntés aux employés, et on les déroule sur le plancher. Elle fait exprès de donner le plus petit, taille enfant, à Brighton.

On s'assied en triangle avec Brighton et Maribelle, et Prudencia va s'appuyer contre un mur.

Wyatt ouvre son journal de bord.

— J'ai passé la majeure partie de la journée d'hier à explorer les différentes méthodes qui permettraient à un spectre de rétrocycler. Les humains n'hibernent pas au sens traditionnel du terme. En revanche, nous dormons, et surtout, nous rêvons. À mon avis, le processus de rétrocycle est un peu celui du rêve lucide ; mais les taux de réussite ne sont pas en notre faveur.

— Un calcul qui se base sur quoi ? L'expérience de gens ordinaires ? demande Brighton. On est bien au-dessus de leur niveau.

— Je t'en prie, montre-moi à quel point tu es fort en maîtrisant un muscle qui n'existe naturellement chez aucun être humain.

Brighton en brûle d'envie, je le sens.

Maribelle s'agite. On dirait qu'elle ne sait plus rester immobile.

— On se fiche de savoir ce qui ne va pas marcher. On veut savoir ce qui va marcher.

— Vous autres n'aimez pas beaucoup le suspense. Soit. Je crois qu'il sera dans notre intérêt à tous que vous vous embrasiez totalement, annonce Wyatt en nous montrant une page de son journal où apparaissent trois figures entourées par les flammes. Je suppose que ça ne posera aucun problème, puisque vous êtes déjà habitués au feu.

— Oui, mais pas notre corps tout entier, dis-je.

J'ai pris des forces depuis que mes pouvoirs se sont manifestés pour la première fois, mais projeter du feu n'est pas un jeu d'enfant. C'est un poids qui me fatigue.

— Votre propre feu ne vous fait aucun mal, n'est-ce pas ?

Brighton et Maribelle répondent que non. Je ne suis pas entièrement du même avis.

— Normalement non, dis-je, me rappelant le globe de feu que j'ai lancé contre le champ magnétique dans le cimetière et qui m'a coupé le souffle. Mais c'est devenu plus douloureux pour moi d'employer mes pouvoirs depuis que Luna m'a poignardé avec le terminateur d'infini.

— J'en ai bien conscience, chéri ; je ne veux pas que tu souffres…

— Alors ne le force pas, intervient Prudencia. Je sais que tu cherches à protéger les phénix, mais moi, je dois défendre mon ami. La dernière fois qu'Emil a invoqué le feu, il n'a pas pu le projeter. Il s'est contraint à faire ça pour nous sauver la vie.

Wyatt s'apprête à argumenter ; finalement, il hoche la tête.

— Compris. Brighton, si tu veux tenter l'expérience, n'hésite pas. Mais peut-être qu'on devrait se concentrer sur Maribelle. Elle aura également accès à la vie de Bautista.

— Ça me va, déclare-t-elle.

— J'aimerais essayer, dis-je.

— Tu n'es pas obligé, réplique Prudencia.

— Ouais, frangin. Ne t'inflige pas ça, enchérit Brighton.

— C'est l'une des rares occasions que j'aurai d'employer mes pouvoirs sans avoir à me battre, je plaide. (Durant la bataille du Rêveur couronné, je n'étais pas au mieux de mes capacités en raison des tortures que Ness m'avait infligées, mais la constellation avait amplifié mes pouvoirs. Je peux les invoquer. Il faudra juste que je supporte la douleur.) J'arrêterai si le feu devient insupportable, vous avez ma parole.

Tandis que Brighton et Prudencia paraissent inquiets, Wyatt irradie de reconnaissance face à mes efforts. Je sais qu'il ne cherche pas à me mettre en danger ; de toute façon, le jeu en vaut la chandelle. C'est la seule façon de racheter les crimes de Keon.

Si seulement ma bonne conscience me suffisait à surmonter ma peur.

Wyatt nous détaille ensuite le déroulement de la séance. Tala nous apprendra à mesurer notre souffle et à nous concentrer ; puis, ensemble, ils essaieront de guider notre retour au temps présent. On sait que c'est sans doute inutile, mais on nous demande d'y croire à fond sans quoi on ne sera peut-être pas en mesure de se connecter à notre passé et à nos lignées. Je n'ai aucune raison de penser que c'est impossible. C'est en doutant que je risque de me mettre des bâtons dans les roues.

Avant de commencer, Brighton se retourne.

— Prue, tu filmes.

— C'est un lieu sacré. Surtout, vous allez invoquer un pouvoir sacré, rétorque sèchement Tala. Si on découvre que les spectres peuvent voyager dans le passé, ce sera aux Chevaliers auréolés de rendre cette information officielle. Ou pas.

— Oui, Brighton, dis-je. Notre but, c'est de dissuader les gens de devenir des spectres.

— Je sais, mais…, commence-t-il avant de marquer une pause. Vous avez raison tous les deux. Désolé.

Brighton s'est excusé ?! C'est encore plus étrange que s'il lui était poussé trois têtes d'un coup. Tout le monde a l'air de partager ma surprise. Prudencia est la seule à sourire. C'est une chance qu'elle ait une si bonne influence sur lui.

Tala affiche un air méfiant, néanmoins, pour une fois, elle n'a pas à se battre. Elle nous amène à prendre de longues et profondes inspirations pendant ce qui me semble une heure, mais qui a dû durer en réalité une dizaine de minutes. Même si j'ai super bien récupéré cette nuit, cette séance de méditation me donne très envie de dormir.

— Concentrez-vous sur les vies que vous n'avez pas vécues, pensez à ce que vous désirez obtenir d'elles, ce que vous espérez de votre voyage dans le passé. Rappelez-vous que les phénix n'ont pas appris à maîtriser ce pouvoir. C'était de l'instinct pur. Suivez le vôtre.

— Quand vous serez prêts, ajoute Wyatt. Embrasez-vous.

TRENTE-SEPT
L'ODEUR DU BLEU

Maribelle

Je commence par Sera.

Je serai pour toujours une Lucero et je porterai fièrement ce nom à jamais, mais mon sang me lie aux Cordova et aux Leon. Ce lien biologique avec Sera me permettra de me rapprocher d'elle et de mieux appréhender ses pouvoirs psychiques, qui m'ont été transmis. Mais je résiste. Ce sont maman et papa qui m'ont appris à employer mes pouvoirs. À sept ans, je suis montée sur la mezzanine de la maison et j'ai annoncé à mes parents que j'allais sauter et voler comme eux. Ils m'ont répondu que je n'étais pas prête, mais je n'en ai fait qu'à ma tête. J'ai plongé et maman m'a rattrapée juste avant que je ne m'écrase sur la table de la salle à manger. Ce sont ses mains que j'ai envie de sentir sur moi en ce moment.

Je ne peux pas résister à Sera. J'ignore à quel point elle m'aimait, si oui ou non elle m'a désirée, ou si j'aurais été en sécurité avec elle, mais si je veux l'atteindre, il va falloir que je l'accepte. Je ne peux pas continuer à faire comme si elle comptait pour du beurre parce qu'elle est absente de ma vie actuelle ou parce que je culpabilise de ne pas honorer le souvenir de mes parents. Le fait que Sera soit ma mère ne veut pas dire que maman ne l'était pas.

Dans le noir, j'avance avec difficulté comme si je remontais une vraie route, pavée de regrets et de chagrin. Plus j'imagine Sera m'élevant comme sa fille, plus mes sens m'échappent. C'est comme si je me séparais de moi-même, comme si je naissais de nouveau sous l'identité de la fille que j'aurais été si Sera n'avait pas été tuée. J'ai l'impression de sentir la couleur bleu – le roulement accablant des vagues dans l'océan, les bains que je prenais avec Atlas et où il s'amusait à me shampouiner la tête, le ciel azuré à travers lequel je peux maintenant voler. J'écoute la douleur – mes chutes répétées, quand, fillette, je tentais de voler d'arbre en arbre et tombais dans la rivière ; les battements assourdissants de mon cœur quand j'ai tenu le cadavre d'Atlas dans mes bras.

Les sensations que j'éprouve sont inédites. Ça doit vouloir dire que je progresse. Je me fie à mon intuition et je développe mes sens. Je me sens perdue et retrouvée dans un espace qui est à la fois chaud et froid et tout et rien. Des murmures envahissent mon esprit et mon cœur, et un éclair de clarté me frappe. Soudain, je perçois une voix, et je suis certaine qu'il s'agit de celle de Sera Cordova, même si je ne l'ai jamais entendue. Je ne comprends pas ce qu'elle dit, c'est comme si elle voulait que je lise sur ses lèvres, sauf que je ne les vois pas ; en revanche, l'étrange lien du sang qui m'unit à elle à travers le temps me permet de comprendre les émotions derrière ses paroles – il y a de l'amour, de la panique, de la peine, et de l'échec. Et enfin du soulagement.

Je crois que je me situe à un moment très proche de sa mort.

TRENTE-HUIT
LE SON DE LA PEAU

Emil

Il faut que j'atteigne Bautista.

Je visualise les flammes grises et dorées, tâchant de me centrer sur moi-même, mais c'est difficile de fixer mon attention quand j'entends déjà le feu rugir autour de Brighton et Maribelle. La crainte de décevoir Wyatt me gagne ; il faut que je chasse cette pensée et que je reste focalisé sur mon objectif. Je me concentre, ma température augmente, et je me mordille la lèvre inférieure pour me retenir de hurler, ce qui risquerait d'interrompre le cheminement de Brighton et Maribelle.

Non, arrête ça. J'oublie les autres. Je suis tout seul dans la pièce.

J'imagine alors que je pourrais surchauffer comme une supernova sans que personne ne meure autour de moi.

J'essaie… non, il faut vraiment que j'y croie. Fini les doutes. Je vais traverser la vie de Bautista. Je vais me téléporter au moment où il énonce le véritable nom des ingrédients de la potion qui neutralise les pouvoirs. Je les passe en revue ; à force, je les ai appris par cœur : membrane de fantôme, poudre de cumulus, pierre-plume, larme-sèche, baie-brûlée, racine pourpre, cendre-sombre, eau de la Mer de l'Ombre. Quand je serai à nouveau Bautista, une fois que je l'incarnerai en chair et en os comme si je le possédais, j'obtiendrai les réponses à toutes mes questions. Je rapporterai son savoir avec moi dans le présent, un savoir que j'aurais emporté avec moi dans ma vie suivante si Luna ne m'avait pas tué. Faux – si elle ne l'avait pas tué lui. Faux encore une fois.

Je vais récupérer toutes les connaissances que j'aurais dû engranger si Luna ne nous avait pas tués.

On chuchote à mon oreille, mais je ne comprends pas ce qui est articulé, même si mon instinct me souffle que ce n'est pas une langue étrangère. C'est curieux… c'est un peu comme si je pouvais sentir les mots. Ils puent comme mon haleine à Nova quand je n'avais pas le temps de me brosser les dents ou que je n'en avais pas l'envie parce que j'étais trop déprimé.

Bon sang, ça n'a aucun sens, pourtant je jure que j'entends de l'or. C'est lourd, même si je ne le comparerais pas à un lingot. Le poids me rappelle le gris et le doré de mes flammes. Sauf que ces flammes ne sont pas les miennes. Elles appartiennent à Bautista, et je pourrais presque entendre sa peau, la panique qu'elle a éprouvée la première fois que les flammes dorées ont jailli, toutes ces terminaisons nerveuses qui se sont tues quand il est devenu évident que ce feu ne lui ferait aucun mal.

Je me sens de plus en plus proche de lui ; je m'immisce dans sa vie – dans notre vie.

Bautista sera Emil, Bautista est devenu Emil, et Emil était Bautista.

Nous sommes un ; nous ne sommes même pas nous.

Le feu brûle tout autour de moi et ma langue est lourde de sang. Dans ma bouche, j'ai le goût de la mort. Non, faux, encore une fois. J'ai le goût de la vie, du cercle infini. Des explosions de douleur résonnent à travers mon corps et j'aimerais que mes parents me réconfortent, sauf que je ne connais pas les personnes qui ont enfanté Bautista. Je m'enfonce sans cette information, pourtant je devrais connaître ces gens aussi bien que je connais Carolina et Leonardo Rey. Le feu et les explosions décuplent, et rester dans cet endroit est aussi oppressant que de m'envoler avec des ailes lestées.

Je chute, encore et encore, dans ma propre vie et même si je me sais à l'abri dans le Sanctuaire, la sensation vertigineuse et le brasier qui me consume me donnent l'impression d'être un météore fonçant vers la terre.

Et je cesse de croire que je suis incapable de faire du mal à ceux qui m'entourent.

TRENTE-NEUF
LE POIDS DU NÉANT

Brighton

Il ne vaut mieux pas que je tombe sur maman.

Si je réussis à remonter dans son passé, ça veut dire que c'est trop tard. Si c'est le cas, Luna, les Verseurs de sang, les acolytes, les amis d'amis du gang, tous autant qu'ils sont, le paieront très cher. Je ne me contenterai pas de les neutraliser et les faire enfermer, comme le voudrait Emil. S'ils ont tué ma mère, je les anéantirai tous. La colère démolit ma concentration tout en stimulant mes flammes argent et saphir.

C'est presque comme si je voulais me convaincre de la mort de maman afin de tester la théorie du rétrocycle. Ça me rappelle quand on était gosses et qu'Emil croyait que ça risquait de nous porter la poisse si on parlait trop de notre avenir et surtout de notre souhait de devenir des célestes ; on pourrait dire qu'il n'avait pas tort sur ce point.

Je m'abandonne à mes pensées, me concentre sur le sort de maman et la cherche à travers le temps. Je ne suis pas vraiment sûr de la période que je vise. Ça pourrait être un peu n'importe quand, je suppose. J'opte pour ma naissance. Ce serait intéressant de comprendre ce qui s'est vraiment passé ce jour-là. Le jour où elle m'a donné la vie pendant qu'Emil ressuscitait non loin de là. Ça veut aussi dire que je vais pouvoir découvrir papa au moment où il me voit pour la toute première fois. Grâce à tous les albums photos, je me rappelle à quoi maman ressemblait ce jour-là. Une longue chevelure brune nouée en un chignon, pas de maquillage, Emil et moi dans ses bras ; un sourire adressé à papa, qui prenait la photo.

J'attends un signe qui me prouverait que ça fonctionne. Un picotement, un vertige. J'emmagasine les souvenirs de maman pour voir si ça déclenche quelque chose : Carolina Rey, enfant unique ; elle a pris des cours de danse quand elle était gamine, mais elle a fini par arrêter à cause du trac ; elle est allée à un festival de BD quand elle était enceinte pour obtenir un autographe d'un mec qu'elle kiffait dans sa jeunesse ; elle ignorait comment sa mère devinait qu'elle arrivait dans son dos jusqu'à ce qu'Abuelita lui parle de ses visions, à son septième anniversaire. À la mort de son père, elle s'est effondrée ; ensemble, ils avaient rêvé du jour de son mariage, où il la conduirait à l'autel ; elle n'a jamais pu nous dire quel était son jour favori ; elle disait qu'elle en avait beaucoup.

Rien.

D'un côté, c'est un profond soulagement : ça voudrait dire que maman est en vie et que je peux encore la sauver. D'un autre, si elle est vivante, je me demande ce qu'on lui fait subir à l'heure actuelle.

Avant de voler à son secours, il faut que je sois sûr d'avoir ce pouvoir en moi – de pouvoir compter sur cette preuve qu'elle est en vie. Les flammes rugissent tout autour, noyant les bavardages de Wyatt et Tala. Les gouttes de sueur ruissellent sur mon visage et mon corps. J'ai tellement chaud que je rêverais de me trouver sous une pluie battante, à grelotter de froid. Mais chaque chose en son temps : d'abord, il faut que je prouve à quel point je suis extraordinaire en remontant dans la vie de papa.

J'essaie encore de remonter jusqu'au jour de ma naissance, du point de vue de papa cette fois. Les souvenirs me viennent facilement pour alimenter son histoire : papa ne manquant jamais la soirée catch du lundi même si c'était mis en scène, parce qu'il adorait tous les sports opposant des célestes ; le plaisir qu'il prenait à ranger et organiser le placard à outils, à placer tous les tournevis et autres dans des enveloppes étiquetées ; le fait qu'il était tellement bavard enfant que papi lui ajoutait un dollar à son argent de poche s'il parvenait à tenir sa langue pendant une heure d'affilée ; sa manie de s'endormir devant la télé ; sa façon d'évoquer son ami Brighton, qui prenait sa défense quand ils étaient mômes.

Rien.

Je rouvre les yeux pour voir si quelque chose a changé. Maribelle et Emil sont assis en tailleur au centre d'une colonne de feu, tandis que Wyatt, Tala et Prudencia les observent d'un air serein. Je chasse la sueur de mes yeux pour avoir une vision plus nette. Emil et Maribelle ont le nez qui saigne et le front en nage. Leurs dents s'entrechoquent très fort ; si on ne leur met pas un bâillon, elles vont se briser. C'est un spectacle à la fois étrange et terrifiant. Mes deux tentatives n'avaient rien d'aussi extrême.

Ils ont réussi. Ils vont remonter aux existences de Bautista et de Sera.

— Brighton ! s'exclame Prudencia en me saisissant la main. Ça va ? Comment tu te sens ?

— Il ne s'est rien passé.

— Ça veut dire que Carolina est en vie. C'est un très bon début. Il y a de l'espoir pour elle.

Prudencia contemple Emil avec inquiétude. Je me pose sans doute la même question qu'elle.

— Ça n'a pas l'air normal, dis-je. (La chaleur qui irradie d'Emil et de Maribelle est très intense.) Tu crois qu'il faut les réveiller ?

Wyatt tourne autour d'eux.

— Beaucoup de compagnons ont essayé de réveiller leur phénix, mais quand les créatures et les animaux hibernent, ils ne se réveillent que le moment venu.

— Mon frère n'est pas un phénix ! Si on ne peut pas le réveiller, allons chercher un extincteur ou un seau d'eau !

Je vais le sortir de sa transe par la force s'il le faut. Des flammes argent et saphir jaillissent de ma main ; j'espère de cette manière me faire moins mal au contact du feu d'Emil. Au pire, si je perds ma main, j'en ferai pousser une autre. Alors que j'approche mon bras de lui, Maribelle pousse un cri et ses flammes jaune foncé s'éteignent.

Elle balaie le dojo d'un regard fébrile.

— Je l'ai entendue.

— Qui ? Qu'est-ce qui s'est passé ? demande Tala.

— Sera. (Maribelle réprimes ses larmes.) Je crois qu'elle était en train de mourir.

Tala réfléchit un instant.

— Peut-être que sa mort était le passage le plus accessible.

Wyatt acquiesce.

— Merveilleux. L'intérêt du cycle, ce n'est pas de commencer par le début, mais de relier ton commencement à sa fin. (Ses yeux s'écarquillent.) Oh ! On l'a fait ! On a réussi !

J'aimerais lui foutre mon poing dans la figure.

— Tu te réjouis alors que mon frère…

Emil pousse un hurlement et ses flammes grises et dorées se dissipent. Ses yeux sont grands ouverts, à croire qu'il a eu une vision atroce ; je me demande si je faisais la même tronche quand papa m'a craché du sang dessus avant de tomber raide. Emil est secoué de tremblements incontrôlables jusqu'à ce que Wyatt le prenne dans ses bras et le calme. Emil fond alors en larmes et enfouit son visage dans l'épaule de Wyatt.

— Tu ne crains rien, le rassure Wyatt. (Il pose sa main sur le front d'Emil.) Tu es brûlant.

— Sans blague ! Il était assis au milieu d'un brasier, gros malin, dis-je. Frangin, il s'est passé quoi ? Tu as vu Bautista ?

Il me répond par un silence.

Ça fait remonter beaucoup de sentiments atroces d'impuissance, accumulés au fil des ans. Je ne sais pas ce que j'ai fait de travers ; je ne comprends vraiment pas pourquoi Emil a réussi et pas moi. Ce n'est pas contre lui, mais franchement ! Non seulement je suis le plus fort de nous deux, moi le Sauveur de l'infini avec du sang de la Faucheuse dans les veines, mais j'ai toujours eu plus de facilités que lui. Emil n'avait même pas été capable de monter une commode (livrée avec les instructions !) sans mon aide.

— C'était un autre monde, dit Maribelle. (La dernière fois qu'elle a affiché un regard aussi absent, c'était quelques heures après la mort d'Atlas.) J'ai eu l'impression d'être partout et nulle part à la fois. Plus j'acceptais l'idée que Sera était ma mère, plus mes sens se chargeaient de choses complètement illogiques. J'ai senti la couleur bleue quand les souvenirs de ma vie se sont précisés.

Emil reprend peu à peu du poil de la bête. Le rouge lui revient aux joues.

— J'ai cessé de rejeter mon lien avec Bautista. J'ai arrêté de nier le fait que j'ai été lui, dans une autre vie. Ensuite, je suis certain d'avoir entendu le feu doré sur la peau de Bautista, quoique je ne l'aie vu nulle part.

— C'est peut-être une sorte de synesthésie, commente Wyatt en ignorant le sang sur le tee-shirt d'Emil. Les sens se mélangent parfois quand on traverse d'autres vies.

C'est pour ça que ça n'a pas marché pour moi ? J'ai employé la logique : pense au passé, retourne dans le passé. Comment aurais-je pu savoir que c'est en stimulant les sens qu'on ouvrait la marche ? Emil et Maribelle vont devoir m'expliquer comment ils s'y sont pris.

— Brighton, tu as vu papa et maman ?

— Non, mais on devrait recommencer tous les trois. Allez !

— Pas question, proteste Emil. J'ai mérité un peu de répit.

— C'est plus fatigant que tu ne l'imagines, me rétorque Maribelle. Je suis épuisée et je meurs de faim.

Tala aide Maribelle à se lever.

— On va te trouver un truc à grignoter.

— J'ai besoin d'une bonne sieste, gémit Emil. Ou d'un long sommeil. Et d'un peu de glace pour mes blessures.

— Je vais te préparer de la pommade, répond Wyatt. On pourra retenter l'expérience quand vous vous sentirez tous d'attaque.

Prudencia sent probablement que je suis sur le point de monter au créneau, et elle pose la main sur mon épaule. Je n'arrive pas à croire que je les laisse tous partir sans rien dire, alors qu'on a encore plein de pain sur la planche.

— On a fait une découverte révolutionnaire, et ils vont manger un bout et piquer un roupillon ?!

Parfois, j'ai l'impression d'être le seul à m'impliquer vraiment dans ce combat.

— Brighton…

— Je sais. Désolé.

Je me mords la langue. Heureusement qu'elle ne peut pas lire dans mes pensées. Le nez qui saigne, les frissons et les bouffées de chaleur, c'est de la gnognotte comparée à ma septicémie et à mon bras qui a pris feu ! Mais si je disais tout haut ce que je pense, je passerais pour le mec insensible qui se fiche que Maribelle et Emil aient faim et soient crevés.

Prudencia m'enlace.

— Je suis de ton côté. Tout ce que je dis, c'est qu'on ne sait pas ce qu'ils ont enduré.

— Je devrais le découvrir par moi-même. Je vais retenter le coup maintenant que j'en sais plus.

Prudencia rive son regard au mien.

— Évidemment que tu vas le faire.

— Alors tu vas rester avec moi.

— Je suis là.

— Tu vas me filmer ?

— C'est un lieu sacré, et je respecte ça. Mais je ne balancerai pas ton téléphone par la fenêtre si tu te sers seulement de la vidéo pour tes recherches.

— C'est un bon compromis, dis-je en l'embrassant.

Il n'y a qu'une seule chose qui m'empêcherait de renouveler l'expérience sur-le-champ.

— Qu'est-ce que tu vas faire différemment cette fois ?

Ce sera la chose la plus dure que j'aie jamais eu à réaliser.

— Maribelle a débarqué au moment de la mort de Sera. Je crois qu'il faut que je revive celle de papa. J'ai le triste avantage d'y avoir assisté.

Les yeux de Prudencia s'emplissent de larmes.

— Brighton, rien ne t'y oblige.

— Je n'ai pas le choix si je veux sauver maman.

Personne ne peut contester ça.

Je pose mon portable contre le mur et j'active la caméra. Je ne répète pas tous les exercices respiratoires de Tala ; je pense pouvoir me mettre dans le bon état d'esprit à ma manière. Je ferme les yeux, allume mon feu, et me représente la scène du jour qui m'a le plus traumatisé dans ma vie.

Papa et moi, on était dans le salon. Dehors, on entendait les bruits de la ville, rien de particulier. Papa portait la robe de chambre verte que je lui avais offerte à son retour de l'hôpital, après un séjour prolongé. Il était assis sur le canapé, où il lisait son bouquin préféré, *Le Dernier Grand Terrien* ; il me racontait à quel point le narrateur lui avait tapé sur les nerfs lors de son avant-dernière relecture, et il m'expliquait que le couple manquait d'alchimie. J'ai déjà essayé de lire ce livre, et j'ai jugé que papa avait tort à tout point de vue. Mais c'était marrant de le voir se mettre en colère à propos d'une histoire qu'il a tant aimée.

C'est là que tout a dégénéré. Pris d'une violente douleur, il a arraché la couverture du livre, déchirant en deux l'homme debout sur la Terre qui l'ornait. J'attends que mes sens prennent le relais, d'éprouver la douleur de la couverture ou la soudaine congestion des poumons de papa, mais rien ne vient. Je réprime mes larmes, me préparant à saigner du nez, mais toujours rien. Quand la chaleur de mon brasier devient insupportable, je lâche l'affaire.

— Coupe la caméra.

QUARANTE
COUPLE PUISSANT

Brighton

— J'ai une idée.

Je prends l'air avec Prudencia dans le jardin. Elle observe une famille de phénix blancs depuis quelques minutes, même s'ils ne font rien d'exceptionnel. Je n'attends pas grand-chose des pigeons, mais là ce sont des phénix ! Ils devraient toujours faire des trucs cool.

— Tu es toujours bloqué sur le rétrocycle ? demande-t-elle.

— Si on veut. Pour une raison que j'ignore, je ne réussis pas à accéder à ce pouvoir. Mais si maman est en vie, il faut qu'on le sache vite. Retournons en ville pour que je puisse récupérer un vêtement à elle à l'appart. Wyatt pourra alors la traquer.

— Pas bête. Je te suis.

— Ouf ! Je craignais que tu m'opposes un argument.

— Je pensais peut-être attendre qu'Emil se réveille pour qu'il nous accompagne, mais tu risquerais de piquer un phénix et de partir tout seul.

— Tu me connais bien.

On retourne à l'intérieur du château pour informer Emil de notre plan. Il est tellement rincé qu'il se rendort aussi sec. Je ne suis même pas sûr qu'il ait capté qu'on lui a parlé. On traverse le pont-levis pour regagner la voiture. Prudencia est belle, concentrée comme elle l'est sur sa conduite. On émerge bientôt des bois et on s'engage sur la route. Elle met la musique à fond et chante en tapotant le volant. Je sors mon téléphone pour la filmer.

— T'as pas intérêt à publier ça sur Internet !

— Pourquoi pas ? Tu auras plein de nouveaux abonnés après !

— C'est justement le problème. J'essaie encore de faire profil bas.

— Mais ce serait pas chouette d'être ma Reine de l'infini ?

— Je préfère être la Femme Indépendante de l'infini.

— Ça sonne pas bien.

— Ça m'étonne pas que tu dises ça, Garçon de l'infini.

— Je préfère Homme de l'infini.

— Évidemment, réplique-t-elle avec un sourire.

J'ai beau me sentir plus bas que terre, Prudencia me remonte le moral durant tout le trajet qui nous ramène à New York. Je parie qu'elle en fait des tonnes pour me distraire, et franchement, j'apprécie l'effort. Les compagnons ne devraient pas seulement être là pour assister aux coups durs. Ils devraient aussi vous aider à les oublier. À partir de maintenant, je veillerai à faire de même pour elle.

Il y a un truc énorme qui me taraude depuis le Fantôme voilé, quand tout a changé entre nous. Pourtant je n'ai pas la patience d'attendre la prochaine constellation pour me jeter à l'eau.

— Je peux te demander un truc ?

— J'ai toujours jugé cette question très étrange. Est-ce qu'il y a des gens qui répondent non et font ensuite comme si de rien n'était ?

— Donc la réponse est oui.

— Exact.

— Tu m'aimes ?

Prudencia se mure dans le silence jusqu'à ce qu'on s'arrête à un feu rouge.

— Peut-être que j'aurais dû te demander quel genre de question tu comptais me poser avant de te répondre. Je ne l'avais pas vue venir.

— Désolé. Je me suis rappelé te l'avoir dit avant qu'on couche ensemble. Et puis, on n'a plus eu l'occasion d'en reparler à cause de mes pouvoirs.

— Sauvé par tes pouvoirs.

— T'es pas obligée de répondre. Laisse tomber.

On approche de notre quartier.

— Évidemment que je t'aime et que tu me plais, Brighton. Mais j'ai besoin de temps pour savoir si je suis amoureuse de toi. Je suis une orpheline de dix-huit ans qui mène une vie de fugitive depuis des semaines avec mes meilleurs amis. Mon cerveau est un peu confus.

— Tu regrettes d'être venue dans ma chambre cette nuit-là ?

— Pas du tout. Et ne me le fais pas regretter.

C'est un bon début, et ça ne va pas s'arrêter, après tout ce qu'on a traversé.

On se gare à l'angle de mon immeuble et ça me replonge à l'époque où je vivais encore ici. Je me remémore la fois où les Marcheurs du Ciel se sont battus contre Stanton dans cette rue ; le jour où Emil a eu ses pouvoirs ; en revanche, les souvenirs d'enfance, les après-midi passés à jouer avec les gamins du coin, sont trop lointains. J'ai toujours su que ces amitiés ne survivraient pas au passage du temps et que j'étais destiné à de grandes choses ; mais pour moi, ça voulait dire déménager à Los Angeles et faire une fac de cinéma. Et pas devenir le héros local trop occupé pour répondre aux messages d'amis avec qui il jouait à chat.

— Je n'ai pas ma clé, dis-je dans l'escalier de l'immeuble.

— Je fais mon max pour ne pas employer ma « tu sais quoi » pour des raisons personnelles, mais je ferai une exception pour cette fois.

— Tu devrais en faire tous les jours.

— Avant d'employer cette « tu sais quoi » pour empêcher Orton de vous transformer en barbecue, Emil et toi, j'ai vécu presque deux années sans y avoir recours, dit Prudencia, alors qu'on parvient au troisième étage et qu'on s'arrête devant ma porte. Mais aujourd'hui, la Femme Indépendante de l'infini doit s'endurcir.

Elle s'assure que la voie est libre avant de déverrouiller la serrure à l'aide de sa télékinésie. J'arrache l'avis d'expulsion scotché sur la porte et pénètre chez moi.

L'appartement est toujours en bordel. La dernière fois que j'y suis allé, c'était la nuit du Rêveur couronné, en compagnie de Maribelle. Elle postait une publication sur la mort d'Atlas, sur Instagram ; c'est là que je lui ai suggéré l'idée de voler le sang de la Faucheuse ; elle a été tout de suite partante.

— Tu sais que Maribelle est la dernière nana que j'ai reçue dans ma chambre ? Plutôt épique, hein ?

Prudencia feint un cri de surprise et me saisit le poignet.

— Oh ! Et c'était comment ? T'as kiffé ? Je suis vachement heureuse pour toi !

— Non, ne le sois pas, sois jalouse !

— Elle t'a donné le sentiment d'être un Homme de l'infini ?

— Tu sais pertinemment que j'ai toujours rêvé qu'on soit plus qu'amis et tu te fous de moi, dis-je en lui tournant le dos. (Puis elle me fait me retourner malgré moi d'un coup de télékinésie ; ses yeux brillent.) C'était super sexy.

Elle s'apprête à m'embrasser quand la porte de ma chambre s'ouvre.

Pourvu que ce soit maman. Je ne vois pas qui ça pourrait être, sinon elle. Un inconnu apparaît devant nous. Pâle, une tignasse châtain hirsute, un tee-shirt blanc déchiré, et des yeux bouffis de sommeil, à croire qu'il vient de sortir de mon lit. Il ne vaut mieux pas pour lui que ce soit un voleur ou un fan !

— Qui es-tu ?

Ses yeux flamboient et il projette un globe de feu dans notre direction.

Prue et moi plongeons par terre, évitant de peu le projectile qui explose contre le mur. Je m'élance à une vitesse folle sur le spectre et le plaque au sol dans ma chambre.

— Qu'est-ce que tu fais là ?

Il me dégage d'un coup de boule et se redresse d'un bond. À nouveau, je me jette sur lui, traverse son corps et m'éclate contre mon bureau. Je suis passé au travers de lui… Il maîtrise un des pouvoirs de fantôme que je n'ai pas. Le dernier spectre que j'ai affronté et qui possédait le feu blanc, c'était Orton. Il décoche une nouvelle boule de feu ; au même instant, ma télé le percute de plein fouet, catapultée par le pouvoir de Prudencia.

— Il a dû boire un faux sang de la Faucheuse, dis-je, me rappelant que Luna avait expérimenté ses potions sur des cobayes avant de mettre au point le breuvage final.

À la seconde où je vais l'attaquer, il disparaît. Je fouille l'appartement du regard, m'attendant à le voir surgir derrière moi. C'est ma première vraie bagarre depuis l'acquisition de mes pouvoirs, et je suis plus que résolu à faire de ce spectre un exemple pour mes futurs adversaires, histoire que le monde comprenne ce qu'on risque quand on se frotte à moi.

— Peut-être qu'il est parti, dit Prudencia en jetant un coup d'œil par la fenêtre.

On se rend dans le salon.

— Luna a dû le poster ici au cas où on repasserait par la maison.

— Il est sûrement allé la prévenir.

Un bruit métallique nous parvient de la cuisine. Je fais signe à Prudencia de se taire et on se dirige à pas de loup dans la pièce voisine, où le spectre se tient. Debout sur la cuisinière, il brandit une boule de feu. Mes yeux s'écarquillent, je saisis Prudencia par la main et l'entraîne à la vitesse de l'éclair dans le salon ; quelques secondes plus tard, une explosion assourdissante retentit dans la cuisine. Une épaisse fumée noire emplit l'appartement et l'alarme incendie se déclenche. Une deuxième explosion résonne derrière nous, suivie d'une troisième, puis d'une quatrième – le spectre compte démolir l'immeuble tout entier et nous ensevelir sous ses décombres.

— Ça va ? s'inquiète Prudencia.

Choqué, je me retourne et m'aperçois que le feu se propage jusqu'à nous, ravageant l'appartement de ma famille. C'est un lieu sacré pour nous. Même si on avait les moyens de recommencer à zéro après la mort de papa, on n'a jamais voulu le quitter. C'est ici que papa et maman nous ont élevés. Et aujourd'hui, tous nos meubles et toutes nos photos sont engloutis par les flammes.

J'aurais dû agir plus vite et tuer ce spectre.

— Brighton ! me secoue Prudencia. Il faut qu'on se tire.

Elle me prend la main et me conduit jusqu'à l'issue de secours.

— Attends. Mes voisins… il faut que je veille à ce qu'ils évacuent tous l'immeuble.

Elle a l'air tiraillée, mais elle acquiesce d'un hochement de tête.

— On commence par où ?

— Tu ouvres toutes les portes et je foncerai dans chaque appart. Mais tu te dépêches de sortir.

Les gicleurs se sont déjà activés et le plancher trempé tremble sous nos pieds. Il risque de s'affaisser d'une minute à l'autre. Il va falloir faire vite. Prudencia enfonce toutes les portes des appartements avec sa télékinésie avant de descendre à l'étage inférieur, où elle répète la même manœuvre. Entre-temps, les résidents se sont attroupés dans les couloirs et je fonce à travers les étages en dérapant sur le sol humide, hurlant aux gens d'évacuer. Mes poumons aspirent la fumée, mais je n'ai pas le choix, il faut continuer. Il y a trop de vies en jeu. Quand je parviens au premier étage, je tombe sur Prudencia, qui perd un temps précieux à aider une vieille dame à descendre les marches. Je cogne sur les portes encore fermées, soulagé de voir les habitants sortir.

— Je t'ai vu au journal télévisé, commente un homme.

— Il faut sortir, dis-je en me précipitant au rez-de-chaussée où tous les appartements sont déjà vides.

Prudencia franchit le seuil avec la dame.

Je la prends par la main et j'inspire l'air frais à fond. On traverse la rue pour rejoindre mes voisins. Ensemble, on contemple les flammes qui avalent notre immeuble – notre foyer. Je scrute le trou béant formé dans le mur, à l'endroit où se situait ma cuisine, et je fonds en larmes.

— Il n'y a plus rien, je me lamente.

— On a sauvé beaucoup de gens, répond Prudencia. C'est l'essentiel.

— Oui, mais… on n'a récupéré aucun vêtement de maman.

Une fois encore, j'ai le sentiment de l'avoir abandonnée.

QUARANTE ET UN
ROSE DU JOUR

Emil

On frappe à ma fenêtre.

J'ai partagé le pain de mon souper avec une phénix, une femelle *ivoire commun* qui vient sans doute en réclamer davantage. Je me réveille de ma troisième sieste depuis ma quasi-expérience de voyage dans le temps, et j'aperçois Wyatt qui plane dans les airs à l'extérieur, bien qu'il ne soit pas magicien. La réalité prend lentement forme. Les yeux plissés, je distingue vaguement Nox, qui se fond presque avec les ombres de la nuit. Je peine à ouvrir la fenêtre. Les plaies infligées par le terminateur d'infini se sont ravivées et me font un mal de chien. Wyatt saute à l'intérieur, laissant Nox s'éloigner à tire-d'aile.

— Ma porte est cassée ?

— Cher Emil, je te demande avec bienveillance d'accueillir un peu de subtilité dans ton quotidien.

— Pas de problème. Je réserve un créneau pour ça juste après mon rétrocyclage.

— Fantastique ! (Wyatt fouille dans son sac et en sort un bocal contenant un liquide visqueux qui ressemble à de la boue sanguinolente.) Votre pommade de Rose du jour, monseigneur.

Je dévisse le couvercle.

— Non ! proteste-t-il.

Trop tard. Ce baume ne sent vraiment pas la rose. L'odeur me file un haut-le-cœur et je referme le pot illico. Cette puanteur me rappelle celle des pâtes végétariennes que j'avais cuisinées à la maison et qui étaient restées au fond du fait-tout, alors qu'on était partis en week-end. Elles avaient pourri. Ça puait si fort que Brighton avait gerbé sur le sol de la cuisine quand on avait rouvert le récipient. Wyatt baisse son bandeau pour se masquer le nez et la bouche avant de m'en prêter un pour que je l'imite.

— C'est sans doute la pire odeur au monde, commente-t-il. Je préfère encore la compagnie de Nox quand il a des problèmes gastriques, et je te garantis que ce n'est pas une partie de plaisir.

Mes yeux sont emplis de larmes.

— Bon sang ! C'est quoi la Rose du jour ?

— C'est une fleur qui sent bon en soi, mais il suffit de mélanger une telle fleur cadavre à n'importe quel autre ingrédient, et on se retrouve avec cet effluve épouvantable. La pommade a été créée pour soigner les phénix qui ont un pouvoir de cicatrisation trop lent, comme les *tueurs de reine*. Ces phénix avaient beau l'emporter sur les dragons, ils revenaient souvent blessés d'une bataille.

L'extinction des dragons est certes une tragédie, mais je suis plutôt soulagé de ne pas avoir à envisager un combat futur contre un spectre au sang de dragon.

— C'est un chapitre que j'ai dû rater dans mes recherches. Je n'ai jamais entendu parler de ce baume.

— C'est parce que c'est une formule secrète. Apanage des Chevaliers auréolés. (Wyatt s'assied sur le rebord de la fenêtre et ôte le bandeau de son visage pour respirer l'air frais.) Cela dit, je t'imagine bien revêtir un jour l'habit des Chevaliers auréolés. Ce sera sans doute controversé étant donné que tu es un spectre. Mais le scandale ne durera pas éternellement.

Il n'y a pas si longtemps, je songeais que j'irais à la fac, et j'avais hâte de creuser mes recherches sur les phénix. Je croyais que mon travail au musée se couplerait bien avec mes études. J'espérais même reprendre un jour le poste de chef d'exposition.

Devenir Chevalier auréolé, c'est un rêve que je n'ai jamais osé caresser.

Ce serait une occasion en or pour moi. Et ce n'est pas comme si j'allais pouvoir reprendre le cours normal de ma vie, maintenant qu'on me connaît sous le nom de Fils de l'infini et d'Aile-de-feu. Ici, je serais en sécurité ; j'apprendrais à mieux protéger les phénix. Mais jamais je ne ferai vraiment partie de leur cercle très exclusif.

— C'est une idée alléchante. Mais on sait tous les deux que ça ne se produira jamais.

— Et pourquoi pas ? Il existe deux manières de devenir Chevalier. La première, c'est d'être né dans le milieu, un privilège dont j'ai bénéficié. La seconde, c'est de contribuer de façon significative au bien-être de l'espèce. Je ne fais pas partie du comité, mais avec ta gueule d'ange et ta détermination à voyager dans le passé pour trouver une potion qui neutralisera les pouvoirs des spectres, c'est dans la poche pour toi.

Par chance, le bandeau masque le rouge qui me monte aux joues.

— Le problème, c'est que c'est ma vie antérieure qui est à l'origine de tout ce bordel ; et ça, c'est impardonnable, non ? Faire de moi un Chevalier auréolé, ce serait comme promouvoir quelqu'un pour le féliciter d'avoir réparé le merdier qu'il a causé. Un merdier qui a coûté la vie à de nombreux innocents.

— On ne peut pas vraiment faire les difficiles, rétorque Wyatt. La confrérie s'est réduite à peau de chagrin. (Je devine son sourire derrière son masque de fortune.) Franchement, Emil, tu es fait pour ça. Si tu réussis à créer cette fameuse potion et à te débarrasser de tes pouvoirs, tu auras mis toutes les chances de ton côté. Et moi je soutiendrai ta candidature.

Il me couve d'un regard plein de désir. J'ai besoin d'air.

Je brandis le bocal de pommade.

— On sort ? Je ne veux pas embaumer la chambre.

— Sage décision.

Chacun de mes pas est un supplice. J'aperçois Nox qui se repose au clair de lune, son passe-temps favori apparemment. La perspective d'entrer dans les rangs des Chevaliers me surexcite. Ça me permettrait de travailler auprès des phénix ; en revanche, je me demande si j'aurai l'occasion de nouer des liens avec un oiseau ou s'ils sentiront tous l'essence de l'*astre gris* sacrifié qui coule dans mes veines depuis trois existences.

On sort de l'enceinte du château. D'après Wyatt, les phénix n'apprécient pas non plus l'odeur du baume. Je ne suis pas franchement ravi à l'idée de trimballer cette senteur pendant je ne sais combien de temps. On s'assied à proximité du pont-levis ; le bruit du fleuve qui s'écoule m'apaise. J'aspire une dernière grande goulée d'air frais avant de rouvrir le bocal. Le relent est si puissant que je suis pris d'une quinte de toux, malgré le bandeau qui me couvre le bas du visage.

— Tu as un désodorisant dans ton sac ?

— Je crains que non. On va devoir se montrer forts. (Wyatt s'approche de moi.) Aurai-je l'honneur de te l'appliquer sur la peau ?

Un flash me revient. Ness qui me soigne dans le cagibi – Ness qui me touche.

— Je vais me débrouiller, dis-je.

— Ne lésine pas sur la quantité.

Je plonge mes doigts dans la mixture et j'en recueille une noisette généreuse. Je m'apprête à soulever mon tee-shirt, mais Wyatt me scrute et je ne veux pas qu'il me voie torse nu. Je lui tourne le dos, soulève mon haut et étale la pommade sur l'ensemble de mes cicatrices. J'insiste sur le ventre, où la blessure infligée par Luna palpite douloureusement. En quelques secondes, le baume agit, diffusant sur la plaie une sensation de froid glacial.

— Pitié, ne me dis pas que je vais devoir garder ce truc sur ma peau toute la nuit, dis-je en me retournant face à Wyatt.

Il ne répond pas. Il me fixe comme si j'étais une œuvre d'art, ce qui est grotesque.

— Tu ne le croiras peut-être pas, chéri, mais j'ai beau t'avoir fait du rentre-dedans, j'en ai pourtant gardé sous la pédale. J'aimerais te dire à quel point tu es beau au clair de lune, comme un poète un peu mièvre. Mais j'ai cru comprendre que je ne t'intéressais pas. C'est à cause de mon haleine ? Elle sent comme le baume ? À moins qu'il n'y ait quelqu'un d'autre ?

Pas une seule fois nous n'avons abordé notre vie amoureuse, mais je sais que les Chevaliers auréolés sont très tolérants à l'égard des gays. Je ne m'attendais pas à ce qu'il en parle aussi ouvertement. Et surtout pas ce soir.

— Ce seraient les deux seules raisons qui expliqueraient pourquoi je ne tombe pas sous ton charme ?

— Tu me trouves donc charmant.

— Non. Enfin, si, bien sûr. Tu es un mec hyper cool et ton accent t'a fait gagner des tonnes de points.

— Mais ?

— Il y a quelqu'un. Il y *avait* quelqu'un. On ne sortait pas ensemble, et je ne sais pas vraiment ce que j'étais pour lui, mais il m'attirait. Il s'appelait Ness.

Wyatt ramasse un galet et le lance dans le fleuve.

— Bon sang, c'est un super prénom ! J'espérais plutôt un Chad ou un Bobby. Je peux surpasser tous les Chad et tous les Bobby du monde !

Je me rends compte que j'ignore totalement pourquoi Ness a choisi ce prénom.

— En réalité, il s'appelle Eduardo. Il a changé quand il est devenu Verseur de sang.

— Un Verseur de sang qui plus est ? !

— Ce n'est pas le plus surprenant. Ness était le fils du sénateur Iron. Il est censé avoir péri dans le Blackout.

Wyatt écarquille les yeux de surprise.

— Ouah ! Je comprends mieux pourquoi tu résistes à mes charmes. Je ne fais pas le poids face à un *bad boy* qui a ressuscité.

— Ness n'était pas un mauvais gars. Il a feint sa mort pour échapper à son père, qui avait une très mauvaise influence sur lui.

— Intégrer le gang le plus mortel du pays, ça fait de lui un mec bien ? s'étonne Wyatt.

— Les Verseurs de sang lui ont sauvé la vie et lui ont donné du sang de métamorphe pour lui permettre de se planquer et d'échapper à son père. Il a juste fait les mauvais choix.

— Plutôt mourir que de boire le sang d'une créature !

Loin de moi l'idée de poignarder Ness dans le dos, mais je partage l'avis de Wyatt. En même temps, je ne devrais pas juger sans connaître toute l'histoire.

— Ness était un type bien. Il a été contraint de tuer les ennemis de Luna, mais il n'en est pas fier. Ça l'a tellement traumatisé qu'il se réveillait la nuit dans la peau de ses victimes. Et quand il a eu l'occasion de s'enfuir, il est revenu pour moi, pour me sauver. Je n'ai pas été témoin de sa mort, mais je suis quasiment sûr que ce geste lui a coûté la vie.

Je tremble et ce n'est pas à cause du baume.

Wyatt se rapproche de moi les bras grands ouverts.

— Je peux ?

Je le laisse m'enlacer. J'ai déjà pleuré une fois dans ses bras aujourd'hui ; je n'ai plus de larmes en réserve. Lorsque je songe à Ness, je me sens à la fois vide et coupable d'être encore en vie.

— Peut-être qu'il s'en est sorti indemne, suggère Wyatt. Après tout, il a déjà feint sa mort une fois. Il pourrait se faire passer pour n'importe qui.

J'aimerais le croire. Je n'en voudrais pas à Ness s'il avait réussi à échapper aux exécuteurs et décidé qu'il était trop risqué de partir une fois de plus à ma recherche. Si seulement je le savais en vie, ça me consolerait, même si ça voulait dire qu'on ne peut pas être ensemble. Je passerais le reste de ma vie à me l'imaginer sous les traits de différentes personnes ; je me demanderais toujours, par la suite, si celui dont le regard s'est attardé sur moi ou qui m'a souri dans la rue n'est pas Ness sous une autre apparence. Tout ce que je lui souhaite, c'est d'être vivant et d'être enfin libre d'être lui-même. Ça me fendrait le cœur qu'il dissimule son visage pour toujours.

Une voiture approche et interrompt notre étreinte. Prudencia se gare de l'autre côté du pont-levis. Brighton descend de voiture, le tee-shirt déchiré et le front bandé. On dirait qu'il s'est battu. Il soutient Prudencia, qui marche en traînant une jambe. Je me précipite vers eux ; la pommade fait déjà effet et mes douleurs se sont atténuées.

— Putain ! C'est quoi cette odeur ? ! s'exclame Brighton en reculant d'un pas et en toussotant.

— Je t'aime, Emil, mais tu empestes la charogne, enchérit Prudencia en pressant un sachet de glace contre son œil au beurre noir et en se couvrant le nez.

— Et vous, vous faites peur à voir, je rétorque. Qu'est-ce qui vous est arrivé ?

— On s'est fait prendre en embuscade par un spectre, répond Prudencia.

— Un spectre avec des pouvoirs de faucheuse. Il passait même à travers les objets, comme les fantômes, explique Brighton. Mais on l'a quand même battu à plates coutures.

Je les prends tous les deux dans mes bras.

— Je suis tellement soulagé que vous soyez sains et saufs !

Brighton s'étrangle.

— Sérieux, tu t'es fait pisser dessus par un phénix ? C'est infect cette odeur !

— C'est un baume de cicatrisation, répond Wyatt. L'urine de phénix sent plutôt comme…

— Tu as récupéré des habits de maman ? je demande, interrompant Wyatt.

Brighton et Prudencia échangent un regard qui n'augure rien de bon. L'appartement a été dévalisé ? Tout a été pillé parce qu'on n'a pas payé le loyer ?

— Dis-lui, fait Prudencia.

Brighton lâche un profond soupir.

— Ce n'est pas un bon jour pour la team de l'infini.

QUARANTE-DEUX
PRÉDÉCESSEUR

Emil

Je n'ai plus de chez-moi.

Tout ce qui nous appartenait, à nous, à maman, à papa, a été anéanti. Nos ennemis s'échinent à détruire ce qui constitue notre existence, petit à petit. Bientôt, il ne restera plus aucune trace de notre passage sur terre. Et puis, ils réussiront bien à nous tuer, tôt ou tard, et la vie continuera sans nous. Je ressusciterai alors, Brighton aussi, peut-être, et il ne restera plus aucun vestige des Reys de Lumière – ni photo, ni illustration, ni effets personnels.

Brighton et Prudencia sont crevés et filent direct au lit ; quant à moi, je ne tiens pas en place. La nouvelle m'a profondément remué. Dehors, il fait froid, même si l'effet du baume commence à se dissiper. Wyatt colle son épaule contre la mienne ; on s'est finalement habitués à l'odeur.

Je suis à deux doigts de m'effondrer quand Wyatt me questionne sur ma vie d'avant. C'est douloureux pour moi de partager des souvenirs d'une époque plus légère, mais ça me permet aussi de veiller à ce que l'histoire de ma famille ne s'éteigne pas avec moi. Je lui raconte ce que ça m'a fait d'être le cadet de Brighton, un gars qui a toujours été brillant ; j'exprime la chance que j'ai eu d'avoir des parents comme les miens. Des gens tellement aimants que jamais je n'ai soupçonné qu'ils m'avaient adopté. Malheureusement, tout a dégénéré quand papa est tombé malade. On était tous à cran ; Brighton partait au quart de tour, s'énervait contre nous, contre le personnel hospitalier, et au décès de papa tout a empiré. Aujourd'hui, maman a disparu et on n'a aucune piste. Quant à Brighton, il s'en veut à mort de lui avoir mal parlé.

Maintenant que j'ai commencé, je ne parviens plus à m'arrêter. Bientôt, je confie à Wyatt les détails de ce qui s'est passé depuis le réveil de mes pouvoirs. Je lui explique comment j'ai rejoint les Marcheurs du Ciel, sauvé un *engloutisseur de soleil* au stade, la nuit où on a capturé Ness ; je lui avoue la fausse trahison de Ness, qui l'a conduit à me torturer avec le terminateur d'infini, le secret de Prudencia, qui nous avait caché être une céleste, et je lui décris la bataille de l'église, juste avant que ne disparaisse le Rêveur couronné, le soir où Aurora est morte dans mes bras.

Wyatt me prête une oreille attentive. Cependant, je sens qu'il fatigue, et je prétexte l'envie d'aller me coucher pour qu'il puisse se reposer un peu. Il mérite de dormir après toutes les recherches qu'il a menées sur le processus du rétrocyclage, sans oublier le temps qu'il a consacré à me préparer du baume cicatrisant. Je prends une douche éclair et file sous la couette. Je reste éveillé pendant quelques heures encore, à écouter les ronflements de Prudencia et le chant d'un phénix, avant de sombrer à mon tour dans un profond sommeil.

Brighton me réveille de bonne heure en mettant les nouvelles sur son téléphone sans prendre la peine d'enfiler ses écouteurs. Différentes chaînes relatent la bagarre qui s'est déroulée entre Brighton et le spectre dans notre immeuble, et je me prépare à découvrir ce qu'il reste de notre foyer. Le bâtiment est noir de suie. Je repère les fenêtres de notre appart, au troisième étage ; celle du salon a volé en éclats le jour où Ness s'est fait passer pour Atlas, et celles des chambres sont noircies, comme le reste de la façade. Les résidents ont été placés dans des refuges, et même si Brighton et Prudencia leur ont sauvé la vie, tout ça s'est produit par leur faute. Les Verseurs de sang comptaient sur le fait qu'on repasserait par chez nous. À cause de nous, nos voisins se retrouvent à la rue.

Je quitte la chambre et me rends directement dans la bibliothèque. Wyatt est déjà debout ; il bouquine sur le balcon, un short pour seul vêtement, les pieds sur le dos de Nox, qui roupille. Son livre ouvert repose sur ses abdos. Le soleil forme un halo autour de sa tignasse châtain. Il plisse les yeux et je ne réussis pas à savoir si c'est à cause de la lumière ou parce qu'il est concentré sur sa page. En tout cas, il est sexy en diable.

— Salut, dis-je en le rejoignant.

Le soleil me réchauffe aussitôt la nuque.

— Tu es bien matinal, fait remarquer Wyatt. (Il ferme son bouquin et le pose sur ses genoux, dévoilant son torse. Je soutiens son regard bien que ses pectoraux me fassent de l'œil.) Si j'avais su que tu étais réveillé, je t'aurais proposé un petit vol au saut du lit.

— Une prochaine fois.

J'aimerais le prendre au mot. Il faudra bien que je m'habitue à chevaucher un phénix au cas où je devienne un jour un Chevalier auréolé.

— Tu m'as surpris à un moment intéressant, chéri. Je me renseigne sur l'histoire de ton prédécesseur. Ta première tentative de rétrocyclage était stupéfiante. Cela dit, je pense que ça se passera encore mieux si tu cibles le jour de sa mort. Maribelle a senti qu'elle était proche de celle de Sera, et comme ces deux-là sont décédés le même jour, ce sera peut-être ta porte d'entrée aussi.

— Ça me va.

— Une séance de lecture autour de Bautista, ça te tente ?

Il n'y a que quelques pages consacrées à Bautista dans *La Liste noire des Chevaliers*, mais Wyatt pense que ça vaut le coup de les parcourir. Il n'y a pas grand-chose que je ne sache déjà à son sujet, Brighton ayant été obsédé par lui pendant des années. En plus, son portrait figurait au musée. Mais ça ne peut pas faire de mal de se rafraîchir la mémoire.

À l'âge de vingt ans, Bautista de Leon faisait la une des journaux en raison de son combat contre les Verseurs de sang de New York. À cette époque, le gang braquait des banques, intimidait les juges et les politiciens, et tuait les alchimistes qui tentaient de créer des potions qui neutralisent leurs pouvoirs. Personne n'osait leur tenir tête. Jusqu'à ce que Bautista se mette à les traquer. Il menait alors seul son combat, mais les Verseurs de sang formèrent bientôt des jeunes – qu'on appellerait plus tard les acolytes – auxquels ils firent faire le sale boulot. Bautista sut alors qu'il lui fallait également une équipe. Il forma les Marcheurs du Ciel pour combattre les fauteurs de troubles. Il fallut du temps au public pour les accepter, toutefois ils s'imposèrent bientôt comme une force précieuse, qui volait au secours des gens et neutralisait les Verseurs assez longtemps pour permettre aux autorités de les enfermer dans les Limites. Quatre ans plus tard, Bautista s'est fait tuer dans une usine d'armement, et même si de très nombreuses personnes l'ont regretté, l'auteur de ce texte affirme que si Bautista réapparaissait avec les pouvoirs illégaux d'un phénix, les Chevaliers veilleraient à ce qu'il meure pour de bon, comme Keon Maximo.

— Ce n'est pas une fin très heureuse, dis-je.

— Certains Chevaliers ont le cœur enragé, réplique Wyatt.

— Vaut mieux pas qu'ils découvrent que leurs livres d'histoire se trompent au sujet de Keon.

Puisque le baume ne m'a pas complètement requinqué, je décide d'approfondir mes recherches sur Bautista jusqu'à ce que j'aie recouvré assez de forces pour tenter un nouveau voyage dans le temps. J'emprunte l'ordinateur de Brighton, qui me demande de passer en revue une dizaine d'onglets pendant qu'il se rend au dojo avec Prudencia. Ça me dérange de le voir s'habituer à des pouvoirs que je suis résolu à annihiler; mais il faut qu'on engrange assez d'énergie pour rivaliser avec les Verseurs de sang.

Le premier onglet est une vidéo YouTube de Bautista interviewé à distance par une présentatrice de CNN; il y explique les raisons pour lesquelles il a fondé les Marcheurs du Ciel. J'ai regardé des tas de vidéos de lui au fil des ans, et même si celle-ci est redondante, je le vois d'un œil nouveau, du fait de notre lien. Il a la boule à zéro et le visage rasé. Il est à l'aise face à la caméra, et son charisme est vraiment celui du héros que des millions de fans ont un jour célébré.

À l'automne dernier, on a appris qu'un biopic sur Bautista était en cours de réalisation, et les admirateurs – dont Brighton faisait partie – n'ont pas hésité à mettre leur grain de sel, dressant une liste des acteurs qui auraient, selon eux, le charisme et le charme nécessaires à l'interprétation du rôle. Mais à la suite du Blackout, le studio a annulé le projet pour prendre ses distances vis-à-vis des Marcheurs du Ciel. Brighton était dég que le film tombe à l'eau. Je ne serais pas surpris qu'il ait glissé un message aux producteurs pour tenter de leur vendre les droits de notre histoire.

Je tombe sur un article qui contient des liens vers les combats les plus médiatisés de Bautista. Le souffle suspendu, je regarde une vidéo amateur où on voit Bautista combattre un spectre hydre à deux têtes et quatre bras. Armé d'un terminateur d'infini, le spectre se jette sur Bautista, mais ce dernier l'esquive habilement en faisant une roulade; il récupère une hache abandonnée dans la rue, l'embrase de flammes dorées, et décapite son adversaire en un éclair ; je m'empresse de fermer la vidéo. Je parie que le spectre a perdu plus d'une tête.

J'enfouis mon visage dans mes mains et pousse un hurlement.

— Qu'est-ce qui ne va pas ? me demande Wyatt.

— J'étais un tueur dans mes vies antérieures et je suis stupide de croire que je vais pouvoir mener ce combat sans suivre leurs traces.

— C'est inéluctable dans notre branche, non ? Ça fait partie du métier.

Je lui raconte le débat que j'ai eu avec les Marcheurs du Ciel à ce sujet, et même s'ils préféreraient éviter de faire des victimes, j'ignore s'ils ont déjà tué et dans quelles circonstances. Maribelle a brûlé vif Anklin Prince, et elle est désormais déterminée à trucider June. Et puis il y a Brighton, qui me tient un discours très orienté depuis qu'on fréquente les Marcheurs. Selon lui, tuer pour sauver le monde, c'est différent.

— Les héros ne devraient pas avoir de victimes à leur actif.

— Dans ce cas, je ne suis pas un héros, rétorque Wyatt.

Sa réponse me prend de court.

— Ah bon ? Mais tu n'es même pas sur le terrain !

— Encore une fois, ça fait partie du métier. Il y a trois ans, j'étais de passage aux États-Unis pour enquêter sur une ferme dans le Colorado qui volait des œufs de phénix pour l'élevage. Il s'est avéré que cette nuit-là, le Guetteur de l'avenir brillait dans le ciel. C'est une constellation qui booste les facultés prophétiques des célestes. Mon père et ma mère l'avaient vue des années plus tôt, aussi ils ne m'ont pas accompagné. Nox et moi, nous sommes allés nous poser au sommet des Falaises de craie pour contempler les étoiles. Malheureusement, un voyant nous avait trahis, révélant notre position à un alchimiste aspirant à devenir spectre qui recherchait un phénix. On est tombés dans une embuscade.

Ce récit réveille une ancienne douleur.

— Tu n'es pas obligé de me raconter, je ne te juge pas.

— Si. C'est important. C'était la première fois que je me retrouvais face à un individu prêt à tout pour devenir spectre. L'alchimiste nous menaçait d'une baguette ; il a piégé Nox dans un filet électrique ; plus il résistait, plus il recevait de décharges. J'ai eu l'opportunité de lui arracher son arme et je n'ai pas hésité un instant. J'ai jeté des sortilèges, et même si je n'avais pas l'intention de le tuer, c'est ce qui s'est passé. (Wyatt pose son regard sur l'horizon.) C'était de la légitime défense, mais c'est lourd à porter à dix-sept ans. Il m'a fallu une année de thérapie pour me convaincre que je n'étais pas comme ces prédateurs. Ce que je te souhaite, mon cher Emil, c'est d'être indulgent avec toi-même si jamais tu dois en venir à tuer pour protéger ceux que tu aimes. Si tu as l'occasion de les sauver et que tu ne la saisis pas, tu t'en voudras sans doute toute ta vie.

*

Le lendemain à l'aube, après une nuit agitée de cauchemars ressassant les exploits de Bautista, je vais m'installer dans le dojo, plus résolu que jamais à ne pas répéter les erreurs de mon prédécesseur. Cette fois, Brighton ne renouvelle pas l'expérience ; il se contente d'observer en compagnie de Prudencia, et je dois dire qu'il m'étonne par son calme apparent. Maribelle est impatiente de faire une nouvelle tentative. Elle s'assied en lotus face à moi, tandis que Wyatt et Tala nous rappellent notre objectif : retrouver Sera et Bautista le jour de leur mort.

— Compris, dit Maribelle.

— Tu te sens comment ? je la questionne.

Maribelle me foudroie du regard, comme si j'étais vraiment gonflé de lui adresser la parole.

Je pourrais passer ma vie à m'excuser, ça ne changerait rien. Atlas est mort. Au lieu de l'enquiquiner davantage, je ferme les yeux et respire à fond pour me préparer mentalement.

— Fiez-vous à votre instinct, murmure Tala. Rappelez-vous l'histoire, inhalez-la, et rejoignez-la.

J'entends les flammes de Maribelle s'animer et je m'embrase à mon tour. Je n'ai plus utilisé le baume de Rose du jour depuis avant-hier, pourtant mon pouvoir me fait moins mal qu'avant. Je suis désormais en mesure de me figurer Bautista, à commencer par sa voix, qui résonne mieux en moi depuis que j'ai regardé les vidéos. Je cherche un moyen de m'immiscer dans sa vie, et de retourner au jour fatidique de sa mort. Je me sens coincé, comme si mes jambes s'étaient enlisées dans des sables mouvants, et je me répète à quel point il est crucial que je découvre les ingrédients de la potion pour mettre fin à cette guerre.

Le décor se brouille et des voix étouffées s'animent. Bautista, jeune, vacille dans l'obscurité. Il hurle, la main en feu, il se récrie : il ne veut pas être une arme. On m'a déjà demandé si j'avais eu des flash-back de vies précédentes. À présent, je peux répondre que oui. Pendant quelques instants, j'oublie mon visage, mon nom et mon histoire. Bautista implore ; il ne veut pas se battre. Je sens son désespoir comme des doigts autour de ma gorge qui m'étranglent. Nous partageons cette même souffrance dans nos vies respectives. Bautista voulait trouver une issue lui aussi, et je le supplie de m'aider bien qu'il soit mort, bien que je sois la nouvelle incarnation de nous deux, mais c'est comme vouloir résoudre un problème dont on ignore la solution. Alors Bautista m'apparaît à nouveau, beaucoup plus vieux que dans la vision précédente ; légèrement plus âgé que dans les vidéos. Cette fois encore, il vacille dans l'obscurité ; il articule des mots que je ne l'ai jamais entendu prononcer – des mots comme *larme-sèche* et *racine pourpre.* Les ingrédients. Je cherche à atteindre sa voix comme si elle était palpable, un objet physique que je pourrais saisir et presser. Les autres ingrédients me viennent instinctivement.

Alors je suis transporté dans les ténèbres. J'ai l'impression de chuter sans jamais m'arrêter.

Bautista se matérialise devant moi. Il n'a pas la tête rasée ; il arbore une tignasse indisciplinée qui aurait bien besoin d'une coupe. Sa barbe couvre sa mâchoire par endroits. Ses yeux sont bouffis de fatigue. Des gouttelettes de sueur dégoulinent sur son visage. Il porte un débardeur gris déchiré, rentré dans un jean noir. Et punaise ! Il a les bras musclés ! Pas étonnant qu'il soit passé pour un super-héros aux yeux de tous. Je sens soudain une bouffée de détermination et d'espoir monter en moi. C'est déjà énorme d'être parvenu jusque-là ; pourtant, il y a un truc qui cloche dans ces sensations, comme un tee-shirt qui m'irait mais que je porterais à l'envers depuis plusieurs jours sans m'en être aperçu. Je crois que ce que j'éprouve, ce sont les émotions de Bautista. Je me tiens juste devant lui, toutefois il ne semble pas me voir. L'obscurité s'amenuise autour de nous, peu à peu remplacée par des touches de couleur et un bain de lumière. Le décor se précise. On se trouve dans une grande salle.

Au plafond, des poutres métalliques jaunes ; au sol, du sang séché qui jure avec le carrelage d'un blanc aveuglant. Près de la fenêtre, une pancarte avec des mesures de sécurité. Sur les murs, des rangées d'armes pour la plupart militaires, comme des baguettes semi-automatiques et des lanceurs de grenades-gemmes. Pas de doute, nous sommes dans l'usine où Bautista s'est fait assassiner, dans le sud du Bronx, à quelques pâtés d'immeubles de là où je suis né. Cet endroit, je le hais, et je songe déjà à revenir au temps présent. À cet instant, je me tourne et aperçois un homme sur une chaise ; dans sa main, un objet qui peut s'avérer plus puissant que n'importe laquelle des armes présentes dans cette salle : une fiole contenant un liquide épais semblable à de l'argile humide. Mince alors ! Faites que ce soit la potion qui neutralise les pouvoirs !

— Il faut que ça marche, implore le type sur la chaise.

Bien qu'il ne crie pas, sa voix retentit dans ma tête. Il a un œil au beurre noir et quand il ouvre la bouche, je note qu'il lui manque la moitié de ses dents. Il fait un peu plus vieux que moi, et pourtant je parie qu'on a le même âge et qu'il a vieilli prématurément à cause de tout ce qu'il a enduré.

Ce serait cool que Bautista partage son savoir avec moi, ou que je puisse au moins lire dans ses pensées; mais je me contenterai déjà de ressentir ses émotions.

— Comme les autres potions, cette version de l'Étrangleur d'étoile n'est qu'à la phase d'essai, explique Bautista en jetant un coup d'œil sur le journal bleu ouvert sur le tapis roulant désactivé.

L'Étrangleur d'étoile. C'est la première fois que j'entends ce nom, mais il est très éloquent. C'est la potion qui neutralise les pouvoirs issus des corps célestes. Je m'approche du journal. Les pages sont encore blanches et non pas jaunies comme à mon époque. Une fiche cartonnée est posée dessus. J'essaie de la saisir, mais ma main passe au travers. Je ne suis ici qu'en tant qu'observateur; je ne peux rien toucher. Je me penche sur la fiche qui mentionne explicitement l'Étrangleur d'étoile; je reconnais l'écriture de Sera.

Tentative n° 7 – Étrangleur d'étoile
Larme-sèche (larmes d'un phénix malheureux)
Membrane de fantôme (coquille d'un phénix ressuscité)
Pierre-plume (mue d'un basilic à plumes)
Racine pourpre (racine de Rose du jour)
~~Cosse d'émeute (coquille de *créateur de souffle*)~~

Eau de la Mer d'Ombre (salive d'une hydre étoile-ombre en hibernation)
Baie-brûlée (grains de torche écrasés)
Poudre de cumulus (une pincée de terre provenant de la haute montagne non fréquentée parce que infestée d'hydres)
~~Étoile difforme (terre particulière)~~
Cendre-sombre (suie d'un *aîné couronné*)

J'ignore combien de temps il me reste avant d'être éjecté de cette vie, aussi j'apprends par cœur cette liste le plus vite possible. Les larmes d'un phénix malheureux, triste mais facile à retenir. La membrane de fantôme, c'est la coquille d'un phénix qui vient de renaître, tout bêtement. Mue de basilic à plumes, mue de basilic à plumes, mue de basilic à plumes. Rose du jour ! Grâce à Wyatt, je sais ce que c'est. Jamais je n'aurais deviné en revanche que l'eau de la Mer de l'Ombre correspondait à la salive d'une hydre étoile-ombre en hibernation ; il faut absolument que je retienne tout ça maintenant, car qui sait si je serai encore en mesure de rétrocycler. Grains de torche écrasés : on en trouve facilement. Quant à la suie d'*aîné couronné*, je compte sur les Chevaliers auréolés pour nous en procurer.

Je repasse les ingrédients un à un dans ma tête – larmes de phénix malheureux, coquille de phénix, mue de basilic à plumes, Rose du jour, salive d'hydre étoile-ombre en hibernation, grains de torche écrasés, suie d'*aîné couronné* – quand soudain, Bautista s'approche du type qui a mon âge, m'entraînant avec lui malgré moi, comme si on était attachés par un lien invisible.

Quelle aventure ! Si seulement Brighton était là, et qu'on faisait équipe. Il serait dingue de savoir que Bautista pue des aisselles et empeste le parfum bon marché.

Le fondateur des Marcheurs du Ciel se tient debout face au jeune homme qui, d'une main tremblante, dévisse le bouchon de la fiole, qu'il a bloquée entre ses cuisses. Il tend ensuite le bras et Bautista lui attrape le poignet.

— Inspire à fond, Price. Je vais compter jusqu'à trois.

Price s'agite.

— Comme si vous alliez vraiment compter…

Bautista enfonce la dague dans la main de Price qui pousse un hurlement atroce. Je me bouche les oreilles. Le sang s'écoule dans la fiole et se répand sur le pantalon de Price. Une fois satisfait de la quantité recueillie, Bautista rebouche le flacon et le secoue comme un barman mélangeant un cocktail.

— D'ici quelques secondes, tu auras cicatrisé, dit-il.

À sa place, je me serais excusé.

— Ça fait quand même mal, rétorque Price, tandis que la plaie se referme, laissant une cicatrice quasi imperceptible sur sa paume. C'est le pouvoir qui me manquera le plus. Ça m'a permis de survivre à pas mal d'épreuves dans les Limites.

— À moins que tu ne veuilles y retourner, tu boiras cette potion, réplique Bautista en lui tendant la fiole.

— Mais c'est dégueulasse. Ta femme ne peut pas en améliorer le goût ?

— Pendant que je transmets ta requête à Sera, prions pour que ton feu de phénix ne te brûle pas vif comme le Verseur de sang que tu as remplacé. Tu as envie de te transformer en petit tas de cendres ?

— OK, c'est bon.

L'attitude de Bautista me surprend. Je ne l'avais pas imaginé aussi cinglant. Il semble si respectueux et héroïque dans toutes ses interviews télévisées. Je ne l'aurais jamais cru si sarcastique. En tout cas, moi, je ne le suis pas. Comme quoi, le seul point commun entre nous, ce sont ces pouvoirs, et Maximo, le premier spectre.

Price fixe la potion du regard. Elle ne va pas passer facilement. Il en vide le contenu dans sa bouche et s'apprête à le recracher. Bautista plaque alors sa main sur ses lèvres et lui bouche le nez jusqu'à ce qu'il avale le liquide. Price est pris de violents tremblements ; il s'affale sur son siège. Bautista lui soutient la nuque, tandis que Price hurle :

— Ça brûle !

— Ça va passer.

Bautista ment, je le sens. Il est persuadé que Price va mourir. Il éprouve même de la compassion pour le Verseur de sang.

Les yeux de Price flamboient comme une éclipse et Bautista s'écarte par mesure de sécurité. Price pousse un hurlement terrifiant. Des flammes blanches engloutissent son corps tout entier, ce qui me remémore la mort d'Orton. Bautista se sent impuissant. Heureusement, le brasier finit par s'éteindre et Price aspire une grande goulée d'air.

— Ça va ? demande Bautista.

Price redresse le buste. Il tend la main pour projeter du feu, sans succès. Il se livre à de multiples tentatives qui se soldent toutes par des échecs.

— Mes pouvoirs ont disparu, constate Price.

Une bouffée d'espoir nous envahit d'un coup, Bautista et moi. L'émotion est si vive que je n'arrive pas à distinguer la sienne de la mienne.

— Je ne suis plus un Verseur de sang ! s'exclame Price avec un ricanement tonitruant.

— Bientôt, plus personne ne le sera, enchérit Bautista en se levant.

Il attrape le journal et se précipite hors de la salle en m'entraînant à sa suite comme son ombre.

QUARANTE-TROIS

MÈRE

Maribelle

Un courant d'air froid souffle dans l'obscurité, comme le jour où maman et papa ont été assassinés. Sera Cordova surgit de nulle part. Elle est stupéfiante. Elle a la même peau caramel que la mienne – disons plutôt que c'est moi qui tiens d'elle – et tandis que mes cheveux sont tressés à l'arrière de mon crâne, les siens sont lâchés et dégringolent jusqu'au milieu de son dos. Elle porte une tunique blanche, une magnifique bague bleue et des bracelets en argent. À mesure que l'obscurité cède à la lumière autour de moi, le parfum des fleurs et des herbes aromatiques s'élève. Bientôt, le bouillonnement d'une marmite et les pleurs d'un bébé me parviennent.

Sera s'approche du berceau et me prend dans ses bras – enfin, moi bébé. Je dois avoir environ deux mois. Elle me fredonne une chanson ; c'est l'histoire d'une fille qui fabrique une couronne avec des branches de son jardin. Je suis bouleversée de ne jamais avoir entendu cet air ; une bouffée de haine m'envahit brutalement. Je suis tellement furax que je pourrais foutre le feu à cette pièce – un labo d'alchimiste, apparemment. Mais un sentiment de sérénité et le désir de consoler me balaient, même si ces émotions ne cadrent pas avec les miennes. C'est comme si j'étais connectée aux sensations de Sera et de bébé Maribelle. La petite se cale contre le sein de Sera ; une berceuse et le contact de sa mère, c'est tout ce dont elle avait besoin.

— Tu veux aider ta maman, mon tournesol ? demande Sera.

Je n'ai jamais entendu ce surnom, mais je sens tout l'amour avec lequel elle le prononce, de même que je le constate dans ses yeux marron. Elle désigne le chaudron en acier et le mortier rempli d'herbes sur le comptoir lustré.

— Je prépare une potion pour tata Aurora. Pour qu'elle se sente mieux. Elle est malade depuis qu'elle a perdu un être cher. Je ne peux pas lui ramener la personne qu'elle a perdue, ou la rendre heureuse en un claquement de doigts, mais je peux faire en sorte d'apaiser son corps pour alléger son chagrin.

— Aurora n'est pas ma tante ! dis-je à voix haute.

Mais Sera ne m'entend pas.

Je voudrais qu'elle parle davantage du deuil de maman et de sa peine. Suis-je revenue à l'époque où sa propre mère est morte ?

La porte s'ouvre à la volée et, par réflexe, je brandis le poing, prête à me battre. Mais le calme de Sera me contamine et me rassérène. Un homme apparaît. C'est Bautista, je le reconnais. Il est assez sale. On dirait qu'il répare une voiture. À mes yeux, il a toujours été le chef des Marcheurs du Ciel, et s'il me voyait, je le saluerais. J'ai encore du mal à me faire à l'idée que c'est également mon père. Si je ne pouvais pas lire l'enthousiasme sur son visage, je sentirais le triomphe dans son cœur. Si je suis capable d'éprouver ses émotions aussi, c'est parce que nous formons une famille, et comme Wyatt l'a fait remarquer, c'est l'une des deux lignes de vie que possèdent les phénix. Jongler avec les émotions de quatre personnes à la fois, ça file le tournis.

Il pénètre dans le labo, et Emil entre à sa suite. On échange un regard. Par chance, je ne suis pas reliée à ses pensées.

Concentré, il marmonne quelque chose dans sa barbe, les paupières fermées.

— Ça a marché ! s'exclame Bautista.

Les yeux de Sera s'emplissent de larmes. Fierté et joie bouillonnent en elle.

— L'Étrangleur d'étoile a fonctionné ?

Il pose son journal sur le comptoir.

— Tu as réussi, mon amour !

Sera et Bautista échangent un baiser passionné ; l'amour règne au sein de cette famille. C'est comme ça que j'imaginais ma vie avec Atlas. Nous aurions été comme eux. Des héros et des parents.

Bautista embrasse le bébé sur le front.

— Tu entends ça, Maribelle ? Tes parents se battent pour que tu grandisses dans un monde meilleur.

— Prions pour que cette potion ne soit pas employée contre notre espèce, commente Sera. Il faudra veiller à ne pas en parler à n'importe qui. Aux autres Marcheurs du Ciel peut-être, pour que ça reste dans la famille. Je ne fais pas confiance au gouvernement en ce moment. Les autorités pourraient s'en servir contre Maribelle quand ses pouvoirs se manifesteront.

— Si ses pouvoirs se manifestent, précise Bautista. Mon sang risque d'avoir modifié la donne et ruiné ses chances.

— Je sais qu'elle aura des pouvoirs.

— C'est toi la voyante. Je suis certain qu'elle tiendra de sa mère, une femme puissante.

— Elle serait chanceuse d'hériter de ton feu, mon rayon de soleil.

— Une fois que j'aurai conquis la rue, j'éteindrai mon feu pour de bon. Je serai papa à temps plein, réplique Bautista avec un grand sourire en baisant de nouveau le front de son bébé.

Quelle aurait été ma vie si on ne les avait pas assassinés ?

Le Blackout se serait-il produit si Sera n'était pas morte ? Aurait-elle pu prédire la catastrophe, contrairement à moi, qui n'ai ressenti qu'une vague appréhension ? Aurait-on changé le monde, vaincu l'injustice et rétabli la paix à l'heure qu'il est ? Se serait-on débarrassés des spectres violents qui terrorisent la population et vivrait-on paisiblement chacun chez soi ?

Les yeux de Sera brillent comme une pleine lune passant de son œil gauche à son œil droit. On nous prévient d'un danger si fort qu'il résonne à travers notre squelette et nous parcourt la peau ; c'est ainsi que mon pouvoir devrait se manifester. Même si je n'ai pas accès à ses visions, je connais la suite de l'histoire, et je sais le moment qu'elle redoute. La terreur lui noue la gorge et l'empêche de prévenir son mari du sort qui les attend. Il y a quelques minutes à peine, elle imaginait un avenir meilleur. Mais en quelques secondes, tout s'est effondré, et elle sait désormais que ses espoirs ne se réaliseront jamais. La mort frappe brutalement. Mais, dans son malheur, elle a eu le temps de s'y préparer.

Si seulement j'avais pu me préparer à la mort d'Atlas !

— Sera, qu'est-ce que tu as vu ? s'inquiète Bautista, qui a saisi le sérieux de la situation.

— Notre fin, murmure Sera. Mais seulement la tienne et la mienne. Il y a toujours de l'espoir pour Maribelle. Ma mère ne doit jamais découvrir qu'elle est ma fille. Elle la pourchasserait et exploiterait ses pouvoirs comme elle m'a utilisée moi.

Bautista essaie de rester fort, alors qu'Emil pleure à chaudes larmes comme si c'était sa propre famille qui allait y passer. Dans un sens, c'est le cas.

— Qu'est-ce qu'on fait ? s'enquiert Bautista qui cède à son tour aux larmes. On a eu tant de mal à dissimuler ta grossesse cette année.

— J'ai une idée, répond Sera.

Elle sanglote et pose ses lèvres tremblantes sur la joue de Maribelle dans un très long baiser.

— Je suis navrée, mon tournesol. Je ne te verrai pas grandir.

C'est l'excuse que j'ai entendue lors de ma première tentative de voyage dans le passé.

— Combien de temps avons-nous encore ? demande Bautista.

Sera hésite à répondre, mais le temps n'est pas son allié.

— Quelques minutes. Ma mère et ses sbires arrivent en ce moment même.

Une rage inouïe s'empare de Bautista ; ses yeux flamboient comme une éclipse et des flammes grises jaillissent de son poing.

— Pas question que Luna s'approche de notre fille. À moins qu'elle ne veuille mourir avec nous.

Même si je ne peux pas sentir la réaction d'Emil, je sais que, comme moi, il est sous le choc de cette révélation.

Luna est la mère de Sera – et ma grand-mère.

QUARANTE-QUATRE
HISTOIRE

Brighton

Emil et Maribelle rougeoient comme des rayons de soleil. Ils transpirent à grosses gouttes au milieu de leurs flammes grises et dorées et jaune foncé. Même s'ils laissent échapper des paroles par moments, je n'ai pas la moindre idée de ce qui se trame. Tout ce que je sais, c'est qu'ils ont dû réussir à voyager dans le passé.

Je n'en reviens pas. Emil rencontre mon héros, sa vie antérieure, tandis que Maribelle est en compagnie de sa mère biologique. Comment est-ce que ça marche ? Sont-ils devenus Bautista et Sera ? Sont-ils spectateurs ou acteurs ? Ont-ils le contrôle de la situation ? Personne ne pensait que ce serait le cas, mais jamais on aurait cru cette histoire de rétrocyclage possible avant. Les règles pour un phénix ne sont pas les mêmes que pour un spectre aux pouvoirs de phénix.

Au bout de trente minutes, Prudencia demande :

— Et s'ils restent coincés ?

— Ça ne fait même pas une heure, réplique Tala. Les phénix ne font pas ça en coup de vent.

Wyatt acquiesce.

— Le seul *astre gris* connu pour avoir rétrocyclé est sorti d'hibernation au bout de deux jours.

— Je ne vais pas rester assis ici pendant deux jours, dis-je.

— Il ne nous reste plus qu'à espérer que Maribelle et Emil trouvent le chemin du retour avant cela, rétorque Wyatt.

— En se fiant à leur instinct ?

— C'est lui qui les a guidés jusque-là.

Jusque-là. C'est-à-dire jusqu'où exactement ? Qu'est-ce que ça indique vraiment ? Leurs moyens sont limités, même ceux de Maribelle qui est une hybride, mi-céleste, mi-spectre. Moi je suis le Sauveur de l'infini, et si je ne peux pas voyager dans le passé, c'est parce que je n'ai pas accès à tous les pouvoirs que le sang de la Faucheuse m'avait promis. Même si mes pouvoirs de fantôme n'ont pas grand-chose à voir avec mes facultés de phénix, tout est emmagasiné en moi et tout est intrinsèquement lié. Comme Maribelle, qui n'a pas pu voler vraiment avant que son feu s'active.

Je suis peut-être sur la touche pour le moment, mais une fois que j'aurai accès à l'intégralité de mes pouvoirs, ils auront l'air de rigolos à côté de moi. Le rétrocyclage, et tout le reste, ce sera de la gnognotte !

Vous allez voir ce que vous allez voir.

Comptez dessus.

Une heure s'écoule, puis une autre, et je passe les trois suivantes à répondre aux commentaires sur ma chaîne YouTube et sur mon compte Instagram. Mais au bout de la huitième heure à me tourner les pouces, je commence à me demander si mon frangin et Maribelle retrouveront un jour leur chemin jusqu'à nous.

QUARANTE-CINQ

SERA CORDOVA

Maribelle

Je suis la petite-fille de la femme qui m'a tout pris.

Ma famille est frappée d'une sombre malédiction, et j'en ai hérité. J'ai toujours aimé être une céleste, pourtant je donnerais tout pour me débarrasser de mes pouvoirs sur-le-champ. Je rêverais d'un drame familial plus basique, plus traditionnel : ma mère qui se serait fâchée avec ma grand-mère parce que celle-ci n'aime pas mon père ou parce qu'elle n'approuve pas la manière dont on m'élève. Mais ma situation est beaucoup plus complexe, évidemment : des grossesses dissimulées, des parents secrets, une grand-mère démoniaque… On se croirait dans un horrible conte de fées.

Je partage mon sang avec la chef de gang la plus redoutée, le monstre qui a causé la mort de maman, papa, Sera, Bautista, et Atlas. Je voudrais pleurer de rage, m'effondrer, mais Luna a veillé à ce qu'il n'y ait plus personne pour me soutenir si jamais je tombe.

Emil fait un pas dans ma direction, mais je lève la main pour le stopper. Je ne veux pas de son réconfort.

— Konrad et Finola sont rentrés ? demande Sera.

— Je ne pense pas, répond Bautista. Iris doit être en plein rendez-vous avec le savant. Tu crois que tout se passe bien ?

— Dans ma vision, aucun mal ne leur est fait, dit Sera.

— Qu'est-ce que tu as vu ? Comment ça se produit ?

— Qu'est-ce que ça peut faire ? Nous allons mourir, Bautista. Le mieux qu'on puisse faire maintenant, c'est de nous assurer que notre fille et nos amis sont épargnés ! (Sera éteint le feu sous la marmite d'une main tremblante.) Je n'ai même pas eu le temps de finir la potion pour Aurora, et je n'assisterai jamais aux premiers mots de Maribelle ni à ses premiers pas. Ça se produit trop tôt, beaucoup trop tôt. Je hais ces visions qui ne m'annoncent que souffrance et mort.

Le bébé pleure, mais c'est Sera que Bautista tente de calmer. Il plaque son visage contre son torse et lui caresse le dos. Ce qui ne les apaise ni l'un ni l'autre.

La manière dont Sera décrit ses visions, annonciatrices de malheurs, s'accorde avec mon intuition, qui ne me prévient que des dangers. Je ne sais pas d'où nous vient ce pouvoir. D'un ancêtre de Luna ? De mon grand-père (qui qu'il soit) ? Sera souhaiterait me voir grandir, m'imagine plus tard mener la belle vie. Si elle savait à quel point le monde s'est détérioré depuis sa disparition, m'entraînant dans sa chute.

— Il faut confier Maribelle à Aurora, dit Sera.

— Non. Je vais vous sortir de là. Ta vision ne se réalisera pas. Nous l'en empêcherons.

— Rien ne peut la stopper. C'est écrit dans les étoiles. De toute façon, nous ne sommes pas assez puissants pour modifier notre destin. Attrape le journal. Il est encore temps de nous assurer que les Marcheurs l'emporteront contre les Verseurs de sang.

Sera quitte le labo à la hâte, m'attirant dans son sillage, comme si elle était la terre et moi la lune dans son orbite. Bautista la rattrape, le journal à la main. Emil me rejoint.

— Ça va ?

Je suis étonnée de pouvoir l'entendre. Je fais comme si ce n'était pas le cas et je l'ignore.

Sera et Bautista dévalent le couloir, redoutant leur fin imminente. Ils n'échangent pas un mot. Si papa et maman avaient su qu'ils étaient sur le point de mourir, ils se seraient exprimé leur amour jusqu'au dernier moment. Mais j'étais plus grande quand ils sont décédés. Ici, je ne suis encore qu'un bébé. Pour que je devienne plus tard la personne que je suis maintenant, il faut que mes parents biologiques me remettent à des gens de confiance.

Je n'arrive pas à croire que je vais voir papa et maman.

Sera s'arrête net et recule d'un coup ; elle pousse brutalement Bautista de côté. Un jet d'acide les effleure. On se retourne. Un homme en jogging gris et aux yeux verts venimeux salue Sera et Bautista d'un geste de la main flippant. Sa peau est écailleuse. En un éclair, Bautista projette sur lui son feu doré. Mais le spectre basilic l'esquive avec adresse, à l'instar de Stanton.

— Prends la petite et file ! s'écrie Bautista.

Il fourre le journal dans la main de Sera avant de lancer une nouvelle contre-offensive, ne sachant pas que c'est sans doute la dernière fois qu'il voit sa femme. Sera laisse tomber le carnet. Elle se baisse pour le ramasser avant de s'enfuir, abandonnant par terre une fiche en carton. Emil la rappelle vainement, puis tente de récupérer la fiche sans succès.

— C'est la liste d'ingrédients ! hurle Emil.

— Mémorise-la ! je crie, tandis que Sera m'entraîne derrière elle dans le couloir.

C'est le moment clé. Le tournant qui explique pourquoi deux décennies de spectres ont pu se développer par la suite, causant de nombreux conflits entre ceux qui avaient des pouvoirs et ceux qui en étaient dépourvus. Un instant de négligence de la part d'une mère déterminée coûte que coûte à protéger sa fille. Papa et maman, Finola et Konrad, Atlas, et toutes les autres victimes de cette guerre seraient peut-être encore en vie si la recette de la potion avait été transmise aux bonnes personnes. Luna aurait-elle abandonné la bataille si ses efforts avaient été si faciles à contrecarrer ?

C'est ce que j'ai toujours pensé : je suis touchée par la Mort.

Ce que j'ignorais jusque-là, c'est que c'est le cas depuis le début.

Sera est quasiment parvenue au bout du couloir quand mes parents surgissent d'une pièce en brandissant une baguette. Stupéfaite, je les contemple avec émerveillement, et j'en oublie presque de respirer. Jamais je n'aurais espéré les revoir, encore moins à une époque de leur vie où ils étaient à peine plus âgés que moi aujourd'hui. Maman est tellement belle ! Si seulement je lui ressemblais davantage… Ses cheveux bruns sont moins longs que dans mes souvenirs. Ils lui arrivent à l'épaule et sa tête est coiffée d'une couronne dorée qui fait ressortir les mouchetures vertes dans son iris marron. Papa est aussi beau que sur les vieilles photos de lui que j'avais vues, et ça ne me surprend pas qu'il soit passé pour le coureur de jupons du groupe. Ses sourcils épais forment quasiment une ligne continue, et ça m'arrache presque un sourire quand je pense à quel point papa faisait attention à s'épiler, plus tard dans sa vie. Ils portent tous deux de vieux gilets pare-pouvoirs arborant l'insigne des Marcheurs du Ciel en caractères argentés.

— Les Verseurs de sang sont dans le bâtiment, annonce Sera.

— Regarde par la fenêtre ; on est cernés par les acolytes, dit maman.

Cette information surprend Sera, renforçant ses craintes.

— Je n'ai pas beaucoup de temps. Bautista et moi voulons que vous preniez soin de Maribelle.

— On reste et on se bat, rétorque papa.

— Non, vous devez partir ! J'ai eu une vision, et il faut que vous emmeniez Maribelle loin d'ici !

Maman saisit papa par le poignet, ce que je l'ai toujours vue faire quand elle voulait obtenir son attention.

— On va l'emmener en lieu sûr. Vous voulez qu'on se donne rendez-vous quelque part ?

Sera berce le bébé tout en caressant la tignasse avec laquelle je suis née. Elle pose un regard embué de larmes sur papa et maman, et même si je ne peux pas sentir leurs émotions, je sais qu'ils ont deviné ce qui va suivre.

— Pour Bautista et moi, ce sera le dernier combat. J'ai vu nos cadavres dans un avenir très proche, et si vous voulez nous aider, c'est en prenant soin de notre fille.

Papa secoue la tête.

— Sera, tu ne vas nulle part. Peut-être que tu as mal interprété ta vision. Ne te laisse pas influencer par elle.

Maman sanglote ; j'ai toujours eu du mal à la voir pleurer. Cette fois, je ne détournerai pas le regard.

— C'est dur à entendre, je sais, Lestor. Mais ses visions ne l'ont jamais trompée. La dernière fois qu'on n'a pas voulu se fier à son pouvoir, ça nous a d'autant plus brisé le cœur…

Elle pose une main sur son ventre et frotte le bras de papa pour le consoler, tandis qu'il réprime ses propres larmes.

Je reste perplexe un instant ; puis je comprends que maman a dû faire une fausse couche – un drame qu'elle avait probablement prévu. J'ignore la souffrance que ça leur a infligée, et s'ils ont un jour eu l'intention de m'en parler. J'ai tellement envie de les serrer dans mes bras.

Un sentiment de désespoir infini inonde Sera.

— J'aurais tellement aimé voir nos deux filles grandir ensemble… Je ne verrai pas mon tournesol s'épanouir et ça me brise le cœur. Mais vous deux, vous le pourrez. Je veux que vous éleviez Maribelle comme votre enfant. Il ne faut jamais que quiconque sache qu'elle est ma fille, surtout pas les Verseurs de sang. Je refuse que ma mère se serve d'elle comme elle m'a exploitée toute ma vie.

Maman hoche aussitôt la tête, prête à me recueillir et à me traiter comme son enfant. Papa quant à lui est toujours sous le choc.

— Nous l'aimons déjà et l'aimerons comme si c'était la nôtre, dit maman. Ce ne sera jamais de la comédie. Mais que faire si elle hérite des pouvoirs de Bautista ? Il n'y a pas de feu dans notre lignée.

— Neutralisez-les, déclare Sera en tendant le journal à papa. Bautista a testé ma potion sur Price, et ça a marché. Quand elle sera plus âgée, ce sera à vous de décider ce qu'elle doit savoir ou non. Mais sa vie compte davantage à mes yeux que la vérité. Compris ?

— Oui, acquiesce maman.

— Lestor ?

— Bautista et toi, vous nous avez sauvé la vie. On ferait n'importe quoi pour vous, réplique papa.

Sera plonge son regard dans celui de sa fille.

— Sois forte et sois chérie, Maribelle Cordova de Leon. Ton père et moi t'aimons à l'infini.

Elle baise le front du bébé et le presse contre sa poitrine avant de le confier à maman.

J'ai l'impression d'assister à la scène de ma naissance.

— Prenez soin de vous, dit Sera à la cantonade.

Papa ouvre la fenêtre et s'envole en premier. Maman s'assure que le bébé est bien emmitouflé dans la couverture et se tourne une dernière fois vers Sera. Puis elle s'élance à son tour dans les airs et Sera et moi les regardons disparaître à l'horizon.

C'est la première fois que ma famille vole en groupe. Et la dernière fois que ma mère biologique m'a vue.

QUARANTE-SIX
BAUTISTA DE LEON

Emil

Dans toutes les meilleures histoires de voyage temporel, celui qui retourne dans le passé sait par avance ce qui va se produire.

J'ai beau savoir que c'est Luna qui donne le coup de grâce à Bautista, j'ignore comment la bataille va se dérouler entre les Marcheurs du Ciel originaux et le Verseur de sang basilic. Si seulement je pouvais me substituer à Bautista pour qu'il puisse rejoindre Sera et Maribelle et leur dire adieu. Mais, ici, je suis impuissant.

Sous la menace d'un jet d'acide vert, Bautista plonge à terre et roule de côté dans une salle remplie de grenades-gemmes de toutes les couleurs. Il se réfugie derrière un tonneau, le cerveau tournant à cent à l'heure. J'ai presque le réflexe de me cacher avec lui, mais je me ravise. C'est inutile ; le Verseur de sang ne pourra pas me voir quand il entrera.

— Qui était ce précieux bébé ? demande-t-il.

À la clinique, lorsque Stanton est passé à l'offensive, il nous a débusqués en un claquement de doigts. Je ne sais pas si ce Verseur de sang possède les mêmes facultés, mais il se dirige rapidement vers Bautista. Celui-ci est nerveux, je le sens. J'ignore si c'est parce qu'il se trouve dans une pièce truffée d'explosifs ou si c'est parce qu'il redoute que son adversaire comprenne que Maribelle est sa fille.

Le basilic s'arrête sur sa lancée pour humer l'air ; Bautista en profite pour jaillir de sa planque et, d'un bond, lui asséner un magnifique coup de pied circulaire dans la mâchoire ; j'ai du mal à m'imaginer accomplir le même geste, alors que, contrairement à Bautista, je peux voler. Ils échangent des coups qu'ils esquivent tour à tour. Alors que le Verseur de sang s'apprête à cracher son acide, Bautista le lui fait ravaler d'un atémi à la gorge, puis le fauche d'une balayette avant de s'élancer vers la porte.

— Je ne vais pas plonger tout seul, dit-il en projetant une boule de feu dorée contre la réserve de grenades-gemmes. Il se rue dans le couloir que Maribelle et Sera ont longé quelques minutes plus tôt ; il est tellement concentré qu'il passe devant la fiche sur laquelle sont inscrits les ingrédients sans la remarquer. Quelques secondes plus tard, une explosion assourdissante retentit. Une sirène se déclenche dans les couloirs. Bautista poursuit sa course effrénée comme s'il fuyait la fin du monde, sans jamais se retourner pour constater l'enfer chaotique qui se déchaîne derrière lui.

Une fois hors de danger, il marque une pause pour reprendre son souffle. Il ne regrette ni d'avoir tué le Verseur de sang ni d'avoir détruit le bâtiment. Jamais je n'aurais eu un tel instinct de survie. Sauf pour protéger Brighton. Peut-être. Pourvu que je n'aie jamais à tester cette hypothèse. Je me répète la liste d'ingrédients encore et encore. C'est la seule issue possible. Cette potion pourra mettre un terme à la guerre et m'éviter d'avoir à me battre.

L'ex-Verseur de sang, Price, déboule d'un couloir.

— Qu'est-ce qui se passe ? On nous attaque ?

— Non, je me suis dit que ce serait festif de faire sauter la baraque, ironise Bautista.

— Vous êtes vraiment trop con ; je me tire d'ici…

Une lance embrasée de flammes vertes le transperce de part en part et il tombe raide mort.

Derrière nous, deux Verseurs de sang et une poignée d'acolytes, à en juger par leur look. Le type qui a projeté la lance est un brun avec les cheveux noués en catogan et de gros muscles. Il n'a peut-être plus son arme, mais il pourrait sans doute écrabouiller un homme à mains nues. Je repère une femme à trois yeux, dont l'un est fermé, et quatre bras ; ses doigts ne cessent de remuer. Elle possède du sang d'hydre, c'est certain. Ce sont sûrement les tout premiers Verseurs de sang. Les acolytes sont vêtus d'un col roulé gris et d'un pantalon noir, un uniforme très différent de la combinaison qu'ils portent aujourd'hui.

Bautista brandit les deux poings en l'air et se donne du courage ; ses ennemis ignorent encore qu'il va trouver la mort dans cette bataille.

— J'ai tué votre serpent, annonce-t-il. À qui le tour ?

— Moi, peut-être, répond une femme.

Les acolytes s'écartent pour faire place à Luna, qui s'avance. Elle a la quarantaine bien tassée ; sa chevelure brune commence à grisonner. Ses gestes sont fluides et sa respiration aisée. Si Luna est aussi dangereuse qu'à mon époque, je ne peux qu'imaginer ce dont elle est capable quand elle est en pleine forme. Elle contemple la dépouille de Price le sourire aux lèvres.

— Le traître est mort. Merveilleux.

— Il aspirait à une vie meilleure, c'est tout, proteste Bautista.

— Comme nous tous, non ? médite Luna. Où est Sera ?

— Elle est partie depuis longtemps, ment Bautista.

— Elle n'ira pas bien loin.

— Toi non plus, rétorque Bautista.

Il roule des poings à plusieurs reprises comme s'il frappait dans un punching-ball ; c'est une technique que j'aimerais tester si je développe ces pouvoirs. Sept boules de feu déferlent sur Luna, que le Verseur au sang de phénix bloque à l'aide d'un bouclier de feu vert. La femme au sang d'hydre s'élance en courant sur le mur et tandis que Bautista se focalise sur elle, il baisse sa garde et reçoit plusieurs fléchettes enflammées dans le torse. Il est projeté en arrière.

Un cri m'échappe ; le feu me brûle également. Je plaque mes mains sur ma poitrine. Si seulement je pouvais faire quelque chose au lieu de rester planté là bêtement à encaisser les coups avec lui. Je ne savais pas que je pourrais partager sa douleur comme ça…

Les Verseurs de sang le plaquent au sol.

Luna dégaine de sa ceinture le terminateur d'infini.

— Dommage que Sera ne soit pas là pour voir ça. Cela dit, elle l'a peut-être déjà vu… (Elle s'approche de lui et pose la main sur son propre cœur.) Mon cher Bautista, si jamais tu oses réapparaître dans une autre vie pour t'opposer à moi, je te tuerai, encore et encore, jusqu'à ce que tu retiennes la leçon. Tu as ma parole. Et sache que j'ai prévu de vivre pendant très très longtemps.

J'essaie de briser le lien qui me connecte à ma vie antérieure pour ne pas éprouver la douleur, mais Luna est très rapide. Elle enfonce la lame dans son ventre. Bautista crie et je hurle à l'unisson. Son sang jaillit autour de la dague et dégouline le long de ses flancs. Son pouvoir de cicatrisation tente de s'activer, mais la douleur resurgit encore et encore, comme lorsque Ness et Luna m'ont poignardé. C'est insoutenable. Bautista suffoque, et je suis pris de vertiges, manquant d'air également. Il sait qu'il va mourir et je crains de succomber moi aussi. On ignore quels risques ont pris les phénix qui ont rétrocyclé. J'aurais dû me renseigner davantage, histoire de savoir combien de phénix en hibernation se sont réveillés.

Peut-être que certains d'entre eux ne sont pas revenus à leur époque à temps et sont morts.

— BAUTISTA !

Sera se précipite vers nous suivie de Maribelle (adulte). Elle s'écroule à genoux sans se préoccuper des Verseurs qui entourent le corps. Elle repousse Luna, qui ricane. Maribelle s'agrippe soudain le ventre dans un cri ; éprouve-t-elle la douleur de Bautista, elle aussi, même si c'est jusqu'à Sera qu'elle s'est transportée dans le temps ? Le supplice redouble : Sera retire la lame du ventre de Bautista. C'est vraiment bizarre d'éprouver la douleur sans qu'une seule goutte de sang ne sorte de mon propre corps.

— On a gagné, dit Sera, les joues ravagées par les larmes. On a gagné. Pas eux ! Je te retrouverai dans l'au-delà, mon rayon de soleil.

La vie quitte lentement le corps de Bautista, mais lorsque Sera l'embrasse, une immense vague d'amour me balaie. Un amour tel que je n'en ai jamais connu car je n'ai jamais eu le courage de sauter le pas. Bautista lutte encore, il veut vivre, et moi aussi, mais les ténèbres engloutissent tous ceux qui nous entourent, et il ne reste plus que nous deux. Ensemble, nous mourons.

Juste avant de rendre mon dernier souffle, je suis soudain cerné par des flammes grises et dorées et un hurlement m'échappe.

Je suis vivant, je suis de retour.

Je suis en nage et j'ai la tête qui tourne. La dernière fois que je me suis senti aussi vaseux, c'est quand mes pouvoirs se sont manifestés. Brighton, Prudencia et Wyatt sont à mes côtés ; ils me demandent si ça va, si j'ai vu Bautista, ou si je suis devenu lui, si j'ai découvert les ingrédients. Trop de questions, trop tôt.

Mon corps est perclus de douleurs et je soulève mon tee-shirt – rien à foutre qu'on me voie torse nu cette fois – pour m'assurer qu'il n'y a pas de trou dans mon ventre à l'endroit où Bautista a été poignardé. Les seules cicatrices qui apparaissent sont les miennes. La dernière nuit du Rêveur couronné, Luna avait prévu de me tuer exactement comme elle a achevé Bautista.

Je me balance d'avant en arrière, hanté par la mort de Bautista et les sensations qui m'ont balayé. Je contemple Maribelle, cernée par ses flammes, et je lui souhaite de regagner son corps avant d'assister au meurtre de sa mère biologique et d'éprouver la douleur qu'elle a ressentie au moment de sa mort.

QUARANTE-SEPT
HOMMAGE

Maribelle

Sera est encore en vie, mais toute joie de vivre l'a quittée. Je ne ressens plus la souffrance de Bautista, mais le cœur de Sera est en mille morceaux ; j'ai l'impression de revivre la mort d'Atlas. Sauf que Sera ne possède pas ma rage. Elle a beau avoir dit à Bautista qu'ils avaient gagné – un code destiné à lui faire savoir que bébé Maribelle était en sécurité –, son masque de bravoure se fendille.

Luna pose la main sur l'épaule de Sera, qui ne cherche même pas à la repousser.

— Tu étais précieuse tant que tu étais à mes côtés. Nous allions créer un monde où tu n'aurais pas eu à redouter de perdre tes proches, contrairement à moi. Fini les visions de danger et de mort. Tout le monde aurait été à l'abri, intouchable. Au lieu de quoi vous m'avez trahie tous les deux ; vous avez voulu détruire l'œuvre de toute une vie. Dis-moi, ma seule et unique fille, que penses-tu de ce monde où la mort règne en maîtresse, maintenant que tu contemples la dépouille de celui que tu as aimé ?

Sera regarde sa mère droit dans les yeux.

— Je regrette seulement de ne plus être là pour assister à ta mort. (Elle se retourne vers Bautista et pose un dernier baiser sur ses lèvres.) La fin, je l'ai déjà vue. Qu'on en finisse, vite.

— Très bien, répond Luna.

Bien qu'elle éprouve d'indéniables remords, son instinct de survie l'emporte.

Elle s'empare du terminateur d'infini, saisit Sera par les cheveux et lui tire la tête en arrière, puis elle lui tranche la gorge. Sera s'effondre avec grâce sur l'épaule de son amant ; une mare de sang se forme sous son corps. La douleur me frappe alors et l'obscurité m'enveloppe d'un coup. Il ne reste plus que Sera et moi, agonisantes. Puis mes flammes disparaissent et me voilà de retour dans ma propre vie.

J'inspire une grande goulée d'air et manque de ficher un coup de poing à Tala qui applique un linge froid sur mon front.

— Je suis revenue, je suis revenue, je murmure.

— Tout va bien, me rassure Emil, toujours assis à sa place.

Le rétrocyclage peut être une expérience magnifique. Mais là, j'ai vécu un cauchemar.

— Je vais tuer Luna, dis-je.

— Qu'est-ce qui s'est passé ? s'enquiert Tala.

— Quelqu'un peut nous donner des infos ? s'impatiente Brighton. J'en peux plus de ne pas savoir !

Je m'attends presque à ressentir encore les émotions de Sera, mais je suis de nouveau seule avec les miennes. Il y a un détail qui me chiffonne.

— Comment on a pu ignorer que Luna était la mère de Sera ?

— Attends… quoi ?! s'exclame Brighton.

Tout le monde est aussi surpris que je l'ai été, et c'est bien là le problème. Sera était elle aussi alchimiste. En soi, ce n'était pas un indice de taille, mais c'est une pièce importante du puzzle à présent. Pourquoi papa et maman ne m'ont-ils rien dit ? Même si Sera ne leur a pas expressément demandé de me révéler l'identité de ma vraie mère, pourquoi ne m'ont-ils pas dit que Luna était la mère de Sera ? Peut-être qu'à leurs yeux, ça n'avait aucune importance, mais c'est un secret de famille à ajouter à la liste, et ça a plutôt intérêt à être le dernier, sinon je vais péter un câble.

— Comment on a pu ignorer ça ? ! je hurle.

— Je me rappelle un truc, dit Emil. Quand j'étais l'otage de Luna, elle a évoqué le fait que Bautista l'avait trahie pour quelqu'un d'autre. Elle n'est pas entrée dans les détails, mais ce serait logique qu'il s'agisse de Sera.

— Pourquoi tu n'en as pas parlé plus tôt ?

— Il y a eu tellement de bouleversements, ça ne m'avait pas semblé important, dit-il à mi-voix.

Ce pauvre mec m'a fait tellement de plans foireux… je n'en reviens pas.

— J'ai l'intention de rendre hommage à Sera en anéantissant l'œuvre de Luna. T'as plutôt intérêt à avoir retenu la recette parce qu'il est hors de question que je revive cette scène !

Emil hoche vigoureusement la tête. Il s'empare du journal et se met à noter les vrais noms des ingrédients. Je l'entends mentionner des grains de torche écrasés avant de lui dire de la fermer.

Quand je songe à toute la souffrance que j'ai endurée cette année… ça me semble cruel. C'est à croire que les dieux cachés dans les constellations me détestent. On dirait qu'ils me punissent de défier la nature par ma seule existence, moi qui suis un être hybride, mi-céleste, mi-spectre. Déjà que j'en ai bavé avec la mort de mes parents et d'Atlas, mais en plus de ça, il a fallu que je ressente les émotions de Sera quand elle a perdu l'amour de sa vie et le père de son enfant ! Mon père ! Je vais devoir prendre les choses en main. Œil pour œil, dent pour dent, comme on dit. Et tous les chemins mènent à Luna.

Tala prend le journal des mains d'Emil et le parcourt.

— L'idée d'exploiter le chagrin d'un phénix pour lui soutirer des larmes ne me plaît pas trop, mais c'est quand même mieux que ces potions qui nécessitent un œil ou une griffe. Je connais un marché noir en ville. On devrait y dénicher certains de ces ingrédients.

— Cette découverte nous vaudra bien un prix Nobel ? commente Wyatt. Qui récompensera Sera et Bautista à titre posthume évidemment. (Tout le monde le dévisage.) Je plaisante. Longue vie aux phénix !

— Maribelle, tu m'accompagnes ? me propose Tala en m'aidant à me mettre debout. Quant à vous autres, ne bougez pas d'ici.

— On peut aider, intervient Brighton.

— Oui, en évitant de poster ton minois sur les réseaux, rétorque Tala.

Il se tourne vers moi pour que je lui apporte mon soutien, mais c'est Tala qui commande et moi je ne fais que suivre ses directives.

— Il faut qu'on soit discrets.

— OK, cède Brighton. Mais ce combat est le nôtre. Nous sommes tous impliqués.

— Tout à fait. Tant qu'on est tous d'accord sur le fait que Luna est à moi. Je me chargerai personnellement de lui régler son compte.

Il est de mon devoir de tuer le dernier membre de ma famille encore en vie.

QUARANTE-HUIT

NUIT D'OUBLI

Emil

C'est dingue tout le temps que j'ai perdu en voyageant dans le passé.

Déjà que je n'ai pas beaucoup dormi la nuit dernière, là, je suis totalement vidé. Brighton m'apporte deux poke bowls composés de tofu, de quinoa et de pois chiches, et je pourrais facilement en avaler un troisième. J'ai fourni à Wyatt un rapport approfondi sur tout ce qui s'est produit tandis que je rétrocyclais, et pendant qu'il est allé le transmettre à son commandant, Brighton me cuisine encore sur les détails. Je vous jure, il ne lâchera pas l'affaire tant qu'il ne se sera pas fait pousser une barbe à l'instar de celle de Bautista.

— Il était plus dur que je le pensais.

— Évidemment. Ce n'est pas en étant doux comme un agneau qu'on sauve le monde, réplique Brighton. (Je le prends comme une attaque personnelle. Il sort son portable.) T'es sûr qu'on ne peut pas poster le moindre commentaire sur le rétrocyclage ? Maintenant qu'on connaît le nom des ingrédients, on a l'avantage. Les Rois de l'infini barreront la route à quiconque tentera quoi que ce soit !

Prudencia pose la main sur l'épaule de Brighton.

— Ce n'est pas dans notre intérêt de nous vanter. On doit prendre les Verseurs de sang par surprise avec l'Étrangleur d'étoile. Il ne faut pas qu'ils aient le temps de s'y préparer.

— C'est pas faux, réplique-t-il.

— On va boire la potion nous-mêmes, je lui rappelle.

Brighton se retient de lever les yeux au ciel.

— Ce n'est pas en buvant la potion fissa qu'on fera avancer le Schmilblick, tu en as conscience ? Notre devoir, c'est avant tout de protéger un max de gens d'ici les élections, et dans ce but, on a besoin de nos pouvoirs. Qui prendra la défense de la population si on n'est plus là pour le faire ? Qui limitera les dégâts ?

— Je sais bien…

— Alors attache ta ceinture, frangin. Si Sunstar l'emporte, il lui faudra encore quelques mois pour mettre en place l'Union Lumineuse. Donc on continuera à protéger notre pays jusque-là. En revanche, si Iron s'empare de la Maison-Blanche, on est repartis pour un tour, et on devra tenir le coup tant qu'on n'aura pas réglé la situation.

Dans un sens, je me dis que Brighton ne serait pas mécontent que le sénateur Iron remporte les élections. Comme ça, il pourrait continuer à jouer au héros. Moi je n'ai jamais voulu ça, et je crains que Brighton se raccroche à ses pouvoirs et ne repousse indéfiniment le moment de boire la potion. En vérité, je doute qu'il accepte un jour de s'en séparer, et je ne comprends pas pourquoi. Son nom est déjà célèbre. Il pourrait l'exploiter, en tirer profit par la suite. Brighton Rey, le mec qui fut un jour le Sauveur de l'infini. Il pourrait se détendre, gérer ses millions de followers et publier ses mémoires de guerre. Mais je connais trop bien mon frère. Il a besoin d'être sous le feu des projecteurs pour exister ; et pour cela, il faut qu'il conserve ses pouvoirs.

Je dis à Brighton et Prudencia que j'ai besoin de prendre l'air et je file.

Sans même y réfléchir, je me rends directement dans la bibliothèque. J'entre à pas de velours au cas où Wyatt serait en réunion virtuelle, mais la salle est déserte et silencieuse. Peut-être qu'il dort quelque part – j'ignore où il a placé son lit – et je finis par le trouver qui se détend sur le balcon, à sa place habituelle, vêtu de la veste en cuir des Chevaliers qu'il n'avait pas portée depuis trois jours. Nox grignote le feuillage d'une plante qui s'enroule sur la rambarde, tandis qu'un *engloutisseur de soleil* traverse le ciel sombre.

— Bon sang ! Ta vue est bien meilleure que la mienne, dis-je.

Wyatt me décoche un sourire espiègle.

— Ma vue est plutôt fantastique, réplique-t-il en me déshabillant du regard. Mais toi tu as droit à un apollon d'un mètre quatre-vingt-deux.

— Je t'ai encore tendu la perche sans le vouloir !

— À mon grand plaisir. Tu es venu porter un toast ? Tu as accompli une véritable prouesse aujourd'hui, chéri. Je suis fier de toi.

Immobile, je contemple les étoiles. J'ai reçu pas mal de témoignages de haine de la part d'inconnus. Et Brighton qui considère que je n'en fais pas assez, Maribelle qui n'apprécie pas mes efforts… D'accord, Prudencia me témoigne de la compassion… mais personne n'a exprimé de fierté à mon égard. Même pas moi.

— J'ai juste voyagé. C'est toi qui as trouvé la route.

— Crest était ravi de la nouvelle. Ça n'a pas été facile pour lui. Il a dû s'habituer à son nouveau grade de commandant, alors qu'il était loin d'être le favori pour ce titre. Mais il y a eu pas mal de morts parmi les Chevaliers, et il a dû relever le défi. Peu importe qu'il n'ait que trente-trois ans. Les Ailes de bronze sont désormais sa responsabilité.

— Les Ailes de bronze ?

— Oui. C'est la plus grosse division de Chevaliers. Le Conseil des phénix a été restructuré il y a une dizaine d'années afin de mieux superviser le millier de Chevaliers auréolés actifs à travers le monde. La division des Ailes de bronze comprend ceux qui sont Chevaliers depuis moins de vingt-cinq ans, puis il y a les Ailes d'argent pour ceux qui appartiennent à l'ordre depuis cinquante ans, et enfin les Ailes d'or pour ceux qui en font partie depuis plus de soixante-quinze ans. La plupart des Ailes d'or sont aussi membres du Conseil ; ce sont eux qui nous transmettent leur savoir. Toutefois, Crest aura l'immense plaisir de leur annoncer que l'une de leurs jeunes recrues a percé les mystères du rétrocyclage.

— J'espère qu'ils sauront apprécier ton génie.

— Soit ils érigeront une statue en mon honneur, soit ils m'enterreront vivant pour avoir appris aux humains à mieux employer les pouvoirs des phénix. Franchement, un sculpteur ne saurait capturer ma grandeur, ce que je ne supporterais pas. Du coup, je préfère être enseveli vivant avec une torche et un gros bouquin.

— Tu n'as qu'un mot à dire et je confronte les sages du Conseil. Je préfère encore ça aux Verseurs de sang.

— Ce sont de bonnes personnes. Je me demande ce qu'ils vont penser de toi.

— Pourvu qu'ils soient indulgents. Brighton vient de me ficher la trouille. Il pense qu'on va devoir assumer notre rôle de Rois de l'infini pendant plus longtemps que prévu. Je souhaite améliorer le monde, tout comme lui. Mais on n'a pas la même vision de ce qu'est un monde meilleur. Il se range du côté de celle des Marcheurs du Ciel. Moi, je partage plutôt la tienne.

— La vie ne vaut pas la peine d'être vécue sans peine de cœur, mais faire partie des Chevaliers auréolés est un honneur sans commune mesure.

Je m'adosse à la rambarde en pierre, les bras croisés sur le torse.

— Ça doit être incroyable d'être consacré Aile d'or. De savoir que tu as passé ta vie à faire le bien.

— Faire le bien, ça implique aussi de prendre soin de soi-même. Ma mère a toujours déploré le fait qu'on se néglige trop, surtout dans notre culture. On donne tellement de nous-mêmes aux phénix. Pourtant, on a beaucoup plus à donner quand on prend d'abord soin de soi. Je ne suis pas certain que tu y consacres beaucoup de temps.

Je songe à ses propos, à la manière dont il se vante de ses multiples expériences sexuelles géniales. J'ai toujours voulu connaître ça dans le cadre d'une relation amoureuse. Au lycée, j'avais vraiment espéré qu'il se passerait quelque chose avec Nicholas, qui m'avait confié être un céleste. Mais ça n'avait pas marché entre nous. Et puis il y avait eu ce type, Charlie, à qui j'avais offert une visite du musée ; mais il s'était avéré qu'il n'en avait rien à foutre du bien-être des phénix. Enfin, évidemment, il y a eu Ness, qui occupe une place si particulière à mon cœur que c'en est presque insultant de penser à lui juste après avoir évoqué un mec qui n'a rien représenté pour moi. Malheureusement, je suis toujours dans la retenue, je me mens à moi-même et je mens aux autres.

— Je ne veux pas être Marcheur du Ciel, ou Fils de l'infini, ou qui que ce soit de célèbre. J'aimerais être Chevalier auréolé ; un héros discret qui protège les phénix de manière efficace.

— Je pense que tu ferais un Chevalier divin. Bon, apparemment, tu peux voler, mais as-tu le vertige ?

— Pas vraiment. En même temps, je n'ai pas autant d'expérience que Maribelle. Je n'ai effectué de longues distances qu'à une ou deux reprises.

Wyatt se lève et caresse le cou de Nox.

— C'est pas grave. Bientôt, tu n'auras plus de pouvoirs – contrairement à ce que pense ton frère – et si tu comptes devenir Chevalier auréolé, tu devrais savoir ce que ça fait de chevaucher un phénix.

Je secoue la tête.

— Non. Désolé, je ne mérite pas…

— Pourquoi cela ? On porte peut-être le fardeau de nos vies antérieures, mais ce ne sont pas elles qui nous définissent. Je t'en prie, sois un peu indulgent avec toi-même.

Pendant plus d'un mois, j'ai fait mon possible pour être à la hauteur de ce qu'on attendait de moi. Je me suis accordé peu de moments de joie. Ces quelques minutes dans la tour en compagnie des bébés phénix m'ont revigoré, ont allégé mon esprit.

— Et si Nox m'éjecte en plein vol ?

— Tu pourras alors t'estimer heureux qu'on ne t'ait pas encore coupé les ailes. Allez, je veux que tu voies ce qui t'attend de l'autre côté du miroir.

Wyatt gratte le bec de Nox et saute sur son dos. Il me hisse ensuite derrière lui. Je n'en reviens pas. J'ai l'impression de rêver. Par respect pour les phénix, il n'y a pas de selle. J'ai la sensation d'être assis sur un matelas dur couvert d'un édredon de plumes. Je glisse les mains dans les plumes noires et duveteuses de Nox ; je devine que ma présence ne le dérange pas. Ça me soulage qu'il ne se méfie pas de moi malgré tout ce qu'il a enduré au cours de ses vies successives. Je me détends légèrement, autant que faire se peut quand on chevauche un phénix de la taille d'un cheval pour la première fois.

— Accroche-toi, me dit Wyatt par-dessus son épaule.

— À toi ?

— Si tu préfères empoigner le cul de Nox, libre à toi.

Je me colle contre le dos de Wyatt et enroule mes bras autour de sa taille ; j'entrelace les doigts. Je m'appuie contre lui et le parfum de sa veste m'évoque un millier d'aventures – le pin frais, l'herbe humide, des fleurs, qu'il a dû fourrer dans ses poches ; je me demande s'il a cueilli des Roses du jour. Il me dit de m'agripper, ce qui me semble inutile jusqu'à ce que Nox décolle dans les airs. Alors, je m'accroche de toutes mes forces, comme si je cherchais à fusionner avec Wyatt.

Voler sur le dos de Nox me procure une sensation étrange et libératrice ; c'est très différent des fois où j'ai volé par mes propres moyens. Je n'ai aucun effort à faire ; je peux me relaxer et profiter du paysage, tandis qu'on survole les champs du Sanctuaire, laissant la Nouvelle Braise derrière nous. Wyatt oriente Nox vers la route par laquelle nous sommes arrivés en voiture. On plane au-dessus des arbres, pourchassés par une dizaine de *flambeurs persistants.*

— Accroche-toi bien ! hurle Wyatt.

Le vent rugissant noie ses paroles.

Dans un cri strident, Nox se propulse vers la lune, et j'ai la trouille de tomber et d'entraîner Wyatt dans ma chute. Mais l'*obsidienne* réajuste vite sa trajectoire, et on se retrouve à une altitude inouïe. Je contemple les montagnes escarpées en contrebas, mais c'est dans les airs que je voudrais rester toute ma vie.

Les astres sont encore si distants, hors de notre portée ; j'aimerais que Nox nous en rapproche. C'est comme s'il avait deviné mon désir et prenait le contrepied : on plonge soudain vers le fleuve étincelant. J'ai l'impression que le phénix va nous entraîner sous l'eau ; par réflexe, j'enfonce les doigts dans les abdos de Wyatt ; j'ignore si les *obsidiennes* gèrent aussi bien le milieu aquatique que les *nageurs célestes.* Nox ralentit peu à peu pour venir effleurer la surface de la rivière ; ses ailes immenses nous aspergent d'eau. Wyatt éclate de rire, pendant que je frissonne contre lui ; l'air me semble encore plus frais maintenant que je suis trempé. Une bouffée de joie me balaie et je souris à m'en décrocher la mâchoire.

— Époustouflant, hein ?

— Époustouflant, je répète au creux de son oreille.

Je me demande s'il entend le sourire dans ma voix comme je devine le sien.

Nox a repris de l'altitude à présent et vole en dessinant une vague paisible, de haut en bas, de bas en haut.

Wyatt pivote vers moi et me tapote les genoux avec enthousiasme. Je m'accroche à sa jambe, pas seulement pour l'équilibre, je dois bien l'avouer.

— Ça te plaît ? demande-t-il en s'ébrouant.

— C'est la plus belle nuit de ma vie. (Je suis gelé, cependant, je ne veux pas que ça s'arrête. Malheureusement, mon claquement de dents me trahit.) Même si j'ai un peu froid.

Wyatt ôte sa veste et me la tend. Je décline parce que je suis comme je suis, et que ça me gêne d'accepter, mais par chance, il est comme il est et il insiste. J'enfile une manche emplumée, et un rush de pouvoir m'envahit, un pouvoir qui n'a rien à voir avec le feu du phénix. C'est comme si je pouvais transformer le monde par la seule force de ma volonté. La veste des Chevaliers est plutôt lourde. J'aimerais en avoir une à moi.

— Merci de m'avoir accompagné, dit Wyatt.

— Tu te fous de moi ? Merci à toi pour ce spectacle incroyable, je réplique en me tournant vers le Sanctuaire de la Nouvelle Braise, qui apparaît au loin. (Une tache minuscule, semblable à une étoile.) Et pour tes conseils aussi. J'ai eu beaucoup de mal à accepter mon passé, et j'ai eu l'impression de m'enfoncer dans les ténèbres au fil des jours. Il m'est même arrivé de ne plus avoir envie de vivre. Pourtant je devrais être reconnaissant d'être en vie. Je ne le mérite pas.

— Bien sûr que si, proteste-t-il.

Je contemple le ciel rempli d'étoiles ; impossible d'avoir une vue aussi dégagée en ville. J'imagine que chaque étoile correspond à un être décédé – papa, maman, Ness, Atlas, Aurora, Bautista, Sera, les autres Marcheurs du Ciel, tous les célestes qui se sont fait assassiner, toutes les créatures qu'on a sacrifiées pour l'amour du pouvoir.

— On n'a pas grandi avec les mêmes croyances, Wyatt. Moi, je ne croyais pas à la réincarnation. Et depuis que j'ai découvert que j'avais eu plusieurs vies avant celle-là, me voilà cerné par la mort. (Je tends la paume et me prépare à souffrir en invoquant un globe de feu, mais grâce à la Rose du jour, la douleur reste en sourdine.) Tu m'as redonné de l'espoir ; tu m'as convaincu qu'avec mes pouvoirs, je pourrai accomplir des miracles. Que l'*astre gris* dont le sang coule dans mes veines n'est pas mort en vain.

— Un grand avenir t'attend, chéri.

— Je vais m'en assurer. Je suis mort avec Bautista – à l'époque, je suis mort en *étant* lui. Je ne veux plus jamais revivre cette mort, en revanche, je désire tout ce qu'il avait construit dans sa vie. Au milieu de tout ce chaos, Bautista est tombé amoureux, et son amour était tellement grand qu'il s'est sacrifié pour la femme qu'il aimait.

Je songe à Ness, qui est revenu pour moi à Nova ; à ses côtés, je me sentais invincible. Si seulement je lui avais dit ce que je ressentais à ce moment-là !

— C'est très dur de s'ouvrir au bonheur dans un contexte de mort et de deuil permanent. Mais je ne vais jamais rien accomplir si j'attends le moment parfait. Si tout se déroule comme prévu, cette existence sera ma dernière, et il faut bien commencer quelque part – avec quelqu'un.

Le globe de feu se reflète dans ses yeux ; je l'éteins au creux de mes paumes de peur de le brûler. Dans l'obscurité, je devine ses lèvres ; son regard est posé sur les miennes aussi. Le vent siffle dans nos oreilles, tandis que Nox nous fait survoler les montagnes et les rivières. Pourtant je n'ai d'yeux que pour Wyatt.

Mon cœur tambourine dans ma poitrine. Il engouffre sa main dans mes cheveux et m'attire à lui; nos visages sont si proches que je ravale mon souffle. Son sourire en coin est la clé qui me libère et laisse libre cours à mon désir. Je l'embrasse; nos bouches s'écrasent l'une contre l'autre, et une chaleur étourdissante s'empare de mon corps. Je suis sur le point d'exploser.

Quand je suis entré dans la bibliothèque ce soir, je n'avais rien prévu de tout ça : le vol nocturne à dos de phénix, le baiser embrasé avec Wyatt, la joie éprouvée. Ce serait si facile d'être seul et malheureux en temps de guerre. Mais c'est la première lueur de bonheur qui éclaire cette période sombre, et ce ne sera pas la dernière, j'espère. Et puis, cette existence de Chevalier auréolé que me dépeint Wyatt, j'aimerais vraiment avoir une chance de la vivre.

Ses mains glissent sous la veste et il m'empoigne les flancs. Je me crispe et romps presque notre étreinte. Je n'ai pas l'habitude. Ça n'est pas pour me déplaire non plus. Je fais courir mes paumes sur ses pectoraux. Des pensées négatives me traversent; je me dis qu'un mec comme Wyatt ne s'intéresse à moi que parce que je suis gay et que je suis à portée de main. Mais ces pensées, je les chasse aussitôt. Je songe à Ness, qui m'a fait promettre de ne pas me mettre avec n'importe qui, de m'assurer que la personne avec qui je serai me trouvera beau et m'appréciera tel quel. Je crois que c'était le cas de Ness. Et je crois que c'est vrai pour Wyatt aussi.

J'écarte mes lèvres des siennes, mais mon front reste collé au sien. On est serrés l'un contre l'autre. Son sourire lui vaut un nouveau baiser, rapide cette fois.

— Tu t'améliores, chéri.

— Toi aussi.

Quand je réussis enfin à détacher le regard de ses yeux bleus, je m'aperçois qu'on est de retour au Sanctuaire. J'aurais pu passer la nuit entière à survoler la région, pourtant ce serait un peu abusé pour Nox. Wyatt met pied à terre le premier et me tient la main quand je saute à mon tour. Un geste totalement inutile et pourtant apprécié. Sans le lâcher, je me tourne vers le phénix pour le caresser et le remercier pour l'incroyable balade.

On pénètre dans la bibliothèque et je me rends compte que je ne suis pas prêt à regagner ma chambre.

— J'ai beaucoup aimé m'accrocher à toi ce soir, dis-je les yeux baissés. Je peux rester ici ?

— Ma porte t'est ouverte depuis le début, répond Wyatt.

Il me conduit dans un coin de la salle où est installé son sac de couchage, caché derrière une étagère remplie de livres qui arrive à hauteur de taille. Les bouquins sont classés par couleur, tel un arc-en-ciel de littérature. Il éteint la lumière et toutes les couleurs s'évanouissent. On est tous les deux trempés, aussi on se déshabille et j'emprunte un tee-shirt propre à Wyatt ; il aura finalement réussi à me faire porter ses vêtements. On partage l'unique oreiller, nos lèvres s'effleurent presque, et on s'enlace. À l'extérieur résonne le chant des phénix, la plus belle playlist de la nature. Sauf que je suis trop surexcité pour songer à dormir.

Aujourd'hui, j'ai voyagé dans le passé afin de sauver des vies, et ce soir, j'ai changé la mienne.

QUARANTE-NEUF
POUR TOUJOURS

Maribelle

Quand Roxana nous dépose à Saffron Square, en plein Brooklyn, il est tard. Tala la chasse pour ne pas la mettre en danger. Elle serait vulnérable là où nous allons.

On descend dans la gare ferroviaire désaffectée où, sept ans plus tôt, le chantier fut stoppé après que des basilics sauvages eurent gobé des ouvriers tout crus et mâchouillé les rails métalliques. Maman avait dit qu'elle n'enviait pas les célestes employés pour tuer les basilics, je m'en souviens. À cette époque, les militants de l'association Sauvez les serpents s'étaient récriés.

J'ignorais qu'un marché tout entier s'était installé là. Ça fait toujours bizarre quand un étranger connaît mieux votre ville que vous-même, mais Tala a déjà eu l'occasion de venir ici à plusieurs reprises.

Les murs sont couverts de graffiti : un céleste étranglant un basilic avec un rail à l'aide de sa télékinésie ; un filet de sang vert s'écoulant d'une paume tranchée et se terminant par le dessin d'une fille doublée de son ombre sinueuse ; une bouche de métro en forme de gueule de serpent avec l'inscription CABANE ; le plus impressionnant est celui d'un basilic orné de fenêtres et dévalant plusieurs volées de marches comme un train qui nous déposerait direct à l'entrée du marché.

— Bienvenue à la Cabane, annonce Tala en enfilant son masque dont le bec n'a pas été réparé depuis notre bagarre.

Elle passe devant les étals, la tête haute.

Des lanternes rougeoient, suspendues au-dessus d'une vingtaine de stands ; par chance, il fait encore suffisamment sombre pour que je passe incognito. Il est presque une heure du matin, et l'endroit abrite facilement une centaine de chalands. Combien d'entre eux sont ici pour sauver le monde et combien pour le détruire un peu plus ? Même si j'ai connu pire, l'odeur qui baigne les lieux est infecte. Il y en a même qui ont forcé sur l'encens pour masquer la puanteur humaine environnante.

Lors de notre survol, nous avons repassé en revue les quatre ingrédients qui nous manquent, et Tala est déjà à l'ouvrage, à négocier avec les vendeurs. Tandis que j'admire un chandelier de cristal en forme de crâne, elle échange l'un de ses tranquillisants contre une fiole d'hydre étoile-ombre en hibernation.

Il faut qu'on déniche la mue d'un basilic à plumes. Qui de mieux placé pour nous renseigner que cet homme avec ses tatouages écailleux au bras et ses lentilles qui lui donnent un regard de lézard. Peut-être que c'est un spectre, mais je pense plutôt qu'il compense sa frustration de ne pas en être un. Sur les étagères derrière lui, des bocaux contenant des yeux de serpent de différentes tailles ; des bijoux constitués de leurs crochets ; et des chaussures hideuses en peau de serpent qui sont passées de mode depuis quelques années, heureusement. Tala désigne une sorte de ceinture sertie de rubis sur la troisième étagère. Elle troque ses dernières grenades-gemmes contre cette peau morte.

Quand je vois toutes ces herbes, ces produits chimiques et ces essences, je me dis que les alchimistes ont du mérite.

Connaître les propriétés de chaque ingrédient, concocter à partir de ces substances des potions efficaces, ça nécessite un sacré savoir-faire. Mélanger différents éléments dans une marmite, c'est à la portée de n'importe qui. Mais inventer soi-même une recette, c'est tout un art. Ça a dû être atroce d'avoir Luna pour mère ; mais ça signifie aussi que Sera a appris les ficelles du métier à grande vitesse. Je veillerai personnellement à ce que tous ses efforts soient récompensés : nous allons trouver la salive d'hydre, la mue de basilic et tout le reste, et nous mettrons au point la potion qui neutralisera Luna et son armée.

On se renseigne sur la terre que Sera a nommée poudre de cumulus. Une vendeuse nous rétorque qu'on aurait plus vite fait de demander des fraises fraîches récoltées en pleine tempête de neige en décembre. Mais un homme plus aimable nous indique une certaine Gemma dont le stand est situé à l'extrémité de l'allée.

La cabine est ornée de rideaux pourpres derrière lesquels brillent des lanternes ; on dirait un coucher de soleil. La marchande doit avoir l'âge de maman ; elle porte une robe noire en mousseline comme si elle rentrait tout juste d'un enterrement.

— Vous êtes bien Gemma ? demande Tala.

La femme hoche la tête en comptant ses billets.

— Que voulez-vous ?

— De la terre provenant d'un sommet. De l'Aconcagua ou de l'Everest, peut-être.

Gemma porte enfin son regard sur nous. Elle affiche un grand sourire.

— Qu'est-ce qu'une Chevalière auréolée et une Marcheuse du Ciel recherchée comptent faire d'une terre de cette nature ? Une potion ?

— Ce ne sont pas vos oignons, dis-je.

— Non, mais je ne peux pas m'empêcher d'être curieuse quand on vient me demander des produits rares. Cette terre est souvent employée pour purger les toxines de créatures. C'est difficile de s'en procurer sans se faire attaquer par ces satanées hydres. Ça vous coûtera plus que du liquide.

Tala plonge la main dans son sac.

— J'ai créé des shurikens qui explosent en éclairs.

Gemma s'esclaffe.

— J'applaudis ton invention, jeune femme, mais ça ne m'intéresse pas. Qu'as-tu d'autre à me proposer ?

Elle nous jauge à tour de rôle ; je ne porte sur moi que la dague de l'Oubli. Pas question de troquer la meilleure chance que j'ai de tuer June contre la possibilité de faire une potion qui neutralisera ses pouvoirs. Les yeux de Gemma se posent à nouveau sur Tala.

— Ta veste, ça me va.

— Non, rétorque Tala. Mon arbalète plutôt.

— Une fois encore, tes armes ne me tentent pas. Je suis déjà bien protégée.

Ses yeux s'illuminent alors comme une éclipse. Mon intuition s'anime, m'alertant d'un danger. Au même instant, deux bras supplémentaires jaillissent des flancs de Gemma. Ils saisissent dans son dos deux baguettes dissimulées sous une couverture.

— Une veste de Chevalier auréolé, c'est un article collector susceptible d'intéresser certains de mes clients, conclut la marchande.

— Ce sont mes parents qui me l'ont offerte. Ils sont morts assassinés il y a quelques semaines.

— Toutes mes condoléances, réplique Gemma avec une certaine sincérité (et heureusement pour elle, autrement je l'aurais fait cramer). Mais c'est mon dernier prix. J'ai une entreprise à faire tourner et une réputation à maintenir.

Je suis reconnue pour la qualité de ma marchandise, jeune femme.

Tala ajuste sa veste autour de son buste comme si elle avait soudain froid. Le chagrin qui s'affiche dans ses yeux m'annonce qu'elle s'apprête à se séparer de son vêtement. Elle caresse les plumes noires de ses manches. J'espère que c'est une consolation pour elle de savoir que Roxana est encore en vie et qu'elle pourra produire de nouvelles plumes pour une future veste. Tala ôte le blouson, révélant ses tatouages d'ailes, de griffes et de bec. Avant de le confier à la marchande, elle demande :

— Où est la terre ?

Gemma ouvre un coffre-fort et en sort une poche rayée bleu et blanc.

— Comment savoir si c'est pas de l'arnaque ? l'interroge Tala.

— Ce n'est pas ma faute si vous ne connaissez pas le produit, rétorque Gemma en lui arrachant la veste des mains après lui avoir tendu la pochette. Mais s'il s'avère que c'est de la terre ordinaire, vous savez où me trouver. Je ne bouge pas d'ici. Je porterai cette veste jusqu'à ce que je trouve un acheteur.

Tala s'éloigne comme une furie et je la rattrape en courant.

— Ça ne me dérange pas de lui arracher les bras si tu veux récupérer ta veste, dis-je.

Tala s'arrête devant un stand qui vend des onguents prétendument efficaces contre la vérole de phénix.

— Mon sacrifice est honorable. La perte d'un objet qui a une valeur sentimentale n'est rien si elle peut permettre de sauver des phénix partout dans le monde.

Son dévouement à la cause des phénix me donne le sentiment d'avoir été égoïste en ne proposant pas de troquer la dague de l'oubli. Mais elle a fait son choix, et j'ai fait le mien.

— Excusez-moi, dit un homme de petite taille qui tente d'accéder au stand.

Il arbore une épaisse barbe noire parsemée de poils gris, et il est habillé d'un survêtement. Il se retourne une seconde fois vers moi, et je comprends qu'il m'a reconnue. En apercevant le masque de Tala, il semble soudain pris de terreur et s'enfuit à travers la foule.

Son visage me dit quelque chose. Serait-ce l'un des dealers de Breuvage que j'ai affrontés durant la nuit du Fantôme couronné ? ou l'un des alchimistes en pharmacie que j'ai questionnés dans l'espoir qu'il soit en contact avec Luna ?

Alors je me souviens. Je n'ai jamais rencontré cet homme, mais à l'époque où les Marcheurs du Ciel recherchaient Emil avant de l'intégrer à l'équipe, on avait appris que son patron au musée des Créatures naturelles avait écrit un livre sur un voyage avec les phénix. Je me rappelle la photo noir et blanc de cet auteur vêtu d'un col roulé blanc et d'un gant de rapace. Il se prenait tellement au sérieux que ça m'avait fait rire, le menton appuyé sur son poing ganté. Même Atlas avait réprimé un sourire.

— Cet homme, c'est Kirk Bennett, le conservateur du musée qui employait tes parents pour protéger Aurora, et qui a troqué l'œuf de phénix contre Emil.

Tala pique un sprint, bousculant les marchands, et je m'élance dans son sillage. Kirk détale dans un souterrain sombre. J'anime mon feu pour éclairer la voie. Tala me précède de quelques mètres, pourchassant Kirk dont les pas résonnent à travers le tunnel. Elle plonge en avant et le plaque au sol ; son visage atterrit dans une mare ; j'espère pour lui que ce n'est que de l'eau croupie.

Mon globe de feu illumine son visage.

— Nous ne nous sommes pas présentés, Kirk.

— Pitié, lâchez-moi, implore-t-il. Je n'ai rien fait.

— Quand on n'a rien à se reprocher, on ne s'enfuit pas comme ça. Qu'est-ce que tu fais là ?

— On m'a chargé d'une commission, répond Kirk.

— Tu cherches quoi ?

Il se terre dans le silence. J'approche mon globe de feu de sa joue.

— Pour qui ? Pour Luna ?

Je tapote sur l'épaule de Tala et lui demande d'y aller mollo avec lui, mais elle est hors d'elle.

— Qu'est-ce qu'elle veut ? Où est-elle ?

L'Étrangleur d'étoile peut attendre. La priorité, c'est de découvrir où se planque Luna.

— Je ne sais pas où elle est ! Je suis venu acheter des huiles et des herbes destinées à renforcer les phénix, ainsi qu'un onguent pour les métamorphes. Elle doit m'envoyer quelqu'un pour les récupérer dans les prochains jours.

Je n'ai pas l'intention de faire le pied de grue chez lui en attendant que le type se pointe. Ça pourrait rapidement tourner en embuscade.

— Tu sais qui je suis ? lance Tala.

— Une Chevalière auréolée, répond Kirk.

Elle le roule sur le dos et ôte son masque.

— Mes parents se sont fait assassiner dans ton précieux musée pour un job que tu n'as pas honoré. (Il tâche de s'excuser, mais Tala lui assène un violent uppercut dans le menton sans lui en donner le temps.) Tes mots n'ont aucune valeur (elle lui plante un coup de genou dans le ventre), tu as tiré profit des phénix et tu n'as même pas pris la peine de protéger un oiseau naissant qui avait des siècles de vie devant lui.

Elle lève à nouveau le poing et Kirk la supplie d'arrêter.

— Pitié ! Je ferai tout ce que vous voudrez ! Vous voulez Luna ? On n'a qu'à tendre un piège à celui qui viendra chercher la commande. Il en saura plus que moi !

Tala finit par le relâcher.

— Tu as dix secondes pour déguerpir.

— Merci, merci !

Kirk s'enfuit le long du tunnel en reprenant son souffle.

— Tu le crois ? je demande.

— Mes parents lui ont fait confiance. Je ne commettrai pas la même erreur.

Tala sélectionne un carreau ordinaire et l'enclenche sur son arbalète. Elle repère l'endroit d'où proviennent les pas de Kirk et vise. Elle inspire à fond ; des larmes roulent sur ses joues rougies par l'émotion. C'est l'un des nombreux responsables de la mort de ses parents. Tala appuie sur la détente et libère la corde. Le carreau fend l'obscurité, et les bruits de pas cessent brusquement. Des cris d'agonie résonnent à travers le souterrain.

— Il mérite de mourir, déclare Tala. Mais je me contenterai de le savoir sous les verrous à perpétuité pour les crimes qu'il a commis contre les phénix et contre ma famille.

CINQUANTE
TUEUR D'ÉTOILE ARGENT

Brighton

Un coup d'œil à l'actualité me prouve que notre pays a d'autres chats à fouetter que moi.

Les allégations à l'encontre des célestes se sont multipliées au fil des jours. Mais les trois nouvelles accusations qui sont tombées ce matin font mal : un coach de sport invisible accusé d'épier ses élèves dans les vestiaires du lycée pendant qu'ils se changent ; un patron qui a menacé sa secrétaire de la brûler vive si elle ne cédait pas à ses avances ; et une mère qui s'est vengée des camarades qui harcelaient son fils en les rendant aveugles.

— Je me demande comment Sunstar compte tenir tête à Iron durant le débat de lundi, dis-je à Prudencia qui finit son petit déjeuner. Il faut que je retourne à New York, que je me rende utile.

— La dernière fois qu'on a voulu se rendre utiles, on a fait sauter un immeuble, rétorque Prudencia.

— Techniquement, c'est l'autre spectre qui l'a fait péter.

— Je suis sûre qu'on peut compter sur Iron pour nous blanchir de toute accusation, ironise-t-elle.

— Je veux fournir à Sunstar de quoi se défendre !

— Brighton, on a beau s'acharner à faire le bien, l'équipe d'Iron s'arrange toujours pour tout déformer. (Prudencia me prend la main.) Je sais que tu te sens impuissant, bien que ce soit faux. Mais c'est trop dangereux pour le moment. Tu n'as même pas pu rentrer chez toi sans te faire attaquer. On peut s'estimer heureux que personne ne soit mort cette nuit-là.

Je suis soulagé qu'aucun de mes voisins ne se soit fait tuer. Vraiment. Mais dans des moments pareils, je suis content que Prudencia ne soit pas télépathe parce qu'elle serait dégoûtée de lire dans mes pensées. En réalité, je pense que les victimes collatérales sont parfois inévitables, voire nécessaires dans une guerre.

Et puis, c'est difficile d'être le Sauveur de l'infini quand on ne peut sauver personne.

— OK, dis-je sans grande conviction.

Une promesse que je suis susceptible de rompre à tout instant.

— Maribelle et Tala ne devraient plus tarder à rentrer avec les ingrédients pour la potion. On pourra alors neutraliser les Verseurs de sang pour de bon. Ça permettra à Sunstar et à son projet d'Union Lumineuse d'apparaître sous un jour plus favorable. Tu veux bien patienter davantage avec moi ?

Elle dépose un baiser derrière mon oreille, puis sur ma joue, et enfin sur ma bouche. On bascule en arrière sur le lit et elle se met à califourchon sur moi, fermant et verrouillant la porte à double tour à l'aide de sa télékinésie, ce que je trouve vraiment sexy. Mon téléphone vibre à plusieurs reprises, mais je l'ignore. Je préfère glisser mes mains sous son tee-shirt, pendant qu'elle déboutonne mon jean. Bien qu'on ait eu la chambre pour nous tout seuls, la nuit dernière, on n'a pas couché ensemble parce qu'on ne savait pas à quel moment Emil allait revenir. Ce soir, j'imagine qu'il sera avec Wyatt ou blotti contre un phénix quelque part à l'extérieur. Je m'en fous. Je suis sur le point d'ôter mon pantalon lorsque Prudencia saisit mon portable.

— Tu as plein de notifications, fait-elle remarquer.

— Comme d'hab, dis-je en me redressant pour l'embrasser.

Elle m'arrête.

— Brighton, ça a l'air important.

J'aurais dû faire fondre ce putain de téléphone tant que j'en avais l'occasion ! Je le lui prends des mains et découvre qu'on m'a tagué à maintes reprises sur tous les réseaux. C'est en lien avec un coup de gueule de Tueur d'Étoile Argent. J'ai hâte de connaître la nouvelle théorie complotiste qu'il a inventée à mon sujet pour faire parler les bavards, et qui m'empêche actuellement de faire l'amour avec Prudencia. Le titre de la vidéo me rend furax : *Les Vrais Alliés de New York.*

J'appuie sur *Play.* À notre grande surprise, le vlogger est assis en compagnie d'Eva. Prudencia veut appeler Iris, mais on regarde d'abord l'interview. Donc Eva est entre les mains des exécuteurs. Est-ce que ça veut dire que maman l'est aussi ? Je suis vraiment tenté d'avancer la vidéo. Eva ne révèle aucun des gros secrets des Marcheurs du Ciel, mais elle a l'air vraiment démoralisée par toute la situation. Elle désire faire don de son sang ; OK, ça peut être utile, même si je suis persuadé que le gouvernement préférera s'en servir pour guérir ses soldats plutôt que de l'analyser dans le but d'en faire profiter tous les citoyens. L'interview s'achève, et sans transition, la suivante débute.

Maman est vivante ! Elle est vraiment vivante, comme je l'ai soutenu tout du long ! Un jet d'adrénaline me balaie comme quand j'ai bu le sang de la Faucheuse. Mais la chute est tout aussi terrible. Qu'est-ce qu'elle fabrique avec Tueur d'Étoile Argent ? Elle raconte qu'elle est en détention, elle aussi, mais ça me rend dingue qu'elle collabore avec ce mec.

Tueur d'Étoile Argent finit de pourrir le gouvernement qui serait, d'après lui, de notre côté. Puis il foudroie maman du regard.

— Une dernière question : si vous pouviez transmettre un message à vos fils, quel serait-il ?

Maman a l'air épuisée. Elle inspire profondément.

— Ne soyez pas si arrogants et n'allez pas vous faire tuer en employant des pouvoirs que vous ne devriez pas avoir. Je n'ai plus que vous.

Encore ce mot. Arrogant. Malgré les dernières paroles qu'on a échangées et qui se sont finies par une dispute, c'est ça qu'elle décide de dire devant des millions de téléspectateurs. Elle aurait pu dire directement à quel point je l'ai déçue en avalant le sang de la Faucheuse.

Quant à Tueur d'Étoile Argent, il ne perd rien pour attendre. Je l'ajoute à la putain de liste de personnes que j'ai l'intention de brûler vives.

— C'est une super nouvelle ! s'exclame Prudencia.

— C'est un bon début, mais on ignore où sont maman et Eva.

— Je vais appeler Iris. Elle saura peut-être où entamer les recherches.

Je me lève.

— Je vais avertir Emil.

J'ouvre la porte et dévale le couloir à une vitesse folle, débordant de pouvoir et de vitalité. Maman est vivante ! C'est le moment ou jamais de prouver au monde pourquoi on me surnomme le Sauveur de l'infini – et pourquoi il ne vaut mieux pas toucher à ma famille.

CINQUANTE ET UN
LEVER DU JOUR

Emil

J'ai connu des réveils sympas au Sanctuaire, mais celui-ci est de loin le meilleur. Les bras de Wyatt sont enroulés autour de moi, son corps pressé contre le mien dans le sac de couchage. La lumière du soleil et le chant des phénix emplissent peu à peu la bibliothèque. Je ferais volontiers répandre mes cendres dans cette salle.

Je me confie un peu plus à Wyatt sur ma famille, utilisant mes dix pour cent de batterie restants pour lui montrer des photos sur mon portable. Il y en a une de maman qui nous serre dans ses bras, Brighton et moi, le jour de la remise des diplômes. Brighton tient une photo encadrée de toute la famille avec papa.

— Brighton voulait créer une série de mises en abyme infinies où on se prend en photo avec le dernier cliché de la famille. On aurait dû faire la suivante à la fin de la fac. Puis le jour où on aurait décroché le job de nos rêves. Celui où on aurait rencontré une personne qu'on aime.

Je suis quasi sûr de ne pas être amoureux de Wyatt, même s'il est possible que ma raison soit en conflit avec mes sentiments en ce moment ; en tout cas, si je rougis, c'est parce que c'est gênant de parler d'amour avec quelqu'un qui vous serre dans ses bras.

— L'objectif final, ç'aurait été de prendre une grande photo de famille avec nos partenaires respectifs et nos enfants.

— C'est adorable, commente Wyatt. Ça peut encore se faire.

— J'ai le sentiment que ça nous portera malheur si on le fait sans maman. Comme si chaque fois qu'on prenait une photo, une des personnes figurant dessus ne serait pas présente sur la suivante.

— Ce sont des conneries, chéri. Profite de la vie comme si le temps t'était compté, mais n'oublie pas que tu te bats pour ton avenir aussi. Aie de l'ambition – devenir Chevalier auréolé, prendre une infinité de photos avec ta famille, nouer une relation avec un phénix. Peut-être même inclure un phénix sur tes photos de famille, et la famille de ton phénix, et la famille de la famille de ton phénix et…

Je me retourne et l'interromps d'un baiser. Il glisse ses doigts sous le col du tee-shirt que je lui ai emprunté et il retrace la ligne de ma clavicule. Nos corps réagissent de manière super rigide, d'autant plus qu'on n'a pas couché ensemble cette nuit parce que je ne le sentais pas. Je crois que je vais devoir travailler longuement sur moi-même avant d'être capable de me mettre à poil devant quelqu'un, surtout un mec qui a tellement cultivé son apparence. Cela dit, ça ne nous empêche pas de nous embrasser. Et à en juger par les petits gémissements que j'arrache à Wyatt, je pense que je ne me débrouille pas si mal.

La porte de la bibliothèque s'ouvre brutalement et je lâche un petit cri. Des images des exécuteurs surgissant à Nova me reviennent et je redoute un instant qu'ils nous aient retrouvés. Je m'extirpe maladroitement du sac de couchage, tandis que Wyatt m'imite ; alors Brighton apparaît devant nous, les yeux écarquillés de surprise. J'aurais presque préféré que ce soient les exécuteurs qui nous aient débusqués.

— Ouah ! s'exclame mon frère en pivotant sur lui-même. Désolé.

— Brighton ! Fous le camp !

— Non, frangin ! Habille-toi. J'ai un truc à te montrer.

— D'accord, mais va attendre sur le balcon !

Brighton obtempère et je finis de me relever. J'enfile mon pantalon encore humide de notre périple de la veille et je dis à Wyatt de ne pas bouger. Je vais retrouver Brighton à l'extérieur, et je suis tellement mal à l'aise que je ne réussis pas à croiser son regard.

— Je comprends mieux pourquoi tu n'es jamais venu te coucher.

— On n'a rien fait.

— Pas la peine de mentir…

— Je sais. Je dis la vérité.

— On en reparlera plus tard. C'est pas pour ça que je te cherchais. Maman est en vie.

Mon embarras s'évanouit d'un coup et je me tourne face à Brighton, les yeux emplis de larmes.

— Pour de vrai ?

Brighton me tend son téléphone où une vidéo s'affiche. Je crains le pire, comme la fois où on a filmé Stanton qui tabassait mon frère, mais il s'agit d'une interview où cette espèce de taré de Tueur d'Étoile Argent interroge Eva. Le soleil me caresse la nuque pendant que je prends connaissance du contenu. Je suis hyper soulagé que maman et Eva soient vivantes. Pourtant, il y a un truc qui me chiffonne.

— Maman nous aurait appelés, dis-je.

— Ils doivent l'en empêcher.

— Mais elle a des droits.

— Ces gens-là nous prennent pour des terroristes. S'ils l'autorisent à passer un coup de fil, ce sera seulement pour qu'elle les conduise jusqu'à nous. (Brighton est fou de rage.) C'est encore une manœuvre politique pour semer le trouble avant les élections.

— Pourquoi ils n'ont pas fait diffuser l'interview sur une vraie chaîne d'information ?

— Faire appel à Tueur d'Étoile Argent, c'est un peu comme me faire un doigt d'honneur.

C'est trop tordu.

— Qu'est-ce qu'on fait ?

— Je vais aller chercher Prudencia, et on va y réfléchir tous ensemble. Je reviens dans quelques minutes. Évite de recommencer à batifoler avec ton petit copain, tu n'auras pas le temps.

Brighton disparaît en un éclair.

— C'est pas mon petit copain, dis-je dans le vide.

Mais je ne serais pas contre.

*

On se concerte pendant plusieurs heures dans la bibliothèque sans que la discussion ne débouche sur quoi que ce soit de concret.

Prudencia a réussi à joindre Iris par téléphone. Elle était sur le point d'aller parcourir les rues avec Wesley, même si rien ne nous garantit que maman et Eva soient encore en ville. En réponse aux propos de Tueur d'Étoile Argent, Brighton a posté des vidéos en ligne, s'épanchant sur le vlogger et accusant le sénateur Iron de nous manipuler et de maltraiter peut-être notre mère à l'heure qu'il est. Des paroles fortes, mais rien de convaincant. Wyatt regarde l'interview et confirme notre doute : aucun élément dans le décor ne peut servir à déterminer où l'entretien a été filmé.

— Je suis à deux doigts d'aller frapper à la porte d'Iron pour exiger de savoir où est maman, s'emporte Brighton.

— Ça ne risque pas d'améliorer ton image, proteste Wyatt.

— Je m'en fous !

La porte s'ouvre ; Maribelle et Tala entrent.

— Quel raffut dans cette bibliothèque ! commente Maribelle. Est-ce que j'ai envie de savoir ?

— C'est du lourd, répond Brighton avant de leur rapporter les dernières nouvelles.

— Et voilà, déclare Tala en s'asseyant à la table ronde. La loi des séries. Nous avons les ingrédients.

J'ouvre le sac, étale les sachets sur la table et les admire comme les pièces de mon nouveau puzzle favori. C'est grâce à ces éléments que nous allons concocter l'Étrangleur d'étoile, une potion dont la recette s'est perdue pendant des décennies. Nous allons changer le cours de l'histoire, transformer le sort des spectres partout dans le monde. Je vais neutraliser mes pouvoirs, et travailler d'arrache-pied pour devenir Chevalier auréolé. Je mènerai le combat d'une manière qui me ressemble davantage. Pour la première fois depuis que mes flammes se sont manifestées, j'envisage enfin l'avenir avec une lueur d'espoir.

Brighton fixe des yeux les ingrédients lui aussi, mais je ne pense pas qu'ils lui évoquent la même chose qu'à moi.

— Il va nous falloir trois jours pour la préparer, dis-je.

Prudencia remballe tout.

— On ferait mieux de s'y mettre sur-le-champ.

— Amusez-vous bien, dit Maribelle. Je vais me coucher.

— Pareil, dit Tala.

— Ne me réveillez que si vous avez une piste, ajoute Maribelle.

Je les laisse s'en aller, et Wyatt nous escorte jusqu'au labo du Sanctuaire où il m'avait concocté le baume de Rose du jour. La salle est petite et occupée par une Chevalière qui enseigne à un enfant l'art de préparer des potions à l'aide d'une affiche présentant différents éléments chimiques. Pour ne pas les déranger, nous allons nous installer dans un coin de la pièce, près de deux marmites en argent. Je file récupérer le journal. À mon retour, Brighton et Prudencia finissent à peine de rincer les chaudrons. Wyatt farfouille dans un placard et me tend un bocal de grains de torche, quelques racines de Rose du jour, une fiole de larmes de phénix, et un sachet de suie d'*aîné couronné.*

— Je vais aller chercher des coquilles dans un des nids, annonce-t-il ensuite.

— Assure-toi que ça soit bien celles d'un phénix ressuscité et pas d'une première naissance, dis-je.

— C'est bien noté, Ailes de braise.

Il me décoche un clin d'œil et s'en va.

Brighton ricane.

— Angleterre et Ailes de braise ont fait des folies de leur corps la nuit dernière.

Je l'ignore et me concentre sur la préparation de la potion. Comme le préconise la recette, je broie la mue de basilic à plumes. On trouve bientôt notre rythme de travail, vérifiant trois fois chaque étape avant de passer à la suivante afin de ne pas gâcher nos précieux ingrédients. Prudencia ajoute la suie et les grains de torche dans la marmite qui fume, puis remue le mélange à l'aide de sa télékinésie pendant que Brighton fait bouillir les larmes de phénix avec la peau de basilic broyée.

— La fin des spectres approche pour de bon, dis-je.

Durant tout le week-end, j'éprouve un mélange de fierté et d'angoisse, tandis qu'on concocte l'Étrangleur d'étoile. Nous avons un programme bien précis à respecter pour que tout se déroule bien, mais Brighton préfère s'entraîner et améliorer son « style », au lieu de se lever au milieu de la nuit pour jeter un coup d'œil sur la potion qui neutralisera un jour ses pouvoirs. Je me tais, mais je préfère perdre quelques heures de sommeil et m'en charger moi-même plutôt que de prendre le risque que Brighton sabote tout.

Le lundi venu, tout semble aller comme sur des roulettes, quoique le moral des troupes soit assez bas. On n'a toujours pas de nouvelles de maman et d'Eva.

— Rendez-vous dans une heure pour regarder le débat télévisé, annonce Brighton.

— Ça nous fera du bien de voir Sunstar démonter Iron en direct, réplique Prudencia.

— On devrait avaler un shot chaque fois qu'Iron sort un mensonge.

— On finirait par faire un coma éthylique.

— Toi peut-être. Emil et moi, on est les Rois de l'infini.

Brighton me décoche un sourire canaille et veut me faire un check, mais je secoue la tête.

On s'attarde encore un peu au labo avec Prudencia. On ajoute les morceaux de coquille d'œuf de phénix dans la potion avant d'aller rejoindre Brighton et Wyatt dans la bibliothèque. Puis on se rassemble tous autour du laptop de Brighton, impatients de voir Sunstar prouver à notre pays pourquoi elle mérite d'être notre prochaine présidente.

CINQUANTE-DEUX
L'ÉCHANGE

Ness

Posez-moi n'importe quelle question sur Nicolette Sunstar. Je suis incollable.

Elle est née quand la constellation de la Boussole éclatante se trouvait à son zénith. Elle porte une tache de naissance en forme de sablier au-dessus du genou gauche. Elle doit son deuxième prénom, Penelope, à une tante qui lui a transmis son goût pour la justice. Elle adore voyager dans les pays froids, surtout en Alaska pendant la saison des aurores boréales. Elle est la fille d'une conseillère conjugale et d'un libraire. Elle a une passion pour les plantes vertes, qui envahissent sa maison, et qu'elle soigne sans recourir à la magie. Elle a rencontré son mari, Ash Hyperion, à la fac, au cours d'une soirée karaoké bien arrosée où il avait trop bu et s'était mis à chanter une chanson d'amour. Elle débute sa journée par un petit-déjeuner en compagnie de sa fille, Proxima, à qui elle cuisine en général des pancakes aux myrtilles, avant de la préparer pour l'école.

Elle mérite de devenir présidente des États-Unis.

Voilà une semaine que je passe en boucle les renseignements qu'on m'a donnés sur elle.

J'ai lu sa biographie de trois cent quatre-vingts pages, *Notre pays, notre univers*, deux fois. J'ai passé plus d'une trentaine d'heures devant une tablette sans réseau à regarder ses interviews et ses discours. On m'a chargé les débats aussi, que j'ai regardés dix fois de suite, prenant un malin plaisir à voir Sunstar rembarrer le sénateur sur une chaîne nationale, tandis qu'elle établit la longue liste de tous ses échecs.

Pourtant elle va perdre ces élections parce que je vais prendre son apparence et mentir au pays tout entier.

Je suis à l'arrière d'une limousine en compagnie du sénateur, de Bishop et de Roslyn ; Jax et Zenon sont à l'avant. Dione nous suit dans une voiture banalisée avec Luna et June. Le débat aura lieu à Boston, et depuis qu'on a quitté New York, je prie pour qu'une catastrophe naturelle se produise et nous éradique de la surface de la Terre, ce qui aurait le mérite de débarrasser ce pays des pires crapules qui soient. Malheureusement, c'est une soirée très douce.

On arrive bientôt à l'université Doherty, qui accueille ce soir le débat. Bien que la fac ait pour réputation de favoriser les droits des célestes, il se peut que ça change ce soir, après mon intervention sous les traits de Sunstar, que je vais faire passer pour une suprémaciste céleste. On traverse le campus, envahi par les participants.

— Que le spectacle commence ! s'exclame le sénateur. Débarrasse-toi de ton visage, Eduardo.

Un halo gris m'enveloppe et je me métamorphose en un garde du corps blanc aux cheveux noir de jais. On me prête des lunettes de soleil pour que les médias aient du mal à m'identifier si jamais un journaliste se penche sur la question. Six mètres nous séparent de l'entrée du bâtiment. C'est la première fois que je mets les pieds dehors depuis qu'on me détient au manoir. C'est pourtant impossible pour moi de savourer l'air frais ; sous le contrôle du sénateur, j'étouffe.

Une jeune hôtesse nous escorte jusqu'à une salle verte sans cesser de parler, complètement en admiration devant le sénateur dont elle s'avoue la plus fervente fan et à qui elle enverra sa candidature s'il emporte la Maison-Blanche. Le sénateur se dit honoré, mais je sais qu'il a hâte de se débarrasser d'elle. Contrairement à Sunstar, qui cherche à connaître tous ses partisans, le sénateur se concentre sur ceux qui sont au pouvoir. Une jeune femme dont la mission est de nous conduire d'une pièce à l'autre ne rentre pas dans cette catégorie à ses yeux.

— Je reviendrai vous chercher dans quinze minutes, précise-t-elle.

— Merci beaucoup, répond le sénateur en prenant sa main entre les siennes pour la saluer. (Dès que la porte s'est refermée, il se tourne vers Zenon.) Statut ?

Les yeux de Zenon rougeoient.

— La personne chargée de nous surveiller dans la salle des caméras ne nous regarde pas.

Le sourire forcé du sénateur s'efface aussitôt.

— Fantastique. Roslyn, informes-en Luna. Zenon, localise Sunstar. Nous n'avons que très peu de temps pour procéder à l'échange.

Bishop a l'air ravi, comme si cette manigance était une fête surprise qu'il avait passé un temps fou à planifier.

Zenon continue à sauter de vision en vision. Le sénateur doit payer une fortune les services de cet ancien soldat qui a survécu à la guerre et mené son escadron à de nombreuses victoires grâce à sa faculté d'adopter le point de vue de l'adversaire.

— Sunstar se tient dans une pièce avec sa famille et la sénatrice Lu, qui semble sur le point de s'en aller… Ça y est, elle est sortie. Le garde du corps cache le numéro de la salle, mais Lu vient de passer devant la bibliothèque. Je dirais que la pièce est à une quinzaine de mètres d'ici.

— Ça fera l'affaire, réplique le sénateur.

— Elles arrivent, annonce Roslyn en consultant son portable.

June et Dione surgissent de nulle part. Si Roslyn n'avait pas prévenu, Jax leur serait sans doute tombé dessus et les aurait projetées à l'autre bout de la pièce.

Le sénateur bombe le torse ; il rayonne de fierté.

— Vous connaissez tous votre rôle. Eduardo, si jamais tu essaies de jouer au petit malin, je ferai assassiner toute la famille de Sunstar. Si je ne suis pas président, elle ne le sera pas non plus.

Son ego coûtera la vie à des millions de gens.

— Compris, dis-je.

— Je ne te quitte pas des yeux, me prévient Zenon.

— J'ai dit que j'avais compris.

June reçoit des consignes qui devraient lui permettre de trouver Sunstar. Elle me prend la main, agrippe celle de Dione et on disparaît tous les trois. J'ai l'impression de me désagréger au fil des passages de pièce en pièce. Comme au moment du Blackout, quand June a volé à mon secours et m'a transporté jusqu'à Luna. Heureusement, le trajet est plus court cette fois. Mais il me file quand même la gerbe.

On se matérialise dans la salle verte de Sunstar. Tous forment un cercle ; ils se tiennent la main pendant que Sunstar récite une prière. Dione développe un troisième bras et dégaine trois baguettes de sa ceinture. Elle les pointe sur Sunstar, Ash et Proxima. La famille éclate de rire à la fin de la prière avant de s'apercevoir de la présence de trois invités surprises.

— Si l'un d'entre vous alerte la sécurité, vous êtes tous morts, menace Dione.

Sunstar pousse sa fillette de douze ans, terrifiée, derrière elle. Proxima nous observe, tremblante d'effroi. Elle nous considère comme des monstres, et elle a raison. Je m'estime heureux que ce ne soit pas mon vrai visage qu'elle voit en ce moment.

Les yeux d'Ash se mettent alors à briller comme des pièces en argent et l'air ondule comme sous l'effet de la chaleur. Je me sens soudain épuisé ; les battements de mon cœur ont ralenti. C'est son pouvoir de manipulation qui agit sur nos consciences, et je l'accueille à bras ouverts. Dione sombre dans une sorte de torpeur, quant à moi, je me sens prêt à tourner de l'œil. Mon apparence s'estompera alors et mon identité sera révélée. On m'arrêtera et les manigances du sénateur seront exposées au grand jour. On le verra pour le terroriste et l'imposteur qu'il est réellement.

June disparaît pour réapparaître derrière Ash. Je tente de l'avertir, mais je n'en ai pas l'énergie, abruti par son pouvoir. June pénètre le corps de l'époux, prenant possession de lui. Les ondulations s'évanouissent dans la pièce. June contraint le mari à ramener sa fille à ses côtés.

Elle lui fait ouvrir la bouche sans qu'aucun mot n'en sorte. Rien que les hurlements du vent qui me glacent les sangs.

— Il est possédé, dis-je. (Ça me rappelle la scène du musée, quand Emil a voulu avertir les Chevaliers auréolés que June avait pris possession d'un des leurs ; Luna l'avait giflé.) Ne courez pas de risques inutiles.

Sunstar est furieuse, mais elle demeure immobile. Les mouvements brusques finissent mal en général pour les célestes.

Bien que je me sente encore un peu groggy, la sensation s'estompe vite, comme quand on parvient enfin à sortir du lit le matin.

— Pitié, ne faites pas de mal à ma famille, implore Sunstar.

— Il ne leur arrivera rien si vous coopérez, dis-je sans en être vraiment convaincu.

— Vous allez me suivre gentiment, dit Dione.

— Je suis censée être sur le plateau dans dix minutes. Les autorités se rendront compte de mon absence.

— Non, ne vous en faites pas, rétorque Dione en me désignant de ses trois bras.

Je retire mes lunettes et un halo vert me balaie. Ma peau se lisse et s'assombrit. Mes cheveux poussent jusqu'à mes épaules. Mes ongles deviennent blancs. Mon costume de garde du corps s'efface pour laisser place à un tailleur vert foncé identique à celui que portait Sunstar lors d'un de ses déplacements en Caroline du Nord.

Elle me fixe avec horreur.

— Problème résolu, déclare Dione. On ne peut pas incarner toute la famille, alors la survie de votre mari et de votre fille dépendra de leur performance lors du débat de ce soir. Nous avons posté des personnes dans le public ; elles sont chargées de les surveiller. S'ils n'ont pas l'air de vous soutenir ou s'ils adressent la parole à qui que ce soit, ils seront tués sur-le-champ.

Sunstar hoche la tête.

— Proxy, ma chérie, fais ce qu'ils te demandent, d'accord ?

Proxima tremble comme une feuille, même après que June a quitté le corps de son père. Ash prend sa gamine dans ses bras ; elle se méfie d'abord, mais il la rassure en lui disant que c'est bien lui. Dione et June empoignent Sunstar, qui ne détache pas les yeux de sa famille, ignorant si elle la reverra un jour.

Je l'ignore aussi.

— On vous surveille ici aussi, ajoute Dione. Faites ce qu'il faut et soutenez votre épouse.

Dione et June disparaissent avec la représentante et pour la première fois depuis ma capture, je me retrouve seul à l'extérieur du manoir entouré de gens bienveillants. Mais je ne peux pas leur faire savoir que je suis de leur côté. Zenon nous observe en ce moment même, et si j'ai le malheur de m'excuser pour le mal que je suis sur le point de faire à leur famille, ils risqueraient de le payer de leur vie.

Je vais rejoindre le plateau et débattre avec le sénateur en suivant le scénario qu'on m'a forcé à mémoriser.

Mais parmi ce tissu de mensonges, j'ai l'intention de glisser une vérité qui sera diffusée sur la chaîne nationale.

CINQUANTE-TROIS
LE DÉBAT

Ness

— Bienvenue à ce troisième et dernier débat.

Le présentateur de ce soir est un dénommé Hugh Cooper, un célèbre journaliste qui s'est montré très critique envers le sénateur par le passé et qui, je l'espère, lui tiendra tête ce soir à ma place – à la place de Sunstar. Aucune question n'a été communiquée par avance aux candidats, précise-t-il. Il requiert le silence de la part du public afin de permettre à tous ceux qui suivent la discussion en présentiel ou depuis chez eux de pouvoir se concentrer sur les propos tenus.

— Je vous prie d'accueillir la représentante au Congrès Sunstar, candidate démocrate, et le sénateur Iron, candidat républicain.

Je rejoins le sénateur au centre du plateau pour lui serrer la main. Dans son costume présidentiel, il dégage une immense confiance en lui ; le débat est dans la poche, il le sait. Je suis tenté de reprendre mon apparence pour saccager son plan. Mais alors je me tourne vers le public et repère Ash qui serre Proxima contre lui. Dans leur intérêt, je décide de coopérer.

Nous rejoignons nos places, chacun derrière son pupitre. Sur le mien, un carnet avec trois stylos. Sunstar aime prendre des notes, elle est connue pour ça, et je suis censé l'imiter.

Les lumières s'éteignent côté public ; seule une horloge reste visible. Ça m'empêchera de voir trembler Proxima. C'est une maigre consolation.

— J'aimerais débuter la soirée avec une question d'économie, entonne Hugh Cooper. Lors du dernier débat, vous avez tous deux partagé votre opinion sur la chute du nombre d'offres d'emploi. J'aimerais vous demander ce que vous ferez pour assurer la croissance afin de faire prospérer les habitants de ce pays. Sénateur Iron, vous prendrez la parole en premier sur ce sujet.

— Merci Hugh, et merci à l'université de Doherty pour son gracieux accueil, déclare le sénateur, masquant par un sourire son mépris pour ce campus procéleste.

Il évoque aussitôt l'immense honneur qu'il a eu de travailler auprès des ouvriers de New York et de voyager à travers le pays pour en rencontrer d'autres, qui lui ont confié leur désarroi, après avoir dépensé des centaines de milliers de dollars pour leurs études, de ne pouvoir accéder au boulot de leur rêve à cause de célestes capables d'effectuer le travail en un claquement de doigts. Il cite une de nos vidéos de propagande où on brosse le portrait d'un ouvrier du bâtiment qui ne peut plus soutenir financièrement sa famille depuis qu'on l'a remplacé par un céleste aux pouvoirs télékinétiques avancés.

— Les pouvoirs ne devraient pas passer avant la vocation, conclut le sénateur.

— Merci, monsieur le sénateur. J'aimerais poser la même question à madame la représentante Sunstar. Comment comptez-vous améliorer l'économie ?

J'aimerais élaborer le projet que Sunstar a pour notre pays, à savoir augmenter le salaire minimum et instaurer des impôts pour les plus riches. À la place, je débite le discours qu'on m'a demandé d'apprendre par cœur. J'encourage les célestes à continuer à envahir les domaines qui ne sont pas les leurs et à collecter des salaires qui seraient normalement destinés aux travailleurs manuels. Le sénateur s'empresse de contre-attaquer, déplorant le nombre croissant d'Américains qui s'endettent et finissent à la rue en raison de la pénurie de postes.

À partir de là, on ne met plus de gants.

Sur le sujet de la violence liée aux baguettes, le sénateur défend le droit de chaque citoyen à porter une arme, puisque les célestes sont d'après lui des armes ambulantes. Pour ce qui est des services de santé, le sénateur détourne le problème, à savoir le nombre de célestes qui sont privés d'assurance à cause de leurs pouvoirs. Il recommande à la place une politique plus large qui fournirait une meilleure couverture pour les biens endommagés par la lumimagie ; il ne précise pas que ce genre de mesures avantagerait ses donateurs tout en augmentant les impôts pour tout le monde. Il rejette la rumeur selon laquelle des camps souterrains se seraient multipliés à travers le pays, conçus pour retenir en otage les célestes enceintes et les empêcher d'accoucher en plein air, sous l'influence du ciel, afin que les nouveau-nés n'atteignent jamais le plein potentiel de leurs pouvoirs.

Je ne suis pas un spectateur parmi d'autres dans le public. Je suis l'un des deux menteurs qui se tiennent sur l'estrade.

On m'a chargé de jouer le rôle d'une femme sous pression, au bout du rouleau et sur le point de craquer, surtout après le coup porté par les interviews de Tueur d'Étoile Argent, et j'adopte une agressivité que Sunstar n'a jamais manifestée au cours de sa campagne. Quand on me questionne, je ne condamne pas les spectres dans leur ensemble, affirmant qu'il existe parmi eux des gens bien intentionnés qui cherchent à obtenir des pouvoirs pour prolonger leur existence, et j'applaudis le risque qu'ils prennent, surtout les plus âgés, sachant que l'alchimie du sang est loin d'être tendre avec le corps humain. J'aimerais mettre tout le monde en garde contre ce désir de devenir spectre. Le jeu n'en vaut pas la chandelle. Au lieu de quoi je suis les directives du sénateur et je veille à ne pas présenter mes condoléances à ceux qui ont perdu leurs enfants, victimes des combats de rue que se livrent les lumimagiciens.

Les célestes qui font partie du gouvernement doivent faire grise mine devant leur télévision. Certains auront peut-être des doutes, connaissant Sunstar et ses idées, ayant travaillé avec elle. Le sénateur se présente comme un candidat qui a la tête sur les épaules ; il mène le débat, tandis que je me défends ; Sunstar va sûrement passer pour une personne instable. À l'issue de ce débat, tout le monde s'attendra à ce que le sénateur remporte la Maison-Blanche le mois prochain.

Hugh Copper reprend la parole.

— Nous devons bientôt rendre l'antenne. Aussi, j'aimerais repasser à vous, madame la représentante, et vous demander de nous parler de votre dernier projet en date : l'abolition du Programme des exécuteurs, remplacé par une organisation que vous avez baptisée l'Union Lumineuse. Que diriez-vous aux Américains qui craignent de se reposer sur des gardiens lumimagiciens ?

Je ne connais rien des intentions de Sunstar sur ce point-là ; on ne m'a montré qu'une seule vidéo où elle aborde le sujet. À mon avis, elle souhaite seulement que les gens de sa communauté cessent d'être massacrés par des exécuteurs armés de baguettes chargées de sang de céleste. Malheureusement, je ne peux pas faire passer ce message. Pourvu qu'on me pardonne un jour ce que je m'apprête à dire.

— L'Union Lumineuse est destinée à protéger le public, et surtout les célestes extraordinaires qui sont les piliers et le cœur de ce pays. Il est temps que nous devenions l'autorité et les leaders.

— Donc vous comptez donner encore plus de postes aux célestes, intervient le sénateur. Vous les privilégiez au détriment de nos citoyens. C'est une vision très morne de l'avenir que vous nous offrez ; elle ne nous conduira qu'à d'autres Blackout. Personne ne souhaite recevoir le coup de fil que j'ai eu, qui m'a appris que mon enfant était mort dans une explosion causée par les Marcheurs du Ciel, des terroristes que vous ne condamnez pas, mais que vous voulez en plus intégrer dans votre nouvelle division. Vous osez me regarder dans les yeux et me dire devant le peuple américain que le groupe terroriste qui a tué mon fils devrait devenir notre nouvelle police ?

La colère que j'affiche sous les traits de Sunstar est la seule véritable émotion qui transparaîtra ce soir sur ce visage.

J'argumente que les torts de certains ne devraient pas retentir sur la communauté tout entière, mais le sénateur me coupe la parole. Il s'exprime avec plus de conviction.

— Bien sûr que non ! Les Américains refusent de participer à l'érection de votre nation suprémaciste céleste ! (Le sénateur s'avance sur la scène, créant une certaine intimité avec le public dissimulé par l'obscurité.) Il est possible d'empêcher Mme Sunstar d'accéder à la présidence. Toutefois, nous devrions nous inquiéter du fait qu'elle soit parvenue si loin. Nous avons un nombre record de célestes siégeant au pouvoir, sans oublier les bruits qui courent : après avoir reçu des menaces, certains opposants n'ont pas osé se présenter contre les célestes. Sans compter la rumeur selon laquelle le mari de Sunstar se servirait de son hypnose pour contrôler les esprits des politiciens et des électeurs. Nous devons nous protéger dès maintenant !

J'aimerais rétorquer que le pouvoir de manipuler les esprits n'existe pas. Et que même si c'était le cas, Ash ne l'emploierait jamais à ces fins-là. Mais à quoi bon ? Personne ne m'entendrait.

À mon grand effroi, toute la salle l'acclame.

Le sénateur me désigne du doigt.

— Vous méritez d'être enfermée dans les Limites !

Les applaudissements redoublent et Hugh Cooper a toutes les peines du monde à calmer le public. Je suis terrifié de vivre dans le même pays que ces gens-là.

— Merci, dit Hugh Cooper quand le silence se rétablit. J'aimerais que nous passions aux conclusions de ce débat. Madame la représentante Sunstar, vous avez la parole.

Je fixe la caméra. Je suis censé insister encore sur la place prépondérante que je désire accorder aux célestes dans notre société. Et j'ai trouvé comment le faire à ma sauce.

— Les célestes sont des lucioles. Nous avons été réprimés pendant trop longtemps, enfermés dans des bocaux qui sont devenus nos foyers. Nous exigeons d'être libérés de ces bocaux, mais pour dévisser les couvercles, nous avons besoin de votre aide. Merci.

Ces propos n'auront aucun sens pour la majorité des gens de ce pays.

Il suffit qu'une seule personne comprenne le message. C'est elle dont j'ai besoin.

CINQUANTE-QUATRE
INTRUSION

Emil

Sunstar est en train de parler de lucioles.

Je redresse brusquement la tête, qui était appuyée contre l'épaule de Wyatt, et je rapproche le laptop de Brighton pour me repasser la conclusion du débat. L'échange entre les deux candidats était complètement dingue. Pour le moins inattendu. Ce soir, Sunstar a effectué un virage à cent quatre-vingts degrés. Et si ça cachait un truc énorme ? Une bonne nouvelle aussi ?

— Je crois que c'est Ness, dis-je en fixant l'écran où est figée l'image de Sunstar, sur *Pause.*

— Ness – Ness ? répète Wyatt.

— Qu'est-ce que tu racontes ? interroge Brighton.

Mon cœur bat à tout rompre, quoique je sois statique.

— Ça fait deux heures qu'on se demande quelle mouche a piqué Sunstar ; elle est vraiment bizarre et elle sort des énormités. Et si ce n'était pas elle ?

— Tu vas chercher loin quand même, rétorque Brighton. En plus, il est probablement mort.

— On n'en a pas la preuve, intervient Prudencia.

— Ness me surnomme « luciole ». Iron doit se servir de lui, et c'est un message codé qu'il m'envoie pour me faire réagir. Réfléchissez ! La dernière fois que j'ai vu Ness, les exécuteurs l'emmenaient de force. Il y a forcément quelqu'un qui a prévenu Iron, non ? Peut-être que le sénateur exploite le pouvoir de métamorphe de Ness pour remporter les élections.

Personne n'a l'air convaincu par ma théorie. Peut-être que j'ai trop envie d'y croire… Ness a disparu du jour au lendemain et je n'ai jamais eu l'occasion de tourner la page sur notre histoire. C'est à peine si elle avait débuté, d'ailleurs.

Je repasse encore une fois le commentaire final de Sunstar.

— Il parle de lucioles qui étouffent dans des bocaux qui sont comme leur foyer. Peut-être que c'est un code pour désigner la maison d'Iron où il est retenu en otage.

— Frangin, tu glisses dans la théorie du complot. Si ce que tu dis est vrai, ç'aurait été très risqué pour Iron de faire passer Ness en direct sur une chaîne nationale, tu crois pas ?

— Oui, c'est sûr. Mais peut-être qu'il exerce un moyen de pression sur lui pour qu'il se tienne à carreau.

Une promesse de liberté ? ça se passait tellement mal chez lui que Ness a préféré intégrer un gang plutôt que de rester sous le même toit que son père. Peut-être que le sénateur lui fait du chantage, le menaçant de révéler tout ce qu'il a fait avec les Verseurs de sang. Ness désire plus que tout mener sa vie comme il l'entend, et il ne lui restera pas beaucoup de marge de manœuvre s'il se retrouve derrière les barreaux pour les crimes qu'il a commis.

Prudencia écarquille les yeux.

— Peut-être qu'Iron retient aussi Eva et Carolina en otage.

— Mais elles sont avec…

Brighton s'interrompt.

— … Le gouvernement, achève Prudencia à sa place.

— Si c'était bien elles dans la vidéo, dis-je.

Brighton ouvre un nouvel onglet et on regarde à nouveau les interviews de Tueur d'Étoile Argent. Je ne sais pas pour Eva, mais l'apparence de maman me semble parfaite. Il n'y a vraiment rien à redire. Ness est un métamorphe très doué ; il est capable de se faire passer pour n'importe qui. Preuve en est, le débat de ce soir.

— C'est maman, c'est sûr, déclare Brighton. Elle nous reproche même d'être « arrogants », comme la dernière fois qu'on s'est parlé au téléphone et qu'on s'est disputés.

— Mais s'ils sont tous sous le même toit, Ness serait au courant de cette histoire, réplique Prudencia. On ne connaît pas assez Eva, mais je ne pense pas qu'elle tournerait le dos aux Marcheurs aussi brutalement. Même si elle en veut à Iris de lui avoir menti.

— Alors pourquoi raconter que ce sont les exécuteurs qui leur ont sauvé la vie ? je demande. Les Verseurs de sang ne seraient pas de mèche avec Iron, si ?

Qu'est-ce qui les pousserait à former une telle alliance ?

Tout est confus. Mais je vois bien qu'il se trame un truc louche.

— On devrait mener une enquête, dis-je.

Brighton s'esclaffe en applaudissant.

— Tu me prives de sortie depuis que j'ai acquis mes pouvoirs, et maintenant tu proposes de rendre visite à un candidat qui hait les lumimagiciens pour sauver ton autre petit copain ?

— Je n'ai pas de petit copain !

Wyatt s'est tu tout du long, nous laissant argumenter sans intervenir. Mais je sens à présent le poids de son silence. J'ai l'impression d'avoir dit quelque chose de mal. Ce n'est pas mon petit ami, et Ness non plus. Je hais les quiproquos et c'est justement pour cette raison que je ne veux pas me lancer dans une histoire sentimentale, alors qu'on est en pleine guerre.

— Brighton, si tu ne veux pas venir, ça ne me dérange pas. Je retournerai en ville par mes propres moyens. En volant s'il le faut.

— Non, je t'accompagne. Je voulais juste mettre les choses au clair, si jamais on finit dans les Limites : ce n'est pas mon idée.

— Je ne le sens pas, commente Prudencia. Si on se trompe, Iron s'en servira contre nous pour appuyer ses arguments. Il dira que les lumimagiciens se croient au-dessus des lois.

— Si on a vu juste, on sauvera notre mère, Eva, Ness et Sunstar, rétorque Brighton.

Prudencia hoche la tête, mais elle n'a pas l'air à fond. Elle a raison d'avoir des doutes, et je la comprends. Tous ceux qu'on espère sauver sont peut-être déjà morts.

Wyatt lâche un profond soupir.

— Vous supposez donc que l'homme qui pourrait devenir président a kidnappé vos proches et mis en scène un débat télévisé avec son fils métamorphe ?

— C'est exactement ça, j'acquiesce.

— Ce pays est atroce.

— En effet.

— Je m'envolerai avec toi, chéri, annonce Wyatt.

— Merci, dis-je en espérant qu'il ne se sente pas obligé.

On va avoir besoin de renfort. Le sénateur doit bénéficier d'un sacré service de protection rapprochée.

On se prépare en quatrième vitesse, ignorant si Iron a l'intention de rentrer chez lui ce soir, suite au débat de Boston, ou s'il se rend ailleurs. Il faut compter une heure de trajet en voiture pour rejoindre la ville. Or si Iron revient en hélicoptère, on l'a dans l'os. Malheureusement, Nox ne peut pas tous nous transporter. Prudencia s'installe donc au volant pendant que Brighton informe Maribelle des dernières avancées et lui propose de nous accompagner. Je file ajouter quelques larmes de phénix supplémentaires à la potion. C'est franchement dommage. Plus que quelques heures, et l'Étrangleur d'étoile sera prêt. On aurait presque pu l'emporter avec nous pour le tester sur les Verseurs de sang.

Mais on ne peut pas se permettre d'attendre. Ness vient de risquer sa vie pour me faire parvenir ce message.

Je grimpe en voiture avec Prudencia et Brighton. On va profiter du trajet pour élaborer un plan d'attaque. De leur côté, Wyatt, Tala et Maribelle s'envolent en éclaireur sur les phénix. Ça fait un bail que je n'ai pas éprouvé autant d'espoir. Pourvu qu'on ne se fasse pas tous capturer – ou pire – par ma faute, alors qu'on est sur le point d'entrer dans l'histoire.

*

On se retrouve tous à quelques pâtés de maisons de la demeure d'Iron. Les phénix se réfugient près du fleuve, à portée de voix. Brighton a tenté de contacter Iris et Wesley à de nombreuses reprises dans la voiture, mais ils n'ont jamais répondu, même quand on a appelé depuis le portable de Prudencia. Il a donc laissé un message et basta. Nous ne serons que tous les six – dont quatre armés de pouvoirs – contre tous les Verseurs de sang et les gardes du corps qui protègent le domaine. Une fois dans l'enceinte, on se séparera en deux groupes de trois : les Reys de Lumière et Wyatt d'un côté, Maribelle, Prudencia et Tala de l'autre – pour que le pouvoir soit réparti de manière égale entre nos deux unités.

— Aucun mort, je rappelle.

— Aucune promesse, réplique Maribelle en ouvrant la marche.

Le parc du manoir est dissimulé derrière d'épaisses haies. Je jette un coup d'œil à travers le portail et je repère un garde aux cheveux gris foncé qui passe devant une fontaine ; par là, c'est mort. Brighton longe le mur de la propriété à une vitesse étourdissante et on lui court après en se tapissant dans les ombres de la nuit. Il revient pour nous avertir que l'entrée sud n'est pas gardée et on s'y précipite. Prudencia pousse le portail à l'aide de sa télékinésie, ralentissant lorsqu'il se met à grincer. On se glisse à l'intérieur avant que la porte se referme. Le parc est plongé dans le noir. Je redoute qu'on déclenche des capteurs de mouvements ; il y en a souvent chez les gens riches.

Le garde aperçu peu de temps avant surgit à l'angle du manoir et je me fige. Ses yeux flamboient et il lève les mains ; mais Prudencia lui bloque les bras le long des flancs et lui ferme les mâchoires par la force de son esprit. Tout le temps consacré à pratiquer son pouvoir au cottage porte déjà ses fruits. Le garde se débat, s'efforçant d'échapper à l'emprise de la télékinésie, et Brighton lui fond dessus, l'assommant de trois coups de poing.

Maribelle tapote l'épaule de Prudencia.

— Bien joué !

Brighton s'empare des menottes du garde et lui attache les mains dans le dos au cas où il reprendrait connaissance. On le traîne ensuite derrière un buisson au cas où un autre tomberait sur lui et donnerait l'alerte.

Prudencia ouvre la porte avec sa télékinésie. Aucune alarme ne retentit. On pénètre à l'intérieur sans un bruit. D'un commun accord, passé tacitement, on se mure dans le silence. On se retrouve dans une serre emplie de plantes fleuries et meublée de bancs en osier. J'ai peur que le plancher trahisse notre présence. Tala conduit Maribelle et Prudencia à travers un salon. Cette dernière échange un regard inquiet avec Brighton ; je veillerai personnellement à ce qu'ils se retrouvent, sains et saufs.

Je gravis un escalier à pas de loup ; quand une marche menace de craquer, je retire le pied. On passe par-dessus et on se retrouve bientôt au premier étage. Des portraits sont suspendus à un mur à l'extérieur d'un bureau. Brighton jette un coup d'œil à l'intérieur et ressort aussitôt. Si c'est l'une de ces vieilles maisons qui comportent des passages secrets qu'on découvre en poussant un trophée sur une étagère poussiéreuse, on n'est pas sortis de l'auberge. La chambre principale et les deux pièces suivantes sont vides ; il ne reste plus qu'une porte, au bout du couloir.

Je la pousse et me retrouve dans ce qui doit être la chambre de Ness. Les rideaux verts sont tirés ; l'un des murs est couvert de diamants noirs. Visiblement, il est en vie. Cet endroit est habité, comme en témoignent les deux verres vides, les paquets de chips, les vêtements dispersés à travers la pièce. C'est la première fois qu'un garçon que j'aime bien me « ramène chez lui ». Je n'aurais jamais envisagé que ça se déroule comme ça. Qu'il me fournisse des indices lors d'un débat télévisé pour que j'entre par effraction chez lui et vole à sa rescousse. En compagnie de mon frère et d'un autre mec que j'aime bien, qui plus est.

— Il est vivant, je murmure.

— Et pas là, ajoute Brighton.

Je m'approche de son lit. Si Ness et moi on était normaux, on pourrait traîner ici, jouer à des jeux, parler de bouquins, apprendre à se connaître. Peut-être même s'embrasser et dormir dans les bras l'un de l'autre comme j'en ai eu l'occasion avec Wyatt au Sanctuaire.

Sur son oreiller, une biographie de Sunstar. Je n'arrive pas à croire qu'on ait découvert le pot aux roses, et tout ça grâce à un petit indice de rien du tout qu'il m'a adressé à moi durant le débat.

Une sonnerie de téléphone retentit ; Brighton s'empresse d'éteindre son portable en affichant une mine coupable.

— C'est Wesley, chuchote-t-il.

Wyatt lève les yeux au ciel.

— Tu n'as pas pensé à mettre ton portable sur silencieux avant d'entrer par effraction chez un politicien ? Je te le recommanderai vivement à l'avenir.

— La ferme !

— Je peux rejoindre l'autre groupe ou c'est trop tard ? ironise Wyatt.

— Brighton, on rappellera Wesley. Mais pour l'instant…

Des bruits de pas résonnent, et pendant quelques secondes, je me prends à rêver que c'est Ness. Mais lorsqu'on pivote face à la porte, on aperçoit un garde du corps. Ses yeux flamboient et ses poings libèrent des décharges électriques.

CINQUANTE-CINQ
LE NÉANT

Brighton

Le garde du corps passe aussitôt à l'attaque.

En une microseconde, je plaque Wyatt et Emi par terre ; l'éclair projeté percute le bureau derrière nous, qui vole en éclats. Je ne comprendrai jamais ces célestes qui emploient leurs pouvoirs pour protéger un candidat qui les hait. Quelle bande de crétins ! Depuis le sol, je lance une boule de feu sur le garde du corps placé sur le seuil, et je dégage la voie. Il pousse des gémissements de douleur.

J'aide Emil à se lever.

— Restez groupés ; je vais faire le tour du propriétaire.

— Sois prudent, dit Emil.

Je me précipite dans le couloir en piétinant le garde ; je sens son nez se briser sous mon pied, et je poursuis sur ma lancée sans me soucier de ses cris d'agonie, tandis que je gravis à vitesse grand V les marches qui mènent aux combles. La porte est fermée à clé. C'est peut-être là que maman est emprisonnée. D'une boule de feu, je fais sauter la serrure. Personne à l'intérieur. Le grenier est immense. Si j'avais eu la chance de grandir dans une maison pareille, j'en aurais fait ma chambre. Curieusement, l'endroit ne comporte qu'une caméra sur trépied, quelques chaises et un bureau. C'est peut-être le lieu qui a servi de décor à Tueur d'Étoile Argent pour ses interviews.

Je m'approche du bureau dans l'espoir de découvrir des preuves en faveur de la théorie d'Emil, au cas où on ne retrouverait pas nos proches. Une campagne s'est déroulée ici, à en juger par les tracts pro-Iron et Bishop, les déclarations d'impôts et les reçus de meeting. J'ouvre une chemise qui contient les transcriptions de plusieurs vidéos anti-lumimagie qui ont récemment été diffusées à la télé. Je m'apprête à la refermer quand un détail attire mon attention. Sur certaines pages, je remarque des modifications qui apparaissent en rouge.

Ce ne sont pas des transcriptions. Ce sont des scripts.

L'équipe d'Iron a dû faire tourner des vidéos de propagande à Ness.

Pour la première fois, Iron me fait vraiment froid dans le dos. Si tout est vrai, on est face à un homme plus dangereux que Luna et les Verseurs de sang réunis.

Je serre le dossier contre ma poitrine et me retourne. Le garde qu'on avait neutralisé dehors se tient devant moi.

— Ce n'était pas personnel. Ça non plus.

Je charge une boule de feu, mais mon adversaire me devance. Un souffle puissant s'échappe de ses paumes et étouffe mes flammes comme on éteint une bougie d'anniversaire. Je tente de foncer vers l'avant, mais j'ai l'impression de courir à contre-vent en plein ouragan. Je perds l'équilibre, soulevé par son vent jusqu'au plafond du grenier; le dossier m'échappe et s'éparpille au sol. D'une main, il me maintient en l'air, de l'autre il fait mine de presser un objet. Ma respiration devient sifflante et je comprends qu'il est en train de m'asphyxier.

Ça ne peut pas se finir comme ça.

Pas question que je crève de cette manière. Si je dois mourir au combat, ce sera épique, face à un rival de taille. Et pas contre une espèce de version obscure d'Atlas qui m'essore comme une serpillière. Sauf que je manque d'air. Je ne parviens pas à croire qu'un type de rien du tout s'apprête à tuer le Sauveur de l'infini.

Je ne peux plus respirer ; ma température chute rapidement. Impossible de ne pas penser que je vais mourir en suffocant, comme papa. J'ai la tête qui tourne et, léger comme l'air, je tombe. Le manque d'oxygène doit me monter à la tête : les couleurs s'effacent du décor, prennent des teintes sépia, comme sur une vieille photo de classe. Ça y est, c'est la fin. Mais à l'instant où je vais m'écraser sur le plancher, je passe au travers, et me retrouve à nouveau dans la chambre de Ness, où Emil se bat à grand renfort de flammes contre le céleste de tout à l'heure. Le feu m'éblouit. Le sifflement du vent me suit, pendant que je passe à nouveau au travers du sol, bien que Monsieur Personne se tienne toujours dans le grenier. J'atterris alors dans la cuisine – non, je n'atterris pas, je passe au travers des cloisons, et je traverse une dernière fois le plancher avant de m'affaler sur du carrelage. J'aspire une grande goulée d'air.

Mes pouvoirs de fantôme se sont animés au moment où j'allais mourir. Ils m'ont sauvé la vie.

Je possède désormais les trois catégories de pouvoir promises par le sang de la Faucheuse, ce qui fait de moi plus que le Sauveur de l'infini. Je suis le…

— Brighton !

Maman.

Je virevolte et découvre une immense boîte noire protégée par un bouclier magique jaune. C'est une sorte de chambre forte cinq étoiles. Je ne distingue pas maman à travers la porte vitrée, mais elle m'indique sa présence par des cris. J'entends Eva aussi. Elles sont en vie ! Le sénateur va le payer cher. Mais, pour l'instant, il faut que je les secoure.

— Je vais vous sortir de là !

— Il y a un bouton sur le mur ! hurle Eva.

Je repère le clavier, j'appuie sur le bouton d'arrêt d'urgence, et le bouclier s'évanouit.

À l'étage, une explosion retentit, suivie de cris et d'un fracas de verre brisé. Pourvu que mes amis aient pris le dessus pour que j'aie le temps de délivrer maman et Eva. La porte refuse de céder. Ces chambres fortes ont été construites pour résister aux célestes. Mais qu'en est-il des spectres aux pouvoirs de fantôme ?

Personne ne peut m'apprendre à utiliser ces derniers. Je ne peux compter que sur moi-même – et c'est déjà beaucoup. S'il est une personne capable de rentrer dans une pièce impénétrable, c'est bien moi.

Je me concentre sur la panique et la résolution qui ont dû réveiller mon pouvoir, et je m'imagine léger comme l'air. Bientôt, les couleurs s'effacent à nouveau, et les hurlements du vent se déchaînent dans ma tête. Je flippe de chuter à travers les différentes couches de l'écorce terrestre en esquissant mon premier pas vers l'avant. Mais ce n'est pas le pire. Ma progression est pénible et je grelotte de froid. J'ai l'impression d'avancer au milieu d'un océan enragé, et je suffoque comme si je me noyais.

Une fois à l'intérieur, les lumières et les ombres se réajustent, et je m'efforce de reprendre mon souffle, mais ma mère en pleurs me prend dans ses bras et me serre de toutes ses forces. Je ne m'en plains pas.

— Je suis désolé pour tout, maman.

— Moi aussi, mon étoile.

Elle m'examine sous toutes les coutures, et je suis gêné d'avoir l'air sous-alimenté.

— Qui d'autre est avec toi ? demande Eva.

Elle est couverte de bleus.

Les monstres qui leur ont fait du mal vont s'en mordre les doigts. S'il le faut, je les posséderai un à un et les ferai plonger du haut d'un gratte-ciel.

— On est assez nombreux, je les rassure. (Je n'ai pas le temps de leur expliquer pourquoi Iris et Wesley ne nous ont pas accompagnés.) Mon pouvoir est tout nouveau. J'espère que je vais pouvoir l'étendre à nous trois.

Je leur saisis la main ; maman s'accroche à moi comme si elle n'allait plus jamais me lâcher. On avance vers la porte blindée et on se met à la traverser. C'est encore plus dur qu'à l'aller. J'ai l'impression d'être un minuscule bateau lesté de deux ancres. L'effort que ça me demande est tellement intense que je suis à deux doigts de jeter l'éponge quand on parvient enfin de l'autre côté. Je suis le seul à manquer d'air. Maman et Eva ne semblent pas du tout affectées par la traversée.

On gravit les marches ; maman tremble tout du long.

À l'étage, c'est le chaos.

Maribelle affronte un garde dans l'escalier. Elle se propulse sur la rampe en lui assénant un puissant coup de pied qui le fait dégringoler au bas des marches. Tala et Wyatt se battent contre une femme qui ne cesse de se téléporter, les frappant à tour de rôle à chaque nouvelle apparition surprise ; la lutte est étourdissante. Emil refait la décoration du salon, projetant des fléchettes de feu contre le céleste qui nous a surpris dans la chambre de Ness, et esquivant les éclairs qu'il lui envoie en retour. Quant à Prudencia, elle se bagarre contre le garde du corps grisonnant. Suspendue dans les airs entre eux, une horloge à pendule. Elle est sur le point de céder aux vents qu'il souffle sur elle.

— Dirigez-vous vers la sortie ! dis-je à maman et Eva.

— Non, proteste maman en s'accrochant de plus belle à moi. Ne nous laisse pas.

J'invoque mon pouvoir de fantôme et libère ma main de la sienne. Je me précipite vers Prudencia, qui est complètement dominée par le garde du corps. Je le percute si fort qu'il valse dans les airs et passe au travers des fenêtres de la serre. Bien fait ! Il aurait mieux fait de rester sagement à l'abri dans les buissons après qu'on l'a menotté. Prudencia relâche brutalement son emprise sur la pendule, qui s'écrase au sol. Divertie par le tintamarre, la céleste aux pouvoirs de téléportation détourne un instant son attention du combat ; Maribelle en profite pour lui décocher une fléchette de feu qui la met K-O.

— Prue ! Fais sortir ma mère !

Sans attendre, je m'élance en direction d'Emil et j'effectue un dérapage contrôlé devant le garde, qui passe de nouveau à l'attaque. J'attrape Emil en priant pour que mon pouvoir ne me fasse pas faux bond maintenant. L'éclair nous traverse et va se ficher dans la cheminée, provoquant une explosion. Pendant qu'Emil se remet de sa surprise, je projette une boule de feu dans la poitrine du céleste, qui s'avachit dans les débris de l'horloge.

— J'ai libéré maman et Eva. On se tire !

On appelle tous les autres à nous suivre à l'extérieur. On passe en courant devant une statue et on parvient au portail, que Prudencia a ouvert à l'aide de sa télékinésie. Les Chevaliers sifflent leurs phénix et Emil se jette dans les bras de maman ; je leur accorde quelques secondes avant de les presser pour qu'ils bougent ; car au loin retentissent déjà des sirènes. On se précipite jusqu'à la voiture et on démarre à fond. Emil et moi, on s'est assis à l'arrière avec maman, qui nous enlace tous les deux. Ensemble, on pleure à chaudes larmes.

On a réussi ! Les Reys de Lumière, les Rois de l'infini – surtout moi –, on a sauvé notre famille.

CINQUANTE-SIX

CHANGEMENT DE SCRIPT

Ness

Le manoir est sens dessus dessous. Je réprime un sourire, tandis qu'on procède à l'état des lieux.

La demeure qui appartient à ma famille depuis plusieurs générations a été saccagée. Les gardes qui étaient chargés de surveiller la propriété se sont pris une vilaine déculottée. Jax et Zenon leur passent un savon dans la serre en ruine. Roslyn est dehors. Elle s'adresse à la police et aux journalistes, les retenant à l'extérieur le temps que Luna, Dion et June aillent se planquer dans le grenier. On ne sait jamais.

Le sénateur est blanc comme un linge. On dirait qu'il a vu un fantôme. Depuis qu'on l'a informé que ses prisonniers avaient fui, libérés par les Rois de l'infini, Maribelle, Prudencia et un couple de Chevaliers auréolés, il n'a pas desserré les poings. Carolina et Eva vont tout révéler.

Si seulement j'avais été là pour accueillir Emil. Mais je me réjouis déjà de l'avoir conduit jusqu'à sa mère. C'est une grande victoire pour moi ce soir. J'ai l'impression d'avoir récupéré une partie de mon âme.

Bishop enjambe la télé cassée et pose sa main sur l'épaule du sénateur.

— On va les attraper, Edward. Ils vont tous finir au trou.

— Je sais.

Le sénateur pénètre en trombe dans la serre et on lui emboîte le pas. J'arbore encore le visage du garde du corps blanc que j'ai incarné à notre arrivée à l'université. Le sénateur est réputé pour son charme ; mais ce soir, il ne se donne pas la peine de dissimuler son mépris absolu face aux quatre hommes qui l'ont déçu.

— Je vous ai confié ma demeure. Je vous ai soutenus bien que mes partisans m'aient mis en garde contre les célestes et leur tendance à la trahison.

Il ne prend pas la peine de reconnaître la loyauté sans faille de Jax et Zenon.

— Désolé, monsieur, dit un garde aux cheveux argentés.

— Vos excuses ne sauveront pas ma réputation. Il va falloir tourner cette histoire en ma faveur. Les Américains n'auront aucun mal à avaler qu'à la suite du débat de ce soir, où je me suis montré beaucoup plus convaincant que ma rivale céleste, les Marcheurs du Ciel ont tenté de m'assassiner. Ma cote de popularité a explosé après l'assassinat de mon épouse et de mon fils. Quand le peuple apprendra cette nouvelle, il m'apportera un soutien sans précédent. Les électeurs songeront que j'ai dû taper dans le mille pour qu'on veuille me supprimer. (Le sénateur tourne en rond autour des gardes.) La mort est une affaire politique, même lorsqu'elle n'a pas de sens.

Il claque des doigts.

Les yeux de Jax flamboient et il brise le cou des quatre gardes avec sa télékinésie.

Ils tombent tous raides ; je détourne le regard avant que leur visage me hante. J'essaie de me convaincre que toutes les personnes au service du sénateur sont mauvaises, et que la vie de Carolina et d'Eva valait plus que la leur. Mais je suis trop conscient que même les gens bien se retrouvent mêlés aux mauvaises situations.

— Brûlez les corps, ordonne le sénateur. On imputera leur mort aux Rois de l'infini.

Je suis sûr que Brighton a déjà brûlé des personnes vives pour les punir de s'être désabonnées de son compte Instagram, mais Emil n'est pas un meurtrier. Je ne l'imagine même pas tuer quelqu'un par légitime défense.

— Reprends ton visage, me commande le sénateur.

Le halo gris me balaie à mon grand soulagement ; je suis épuisé par les changements d'apparence de ce soir et par le fait d'avoir dû conserver plusieurs heures le visage de Sunstar.

— Comme par hasard, on entre par effraction chez moi le soir où je te laisse enfin apparaître en public. Ce n'est pas une simple coïncidence, Eduardo.

— J'ai fait ce que tu m'as demandé.

— Pas totalement. Tu as improvisé à la fin.

— Avec ton histoire de papillons, commente Bishop.

— De lucioles, rectifie le sénateur en se plaçant juste devant moi. C'était un message codé pour tes alliés ?

Je hausse les épaules.

— Ou bien les Marcheurs du Ciel rêvaient de passer à l'attaque depuis que tu m'as fait jouer le rôle de leur guérisseuse et de la mère d'Emil et Brighton. Tu pensais vraiment t'en tirer à bon compte ? Tu crois réellement que personne n'a remarqué que Sunstar se comportait bizarrement ce soir et qu'elle a disparu depuis ?

— Je pense que ce pays est peuplé de moutons crédules, réplique le sénateur. Voilà ce que je crois.

Si seulement ses électeurs pouvaient entendre la manière dont il parle d'eux.

— Edward, appelle Luna au premier étage. J'aimerais vous toucher un mot.

— Je suis occupé.

— À quoi bon interroger votre fils ? La réponse, vous la connaissez déjà, réplique Luna. Plutôt que de perdre votre temps, vous feriez mieux de le punir pour son crime et de tester sa loyauté. Une fois pour toutes.

Ça y est.

Luna va parler des existences antérieures d'Emil au Sénateur.

En sauvant la vie de sa mère, j'ai gâché la sienne.

CINQUANTE-SEPT
SPECTRAL

Brighton

Les Chevaliers auréolés ne nous ont pas accueillis à bras ouverts à notre retour au Sanctuaire.

Ils ont suivi l'actualité et sont au courant qu'on s'est introduits par effraction chez Iron. Ils savent que les exécuteurs nous recherchent activement. D'accord, je l'admets, on est de plus en plus sous le feu des projecteurs depuis que je suis devenu le Sauveur de l'infini. Je ne veux pas non plus que les autorités débarquent sur ce territoire sacré. En plus, maman mérite d'avoir la paix après tout ce qu'elle a enduré. Si le danger se présente, on le gérera.

Wyatt et Tala se mettent d'accord pour partager le premier tour de garde.

Les cuisines sont fermées, et je m'y faufile en douce, au risque de me faire engueuler. Maman et Eva ont besoin d'un repas consistant. Pendant deux semaines, elles se sont nourries de soda, de soupe et de crackers. Je prépare une bonne plâtrée de farfalles aux brocolis arrosées de jus de citron tout en consultant mes comptes sur les réseaux. J'ai reçu une tonne de commentaires de célestes qui veulent se désabonner de moi et me traitent de traître à la cause. On me reproche de me croire au-dessus des lois, et d'avoir utilisé mes pouvoirs pour attaquer un membre du gouvernement dans son propre foyer. Tueur d'Étoile Argent ne nous qualifie pas de héros mais de menace publique, comme s'il avait la moindre idée des abus que ma mère a subis sur les plans physique et psychologique. Si jamais j'apprends qu'il était au courant, je ne donne pas cher de sa peau. Les politiciens célestes condamnent également nos actes sans connaître les tenants et les aboutissants de l'histoire. Ces derniers temps, les gens ont tendance à retourner facilement leur veste, je trouve.

Bientôt, la vérité éclatera au grand jour.

J'apporte le repas dans le réfectoire. Eva et Maribelle s'entretiennent en attendant que Wesley et Iris, qu'on a appelés sur le chemin du retour, nous rejoignent. Emil escorte maman juste à temps, après avoir monté la garde devant la salle de bains, le temps qu'elle se douche. Elle désirait à la fois qu'on lui accorde un peu d'intimité et qu'on la protège, deux vœux qu'Emil a exaucés. Pendant ce temps, Prudencia s'occupe de la potion, qui sera prête dans la nuit.

Eva somnole à table ; elle est trop faible pour finir son assiette. Maman nous raconte comment Ness s'est fait avoir. Comment on l'a poussé à leur soutirer des anecdotes personnelles sans qu'il s'en rende compte, dans la perspective d'une interview avec Tueur d'Étoile Argent. Elle confirme ensuite nos doutes : Iron et Luna sont de mèche. Le sénateur est en cheville avec les Verseurs de sang. C'est écœurant ! Iron ne reculera devant rien pour remporter ces élections. Je me demande comment ses partisans réagiront quand ils apprendront que les gardes du corps du sénateur ont molesté deux femmes, dont une pacifiste. Je parie que ça ne leur fera ni chaud ni froid.

— EVA !

Tout le monde se retourne.

Iris s'élance à travers le réfectoire comme si elle se prenait pour Wesley, qui suit, accompagné de Ruth, Esther et Tala. Eva est tellement affaiblie qu'elle trébuche en voulant la rejoindre. Iris la recueille dans ses bras et la serre de toutes ses forces. Je m'attendais à des retrouvailles poignantes, mais celles-ci se font en silence.

C'est une sorte de réunion de famille pour les Marcheurs du Ciel. Ce que je constate, moi, c'est que notre armée s'agrandit.

*

Tout le monde se rassemble dans le labo du Sanctuaire. Ça me rappelle quand on s'est réunis pour la première fois avec les Marcheurs du Ciel dans une sorte de salle des potions, à Nova. À la différence près que, aujourd'hui, nous ne sommes plus des invités. Nous sommes aux commandes. Le temps qu'on détaille tout ce qui s'est passé depuis notre arrivée ici, il est quasiment deux heures du matin.

— Ouah ! Le voyage dans le temps, répète Wesley. C'est pas juste. On vous a accueillis dans notre maison secrète, et on a loupé tous les moments les plus cool !

— Sans oublier qu'ils t'ont volé ta voiture, ajoute Iris, le bras sur l'épaule d'Eva.

— Les règles ne s'appliquent pas aux voyageurs du temps.

— Faux, rétorque Emil en remuant la potion de ses petits bras maigrichons.

La texture s'épaissit peu à peu. Comment est-ce qu'on est censé avaler ce truc ? On dirait de la pâte à gâteau. Ça va l'épuiser de rétrocycler encore pour vérifier la recette et comprendre ce qui a cafouillé.

Maman réprime un bâillement. Elle refuse d'aller se coucher. On lui a trop manqué.

Maribelle consulte mon ordinateur, un écouteur à l'oreille.

— Iron va bientôt s'exprimer.

— Oh ! Il compte s'excuser pour les kidnappings et les mensonges ? ironise Wesley.

— Je vous remercie tous d'avoir sauvé Eva et Carolina, intervient Iris. J'aurais préféré que ça se fasse plus discrètement, mais le mal est fait. Qu'est-ce que vous avez prévu de faire pour calmer le jeu ?

— Je vais me servir des réseaux – les chaînes que tu détestes tant, dis-je. (Je ne peux pas m'empêcher d'être un peu mesquin à présent que les rôles ont changé. Maribelle esquisse un sourire.) Mon compte a pris de l'ampleur. J'ai gagné beaucoup d'abonnés. On va demander à maman et Eva de raconter leur histoire.

— Mais tu n'as aucune preuve, proteste Iris.

— Ses partisans se fichent des preuves.

Iris lâche un cri de dédain.

— Tant que ça les arrange eux. Mais ils ne vont pas te faire de cadeaux. Je suis vraiment surprise que tu n'aies pas filmé la mission de sauvetage pour tes followers.

Prudencia me prend la main.

— Et je suis très fière de lui. Notre plan n'était pas parfait, mais on a fait de notre mieux. On n'était même pas certains que les otages se trouvent là.

Je me tourne vers Prudencia ; maman lui sourit aussi. Elle a toujours deviné qu'il y avait un truc entre nous, et je suis heureux qu'elle soit présente et qu'elle puisse maintenant assister à la naissance de notre idylle.

— Ça ne veut pas dire qu'on n'assumera pas les retombées de nos actes, ajoute Prudencia. Brighton a raison ; cette interview est une excellente idée. On pourra en profiter pour présenter l'Étrangleur d'étoile.

— Je croyais que ça devait rester secret, dis-je.

— Emil et toi, vous passez pour une menace supplémentaire car vous êtes des spectres. Vous n'êtes pas censés avoir ces pouvoirs. Alors si on peut prouver au public que vous allez les neutraliser, ça témoignera de votre bonne volonté, explique Prudencia.

J'ai envie de lâcher sa main, mais je ne bouge pas.

— Oh ! C'est bien ! s'exclame maman. Débarrassez-vous de ces pouvoirs. Ceux de fantôme, surtout. Ils sont contre-nature.

Wesley ouvre des yeux grands comme des soucoupes.

— Tu as des pouvoirs flippants de fantôme aussi ? Il faut qu'on lance une discussion de groupe !

— Je suis passé à travers le sol et les murs ce soir, dis-je.

— La classe, répond Wesley.

— Mais ces pouvoirs sont démoniaques, s'insurge maman.

Je sens qu'une coalition se forme contre moi.

— Les pouvoirs n'ont pas de bon ou mauvais côté en soi. Ce soir, j'ai sauvé tout le monde grâce à mon feu de phénix, *et* à ma vitesse éclair, *et* à ma faculté de traverser les corps solides. Tout ce que je désire, c'est faire le bien et marquer le monde. Je poursuis l'œuvre que j'ai commencée avec mes webséries.

— Et si tu te perds ? s'inquiète Emil. June ne parle pas.

— Je suis bavard comme une pie, frangin. Et j'apprécie pas trop qu'on me compare à une meurtrière, alors que je suis un sauveur !

— On veut seulement éviter que tu meures, réplique calmement Prudencia. Orton avait les mêmes pouvoirs que les tiens, et il est parti en flammes !

— Au-delà de ça, on ne possède aucune statistique sur les spectres hybrides. Le sang de la Faucheuse est préparé à partir d'essences pures, dis-je. Il est censé surpasser tous les autres élixirs.

— Cette potion a été concoctée pour Luna, rétorque Emil. Les fantômes de ses parents t'habitent maintenant. Il y aura peut-être des répercussions.

Pas question de leur avouer à quel point le pouvoir de fantôme me perturbe et me pèse quand il s'active ; ils s'en serviraient contre moi. Lancer des boules de feu et courir à une vitesse folle s'avère parfois épuisant ; mais ça ne me coupe pas le souffle, comme quand je pénètre dans la zone spectrale. De toute façon, il me reste beaucoup à explorer. June ne semble pas éprouver de douleur physique… Ce serait cool que je n'en aie pas non plus durant le combat.

— Je suis toujours moi, dis-je. En version améliorée.

— Pouce ! s'exclame Maribelle. Iron va prendre la parole d'une minute à l'autre.

Je réunis Emil, Prudencia, maman et Maribelle devant mon ordinateur, pendant que Wesley et Iris chargent le direct sur leur téléphone.

Voyons voir comment Iron arrange ses crimes à sa sauce.

CINQUANTE-HUIT
LE DISCOURS

Ness

J'attends qu'on décide de mon sort dans la chambre forte. Le bouclier magique bourdonne. Jax l'a activé après m'avoir enfermé dans cette cage, ce qui est ridicule. Comme si j'allais me transformer en insecte et m'échapper par un trou minuscule. Aucun lumimagicien ne peut franchir cette barrière. C'est justement tout l'intérêt du dispositif.

Ça fait quasiment une heure que Luna et le sénateur s'entretiennent en privé ; ils me préparent sûrement un châtiment exemplaire. Qu'est-ce qui peut être pire que de m'obliger à incarner Sunstar pour ruiner ses chances d'être élue ? Tout ce qui a trait à Emil et pourrait lui faire du mal. Ils seraient ravis que je prenne l'apparence d'Emil et qu'on me filme en train de me défouler sur la caméra. Plutôt mourir.

Je me prépare à cette éventualité.

Des bruits de pas résonnent dans l'escalier et je me redresse d'un bond du canapé où je m'étais avachi. À travers le hublot j'aperçois le sénateur et Bishop, qui ouvrent la marche, suivis de Jax et Zenon, puis de Luna, flanquée de Dione et June.

Le sénateur est beaucoup moins apprêté que d'habitude. Il a ôté ses lunettes et sa veste, desserré sa cravate, déboutonné le col de sa chemise, et retroussé ses manches, comme s'il avait bricolé, ce qui n'arrive jamais. Il désactive le bouclier magique et ouvre la porte.

— C'est une soirée mémorable. J'ai eu l'occasion de croiser des pouvoirs dangereux au cours de mon existence, mais rien d'aussi terrifiant que la résurrection.

— Les morts devraient le rester, commente Bishop en me toisant.

— C'est que vous n'avez jamais perdu un proche, rétorque Luna.

Le sénateur lève la main pour leur intimer le silence.

— La résurrection présente une menace redoutable. Il faut informer le peuple américain du danger qui nous guette, à l'approche des élections. De nombreux journalistes sont postés à l'extérieur du manoir à attendre qu'on commente l'intrusion de ce soir. Tu vas avoir le grand honneur de délivrer la nouvelle, Eduardo.

— Mais ils me croient mort.

— C'est pourquoi tu vas te faire passer pour moi, annonce-t-il en sortant une feuille pliée de sa poche.

Je sors de la chambre forte et la prends.

— C'est une très mauvaise idée. Le public n'est même pas au courant que la résurrection est possible. Vous feriez mieux de ne pas l'ébruiter.

Le sénateur pénètre dans la chambre forte.

— Cesse de faire passer tes hormones avant ton pays, Eduardo. C'est embarrassant pour moi en tant que père et homme politique. Je ne permettrai pas qu'on soit encore plus vulnérables face à ceux qui nous dominent déjà par leurs pouvoirs. Tu voudrais que nos soldats partent en guerre contre des ennemis susceptibles de renaître sur le champ de bataille ? Notre pays doit se positionner contre ceux qui encouragent ce déséquilibre. Ça inclut les Marcheurs du Ciel, les Verseurs de sang, et tous les alchimistes capables de bâtir cette armée ennemie.

Il adresse un signe de la tête à son équipe, et tout se passe très vite.

Bishop pousse Luna dans la chambre forte ; elle tombe à plat ventre par terre. Il claque la porte derrière elle. Zenon s'empresse alors de rétablir le bouclier magique, et June, qui s'est précipitée à la rescousse de Luna, percute le champ invisible de plein fouet. Elle est projetée en arrière et traverse le mur. Dione fond sur le sénateur, armée de deux bras supplémentaires, mais Jax lui brise les jambes avec sa télékinésie. Dans sa chute, on entend distinctement le craquement de ses os. J'hésite à m'enfuir, cependant les cris de Dione me tiennent lieu d'avertissement.

Les yeux de Zenon brillent.

— June revient à la charge.

— De quel côté ?

Le buste de June s'élève du sol et elle saisit Dione avant de disparaître avec elle dans le béton comme dans des sables mouvants.

— Elles se téléportent, annonce Zenon. Je vais rester sur le qui-vive.

— Nous avons déjà attrapé le gros poisson, commente Bishop.

Le sénateur, suivi de ses sbires, me pousse dans les escaliers. Pendant ce temps, Luna hurle mon prénom, comme si je pouvais, comme si j'allais l'aider.

— Cette alliance est terminée, déclare-t-il. Je t'accorde une dernière chance. À toi de voir si la nôtre tient toujours.

— Je t'emmerde. Va faire ton discours tout seul.

— Tes amis sont entrés par effraction chez moi. Rien ne me dit qu'ils ne vont pas chercher à m'assassiner.

Inutile de lui demander s'il est prêt à risquer ma vie pour sauver la sienne. Il a déjà tenté de me faire assassiner par le passé.

— La presse attend, s'impatiente le sénateur. Tu as intérêt à lire ce que j'ai écrit, mot pour mot.

— Ou alors ?

— Tu n'as pas fait tout ça pour mourir maintenant, n'est-ce pas ?

Comment le considérer comme mon père quand il me menace de la sorte ?

Halo gris.

Je prends l'apparence du sénateur une fois de plus, m'adaptant à son style débraillé du jour. Cravate desserrée et manches retroussées. Il m'examine. Connaît-il son visage aussi bien qu'il le pense ? Moi je le connais par cœur. À l'époque où j'étais Verseur de sang, il y avait des soirs où j'étais à cran chaque fois que j'apercevais quelqu'un qui lui ressemblait de loin. Son visage m'a hanté, et je le porte à présent, m'apprêtant à mentir pour lui comme je l'ai fait toute ma vie.

— Ce pouvoir est remarquable, s'extasie le sénateur. Ne me déçois pas.

— Je ne sais pas si c'est possible, dis-je en sortant, suivi de près par Bishop.

Je passe devant la statue de grand-père. Si seulement ç'avait été un homme meilleur, et pas cette espèce de connard plein de haine à l'égard des lumimagiciens qui a élevé son fils à son image. Les flashs des caméras nous accueillent au portail. La dernière fois que les journalistes ont afflué au manoir, c'était après le Blackout, quand le sénateur pleurait ma disparition. Ils sont de retour aujourd'hui pour qu'on leur serve un nouveau mensonge.

Roslyn demande aux reporters et aux photographes de se taire.

J'entame le discours, une page entière couverte de l'écriture du sénateur. Intéressant… Il trouve le temps de rédiger ces mensonges, alors qu'il n'a jamais pris la peine de m'écrire plus d'une phrase sur une carte de vœux pour mon anniversaire, et encore.

En silence, je parcours le papier en diagonale.

Il débute par un bref hommage adressé aux gardes du corps assassinés par Emil et Brighton.

Mensonge.

Il se poursuit ainsi :

Les Marcheurs du Ciel cherchent à le tuer.

Mensonge.

La résurrection est possible chez les hommes grâce au sang de phénix.

Vrai.

Il a capturé Luna Marnette.

Vrai (bien qu'il omette une grande partie de la vérité).

Les groupes de justiciers s'unissent pour devenir invincibles.

Mensonge.

Emil Rey est la récente incarnation de Keon Maximo et de Bautista de Leon.

Vrai.

Le sénateur est le véritable héros dont ce pays a besoin.

Mensonge.

Je lève la tête et contemple mon audience. Mes yeux sont emplis de larmes sincères. Je sais ce qu'il me reste à faire. Il faut stopper le sénateur, coûte que coûte. C'est flippant à quelle vitesse il s'est adapté aux événements de ce soir. Il a pondu ce tissu de mensonges avant même d'avoir capturé Luna. Depuis notre retour, il a eu le temps d'élaborer tout ce scénario pour sauver les apparences.

Mon cœur bat à tout rompre. Je déchire le script.

— On vous ment ! Le Blackout a été orchestré par…

Un sortilège retentit dans les airs.

Des cris s'élèvent de la foule, mais je ne vois pas où se réfugient les gens. Je suis à terre ; le sang s'écoule d'un trou dans mon ventre, et un halo gris me balaie pour montrer au monde mon vrai visage.

Une dernière fois.

CINQUANTE-NEUF

FUREUR

Emil

On a tiré sur le sénateur Iron en direct.

Je suis sous le choc. Ma mère me presse la main. Ce type a beau être une ordure, ce n'est pas comme ça que justice se fait. Brighton et Prudencia fixent l'écran d'un air hébété, tandis que la confusion s'empare de la foule, devant la propriété du sénateur – dont on s'est échappés il y a quelques heures à peine. Même Maribelle la sanguinaire détourne les yeux.

— Ça sent pas bon, commente Wesley.

Ruth s'écarte pour ne plus voir la vidéo qui passe en streaming sur son téléphone.

Le caméraman continue à filmer Iron au sol, alors que d'autres s'enfuient. Une lumière inonde soudain le corps inerte, et je crois d'abord qu'il s'agit qu'une lampe orientée sur lui, mais cette lueur grise, je la connais.

— NESS !

Le vrai Iron franchit le portail en boitant ; il affiche un œil au beurre noir. Est-ce que Ness s'est battu contre lui ? Iron s'effondre en larmes en appelant à l'aide, penché sur le corps de son fils, les mains pressées sur sa blessure.

— QUEL MENTEUR !

Les équipes de journalistes leur tournent autour comme si c'était plus important de couvrir l'histoire de Ness, le fils soi-disant mort qui est en vie et qui se faisait passer pour son père, plutôt que d'aller chercher les secours. Quelqu'un a tenté de le tuer, et ces vautours ne sont même pas capables de lui accorder un semblant de dignité !

Je parie que c'est Iron qui est derrière tout ça. Il punit Ness pour m'avoir aidé.

Il l'a puni.

Je recule, et Prudencia me retient, m'empêchant de renverser par mégarde le chaudron d'Étrangleur d'étoile.

Je bouillonne de rage. Ness méritait un père meilleur, une personne aimante qu'on ne pourrait soupçonner d'avoir commandité cette tentative d'assassinat. Des flammes grises et dorées jaillissent tout autour de moi comme si je pouvais protéger Ness. Je risque de foutre le feu au labo du Sanctuaire. Tout le monde m'enjoint de respirer à fond, mais je ne réussis pas à me contrôler.

Brighton brave mon feu et enroule ses bras autour de moi ; il m'entraîne vers le mur à une vitesse étourdissante. Au lieu de percuter la cloison, on la traverse et on se retrouve dans le jardin.

— Vas-y, lâche-toi, me hurle Brighton en s'accroupissant de douleur.

Je mets quelques secondes à comprendre ses paroles.

Je cède alors à ma fureur et hurle dans la nuit, projetant une série de boules de feu vers les étoiles. On croirait qu'une pluie de météores s'abat sur le fleuve. J'ai perturbé quelques phénix durant leur sommeil ; certains se sont même envolés. Épuisé, je m'écroule à genoux. Brighton m'enlace et me dit de respirer encore et encore, jusqu'à ce que je finisse par l'écouter. Je sanglote, blotti contre mon frère, maudissant cette existence qui me force une fois de plus à pleurer la mort de Ness.

SOIXANTE

DÉMASQUÉ

Ness

D'abord il y a les ténèbres, puis une odeur d'eau salée suivie d'une douleur inouïe.

Je me demande un instant si on m'a volé un organe, avant de me rappeler ce qui s'est passé devant le manoir. J'ai encaissé plein de sortilèges quand j'étais avec les Verseurs de sang. La plupart m'ont projeté à travers une pièce ; au pire, ils m'ont assommé. Celui-ci m'a transpercé. J'ai bien cru que j'allais me vider de mon sang.

J'essaie de toucher ma blessure, mais j'ai les bras attachés.

J'ouvre les yeux et la lumière m'éblouit même si elle n'est pas très vive. Je suis sanglé à une civière. On m'amène à la clinique. Je tourne la tête et j'aperçois le sénateur, qui me regarde. Il a un œil au beurre noir et la lèvre fendue. Au-dessus de sa tête, des gilets de sauvetage. Je ne suis pas en route pour l'hôpital. Je suis de retour sur le bateau où on s'était retrouvés.

La destination, je la devine.

— Tu as voulu me ridiculiser, commente le sénateur. Heureusement que Jax est un tireur d'élite.

— Il ne m'a pas tué, dis-je, la gorge à vif.

— Tu ne m'aurais servi à rien mort. Pas cette fois. Le pays m'a déjà vu en deuil. Aujourd'hui, il fallait qu'il me voie te condamner, toi, mon fils ressuscité. Ça prouve ma force et ma détermination à protéger la population des célestes et des spectres. Je suis resté dans la course, grâce à mon amie ici présente… (Le sénateur tourne mon brancard et je distingue Luna, menottée dans un coin, les yeux fermés.) Évidemment, je lui ai coupé l'herbe sous le pied, avant qu'elle ne retourne sa veste et me vole ma victoire.

— Vous parlez trop, réplique Luna avec un soupir d'ennui.

— Profitez de la situation tant que vous en avez encore l'occasion. Cela vous manquera quand vous serez en isolement.

C'est la première fois que Luna me semble si abattue. Elle n'a vraiment plus aucune carte à jouer ? June va-t-elle se matérialiser d'une seconde à l'autre et disparaître en emmenant sa cheffe ? Peut-être que Luna aura pitié de moi et m'emmènera avec elles. Je suis vraiment pieds et poings liés maintenant. Ce sera à Emil et aux Marcheurs du Ciel de révéler les crimes du sénateur. Ils devront se montrer plus rusés que lui.

— Tu te rappelles quand tu étais petit et que tu voulais absolument que je devienne président pour pouvoir vivre à la Maison-Blanche ? Tu devrais être fier de toi. Il m'a fallu t'encourager un peu et te menacer, mais c'est grâce à toi que j'en suis là !

— Ne va pas si vite en besogne. Tu peux encore perdre. Surtout que je ne vais plus mentir pour toi.

Le sénateur ricane cruellement.

— Tu crois que cette élection n'est pas dans la poche ? Aux yeux du pays, j'ai battu Sunstar la suprémaciste lors d'un débat, j'ai arrêté l'alchimiste responsable de nombreux actes de terrorisme, et j'ai condamné mon fils à la prison à perpétuité pour protéger la population. Et si ça ne suffit pas, tout n'est pas perdu.

L'impossible se produit alors.

Ses yeux flamboient comme une éclipse, et son hématome à l'œil et son entaille à la lèvre s'illuminent, avant de se résorber sans laisser la moindre cicatrice. C'était de la poudre aux yeux. Il n'a jamais été blessé. Ahuri, je cligne des yeux pour m'assurer que je ne rêve pas. Alors les pièces du puzzle s'assemblent. Le sénateur et Luna s'étaient absentés la nuit du Fantôme voilé. À son retour, il était malade…

— Je ne comprends pas. L'alchimie du sang, ça n'est pas bon pour les personnes de ton âge.

— Peut-être quand on a affaire à un alchimiste novice. Mais j'ai collaboré avec la meilleure qui soit. Luna m'a prévenu des dangers. Toutefois, quand j'ai compris la valeur de tes pouvoirs, j'ai su que j'en aurais encore besoin après ta trahison, qui était inévitable. Après tout, autant s'en remettre à la personne en qui j'ai le plus confiance pour faire le sale travail. Moi.

Cet homme est absolument diabolique.

Il m'a usé jusqu'à la moelle, mais s'il peut dorénavant tout faire sans l'aide de personne, il aura une longue carrière devant lui. Il fera passer ses opposants pour des monstres en prenant leur apparence. C'est la meilleure manière d'apparaître comme un saint.

— J'aurais dû vous empoisonner, crache Luna.

— J'ai cru que c'était le cas, après avoir bu le sang de cette créature répugnante. Eduardo, tu aurais dû voir cet atroce métamorphe. On aurait dit un coyote avec des ailes couvertes d'écailles de poisson.

Personne ne connaît la véritable apparence des métamorphes ; ils adoptent tous des formes différentes. La plupart se mélangent aux autres animaux et créatures pour qu'on ne les repère pas. Le métamorphe blessé dont je tiens mes pouvoirs ressemblait à un petit éléphant rouge avec des pattes de lièvre et une queue de lion. J'ai pleuré en le voyant mourir, alors que le sénateur était dégoûté par celui qui l'a rendu puissant.

Je fixe Luna.

— C'est l'un des pires crimes que tu aies commis et c'est ce qui restera dans les annales.

— Et des crimes, elle en a beaucoup à son actif, ajoute le sénateur. Mais ne te discrédite pas, fiston. Tu as également ta part de responsabilité.

Un voile gris le balaie et il rapetisse de quelques centimètres ; ses cheveux s'allongent et se teintent en noir avec une mèche argentée sur le front. Sa peau fonce légèrement et sa poitrine se développe. Son visage se lisse, arborant une beauté naturelle, avec ses yeux marron et ses pommettes hautes.

— Je suis fière de toi, dit-il en adoptant la voix de ma mère.

Il salit sa mémoire.

— ARRÊTE !

Je tire de toutes mes forces sur les sangles qui me retiennent.

Le sénateur part d'un éclat de rire qui imite celui de ma mère. Une bosse apparaît alors sur son nez et ses mâchoires s'élargissent. Les traits de son propre visage refont surface. Un halo gris l'enveloppe à nouveau.

— Je ne maîtrise pas encore tout, mais ça viendra bientôt.

La porte de la cabine s'ouvre.

— On arrive, Edward, annonce Bishop.

— Terminus, déclare le sénateur. J'ai hâte d'entrer dans mes fonctions et d'enchaîner de nombreux mandats. Ça me tranquillise de savoir que si je ne suis pas réélu, je pourrai toujours prendre l'apparence du prochain président pour poursuivre mon œuvre et protéger ce pays contre ceux qui abusent de leur pouvoir. (Le sénateur lâche un profond soupir teinté de fierté.) Tu m'imagineras à la Maison-Blanche, quand tu seras dans ton cachot. Si tu survis assez longtemps.

Le sénateur a dupé le monde entier avant d'avoir des pouvoirs. Maintenant qu'il en a, il le détruira en tant que président.

SOIXANTE ET UN

CALOMNIÉS

Brighton

Je me bats pour qu'Emil ait un peu d'intimité.

Maman voudrait qu'il pleure dans ses bras, Wyatt aimerait le serrer contre lui, et Prudencia souhaiterait juste lui tenir compagnie, mais il a demandé à être seul, un point c'est tout. En revanche, on a disposé des chaises dans le couloir pour pouvoir se précipiter à son chevet s'il change d'avis.

Tout le monde est crevé. Avant d'aller se coucher dans la chambre de Maribelle, Eva a généreusement cicatrisé les brûlures causées par le feu d'Emil. Il n'y a pas assez de chambres disponibles, et Wesley et Ruth se joignent à elle, ainsi qu'Iris. Sa présence ne dérange pas Maribelle. J'aimerais bien que maman aille s'allonger dans le lit d'Emil, dans notre chambre, mais elle s'entête à rester avec nous.

— Il devait vraiment beaucoup tenir à lui, murmure Wyatt.

Franchement, je n'ai pas compris ce qu'il trouvait à Ness. Ce dernier n'avait pas l'air très fan de moi, lui non plus. Mais il a fait beaucoup pour mon frère.

— Ils se sont liés d'amitié, dis-je.

— Il tenait beaucoup à Emil lui aussi, intervient maman, les paupières closes. Il m'a dit que la présence d'Emil le réchauffait.

Wyatt rive les yeux au sol.

Dès qu'Emil se sentira prêt à parler, je serai là pour lui. J'imagine qu'il va mettre immédiatement un terme à sa relation avec Wyatt, quelle qu'elle soit. Je connais mon frère, il doit se sentir très coupable de s'être lancé dans une romance avec Wyatt, alors que Ness était en vie, qu'il pensait toujours à lui. Et qu'il liait connaissance avec notre mère.

Je suis sur mon téléphone, à préparer les interviews que je filmerai demain matin. Je retourne ensuite sur *BuzzFeed*, qui couvre la découverte de Ness pour connaître les dernières informations. Prudencia se rapproche de moi quand j'appuie sur le bouton *Play* de la vidéo. Debout sur un quai, le sénateur Iron s'adresse aux reporters.

— Merci pour votre patience. La soirée a été très éprouvante pour moi, déclare le sénateur en ajustant sa veste. À la suite du Blackout, je me suis réveillé plein de fois, la nuit, oubliant qu'Eduardo était mort. Je n'aurais jamais soupçonné qu'il était encore en vie, corrompu par les Verseurs de sang, puis par les Marcheurs du Ciel. On l'a manipulé, et ses pouvoirs sont devenus sa priorité, au détriment de tout le reste – pays, famille, justice. Pour me punir d'avoir dominé haut la main le débat contre la représentante Sunstar, il a tenté de saborder ma campagne en usant de ses pouvoirs de métamorphe. (Il effleure son œil au beurre noir en grimaçant.) Je l'avoue, si cette affaire n'était pas d'ordre public, j'enverrais mon fils en cure de désintoxication pour le sauver de cette noirceur. Toutefois, ma loyauté n'est pas destinée qu'à ma famille. Elle s'adresse également au peuple américain. Mon fils n'est pas au-dessus des lois ; il a été transféré dans les Limites avec la terroriste Luna Marnette, qui est responsable du déclin de mon fils. J'ai failli à la mémoire de ma défunte épouse, mais j'espère que ce geste déchirant prouvera mon engagement et ma détermination à débarrasser notre pays de la suprématie des lumimagiciens.

Iron ne répond à aucune question. Il se glisse dans une voiture noire qui démarre sans attendre.

Je m'élance aussitôt dans la bibliothèque avec Prudencia. Emil lève la tête dans un mouvement de panique.

— Il est en vie, il est en vie ! dit-on à l'unisson.

— Quoi ?

Emil sèche ses larmes.

Maman et Wyatt nous rejoignent et nous lui repassons l'allocution d'Iron.

Emil pleure de plus belle.

— Il est transféré dans les Limites ? C'est encore pire.

— Pas forcément, dis-je. (Tous me regardent comme si j'avais perdu la tête.) Ce ne serait pas notre première entrée par effraction de la nuit.

— Il ne s'agit pas de la résidence d'un homme politique en banlieue, fait remarquer Prudencia. On parle d'une prison fédérale située sur une île.

— Et c'est peut-être notre dernière chance de sauver Ness, dit Emil. Il n'aura jamais droit à un procès en bonne et due forme.

Personne ne le contredit.

— Quoi qu'on fasse, on passera pour les grands méchants, enchéris-je. Le pays tout entier va nous calomnier. Mais nous, nous savons que nous sommes les véritables héros. Alors, allons rectifier la situation !

SOIXANTE-DEUX
STRATÉGIE

Maribelle

— Je suis vraiment la seule à trouver que c'est une mauvaise idée ? s'inquiète Iris.

— Oui, je lui confirme.

Nous sommes tous réunis dans le couloir, devant ma chambre d'invitée, où Esther dort sous la surveillance d'un clone de Ruth. S'introduire dans les Limites, ce n'est pas une mince affaire. La décision pèse sur toutes les épaules. Je ne suis pas sûre qu'ils aient l'énergie de se lancer dans une telle aventure à une heure si tardive.

— Je peux y entrer et en ressortir grâce à mes pouvoirs de fantôme, propose Brighton. Je passerai à travers les murs.

— C'est quand même illégal, réplique Iris.

— De toute façon, tu t'en fiches des autres. Tu les laisserais tous crever plutôt que de voler à leur secours. À moins que ça te rapporte quelque chose, rétorque Brighton. C'est exactement comme quand les Verseurs de sang m'ont capturé, que Stanton me torturait et m'humiliait. Tu ne voulais pas bouger le petit doigt.

— C'était pas seulement Iris qui était contre, proteste Wesley. Je partageais son avis, et aujourd'hui aussi. On représente le visage des célestes dans ce pays. De quoi on aura l'air si on débarque de force dans les Limites pour sauver un type que tout le monde prend pour un terroriste ?

— Mais on sait que c'est faux, s'insurge Emil. Ness pourrait exposer au grand jour tous les crimes de son père.

— La vérité n'a aucune importance ! s'emporte Iris. Je sais que c'est dur à entendre, mais c'est la réalité du monde dans lequel on vit !

— Qu'est-ce que tu proposes alors ? je demande.

— Luna est derrière les barreaux, c'est déjà ça. Mais Iron continue à nous faire porter le chapeau pour le Blackout et il se sert de Ness pour déverser des mensonges à grande échelle depuis des semaines. Il faut qu'on ajuste notre objectif : retrouver Sunstar et la sauver afin qu'elle reconstruise notre pays pour le bien de nos familles.

Wesley, Ruth, et Eva ont l'air du même avis. Sauver Sunstar, c'est important. Mais Iris n'a pas toutes les cartes en main. Elle ignore l'histoire de ma famille dans les détails.

— Justice n'a pas été faite, je rétorque. Quand j'ai rétrocyclé, j'ai découvert que Luna était ma grand-mère. Enfin, peut-être que tu connaissais ce secret aussi et que tu me l'avais caché.

Iris affiche une expression stupéfaite, yeux voilés et bouche bée. C'est sans doute une menteuse, mais ce n'est pas une bonne comédienne en général.

— Cette criminelle a fait de nous des orphelins, Iris. Tala a perdu ses parents aussi. Il faut qu'on s'assure que Luna est bien en prison, et que ce n'est pas encore une embrouille d'Iron qui chercherait à se faire passer pour un héros.

— Et si c'est vrai ? demande Iris.

— Alors on se débarrasse de Luna une bonne fois pour toutes.

Iris fourre les mains dans les poches de sa veste en velours, qui lui vient de son père et dans laquelle elle a toujours flotté.

— Désolée, dit-elle, penaude. Ça doit être atroce d'être liée par le sang à ce monstre qui a détruit notre vie. Je ne peux même pas imaginer. On est de ton côté, et on se serre les coudes parce que, même si tu me rends dingue, tu fais partie de ma famille, de notre famille à tous. Mais prends de la hauteur, Maribelle. Tuer Luna ne t'apportera pas la paix.

Non seulement j'ai assisté au meurtre de ma mère biologique par Luna, mais j'ai senti la lame transpercer le cou de Sera. Le Blackout m'a enlevé mes parents à jamais. Quand j'ai enfin éprouvé un peu de réconfort dans les bras d'Atlas, on me l'a arraché lui aussi. J'ai l'impression que mon cœur s'est pétrifié. Or la seule manière de le raviver, c'est de neutraliser la source de toutes mes souffrances.

Je fuis le regard d'Iris.

— On ferait mieux d'y aller. Qui me suit ?

— L'équipe de l'infini ! s'exclame Brighton, entouré d'Emil et de Prudencia.

Tala, qui patrouillait dehors, est déjà sur le qui-vive, arbalète en main. On va sans doute devoir se battre pour décider laquelle de nous deux aura le privilège de tuer Luna.

— Si on ne se fait pas arrêter, je fêterai ça par un bon bouquin et un bain chaud à notre retour, répond Wyatt, partant comme toujours.

— Je ne peux pas laisser Esther, regrette Ruth, la main sur le cœur. (Elle est adorable. Elle ne devrait pas culpabiliser.) Désolée. Carolina, vous êtes la bienvenue si vous voulez passer la soirée avec nous. Je vous protégerai mieux que la dernière fois s'il y a du grabuge.

Carolina lui répond par un sourire reconnaissant mais fatigué.

— Merci.

— Je reste aussi, annonce Wesley. Maribelle, je n'aime pas jouer cette carte, mais… les parents d'Atlas sont toujours en prison parce qu'ils se sont servis de leurs pouvoirs pour violer la loi. Il ne voudrait pas que tu finisses aussi au cachot.

Je refuse qu'on se serve de la mémoire d'Atlas pour me dissuader d'agir, et de toute façon, je n'ai pas l'intention de me faire capturer.

— Je ne vous serai d'aucune utilité, déplore Eva. Je vais rester également.

Iris lui prend la main.

— Moi aussi. Je viens à peine de te retrouver. Ce n'est pas pour me jeter maintenant dans la gueule du loup. (Elle s'adresse à Emil et Brighton.) Je ne peux pas vous retenir, mais je vous promets de veiller sur votre mère au péril de ma vie, si jamais les exécuteurs se pointent.

— Merci, répond Emil.

— Allons-y, conclut Brighton.

Tala nous escorte jusqu'à un placard qui contient les équipements de combat. Personne n'est autorisé à revêtir l'armure officielle des Chevaliers auréolés. Il me reste encore mon gilet pare-pouvoirs, mais Emil, Brighton et Prudencia enfilent des gilets gris. Tala remplit un sac de grenades-gemmes, ce qui rend Wyatt nerveux : introduire des armes dans une prison pleine de dangereux criminels n'a jamais été une bonne idée. En même temps, entrer par effraction dans une prison, c'est aussi une mauvaise idée. Emil et Brighton prennent le temps de dire au revoir à Carolina, lui promettant de veiller l'un sur l'autre.

Tout le monde se réunit pour les adieux. Ça me rend folle que ceux qui ont des pouvoirs refusent de nous aider. Je monte sur Roxana derrière Tala et elle nous emporte au-dessus des montagnes, tandis que Wyatt et Emil nous suivent de près, sur Nox. Quant à Prudencia et Brighton, ils effectuent le trajet en voiture.

Sous les étoiles, je recharge mes batteries et me sens puissante. Cependant, les astres ne me serviront pas dans les Limites. Les cellules souterraines de la prison affaibliront mes pouvoirs. Cela dit, il me faudra juste assez de force pour projeter des fléchettes de feu sur Luna – une pour chaque personne qu'elle m'a enlevée.

SOIXANTE-TROIS
CACHOT

Ness

Les yeux bandés, je suis escorté à travers l'île jusque dans les Limites. Je perçois seulement les cris stridents du phénix céruléen qui tournoie au-dessus des tours, les hurlements du vent, et Bishop qui fournit des consignes aux gardes. Il leur ordonne de placer Luna en cellule d'isolement et moi dans un cachot avec une surveillance minimale. Ils ne m'ont pas forcé à enfiler des gants neutralisants. J'en conclus que je ne suis pas vraiment une menace, en fin de compte.

Je vais mourir dans ce trou en connaissant la vérité – et en sachant qu'ils la connaissent aussi.

Le vent cesse, remplacé par le fracas métallique des portes, qui s'ouvrent et se referment. À l'intérieur, ça empeste la sueur, la chair roussie et le vomi.

Au bout du troisième escalier, je perds mes repères. Ce n'est pas comme si j'avais une chance de m'échapper. Je n'ai pas réussi à m'enfuir de la maison familiale. Je ne sortirai jamais de ce labyrinthe. Savoir se résigner possède sa propre puissance.

Les détenus crient et rugissent, tandis qu'on me conduit à travers les couloirs. Ils voient quelqu'un de jeune, mais ils n'imaginent pas le pouvoir que je détiens. Je pourrai sans doute en tirer profit pendant un jour ou deux. On ouvre la porte d'une cellule et on dénoue les sangles qui me retiennent au brancard. Quand je retire mon bandeau, la porte est fermée. Je m'assieds en grognant de douleur. Mon box se réduit à un lit, une chiotte, et une empreinte de main dessinée au sang sur le mur. J'ai une dizaine de voisins dans l'allée et Bishop m'observe depuis le couloir comme un animal en cage.

— Tu pensais un jour revenir ici dans ces circonstances ?

— Je n'ai pas envie de faire la causette. La punition est suffisante.

— Tu es sur mon territoire, Eduardo. Et je te fais une fleur. Je ne veux pas que tu sois surpris quand ta porte s'ouvrira soudain au cours de la prochaine heure. (J'ai la naïveté de croire un instant que Bishop cherche à m'aider.) Ces cellules sont parfois surpeuplées, et quand cela arrive, mes gardiens déverrouillent les cachots. C'est la loi du plus fort. Je ne peux malheureusement pas me trouver sur les lieux quand cela se produit. Mais j'ai hâte de connaître les résultats du nouveau jeu que j'ai mis en place pour plus de divertissement : la chasse au métamorphe.

C'est pour cette raison qu'on m'a bandé les yeux.

C'est pour cette raison qu'on n'a pas neutralisé mon pouvoir.

C'est pour cette raison qu'on ne se donne pas la peine de me mettre dans une cellule personnalisée.

Je suis sur le point de livrer l'ultime bataille de ma vie.

SOIXANTE-QUATRE
INSOUMIS

Emil

Debout sur le quai, j'observe les Limites, de l'autre côté du fleuve.

Ce soir, on est entrés par effraction chez Iron, et on s'apprête maintenant à s'introduire dans une prison de haute sécurité. J'ai l'impression que l'esprit rebelle de Bautista m'habite. Mais je ne peux pas me concentrer que sur le positif ; je dois me demander si le caractère corrompu de Keon va bientôt me gagner aussi. Je ne sais pas ce qui a poussé ce dernier à créer les spectres, hormis la théorie de la soif du pouvoir ; peut-être que son cœur lui enjoignait de transgresser la loi lui aussi.

Brighton et Prudencia sont arrivés il y a quelques minutes ; ils sont en train de choisir quel bateau de location « emprunter » pour la traversée ; à croire qu'on essaie de battre le record du nombre de crimes perpétrés en une seule nuit. Si seulement Brighton pouvait voler et Prudencia s'en remettre à ses pouvoirs pour la transporter sur l'autre rive ! Pendant ce temps-là, Maribelle et Tala élaborent une stratégie pour vaincre le *nageur céleste* qui garde la prison. Nox et Roxana barbotent dans l'eau à la recherche de poissons.

Wyatt s'approche bientôt.

— La soirée est devenue un chouïa trop mouvementée, hein ?

— Désolé. Je parie que tu regrettes d'avoir empêché Tala de nous massacrer tous.

— Tu es stupide de penser que je regrette de t'avoir rencontré, chéri. Pour être tout à fait honnête…

— Tu es toujours honnête.

— … j'espère que nous avons encore du temps devant nous pour apprendre à nous connaître. Les choses sont un peu compliquées, je comprends, et je t'accorderai l'espace qu'il te faut. Mais j'adore quand tu t'accroches à moi dans le ciel et lorsque je peux te serrer dans mes bras la nuit. Ce serait vraiment dommage que ça s'arrête là.

C'est injuste de sa part de me confronter maintenant à ce sujet sachant que Ness est de l'autre côté du fleuve, mais je ne peux pas faire comme si ça ne me touchait pas. Wyatt est beau, sûr de lui (limite imbu de sa personne), dévoué à la cause des phénix, et il a de l'ambition pour moi, il m'imagine déjà Chevalier auréolé. Moi aussi j'aime bien me serrer contre lui quand on vole dans le ciel, écouter le vent siffler à nos oreilles, me sentir connecté à lui… et avec lui, je dors tellement mieux.

Seulement, je ne peux rien lui promettre tant que j'ignore encore qui je suis.

— Hé ! On vous attend !

Brighton s'est installé avec Prudencia dans un bateau hydrojet à quatre places.

On se réunit et on passe en revue le plan d'attaque, une fois à l'intérieur des Limites. On se séparera en trois groupes de deux : Brighton et Prudencia d'un côté, Maribelle et Tala de l'autre, et enfin Wyatt et moi – pour couvrir plus de terrain. Chaque équipe possède un spectre phénix, et avec un peu de chance, notre feu suffira à faire fondre la porte de la cellule de Ness. Nos portables ne passeront sans doute pas en sous-sol, donc si on entend de l'agitation, on est censés utiliser les sifflets que les Chevaliers auréolés emploient pour entraîner les phénix, et foncer tête baissée vers le danger, pour s'assurer qu'aucun de nous ne se fait capturer au cours de la mission.

— Si vous apercevez Stanton, alertez-moi, précise Tala. Je vais décapiter ce serpent pour venger ma mère.

— C'est macabre, commente Wyatt.

— Et c'est bien noté, réplique Brighton.

— On s'accorde combien de temps à l'intérieur ? demande Prudencia.

— Le temps de trouver Ness, dis-je.

— Disons une heure, calcule Maribelle.

— Il y a quatre tours à fouiller de fond en comble.

— Frangin, je vais faire le plus vite possible, mais si ça traîne trop, il faudra peut-être déclarer forfait, avertit Brighton.

— Alors je resterai.

— Et tu forceras tout le monde à rester parce que c'est grâce à moi qu'on entre et qu'on sort de cet endroit, et que je refuse de partir sans toi.

Brighton me dévisage, et je comprends qu'il ne plaisante pas.

Je suis libre de me sacrifier, mais je ne peux pas contraindre les autres à faire de même.

J'accepte les conditions tout en me demandant comment je pourrai me regarder ensuite dans un miroir si je ne sauve pas celui qui passe son temps à risquer sa vie pour moi.

SOIXANTE-CINQ
CRACHE !

Maribelle

Des éclairs fendent le ciel et une pluie torrentielle s'abat sur le fleuve, tandis que Roxana nous emporte, Tala et moi, en direction des Limites. À l'aide de sa télékinésie, Prudencia éloigne le hors-bord de l'orage engendré par le phénix ; pendant ce temps, Emil et Wyatt se fondent dans la nuit sur le dos de Nox. Tout se passe comme sur des roulettes, comme papa avait l'habitude de dire, jusqu'à ce qu'un oiseau jaillisse de l'eau, se propulsant à la verticale dans le ciel de ses ailes massives.

— Pitié, ne nous attaque pas, s'écrie Tala qui prie pour que les phénix ne se battent pas entre eux.

Le *nageur céleste* nous fonce dessus à une vitesse folle. Ses ailes s'embrasent de flammes céruléennes et l'oiseau projette le feu dans notre direction avec la puissance d'une tempête. Tala change brutalement de cap pour esquiver l'assaut, et je m'agrippe de toutes mes forces aux puissantes plumes juvéniles de Roxana pour ne pas chuter. Le *nageur céleste* plonge vers le hors-bord et, à l'instant où il va entrer en collision avec le bateau, Nox surgit de nulle part, flamboyant. Effrayé, le *nageur céleste* se réfugie sous l'eau.

Je fouille le fleuve du regard à la recherche de son ombre, mais il fait trop noir. L'oiseau reparaît subitement derrière nous et nous charge.

— Tala, si tu ne l'attaques pas maintenant...

L'impact est si puissant qu'on bascule toutes les deux du dos de Roxana. Mes flammes jaune foncé me permettent de ralentir ma descente et de planer, mais Tala tombe dans le fleuve. Wyatt plonge pour la secourir. Le *nageur céleste* assaille Roxana avec ses griffes, lui arrachant des cris épouvantables.

J'envoie des fléchettes de feu au *nageur céleste* et l'atteins dans le dos. Le phénix virevolte et me pourchasse. Terrifiée, je fuis à travers les airs ; je jette un coup d'œil par-dessus mon épaule et m'aperçois que le *nageur céleste* me rattrape. Mon pouvoir n'est pas assez fort pour vaincre le phénix. Je ralentis d'un coup en plein vol, attends que mon adversaire m'ait dépassée, et rejoins Roxana le plus vite possible.

Elle gémit de douleur et je me pose sur son dos sans savoir comment l'apaiser, mais j'ai besoin d'elle.

Les Chevaliers auréolés ont juré de ne pas faire de mal aux phénix, quels qu'ils soient, quitte à risquer leur vie.

Je ne suis pas un Chevalier auréolé.

Je hurle le mot d'ordre que Tala a employé à notre première rencontre.

— CRACHE !

Roxana ouvre le bec et libère de puissants éclairs qui frappent le *nageur céleste* à plusieurs reprises. Avant de s'écraser dans le fleuve, l'oiseau explose dans un feu d'artifice bleu. Un nuage de cendres épaissit l'air, tandis qu'un amas de plumes vient flotter à la surface de l'eau.

Mon corps palpite, secoué par les éclairs de Roxana. Je la conduis en direction de l'île, où j'atterris quelques instants avant les autres. D'un saut, Tala descend de Nox en claquant des dents. Elle vient aussitôt examiner les entailles sur le ventre de Roxana.

— J'ai été obligée de tuer le phénix, dis-je.

— Merci de m'avoir sauvé la vie, réplique Tala en guidant Roxana vers la rive.

Elle la fait s'allonger pour que les vagues nettoient ses plaies et la rafraîchissent.

— Cet oiseau ressuscitera dans combien de temps? demande Brighton.

— Les *nageurs célestes* ont besoin d'une heure ou deux, répond Wyatt.

— Tout dépend de son âge, ajoute Emil.

— Dans ce cas, on ferait mieux de ne pas traîner, déclare Brighton en avançant sur la plage.

Tala pose un baiser entre les yeux de Roxana.

— Je vais revenir te chercher.

J'admire sa force, pendant qu'elle s'élance en courant vers les Limites, arbalète en main.

Peut-être qu'on abattra Luna ensemble ce soir.

SOIXANTE-SIX
LES LIMITES

Brighton

Que le spectacle commence !

On se dirige vers les Limites en avançant dans l'ombre. Maribelle sent un danger imminent, derrière un arbre, et elle saisit le bras d'Emil avant qu'il ne tombe dans un piège où se love un basilic orange vif, autour d'une pique. Prudencia recouvre la fosse d'un rocher qu'elle déplace à l'aide de sa télékinésie.

Quatre tours se dressent devant nous, et nous voilà au pied de la première.

Je les prépare à traverser la façade, leur promettant qu'ils ne sentiront rien.

Ils ont de la chance.

Je me mets en mode fantôme ; l'oxygène se raréfie dans mes poumons et ma température corporelle chute. Je passe la tête au travers de l'épais mur en pierre. Le couloir m'apparaît en noir et blanc comme aux rayons X, à cause de mon pouvoir. Je fais passer tout le monde le plus vite possible, à commencer par Emil, Maribelle, et Prudencia pour qu'ils puissent me défendre si des gardes se pointent entre-temps. Quand vient le tour de Tala, j'ai l'impression que les vaisseaux sanguins vont péter dans mes globes oculaires, et lorsque j'en arrive finalement à Wyatt, j'ai le sentiment que je vais tomber dans les pommes et qu'on va rester emmurés tous les deux pour toujours.

Emil m'agrippe par le poignet et me tire vers lui.

— Ça va ?

J'ai le souffle court.

— Ça faisait un peu beaucoup, je halète, tandis que le monde reprend des couleurs. Mais j'ai réussi. On est entrés.

Prudencia me frotte le dos ; sa caresse m'ancre dans mon corps.

— Allez-y. On n'a pas beaucoup de temps.

Maribelle et Tala s'élancent dans un couloir, éclairées par le feu du phénix.

— Sois prudent, Brighton, dit Emil en brandissant le poing.

— Reste en vie, frangin.

On se fait un check en sifflant.

Aucun de nous deux n'aurait un jour imaginé que ce geste d'enfance nous suivrait dans une prison.

— Je veillerai sur lui, dit Prudencia en serrant Emil dans ses bras. Allez ! Filez.

Emil et Wyatt partent dans la direction opposée, et Emil nous jette un dernier coup d'œil avant de tourner à l'angle du couloir, comme si c'était peut-être la dernière fois qu'on se voyait. Il oublie un détail : nous sommes les Rois de l'infini. Rien ne pourra nous arrêter.

— C'est un cauchemar au sens propre, commente Prudencia.

Son regard navigue d'un couloir à l'autre comme si elle craignait que quelqu'un surgisse de la pénombre à tout instant.

— C'est encore plus lugubre que dans les documentaires.

Je lui saisis la main pour lui remonter le moral. Il faut qu'on soit forts. On dévale un escalier sinueux menant à un sous-sol qui pue les chiottes bouchées et la transpiration. On se couvre le nez avec un bandeau et on longe prudemment un couloir en direction d'un bourdonnement sonore. Derrière un mur, une grille électrique qui entoure la cellule d'un prisonnier endormi. Prudencia me pousse à continuer.

— T'es pressée ? Ça pourrait être Ness sous une autre apparence.

— On n'a pas le temps d'interroger chaque détenu, réplique Prudencia.

— Tu diras ça à Emil quand on repartira sans Ness.

— Ness n'a plus aucune raison de cacher son vrai visage. Tout le monde sait qu'il est en vie. Où l'auraient-ils enfermé ? à l'isolement ? dans une cellule personnalisée ?

— Son pouvoir n'est pas assez dangereux pour ça, dis-je.

Ces cellules sur mesure sont pensées pour des lumimagiciens puissants comme moi. Si je devais concevoir une chambre pour un individu qui aurait bu du sang de la Faucheuse, je commencerais par les chaînes pour empêcher le prévenu de fondre sur les gardes par surprise ; je placerais le spectre dans un bassin d'eau pour étouffer le feu du phénix, et l'entourerais d'un bouclier magique pour l'empêcher de traverser les murs, le plafond ou le sol. Et pourtant, je parie que je réussirais quand même à trouver une issue.

On poursuit l'exploration des lieux, passant devant des cellules contenant des prisonniers lambda qui se mettent à crier en nous apercevant. On veille à marcher bien au milieu des allées, hors de portée des mains qui se tendent à travers les barreaux ; si jamais il y en a un qui s'avise de toucher Prudencia, je lui fourrerai une boule de feu dans le gosier. Je scrute chaque visage, sans succès. Aucun signe de Ness.

— Je parie que certains de ces détenus auraient des anecdotes très intéressantes à raconter dans ma série *Les Céleste de New York*.

— Je vais me désabonner de toi, rétorque Prudencia.

— Ohé ! je faisais juste la remarque…

Au plafond, les ampoules se mettent soudain à clignoter rouge et toutes les portes s'ouvrent automatiquement.

Les prisonniers ont été lâchés.

SOIXANTE-SEPT

CHASSE À L'HOMME

Ness

Mon cœur bat à tout rompre. Lorsque les portes s'ouvrent, les autres prisonniers sortent de leur cellule d'un air méfiant. J'ignore quels pouvoirs ils détiennent, mais s'ils étaient mortels, ils seraient enfermés dans une zone de haute sécurité, et pas dans ces box standards. Ça ne veut pas dire qu'ils ne sont pas dangereux.

À moins qu'ils n'aient été emprisonnés à tort, eux aussi.

Les enceintes grésillent dans un coin.

— Votre attention ! Avant que vous ne vous jetiez les uns sur les autres, vous devez savoir une chose, déclare une voix qui ne m'est pas familière. Ceux d'entre vous qui n'ont été incarcérés que vers la fin du mois de janvier se rappelleront que le fils du sénateur faisait partie des six cents victimes du Blackout. Sauf que c'était faux. Eduardo Iron se trouve dans l'enceinte de la prison. Il est devenu un spectre, a rejoint les rangs des Verseurs de sang, et sera jugé pour cambriolages, effractions, vente de produits illicites, agression à main armée, usurpation d'identité et terrorisme.

Autrement dit, je resterai là à perpétuité. À condition qu'on me laisse la vie sauve.

Je ravale mes larmes. Cet endroit est rongé par la corruption.

— Eduardo a le pourvoir de se métamorphoser, poursuit l'annonce. Il peut prendre l'apparence de n'importe qui – celle d'un inconnu, celle de votre camarade de cellule… la vôtre. Si vous voulez relever un défi tout en vous défoulant, tendez bien l'oreille : celui qui attrapera le métamorphe avant l'aube sera récompensé par une demi-heure sur le toit au lever du jour.

Je ne doute pas de l'attrait de ce prix. Un grand bol d'air frais pour échapper à l'enfer de cette prison, rien qu'un bref instant ? C'est aussi tentant que si on leur avait proposé un câlin d'un être cher.

La lumière rouge cesse de clignoter.

— Bonne chasse ! déclare l'inconnu.

Les cris et les acclamations résonnent dans le sous-sol, se répercutant à travers les couloirs.

Un chauve arborant le tatouage d'une hydre à trois têtes sur son avant-bras s'entretient avec un autre détenu en me toisant. Un détail me distingue de la masse : je ne porte pas l'uniforme citron vert. Je m'élance dans l'allée et ils me crient après.

Ma blessure me brûle et je réprime la douleur ; un halo gris m'enveloppe en pleine course, je revêts l'uniforme carcéral et m'accorde un nouveau visage avant de me mêler à la foule de célestes qui se battent à mort.

De nombreux prisonniers vont mourir ce soir par ma faute.

SOIXANTE-HUIT

FLAMMES DE LUCIOLE

Emil

— Quelle idée de jouer à cache-cache avec le métamorphe ! murmure Wyatt, tandis qu'on se planque dans les escaliers.

— En plus, il ne sait même pas qu'on le cherche, dis-je.

Et moi qui trouvais cet endroit monstrueux ! Comme si ce n'était pas déjà l'enfer, les gardes lâchent à présent les détenus sur Ness. Je suis plus que jamais terrifié d'être ici, pourtant je n'ai aucun regret. Ness croit sans doute être seul au monde, mais il peut compter sur moi. Je ne vais pas l'abandonner.

— Peut-être qu'il serait temps qu'on se réunisse ? suggère Wyatt en tripotant son sifflet.

— Non, les autres risqueraient de prendre ça pour le signal de repli.

— Ce qui ne serait pas une mauvaise idée.

— Je ne partirai pas sans Ness, dis-je en vrillant mes yeux sur les siens.

Ness m'a secouru à plusieurs reprises, alors qu'il me connaissait à peine. Je lui dois bien ça.

— Évidemment, réplique Wyatt, qui a conscience des risques qu'il encourt pour une cause en laquelle il ne croit pas. Qu'est-ce que tu proposes de faire pour le retrouver ? Tu veux qu'on hurle son prénom ?

— Non, mais tu chauffes. Ce n'est pas nous qui allons le chercher. C'est lui qui va venir à nous.

— Et comment s'y prend-on ?

Je conjure deux boules de feu grises et dorées, espérant que mes flammes attireront Ness.

SOIXANTE-NEUF

ISOLEMENT

Maribelle

Depuis l'annonce, Tala et moi ne pouvons plus passer inaperçues. Partout dans la prison, on nous remarque. Ma fléchette de feu se fiche dans la poitrine d'une femme qui tente de me filer une décharge électrique. Tala rebondit contre un mur et assomme un prisonnier de la crosse de son arbalète. Elle décoche un carreau, touchant à l'épaule un autre détenu qui la charge. Il s'écroule de douleur. Je survole la dizaine de corps qui s'empilent dans le passage et on poursuit la traque. Luna ne nous échappera pas.

Nous avons descendu une bonne centaine de marches depuis le début. C'est à croire que les cellules d'isolement se situent au cœur de la Terre. Il y a toutes les chances du monde qu'on se fasse capturer par les gardes et qu'on finisse ensevelies dans l'un de ces cachots aussi, mais la mémoire de mon alliance avec Tala me donnera le sentiment d'être moins seule. Le chagrin peut isoler, or Tala et moi avons été réunies par notre soif de vengeance. Venger la mort de nos parents, coûte que coûte. Ce même désir qui nous a éloignées, Iris et moi.

Luna ne s'est peut-être pas sali les mains, mais c'est à cause des monstres qu'elle a créés que nous avons perdu nos proches. On massacrera ces aberrations de la nature dans un second temps.

On parvient au dernier sous-sol. J'éclaire notre chemin, le long d'une sorte de grotte ténébreuse. Une femme cogne contre une porte en hurlant ; une fois à sa hauteur, je m'aperçois qu'elle n'est pas enfermée mais à l'extérieur. Tala arme son arbalète, mais je l'empêche de tirer dans le noir.

— C'est ta faute ! crie la femme en larmes. Tu as promis que je deviendrai une Verseuse de sang !

— Luna, dis-je.

La jeune femme se retourne. Des flammes blanches dansent sur son bras. Son visage m'est familier.

Nom d'une étoile ! C'est le spectre qu'on pourchassait avec Atlas pendant la nuit du Rêveur couronné. Atlas avait entendu dire qu'un spectre s'en prenait à sa propre famille, et on s'était précipités sur place. On l'avait poursuivie pendant plusieurs pâtés d'immeubles avant de la confronter. Elle était puissante, et il m'avait fallu employer une grenade-gemme pour la vaincre. C'est également le soir où on a fait la connaissance de Brighton et Emil, quelques jours avant que les pouvoirs de ce dernier se manifestent ; certains diraient que c'est le destin qui nous a mis en travers de leur route.

On pourrait dire la même chose de cette femme, arrêtée après qu'Atlas et moi on s'est envolés.

— Tu te souviens de moi ? je demande.

— Tu as le feu maintenant, constate-t-elle.

— Apparemment, je l'ai toujours eu. C'est Luna qui est dans cette cellule ?

Elle hoche la tête.

— Elle m'a donné des pouvoirs et m'a juré qu'elle prendrait soin de moi, mais quand on m'a enfermée, elle a disparu.

— Je m'en fous complètement, dis-je. Luna est à nous. (La femme tend les paumes dans un geste menaçant, comme pour libérer son feu.) Réfléchis une seconde. On est à deux contre une, et ça fait tellement longtemps que tu es enterrée ici, loin des astres, que ton pouvoir est affaibli. Quant à moi, j'ai gagné en puissance et perdu en patience. À toi de voir.

Le regard de la femme navigue de la porte à nous, pesant le pour et le contre.

Les flammes blanches s'éteignent et elle s'éloigne dans l'obscurité.

Tala se rue vers la cellule, impatiente de régler son compte à Luna. Elle lâche une grenade-gemme et fait sauter la porte. À l'intérieur du cachot, Luna est appuyée contre un mur.

Ma grand-mère nous contemple avec effroi, comme les faucheuses que nous sommes.

SOIXANTE-DIX
CHASSE AU MÉTAMORPHE

Ness

Je prends l'apparence des morts pour rester en vie.

Un homme s'est fait propulser de manière télékinétique contre un mur avec une telle violence que son cou s'est brisé tout net. J'ai revêtu son visage bouffi et ses cheveux blancs, et d'un pas boitillant, je suis passé devant un trio qui me pourchassait. J'ai trouvé un autre cadavre par terre, étranglé par ses propres bras élastiques, enroulés autour de sa gorge comme un serpent. Je me suis imaginé son visage moins rouge et j'ai pris son apparence pour gravir les marches sans me faire repérer. Ça fait dix minutes que je me trimballe sous les traits d'un homme aux sourcils très fournis et au visage en forme de goutte d'eau – en tout cas avant qu'une femme blessée aux mains électriques ne le défigure totalement.

Aucun déguisement ne dure très longtemps dans les Limites. Quand je ne cours pas le risque de tomber sur quelqu'un qui connaît la personne que j'incarne, j'attire les regards méfiants car je suis méconnaissable. Maintenir l'apparence d'un individu que j'ai aperçu deux secondes à peine, c'est un véritable défi. Et l'exercice devient de plus en plus pénible et stressant, tandis que je change sans cesse de visage pour échapper aux détenus déchaînés.

Je me faufile dans une petite pièce stérile au carrelage blanc. Elle donne sur quatre box octogonaux en plexiglass. C'est là qu'on enferme les nouveaux prisonniers le temps de cerner leurs pouvoirs et de leur créer une cellule sur mesure. À l'époque où j'ai visité les lieux, je me rappelle la présence de gardes qui surveillaient les célestes à l'aide de tablettes capables de modifier leurs conditions de détention, si jamais ils ne se tenaient pas à carreau. Les box sont vides à présent. Je me demande si les nouvelles recrues ont également été lâchées pour se joindre à la chasse.

Je m'accorde un bref répit.

Un halo gris m'enveloppe et je redeviens moi-même.

Je ne devrais pas être serein, pourtant, c'est un véritable soulagement. L'usage de mes pouvoirs m'épuise.

Je saisis une tablette de contrôle et je scrolle les paramètres. Ajustements de température variant de moins cinquante degrés Celsius à plus de cent cinquante. Décharges électriques comprises entre cent et trois cents volts. Décompression. Projection de gaz toxiques. Aucun lumimagicien ne survivrait à de pareilles tortures.

Le système carcéral a toujours été corrompu. Si les procédures en place dans les Limites sont aussi barbares, c'est parce que les architectes et les gardes ne considèrent pas les célestes et les spectres comme des êtres humains. Les partisans du sénateur s'en fichent, d'autant plus que Bishop déforme la réalité en faisant croire aux citoyens que ces pratiques garantissent leur sécurité.

Si Sunstar est hors course, peut-être que quelqu'un d'autre mettra fin à ces actes de cruauté.

Je ne compte pas trop dessus.

Derrière moi, la porte s'ouvre, et je reprends l'aspect de l'homme au visage en goutte d'eau. Deux femmes entrent alors. Elles sont trop occupées à se battre pour me remarquer.

L'une d'elles souffle de la glace sur les poings de l'autre avant de les éclater contre un mur. Je m'éclipse à ce moment-là. Le cri d'agonie de la victime me poursuit dans le couloir, et si je vis assez longtemps pour ça, son visage me hantera jusque dans mes cauchemars.

Je gravis les marches quatre à quatre et surgis au milieu d'une autre scène de chaos.

Je ne cesse de me métamorphoser.

À l'angle d'un couloir, je percute un individu. Pourvu qu'il ne croie pas que je cherche la bagarre. Il pivote face à moi et mon cœur s'emballe.

Stanton.

Ses veines vert foncé ressortent plus que de coutume sur sa peau livide. Je ne l'ai jamais vu aussi faible – maigre, couvert de bleus, le visage et les bras entaillés. Il me renverse au sol et me toise de ses yeux jaunes haineux. Il ne perçoit qu'un rouquin avec une cicatrice au cou, et je prie pour que ça en reste là.

— Regarde où tu vas ! siffle-t-il.

— Désolé, dis-je en m'écrasant.

Il s'éloigne, abandonnant une proie pathétique qui ne vaut pas la peine de lui faire perdre son temps, quand soudain il se fige et renifle l'air. Il se retourne alors et me menace du regard. Derrière lui, des gens se battent.

— Tu peux changer de visage, Ness, mais tu ne peux pas modifier ton odeur.

Inutile de nier. Mais rien ne m'empêche de transformer légèrement les faits, si ça peut m'épargner.

— C'est à cause des Marcheurs du Ciel que j'ai atterri là, je mens. À cause de Luna aussi. Il faut qu'on la trouve ; elle ne peut plus se défendre. Je crois qu'elle est en cellule d'isolement.

— Ton cœur s'accélère, commente Stanton.

— Je sais pas si t'as remarqué, mais toute la prison veut ma peau.

— Ton rythme s'accélère parce que tu mens, réplique Stanton.

La céleste au souffle glacial surgit de la salle de détention provisoire et je désigne Stanton d'un doigt accusateur.

— C'est Eduardo Iron !

Ses yeux flamboient aussitôt comme des flocons de neige constitués d'étoiles et d'un souffle, elle gèle les pieds de Stanton au sol.

Je me lève et m'enfuis à toutes jambes, bousculant tous ceux qui se trouvent sur mon passage. Je sais que ce petit tour ne suffira pas à retenir Stanton, et qu'il se lancera bientôt à mes trousses. Je suis à l'affût de tout ce qui pourrait masquer mon odeur ; je serais même prêt à m'asperger d'essence si ça pouvait me débarrasser de ce serpent vicieux. Je change de visage à mesure que j'avance, me métamorphosant dès que je dépasse un groupe en pleine échauffourée, espérant ainsi duper les détenus autres que le basilic. Je ne sais pas combien de temps je vais encore tenir. Je suis à bout de souffle et ma blessure s'est rouverte. Si je dois bientôt mourir, je préférerais que ce soit sous mes propres traits.

Aiguillonné par la peur, je jette un coup d'œil par-dessus mon épaule. Stanton n'est pas loin derrière. Il brise le cou d'un homme qui se tient en travers de sa route. Il me pourchasse comme un basilic tout juste libéré de sa cage. Je ne mérite pas la fin cruelle qu'il me réserve. Devant moi, une épaisse fumée noire enveloppe la passerelle. J'hésite à m'y engager, de crainte que les vapeurs soient toxiques ; toutefois, l'écran de fumée aura le mérite de me couvrir. Je fonce de l'autre côté en toussant. Au niveau inférieur, un incendie fait rage.

Des flammes grises et dorées.

Mon cœur bat la chamade. Il tambourine si fort que Stanton pourrait le percevoir depuis l'autre bout du monde.

Je ne connais qu'une personne possédant un feu de cette couleur.

Je le distingue alors, aux côtés d'un Chevalier auréolé. Ensemble, ils traînent des matelas hors des cellules pour les ajouter à la pile en feu.

Emil est plus fort qu'il ne l'imagine.

Son beau minois est le dernier que je m'attendais à voir à l'intérieur des Limites.

Je me dirige vers les escaliers et descends les marches avec précaution quand soudain, on m'assène un coup de pied dans le dos. Je dégringole jusqu'en bas, m'abîmant l'épaule, les genoux et les coudes dans ma chute. Mon visage heurte la dernière marche. Je crache du sang, surpris d'être encore vivant, et désirant l'être plus que jamais.

Réunissant mes toutes dernières forces, je hurle :

— Luciole !

SOIXANTE ET ONZE
VICTOIRE

Emil

Cet inconnu m'a appelé luciole.

Je me précipite vers lui, tandis qu'un halo gris le balaie. Il reprend sa véritable apparence. Sa magnifique carnation mate revient ; ses cheveux ont poussé depuis la dernière fois, et son corps est couvert de bleus, d'entailles et de sang. Je n'ose même pas imaginer ce qu'il a enduré. Je place mes mains sous sa nuque et lui berce la tête. Je respire enfin à pleins poumons, soulagé de sentir à nouveau le contact de sa peau sur mes mains.

— Tu es en vie ! Tu es en vie !

— Luciole.

C'est mon mot préféré.

Wyatt s'accroupit et recueille Ness dans ses bras.

— Allez, champion, on va te sortir de là.

J'aimerais rester ici et serrer Ness contre moi, mais Wyatt a raison. Il faut qu'on file avant que quelqu'un le reconnaisse.

Une silhouette jaillit de la fumée et ma poitrine se serre. C'est Stanton. Je le mitraille de boules de feu, espérant le mettre K-O comme à la clinique. L'un de mes projectiles l'atteint à l'épaule et il tombe à la renverse. Je saisis mon sifflet et l'actionne à plusieurs reprises, priant pour que toute la team m'entende malgré le chaos et vole à notre rescousse.

Wyatt soulève Ness sur son épaule et s'élance au-delà du brasier de matelas, cependant, il n'est pas assez rapide. Stanton se ressaisit et esquive toutes les fléchettes de feu que je lui envoie. Il me rattrape, m'empoigne par la nuque et me balance contre un mur. Je me relève pour voir Stanton arracher Ness à Wyatt et le frapper à terre comme une masse. Wyatt écarquille les yeux de peur et le Verseur de sang savoure sa terreur avant de le repousser en direction du brasier.

Stanton me bondit ensuite dessus et abat son poing sur ma figure.

— Tu croyais t'être débarrassé de moi ?

Chaque fois que j'essaie d'invoquer mon feu, il me déconcentre en me frappant.

J'ai du mal à garder les yeux ouverts…

Je ne sens même plus les coups…

Le noir m'avale peu à peu, quoique mes pouvoirs de cicatrisation cherchent la lumière…

Quelqu'un intervient et repousse Stanton, mais tout est flou.

Au début, je crois que c'est Ness qui fait l'idiot et qui vole à mon secours pour la énième fois. Mais celui-ci gît au sol, le souffle rauque. Wyatt est dans le même état. Il gémit de douleur.

Alors ma vision se précise et mon sauveur m'apparaît nettement.

C'est mon frère qui vient à ma rescousse comme un héros tombé du ciel.

SOIXANTE-DOUZE

FAUCHEUR DE L'INFINI

Brighton

Pas touche à mon frère.

Ma force physique n'est rien en comparaison de celle de Stanton, ce qui ne m'empêche pas de le frapper avec mes poings enflammés. Ses yeux flamboient comme une éclipse et je vois enfler les veines vertes de son cou. Je roule de côté avant qu'il ne crache son acide. Il se jette sur moi et je me dématérialise juste à temps pour qu'il me traverse et s'écrase contre le mur.

Il a voulu m'assassiner avant que j'aie ces pouvoirs. À présent, je suis ce personnage indestructible qu'il ne pourra plus vaincre. J'ai souffert à maintes reprises entre ses mains. Dans la rue en bas de mon appartement, puis au cimetière, pendant que j'étais l'otage des Verseurs, et enfin à l'hôpital, alors que j'étais mourant.

— Tu n'as pas l'air en forme, dis-je en fonçant derrière lui et en le frappant à la tête. C'est plus la même donne maintenant que je ne suis pas attaché à une chaise, hein ?

Stanton virevolte face à moi et je lui envoie une décharge.

J'ai l'impression d'être le personnage d'un jeu vidéo qui parvient au dernier niveau et affronte le boss final. La facilité du combat me déçoit. C'est l'un des spectres les plus vicieux de la ville et il n'arrive même pas à m'atteindre. Mais rien qu'à voir Emil, Wyatt et Ness à terre, blessés, je me rappelle à quel point Stanton est fort. C'est juste que je suis encore plus fort.

— Brighton ! s'écrie Prudencia en me rejoignant enfin. (C'est elle qui m'a encouragé à suivre le coup de sifflet.) Les gardes tirent sur tout le monde avec leurs baguettes-tourelles. Ça dégénère. On… Attention, derrière toi !

Stanton m'empoigne et me soulève. J'essaie de me dématérialiser, mais je me souviens subitement que June n'était pas capable d'utiliser cette faculté quand on se saisissait physiquement d'elle. Il se précipite sur la passerelle et me jette par-dessus la rambarde. Je ne peux pas voler, je ne peux pas courir dans les airs, je ne peux pas me dissiper comme un fantôme. Je bascule dans le vide et me prépare à la chute de quatre étages quand soudain, je suis aspiré à travers les airs pour atterrir debout, quelques mètres plus loin, à côté de Prudencia, dont les yeux rougeoient.

— Tu es épatante.

Prudencia plaque Stanton au mur avec sa télékinésie.

— Va aider les autres à se relever !

Je me rue sur Emil. Son visage semble cicatriser ; Stanton n'aura pas cette chance quand j'aurai fini de lui régler son compte.

— Frangin, faut qu'on se tire !

— Ness, souffle-t-il.

— Tu l'as sauvé, il est là, dis-je. (Je me tourne vers Ness et aperçois deux gardes à l'approche derrière Prudencia.) Prue !

Ils pointent leurs baguettes et envoient un sortilège.

Prudencia pivote, les mains en l'air, et je lui fonce dessus pour la plaquer juste avant que le sortilège la frappe.

Les gardes continuent à nous attaquer mais je m'accroche à elle de toutes mes forces et les sortilèges nous traversent. Nos adversaires sont bientôt à court de munitions. C'est le problème avec ces armes : elles ont un pouvoir limité. Je projette mon feu sur eux et les neutralise, leur prouvant le peu de contrôle qu'ils peuvent avoir sur un être aussi extraordinaire que moi.

Stanton revient à la charge, et j'agis en conséquence.

Je plonge ma main au travers de sa cage thoracique, j'enserre son cœur et le lui arrache de la poitrine.

Il écarquille ses petits yeux sournois de serpent, et je le pousse par-dessus la rambarde de la passerelle, observant son corps s'abîmer dans les ténèbres. Son cœur dégouline de sang rouge et vert. Je l'embrase de mes flammes saphir et argent.

Un sourire étire mes lèvres. J'ai vaincu un monstre qui voulait me tuer. Grâce à moi, son règne est terminé. J'ai eu le courage d'y mettre un terme une bonne fois pour toutes. J'éprouve une sensation incroyable. Quel bonheur de pouvoir enfin lâcher mes coups !

Les sauveurs protègent la vie. Les faucheurs la prennent.

SOIXANTE-TREIZE

LE SOURIRE

Emil

Le visage de mon frère est éclairé par les flammes saphir et argent qui consument le cœur de notre ennemi. Son sourire carnassier me confirme qu'il ne renoncera jamais à ses pouvoirs. Il ne dégage plus aucune humanité. C'est comme si les essences de phénix, d'hydre et de fantôme le transformaient en un autre – en autre chose.

De quelle couleur est le sang de mon frère ?

— Brighton, qu'est-ce que tu as fait ?

— J'ai tué Stanton.

— J'ai vu ! Pourquoi ?

— Il fallait qu'il meure.

— Il était déjà en prison, réplique Prudencia. Il méritait d'y moisir.

Brighton jette le cœur en feu par-dessus la passerelle.

— Il y moisira. Son corps, tout du moins.

— Putain ! siffle Wyatt en jetant un coup d'œil de l'autre côté de la rambarde. Je pense fortement que nous devrions nous tailler d'ici, comme dirait Emil.

En effet, le moment est mal choisi pour me disputer avec Brighton. J'aide Ness à se relever. Il perd beaucoup de sang ; je regrette qu'Eva ne nous ait pas accompagnés.

Si on traverse le mur maintenant, on se retrouvera sous terre, voire sous l'eau. Aussi, on remonte l'escalier. Brighton s'arrête à chaque étage pour évaluer la situation avant qu'on poursuive notre ascension. Prudencia donne des coups de sifflet pour communiquer notre présence à Maribelle et Tala et leur transmettre le signal de ralliement. Je suis à l'affût du moindre bruit, espérant les entendre, en vain.

— Je devrais partir à leur recherche, dit Wyatt.

— Reste avec nous, s'il te plaît. Je ne veux pas que le même scénario se répète.

Mais…

— Non, on les attendra en haut.

Je ne sais pas combien de temps nous pourrons patienter avec Ness qui se vide de son sang, mais nous ferons notre possible.

Au niveau suivant, des gardes munis de baguettes-tourelles tirent des sortilèges dans la direction qu'on est censés emprunter. Les yeux de Brighton s'illuminent et rougeoient; il s'avance vers eux, et les projectiles le traversent. Il attire toute l'attention sur lui pour permettre à Prudencia de retourner les sortilèges à l'envoyeur, droit dans les tourelles, sabotant toutes les armes.

— Je vous ralentis, souffle Ness. Partez sans moi.

Il y a trop de personnes qui veulent jouer les héros en ce moment.

J'ignore sa remarque. Plus loin, des détenus combattent des gardes qui bloquent une entrée. Un céleste projette des geysers, tandis qu'un autre lance des éclairs. Ensemble, ils électrocutent les gardes pendant qu'un troisième instaure un bouclier magique. Pris individuellement, ces célestes n'ont pas beaucoup de poids, mais, unis, ils constituent une force non négligeable. Cette révolte n'est pas surprenante, et les gardes ne l'ont pas volée, eux qui forcent quotidiennement les prisonniers à se battre les uns contre les autres.

Cet établissement pénitentiaire devrait être soumis à une enquête poussée, comme le préconise – préconisait ? – Sunstar.

Les prisonniers font alors sauter la porte et rejoignent le monde libre. Combien d'entre eux sont innocents ? Combien sont coupables des crimes dont on les accuse ?

Un gaz épais s'échappe des conduits d'aération ; j'enroule mon bandeau autour du visage de Ness et me couvre le nez et la bouche.

— On s'en va, déclare Brighton.

— Je ne pars pas sans Tala, proteste Wyatt.

— C'est ce que tu crois, rétorque Brighton en attrapant le bras de Wyatt et en l'entraînant à travers le mur. (Il revient seul.) Emil, c'est à vous.

Mon frère me touche et je frémis, horrifié par son manque de cœur apparent. Une fois de l'autre côté du mur, je prends une grande goulée d'air, soulagé d'être à l'extérieur des Limites. Wyatt maudit Brighton, et je redescends sur terre, prenant conscience qu'on abandonne des gens derrière nous. Brighton reparaît accompagné de Prudencia et s'élance vers le bateau. Prudencia vient à ma rescousse et transporte Ness jusqu'à la rive avec sa télékinésie, me soulageant du poids. On dirait qu'il flotte dans les airs.

— Wyatt ! Wyatt ! Faut qu'on s'en aille, dis-je en lui saisissant le poignet.

— Tala est toujours à l'intérieur !

— Elles peuvent encore s'échapper. Mais j'ai besoin de ton aide maintenant. Il faut ramener Ness au Sanctuaire le plus vite possible, ou bien il mourra.

— Dépose-le dans un hôpital de lumimagiciens.

— Tout le monde le prend pour un criminel. Et ce n'est pas en s'échappant des Limites qu'il va paraître plus innocent aux yeux des gens. Pitié, je sais que c'est égoïste de ma part, mais je ne peux pas laisser Ness se vider de son sang sur cette île ! On n'a pas fait tout ça pour rien !

Wyatt pose la main sur la façade comme s'il disait adieu à Tala avant de tourner les talons. Puis il court rejoindre les autres sur la plage.

Ça me pince le cœur de lui imposer ce choix. Et qu'il me choisisse moi.

Je les rattrape. Sous mes yeux, un détenu vole à travers les airs, vers sa liberté. D'autres plongent dans le fleuve et se mettent à nager. Certains lumimagiciens s'approchent de notre bateau, et Brighton leur fond dessus à la vitesse de la lumière et les attaque à grand renfort de feu jusqu'à ce qu'ils s'écartent.

Je monte sur Nox, pendant que Prudencia dispose le corps de Ness entre mes jambes, à l'aide de sa télékinésie. Je le serre contre moi comme je me suis accroché à Wyatt avant lui. Ness pousse un gémissement; il place sa main sur la mienne et renverse sa tête contre mon épaule. J'aimerais pouvoir apprécier ce moment de réconfort, mais alors que Nox s'envole en direction des étoiles, je me retourne et contemple avec effroi le chaos que j'ai causé par mon égoïsme. Roxana attend Tala, qui ne reviendra peut-être jamais la chercher. C'est également Maribelle qu'on abandonne ce soir. Et combien de dangereux criminels a-t-on lâchés sur notre ville pour sauver un seul innocent?

C'est le crime pour lequel je serai tristement célèbre dans cette existence-ci.

SOIXANTE-QUATORZE

LES MARNETTE ET LES CORDOVA

Maribelle

Je veux en finir avec Luna, mais je ne sais pas par où commencer.

Ma famille a passé des années à la combattre, et je ne parviens pas à croire qu'elle se retrouve face à moi, si vulnérable. Une flèche l'anéantirait en un instant ; or elle mérite de souffrir. Peu importe le chaos qui règne dans la prison.

— C'est un chapitre qui vient clôturer mon voyage de manière très décevante, commente Luna en s'asseyant sur le lit. (Sa bouche et sa main sont maculées de sang.) J'ai accompli davantage en une vie que la plupart des gens en plusieurs existences, et pourtant j'ai échoué à mener à bien mes plus grandes ambitions. Le temps n'était pas mon allié, pourtant je préfère m'éteindre maintenant plutôt que de mourir à petit feu dans cette cellule. Je vous remercie toutes les deux.

— Tu aurais dû accepter la mort quand Brighton t'a blessée, dis-je.

— Mourir sous la constellation du Fantôme voilé, ç'aurait été plus poétique, répond Luna. J'avoue que je m'attendais à ce que ce soit Brighton Rey qui m'achève avec mes propres pouvoirs. La boucle aurait été bouclée. Une Marcheuse du Ciel et une Chevalière auréolée joignant leurs forces pour me vaincre… je m'en contenterais, même si c'est un peu fade comme dénouement. (Elle s'adresse à Tala.) Qui es-tu exactement ?

Haine et chagrin se peignent sur les traits de Tala, tandis qu'elle affronte finalement la femme qui a ordonné l'assassinat de ses parents.

— Tala Castillo, Aile de bronze.

— C'est un très beau nom. Mais je me demandais surtout ce qui t'amène ici avec ton arbalète.

— Vous avez tué mes parents.

Luna examine son visage.

— Il va me falloir davantage d'informations. Les Chevaliers auréolés ont eu une fâcheuse tendance à se mêler de mes affaires au fil des ans.

— Le musée, précise Tala.

— Ah ! Oui. C'est récent. Ça a été un carnage, quoique certains d'entre eux se soient battus avec bravoure. Nous n'aurons qu'à dire que tes parents en faisaient partie. (Luna se tourne vers moi.) La nuit de ce gala était intéressante. Après avoir perdu ton amant, tu as brûlé vif mon cher Anklin Prince. Ni Lestor ni Aurora Lucero ne possédaient de telles facultés. C'était un pouvoir latent qui remontait à plusieurs générations.

Elle ignore totalement notre lien de parenté.

— J'ai appris pas mal de choses sur ma famille depuis cette fameuse nuit.

— Des secrets de famille ?

— Des secrets gardés pour me protéger de ma famille – de toi.

— Pardon ?

— Je suis la fille de Sera et Bautista. Ils t'ont caché la grossesse pour t'empêcher d'exploiter mes pouvoirs comme tu avais utilisé ceux de Sera.

Luna se lève et s'approche de moi. Je ne tressaille pas. Elle m'a déjà blessée de toutes les manières possibles. Elle m'interroge du regard, la tête inclinée de côté.

— Ce serait un curieux mensonge. Tu dis que tu as fait cette découverte il y a quelques semaines à peine ?

— On m'a révélé cette information et j'ai pu voyager dans le temps, remonter ma lignée. J'ai vu Sera et Bautista. J'ai constaté à quel point ils s'aimaient, à quel point ils voulaient me voir grandir. Je l'ai sentie mourir, quand tu l'as égorgée, dis-je en dégainant la dague de l'Oubli et en la pressant sur sa jugulaire. Tu as foutu ma vie en l'air.

Les émotions de Luna ont beau m'être étrangères, il est clair qu'elle ne craint pas la mort.

— Tu as réussi à rétrocycler.

— Tu étais au courant de ce phénomène ?

— Mes parents – tes arrière-grands-parents – étaient professeurs. Ma mère étudiait les phénix, mon père les hydres. Une romance née au milieu des disputes suscitées par la guerre qui oppose ces créatures depuis des lustres. Ma sœur Raine et moi avons baigné dans ces histoires durant toute notre enfance. Grâce à mon éducation, j'ai pu fournir des informations précieuses à Keon. Mais le rétrocyclage a toujours semblé inaccessible aux spectres phénix. Et puis, aucun d'entre eux ne ressuscitait sous sa propre identité... (Luna s'écarte de la lame et se met à arpenter l'espace confiné de la cellule.) Mais ma chère petite-fille, si tu possèdes cette faculté, tu es peut-être la clé dont j'ai eu besoin tout du long pour déceler les secrets enfouis dans le passé.

— Tu cherches à gagner du temps pour que je t'épargne.

— Tu viens de me donner une raison de rester en vie. J'étais démoralisée ce soir. Edward Iron m'a trahie avant que j'aie l'occasion de le trahir moi-même. Mais l'espoir renaît. Ton grand-père Santiago appartenait à une fratrie de cinq garçons aux pouvoirs létaux. Il pouvait prédire les morts imminentes. Quand je l'ai épousé, il m'a révélé tous ses secrets de famille. Dont un qui devrait piquer ta curiosité.

Je ne me suis jamais penchée sur l'histoire des Cordova. Jusqu'à ce que je voie de mes yeux Sera et Bautista et que je ressente leur amour pour moi, je ne me sentais même pas vraiment concernée. Mon grand-père avait des visions, et il a transmis cette faculté à Sera. Mais moi, je ne vois rien. J'ai seulement l'intuition du danger.

— Finissons-en, s'impatiente Tala qui garde un œil sur la porte.

— Patience, Chevalière auréolée. Tu apprécieras également ce récit, rétorque Luna en allant se rasseoir sur son lit. À la mort de ma sœur, j'ai exigé qu'on l'incinère. J'espérais découvrir un jour le moyen de la ressusciter à partir de ses cendres, comme un phénix. J'ai entamé mes recherches sur la résurrection, et après la création des spectres, je me suis retrouvée sur le chemin de l'immortalité. À l'époque où j'ai rencontré Santiago, j'étudiais les fantômes… et il m'a appris à les ramener à la vie.

— Des fantômes vivants ?

— N'aie pas l'air si surprise. Mon premier accomplissement a causé la mort de ton petit copain et de tes parents.

J'essaie d'établir un lien.

— June est un spectre au sang de fantôme.

— En effet. Elle était également décédée. Les pratiques que j'ai héritées des Cordova ne s'appliquent qu'aux morts récentes, malheureusement pour ma sœur Raine. Ça m'avait tout de même redonné de l'espoir. En vérité, je ne ressusciterais pas Raine ; je ne voudrais pas qu'elle finisse comme June : vivante sans l'être vraiment.

— Qu'est-ce que vous insinuez ? s'emporte Tala.

— Grâce au savoir collecté lors d'un petit voyage dans le passé et aux cendres de vos chers défunts, je peux les ramener à la vie comme s'ils ne l'avaient jamais quittée.

La dague de l'Oubli me tombe des mains.

— Tu peux…

— Je peux ressusciter Atlas.

SOIXANTE-QUINZE

CHEVALIER AURÉOLÉ ET MÉTAMORPHE

Emil

Le vol de retour vers le Sanctuaire s'effectue dans un silence tendu.

Nox n'est pas bâti pour porter trois personnes, mais il fait son possible, pendant que Wyatt le guide à travers le ciel. Je m'agrippe à Ness de toutes mes forces. Je n'en reviens toujours pas ! Il est en vie, je peux l'enlacer, je peux humer son odeur. Le pauvre, à cette hauteur, il a le vertige, et je lui permets de fermer les yeux, mais je l'encourage à parler car s'il perd connaissance, je ne suis pas sûr qu'il se réveillera. Il ne cesse de me remercier, et quand les mots deviennent trop durs, il me serre les mains pour me faire savoir qu'il est éveillé ; et dans les pressions qu'il exerce, je sens également sa gratitude.

Quand il faudra raconter à Ness toutes mes aventures, je ne vais pas savoir par où commencer, surtout en présence de ce beau Chevalier auréolé qui nous ramène à l'abri, à dos de phénix. La question se posera en temps voulu, à supposer qu'Eva puisse le guérir. Pourvu qu'on n'arrive pas trop tard. Je songe aussi à Wyatt, qui a fait passer mes désirs avant les siens pour sauver la vie d'un métamorphe qu'il ne connaît même pas.

Je leur suis redevable à tous les deux, et je ne sais pas du tout comment je vais racheter ma dette envers eux.

Le soleil se lève, alors qu'on survole le parc national de Storm King. Le château apparaît bientôt dans notre champ de vision. Au moment où on atterrit dans le jardin, une nuée de phénix s'envole. En temps normal, à cette heure-ci, Wyatt et Nox se réveilleraient et s'en iraient eux aussi faire un petit tour dans le ciel. Mais au lieu de cela, l'*obsidienne* va se réfugier à l'ombre du pommier pour y faire la sieste.

— Je vais aller interrompre le sommeil d'Eva, annonce Wyatt tout en marmonnant qu'il se reposerait volontiers aussi.

Il s'éloigne en trottinant.

— Tu es toujours avec moi, Ness ?

Sa tête penche en avant, son corps se ramollit de minute en minute.

— Je suis avec toi, luciole. (Un *flambeur persistant* de la taille d'un pigeon bouffi s'approche de nous en sautillant.) Joli oiseau gris, remarque Ness d'une voix groggy.

Je crains de devoir le réveiller d'une gifle quand Wyatt, Eva et Iris jaillissent hors du bâtiment et nous rejoignent en courant, interrompant une querelle entre *avaleurs de soleil*. Je dépose doucement Ness sur la pelouse.

Eva explore aussitôt ses blessures. Elle inspire à fond et se prépare au travail qui l'attend. Ses yeux fatigués brillent comme l'aurore, la plaie au ventre de Ness s'enveloppe de lumières colorées. Iris soutient sa petite amie, qui absorbe la douleur de Ness. Quand elle s'attelle aux blessures qui lui barrent le corps et le visage, Ness respire déjà mieux. Une fois le travail achevé, les halos rose, vert, orange et bleu s'estompent en un clin d'œil.

— Tout va bien, déclare Iris en posant son menton sur l'épaule d'Eva.

— Merci beaucoup, dis-je.

— Ouah ! s'exclame Ness en redressant le buste. (Il soulève son tee-shirt criblé de trous et examine la peau lisse encore barbouillée de sang. Les plaies ont disparu.) Tu es une vraie magicienne.

— Ravie d'avoir pu t'aider, répond Eva.

— Aider ne devrait pas être si douloureux, fait remarquer Wyatt en allant rejoindre Nox.

Cette phrase m'était adressée, c'est certain.

— Il nous a fait un compte rendu de la situation, dit Iris. Je n'ai aucune nouvelle de Maribelle, évidemment, mais je vais réveiller Wesley pour savoir si elle l'a contacté.

— D'accord. Je suis vraiment navré qu'on ait dû partir sans l'attendre. Ça commençait à craindre un max et…

— C'était une mission impossible, me coupe Iris. (Elle prend la main de Ness et la serre.) Merci pour ta contribution.

Ness chasse ses paroles.

— Ne me remercie pas. J'ai fait plus de mal que de bien.

— En effet, acquiesce Iris. Mais on t'est personnellement reconnaissants pour le bien que tu as fait.

Eva prend Ness dans ses bras, une céleste et un spectre, réunis après avoir échappé au même ravisseur.

— Je suis soulagée que tu t'en sois tiré.

— Idem.

Iris prend Eva par la main.

— Laissons-les tranquilles. Ils ont des choses à se dire.

— En fait, ça vous dérangerait d'accompagner Ness jusqu'à la cuisine vite fait ? Il faut que j'aille jeter un coup d'œil à la potion. (Je m'adresse à Ness :) Tu dois être mort de faim, non ?

Ness étudie mon visage comme un expert en expressions faciales.

— Je devrais manger, oui, répond-il, même s'il se doute qu'il se passe un truc.

Ensemble, ils s'éloignent et Ness se retourne vers moi à plusieurs reprises avec inquiétude, trop soucieux pour s'intéresser au château, aux phénix ou encore à sa liberté retrouvée. Une fois que le champ est libre, je me dépêche de rejoindre Wyatt, qui est allongé près de Nox sur l'herbe, les paupières closes.

— On peut parler ?

— Je dors, réplique-t-il. La nuit a été très très longue.

— Je sais. Tu as été formidable. Je ne sais pas comment te remercier.

— J'ai quelques idées en tête… (Wyatt s'interrompt, comme s'il avait oublié de désactiver la fonction flirt.) C'est volontiers que je vous ai aidés.

— Sauf qu'aider, ça ne devrait pas être si douloureux, n'est-ce pas ? Écoute, je sais que tu respectes mon besoin d'espace, et que tu me laisses respirer le temps que je fasse le tri dans ma tête, mais j'aimerais te témoigner le même respect. C'est très noble de ta part d'avoir risqué ta vie pour sauver Ness en sachant tout ce qu'il représente pour moi.

Wyatt se rassoit ; ses yeux bleus semblables à l'océan s'embuent.

— C'est justement pour ça que je l'ai fait, Emil. Pour toi. L'emprisonnement de Ness était tragique, certes, mais ce n'était pas un phénix vulnérable en cage que je me devais de secourir. J'ai prêté serment de servir la cause des phénix et de protéger mes compagnons auréolés. Au lieu de quoi nous avons abandonné Tala et Roxana. Je ne le vis pas très bien depuis notre retour.

C'est une nouvelle facette de lui que je découvre. Il est tellement chamboulé qu'il fond en larmes. Dans un sens, je m'identifie.

— Tu m'as encouragé à être plus égoïste. Je suis désolé que tu en aies fait les frais.

— J'espère en tirer profit sur le long terme. Ness est un type bien ; il a sauvé ta famille. Je ne lui retirerai jamais ça, de même que je ne dirai jamais de mal de quelqu'un que je ne connais pas. J'espère seulement qu'on se retrouvera de l'autre côté de l'infinité.

Wyatt paraît tenté de m'embrasser, et dans un sens, j'aimerais qu'il le fasse pour que je sache s'il y a encore quelque chose de spécial entre nous. Mais il se rassoit en me tournant le dos. Je réprime mon envie de me blottir contre lui, me demandant si j'aurai un jour l'opportunité de le faire encore.

Je rentre au château et rejoins directement le labo. Brighton et Prudencia devraient être de retour d'ici une quinzaine de minutes, à moins qu'ils aient fait une halte pour qu'il puisse arracher le cœur de quelqu'un d'autre. Le journal est ouvert près du chaudron. Je suis les dernières consignes, faisant infuser les racines de Rose du jour dans des larmes de phénix et augmentant la température pour mettre la cuisson à feu vif. L'élixir sera prêt dans quelques minutes. Ensuite, je verrai à quel moment je retrouve Wyatt de l'autre côté de l'infinité.

On frappe à la porte et Ness entre. Je ne suis plus habitué à le savoir vivant, encore moins ici, au sein du Sanctuaire, et j'ai l'impression de me retrouver face à un fantôme. Il traverse la salle sans détacher son regard de moi, et il vient se jeter dans mes bras. La dernière fois qu'on s'est enlacés, c'était à Nova, quand il est revenu me sauver. Avant cela, c'est quand on s'est dit adieu, sans savoir si on se reverrait un jour.

— Tu n'aurais pas dû venir à mon secours, dit Ness en me serrant fort.

— Je dois honorer mon surnom, dis-je.

— Tu es apparu comme une luciole en pleine nuit. (Il recule pour me regarder dans les yeux.) C'était une super surprise. Mais débarquer dans les Limites ? Je ne sais pas si j'en aurais été capable.

— Tu aurais essayé. Et je te le devais bien.

Ness s'assied sur un tabouret; il m'adresse un sourire.

— J'imagine qu'on est coincés dans notre propre cycle de l'infini, se sauvant l'un l'autre à tour de rôle. Avec un peu de chance, on ne sera plus séparés. La perspective de rester ensemble me plaît. Beaucoup.

— À moi aussi.

Il y a tellement de non-dits entre nous que lorsque je lis entre les lignes, c'est comme si je trouvais les mots justes en lettres majuscules.

Le rouge aux joues, je me tourne vers la marmite comme s'il me restait encore des trucs à faire, outre surveiller que la potion n'explose pas à la dernière minute.

— Tu te sens comment?

— Physiquement? Guéri, mais épuisé. Émotionnellement? Soulagé d'être ici, mais terrifié qu'on me découvre à tout instant et qu'on me ramène de force au manoir ou dans les Limites. Psychologiquement? Détruit. Comment un père peut-il tenter de faire assassiner son fils, puis exploiter ses pouvoirs à des fins politiques?

— Il a essayé de te tuer?

— Lors du Blackout, répond Ness. (Il m'explique alors l'histoire dans ses moindres détails. Comment Luna et Iron ont commandité l'attaque terroriste pour s'assurer le soutien et la compassion des électeurs pendant la campagne présidentielle.) Je n'ai toujours été qu'un pion dans leur jeu. Un accessoire. Un personnage secondaire à qui on confie des missions avant de le sacrifier pour le bien commun.

Quoi? Iron a voulu faire sauter son fils? Les mots me manquent.

— Attends, ce n'est pas le pire. Luna a transformé le sénateur en spectre métamorphe.

Quelle folie ! On se croirait dans un roman dystopique… Et je redoute d'être l'un des héros qui vont devoir sauver le monde.

— D'accord, c'est complètement dingue, mais on peut le stopper. (J'indique le chaudron.) C'est la potion qui neutralise les pouvoirs. La recette figurait dans le journal de Bautista. Tu mélanges le sang d'un spectre à l'Étrangleur d'étoile, et ses pouvoirs cessent.

— Vu notre chance habituelle, ça risque fort de pas marcher.

— Ça fonctionne ! Je l'ai vu de mes yeux quand j'ai comme qui dirait voyagé dans le passé.

— Pardon ? Tu as fait quoi ?

Il a beaucoup de retard à rattraper depuis la bataille, la nuit du Rêveur couronné, où Brighton a volé le sang de la Faucheuse. Mais je me concentre sur ce qui nous a conduits ici, au Sanctuaire de la Nouvelle Braise – notre brève querelle avec les Marcheurs du Ciel, la découverte que Maribelle et moi, on pouvait rétrocycler, l'expérience qui nous a fait remonter jusqu'à Bautista et Sera, voyage dans le temps qui nous a appris que Luna était la grand-mère de Maribelle et qui nous a permis de déchiffrer la liste d'ingrédients nécessaires à la préparation de la potion.

Ness me dévisage, bouche bée.

— Bah moi, c'était plutôt calme en comparaison. J'ai été privé de sortie et j'ai dû incarner différents personnages.

— C'est beaucoup aussi.

Il fait les cent pas dans le labo.

— Je comprends mieux. Luna m'a confié avoir eu un enfant, ce que j'ignorais et… je n'aurais jamais imaginé qu'il s'agissait de Sera Cordova. C'est atroce d'être le fils du sénateur ; mais ça l'est aussi d'être la petite fille de Luna.

— C'est clair, mais si Maribelle s'est rendue dans les Limites, c'est surtout pour tuer Luna

— Ça peut se comprendre. J'espère qu'elle lui infligera la mort qu'elle mérite. (Il s'arrête devant le chaudron.) Alors comme ça, cet élixir peut neutraliser les pouvoirs du sénateur ?

— Et les nôtres. (J'éteins le feu sous la marmite. La potion sent bon la nature, ce que mon nez, habitué à la ville, apprécie.) C'est prêt.

Je laisse refroidir le breuvage, songeant à tout ce qu'on a dû traverser comme épreuves pour en arriver là. Il fallait que mes pouvoirs se manifestent, quelles que soient les souffrances engendrées. Je vais maintenant pouvoir protéger la population en neutralisant les Verseurs de sang, Iron, et tous les autres spectres qui croiseront ma route. On doit beaucoup à Wyatt, d'avoir partagé la théorie qui nous a permis de voyager dans le temps. Il devrait être présent, tandis que je remplis la première fiole d'Étrangleur d'étoile.

— Ça n'est pas très ragoûtant, fait remarquer Ness.

— Le Verseur de sang l'a bue d'un trait. (Je remplis six fioles et lui en tends une.) Tu vas pouvoir le faire aussi. À ta liberté !

Ness lorgne la potion.

— Donc il suffit que je verse un peu de mon sang dans ce liquide, que je le boive, et mes pouvoirs disparaîtront ?

— Seront neutralisés. Oui.

— J'ai hâte d'ingurgiter ça, mais je préfère attendre d'être sûr que le sénateur n'est plus une menace, dit Ness en posant la potion sur le comptoir. Quand il aura compris que je ne suis pas mort durant l'émeute des Limites, il se lancera à ma recherche. Et cette fois, il ne s'en cachera même pas, vu que tout le monde sait que je suis vivant. Les médias vont faire circuler mon portrait sans savoir qu'il peut changer son visage.

Je n'aimerais pas être à sa place. Traqué par un pays tout entier.

— Mais si tu bois maintenant la potion, il ne pourra plus jamais te forcer à employer tes pouvoirs.

— Et ensuite quoi, Emil? Je deviendrai un Marcheur du Ciel à titre honorifique? Ou bien on me mettra à la porte parce que je suis un boulet et que je ne présenterai plus aucun avantage?

— On ne se quitte plus.

— Mais pourquoi? On a beau à peine se connaître, tu es la seule personne en vie en qui j'ai confiance. Pourquoi se donne-t-on autant de mal l'un pour l'autre?

Je soulève mon tee-shirt à mi-torse pour lui montrer la cicatrice sur mon flanc, à l'endroit où il m'a poignardé.

— Tu m'as fait ça pour me sauver, et je te crois. La confiance, ça marche à double sens.

— Mais même ça… ç'aurait été plus humain de te tuer. À la place, je n'arrête pas de te protéger et tu fais pareil pour moi. Pourquoi est-ce qu'on fait ça? Sommes-nous amis? Ou plus?

— Je pense qu'on est plus que ça. (Il s'approche de moi et mon cœur bat la chamade.) Mais je t'ai cru mort et… (C'est vraiment dommage que le rétrocyclage ne me permette pas de modifier le passé parce que j'aimerais éviter d'avoir à dire ce qui suit.) … Je me suis rapproché de Wyatt. Ce n'est pas mon petit ami, mais on a noué des liens depuis mon arrivée ici, et j'envisage même de devenir Chevalier auréolé. Ce n'est pas parce que je renonce à mes pouvoirs que le monde oubliera mon visage, alors autant en profiter pour faire le bien. (Il recule d'un pas; j'aimerais lui prendre la main mais ce ne serait pas juste.) Désolé.

— Pour quoi? Tu n'as rien fait de mal.

— J'en ai pourtant l'impression.

Ness secoue la tête.

— Tu as cru que j'étais mort. Et quand bien même, tu ne m'as jamais été redevable de quoi que ce soit. Ce qui m'intéresse, c'est ce que tu ressens maintenant que tu sais que je suis vivant.

J'ai eu tellement de regrets ces dernières semaines, il y a tant de choses que j'aurais aimé dire ou faire.

— J'aimerais apprendre à te connaître. Pas seulement celui que tu es devenu à cause de cette guerre, mais celui que tu étais avant et celui que tu désires être quand ce sera terminé.

— Si ça s'arrête un jour, commente Ness.

— Je vais m'en assurer personnellement, dis-je en secouant une fiole d'Étrangleur d'étoile. Je veux veiller à ce que tu n'aies plus jamais à cacher ton beau visage.

Ness esquisse un sourire.

— Un beau visage, hein ? Tu en as fait des progrès depuis notre première rencontre.

— J'aimerais avoir moins de regrets. La vie est assez dure comme ça.

— Qu'est-ce que tu voudrais savoir à mon sujet ?

Énormément de choses, mais je commence par la base.

— Pourquoi tu as choisi ce nom ?

— C'est celui d'une étoile du Fantôme voilé. C'est l'astre le plus discret de la constellation, et c'est justement ça qui m'a plu. J'ai grandi sous les projecteurs après le meurtre de ma mère, et mes camarades de classe me reprochaient de mener une existence clinquante parce que je m'investissais dans la vie politique. Ce pouvoir, c'était la promesse d'une vie plus calme, à l'abri des regards. Je croyais qu'il me permettrait de réfléchir à celui que je voudrais être plus tard. (Il me prend la main.) Avec les Verseurs de sang, les choses ont pris un tournant inattendu, mais je ne vais pas m'en plaindre trop. Ça m'aura aussi mené jusqu'à toi. Peut-être qu'un jour, quand tout se sera tassé, on pourra se transformer en autre chose, tous les deux, luciole.

Sa voix, ce surnom qu'il me donne, et sa caresse au creux de ma paume m'embrasent le corps. Il lit mon expression comme s'il devinait à quel point son contact me séduit. Je ne le repousse pas. Je chasse toutes les pensées coupables de ma tête – entre autres le Chevalier auréolé que j'ai embrassé pendant que je volais sur un phénix – parce que Ness est vivant. J'aimerais laisser libre cours à ces flammes pour une fois dans ma vie.

Je pose la main sur son cœur, qui bat aussi vite et aussi fort que le mien.

Mes lèvres s'écrasent sur les siennes, et j'embrasse le métamorphe qui m'a toujours trouvé beau tel que je suis, sans jamais chercher à me changer. Il me rend mon baiser, me soulève et me place à côté du chaudron. Il glisse sa langue dans ma bouche et je tiens son visage au creux de mes paumes. Je ne suis pas encore prêt à me déshabiller intégralement, toutefois je retire mon tee-shirt, et cette fois, je ne lui demande pas de fermer les yeux. Pourvu que je ne me sois pas trompé sur lui ; pourvu que mon corps ne le déçoive pas. Il me sourit tendrement, même si je n'ai pas la moindre tablette de chocolat à exhiber. Il ôte ensuite son haut et presse son torse nu contre le mien. C'est la première fois que je me retrouve peau à peau contre quelqu'un de cette manière. Nos corps ont traversé tant d'épreuves jusque-là, et qui sait, un jour, ils connaîtront ensemble de très belles choses.

Quel que soit le temps qu'il me reste à vivre cette vie, cet instant restera à jamais gravé dans ma mémoire.

SOIXANTE-SEIZE

FAMILLE

Ness

Ça fait des semaines que je ne me suis pas senti autant en sécurité.

Dans les bras de luciole, je suis chez moi, et j'aimerais que nos lèvres et nos corps demeurent collés.

Je décide de ne pas me prendre la tête au sujet du Chevalier auréolé, surtout que j'ignore la nature de leur relation. Je concentre mon attention sur Emil, qui m'a tellement hanté que j'ai pris son apparence pendant mon sommeil. Je me demande ce qui va changer maintenant que je peux enfin l'enlacer et m'endormir tout contre lui après cette nuit cauchemardesque dans les Limites, à me faire pourchasser et agresser.

Des cris résonnent dans le couloir.

— Prue ! Parle-moi !

Emil brise notre étreinte. Ses yeux noisette ensommeillés s'écarquillent.

— Brighton et Prudencia sont de retour, dit-il en remettant son tee-shirt.

Son frère se met toujours en travers de notre chemin.

Je me rhabille à mon tour et sors du labo derrière Emil.

— Hé ! s'écrie-t-il.

Prudencia s'arrête.

— Super. Emil, prends le relai. Je viens de me taper une heure de voiture avec ton frère qui tentait de justifier son meurtre.

Emil n'a sans doute pas intérêt à raconter ce qu'il était occupé à faire.

— Tu me fais passer pour un monstre, proteste Brighton. Stanton tabassait Emil et a voulu me balancer par-dessus la passerelle. C'était de la légitime défense.

— En général, on n'affiche pas un sourire en banane quand on arrache un cœur, Brighton, commente Emil.

— J'étais content qu'il soit mort ! Ce suppôt de Satan m'a torturé. Je ne vais pas organiser une fête en l'honneur de sa mort, mais ne vous attendez pas non plus à ce que je me morfonde pour un type qui a voulu m'assassiner.

Moi non plus, je ne vais pas pleurer Stanton. C'était un être absolument démoniaque et tout le monde dormira mieux maintenant qu'il est mort. Toujours est-il que je ne compte pas me mêler de cette histoire de famille.

— Ça me rend juste nerveux, explique Emil. Jamais au grand jamais, je ne tuerai quelqu'un.

— Ah bon ? Keon et Bautista ne partagent pourtant pas ta version des faits, rétorque Brighton qui se fiche que son frère fonde en larmes. Tu vas bientôt devoir revoir ta position parce que tous les évadés des Limites sont en liberté, et il va nous falloir les réunir… (Il me désigne du doigt.) D'autant plus que ton père nous colle tout ça sur le dos.

— Il a déjà fait une déclaration ? je m'étonne.

Brighton sort son téléphone, ferme toutes les notifications qui s'affichent à son écran et nous montre la vidéo d'un flash-info.

Ce sont des images de la prison, capturées par un drone. Une épaisse fumée noire s'échappe d'une des quatre tours. Par chance, ils n'ont pas imputé l'incendie à Emil. Dans le ciel, on aperçoit le gigantesque phénix jaune qui vole en direction de la ville et les silhouettes de ses trois passagers, un orage dans son sillage.

— Pitié, faites que ce soit Maribelle et Tala, et pas des détenus, implore Emil.

— Espérons-le, réplique Prudencia. Mais ce qui m'inquiète le plus, c'est la troisième personne.

Une bouffée de colère m'inonde.

— Ne me dites pas que Luna les a persuadées de lui laisser la vie sauve !

La vidéo montre ensuite le sénateur devant le manoir. Il continue à se payer la tête des journalistes avec son faux œil au beurre noir et sa lèvre fendue.

— Notre pays se fait attaquer et ni le président en place ni mon opposante n'ont condamné les actions des Marcheurs du Ciel et des Chevaliers auréolés qui se sont introduits dans les Limites de New York en pleine nuit. Je serai donc le premier à déclarer que le terrorisme ne sera pas permis quand ce pays sera sous ma direction. (Il adopte une pose complètement inauthentique.) Je crois que mon fils, Eduardo, a pris part à cette rébellion ; il a réussi à s'évader en même temps que de nombreux autres dangereux criminels. Méfiez-vous de quiconque parlera mal de moi à compter de ce jour ; il pourrait s'agir d'Eduardo sous une fausse apparence cherchant à faire élire la représentante Sunstar à la Maison-Blanche pour que l'emportent les lumimagiciens.

Je suis à deux doigts de balancer le portable de Brighton par terre, mais il me l'arrache des mains.

J'essaie de réguler mon souffle en prenant de profondes inspirations.

— C'est ce qu'il cherche depuis le début. Un autre crime à imputer à ses opposants.

Il est imbattable. Ce fantasme de neutraliser ses pouvoirs pour être libre de recommencer ma vie à zéro ne deviendra jamais réalité. S'il continue à changer d'apparence à volonté, je suis forcé d'en faire de même. Je ne peux poursuivre aucun rêve, aucune relation, de crainte qu'il s'en serve contre moi.

— Merde, Emil, il y a autre chose. Il est au courant pour tes vies antérieures. J'étais censé tout déballer en direct, et quand je me suis écarté du script, c'est là qu'on m'a tiré dessus. Le sénateur peut faire de toi l'ennemi public numéro un en révélant à tout le monde ton immortalité.

Emil est pris de panique.

— Je ne suis pas immortel ! Si je meurs, je suis mort !

— Ce n'est pas de cette façon qu'il va présenter les faits.

— Alors tout le monde va me reprocher les forfaits de Keon – je n'ai pas le moindre souvenir de cette existence-là ! Ça va mettre en péril la vie de tant de phénix ! Les Chevaliers auréolés sont en sous-effectif, ils ne pourront pas tous les protéger !

Brighton secoue la tête.

— Ton père est un connard, Ness, ça vient du fond du cœur.

Je ne relève pas, préférant réconforter son frère à sa place, vu qu'il ne s'en donne pas la peine.

— Qu'est-ce qui va empêcher Iron de balancer Emil maintenant ? demande Prudencia.

Je hausse les épaules.

— Il peut s'en servir pour me faire chanter, me forcer à revenir.

— Non ! s'écrie Emil en me saisissant le poignet.

Alors l'accent anglais s'élève dans mon dos.

— C'est un sacrifice louable, commente Wyatt.

— Tu cherches à te débarrasser de moi ? je lance.

— Non, pas du tout. Ça n'a rien à voir avec ce que tu penses, et tout à voir au contraire avec la menace contre les phénix que nous pouvons encore empêcher.

Emil secoue la tête.

— Même si Iron promettait de ne pas révéler ce secret, je ne lui ferais jamais confiance.

Brighton frappe dans ses mains pour ramener l'attention sur lui.

— La seule manière de combattre ses mensonges, c'est de passer à l'action. Ces criminels qui se sont évadés des Limites, c'est du pain bénit pour nous ! On va pouvoir tous les arrêter et les remettre au trou, prouvant par la même occasion que les vrais héros, c'est nous ! (Il s'éloigne en pianotant sur son téléphone.) Je vais voir si on a déjà rapporté des délits inhabituels.

— Pardonnez-moi, j'ai dû louper un épisode, lâche Wyatt. Brighton a-t-il également arraché son propre cœur ?

— Il faut lui faire avaler l'Étrangleur d'étoile, et vite, dis-je à Emil.

— La potion est prête ? s'enquiert Wyatt.

Emil acquiesce d'un hochement de tête.

— Il ne veut pas neutraliser ses pouvoirs avant que Sunstar soit élue et qu'elle ait créé l'Union Lumineuse.

Il se fourre le doigt dans l'œil s'il pense que Sunstar a encore une chance de remporter l'élection. On ne sait même pas si elle est toujours en vie.

— Luciole, j'ai mis des années à comprendre à quel point mon père est dangereux. Tu vas devoir t'en rendre compte plus rapidement pour ton frère. Ouvre les yeux.

— Mais…

— Il n'y a pas de mais…

— Il connaît son frère, intervient Wyatt.

— Tu veux parier ? je demande.

— Calmez-vous, nous enjoint Emil. (Il s'adresse alors à Prudencia.) Tu en penses quoi ?

Elle a les bras croisés et s'efforce de garder la tête haute après cette nuit très longue.

— Je suis tiraillée. Ce qu'il a fait à Stanton, ça fait flipper. Mais Brighton s'est montré plutôt raisonnable depuis qu'il a ses pouvoirs. Il y a plein de choses qu'on l'a dissuadé de faire. Et il nous a écoutés.

— En effet, répond Emil. Je vais lui parler. Et peut-être même faire intervenir maman.

Une lueur d'espoir passe sur son visage. Elle n'est que de courte durée. Dans le fond, il sait que cette intervention ne marchera pas. Il continuera pourtant à se voiler la face jusqu'à ce que son frère lui démontre sans détour de quoi il est capable. C'est sa famille, je le sais, mais ça ne signifie pas qu'il ne lui fera pas de mal.

Ce sera une leçon très pénible, une leçon que je ne connais déjà que trop bien.

SOIXANTE-DIX-SEPT
TRAÎTRE

Brighton

Ma cote de popularité est en jeu, et avec elle mon pouvoir.

J'ai perdu plus de cent mille followers depuis qu'on s'est introduits par effraction chez Iron, hier soir, et je m'attends à davantage de défections ce matin, quand les gens apprendront notre tour de force dans les Limites. On me tague dans tous les mèmes TRAÎTRE DE L'INFINI postés par des Brightsiders qui croient que j'ai trahi leur confiance et détruit l'image des lumimagiciens ; comme si c'était le monde des Bisounours avant mon entrée en scène. Je suis épuisé car contrairement à ces pseudo-guerriers qui m'attaquent derrière leur écran d'ordinateur, j'ai mis la main à la pâte pour changer les choses pendant qu'ils critiquent mes moindres faits et gestes. Je suis à deux doigts de publier un message d'insulte, mais je me réfrène. En général, ça ne donne rien de positif.

Je dois regagner leur soutien.

Je suis dans la bibliothèque, vraiment tenté de fermer les yeux une dizaine de minutes, mais je parie qu'à mon réveil, les Rois de l'infini, les Marcheurs du Ciel et les Chevaliers auréolés auront été davantage encore traînés dans la boue. La nuance, ce n'est pas très à la mode apparemment. Mais personne ne me fera jamais culpabiliser d'avoir transgressé la loi pour voler au secours de ma mère. Un point c'est tout.

Ce serait réconfortant de savoir que mes supporteurs me soutiennent, mais je crois qu'ils sont submergés en ce moment. Il est peut-être temps de trouver un moyen de les impliquer davantage. Je devrais créer un groupe de soutien ouvert à tous, lumimagiciens ou pas. On a besoin de gens qui nous filment pour protéger notre image et de soldats qui combattent les criminels à nos côtés dans la rue. Ce mouvement pourrait commencer sur le sol national et s'étendre à l'échelle mondiale.

Unies, mes factions de Brightsiders – il faut bien que je conserve ma propre marque déposée – réinventeront le monde.

Emil frappe à la porte.

— Hé, Brighton, dit-il à mi-voix.

Je suis à cran ; j'anticipe la confrontation.

— Aucun rapport d'activité criminelle jusque-là. Si tu veux que je dégage pour que tu puisses fricoter un peu plus avec Wyatt, fais-le-moi savoir. À moins que tu sortes avec Ness maintenant ?

À en juger par son expression, il cherche lui aussi la réponse à cette question.

— On sort pas ensemble, réplique-t-il en parcourant la bibliothèque du regard. On verra.

— OK, eh bien, aujourd'hui, il faut absolument qu'on filme Ma et Eva pour qu'elles racontent leur version de l'histoire. Tu penses que Ness serait partant pour faire une vidéo aussi ?

— Il faudra que tu le lui demandes directement.

— Il serait stupide de refuser. L'interview du fils d'un candidat à la présidentielle censé être mort, qui a obtenu des pouvoirs et intégré un gang, ce n'est pas rien. Ça va faire de l'audimat.

— Tu as entendu le sénateur ; il a fait passer Ness pour un menteur aux yeux de tous.

— Les gens n'ont que la version d'Iron pour le moment. Ça va changer une fois qu'on se sera exprimés.

— Écoute, je suis venu te parler d'autre chose.

— Je ne vais pas continuer à me justifier, frangin. J'ai bien fait de tuer Stanton. Il était très dangereux et il fallait l'arrêter. C'est pas comme si j'avais arraché le cœur d'une Luna sans défense. (Cela dit, c'est un peu comme si je l'avais tuée quand je lui ai volé le sang de la Faucheuse. J'espère que Maribelle lui a réglé son compte.) Il y a des menaces plus urgentes à gérer en ce moment.

— J'ai peur que tu en deviennes une, Brighton. Je te supplie de m'écouter. L'Étrangleur d'étoile est prêt et je crois que tu devrais en boire une dose.

Il ne lâchera jamais l'affaire. Je montre enfin à tous ce qu'est un vrai héros et ils sont tellement habitués aux versions aseptisées de notre génération que ça les fait flipper. C'est pour ça que rien ne change.

— Mes pouvoirs ne te dérangeaient pas quand on s'en est servis pour extraire Ness des Limites. Mais maintenant que tu as obtenu ce que tu voulais, je suis une menace ? Tu ne peux pas tout avoir. Cette ville a plus que jamais besoin de moi. Si c'est trop lourd pour tes petites épaules, bois ta potion et va décider si tu préfères baiser Wyatt ou Ness. J'ai du boulot, moi.

Chaque fois que je me défoule sur Emil comme ça, il fond en larmes, ou il s'enfuit en courant. Là, il reste figé sur place. Comme engourdi.

Je me lève et glisse mon portable dans ma poche. Je ne vais pas rester ici à le regarder s'apitoyer sur son sort.

— Brighton ?

Avant même que j'aie fini de me retourner, Emil m'assène un coup si brutal dans la mâchoire que je bascule contre une étagère ; ça y est, il a pété un câble. Il me plaque au sol. J'essaie de me dématérialiser sous le poids de son corps, mais je suis coincé car il me tient. Il dégaine un petit couteau qu'il a dû prendre en cuisine, m'entaille l'avant-bras et me tire les chairs. Je hurle.

— Qu'est-ce que tu fous ?

— C'est dans l'intérêt de tous.

Emil se rue sur la porte.

Dans l'intérêt de tous ? Putain ! Qu'est-ce que ça veut dire ?

Non. Je ne le laisserai pas faire.

Je me mords la langue pour supporter la douleur, et je pourchasse Emil à une vitesse éclair. Je l'attrape avant qu'il ne quitte la bibliothèque. Il me file un coup de coude dans le ventre et appuie sur ma plaie. Ça me brûle à mort. Je recule d'un bond, l'entraînant avec moi, et je le projette sur la table, que je brise en deux d'une boule de feu. Emil tombe au milieu.

— Tu ne me prendras pas mes pouvoirs !

Je le roue de coups de poing. Mon frère m'a trahi. Cette bagarre est différente de toutes celles qu'on a pu avoir. Il n'a pas le droit de me forcer à abandonner ma magie.

Je suis soudain soulevé dans les airs et propulsé contre le mur. Je m'écrase contre une gravure de phénix. Je relève la tête. Prudencia et Wyatt me dévisagent avec horreur, choqués de m'avoir vu passer Emil à tabac. Surpris, je m'aperçois qu'Emil les accompagne, agrippé au bras de ma mère, qui me contemple avec effroi.

L'Emil qui était au sol et se redresse est alors balayé d'un halo gris. Ce bâtard de Ness s'est fait passer pour mon frère.

Le vrai Emil me fixe d'un air éberlué, comme s'il était face à un étranger.

SOIXANTE-DIX-HUIT

SURPASSER L'ENNEMI

Emil

Nos liens de fraternité ne suffisent pas à l'arrêter.

À en juger par l'expression de Brighton, il ignorait que celui qu'il tabassait, ce n'était pas moi. Tous ces coups de poing m'étaient destinés. J'essaie de comprendre ce qui s'est passé, mais les pièces du puzzle s'assemblent quand je constate la plaie sur le bras de mon frère, et le morceau de chair dans la main de Ness.

— C'est toi qui as manigancé tout ça ? s'écrie Brighton.

— Emil n'était pas au courant, répond Ness en boitant dans ma direction. Je suis désolé, luciole, mais il fallait que je t'ouvre les yeux.

J'aurais préféré mourir sans jamais apprendre cette vérité.

Les yeux de Brighton flamboient et des volutes de feu s'enroulent autour de ses poignets. Il projette une boule de feu sur Ness, tandis que celui-ci a le dos tourné et Prudencia s'en empare avec sa télékinésie et la dévie par la fenêtre du balcon. Je réplique immédiatement par un globe de feu, cependant celui-ci lui passe au travers. Brighton me dévisage avec surprise.

— Allez chercher la potion, dis-je à la cantonade.

Wyatt file aussitôt.

— Je ne la boirai pas.

— Je t'en supplie, Bright.

— Ces pouvoirs sont à moi – j'ai failli crever pour les avoir !

— Tu as failli crever à cause d'eux !

— Je ne suis pas papa ; je suis un survivant !

La salle est baignée dans le silence, à l'exception des halètements de maman. Les phénix hurlent à l'extérieur, mais les battements de mon cœur me semblent plus sonores. Je n'arrive même pas à réprimer mes larmes. Heureusement que papa n'est pas là pour voir à quel point Brighton est horrible.

— N'insulte pas la mémoire de ton père comme ça ! s'écrie maman. S'il était là, il te dirait que tu ne peux pas à la fois être juge et partie, avec ces pouvoirs surnaturels.

Brighton est rouge comme une tomate.

— Personne ne se rend compte combien je suis extraordinaire ! Les Marcheurs du Ciel ont traité Emil comme une sorte d'élu, alors que c'est moi qui ai défié la mort pour devenir le lumimagicien le plus puissant de la planète. Je vais changer le monde tout en protégeant les habitants de ceux qui abusent de leurs pouvoirs. C'est en surpassant l'ennemi qu'on remporte la guerre. Et ça nécessite parfois de décider si quelqu'un doit vivre ou mourir.

Mon cauchemar me revient : Brighton terrorisant tout le monde avec ses pouvoirs de faucheur. J'ai tenté de chasser ces images, me persuadant que ce n'était qu'un rêve. Mais peut-être que c'était mon inconscient qui me préparait à la sombre réalité.

— Je suis ton ennemi ? je lui demande.

— Si tu n'es pas de mon côté, tu es contre moi.

— Alors, surpasse-moi.

On se regarde en chiens de faïence et, un instant plus tard, on invoque notre feu.

Mes globes gris et dorés transpercent ses boules saphir et argent et percutent mon frère en plein torse.

Ce n'est pas une bagarre que je souhaite, mais c'en est une que je dois remporter.

SOIXANTE-DIX-NEUF
LE FILS DU NÉANT

Brighton

J'aurais dû le voir venir.

Mon torse me brûle, mais je ne serai pas le seul à souffrir. Je projette une série de boules de feu en me relevant; elles explosent toutes en plein air, contrées par les attaques d'Emil. Mon frère a passé des heures à se torturer l'esprit, refusant de combattre l'ennemi réel, mais maintenant que c'est moi, ça ne le dérange pas de faire preuve d'autant d'agressivité. Il ne peut pas me dominer, pas avec son petit pouvoir de rien du tout, alors que j'en combine trois. Je dessine des zigzags à fond la caisse, esquissant ses globes de feu; je suis sur le point de lui flanquer un uppercut enflammé quand Prudencia me repousse à travers la bibliothèque avec sa télékinésie.

— Ne t'en mêle pas! je lui hurle.

— Pas question! Je suis avec vous depuis le début et je resterai jusqu'à la fin.

— Tu es censée être de mon côté!

Elle secoue la tête.

— Tu es censé me convaincre que j'ai raison de prendre ton parti. Je n'ai jamais craint qu'Emil abuse de ses pouvoirs, mais je ne peux pas en dire autant de toi.

— Quoi? Tu me préférais quand je n'avais aucun pouvoir?

— Tu es la même personne, Brighton. Les pouvoirs n'ont fait qu'exacerber ta personnalité dangereusement égocentrique.

Mon cœur se serre, mais plutôt que de céder à l'émotion je riposte.

— Tu ne mérites pas d'être avec quelqu'un d'aussi génial que moi. Retourne auprès de ton lamentable ex-petit copain.

Prudencia sourit comme si j'avais fait une blague.

— Tu penses vraiment que ce genre d'attaque va me toucher ? Ton orgueil est blessé et t'empêche toujours d'admettre tes torts. Reprends-toi maintenant ou tu finiras seul.

— Il y a des millions de personnes qui m'aiment…

— Tes followers ne te connaissent pas vraiment ! Tu t'inventes un personnage ! C'est la raison pour laquelle je ne me suis jamais autorisée à tomber amoureuse de toi.

— Je ne peux pas sauver le monde avec ton amour. Garde-le, je n'en veux pas.

Prudencia me tourne le dos, et maman lui prend la main.

Wyatt revient dans la bibliothèque et confie la potion à Ness, qui presse le morceau de chair qu'il m'a volé au-dessus de la fiole, afin d'y faire couler quelques gouttes de mon sang. Il secoue ensuite le flacon. Mon bras n'a pas encore cicatrisé. Les pouvoirs de phénix d'Emil sont plus puissants que les miens, il faut bien que je l'admette. Un feu plus fort, un pouvoir de cicatrisation plus efficace, la capacité de voler et de voyager dans le passé…

Mais tout ça peut changer.

Le vacarme a attiré l'attention d'Iris, d'Eva, de Wesley et de Ruth. Ils me jaugent tous, comme si ma rébellion était surprenante. Depuis le départ, on me traite comme un moins que rien.

Emil prend la potion des mains de Ness.

— Je sais que tu veux faire ce qui est juste, Brighton. Nous t'aimons tous, et nous sommes prêts à tirer un trait sur cet épisode si tu mets maintenant un terme à tout ça.

Mon frère m'a blessé. Ils sont plus nombreux que moi. Et je suis crevé. Je suis prêt à mettre un terme à tout ça. Je retrouve Emil au centre de la bibliothèque. Je m'empare de l'Étrangleur d'étoile et l'examine. Comment un si petit contenu peut-il neutraliser une personne si puissante ? Je débouche le flacon ; l'élixir sent comme un parc après un orage. Je le renifle et mon cœur s'emballe. Je décoche un sourire à mon frère, et le temps qu'il voie mes yeux rougeoyer, je suis déjà passé au travers de son corps et ai enroulé mon bras autour de son cou. Je fourre la potion entre ses lèvres en lui tenant la tête en arrière pour le forcer à avaler. Il se peut que ça ne marche pas, comme ce n'est pas son sang qu'on a ajouté au mélange, mais j'espère que ça l'affaiblira et me redonnera l'avantage dans les bagarres à venir.

L'Étrangleur d'étoile m'est arraché de la main et va se briser contre le mur en y laissant une marque sombre.

Prudencia veut me forcer à lâcher mon frère et le reste du groupe me charge, mais je passe au travers du plancher avec Emil et nous atterrissons dans le jardin. J'ai la main plaquée contre sa bouche et je lui bouche le nez pour le forcer à avaler le peu de potion qui a coulé entre ses lèvres. Il se met à me brûler les mains, mais je tiens bon malgré la douleur. Il manque sûrement d'oxygène et il va devoir choisir : avaler la potion ou s'évanouir.

Des ailes grises et dorées se déploient brutalement, me projetant en arrière. Mon corps tout entier brûle, tandis qu'Emil, agenouillé par terre, recrache la potion. Il lève une main, prêt à se défendre si je l'attaque.

— Pourquoi tu ne m'as pas fait confiance, Emil ? Je t'ai toujours soutenu, comme un frère se doit de le faire !

— Je n'ai tué personne, moi !

— Tu sais que je ne veux pas mourir !

— Si tu choisis cette voie, Brighton, tu ne deviendras jamais Sauveur de l'infini. Le monde entier te rejettera et te haïra. Tu seras tellement redouté que tu ne te sentiras en sécurité que quand tu seras seul sur terre.

— Tous ceux qui tenteront de m'assassiner finiront six pieds sous terre.

On se toise en silence, cette menace brise à jamais notre duo ; fini les Reys de Lumière, les Rois de l'infini. Cette fois, ce n'est pas un check en sifflant qui sauvera la donne.

Les autres jaillissent du château et traversent la cour pour nous rejoindre. J'ai la présence d'esprit de foncer dans la direction opposée. Je quitte l'enceinte du Sanctuaire, traverse le pont-levis, la forêt et me tiens éloigné de la route au cas où ils me pourchasseraient. Je ne suis pas plus rapide que Wesley ou les phénix, mais j'ai pris de l'avance, assez pour m'assurer la victoire.

Je vais prouver à tous qu'ils ont tort.

Je suis l'arme qui a manqué à cette guerre tout du long et comme la faux d'un faucheur, je taillerai en pièces ceux qui se mettent en travers d'un monde meilleur.

Mais il va me falloir une armée.

Je sors mon téléphone et examine mon reflet dans l'appareil photo : des yeux bouffis et cernés de noir, les joues en feu, échauffées par la chaleur des ailes d'Emil, le visage intégralement couvert de bleus. J'ouvre Instagram et démarre un direct pour que tout le monde me voie et entende le fleuve qui s'écoule près de moi, tandis que j'entame mon chemin en direction de la ville sans voiture et sans ailes.

— Hello les Brightsiders. Je ne sais pas trop par où commencer, dis-je, alors que des centaines de milliers de personnes rejoignent le live. (Certains commentaires sont déjà haineux, pendant que d'autres sont curieux de m'entendre.) Beaucoup de mensonges ont circulé ces dernières heures et je voulais que vous entendiez la vérité de ma bouche. J'ai connu des jours meilleurs, mais là, maintenant, je suis dégoûté. Tous ceux que j'aime et en qui j'avais placé ma confiance viennent de me trahir. J'ai besoin de soutien, et je sais qu'il me faut le mériter en jouant franc jeu avec vous, mes épiques Brightsiders. (Ma rage augmente d'un coup, suite aux événements qui se sont déroulés au Sanctuaire.) C'est difficile de l'admettre, mais les pouvoirs qui ont failli me coûter la vie ne suffiront peut-être pas à me sauver si on ne me donne pas un coup de pouce. Vous savez tous que mon frère, Emil, est puissant, mais vous ignorez sans doute à quel point. Comme les phénix, Emil peut ressusciter. Mais ce n'est pas sa seule vie. Dans le passé, il était l'un de mes héros d'enfance, Bautista de Leon, et avant ça, il a été le premier spectre qui a commencé tout ça, Keon Maximo. J'ai vraiment cru qu'Emil ferait quelque chose de bien de cette existence, mais j'avais tort, comme il me l'a prouvé – comme il nous l'a prouvé à tous. (Plus possible de faire machine arrière, et tant mieux car je n'en ai pas l'intention. Je redéfinis l'héroïsme.) En tant que Sauveur de l'infini, je vous promets de faire tout ce qui est en mon pouvoir pour stopper le Fils de l'infini. Quitte à devenir le Fils du néant, pour tous vous protéger…

Les vies antérieures de mon frère ont signé son arrêt de mort.

REMERCIEMENTS

J'écris beaucoup sur la mort et je me débats encore plus avec la vie.

Écrire a toujours été difficile, mais mon plus grand défi, ce fut de réécrire ma première suite de roman durant une pandémie mondiale et un état de dépression majeur. Nous avons connu des moments sombres, surtout en période de confinement, mais nous avons la chance d'être ici, vous et moi, et nous pouvons faire en sorte que ce monde devienne un endroit plus juste et plus beau.

Un énorme merci à mon extraordinaire éditeur Andrew Eliopulos, pour avoir approfondi mes histoires et s'être embarqué dans ce voyage à travers l'infini avec moi – et pour avoir attendu mes retours d'épreuves pendant une éternité aussi. Merci à Jodi Reamer, mon incroyable agent, qui comprend que je ne suis pas une machine mais un homme.

Merci à ma famille chez HarperCollins : Michael D'Angelo, Rosemary Brosnan, Mitchell Thorpe, Bria Ragin, Tyler Breitfeller, Jane Lee, Suzanne Murphy, Caitlin Garing, Kathy Faber, Liz Byer, Jacqueline Hornberger, Laura Harshberger, et Dan Janeck. Et merci à Erin Fitzsimmons et Kevin Tong pour la magnifique couverture, une fois encore.

Merci à Writers House et à tous mes éditeurs internationaux, qui diffusent mon œuvre à travers le monde.

Merci à ma mère, Persi Rosa, qui cite des extraits de mes romans à ses collègues. Et à mon frère, Andrew Silvera, qui ne lit aucun de mes livres mais me soutient quoi qu'il en soit.

Merci à mes amis : Luis « 12-20 » Rivera et Jordin Rivera pour leurs éclats de rire, leurs larmes et leur amour. Elliot « Chapitre Deux : Ness » Knight, qui était physiquement avec moi quand j'ai entamé l'écriture de ce livre et mentalement avec moi quand je l'ai achevée. Becky Albertalli, qui a écouté des heures et des heures de mémos vocaux contenant mes hauts et mes bas durant tout le processus. David Arnold, Jasmine Warga, Nicola Yoon et David Yoon, qui m'ont encouragé à chaque tournant de la vie. Sabaa Tahir et Victoria Aveyard, de vraies reines de la fantasy vers qui je peux toujours me tourner. Angie Thomas qui m'a trouvé la chanson parfaite pour m'aider à franchir la ligne d'arrivée. Arvin Ahmadi pour le Mexique – il me comprendra. Dhonielle Clayton, Patrice Caldwell et Mark Oshiro pour un chat de groupe d'ombre et de lumière. Et un grand merci à Marie Lu, qui m'a gentiment accordé sa bénédiction et autorisé à ouvrir ce roman avec une citation parfaite de *La Confrérie de la Rose.*

À Farah Naz Rishi et Abigail Hing Wen, mes sœurs de tournée avec Epic Reads, pour toutes les aventures dans les librairies et les galeries marchandes.

À mon thérapeute, qui me maintient en vie.

Aux libraires et bibliothécaires, qui donnent tant et ne reçoivent pas assez en retour. Merci pour tout ce que vous faites, j'espère de tout mon cœur que vous serez là pour toujours.

Enfin, merci à mes lecteurs qui m'ont suivi à travers ma première série – j'espère que vous aimerez le reste du Cycle de l'infini.

Ce livre existe grâce au travail de toute une équipe.

Communication : Caroline Babulle, Sandrine Perrier-Replein, Typhaine Maison, Adélaïde Yvert, Inès Paulin.

Coordination éditoriale et administrative : Céline Poiteaux, Martine Rivierre.

Studio : Pascaline Bressan, Barbara Cassouto-Lhenry, Joël Renaudat.

Fabrication : Muriel Le Ménez, Céline Ducournau, Bernadette Cristini, Sophia Paroussoglou, Phousa Chantharath, Isabelle Goulhot.

Correction : Emmanuelle Coppeaux, Valérie Gautheron.

Commercial, relation libraires et marketing : Laetitia Beauvillain, Élise Iwasinta, Morgane Rissel, Perrine Therond, Aurélie Scart, Ombeline Ermeneux.

Cessions de droits : Isabelle Votier, Benita Edzard, Lucile Besse, Sonia Guerreiro, Costanza Corri.

Gestion : Sophie Veisseyre, Chloé Hocquet, Isabelle Déxès, Camille Douin.

Service auteurs : Viviane Ouadenni, Jean-François Rechtman, Catherine Reimbold.

Ressources humaines : Mylène Bourreau.

Juridique : Juliane Charbois, Laëtitia Doré, Anaïs Rebouh, Valérie Robe, Julia Crosnier.

Diffusion : Aurélia Spalacci, Nadine Eugénie, Céline Pitt, Arnaud Weill, Hervé Adamczyk, Annie Bourgade, Éric Charpentier, Gilles Couillard, Sandrine Ducrocq, Élisabeth Ehlinger, Guillaume Loras, Jean-Philippe Pilloux, Philippe Maulnier, Gilles Torché, Élisabeth Gastaldo, Jean-Pierre Stephany (Belgique), Olivier Béguin (Suisse), Emmanuelle Cadot, Virginie Godet et Caroline Pan.

Avec le soutien des équipes d'Interforum et d'Editis qui participent à la création, la diffusion et la distribution de ce livre.

Canoros Vehit Canentes

La photocomposition de cet ouvrage
a été réalisée par
GRAPHIC HAINAUT
30, rue Pierre Mathieu
59410 Anzin

Imprimé en France en septembre 2022
par l'Imprimerie Maury S.A.S. à Millau (12)
pour le compte des Éditions Robert Laffont
92, avenue de France, 75013 Paris

N° d'édition : 64859/02
Dépôt légal : juin 2022
N° d'impression : H22/71683F